A salvo en sus *brazos*

STEPHANIE LAURENS

A salvo en sus brazos

HarperCollins Español

Publicado por HarperCollins Español® en Nashville, Tennessee, Estados Unidos de América.
HarperCollins Español es una marca registrada de HarperCollins Christian Publishing.

Título en inglés: *Viscount Breckenridge to the Rescue*

Publicado por HarperCollins Publishers.

Esta es una obra de ficción. Los nombres, personajes, lugares y sucesos que aparecen en ella son fruto de la imaginación de la autora, o se usan de manera ficticia, y no pueden considerarse reales. Cualquier parecido con sucesos, lugares y organizaciones reales, o personas reales, vivas o muertas, es pura coincidencia.

ISBN: 978-0-71808-020-4

Impreso en Estados Unidos de América
15 16 17 18 19 DCI 6 5 4 3 2 1

PRÓLOGO

Febrero de 1829

En el castillo reinaban el silencio y la quietud. En el exterior, la nieve cubría los campos como un grueso manto blanco que revestía la colina y el valle, el lago y el bosque.

Él estaba sentado en la armería, uno de sus refugios, limpiando las armas que se habían usado horas antes. Aprovechando que el mal tiempo remitía un poco, se había aventurado hacia el norte junto con un pequeño grupo de hombres y habían conseguido suficiente carne fresca para abastecer el castillo durante una semana, quizás incluso más.

El éxito de la cacería le había dado una pequeña satisfacción personal. Al menos podía proveer algo, aunque fueran unos trozos de carne... pero su satisfacción se desvaneció de golpe al oír que alguien se acercaba con paso decidido y lo que la sustituyó fue una mezcla de furia, frustración y miedo a la que no supo darle nombre.

Su madre irrumpió en la armería sin llamar a la puerta, pero él no alzó la mirada. Oyó cómo se acercaba airada, cómo se detenía al final de la mesa donde estaba sentado y notó el peso de su mirada furibunda, pero siguió montando estoico el arma que acababa de limpiar.

Ella fue quien perdió antes los nervios. Dio una fuerte palmada en la mesa, se inclinó hacia delante y masculló entre dientes:

—¡Júralo!, ¡jura que lo harás! ¡Jura que viajarás al sur, atraparás a una de las hermanas Cynster y me la traerás para que pueda vengarme al fin!

Él se tomó su tiempo para reaccionar, se aferró a la lentitud que solía usar para ocultar su verdadero carácter y que le servía para controlar mejor a los demás, pero en aquella ocasión su madre había logrado urdir una estratagema muy eficaz y con la que había logrado que no pudiera controlarla; de hecho, él había pasado a estar en sus manos, y eso era algo que le reconcomía por dentro.

Aún seguía torturándose pensando en si podría haber hecho algo para evitar aquello. Quizás, si hubiera prestado más atención cada vez que oía sus desvaríos, se habría dado cuenta antes de lo que estaba tramando y hubiera podido hacer algo para detenerla a tiempo, pero lo cierto era que desde niño siempre la había visto así, llena de pensamientos negativos y obsesionada con la venganza.

Su padre nunca había sido capaz de verla tal y como era, ya que ante su marido siempre había aparentado ser todo dulzura y esa máscara había sido lo bastante impenetrable como para ocultar la amargura que se ocultaba debajo. Él, por su parte, había albergado la esperanza de que tras la muerte de su padre se drenara la ponzoña que corroía el corazón de su madre, pero había sido todo lo contrario.

Estaba tan acostumbrado a oírla desvariar y decir disparates que hacía mucho que había dejado de prestarle atención, y daba la impresión de que tanto él como los demás iban a pagar muy caro por ello... pero ya era demasiado tarde para lamentaciones y recriminaciones.

Alzó la cabeza lo justo para mirarla a los ojos, le sostuvo la mirada con el rostro totalmente inexpresivo, y al cabo de un momento asintió y no tuvo más remedio que decir, muy a su pesar, lo que ella quería oír.

—Sí, voy a hacerlo. Traeré a una de las hermanas Cynster para que puedas vengarte.

CAPÍTULO 1

Marzo de 1829
Wadham Gardens, Londres

Desde el mismo momento en que puso un pie en el salón de lady Herford, Heather Cynster supo que su último plan para encontrar un marido adecuado estaba condenado al fracaso. En una distante esquina se alzó una cabeza de pelo oscuro, peinado a la perfección según los dictados de la última moda para los jóvenes caballeros de la alta sociedad, y unos penetrantes ojos de color avellana se centraron en ella de golpe.

—¡Maldición!

Apretó los dientes de forma involuntaria, pero se esforzó por mantener una sonrisa en el rostro y por comportarse como si no se hubiera dado cuenta de que el hombre más increíblemente apuesto del salón estaba observándola con tanta intensidad.

Al ver que Breckenridge estaba rodeado de no dos, sino tres damas bellísimas que se disputaban su atención, les deseó la mayor de las suertes y rezó para que él obrara con sensatez y fingiera que no se había percatado de su presencia. Eso era lo que iba a hacer ella, desde luego.

Volvió a centrar su atención en la multitud que lady Herford había logrado que asistiera a su velada, y apartó de su mente a

Breckenridge mientras echaba un vistazo a sus opciones. La mayoría de los invitados eran mayores que ella, al menos las damas. Reconoció a algunas de ellas y a otras no, pero le extrañaría sobremanera que todas las damas presentes no fueran casadas, viudas, o solteronas mayores que ella. Las veladas como las de lady Herford tenían como principal finalidad entretener a las matronas de buena cuna pero que estaban aburridas, las que andaban en busca de una compañía más entretenida que la que podían proporcionarles sus maridos, que por regla general eran mucho mayores y sosegados que ellas. Las damas así no tenían por qué ser unas descocadas, pero tampoco eran jovencitas ingenuas y por regla general ya les habían dado a sus maridos uno o dos herederos, así que la mayoría superaba los veinticinco años que tenía ella.

Después de aquel primer vistazo inicial para evaluar la situación llegó a la alentadora conclusión de que la mayoría de los caballeros presentes eran mayores que ella. Casi todos debían de tener unos treinta y algo y, a juzgar por el aspecto que tenían (se les veía vestidos y peinados a la última moda, elegantes, ataviados con ropa cara y sofisticados), había acertado al elegir la velada de lady Herford como su escala inicial en aquella primera expedición que iba a llevarla más allá de los restringidos confines de los salones de baile, los saloncitos y los comedores del escalafón más elevado de la alta sociedad.

Había pasado años buscando en aquellos salones más refinados a su héroe, al hombre que habría de conquistarla y llevarla al altar y a la felicidad conyugal, pero al final había llegado a la conclusión de que él no se movía en aquellos círculos. Eran muchos los caballeros de la alta sociedad que, a pesar de ser candidatos aptos en todos los sentidos, preferían mantenerse bien alejados de las jovencitas del mercado matrimonial. Se trataba de hombres que pasaban las veladas en eventos como el de lady Herford y dedicaban las noches a entretenimientos varios... los juegos de azar y las mujeres, por ejemplo.

Se negaba a considerar la posibilidad de que su héroe no

existiera, así que lo más probable era que perteneciera a aquel grupo de caballeros tan elusivos. Eso quería decir que era muy improbable que él llegara a su vida por iniciativa propia, así que había decidido (tras largas y animadas conversaciones con sus hermanas, Elizabeth y Angelica), que iba a tener que ser ella quien diera el primer paso.

Iba a encontrarle y, si fuera necesario, a darle caza.

Bajó los pequeños escalones que conducían al salón de baile con una sonrisa de lo más inocente en el rostro. La villa de lady Herford era una vivienda de construcción reciente y bastante lujosa situada al norte de Primrose Hill; teniendo en cuenta que había tenido que ir hasta allí sola, el hecho de que el lugar estuviera lo bastante cerca de Mayfair como para ir en carruaje había sido un detalle pertinente.

Aunque habría preferido asistir acompañada de alguien, la opción más obvia habría sido elegir como cómplice a su hermana Eliza, que era un año menor que ella y estaba igual de exasperada por la escasez de candidatos con madera de héroe que había en el restringido círculo donde se movían; aun así, si las dos hubieran alegado que les dolía la cabeza su madre habría sospechado que tramaban algo, así que su hermana había tenido que asistir al baile de lady Montague y ella, supuestamente, se había quedado en Dover Street y estaba plácidamente dormida en su camita.

Se adentró entre el gentío procurando aparentar calma y seguridad en sí misma. Su llegada había captado la atención de muchos de los presentes y, aunque fingió no darse cuenta de ello, notó el peso de las miradas que la recorrían con interés. Llevaba puesto un vestido de seda de color ámbar que se amoldaba a su figura y que tenía un escote corazón y unas mangas pequeñas y abullonadas. Como hacía una temperatura agradable impropia de aquella época del año y su carruaje estaba esperándola fuera, había optado por no llevar más que un fino chal de seda de Norwich en tonos ámbar cuyos flecos le cubrían los brazos desnudos y rozaban la seda del vestido.

Su edad avanzada le otorgaba una mayor libertad a la hora de vestir, y, aunque el vestido que había elegido para aquella ocasión no era tan revelador como otros que había en el salón, atraía las miradas masculinas.

Cuando un caballero, claramente interesado en ella y un poco más osado que los demás, dejó el círculo que rodeaba a dos damas y se interpuso en su camino con actitud lánguida, ella se detuvo y enarcó una ceja con altivez.

El desconocido sonrió y la saludó con una reverencia fluida y llena de elegancia.

—Es usted la señorita Cynster, ¿verdad?

—En efecto. ¿Y usted?

Él se enderezó y la miró a los ojos al contestar:

—Miles Furlough, querida mía. ¿Es esta la primera vez que visita este lugar?

—Sí, así es —miró a su alrededor mientras se esforzaba por mostrarse serena y segura de sí misma. Estaba decidida a ser ella quien eligiera al hombre que iba a ser suyo, y no iba a permitir que ni él ni ningún otro le arrebatara esa decisión de las manos—. Parece una fiesta muy animada —comentó, al darse cuenta de que el runrún generado por la multitud de conversaciones cada vez era más fuerte, antes de volver a mirarle de nuevo—. ¿Siempre son tan concurridas las fiestas de lady Herford? —la sonrisita que él esbozó al oír aquello le dio mala espina.

—Creo que no tardará en descubrir que... —Furlough alzó un poco la mirada, y se interrumpió de golpe al ver algo que había tras ella.

Heather tuvo un instante de advertencia, un cosquilleo en la nuca instintivo y primitivo, justo antes de que unos dedos largos y firmes la tomaran del codo.

Aquel mero contacto hizo que la recorriera una oleada de calor, un calor que fue reemplazado casi al instante por un mareo aturdidor. Contuvo el aliento y no le hizo falta mirar para saber que Timothy Danvers, vizconde de Breckenridge y enemigo acérrimo suyo, había optado por no comportarse con sensatez.

—Furlough.

Oír aquella voz profunda tras de sí provocó en ella el desconcertante efecto de siempre, pero hizo caso omiso del escalofrío de excitación que le recorrió la columna (detestaba que él pudiera afectarla así), giró la cabeza poco a poco, y fulminó con una mirada altiva al causante de su agitación.

—Breckenridge.

No había nada en su tono que sugiriera que se alegraba de verle, todo lo contrario, pero él ignoró aquel intento de ponerle freno; de hecho, dio la impresión de que le pasó desapercibido, ya que no había apartado la mirada de Furlough en ningún momento.

—Si nos disculpas, hay un asunto que debo tratar con la señorita Cynster —le sostuvo la mirada sin pestañear y añadió con voz acerada—: estoy seguro de que lo entiendes.

La cara que puso Furlough parecía indicar que, aunque sí que lo entendía, desearía no verse obligado a ceder; aun así, en aquellas circunstancias era casi imposible llevarle la contraria a Breckenridge, que contaba con el favor tanto de la anfitriona como del resto de damas presentes, así que no tuvo más remedio que asentir a regañadientes.

—Sí, por supuesto —se volvió a mirarla, y esbozó una sonrisa más sincera y un poco pesarosa—. Lamento que no nos hayamos encontrado en un lugar menos concurrido, señorita Cynster. La próxima vez, quizás —tras despedirse con una inclinación de cabeza, dio media vuelta y se perdió entre el gentío.

Heather soltó un bufido de exasperación, pero no tuvo tiempo ni de pensar en los argumentos con los que iba a enfrentarse a Breckenridge, ya que este la agarró con más fuerza del codo y tiró de ella para que le acompañara.

—¿Qué...? —protestó, sobresaltada, mientras intentaba detenerse.

—Si tienes un mínimo instinto de conservación, saldrás de aquí sin rechistar —lo dijo mientras tiraba de ella con disimulo. La puerta principal no estaba lejos, y la condujo entre la multitud en aquella dirección.

—¡Suél... ta... me!

Heather masculló la orden en voz baja e imperiosa, pero él la obligó a subir la escalera del salón y aprovechó cuando la tuvo un escalón por encima para inclinar la cabeza y susurrarle al oído:

—¿Qué demonios estás haciendo aquí?

Su voz imperiosa fue mucho más efectiva. Las palabras, el tono que usó, la golpearon de lleno y lograron el objetivo que sin duda tenían: evocar en ella un miedo nebuloso e instintivo.

Para cuando logró liberarse de aquella sensación, él ya estaba conduciéndola con paso fluido y sin prisa aparente entre los invitados que abarrotaban el vestíbulo.

—No, no te molestes en contestar —se lo dijo sin mirarla, con los ojos puestos en la puerta abierta que tenían justo delante—. No sé qué idea absurda se te ha metido en la cabeza, pero me trae sin cuidado. Ahora mismo te marchas de aquí.

«Sana y salva, y con la virginidad intacta». Breckenridge logró tragarse a duras penas aquellas palabras.

—No hay razón alguna por la que debas interferir —le espetó ella, con la voz teñida de una furia apenas contenida.

Breckenridge reconoció su actitud, era la que solía tener cuando le tenía cerca. En condiciones normales optaría por mantenerse a distancia y evitarla, pero en aquellas circunstancias no tenía alternativa.

—¿Tienes idea de lo que me harían tus primos, por no hablar de tus hermanos, si se enteraran de que te he visto en este antro de perdición y no he hecho nada al respecto?

Ella soltó una carcajada burlona e intentó, con disimulo y sin éxito, que le soltara el codo.

—Eres tan grandote como ellos, e igual de dictatorial. Seguro que podrías hacerles frente.

—A lo mejor podría contra uno, pero ¿contra los seis? Lo dudo mucho. Y también están Luc y Martin, y Gyles Chillingworth, y Michael... No, espera, también están Caro, y tus tías, y... en fin, la lista continúa. Preferiría que me despellejaran, sería mucho menos doloroso.

—Estás exagerando, la casa de lady Herford no es un antro de perdición ni mucho menos —Heather lanzó una mirada por encima del hombro y añadió—: en ese salón no está pasando nada objetable.

—No, puede que en el salón no, al menos de momento. Pero es la única parte de la casa en la que has estado, y te aseguro que sí que es un antro de perdición.

—Pero...

—No hay peros que valgan.

Se detuvo al salir al porche delantero, en el que por suerte no había nadie, y fue entonces cuando la soltó y se permitió mirarla al fin, cuando se permitió contemplar aquel rostro ovalado de facciones delicadas, aquellos ojos de un color gris azulado como el de las nubes de tormenta enmarcados por unas espesas pestañas marrón oscuro. A pesar de que aquellos ojos se habían vuelto duros y acerados, aunque sus sensuales labios estaban apretados con fuerza en ese momento, rostros como aquel eran los que habían hecho que armadas enteras se enfrentaran y habían provocado guerras desde los albores del tiempo. Era un rostro lleno de vida, de sensualidad a la espera de brotar, de vitalidad apenas contenida.

Y eso era antes de añadir el efecto de un cuerpo esbelto, un cuerpo más estilizado que voluptuoso, pero que poseía una gracilidad fluida tan grande que todos y cada uno de sus movimientos incitaban unos pensamientos en los que él prefería no ahondar.

Todos los hombres presentes en el salón se habrían lanzado a intentar conquistarla. Furlough había sido el único que se había recobrado con rapidez del impacto que solía causar el verla por primera vez, y que había logrado acercarse a ella antes que él.

Se tensó al recordarlo, y contuvo las ganas de apretar los puños y de cernirse sobre ella en un intento de intimidarla que sabía que sería inútil.

—Vas a regresar a tu casa, y punto.

Ella le fulminó con una mirada beligerante y contestó con firmeza:

—Si intentas obligarme, grito.

Breckenridge perdió la batalla y cerró los puños con fuerza. Le sostuvo la mirada al afirmar con voz contenida:

—Si lo haces, golpearé esa barbillita tuya tan delicada para dejarte inconsciente, le diré a todo el mundo que te has desmayado, y te mandaré de vuelta a tu casa.

Ella abrió los ojos como platos y le miró como intentando decidir si hablaba en serio, pero no se amilanó.

—¡No serías capaz de hacer algo así!

—Ponme a prueba.

Heather no supo qué hacer. Aquel era el problema con Breckenridge, que no había forma de saber lo que estaba pensando. Su rostro, el rostro de un dios griego de facciones cinceladas, pómulos elevados y mandíbula fuerte y cuadrada, siempre mantenía una impasividad aristocrática e inescrutable, fuera lo que fuese lo que estuviera pasándole por la mente. Sus ojos de color avellana tampoco revelaban nada, su expresión era siempre la de un elegante y despreocupado caballero al que lo único que le importaba era su propio disfrute.

Todos y cada uno de los elementos de su aspecto... el atuendo exquisitamente sobrio cuyo corte severo enfatizaba aún más la fuerza que se ocultaba bajo la ropa, la languidez que solía adoptar al hablar... reforzaban aquella imagen, aunque ella estaba convencida de que dicha imagen no era más que una completa fachada.

Le miró a los ojos, pero no vio en ellos nada que indicara que no estuviera dispuesto a cumplir con su amenaza, y ella no pensaba aguantar semejante humillación.

—¿Cómo has venido?

Ella le indicó a regañadientes la fila de carruajes que esperaban en el camino de entrada hasta donde abarcaba la vista.

—En el carruaje de mis padres. Y antes de que me sermonees por lo inapropiado que es que haya salido sola por Londres de noche, quiero que sepas que tanto el cochero como el lacayo llevan años al servicio de mi familia.

—De acuerdo, te acompaño hasta allí —le dijo él con rigidez.

Al ver que hacía ademán de agarrarla de nuevo del codo, Heather retrocedió de golpe y sintió una frustración enorme. Estaba convencida de que él iba a informar a sus hermanos de que la había encontrado en casa de lady Herford y eso iba a poner punto y final a su plan, un plan que había sido muy prometedor hasta que él había interferido.

—No te molestes, ¡puedo caminar sola veinte metros! —notó lo petulantes que sonaban sus propias palabras, y eso la enfureció aún más y la llevó a añadir—: ¡Déjame en paz!

Alzó la barbilla, dio media vuelta y bajó los escalones con paso decidido. Se dirigió hacia el carruaje de sus padres con la frente en alto, pero por dentro estaba temblando. Sentía que estaba comportándose como una niñita inmadura y estaba furiosa y llena de impotencia, como siempre que discutía con Breckenridge, pero sabía que él estaba observándola y por eso contuvo las lágrimas de rabia contenida y caminó con decisión y la cabeza bien erguida.

Breckenridge permaneció en el oscuro porche delantero de la casa de lady Herford para asegurarse de que la cruz de su existencia regresaba sana y salva a su carruaje. No sabía por qué, de entre todas las damas de la alta sociedad, tenía que ser Heather Cynster la que le afectara tanto, pero lo que tenía claro era que no podía hacer nada al respecto. Ella tenía veinticinco años, y él era diez años y un millón de noches mayor. Seguro que, en el mejor de los casos, le veía como a un primo entrometido y anciano, y en el peor como a un tío entrometido.

—Qué maravilla —masculló, mientras ella se alejaba sin miedo alguno por el camino.

En cuanto se asegurara de que estaba sana y salva en su carruaje, iba a... iba a volver a casa caminando. Quizás el fresco aire nocturno podría despejarle la cabeza y ayudarle a deshacerse de aquella agitación, de aquella extraña turbación que siempre sentía cuando trataba con ella. Era una sensación de soledad, de vacío, de sentir que el tiempo estaba escapándosele de entre los dedos y que la vida, su vida, era una vida inútil... o, más bien, que no cumplía su utilidad potencial.

No quería pensar en Heather, no quería hacerlo. Dentro de la casa había damas que se disputarían la oportunidad de entretenerle, pero hacía mucho tiempo que había descubierto cuál era el valor de sus sonrisas, de sus suspiros de placer. Eran relaciones efímeras, sin valor e ilusorias, y que con frecuencia creciente hacían que se sintiera envilecido, utilizado, insatisfecho.

El cabello rubio de Heather brilló como oro bruñido bajo la luz de la luna. La había conocido cuatro años atrás en la boda de su madrastra, Caroline, con Michael Anstruther-Wetherby. Este era hermano de Honoria, duquesa de St. Ives, que era la reina del clan de los Cynster y cuyo marido, Diablo (ese era su apodo y todos lo llamaban así, aunque su verdadero nombre era Sylvester), era el primo mayor de Heather.

Aunque había conocido a Heather aquel soleado día en Hampshire, hacía más de una década que conocía a los primos varones de la familia Cynster. Se movían en los mismos círculos y, antes de que ellos se casaran, habían compartido los mismos intereses.

Notó que un carruaje que estaba parado a la izquierda de la casa se ponía en movimiento y se salía de la fila, y le lanzó una breve mirada antes de volver a centrarse en Heather.

—¿Veinte metros? Sí, claro —más bien cincuenta—. ¿Dónde demonios está su carruaje?

Las palabras apenas acababan de brotar de sus labios cuando el otro carruaje, uno de viaje, se acercó a Heather... y aminoró la velocidad.

La portezuela se abrió de golpe, un hombre emergió del vehículo mientras otro que estaba sentado junto al cochero saltaba del pescante, y en un abrir y cerrar de ojos los dos tipos corrieron hacia ella entre los carruajes que se alineaban en el camino, le taparon la boca para ahogar sus gritos, la llevaron al carruaje y la metieron en él.

—¡Eh!

A su grito de alarma se le sumó el del cochero de un carruaje que estaba parado un poco más adelante, pero los granujas ya estaban metiéndose en el vehículo a toda prisa mientras el cochero fustigaba a los caballos.

Antes de que su mente hubiera formado siquiera la idea de perseguirles, Breckenridge ya había bajado los escalones y había echado a correr. El carruaje de viaje desapareció al girar al final del camino con forma de media luna, pero por el traqueteo de las ruedas dedujo que había tomado la primera calle a la derecha. Corrió hacia el otro carruaje, el del cochero que había gritado y que en ese momento estaba como petrificado y sin saber cómo reaccionar, y sin pensárselo dos veces subió al pescante y agarró las riendas.

—¡Déjame a mí! Soy amigo de la familia, ¡vamos a ir tras ella!

El cochero logró salir de su estupor y, en cuanto soltó las riendas, Breckenridge tomó el mando. El espacio entre carruajes era mínimo, y maldijo mientras luchaba por sacar el vehículo de la hilera. En cuanto lo logró y salió al camino, fustigó a los caballos.

—¡Mantén los ojos bien abiertos!, ¡no tengo idea de hacia dónde piensan ir!

—Lo que usted diga, señor...

Breckenridge le lanzó una breve mirada y respondió a la pregunta implícita.

—Soy el vizconde de Breckenridge, conozco a Diablo y a Gabriel —y también a los demás, pero con ese par de nombres era suficiente.

—Muy bien, milord —le contestó el cochero antes de volverse a mirar al lacayo, que iba de pie en la plataforma trasera del vehículo—. ¡James, tú mira a la izquierda y yo miraré a la derecha! Si no les vemos, tendrás que bajarte en la siguiente esquina para ir a echar un vistazo.

Breckenridge se centró en los caballos; por suerte, había muy poco tráfico. En cuanto tomó la misma calle a la derecha que el otro carruaje, los tres miraron al frente de inmediato y la luz de los numerosos faroles que iluminaban la calle les permitió ver con claridad el cruce que había un poco más adelante.

—¡Allí! —exclamó el lacayo—, ¡allí están! ¡Han girado a la izquierda para tomar esa calle más grande!

Breckenridge dio gracias por la aguda vista de James, ya que él tan solo había alcanzado a ver la parte posterior del carruaje. Aceleró la marcha de los caballos en la medida de lo posible, llegaron al cruce, y tomaron la calle en cuestión justo a tiempo de ver que el carruaje giraba a la izquierda en el siguiente cruce.

—¡Vaya! —exclamó el cochero.

—¿Qué pasa?

—Acaban de entrar en Avenue Road, es una avenida que desemboca en Finchley Road.

Finchley Road, a su vez, se convertía en la que era conocida como la «gran ruta del norte», y el carruaje se dirigía en aquella dirección.

—Puede que se dirijan a alguna casa que está en esa dirección —intentó convencerse de que esa era una posibilidad, pero sabía que el carruaje al que seguían no era uno de ciudad, sino uno para viajar grandes distancias.

Hizo que el par de caballos negros enfilaran por Avenue Road, y el cochero exclamó de inmediato:

—¡Allí están, pero nos llevan mucha ventaja!

Teniendo en cuenta que los caballos que manejaba pertenecían a los Cynster, a Breckenridge no le preocupaba la ventaja que pudiera tener en esos momentos el carruaje al que perseguían.

—Lo que importa es que no les perdamos de vista.

Eso resultó ser más fácil de decir que de hacer. La culpa no la tuvieron sus caballos, sino los de los siete lentos carros que se interponían entre ellos y el otro carruaje. No hubo opción alguna de abrirse paso y adelantar mientras avanzaban por las estrechas carreteras de las afueras de la enorme metrópolis, mientras pasaban por Cricklewood y atravesaban Golders Green. Lograron tenerlo en el punto de mira el tiempo suficiente para tener la certeza de que, tal y como sospechaban, había tomado la gran ruta del norte, pero, para cuando llegaron a High Barnet y vieron en la distancia la colina del mismo nombre, lo habían perdido de vista.

Breckenridge maldijo para sus adentros y condujo hasta la Barnet Arms, una de las principales casas de postas de la zona, donde le conocían bien. Detuvo el carruaje en el patio, y les dijo al cochero y a James:

—Preguntad por el camino. A ver si encontráis a alguien que les haya visto, que sepa si han cambiado de caballos... lo que sea.

Cuando bajaron a toda prisa y se fueron a cumplir sus órdenes, se volvió hacia los mozos de cuadra que se habían acercado corriendo a sujetar las cabezas de los caballos.

—Necesito un faetón, y el mejor par de caballos que tengáis. ¿Dónde está el propietario?

Media hora después, se despidió del cochero y de James, que habían encontrado a varias personas que habían visto el carruaje; al parecer, este había hecho una breve parada para cambiar de caballos en la casa de postas Scepter and Crown, y después había seguido rumbo al norte.

—Ten —le dijo al cochero, al entregarle una nota que había escrito a toda prisa mientras esperaba a que regresaran—, entrégaselo a Martin a la mayor brevedad posible —lord Martin Cynster era el padre de Heather—. Si no pudieras localizarle por la razón que sea, llévasela a alguno de los hermanos de la señorita Cynster o, como último recurso, a St. Ives —sabía que Diablo estaba en la ciudad, pero ignoraba dónde estaban los demás.

—Cuente con ello, milord —le aseguró el cochero, antes de alzar la mano en un gesto de despedida—. Que tenga buena suerte, espero que alcance cuanto antes a esos granujas.

Breckenridge compartía ese deseo. Esperó a que los dos criados subieran al pescante del carruaje, y en cuanto salieron del patio de la casa de postas rumbo a Londres se dirigió hacia el faetón que estaba esperándole. Un par de rucios que el propietario de la casa de postas casi nunca permitía que fueran alquilados piafaban entre las varas mientras dos mozos de cuadra les sujetaban la cabeza con nerviosismo.

El encargado de las cuadras se acercó a él y le advirtió:

—Están muy revoltosos, milord. Hace mucho que no salen, aunque siempre le advierto al jefe que sería mejor que los sacara de vez en cuando para que corran y se desfoguen.

—Me las arreglaré —le aseguró, antes de subir al faetón. Necesitaba velocidad, y la combinación de aquel vehículo con los dos briosos caballos prometía dársela. Tomó las riendas, las tensó para comprobar la reacción de los animales, y les hizo un gesto de asentimiento a los mozos de cuadra—. Soltadlos.

Le obedecieron de inmediato, y se apartaron a toda prisa cuando los caballos se pusieron en marcha.

Breckenridge les refrenó hasta que salieron del patio, pero en cuanto estuvieron en el camino les dio rienda suelta y momentos después ascendían por la colina de Barnet siguiendo la gran ruta del norte. Durante un rato, se centró por completo en ellos, pero, cuando estuvieron más calmados, galopando con paso fluido y cubriendo un kilómetro tras otro sin apenas tráfico que se interpusiera en su camino, pudo pararse a reflexionar; a dar gracias a que la noche no fuera demasiado fría, ya que aún estaba vestido con el frac.

A lidiar con el hecho de que, si no hubiera insistido en que Heather se marchara de la villa de lady Herford, si no hubiera permitido que ella recorriera sola los veinte (pero que habían resultado ser unos cincuenta) metros que la separaban de su carruaje, en ese momento no estaría en manos de unos asaltantes desconocidos, no habría sufrido las vejaciones a las que sin duda la habían sometido ya.

Ni que decir tiene que aquellos canallas iban a pagar por lo que habían hecho, él mismo iba a asegurarse de ello, pero eso no mitigaba en nada el horror y la culpa abrumadora que le atenazaban al saberse culpable de que ella corriera peligro.

Su intención había sido protegerla, y en vez de eso...

Tensó la mandíbula, apretó los dientes, y mantuvo la mirada fija en el camino mientras conducía a toda velocidad.

Los captores de Heather la mantuvieron atada y amordazada hasta que dejaron atrás Barnet y llegaron a un tramo desierto del camino. En cuanto la habían metido en el carruaje, la habían amordazado rápidamente con un trozo de tela, la habían maniatado, y le habían atado los pies al ver que intentaba patearles.

Los dos desconocidos no estaban solos, dentro del carruaje estaba esperando una mujer grandota y fuerte con la mordaza preparada. En cuanto la habían tenido silenciada y atada, la habían obligado a sentarse en el asiento de cara al sentido de la marcha junto a la mujer, y los dos hombres se habían sentado frente a ellas. Uno de ellos le había dicho que mantuviera la calma, que esperara tranquila y pronto le revelarían lo que pasaba.

Aquella promesa, sumada al hecho de que no hubieran intentado lastimarla en ningún momento (de hecho, ni siquiera la habían amenazado), le había dado que pensar y se había dado cuenta de que no tenía más alternativa que hacer lo que le pedían.

Eso no quería decir que hubiera dejado de pensar o de imaginarse cosas, por supuesto, pero no había llegado demasiado lejos. Apenas tenía información, no sabía nada más allá de que sus secuestradores eran aquellos tres más el cochero y que la habían sacado de Londres y estaban llevándola hacia el norte. Estaba segura de esto último gracias a lo que había alcanzado a ver y reconocer del paisaje.

Estaban avanzando por la gran ruta del norte cuando el hombre más delgado, un tipo enjuto y tirando a alto dentro de lo que sería la estatura media, de rizado pelo castaño y facciones angulosas, le dijo al fin:

—Si está dispuesta a ser razonable y a portarse bien, la desataremos. Nos encontramos en un tramo del camino largo y desierto y no vamos a aminorar la marcha en un buen rato, así que nadie va a oírla si grita. Si consiguiera abrir la portezuela y salir, a esta velocidad se rompería una pierna o incluso el cuello, así que, si está dispuesta a quedarse ahí sentada tranquilita y a escucharnos, la desataremos y le explicaremos lo que está pasando... cómo son las cosas, y cómo van a ser. ¿Qué responde?

Heather no podía verle los ojos en la semioscuridad del carruaje, pero miró hacia donde estaba sentado y asintió.

—Es usted una muchacha lista, tal y como él predijo.

Ella se preguntó a quién estaría refiriéndose. El tipo se inclinó hacia delante para desatarle los pies, pero se detuvo y miró a la mujer que estaba sentada junto a ella.

—Será mejor que de sus pies te encargues tú —se enderezó de nuevo, y se dispuso a desatarle las muñecas.

Heather miró desconcertada a la mujer, que soltó un bufido antes de levantarse con pesadez y de agacharse entre los asientos. Entonces metió las manos bajo la falda de seda del vestido, y empezó a desatar la tira de tela con la que le habían atado los tobillos.

Mientras ellos la liberaban, Heather se percató de que habían sido respetuosos con ella... bueno, en la medida en que ella se lo había permitido. Jamás habría imaginado que unos secuestradores pudieran ser tan caballerosos.

Después de soltarle los pies, la mujer se sentó de nuevo junto a ella. Le preguntó al tipo enjuto si también quería que le quitara la mordaza, y él asintió sin apartar la mirada de Heather y comentó:

—Tenemos órdenes de procurar que esté lo más cómoda posible, así que no hay necesidad de dejársela puesta a menos que resulte ser más boba de lo que todos pensamos.

Heather giró la cabeza para facilitar que la mujer alcanzara el nudo que tenía en la nuca, y se humedeció los labios y movió la mandíbula en cuanto le quitó la mordaza. Se sintió muchísimo mejor de inmediato, y le preguntó al tipo enjuto:

—¿Quiénes son?, ¿quién los envía?

Supo que él sonreía de oreja a oreja al ver el blanco de sus dientes en la oscuridad.

—No quiera ir tan rápido, señorita. Creo que será mejor que, antes de nada, le explique que nos mandaron a por una de las hermanas Cynster, podía ser usted o cualquiera de las otras. Llevamos más de una semana vigilándolas, pero ninguna de ustedes va sola a ninguna parte... hasta hoy, claro.

Enjuto, Heather había decidido llamarle así, hizo una inclinación de cabeza antes de añadir:

—Le estamos muy agradecidos por ello, empezábamos a pensar que nos veríamos obligados a tomar medidas drásticas para lograr que alguna de ustedes se quedara sola. En cualquier caso, ahora que está en nuestras manos será mejor que se dé cuenta de que cualquier intento de escapar sería infructuoso. No va a ayudarla nadie porque tenemos preparada una explicación para justificar que esté en nuestro poder, así que todo lo que pueda hacer o decir y todas sus protestas tan solo servirían para darle veracidad a nuestra historia de cara a los demás.

—¿Cuál es esa explicación? —daba la impresión de que Enjuto era un tipo competente, no parecía alguien dado a hacer afirmaciones infundadas. Qué bien, vaya suerte la suya. Tenía que secuestrarla gente con sesera.

Cualquiera diría que Enjuto estaba leyéndole la mente, porque sonrió y dijo con voz llena de satisfacción:

—Se trata de una muy simple. Nos ha enviado su tutor para llevarla de vuelta a casa. Usted escapó rumbo a la pecaminosa ciudad de Londres, huyó porque se trata de un hombre estricto, y él nos ha enviado para localizarla —hizo una pausa de lo más teatral, y se sacó del bolsillo una hoja doblada de papel—. Este es el documento con el que nos autoriza a hacer lo que sea necesario para llevarla de vuelta a casa.

—Mi tutor es mi padre, y él no les ha dado ninguna autorización.

—Pero es que usted no es la señorita Cynster, sino la señorita Wallace. Su tutor, sir Humphrey, está ansioso por tenerla de vuelta en casa.

—¿Dónde está esa casa?

Lo dijo con la esperanza de que Enjuto revelara hacia dónde se dirigían, pero él sonrió y se limitó a contestar:

—Eso es algo que usted ya sabe, señorita Wallace, así que no es necesario que se lo digamos.

Heather guardó silencio mientras repasaba el plan de aquella gente para intentar encontrar la forma de frustrarlo, pero no llevaba encima nada que demostrara su identidad. Su única esperanza, una esperanza que era mejor mantener oculta, era la posibilidad de que la viera por casualidad alguien que la conociera, pero las probabilidades de que eso sucediera en la campiña a finales de marzo, justo cuando la temporada social estaba empezando en Londres, eran muy escasas.

Lanzó una mirada de soslayo a la mujer y Enjuto debió de adivinar que estaba preguntándose acerca de ella, porque le explicó sin más:

—Martha es la doncella que sir Humphrey ha enviado para que la asista durante el viaje, por supuesto —sus labios se curvaron en una sonrisita antes de añadir—: ella permanecerá a su lado en todo momento, sobre todo en las ocasiones en las que resultaría inapropiado que nosotros... Cobbins, aquí presente, o yo... estuviéramos junto a usted.

Heather decidió en ese momento que, tal y como Enjuto había dicho, le convenía portarse bien. Saludó con la cabeza a la mujer y al tipo que había permanecido sin decir palabra en el extremo del asiento opuesto, un tipo de pecho fortachón que era más bajito y fornido que Enjuto.

—Martha, Cobbins —después de saludarles, miró a Enjuto—. ¿Y quién es usted?

Él esbozó una sonrisa antes de contestar:

—Puede llamarme Fletcher, señorita Wallace.

A ella se le ocurrieron un par de apelativos con los que podría referirse a él, pero se limitó a asentir antes de reclinarse en el asiento y de apoyar la cabeza en el respaldo. Tenía la sensación de que Fletcher esperaba que protestara, que les suplicara que tuvieran misericordia o que intentara convencerles de que la liberaran, pero no tenía sentido que se rebajara a hacerlo.

Sus esfuerzos serían inútiles; cuanto más pensaba en lo que Fletcher le había revelado hasta el momento, más convencida estaba de ello. Aquel debía de ser el secuestro más extraño del que tuviera constancia... bueno, a decir verdad, no tenía constancia de ningún otro, pero resultaba extremadamente raro que estuvieran tratándola con tanta consideración, con tanta sensatez, que se mostraran tan calmados y seguros de sí mismos.

Fletcher, Cobbins y Martha no tenían pinta de secuestradores. Aunque no eran refinados, tampoco eran personas de baja calaña, y vestían con pulcritud y sencillez. Martha era una mujer bastante robusta y grandota, pero podría pasar por doncella de una dama, y más aún si dicha dama vivía gran parte del tiempo en la campiña; Cobbins, por su parte, parecía un hombre reservado y su vestimenta oscura le ayudaba a pasar desapercibido, pero tampoco parecía alguien a quien cabría encontrar en una taberna de mala muerte. Tanto Fletcher como él encajaban en el papel que tenían asignado, el de hombres a los que un próspero hacendado podría contratar para que actuaran en su nombre.

Estaba claro que la persona que les había enviado a Londres, fuera quien fuese, les había preparado bien. El cuento que habían inventado era simple y, en las circunstancias en las que ella se encontraba, casi imposible de frustrar. Eso no quería decir que no fuera a escapar (iba a lograrlo, de eso estaba segura), pero antes tenía que averiguar todo lo posible acerca del factor más intrigante de aquel extraño secuestro.

Aquellas personas no habían sido enviadas para atraparla a ella en concreto, sino a alguna de las hermanas Cynster, es decir: Eliza, Angelica, ella... y posiblemente también estaban incluidas sus primas, Henrietta y Mary, ya que ellas también eran «hermanas Cynster».

No se le ocurría qué otra razón podría tener alguien para el secuestro aparte de una simple petición de rescate, pero si ese fuera el caso ¿por qué la habían sacado de Londres?, ¿por qué pretendían dejarla en manos del misterioso hombre que les había enviado? Repasó de nuevo lo sucedido, pero por muchas vueltas que le dio siguió teniendo la impresión de que todo lo que había dicho Fletcher era cierto y la habían capturado con la intención de llevársela al hombre para el que trabajaban.

Contratar a tres personas como aquellas y a un cochero, alquilar un carruaje de cuatro caballos preparado para recorrer grandes distancias, tenerlas vigiladas durante más de una semana... no parecía lo que cabría esperar de un simple y oportunista secuestro para pedir un rescate; aun así, si la razón de todo aquello no era conseguir dinero, entonces ¿qué era lo que estaba pasando? Más aún: si escapaba sin averiguar la respuesta, ¿seguiría estando en peligro junto con sus hermanas y primas?

Habían cambiado de caballos en High Barnet, así que pasaron sin detenerse por Welham Green y por Welwyn; algún tiempo después, cuando el carruaje aminoró la velocidad al entrar en un pueblecito, Fletcher se inclinó un poco hacia delante para mirar por la ventanilla.

—Knebworth —volvió a echarse hacia atrás en el asiento, y la miró con ojos penetrantes—, vamos a pernoctar aquí. ¿Será sensata y mantendrá la boca cerrada, o tenemos que atarla y contarle al posadero nuestra historia inventada?

Heather era consciente de que aquella segunda opción no le convenía. Sabía que su familia estaría buscándola (Henry, el viejo cochero que había trabajado para ellos desde siempre, seguro que ya habría dado la voz de alarma), pero, si llegaban a aquel lugar preguntando por ella, era posible que ni el posadero ni sus empleados la mencionaran si creían que era una tal señorita Wallace.

Le sostuvo la mirada a Fletcher sin amilanarse, y alzó la barbilla antes de afirmar:

—Me portaré bien.

—Buena elección.

El hecho de que la mirara con una sonrisa alentadora y no mostrara la actitud victoriosa que cabría esperar no complació en nada a Heather, ya que aquella falta de arrogancia demostraba que era un hombre inteligente. A pesar del cuento que habían inventado, si se echaba a gritar y montaba una pataleta, era posible que alguien avisara al alguacil de la zona, en cuyo caso podría intentar convencerle de que la tuviera en custodia mientras averiguaba quién decía la verdad; por desgracia, su reputación quedaría dañada si la encontraban en manos de unos secuestradores a pesar de la presencia de Martha, sobre todo teniendo en cuenta la declaración implícita que había hecho aquella misma noche al entrar en el licencioso mundo del salón de lady Herford.

Pero por encima de todo estaba el hecho de que, por lo que había visto hasta el momento, mientras permaneciera callada e interpretara el papel que le habían asignado no corría peligro alguno, ni lo correría hasta que la dejaran en manos del hombre que había urdido todo aquello. De modo que, hasta entonces, iba a centrarse en descubrir lo que había detrás de aquel secuestro tan extraño, y cuando lo lograra emplearía su astucia para escapar.

CAPÍTULO 2

Tres horas después, Heather estaba en una habitación de la segunda planta de la posada Red Garter, en Knebworth, tumbada boca arriba en una incómoda cama. La luna había logrado salir al fin de entre las nubes y la luz plateada que entraba por las ventanas le permitía ver el techo con claridad, aunque no estaba observándolo a pesar de tener la mirada fija en él.

—¿Qué diantres voy a hacer?

Aquella pregunta susurrada que lanzó al aire no obtuvo respuesta. Había hecho bien en descartar la idea de montar una escena para llamar la atención de la gente que había en la posada, porque al poder ver a sus captores con claridad bajo la luz de las lámparas se había dado cuenta de que eran más competentes de lo que había pensado en un principio.

Fletcher en concreto parecía lo bastante fiable como para que se pusiera en duda si ella se había marchado de Londres por voluntad propia o no. Mirarle a los ojos con luz suficiente para verle bien le había bastado para confirmar sin género de duda que no solo era inteligente, sino también espabilado y astuto. Si intentaba convencer a alguien de que la ayudara, él utilizaría todos los argumentos habidos y por haber para contrarrestar los suyos, y estaba claro lo que significaba eso: si le presionaba demasiado, su reputación quedaría hecha trizas y ni siquiera tenía la garantía de poder liberarse.

Aquella posibilidad no era nada halagüeña. A decir verdad, se le había pasado por la cabeza que quizás sería más sensato escapar cuanto antes, mientras aún seguía cerca de Londres y de la protección de su familia, aunque no averiguara nada más acerca del motivo de su secuestro... pero la idea había tenido una vida muy efímera, porque no tenía a mano su ropa.

En el carruaje, mucho antes de que la desataran, Martha había sacado una capa oscura de lana y se la había puesto con actitud solícita. Había sido la primera indicación de que pensaban tratarla razonablemente bien, y poder abrigarse había sido de agradecer conforme había ido avanzando la noche. Había obedecido cuando Fletcher le había indicado que se tapara bien con la capa al entrar en la posada, pero, al entrar en aquella habitación junto con Martha, esta le había pedido que se la entregara y después le había sugerido que se quitara el vestido antes de meterse en la cama.

Había obedecido de forma automática, ya que no acostumbraba a acostarse vestida con ropa de gala; aun así, lo que sí que tenía por costumbre era dormir con algo más sustancial que una fina camisola de seda, y eso era lo único que llevaba encima en ese momento aparte de unas medias de seda incluso más finas.

En caso de que se le ocurriera forzar la cerradura de la puerta (Martha tenía la llave en el bolsillo del voluminoso camisón con el que se había acostado) y bajar a hurtadillas para pedir ayuda, no tenía ninguna ropa a mano, y huelga decir que la idea de hacerlo en ropa interior estaba descartada.

Miró de nuevo hacia la otra cama individual que había en la habitación, la cama en la que Martha estaba durmiendo... y roncando a pleno pulmón. Toda la ropa de su secuestradora, incluyendo la que llevaba en un voluminoso morral, más el vestido y el chal que ella se había puesto para ir a la fiesta de lady Herford, y el sencillo vestido que Martha tenía preparado para que se lo pusiera al día siguiente, estaba en ese momento bajo el pesado y voluminoso cuerpo de su «doncella», que había extendido con pulcritud las prendas bajo la sábana antes de tumbarse encima.

Estaba claro que aquella noche no iba a poder huir de sus captores. Por un lado, empezaba a ser presa del pánico, en gran parte porque sus captores habían demostrado tener una gran habilidad hasta el momento para adivinar sus propósitos y neutralizar cada idea que se le ocurría antes de que pudiera llevarla a la práctica; por otro lado, su lado más intrépido le indicaba que el embrollo en que estaba metida podría ser una treta del destino para que permaneciera junto a los secuestradores el tiempo suficiente para averiguar cuál era el motivo del peligro que las acechaba a sus hermanas y a ella.

Estaba debatiéndose entre el pánico y un pragmatismo fatalista cuando oyó un ruido sordo procedente de la ventana que le heló la sangre. Miró ceñuda hacia allí y vio una sombra al otro lado del cristal, una sombra con la forma de un hombre... alcanzó a distinguir una cabeza y unos hombros anchos.

Salió de la cama sin hacer ruido, y después de envolverse en el cobertor cruzó descalza la habitación a toda prisa. Al llegar a la ventana, miró hacia fuera... y se encontró cara a cara con Breckenridge.

La sorpresa la inmovilizó por un instante. Era la última persona a la que esperaba ver en ese momento; bueno, quizás no.

La cara de exasperación con la que la miró al indicarle con un brusco gesto de la mano que subiera la ventana la sacó de su estupor. La habitación estaba en la segunda planta, y parecía estar aferrado a una bajante.

Alzó la mano hacia el pestillo y, mientras luchaba por abrirlo, se dio cuenta de que quizás tendría que haber dado por hecho que él iba a hacer acto de presencia. Se había quedado esperando en el porche a que ella llegara al carruaje de sus padres, seguro que había visto cómo la agarraban y la metían en el carruaje de Fletcher.

Cuando por fin logró abrir el pestillo, alzó la ventana con cuidado. El susurro del marco de madera al deslizarse hacia arriba hizo que mirara por encima del hombro hacia la cama donde dormía Martha, pero esta siguió roncando rítmicamente.

—¿Hay alguien más ahí dentro? —le preguntó Breckenridge, en un susurro quedo, al verla mirar hacia atrás.

Ella asintió y se apoyó en el alféizar hasta que sus rostros quedaron a la misma altura.

—Sí, una doncella fuerte y robusta, pero está profundamente dormida. ¿No oyes sus ronquidos?

Él escuchó en silencio unos segundos antes de asentir.

—De acuerdo. Espera, ¿de dónde has sacado una doncella?

—Mis captores, Fletcher y Cobbins, trabajan para un hombre que los contrató para que me llevaran hasta donde se encuentra él, pero les ordenó que me proporcionaran todas las comodidades posibles durante el trayecto. De ahí la presencia de Martha, ella estaba en el carruaje cuando me atraparon.

Breckenridge podría ser lo que fuera, pero no había duda de que no era ni estúpido ni corto de entendederas.

—Tus secuestradores te han proporcionado una doncella.

—Sí, «para que atienda todas mis necesidades y me consienta». Eso es lo que Fletcher... el hombre alto y enjuto que parece ser el líder... le ha dicho al posadero a nuestra llegada. Me han presentado como la señorita Wallace.

Él vaciló antes de preguntar:

—¿Existe alguna razón que te haya llevado a no decirle tu verdadero nombre al posadero y a exigirle que te ayudara a escapar de Fletcher y sus compinches?

—Sí, la verdad es que sí —admitió ella, con una sonrisa tensa.

Le contó la historia inventada de Fletcher... le habló del supuesto tutor, sir Humphrey, cuyas estrictas normas la habrían llevado a huir rumbo a las pecaminosas calles de Londres, y también le explicó lo de la autorización falsa que Fletcher tenía en su poder.

Al ver que él permanecía callado cuando terminó de explicárselo todo, se asomó por encima del alféizar y vio que, tal y como había supuesto, estaba aferrado a una bajante y tenía un pie metido en una grieta de la pared.

Teniendo en cuenta su tamaño y su peso, llegar hasta allí y sostenerse en aquella posición podría considerarse una proeza impresionante... si ella estuviera de humor para dejarse impresionar, claro, aunque por eso le resultó más extraño aún darse cuenta de que su pánico incipiente se había desvanecido por completo.

Alzó la mirada, y le sorprendió contemplándola con expresión absorta. Se quedó mirándola a los ojos, y de repente parpadeó y sacudió la cabeza antes de soltar una mano de la bajante para indicarle que saliera por la ventana.

—Venga, es hora de irse.

Ella le miró boquiabierta, volvió a asomarse un poco para mirar el lejano, lejano suelo, y le contestó con incredulidad:

—Supongo que estarás bromeando, ¿no?

—Te mantendré entre la bajante y mi cuerpo, y te ayudaré a bajar.

Heather volvió a mirarle. ¿Pensaba ayudarla a bajar sujetándola contra su cuerpo, atrapándola entre su cuerpo y la bajante? La idea... la idea hizo que la recorriera un estremecimiento de excitación.

—No estoy vestida, Martha se ha acostado encima de mi ropa.

Él miró su cuello desnudo, y deslizó la mirada por el cobertor que la cubría.

—¿Estás desnuda debajo de eso?

Lo dijo con una voz estrangulada bastante extraña, y Heather supuso que aquella reacción era una muestra de incredulidad.

—Solo llevo puesta la camisola; como podrás imaginar, es como si estuviera desnuda.

Él cerró los ojos, y cuando volvió a abrirlos al cabo de un momento su expresión se había vuelto un poco más adusta.

—De acuerdo. En ese caso, sal por la puerta y nos encontraremos abajo...

—La puerta está cerrada, Martha está durmiendo con la llave en el bolsillo, y aunque me creo capaz de forzar la cerradura creo que la despertaría; incluso suponiendo que no fuera así, ¿crees que debería correr el riesgo de toparme medio desnuda con alguno de los clientes de la posada? —al ver que él parecía planteárselo, añadió—: además, no te lo he contado todo.

—¿Qué es lo que no has mencionado?

La miró con suspicacia, como si sospechara que estaba jugando con él, pero ella ignoró su reacción y le contó las instrucciones que había recibido Fletcher.

—Así que podrían haber secuestrado a cualquiera de las tres, o de las cinco contando a mis primas.

—¿Y qué? Cualquiera de vosotras serviría para pedir un rescate.

—Sí, pero, si eso es lo único que quiere el hombre que les ha enviado, ¿por qué me han sacado de Londres? ¿Para qué tomarse tantas molestias y asumir tantos gastos?, ¿por qué me han proporcionado una doncella? Son cosas que no tienen sentido.

—Lo de la doncella sí que tiene sentido si el tipo te ha secuestrado para obligarte a casarte con él y hacerse con tu dote.

—Sí, eso es cierto, pero si ese fuera el caso sus órdenes no tendrían sentido. Basta con investigar un poco para averiguar que, aunque Eliza y yo hemos heredado una fortuna considerable, ese no es el caso de Angelica. Ella aún no había nacido cuando fallecieron nuestras tías abuelas, así que no estaba incluida en los testamentos —en su afán por explicárselo, se echó aún más hacia delante.

Breckenridge, que no podía quitarse de la cabeza el hecho de que estaba poco menos que desnuda, habría deseado poder echarse hacia atrás, pero lo único que tenía a su espalda era aire y no tuvo más remedio que apretar los dientes, atarse los machos (metafóricamente hablando), y soportar el tenerla cerca casi desnuda.

La cruz de su existencia, completamente ajena a lo que le pasaba, siguió hablando como si nada.

—¿Te das cuenta?, esa tampoco puede ser la razón del secuestro —le sostuvo la mirada y añadió con firmeza—: sea cual sea el motivo, si existe la posibilidad de descubrir la verdad... de descubrir si hay una amenaza que se cierne no solo sobre mí, sino sobre Eliza y Angelica también, puede que incluso sobre

Henrietta y Mary... debo continuar junto a Fletcher y sus compinches, al menos mientras las cosas sigan como ahora y mi integridad no corra ningún peligro inminente.

Breckenridge hizo una mueca al darse cuenta de que, en ese momento, dicha integridad corría más peligro con él que con sus captores, pero ella vio su reacción y la interpretó como un gesto de aceptación. Sacó un brazo de debajo del cobertor y posó por un momento la mano sobre la que él tenía aferrada al alféizar.

—¿Podrías transmitir un mensaje de mi parte a mi familia? Diles que no corro peligro por ahora, y que les avisaré en cuanto me libere.

Él se quedó atónito, ¿cómo podía pensar siquiera que iba a dejarla?

—¡No digas tonterías! ¡No puedo dejarte en manos de tus secuestradores y marcharme sin más! —la observó con atención y se preguntó cuánto debía de pesar, no sabía si arriesgarse a...

Ella debió de intuir sus intenciones, porque se irguió y retrocedió un paso antes de apuntarle a la nariz con un dedo.

—Ni se te ocurra agarrarme y sacarme a la fuerza, ni ahora ni nunca. Gritaré como una loca si me pones un dedo encima.

Qué bien. Breckenridge la miró ceñudo, pero la conocía lo suficiente para saber que la amenaza iba muy en serio. Ella se relajó un poco al ver que no la desafiaba, e insistió en su idea anterior.

—En fin, si pudieras llevarle un mensaje a...

—Ya he enviado a tu cochero de regreso para que alerte a tu padre y le informe de que te llevan en carruaje por la gran ruta del norte y yo te estoy siguiendo. Supongo que tus primos saldrán en nuestra busca si no reciben noticias nuestras en un día.

Ella se cruzó de brazos y le miró ceñuda por un largo momento antes de preguntar:

—¿Significa eso que tienes intención de seguirme?

—Sí, por supuesto —mascculló él en voz baja—. No puedo permitir que te lleven a Dios sabe dónde.

—Ya veo —se tomó unos segundos para pensar en ello, y al

final asintió—. De acuerdo, voy a contarte lo que tengo planeado. Voy a sonsacarles a Fletcher, Cobbins y Martha toda la información posible acerca del hombre que les ha contratado, de las órdenes que les ha dado y de sus motivos. Intentaré averiguar cuál es el peligro que corren mis hermanas y mis primas, y entonces escaparé. Si aún sigues cerca para entonces, podrás ayudarme —hizo una pausa, y le sostuvo la mirada mientras esperaba su respuesta.

Breckenridge dudó por un instante. Tenía claro cuál era la respuesta que quería darle, pero, por otra parte, ella tenía que acceder a irse con él por voluntad propia, y era terca como una mula.

—De acuerdo —pronunciar aquellas palabras supuso un gran esfuerzo—. Mandaré un mensaje a Londres, y os seguiré de cerca —la miró a los ojos y añadió con tono inflexible—: quiero que nos veamos todas las noches —su mirada se dirigió hacia la doncella, que seguía roncando en la cama—. Dudo que nos resulte muy difícil, aunque deba subir siempre hasta tu ventana. En cuanto averigües todo lo que consideres necesario, no esperarás ni un minuto más y te marcharás conmigo para que te escolte en el camino de regreso a Londres; llegado el momento, contrataré a una doncella para mantener el decoro.

—Me parece un plan excelente —admitió ella, tras unos segundos de reflexión.

Breckenridge se tragó un comentario sarcástico, consciente de que ella jamás reaccionaba bien ante ese tipo de réplicas si procedían de él, y se limitó a asentir.

—Cierra la ventana y regresa a la cama, mañana volveremos a vernos.

Ella se acercó de nuevo a la ventana, la cerró con cuidado y se quedó parada al otro lado del cristal por un momento antes de dar media vuelta y alejarse.

Él bajó la mirada (resistiéndose con valentía a la tentación de echar un vistazo mientras ella se despojaba del cobertor y se metía entre las sábanas), e inició el descenso hacia el suelo.

Aunque estaba más o menos disgustado y muy contrariado por cómo se habían desarrollado los acontecimientos, mientras bajaba con cuidado por la pared tuvo que admitir que en el fondo sentía un respeto muy real por la decisión que había tomado Heather.

La familia era algo muy importante. Eso era algo que él sabía mejor que nadie. Su padre biológico era el difunto Camden Sutcliffe, ilustre diplomático y mujeriego empedernido, y su madre la condesa de Brunswick, que le había dado dos hijas a su marido pero ningún hijo varón. Brunswick le había reconocido como su hijo legítimo... en un principio por puro alivio, ya que estaba desesperado por tener un heredero, pero después por un afecto sincero. Había sido él quien le había enseñado lo que era una familia.

Tan solo utilizaba su nombre de pila, Timothy, en muy contadas ocasiones. Había sido Breckenridge desde su nacimiento y ese era el nombre con el que se identificaba, el nombre que correspondía al hijo mayor del conde de Brunswick. Porque ese era quien había sido siempre: el hijo de Brunswick.

Entendía a la perfección que Heather sintiera la necesidad de averiguar los motivos de aquel extraño secuestro, teniendo en cuenta que el objetivo no había sido atraparla a ella en concreto y también habían estado en el punto de mira de sus captores sus hermanas (y, posiblemente, también sus primas).

Él tenía dos hermanas mayores, lady Constance Rafferty y lady Cordelia Marchmain. Aunque a menudo se refería a ellas como sus «malvadas y horrendas hermanas», había derrotado a dragones para defenderlas y ellas, a pesar de que no dejaban de sermonearle y de incordiarle, también le querían; de hecho, seguramente le sermoneaban y le incordiaban por eso, porque le querían. Por los resultados que obtenían con ello no era, desde luego.

Cuando estuvo lo bastante cerca del suelo de grava, acabó de bajar de un salto. Había sobornado al posadero para que este le dijera cuál era la habitación que le había asignado a la bella dama, aún iba ataviado con su elegante frac y no le había resultado difícil retomar el papel de libertino peligroso.

Se tomó un momento bajo el frío aire nocturno para repasar

mentalmente las tareas que tenía por delante. Iba a tener que cambiar el faetón por algo menos llamativo, pero de momento iba a conservar los rucios; en cuanto a su atuendo, estaba claro que iba a tener que buscar otra ropa.

Suspiró resignado, y se dirigió hacia la pequeña taberna cercana donde había alquilado una habitación.

Heather, por su parte, suspiró aliviada al ver desde la ventana cómo se marchaba. No había alcanzado a verle hasta que él se había apartado de la pared y había esperado con el aliento contenido, ya que le preocupaba que pudiera caerse al bajar.

Breckenridge no le caía bien... no, no le caía bien en absoluto... y no le gustaba lo más mínimo su actitud dictatorial, pero no quería que se hiciera daño, y mucho menos intentando rescatarla. Aunque había decidido que no quería ser rescatada por el momento, no era tan necia como para rechazar su ayuda y su apoyo; de hecho, si fuera necesario, incluso estaba dispuesta a aceptar su protección (en el buen sentido de la palabra, por supuesto).

Tenía la impresión de que estaba más que capacitado para protegerla, pero seguía sin entender por qué se había sentido llena de seguridad y confianza en cuanto le había visto al otro lado de la ventana, por qué se había esfumado de inmediato el miedo que había empezado a adueñarse de ella.

Decidió no ahondar más en el tema, y le dio la espalda a la ventana. Más tranquila y decidida, más convencida que nunca de que el camino que había elegido era el correcto, regresó a la cama, colocó el cobertor sobre la sábana, se acostó, y apoyó la cabeza en la almohada.

Sonrió al recordar la cara que había puesto Breckenridge al indicarle con un gesto que abriera la ventana, en aquel momento había distado mucho de ser el hombre impasible de siempre.

Divertida, aliviada, cerró los ojos y se quedó dormida.

CAPÍTULO 3

A la mañana siguiente, aún era relativamente temprano cuando Heather ya estaba de vuelta en el carruaje y viajando rumbo al norte, ya que Martha la había despertado una hora después de que amaneciera. Llevaba puesto el sencillo vestido de batista verde que la mujer le tenía preparado y también su chal de seda con flecos, pero tanto su vestido de seda ámbar como su ridículo, el bolsito que había llevado a la fiesta, estaban guardados en el voluminoso morral de Martha. Lo que sus captores no habían tenido en cuenta era el calzado, así que se había puesto sus elegantes y delicados zapatos antes de cubrirse con la capa de lana y bajar a una salita privada escoltada por su «doncella».

Mientras desayunaba en compañía de Fletcher, Cobbins y la adusta Martha, no había tenido ocasión ni de establecer contacto visual con las ajetreadas criadas que iban de acá para allá, así que lo más probable era que ni siquiera la recordaran si llegaba alguien preguntando por ella.

Durante el desayuno había reflexionado sobre su propio comportamiento en el carruaje la noche anterior. Había hecho algunas preguntas, pero no les había dado a sus captores razón alguna para creer que era una joven dama capaz de rebelarse o de desobedecerles. No había roto a llorar ni había sollozado con desesperación, pero lo más probable era que no esperaran ese tipo de comportamiento por su parte, ya que les habían advertido de antemano que era una joven inteligente.

A pesar de que era algo que iba en contra de su naturaleza, para cuando habían terminado de desayunar y la habían llevado al carruaje sin dejar de vigilarla ni un instante, había decidido que iba a adaptarse a la imagen que parecían tener de ella: iba a fingir que era maleable y relativamente inofensiva, a pesar de su supuesta inteligencia. Cuando se sentó de nuevo en el asiento de cara al sentido de la marcha, el plan que tenía en mente consistía en hacer que se confiaran al pensar que la joven a la que escoltaban era poco menos que una inocente colegiala.

En los escasos minutos en los que había esperado en el carruaje junto con Martha y Cobbins mientras Fletcher saldaba las cuentas con el posadero, había mirado por la ventanilla y había visto a un mozo de cuadra sujetando a un brioso zaino castrado que ya estaba ensillado y a la espera de que llegara su jinete.

Había sentido la tentación de abrir la portezuela, bajar de un salto del carruaje, recorrer a la carrera los escasos metros que la separaban del caballo, agarrar las riendas, montar y alejarse al galope rumbo a Londres, pero había descartado de inmediato la idea. Además de ser una maniobra muy arriesgada (no tenía dinero ni pertenencias, ni siquiera ropa adecuada, así que podría haber salido de una mala situación para caer en otra aún peor), había que tener en cuenta que, tanto si aquella improvisada huida salía bien como si salía mal, no podría averiguar nada más acerca del porqué del secuestro.

Había decidido que iba a tener que confiar en Breckenridge, en que la siguiera, aunque ni siquiera estaba segura de si él se habría levantado ya. Era uno de los libertinos más notorios de Londres y se suponía que los caballeros así no se levantaban hasta bien entrada la mañana, en especial durante la temporada social.

Esa era la dirección que habían tomado sus pensamientos cuando Fletcher había subido al carruaje. El vehículo se había puesto en marcha con una sacudida en cuanto él cerró la portezuela y, mientras ponían rumbo al norte de nuevo, se había dado cuenta de que confiar en Breckenridge no era tan difícil como esperaba; de hecho, en el fondo ya había decidido que iba a hacerlo.

Esperó a que llegara el momento oportuno para, tal y como había planeado, lograr que sus captores se confiaran. Dejó pasar una hora en silencio mientras los kilómetros iban quedando atrás, esperó hasta que consideró que ya había pasado el tiempo suficiente y entonces se echó un poco hacia delante para mirar por la ventanilla y preguntó con cierta petulancia:

—¿Falta mucho para llegar?

Miró a Fletcher, que se limitó a sonreír. Los otros dos cerraron los ojos cuando los miró con expresión interrogante, así que se volvió de nuevo hacia Fletcher y le dijo, ceñuda:

—Podría decirme al menos cuánto tiempo voy a tener que pasar encerrada aquí dentro.

—Un poco más.

—¿No vamos a detenernos en el transcurso de la mañana para tomar el té? —le preguntó, con fingido asombro.

—Lo siento, pero eso no entra en nuestros planes.

Ella le miró horrorizada.

—Pero supongo que pararemos para comer, ¿verdad?

—Sí, pero aún falta para eso.

Ella se resignó enfurruñada, pero «pararse a comer» parecía indicar que después iban a retomar el viaje. Tras dudar por un instante, decidió preguntar:

—¿Está mucho más al norte el lugar al que me llevan? —lo dijo con una vocecita queda, como si la idea la preocupara... y, a decir verdad, así era.

Fletcher se lo pensó unos segundos antes de responder.

—Un poco.

Heather dejó pasar un par de kilómetros más antes de volver a la carga.

—¿Trabajan desde hace tiempo para el hombre que les ha enviado?

—No. Cobbins y yo ofrecemos nuestros servicios al mejor postor, y Martha accedió a ayudarnos porque la conocemos desde siempre.

—Así que fue él quien se puso en contacto con ustedes, ¿verdad? —al ver que Fletcher asentía, siguió con las preguntas—. ¿Dónde le conocieron?

—En Glasgow —le contestó él, con una sonrisa socarrona.

Heather le miró a los ojos y optó por guardar silencio de nuevo. Apostaría lo que fuera a que ni Cobbins ni él procedían del norte de la frontera y, a juzgar por su acento, estaba claro que Martha era una londinense. ¿Significaba eso que el hombre que les había contratado era de Glasgow? Más aún: ¿tenían intención de llevarla al otro lado de la frontera?

Ardía en deseos de preguntárselo, pero Fletcher estaba mirándola con una sonrisita burlona. Él sabía que no estaba preguntándole todo aquello por mera curiosidad y eso significaba que no iba a revelar nada útil, al menos de forma deliberada; aun así, lo que aquel tipo había dejado caer hasta el momento le bastaba para saber que iba a tener hasta algún tiempo después de la comida para sacarles información a los tres, así que se cruzó de brazos y cerró los ojos para que se confiaran más.

En realidad, tan solo necesitaba obtener dos respuestas antes de escapar: quién les había contratado, y por qué.

Abrió los ojos cuando el carruaje se adentró en las calles de St. Neots, y al pasar junto a la torre del reloj vio que era apenas media mañana. Se estiró y, después de mirar por la ventanilla unos segundos más, se reclinó en el asiento y fijó su mirada en Fletcher.

—¿Cobbins y usted siempre han trabajado juntos?

Estaba claro que aquella no era la pregunta que él esperaba, porque vaciló un poco antes de asentir.

—Sí, crecimos juntos.

—¿En Londres?

La sonrisa socarrona de Fletcher volvió a hacer acto de presencia.

—No, en el norte, pero hemos pasado mucho tiempo en Londres a lo largo de los años. Allí hay mucho trabajo para caballeros como nosotros.

—Supongo que es inútil que le ofrezca más de lo que les paga el hombre que les ha contratado a cambio de que me lleven de vuelta a casa, ¿verdad? —le preguntó, tras decidir que no perdía nada haciéndole aquella proposición.

—Completamente inútil. No soy de los que le hacen ascos a algo de dinero extra, pero traicionar a quien te contrata no es bueno para el negocio.

—¿Tanto les paga ese hombre?

—Lo necesario para que el trabajo se lleve a cabo.

—Se trata de un hombre rico, ¿verdad?

Fletcher vaciló de nuevo antes de contestar.

—Yo no he dicho eso.

No, no lo había dicho, pero estaba claro que esa era la impresión que tenía de su patrón. Heather se inclinó un poco hacia delante antes de preguntar:

—Siento curiosidad, ¿cómo contrata alguien como él a hombres como ustedes? Dudo mucho que puedan anunciarse en los periódicos.

Sus palabras hicieron que Fletcher se echara a reír, e incluso lograron arrancarle una sonrisa a Cobbins.

—Conseguimos trabajo por referencias. No sé quién le habló de nosotros a nuestro patrón, pero mandó un mensaje a nuestro contacto y nos encontramos con él en una taberna. Nos explicó en qué consistía el trabajo, y lo aceptamos. Así de sencillo.

—¿No sabe cómo se llama? —sabía que estaba yendo demasiado lejos, pero, a su juicio, valía la pena correr el riesgo.

Fletcher la miró con expresión pétrea, pero al ver que ella se quedaba esperando con expresión expectante volvió a esbozar su sonrisita burlona.

—No le servirá de nada saberlo, señorita Wallace, pero si tanto le interesa puedo llevarme la mano al corazón —lo hizo sin dejar de sonreír— y decirle que él nos pidió que le llamáramos McKinsey.

—Pero en realidad no se llama así, ¿verdad?

—No, claro que no. Y antes de que se moleste en preguntarlo, no sé cómo se llama en realidad. Un tipo listo no les pregunta a hombres como él nada que no deseen revelar.

Heather hizo una mueca, volvió a echarse hacia atrás, y optó por no preguntar nada más de momento.

El hombre que les había contratado para que la secuestraran y la dejaran en su poder era adinerado, vivía en algún lugar del norte (Glasgow, posiblemente), y era lo bastante imponente como para inspirar respeto, un respeto que rayaba en el miedo, en hombres como Fletcher.

A pesar de la curiosidad que sentía por saber su identidad, cada vez estaba más segura de que no quería llegar a conocerle en persona.

Hicieron una parada para comer poco después del mediodía en un pueblo llamado Stretton, y entraron en el patio de una posada llamada Friar and Keys. Heather había estado tan al norte en varias ocasiones, cuando había ido a Escocia para visitar a su primo Richard y a la esposa de este, Catriona, pero no reconoció el lugar.

Después de bajar del carruaje, estiró sus agarrotadas piernas y lanzó una subrepticia mirada a su alrededor. ¿Se habría dado cuenta Breckenridge de que se habían detenido allí?

Suponiendo que realmente estuviera siguiéndoles y que no se hubiera quedado rezagado, por supuesto.

—Vamos —le ordenó Martha, antes de tomarla del brazo y de conducirla hacia la puerta principal de la posada—. Será mejor que pidamos la comida por la que ha preguntado hace un rato, antes de que Fletcher cambie de idea.

Heather la siguió con docilidad, pero el comentario hizo que mirara por encima del hombro. Se sintió aliviada al ver que varios mozos de cuadra estaban conduciendo el vehículo hacia un lado del patio en vez de llevarlo más adentro, ya que así sería fácil verlo desde el camino. Fletcher y el taciturno Cobbins, por su parte, se habían acercado a la entrada del patio y estaban mirando hacia el camino por el que acababan de llegar mientras hablaban... bueno, la verdad era que parecían estar discutiendo.

Obedeció sin rechistar cuando Martha la hizo entrar en la posada y la condujo hacia un reservado revestido de madera que había al fondo del comedor. Esperó a que se le indicara que podía sentarse, y quedó arrinconada contra la pared cuando su «doncella» se sentó a su lado en el banco. Miró hacia la puerta, pero Fletcher y Cobbins aún no habían entrado.

En ese momento se les acercó una de las mozas de la posada, y Martha le preguntó qué había para comer antes de pedir pastel de carne y puré de patatas para todos.

—Trae también tres jarras de cerveza... y una de sidra.

Lo último lo añadió después de lanzar una mirada a Heather, y esta esperó a que la moza se marchara antes de decir:

—Gracias.

Al ver que la mujer se limitaba a soltar un gruñido, dejó pasar unos segundos antes de preguntar, con la mirada puesta aún en la puerta:

—¿A que está esperando Fletcher? —¿acaso era aquel el lugar donde iban a entregarla al hombre que les había contratado?

—Se limita a ser cauto, tiene esa costumbre. Está asegurándose de que no nos sigue nadie.

Heather sintió que se le aceleraba el corazón, pero logró mantener un tono de voz sereno al preguntar:

—¿Cómo podría haber alguien siguiéndonos? Al fin y al cabo, de haber visto cómo me secuestraban, nos habrían dado alcance hace tiempo, ¿verdad?

—Sí, eso es lo que cabría pensar, pero, como ya le he dicho, el viejo Fletcher es un tipo cauto. No hay duda de que por eso aún está con vida.

La moza que les servía llegó poco después con una bandeja repleta de platos, seguida por una compañera cargada con cuatro jarras. Con ellas en medio, Heather ya no podía ver la puerta, y para cuando dejaron los platos y las jarras sobre la mesa estaba a punto de sugerirle a Martha que alguna de las cuatro debería ir a buscar a Fletcher y a Cobbins antes de que se les enfriara la comida; por suerte, en ese momento miró hacia la puerta y les vio entrar.

Estuvo a punto de escapársele un suspiro de alivio, y tomó un sorbo de sidra para calmarse.

Cobbins se sentó frente a ella, y Fletcher se sentó junto a él y miró a Martha a los ojos al decirle:

—Nadie. Por lo que parece, tenemos el camino libre.

La mujer, que ya tenía la boca llena, se limitó a hacer un pequeño gesto de asentimiento.

Cobbins empezó a comer con ganas y Fletcher siguió su ejemplo, pero Heather tentó el pastel de carne y la montaña de puré antes de probar un poquito con cautela; para su sorpresa, estaba muy bueno, así que siguió comiendo.

No habría sabido decir qué fue lo que la llevó a alzar la mirada varios minutos después, pero lo hizo y vio a Breckenridge parado en la puerta. Tenía los ojos puestos en ella, pero apartó la mirada de inmediato y miró a su alrededor como buscando un lugar donde sentarse.

Heather fingió que miraba su plato, pero le observó subrepticiamente mientras él avanzaba entre las mesas con una agilidad y un sigilo sorprendentes en un hombre tan fornido. Le vio acercarse a ellos y alzó la cabeza sorprendida al ver que desaparecía tras el alto panel que Fletcher tenía a su espalda, pero se dio cuenta de que se había sentado en el siguiente reservado, justo detrás de los dos secuestradores, con lo que iba a poder escuchar todo lo que dijeran.

Dejó el tenedor a un lado, fijó la mirada en Fletcher, y tomó un sorbito de sidra antes de carraspear un poco y preguntar:

—¿Adónde me llevan? —bajó la mirada y volvió a dejar la

jarra sobre la mesa. Lo hizo con cautela, como si estuviera nerviosa y tensa.

Fletcher la observó con ojos penetrantes antes de contestar:

—Más hacia el norte.

Ella le miró y probó con un tono suplicante.

—¿Cuánto más? ¿Vamos a seguir por la gran ruta del norte, o tomaremos otra? —logró que aquellas últimas palabras reflejaran un profundo temor, como si, aparte del hombre que les había contratado, en el norte hubiera algo más que le asustara.

—Ya le he dicho que vamos más hacia el norte —le contestó Fletcher, ceñudo.

—Pero ¿adónde exactamente? —insistió, antes de abrir los brazos con teatralidad—. ¡En el norte hay multitud de sitios! ¿Dónde...? —soltó una exclamación ahogada, tragó saliva, y añadió temerosa—: ¿Dónde vamos a pernoctar?

A juzgar por su actitud, daba la impresión de que le daba pánico que pudieran detenerse demasiado cerca de aquello que tanto miedo le daba; Fletcher, cada vez más ceñudo, se inclinó hacia delante y le dijo en voz baja:

—No sé qué diantres le pasa, pero vamos a pasar la noche en Carlton-on-Trent. ¿Hay algún motivo por el que sería mejor no hacerlo?

Como no estaba segura de que Breckenridge lo hubiera oído, alzó la cabeza y fingió un gran alivio.

—¿Carlton-on-Trent? —preguntó, con una trémula sonrisa—, no... no hay motivo alguno que nos impida detenernos allí.

—Perfecto —Fletcher se echó hacia atrás de nuevo, y siguió mirándola ceñudo unos segundos más antes de dirigirse a sus dos compinches—. Venga, daos prisa con la comida. Hay que ponerse en marcha cuanto antes.

La respuesta que obtuvo fueron varias protestas malhumoradas.

Heather se apresuró a comer un par de bocados más, aunque la comida se había enfriado. Los tres secuestradores, por su parte, estaban tan absortos en la tarea de apurar sus platos que no se percataron de la presencia del fornido hombre que, tras levantarse del reservado de al lado, salió del establecimiento sin dedicarles ni una mirada.

—Vamos —dijo Fletcher, antes de apartar a un lado su plato y ponerse en pie.

Los demás se levantaron a regañadientes, y Heather interpretó el papel de secuestrada obediente y dejó que Martha y Cobbins la condujeran hacia la puerta. Salió afuera justo a tiempo de ver cómo Breckenridge, que estaba vestido con una ropa tosca muy diferente a su elegante vestimenta habitual, salía del patio en un sencillo carrocín y ponía rumbo al norte, y supuso que había decidido ir un poco por delante de ellos.

Fletcher no había prestado la más mínima atención ni al carrocín ni al hombre que lo conducía, se había acercado al cochero que les llevaba y estaba hablando con él. Cobbins tampoco parecía haberse percatado de la presencia de Breckenridge y Martha había salido de la posada detrás de ella, así que como mucho habría alcanzado a verle la espalda desde lejos.

Cuando Fletcher abrió la portezuela del carruaje y le indicó que subiera, ella obedeció y se sentó en el lugar de siempre. Mientras los demás se acomodaban en sus respectivos puestos, rezó para que Fletcher no se hubiera dado cuenta de cuáles eran sus planes. Seguro que, si se había percatado de que Breckenridge estaba siguiéndoles, había mentido al decirle dónde pensaban pernoctar.

Si perdía la protectora presencia de Breckenridge...

Cuando aquella posibilidad cristalizó en su mente, tomó conciencia de lo sola que se sentiría si no supiera que le tenía cerca, de lo aterrada y presa del pánico que estaría, y se dio cuenta de lo irónico de la situación. ¡Qué extraño resultaba que su enemigo acérrimo, al que solía evitar y que tanto le desagradaba, se hubiera convertido en su salvador!

Contuvo a duras penas un bufido burlón... ¡Breckenridge, convertido en su salvador!

El carruaje se puso en marcha con una sacudida, así que se volvió a mirar por la ventanilla mientras salían del patio de la posada y se incorporaban al camino.

Breckenridge irrumpió en Newark-on-Trent a media tarde. Había conducido a una velocidad endemoniada para tomarle la delantera al carruaje donde viajaba Heather y los caballos estaban agotados, así que entró en la primera casa de postas grande que encontró y solicitó a gritos que acudieran varios mozos de cuadra y el encargado.

A pesar de su apariencia sencilla, su voz autoritaria hizo reaccionar de inmediato a los empleados, que acudieron corriendo. Después de bajar del vehículo, le entregó las riendas al primer mozo que llegó y se volvió hacia el encargado.

—Necesito el mejor par de caballos que tengas, aparejados y listos para partir, en... —sacó su reloj de bolsillo, miró la hora, y lo cerró con un chasquido antes de volver a guardarlo—... una hora.

—De inmediato, señor. ¿Qué hacemos con los rucios?

Después de darle la dirección de la casa de postas de High Barnet, Breckenridge salió del patio y se dirigió a Lombard Street. Su primera parada fue en la oficina del banco Child's para sacar algo de dinero; después, siguiendo las indicaciones que le dio el gerente del banco, fue al mejor zapatero de la zona y tuvo la suerte de encontrar unas botas de montar que le quedaban bien; su siguiente parada fue en la mejor sastrería del lugar, donde creó un pequeño caos al pedir que le prepararan ropa para un lacayo y para un jornalero norteño.

Al ver que tanto el sastre como sus ayudantes se quedaban mirándolo boquiabiertos, controló su genio a duras penas y les explicó con brusquedad que la ropa era para una fiesta campestre en la que había que disfrazarse.

Su explicación logró que se pusieran a trabajar a toda prisa, pero, aun así, el proceso duró más de lo que le habría gustado.

Contuvo su impaciencia a duras penas mientras el sastre se esmeraba para que la ropa le quedara a la perfección, pero al final no pudo más y exclamó:

—¡Por el amor de Dios, no premian por ser el lacayo mejor vestido del norte!

El sastre dio un respingo, los alfileres que sujetaba entre los labios se le cayeron al suelo, y sus ayudantes se apresuraron a recogerlos.

—No, señor, por supuesto que no. Si el señor permanece quieto, retiraré los alfileres... aunque, en fin, con unos hombros como los suyos, me parecería un pecado no...

—No se preocupe por resaltar mis dichosos hombros, limítese a asegurarse de que tenga libertad de movimiento —alzó los brazos y los movió hacia delante en cuanto el atildado sastre retrocedió un poco, y asintió satisfecho al ver que ni la chaqueta ni la camisa se rasgaban—. Muy bien, servirán —indicó con un gesto el otro atuendo, y también la chaqueta y los pantalones por los que había cambiado su elegante levita en la taberna de Knebworth—. Que empaquen todo eso, me dejaré esta ropa puesta. Debo ponerme en marcha cuanto antes.

El sastre y sus ayudantes obedecieron a toda prisa y, a la hora de pagar, Breckenridge les recompensó con una buena propina. Teniendo en cuenta lo tenso y lleno de impaciencia que estaba, era de agradecer que no le hubieran hecho perder los estribos.

Regresó a toda prisa a la casa de postas con el paquete de la ropa bajo el brazo, y vio que el carrocín que había alquilado en Baldock para reemplazar al llamativo faetón ya estaba preparado con un tiro de dos caballos negros de aspecto decente. Después de revisarlos y de pagar al encargado de la cuadra, colocó el paquete de ropa bajo el asiento, subió al vehículo y, después de comprobar las riendas, les hizo un gesto de asentimiento a los mozos de cuadra.

—Soltadlos.

Los caballos intentaron lanzarse al galope, pero notaron de inmediato la firme sujeción de las riendas. Sacudieron la cabeza con nerviosismo, pero no tardaron en apaciguarse y, con un firme chasquido de las riendas, Breckenridge los hizo salir del patio y los puso rumbo al norte.

Para cuando el carruaje donde viajaba Heather cruzó el pórtico de entrada de la posada Old Bell, en Carlton-on-Trent, y entró en el patio delantero, Breckenridge ya estaba en posición. Se había sentado en una mesa del comedor, en una esquina cercana a la entrada, y desde allí les vio bajar del vehículo; al igual que antes, a Heather la vigilaban de cerca y la condujeron rápidamente hacia la puerta de la posada.

Por suerte, el vestíbulo estaba separado del comedor mediante una pared divisoria de madera, así que desde su silla alcanzaba a oír todo lo que decían los que estaban al otro lado aunque fuera en voz baja, sin que estos pudieran verle. Huelga decir que él tampoco podía verles a ellos, pero tenía la esperanza de que Heather se hubiera dado cuenta de que aquella era la única posada que había en aquel pueblecito y dedujera que él estaba cerca.

Oyó cómo se abría la puerta principal, los pasos de gente entrando en el establecimiento, y el sonido de la campanilla del mostrador de recepción. Tomó un trago y aguzó el oído mientras el posadero llegaba y se encargaba de recibir a los recién llegados, y prestó especial atención a la asignación de las habitaciones; al igual que Heather y la tal Martha, Fletcher y Cobbins iban a compartir un cuarto, pero la de ellos estaba en otra ala del edificio.

Fletcher intentó conseguir una que estuviera más cerca de la de las mujeres, pero el posadero les aseguró que eran las dos únicas habitaciones que tenía disponibles y les explicó que tenía muchas cerradas a causa de los daños que había causado el agua durante una reciente tormenta. Fletcher refunfuñó un poco, pero al final accedió a regañadientes a alojarse junto con su amigo en la habitación que se les ofrecía.

—Perfecto —murmuró Breckenridge.

Había pagado una buena suma al posadero a cambio de que Fletcher y Cobbins estuvieran bien lejos de la habitación de Heather. Con un poco de suerte, ella estaría lista para huir de sus captores y regresar a Londres aquella misma noche, porque, cuanto más se alargaba todo aquello... aunque la ropa extra que había comprado era prueba inequívoca de que no apostaba ni mucho menos a que ella fuera a obrar con sensatez, y mucho menos por el mero hecho de que él creyera que debería hacerlo.

Los secuestradores estaban hablando entre ellos acerca de cómo distribuir el equipaje cuando, de repente, Heather comentó:

—No estoy acostumbrada a pasar el día entero encerrada, debo insistir en que me permitan disfrutar de un pequeño paseo.

—Ni lo sueñe —le contestó Fletcher.

Breckenridge se dio cuenta al oírle de que el grupo se había acercado un poco más al comedor.

—No crea que va a poder huir tan fácilmente —añadió Fletcher.

—¿Adónde cree que voy a huir en esta zona de campos abiertos, hombre de Dios?

A juzgar por su tono de voz, no le costó nada imaginársela con la frente en alto y una expresión altanera en el rostro.

Cobbins mencionó en ese momento la posibilidad de que pudiera robar un caballo y huir cabalgando, y ella contestó con tono burlón:

—Sí, claro, ataviada con un vestido y unos delicados zapatitos de baile; en todo caso, no estaba sugiriendo que me dejaran salir a pasear sola, Martha podría acompañarme.

La aludida se sumó a la discusión, pero Heather se mantuvo firme y no cedió durante la batalla verbal que se desató. Al final, con voz llena de exasperación y frustración, Fletcher exclamó:

—¡Mire, señorita, tenemos órdenes estrictas de mantenerla

a salvo! ¡No podemos correr el riesgo de que deambule por ahí y caiga presa del primer granuja disoluto que la vea pasar y se encapriche con usted!

Tras un tenso silencio que se alargó más de medio minuto, Heather soltó un sonoro bufido y contestó con altivez:

—Permita que le diga que los granujas disolutos saben bien que no deben encapricharse de mí.

Breckenridge pensó para sus adentros que aquello no era del todo cierto, pero el arranque de genio de Fletcher había revelado una información que podía ser de suma importancia.

—Vamos, Heather, ahonda en lo que te ha dicho.

Fue como si ella le hubiera oído hablar, porque añadió con toda naturalidad:

—Si en vez de seguir discutiendo me tratara como a una adulta sensata y me dijera cuáles son esas órdenes estrictas que tienen en lo que a mí se refiere, quizás podría decidir acatarlas... o, al menos, ayudarles a ustedes a que las cumplan.

Breckenridge no supo qué pensar al oír aquello. Oyó también el suspiro de exasperación de Fletcher, y se apiadó un poco de él. Estaba claro que el pobre tipo estaba a punto de perder los estribos.

—¡Está bien! Para su información, tenemos orden de mantenerla a salvo de todo mal. ¡Ni un condenado pájaro puede tocarle un solo pelo! Debemos entregarla en perfecto estado, tal y como estaba cuando la atrapamos.

Al oír cómo cambiaba el tono de voz de Fletcher, Breckenridge lo imaginó acercándose a ella para intimidarla y lograr que cediera; de haber podido hablar con él, le habría advertido que era una tarea inútil.

—Así que, como comprenderá, no podemos permitir que salga a deambular por ahí como si nada —añadió Fletcher, en voz baja y tajante.

—Ya veo.

La plácida respuesta de Heather alertó a Breckenridge de que Fletcher estaba a punto de quedar noqueado, y esbozó una enorme sonrisa mientras esperaba a que ella lanzara su ataque verbal. ¡Por una vez, no estaba dirigido a él!

—Si, tal y como usted dice, tienen órdenes de... corríjame si me equivoco... asegurarse de que mantenga mi excelente salud habitual hasta que me dejen en manos del hombre que les contrató, entonces es absolutamente necesario que permitan que salga a pasear, mi querido Fletcher. Nunca me ha sentado bien pasar todo el día enclaustrada en un carruaje, así que, si no quiere que me debilite ni que mi salud se resienta, tendrá que dejar que salga a respirar aire fresco y a hacer algo de ejercicio —tras una pequeña pausa, siguió hablando como si lo que estaba diciendo fuera lo más razonable del mundo—. Seguro que una excursión breve por la orilla del río que hay detrás de la posada bastará para hacer que me reponga.

Breckenridge habría podido jurar que alcanzaba a oír a Fletcher rechinando los dientes, y no se extrañó cuando el tipo acabó por claudicar al cabo de un momento.

—¡Está bien! ¡Ve con ella, Martha! Veinte minutos, ¿me ha oído? ¡Ni uno más!

—Gracias, Fletcher. Vamos, Martha, aprovechemos lo que queda de luz antes de que anochezca.

Breckenridge la oyó salir de la posada acompañada de la reticente Martha, y tomó un trago de cerveza mientras esperaba. Al cabo de un momento, Fletcher y Cobbins subieron rumbo a la habitación que les habían asignado (el segundo refunfuñando, el primero sumido en un ominoso silencio), y en cuanto el sonido de sus pasos se perdió en la distancia se levantó y se estiró con fingida indolencia. Puso rumbo al vestíbulo, y segundos después salió de la posada con disimulo.

El río Trent discurría con placidez a menos de cien metros de la parte trasera de la posada, y un sendero muy trillado bordeaba su orilla. Mientras lo recorría, Heather agradeció la oportunidad de estirar las piernas y de respirar aire fresco, pero la principal razón por la que había insistido en salir a pasear había sido intentar averiguar si Breckenridge estaba allí.

No tenía forma de saberlo hasta que le viera, no tenía ni idea de si él les había adelantado o aún estaba por llegar; aun así, lo que tenía claro era que haría acto de presencia y se mantendría cerca. Breckenridge le había dicho que iban a tener que encontrarse todas las noches y no había duda de que, si pensara que ella corría algún peligro, intervendría y haría lo que fuera necesario para rescatarla; de igual forma, cuando se vieran aquella noche (aunque aún estaba por ver cómo iban a lograrlo), era más que probable que la presionara para lograr que renunciara al objetivo que se había propuesto y accediera a regresar a Londres con él.

Mientras caminaba, repasó todo lo que había averiguado. La información que tenía no era suficiente, pero había obtenido varios datos reveladores que bastarían para justificar su decisión de seguir con lo planeado y averiguar aún más si podía. Fue ordenando mentalmente los argumentos, y estaba sumida en sus pensamientos cuando Martha comentó:

—Está tomándose todo esto sorprendentemente bien. Yo esperaba tener que aguantar ataques de histeria, o como mínimo llantos y súplicas.

Heather se volvió hacia ella y, al ver que la mujer estaba observándola con ojos penetrantes, puso cara de circunstancias y volvió la mirada al frente antes de contestar:

—Bueno, debo admitir que al principio estuve a punto de dejarme arrastrar por el pánico, pero... he empezado a plantearme si debería ver todo esto como una aventura —tenía que evitar levantar sospechas, así que optó por dar la única explicación que podría parecer plausible. Hizo un teatral ademán con la mano al añadir—: una aventura romántica en la que hay un misterioso villano que podría resultar ser increíblemente apuesto.

—¡Ah! De modo que eso era, ¿no? Está fantaseando con el canalla que planeó que la secuestraran.

—¿Tiene la certeza de que se trata de un canalla? —su preocupación no fue fingida.

—La verdad es que no. Yo no le conozco de nada, fueron Fletcher y Cobbins los que trataron con él. Pero créame cuando le digo que es mejor no conocer a un tipo capaz de organizar un secuestro y, más aún, uno tan fríamente planeado como este, por muy apuesto que sea. ¿Seguro que no quiere replantearse lo de dejarse arrastrar por el pánico?

—¿Acaso me serviría eso de algo?

—Conmigo no, y lo más probable es que Fletcher le diera un bofetón en vez de andarse con contemplaciones.

—En ese caso, seguiré fantaseando, al menos hasta que tenga razones para dejar de hacerlo. Para usted debería ser un alivio, estoy facilitándole mucho su tarea.

Martha soltó una carcajada burlona, y se detuvo de repente.

—Ya nos hemos alejado bastante. Puede que a usted le haga falta hacer ejercicio, pero a mí no. Regresemos ya.

Heather se detuvo, respiró hondo, y soltó un suspiro pesaroso al exhalar el aire.

—Bueno, si no hay más remedio...

Dio media vuelta, e iniciaron el camino de regreso. La corpulenta «doncella» era varios centímetros más alta que ella y abultaba el doble, pero, a pesar de su tamaño y de sus andares lentos y pesados, podía moverse con rapidez cuando así lo deseaba y las voluminosas mangas negras de su tosco vestido ocultaban unos brazos impresionantes; por muy grandota que fuera, estaba muy musculosa, así que para poder escapar de ella había que incapacitarla previamente.

Regresaron a la posada a paso lento (Martha porque solía andar así, y ella porque quería disfrutar el máximo tiempo posible del fresco aire vespertino) y, al llegar al estrecho camino que conducía a la posada, dejaron el sendero que seguía el curso del Trent y, con este a sus espaldas, subieron por la suave pendiente que llevaba al establecimiento.

Heather alzó la cabeza, y al mirar hacia el edificio de piedra gris vio al hombre alto de pelo oscuro y hombros anchos que las observaba desde una de las esquinas, medio oculto entre las sombras. En Stretton le había visto vestido con ropa sencilla que podría hacerle parecer un comerciante de la zona, pero con el atuendo que llevaba en ese momento parecía un lacayo; en cualquier caso, le reconoció de inmediato y sintió un alivio tremendo. Estuvo a punto de sonreír, pero se dio cuenta a tiempo y se contuvo.

Miró de reojo a Martha y vio que, por suerte, esta no parecía haberse percatado de nada. Volvió a mirar hacia la posada... y vio que Breckenridge se había esfumado, pero eso carecía de importancia. Ya tenía la certeza de que él estaba cerca, de que iban a verse aquella noche, así que se centró de nuevo en ensayar lo que iba a decirle, en ver cómo exponía lo que había averiguado de forma convincente para que él accediera a dejarla un tiempo más en manos de sus captores.

La posada Old Bell era tan vieja que las puertas de las habitaciones no se cerraban con llave, sino mediante aldabillas, y el hecho de que el posadero no hubiera modernizado las instalaciones fue toda una suerte para Heather. Cuando la jornada terminó y todos los inquilinos de dos patas se retiraron a dormir, con los portentosos ronquidos de Martha sofocando el crujido de algunas de las tablas del suelo bajo sus pies, levantó la aldabilla y salió con sigilo al frío y oscuro pasillo.

No se había atrevido a encender una vela, pero sus ojos se habían acostumbrado a la noche y le bastó con una rápida ojeada para confirmar que el lugar estaba desierto. Habían vuelto a dejarla sin vestido, pero se había quejado del frío y, con la excusa de que seguro que no querrían que se resfriara, había logrado que Martha le permitiera quedarse con su chal de seda y cubrir la cama con la capa para poder abrigarse aún más.

En ese momento tenía puesta la capa y llevaba el chal atado alrededor de la cintura. El improvisado vestido le dejaba los tobillos y parte de las pantorrillas al descubierto, pero al menos tenía la piel de aquella zona cubierta con las medias de seda y, en cualquier caso, aquella vestimenta era preferible al cobertor de la noche anterior. Al menos no tenía que sujetarla en todo momento para mantener el recato (y, teniendo en cuenta que iba a verse con Breckenridge, mantenerlo en todo momento era una consideración muy pertinente).

Él había dejado claro que, para que la dejara seguir viajando con sus captores, tenían que encontrarse a escondidas todos los días, y le conocía lo bastante bien para saber que estaba hablando muy en serio y que sería inútil negarse; además, quería contarle lo que había averiguado y ver si podía aconsejarla. Él conocía mucho mejor el mundo en el que vivían, sobre todo más allá de los confines de la alta sociedad.

Después de cerrar la puerta a su espalda con cuidado y echar la aldabilla, se volvió hacia las escaleras y se quedó inmóvil mientras aguzaba los oídos y sus ojos se acostumbraban a la oscuridad que imperaba en el pasillo; aprovechó para orientarse.

Al ver que Martha y ella se disponían a levantarse de la mesa que habían compartido con Fletcher y Cobbins durante la cena, Breckenridge (que estaba sentado al otro lado del comedor y más cerca de la puerta) se había adelantado y, para cuando ellas habían salido del salón, él estaba subiendo la escalera.

Habían subido tras él, y ella había alcanzado a ver cómo abría la puerta de una habitación situada cerca del rellano y entraba sin mirarlas siquiera. Martha y ella habían pasado junto a su puerta cerrada, habían seguido por el pasillo y habían doblado una esquina hasta llegar a la habitación que tenían asignada.

Respiró hondo, tensa pero a la vez presa de una extraña excitación, y fue con sigilo hacia la esquina. Los delicados zapatos que se había puesto para ir al baile le permitieron avanzar de puntillas sin hacer apenas ruido.

Se detuvo para mirar tras de sí al llegar a la esquina, y se tranquilizó al ver que el pasillo seguía desierto. Se volvió de nuevo hacia delante, dispuesta a asomarse... y en ese momento un cuerpo duro y musculoso dobló la esquina y chocó con ella.

Trastabilló hacia atrás, pero unas fuertes manos la agarraron y la sostuvieron. Le dio un vuelco el corazón y alzó la mirada, pero tan solo vio oscuridad. Abrió la boca... la palma de una mano le cubrió los labios, un brazo férreo la apretó contra un fornido y adamantino cuerpo masculino.

No podía ni forcejear, no supo qué hacer mientras la envolvían aquel calor masculino y aquellos músculos duros y fuertes, pero entonces oyó un virulento improperio y se dio cuenta de quién era su captor.

El pánico y un miedo visceral la habían hecho tensarse de pies a cabeza, y el alivio que la recorrió los arrastró a su paso y dejó su cuerpo laxo. La tentación de relajarse entre sus brazos, de apoyarse agradecida en él, fue tan abrumadora que se tensó de golpe otra vez.

Él bajó la cabeza para poder mirarla a los ojos, y masculló en voz baja:

—¿Qué diablos estás haciendo?

Su tono de voz sirvió para arrancarla de su estupor. Mordió la mano que seguía cubriéndole la boca y, cuando él la apartó a toda prisa con una imprecación ahogada, se humedeció los labios y le contestó indignada:

—¡Iba a verte, por supuesto! ¿Qué haces tú aquí?

—¡Iba a buscarte...! ¡Por supuesto!

—¡Qué ridiculez! —al darse cuenta de que tenía las manos apoyadas en su pecho, las apartó a toda prisa—. ¡No va a pasarme nada por recorrer sola unos metros! —se dio cuenta de que parecían un par de niños discutiendo.

Él no contestó y se limitó a mirarla en la oscuridad. Heather no alcanzaba a verle los ojos, pero su mirada era tan intensa, tanto, que se sintió...

El corazón se le aceleró y los latidos se tornaron más fuertes, más profundos; sus sentidos se expandieron, estaban alerta como nunca antes; un instinto primitivo hizo que se le erizara el vello de la nuca mientras él la miraba, mientras seguía mirándola durante un momento eterno... hasta que él alzó la cabeza de repente, se irguió y retrocedió un paso.

—Vamos —la agarró del brazo y, sin andarse con ceremonias, la hizo doblar la esquina y precederle por el pasillo.

El genio de Heather, que siempre estaba a flor de piel cuando le tenía cerca, estaba a punto de entrar en ebullición. De no ser porque debían actuar con sigilo, le habría dicho lo que pensaba de aquel comportamiento tan poco caballeroso.

Breckenridge se detuvo en la puerta de su habitación. Habría preferido cualquier otro lugar de encuentro, pero no había ningún otro más seguro y, al margen de cualquier otra consideración, tenía que mantenerla a salvo.

La rodeó con un brazo para poder alcanzar la puerta, y esta se abrió en cuanto alzó la aldabilla.

—Pasa.

Había dejado la lámpara a medio gas, así que después de entrar tras ella y de cerrar la puerta pudo ver con claridad cómo iba vestida y tuvo que tragarse otra imprecación más. Al verla mirar a su alrededor, se dio cuenta de que estaba buscando dónde sentarse, pero, como el único asiento posible era la cama, pasó junto a ella con paso firme, apartó el cobertor, y le indicó con gesto autocrático la sábana.

—Siéntate.

Ella le fulminó con la mirada, pero obedeció con una altivez y una soberbia dignas de una reina y, en cuanto estuvo sentada, él la cubrió con el cobertor a toda prisa. Aunque lo miró un poco extrañada, se tapó bien, y él no dijo nada. Si Heather quería creer que le preocupaba que se resfriara, que así fuera. Lo principal era que el cobertor era lo bastante largo como para tapar aquellos tobillos y aquellas pantorrillas que atraían su mirada como imanes.

El hecho en sí era absurdo. Teniendo en cuenta cuántas mujeres desnudas había visto a lo largo de su vida, no alcanzaba a explicarse cómo era posible que le afectara tanto ver los tobillos y las pantorrillas de Heather enfundados en unas medias.

Se sentó a su lado, pero procurando dejar una buena distancia entre los dos.

—¿Qué has averiguado?

Ella le observó unos segundos en silencio antes de contestar.

—No tanto como habría deseado, pero han dejado caer que el hombre que les contrató se encontró con ellos en Glasgow y que corre con todos los gastos. Parecen satisfechos con el acuerdo económico al que llegaron con él, así que cabe suponer que se trata de un hombre bastante adinerado, pero aún no he logrado sacarles ninguna información acerca del lugar al que me llevan —se tapó mejor con el cobertor, y miró ceñuda al frente—. Les he sonsacado algo más, pero se trata de una impresión mía.

—Dime —le pidió al ver que se quedaba callada.

—Los secuestradores... bueno, al menos Fletcher y Cobbins, que fueron los que le conocieron en persona... le consideran alguien al que hay que tratar con cierta... cautela, por decirlo de alguna forma.

—¿Con respeto?

—Sí, pero yo diría que más bien en el sentido físico. Quizás se trate de un hombre malvado y peligroso.

—Has dicho que le conocieron en Glasgow. ¿Sabes dónde fue?

—En una taberna. Al parecer, ofrecen sus servicios al mejor postor. El tipo supo de ellos a través de alguien para el que habían trabajado con anterioridad, y contactó con ellos mediante un contacto que tienen.

—Por lo que dices, es posible que no sepan gran cosa acerca de él.

—Sí, eso es lo que yo creo. Me dieron un nombre, pero no te entusiasmes antes de tiempo. Fletcher me dejó claro que están convencidos de que en realidad no se llama así.

—¿Cómo?

—McKinsey.

—Es un apellido escocés, así que lo más probable es que viva en Escocia.

No podía quitarse de la cabeza el hecho de que ella estaba sentada en la cama, en su cama, así que se puso en pie y empezó a pasearse de un lado a otro de la habitación.

—No sé si eso es algo que podamos dar por hecho —arguyó ella—. Es posible que Fletcher esté tan seguro de que en realidad no se llama McKinsey porque se dio cuenta de que es inglés.

—Sí, tienes razón; además, en Glasgow hay multitud de ingleses.

—En cualquier caso, está claro que debo obtener más información.

Él le lanzó una mirada ceñuda.

—Ya estamos a una distancia considerable de Londres y seguimos en la gran ruta del norte. No sabemos si el lugar al que te llevan está mucho más al norte, pero cada kilómetro te aleja más de tu familia, de la seguridad de tu hogar.

Heather apretó los labios, pero mantuvo la compostura. Él se había mostrado razonable y comprensivo hasta el momento, así que, por una vez, iba a intentar razonar con él a modo de prueba.

—A ese respecto debo decirte que, por extraño que pueda parecer, tienen órdenes, órdenes muy estrictas, de mantenerme a salvo. Debo seguir sana y salva, y no sufrir ningún daño. Me aproveché de ello para lograr que me permitieran dar un paseo junto al río, así que parecen ser unas órdenes que se toman muy en serio.

Él asintió, aunque un poco a regañadientes.

—Yo estaba en el comedor, al otro lado de la pared divisoria que lo separa del vestíbulo, y lo he oído todo —siguió paseándose a paso lento con su habitual expresión impasible, pero de repente alzó la mirada hacia ella—. Debo admitir que es algo sumamente extraño.

—Sí, sin duda. Con cada kilómetro que nos aleja más y más de Londres, la teoría del rescate pierde fuerza, así que seguimos lejos de saber lo que hay detrás de todo esto. No tenemos idea de quién es el culpable, ni del porqué del secuestro —esperó a que él volviera a dar media vuelta y, cuando lo hizo, le miró a los ojos—. Creo que debemos plantearnos la situación desde un punto de vista más amplio.

Él siguió paseándose por la habitación, pero Heather estaba casi segura de que le había visto esbozar una pequeña sonrisa.

—Y eso significa que quieres seguir con la cruzada en la que te has embarcado, ¿verdad?

—Sí, por supuesto que sí. Estoy aquí, ya estoy secuestrada, pero mis captores me han proporcionado una doncella y tienen órdenes estrictas de mantenerme sana y salva, unas órdenes que no hay duda de que están decididos a cumplir; por si fuera poco, tú estás aquí. Si sigues tras nosotros, cuando llegue el momento en que deba escapar, lo haré y podré ocultarme detrás de ti. Bien sabe Dios que eres lo bastante grandote para ello.

Él enarcó una ceja, pero Heather no le dio tiempo a dar una respuesta verbal.

—Teniendo en cuenta que el peligro no solo se cierne sobre mí, sino también sobre mis hermanas y puede que sobre mis primas, y que de momento no tenemos información suficiente para contraatacar o para neutralizar dicho peligro y, mientras permanecer junto a Fletcher y los otros dos no suponga ningún riesgo añadido para mí, no hay duda de que tengo la obligación de hacerlo, al menos hasta que averigüemos lo suficiente para identificar al hombre que se encuentra detrás de todo esto y, a ser posible, descubramos cuáles son sus motivos.

Le sostuvo la mirada al añadir:

—En mi opinión, las razones por las que no debería seguir junto a mis captores no tienen tanto peso como las que indican que debería hacerlo.

Breckenridge la observó sin dejar de pasearse. Le habría gustado poder decirle que estaba equivocada, que, en su opinión, la necesidad de mantenerla total y completamente a salvo (en otras palabras: llevarla de vuelta a Londres y dejarla bajo la protección de su padre), tenía más peso que cualquier otra consideración. Para él la tenía, pero para ella... y lo peor de todo era que podía llegar a entenderla. No podía acusarla de ser testaruda, empecinada y egoísta cuando lo que la motivaba era obrar por el bien de su familia; de estar en su lugar, él también se sentiría en la obligación de actuar así.

Se detuvo en seco y se pasó una mano por el pelo, pero bajó el brazo al darse cuenta de lo que estaba haciendo. Ella estaba sentada en su cama, tapada con el cobertor y con la frente en alto y, aunque su actitud no era desafiante de momento, eso no tardaría en cambiar si él se negaba a aceptar sus planes e intentaba hacerla renunciar a ellos.

Sabía que podía obligarla a desistir (al fin y al cabo, era el vizconde de Breckenridge), pero ella no dejaría de protestar y después le odiaría para siempre. Podría aceptar ambas cosas sin reparos si estuviera convencido de que lo que hacía era lo mejor tanto para ella como para su familia, pero tal y como estaban las cosas...

—De acuerdo —la miró a los ojos, que parecían de un tono más oscuro de gris bajo la luz de la lámpara—. ¿Estás empeñada en seguir con esto?

—Sí —afirmó ella, con la frente en alto.

—En ese caso seguiremos más o menos como hasta el momento, mañana al menos, pero tendremos que ver cómo se desarrollan las cosas. Quiero tu promesa de que, en cuanto averigües el nombre del hombre que ordenó que te secuestraran o su dirección... no, bastaría con saber el lugar donde piensan entregarte... me lo dirás o, como mínimo, me harás alguna señal para que pueda idear la forma de rescatarte. Si me lo prometes, seguiremos como hasta ahora.

Ella sonrió complacida.

—Te lo prometo. En cuanto averigüe algo de utilidad, te avisaré de alguna forma para que podamos encontrarnos y hablar de ello.

Breckenridge se dio cuenta de la diferencia que había entre lo que le había pedido y lo que ella había prometido, pero, como tenía la impresión de que no iba a lograr nada más, asintió y le indicó la puerta con un gesto, y ella fue hacia allí tras despojarse del cobertor y dejarlo sobre la cama.

Él no apartó los ojos de su rostro en ningún momento, y le indicó que se detuviera al verla llegar a la puerta. Abrió y se asomó con cuidado, y después de asegurarse de que el pasillo estaba desierto la agarró del brazo y la hizo salir. La acompañó con rapidez y sigilo a su habitación, y cuando abrieron lo primero que oyeron fue un sonoro ronquido.

Ella se volvió a mirarlo con una sonrisa de oreja a oreja, y susurró:

—Buenas noches —entró sin más en la habitación, y cerró con cuidado la puerta.

Breckenridge retrocedió, se apoyó en la pared frente a la puerta, y permaneció a la espera mientras aguzaba el oído. Cuando pasó el tiempo suficiente para que Heather hubiera regresado a su cama y vio que los ronquidos seguían ininterrumpidos, regresó a su habitación.

Después de desvestirse, se metió entre las sábanas... y le envolvió de inmediato un suave aroma que identificó al instante. Era el aroma de Heather, el aroma de su pelo, que se había quedado en el cobertor, y aquel aroma suave, delicado e intensamente femenino evocó en su mente la imagen de sus tobillos enfundados en las medias. Recordó aquellas curvas cubiertas por la fina y lustrosa seda...

Gimió y cerró los ojos. Estaba claro que no iba a poder conciliar el sueño, así que sofocó su reacción como buenamente pudo e intentó distraerse con los pragmáticos detalles de aquella aventura en la que se habían embarcado. Iba a tener que buscar la forma de permanecer cerca de ella sin que le vieran los secuestradores, aunque jamás había tenido que desarrollar la habilidad de pasar inadvertido.

Igual que, hasta el momento, tampoco había tenido que aprender a lidiar con Heather de forma racional.

Mantenerla a salvo era una tarea que seguro que iba a poner

a prueba su ingenio y su astucia como nunca antes, pero, por muchas vueltas que le diera a aquel misterioso secuestro, analizando la situación desde todas las perspectivas posibles, había algo en lo que ella tenía toda la razón: no se trataba de un secuestro normal y corriente.

CAPÍTULO 4

A la una de la tarde del día siguiente, Breckenridge estaba tomando una jarra de cerveza en una de las mesas exteriores de la posada White Horse, situada en un pueblecito llamado Bramham. Tenía los hombros apoyados en la pared y vigilaba con disimulo el pórtico de entrada de otra posada que había un poco más adelante, The Red Lion.

Hacía más de una hora que el carruaje en el que viajaban Heather y sus captores había entrado allí y, después de inspeccionar el lugar y confirmar que el pórtico era la única salida posible, se había dirigido hacia aquella otra posada para vigilar desde allí y, con un poco de suerte, evitar que Fletcher y compañía le vieran. Estaba casi seguro de que aún no habían notado su presencia, aunque también era posible que le hubieran visto y no les hubiera llamado la atención, ya que iba cambiando de atuendo.

En esa ocasión había vuelto a ponerse la ropa que había adquirido en Knebworth. Con aquella chaqueta más grande de la cuenta y los toscos y holgados pantalones parecía un comerciante venido a menos, así que estaba convencido de que podía pasar desapercibido. Tan solo debía recordar que tenía que modificar su postura.

Tomó otro trago de cerveza con indolencia fingida. Seguían yendo hacia el norte y eso cada vez le daba más mala espina, Bramham estaba casi tan al norte como York; aun así, y a pesar de las reservas que pudiera tener, tanto el secuestro como el desafío de averiguar quién estaba detrás de todo aquello y cuáles eran sus motivos cada vez le tenían más intrigado, tal y como le había pasado a Heather. Había tenido tiempo de asimilar todo lo que ella le había contado la noche anterior, y debía admitir que era un rompecabezas de lo más peculiar.

En ese momento salieron por el pórtico de The Red Lion dos caballos, después dos más, y por último el carruaje de los secuestradores emergió también y puso rumbo al norte. Permaneció allí sentado viendo cómo se alejaba, y entonces apuró la jarra de cerveza y la dejó sobre la mesa antes de ir a por su carrocín alquilado, que estaba a un lado de la posada.

Al cabo de cinco minutos, hizo que los dos alazanes que tenía ese momento entre las varas aminoraran la marcha cuando volvió a ver el carruaje. Lo siguió a paso lento, a una distancia prudencial que les dificultaría verle incluso en el caso de que en el camino hubiera un tramo recto muy largo, aunque no habían dado muestras de estar atentos por si alguien les perseguía. Habían mirado atrás alguna que otra vez, pero desde que les había alcanzado en Knebworth parecía no importarles que alguien pudiera seguirles.

Esa actitud podría deberse a que no sabían que alguien les seguía desde la casa de lady Herford, y sin duda creían que habían logrado escapar; a decir verdad, si él no hubiera presenciado el secuestro, la búsqueda de los Cynster habría empezado con días de retraso. Es más: lo más probable era que no se hubiera iniciado aún, porque antes habrían tenido que investigar a conciencia para averiguar en qué dirección se habían llevado a Heather; de hecho, ni siquiera habrían tenido la certeza de que la habían sacado de Londres. Tal y como ella misma había dicho, si la hubieran secuestrado para obtener un rescate, su familia habría dado por hecho que sus captores la tenían oculta en algún lugar de la ciudad. Era mucho más fácil esconder a una mujer entre la multitud, en los abarrotados barrios donde nadie hacía preguntas incómodas.

Los kilómetros fueron quedando atrás. En un principio siguió el paso del carruaje, pero conforme fueron avanzando fue acortando la distancia de forma gradual. El hecho de que siguieran rumbo al norte sin desviarse lo más mínimo hacía que cada vez se inquietara más al preguntarse hacia dónde se dirigían y, sobre todo, por qué.

Después de la parada para comer al mediodía, Heather hizo un esfuerzo por esperar una hora antes de retomar el interrogatorio. Durante la mañana había sido obediente y se había portado bien. Aparte de lanzar un vistazo a su alrededor al llegar a la posada donde habían parado a comer (para ver si veía a Breckenridge, aunque eso era algo que sus captores ignoraban), había interpretado el papel de damita que había vivido entre algodones y que, por tanto, estaba relativamente indefensa.

Aunque no había alcanzado a ver a Breckenridge, estaba convencida de que andaba cerca, así que había dejado que se dedicara a velar por ella (esa era una tarea que él mismo había decidido asignarse sin que ella se lo pidiera, pero la verdad era que a esas alturas aceptaba agradecida su protección), y se había centrado en lograr que los secuestradores se relajaran con la esperanza de que así bajaran un poco la guardia y hablaran más de la cuenta.

Dio comienzo a su actuación soltando un suspiro pesaroso y mirando por la ventanilla con melancolía.

Al ver que había logrado captar la atención de Fletcher, que estaba sentado frente a ella como de costumbre, se volvió hacia el frente de nuevo. Estaba observándola con ojos penetrantes, y ella le miró mohína y le preguntó:

—Ya que no va a decirme a dónde nos dirigimos ni cómo se llama el hombre que les contrató, ¿podría decirme al menos el aspecto que tiene? Teniendo en cuenta que voy a conocerle... en breve, supongo... no va a revelar nada de vital importancia, y me sentiría más calmada si supiera a qué clase de hombre van a entregarme.

Fletcher esbozó una pequeña sonrisa al oír aquello.

—No sé en qué puede ayudarla saber su aspecto, pero... —miró a Cobbins y, al ver que este se limitaba a encogerse de hombros, se volvió de nuevo hacia ella—. ¿Qué es lo que quiere saber?

Heather quería saber todo lo que él pudiera decirle.

—¿De qué color tiene el pelo? —le preguntó, aparentando una curiosidad de lo más inocente.

—Negro.

—¿Y los ojos?

Él vaciló un poco antes de contestar.

—No estoy seguro del color exacto, pero son... fríos.

Un hombre de pelo negro y ojos fríos.

—¿Qué edad tiene?, ¿es apuesto?

—Yo diría que tiene unos treinta y tantos años, no sabría decir cuántos exactamente. Respecto a lo de si es apuesto, creo que usted opinaría que sí. Demasiado duro para mi gusto, y tiene una nariz recta como la hoja de una espada.

A ella no le gustó demasiado la imagen que estaba creándose en su mente. Le miró ceñuda, y Fletcher sonrió al ver su reacción y añadió:

—Lo que sí que recuerdo es que tenía un semblante amenazador. Es un tipo endemoniadamente peligroso, de esos que es mejor no tener de enemigos.

—¿Es muy alto?

—Sí, es un tipo grandote y musculoso. Un escocés de pura cepa.

—¿Escocés?

Fletcher vaciló de nuevo, pero al final asintió.

—Tal y como usted misma ha dicho, le conocerá en breve. A nosotros nos dio la impresión de que era un hacendado de esos que abundan por aquellas tierras, pero no logramos distinguir de qué zona procede exactamente.

Ella cada vez estaba más desconcertada, pero no quería desperdiciar aquel ataque de locuacidad de Fletcher.

—¿Tiene algún rasgo físico peculiar? No sé... una cicatriz, algún anillo concreto, una cojera...

Él la miró a los ojos y, tras un momento de silencio, contestó con firmeza:

—Creo que ya le he dicho lo suficiente para que se sienta más calmada.

Ella estuvo a punto de protestar, pero al final suspiró con resignación y se reclinó en el asiento.

—Bueno, está bien.

Tenía que ir pasito a pasito.

Aunque Fletcher pudiera pensar lo contrario, la verdad era que no estaba nada calmada; de hecho, estaba hecha un manojo de nervios cuando el carruaje se detuvo frente al hotel King's Head, en Barnard Castle, bajo la luz mortecina del atardecer.

Ya no estaban en la gran ruta del norte. En Darlington habían dejado el camino principal para poner rumbo al oeste, y no se le había ocurrido ninguna forma de alertar a Breckenridge.

La posibilidad de que él ya no estuviera allí, tras ella, listo para protegerla, había brotado y arraigado en su mente; para cuando el carruaje se detuvo con una sacudida, tenía un nudo en el estómago y los nervios a flor de piel.

Cuando Cobbins la ayudó a bajar del vehículo, miró a su alrededor mientras intentaba ocultar la desesperación que sentía, pero Martha la condujo de inmediato hacia el hotel.

—Entremos ya, aquí fuera hace frío.

Subió los escalones de la entrada poco a poco, con renuencia creciente, pero, justo cuando estaba a punto de alcanzar el porche, oyó por encima del trajín creado con la llegada del carruaje el sonido de cascos golpeteando contra el suelo empedrado. Se volvió a mirar a toda prisa... y vio a Breckenridge, vestido como un humilde viajero, circulando por la calle principal en un carrocín. Él no la miró, y ella se apresuró a volverse de nuevo hacia la puerta del hotel para que Martha, que la seguía de cerca, no notara lo aliviada que estaba... y la verdad era que estaba muy, pero que muy aliviada.

Entró mucho más calmada en el vestíbulo del hotel, y no pudo por menos que admitir lo que ya era una realidad: Breckenridge había dejado de ser su enemigo acérrimo. Aún no acababa de verle como su salvador, pero sabía que podía contar con él y que podía confiar en que hiciera todo lo posible por mantenerla a salvo en cualquier circunstancia.

Confiaba en él tanto explícita como implícitamente. A pesar de cómo había sido su relación en el pasado, eso era algo que nunca había estado en tela de juicio.

Alzó la cabeza, respiró hondo, y, con fuerzas renovadas y sintiéndose muchísimo más segura de sí misma, se acercó a Fletcher, que estaba en el mostrador de recepción. Cuanto más supiera acerca de la asignación de las habitaciones, más fácil lo tendría para idear cómo encontrarse con Breckenridge.

Volvió a ver a Breckenridge cuando, precedida por Fletcher y flanqueada por Martha, con Cobbins en la retaguardia, entró en el comedor del hotel para la cena. Él estaba sentado en una mesa situada en una esquina, junto a una de las ventanas, y parecía estar tan absorto en el periódico que estaba leyendo que no alzó la mirada cuando entraron ni mostró el más mínimo interés en ellos.

Fletcher y Cobbins, por su parte, sí que le vieron cuando recorrieron la sala con la mirada, y Heather se sorprendió sobremanera al ver que no le prestaban ninguna atención. Por mucho que Breckenridge hubiera cambiado de aspecto de nuevo y en esa ocasión se pareciera más a un caballero que a un viajero humilde, no entendía cómo era posible que alguien pasara por alto la fuerza férrea de aquellos hombros anchos y la arrogancia innata que se reflejaba en la postura de su cuerpo.

Ella siempre le veía tal y como era: peligroso e impredecible. Era un hombre al que uno no debería subestimar jamás, y mucho menos considerarle inofensivo.

Cuando les condujeron a una mesa para cuatro, logró sentarse en la silla desde donde iba a poder verle por el rabillo del ojo. Martha, la menos observadora de los tres captores, se sentó junto a ella, y Fletcher y Cobbins enfrente para poder ver la puerta y parte del vestíbulo.

Lo que no sabían era que el verdadero peligro lo tenían tras ellos.

Cada vez más tranquila, cada vez más segura de sí misma, se dispuso a conseguir más datos que pudieran ayudarla a averiguar la identidad del misterioso escocés que había contratado a los secuestradores.

—¿Cenaron ustedes con el escocés que les contrató? —le preguntó a Fletcher, con carita de niña buena.

—Nos encontramos con él en una taberna, y en ese momento no estábamos pensando en comida. No era una reunión social.

—Ah. ¿Cómo llegó él a la taberna?

Fletcher la miró sorprendido y fue Cobbins quien contestó, ceñudo:

—No lo sabemos. Ya estábamos allí cuando llegó, y se fue antes que nosotros —bajó la mirada cuando la camarera le puso delante un plato lleno hasta los topes de pastel de carne, puré de patatas y chirivías al vapor—. Nos quedamos a tomar una cerveza.

Heather contuvo las ganas de seguir preguntando mientras los cuatro empezaban a comer, pero al cabo de un minuto Fletcher la miró ceñudo y comentó:

—No sé por qué nos hace tantas preguntas acerca de ese hombre, si sabrá todo lo que quiera saber cuando la dejemos con él.

—¿Cuándo será eso? —al ver que no contestaba, le señaló con el tenedor—. ¿Lo ve?, ¡por eso hago tantas preguntas! Si me pusieran al tanto de la situación, no sentiría tanta curiosidad.

—Pronto lo sabrá todo, y es mejor que hasta entonces deje las cosas tal y como están.

Heather optó por guardar silencio, centrarse en la comida... y en organizar todo lo que les había sacado a sus involuntarias fuentes de información durante aquella jornada para crear un informe que tuviera sentido. Breckenridge iba a querer saberlo todo, y huelga decir que ella estaba deseosa de contarle todo lo que había averiguado.

Mientras se comía el pescado al horno que había pedido, pensó en la respuesta de Fletcher y en su tono de voz, en las palabras de Cobbins, y se preguntó cuánto sabrían acerca del hombre que les había contratado.

Observó a Fletcher con disimulo y vio que parecía haberse cerrado en banda y estaba bastante tenso. Lo más probable era que no lograra sonsacarle nada más de momento, así que decidió no preguntarle nada más durante la cena. Era mejor dejar el tema y esperar al día siguiente, para que se confiara y estuviera dispuesto a seguir hablando.

Breckenridge estaba sentado demasiado lejos, y en el comedor había demasiado bullicio como para que hubiera oído la conversación con sus captores; de hecho, él no estaba haciendo ningún esfuerzo por oírles y estaba dejándole a ella todo el peso del interrogatorio, ya que sabía que después le contaría todos los detalles. La cuestión era dónde iban a encontrarse.

Dio la impresión de que él le había leído el pensamiento, porque en ese momento se levantó de la silla y, con el periódico en la mano, la miró de forma fugaz. Los secuestradores no alzaron la cabeza, no levantaron los ojos de sus platos.

Después de sostenerle la mirada por un segundo, Breckenridge se giró ligeramente y fijó los ojos en otro punto del comedor. Ella siguió la dirección de su mirada y vio un par de puertas acristaladas al fondo de la sala que, a juzgar por lo que alcanzaba a ver, conducían al bar del hotel.

Miró con disimulo a sus acompañantes y, al ver que seguían sin darse cuenta de nada, alzó brevemente la mirada hacia Breckenridge mientras este se dirigía sin prisa hacia la puerta del comedor. Aunque no se atrevió a asentir, sus miradas se encontraron por un momento, y tras ese breve contacto él volvió a bajar los ojos hacia su periódico y siguió caminando como si nada.

Le vio cruzar la puerta y, cuando instantes después oyó sus pasos subiendo la escalera, miró a Martha y a Cobbins y comentó:

—Nunca antes había estado en esta zona. He visto un castillo en ruinas un poco más adelante, por encima del puente. ¿Veremos mañana algún otro punto de interés por el camino?

Martha no contestó y se limitó a mirar a sus dos compinches, y fue Cobbins quien contestó:

—Hay un par de castillos viejos cerca de aquí además de algún que otro fuerte romano, pero no queda gran cosa de ellos, al menos que se pueda ver desde el camino.

Fletcher la miró ceñudo.

—Mañana ya verá lo que hay —dejó la servilleta junto a su plato, y echó la silla hacia atrás—. Es hora de que Martha y usted se retiren, mañana nos espera otra larga jornada de viaje.

Heather le miró a los ojos, y al cabo de un instante inclinó la cabeza en señal de aquiescencia y se levantó. Escoltada por los tres secuestradores, subió la escalera y puso rumbo a las habitaciones.

Heather bajó con sigilo la escalera justo cuando los relojes de la recepción del hotel daban la una. No se había atrevido a escabullirse antes, ya que en aquella ocasión la habitación que compartía con Martha estaba junto a la de Fletcher y Cobbins y, para poder llegar a la escalera, había tenido que pasar por delante de la puerta.

Martha se quedaba como un tronco cuando dormía y roncaba como una morsa, pero debía tener cuidado con Fletcher y con el taciturno Cobbins.

Bajó pegada a la pared, procurando evitar que crujieran los escalones, y al llegar al vestíbulo se mantuvo al amparo de las sombras mientras se dirigía hacia el comedor. Las ventanas no tenían cortinas, así que había algo de luz. Era tenue, pero bastaba para ver por dónde iba. Se acercó silenciosa a las puertas acristaladas, y al asomarse vio una sala en penumbra. La zona del bar tenía forma de ele y la zona más cercana a ella estaba oscura, pero la luna iluminaba con luz tenue la otra sección y le daba un aspecto un poco fantasmagórico.

Respiró hondo y, tras armarse de valor, abrió la puerta y entró. Abrió bien los ojos para intentar vislumbrar algo entre las sombras, y oyó el suave chasquido de la puerta al cerrarla a su espalda.

Se adentró en la sala con el aliento contenido, se dirigió con cautela a la sección más iluminada... y se sobresaltó cuando unos fuertes brazos le agarraron los brazos desde atrás. Estuvo a punto de escapársele un gritito, pero sintió un alivio enorme cuando Breckenridge la atrajo hacia su musculoso y cálido cuerpo. Había estado esperándola de pie junto a la pared, oculto entre las sombras.

—Shhh...

Cuando él le susurró al oído aquella orden (a pesar de no ser más que un sonido sibilante, estaba segura de que era una orden), le miró por encima del hombro y le dijo con irritación:

—No haría ruido si dejaras de darme estos sustos de muerte.

Sus miradas se encontraron por un instante bajo la tenue luz, sus rostros estaban muy cerca el uno del otro... pero él la soltó de repente y retrocedió un poco.

—¿Habrías preferido que te diera un golpecito en el hombro?

—No, pero... —se interrumpió al ver un documento bastante grande sobre una mesa cercana, junto al abrigo de Breckenridge.

—¿Qué es eso?

—Un mapa. No estoy tan familiarizado como quisiera con esta zona.

Tras aquella explicación, Breckenridge sacudió el abrigo y la cubrió con él. La prenda le quedaba tan grande que arrastraba por el suelo.

—Gracias —murmuró ella, un poco sorprendida al verle tan solícito. La capa que llevaba a modo de bata no abrigaba lo suficiente y había lavado sus medias, así que no las llevaba puestas.

—Tápate bien, creo que en esa zona de ahí estaremos más seguros.

Ella supuso que lo de taparse bien se lo aconsejaba para que no tropezara con el voluminoso abrigo ni se le quedara enganchado en la escalera, así que obedeció y notó de inmediato la calidez que aún conservaba la prenda. Detectó también el olor que asociaba con Breckenridge, un aroma masculino a más no poder con un toque de pino, que se le subió a la cabeza y dispersó sus ideas.

Por suerte, él se encargó de guiarla entre las mesas y las sillas hacia una esquina que conducía a una zona más apartada y con mejor iluminación. La soltó junto a una mesa que estaba situada bajo una ventana y donde la luz de la luna les permitía verse y leer el mapa.

Breckenridge respiró aliviado cuando Heather se sentó y se tapó bien con el abrigo, no iba a poder centrarse en la conversación si tenía a la vista ciertas cosas en las que no podía dejar de pensar.

Después de sentarse frente a ella, colocó el mapa sobre la mesa y le dijo:

—Antes de nada, cuéntame lo que has averiguado hoy. Supongo que habrás logrado algún avance, ¿verdad?

—Sí, así es. El hombre que ha organizado todo esto es escocés, al menos eso es lo que creen Fletcher y Cobbins. Lo describieron como un «hacendado» y eso indicaría que posee algunas tierras, pero no sé qué es lo que les llevó a esa conclusión. Parece ser que tiene el pelo negro y unos ojos muy fríos, aunque ninguno de los dos supo decirme de qué color, y un semblante especialmente amenazador; ah, y también dijeron que es grandote, y que le consideran alguien al que es mejor no tener de enemigo.

—¿Ya está? —le preguntó, al ver que no añadía nada más.

—Sí. Ya sé que debe de haber cientos o incluso miles de escoceses que encajen en esa descripción. Intenté averiguar si tenía algún rasgo distintivo, como una cicatriz, un anillo o una cojera, pero Fletcher se cerró en banda en ese momento.

—¿Qué quieres decir?

—Podría estar equivocada, pero tengo la sensación de que mis preguntas hicieron que se diera cuenta de lo poco que sabe acerca del hombre para el que trabajan. Ni siquiera saben si llegó al lugar del encuentro en carruaje o a caballo y, de ser lo segundo, en qué tipo de caballo.

Él apoyó los antebrazos en la mesa mientras repasaba lo que sabían hasta el momento. Al final, tras una pequeña vacilación, la miró a los ojos y le preguntó:

—¿Estás lista para escapar y regresar a Londres?

Ella le sostuvo la mirada durante un momento muy largo, lo suficiente para que empezara a sentirse esperanzado... pero sus esperanzas se esfumaron cuando ella contestó con voz serena y una argumentación razonable.

—No les he dado indicación alguna de querer escapar; además, no saben ni que existes, y mucho menos que estás cerca. Cada vez están más relajados y dispuestos a responder a mis preguntas, incluso Fletcher parece más confiado. He estado centrándome en él porque da la impresión de que es el más observador y el que sabe más de los tres, y la verdad es que aún no he tenido tiempo de intentar hacer hablar a Martha.

—Ese tal Fletcher es el más peligroso de los tres.

—Sí, ya lo sé, pero quiere cumplir a rajatabla las órdenes que les dieron, así que en ese aspecto estoy a salvo de él. No me hará ningún daño; a juzgar por todo lo que han dicho, ni Cobbins ni él quieren contrariar al hombre que les contrató. Estoy progresando, pero aún no tengo información suficiente para poder identificar a ese escocés. Fletcher se resiste de momento a decirme hacia dónde se dirigen para entregarme, no me ha dado ni una sola pista al respecto. Si lo averiguáramos, tendríamos la posibilidad de identificar al hombre que está detrás de todo esto a partir de quién apareciera en ese lugar.

Breckenridge dejó pasar unos segundos antes de decir:

—No vas a escapar todavía, ¿verdad?

Ella le sostuvo la mirada, y sus labios se curvaron en una pequeña sonrisa.

—Para serte completamente sincera, creo que no puedo hacerlo. Si lo hiciera y, más adelante, Eliza, Angelica, Henrietta o Mary fueran secuestradas, si sufrieran algún daño... creo que no podría vivir con algo así sobre mi conciencia.

—De acuerdo —su decisión no le hacía ninguna gracia, pero se la esperaba y la entendía.

Durante las largas horas que había pasado siguiendo al lento carruaje, Breckenridge había tenido tiempo de analizar la situación. Llevaban dos días de viaje, dos días ausentes de Londres, y había que hacerle creer a la alta sociedad que habían estado solos, así que ya había aceptado que, teniendo en cuenta quién era él y quién era ella, fuera cual fuese el desenlace de aquella aventura, no iban a tener más remedio que contraer matrimonio.

A decir verdad, aquella realidad no le había desagradado. Tenía que casarse y engendrar un heredero, y sus queridas «malvadas y horrendas hermanas» llevaban años insistiendo en que eligiera entre las damas casaderas. Heather sería una esposa adecuada, al menos según los parámetros que la alta sociedad consideraba importantes.

Lo que le había dejado atónito y sin saber cómo reaccionar era la facilidad con la que la idea de Heather y él juntos como marido y mujer había encajado a la perfección en sus planes de futuro. Hasta ese momento había tenido una visión borrosa, indefinida, de cómo iba a ser su vida, pero la idea de Heather como su esposa se había colocado en el centro de su nebuloso universo y había encajado al instante, había actuado como un catalizador que había logrado que elementos asociados se conectaran y clarificaran, que se solidificaran.

Aunque no simpatizaran mucho el uno con el otro, él era plenamente consciente del origen de las chispas que siempre, desde el momento en que se habían conocido, habían saltado entre ellos. Sabía que esas chispas podían avivarse y convertirse en una llama, una lo bastante intensa y poderosa como para albergar esperanzas de que podrían tener una vida en común aceptable.

Una unión así no sería perfecta, pero podría funcionar.

Obvia decir que conocía a las damas (y a ella en particular) lo bastante bien como para saber que no debía mencionar el tema en aquel momento. No le sorprendía que a ella ni se le hubiera pasado por la cabeza aquella cuestión, ya que, teniendo en cuenta que le veía como una especie de primo o de pariente protector, no era de extrañar que no se diera cuenta del peligro que entrañaba estar a solas con él a ojos de la alta sociedad.

Ella se relajó al ver que aceptaba sus argumentos, y el gris azulado de sus ojos brilló como la plata bajo la luz de la luna cuando le miró con una dulce sonrisa.

—Perfecto —dijo, antes de mirar el mapa—. Teniendo en cuenta que el hombre que organizó todo esto es escocés, doy por hecho que nos dirigimos a Escocia. Fletcher comentó que no habían logrado distinguir de qué zona procedía exactamente.

Él contempló pensativo el mapa.

—Qué extraño. Los acentos de las Tierras Altas son muy distintos a los de las del sur, y Fletcher y Cobbins estaban viviendo en Glasgow.

—No sabemos cuánto tiempo llevaban allí, puede que acabaran de llegar.

—Si tienes oportunidad, intenta averiguar cuánto tiempo llevan trabajando en Escocia.

—De acuerdo. ¿Piensas decirme por qué deseas saberlo?

Él sonrió a pesar de la gravedad de la situación.

—No, aún no. Consígueme la respuesta, y puede que lo haga. Estamos aquí, en Barnard Castle —añadió, mientras le indicaba un punto del mapa.

—Como ese hombre es escocés, cabe suponer que nos internaremos en Escocia tarde o temprano —comentó ella, mientras trazaba el camino donde estaban. Iba en dirección oeste por el norte de Inglaterra, justo al sur de la frontera, y había varios caminos secundarios que iban hacia el norte y conducían a Escocia—. Cobbins ha mencionado que a lo largo del camino vería castillos y algún que otro fuerte romano —comentó, mientras miraba el mapa con mayor detenimiento—. Tendríamos que saber si eso sería posible si nos mantuviéramos en este camino, o si indica que pronto viraremos hacia el norte.

Los dos examinaron el mapa con atención, y fue Breckenridge quien rompió el silencio al cabo de unos segundos.

—Hay varios castillos cerca del camino, y como mínimo dos fuertes romanos. Eso quiere decir, mi sagaz señorita, que el carruaje seguirá por este camino hasta Penrith por lo menos.

Sus palabras de aprobación la hicieron sonreír, y le preguntó con curiosidad:

—¿Por qué te complace tanto eso?

—Quiero parar en algún sitio para comprar algunas provisiones.

Necesitaba un disfraz mejor, uno que le permitiera acercarse mucho más a Heather y a los secuestradores; también quería algunas armas, como mínimo una pistola y un cuchillo. Vaciló por un instante antes de decir:

—Mañana partiré temprano, no tiene sentido correr el riesgo de que se familiaricen con mi cara. Daré por hecho que te llevan a Escocia... y sí, estoy de acuerdo en que eso parece lo más probable... y que piensan pasar por Penrith y por Carlisle.

—Sí, esa parece ser la ruta más probable —admitió ella, antes de trazar con un dedo el camino que salía de Carlisle hacia el norte y se adentraba en Escocia—. Teniendo en cuenta que íbamos por la gran ruta del norte, que lleva directamente a Edimburgo, pero que hemos cambiado de dirección y parece que nos dirigimos a Carlisle, yo diría que el lugar de destino es Glasgow y no Edimburgo.

—Sí, o algún lugar más al norte. Si ese escocés se encontró con los secuestradores en Glasgow, puede que sea allí donde tienen que entregarte. ¿Sabes si alguien de tu familia tiene algún enemigo escocés?

Ella le miró pensativa, pero al cabo de un momento negó con la cabeza.

—No, ninguno que yo sepa; además, me extrañaría sobremanera que fuera así, ya que nunca hemos tenido ningún vínculo con Escocia. Bueno, sin contar a Richard y a Catriona, por supuesto.

Breckenridge pensó en ello, pero también acabó por negar con la cabeza.

—Incluso suponiendo que algún hacendado escocés estuviera enemistado con Richard, es muy improbable que se le metiera en la cabeza actuar contra ti y tus hermanas. La conexión no es lo bastante cercana. ¿Tus hermanos no han mencionado nunca ningún problema relacionado con Escocia?

—No, ninguno me ha comentado nada al respecto, pero es posible que Rupert haya sacado a la luz el negocio fraudulento de algún escocés. Ya le conoces. O puede que algún ávido coleccionista escocés deseara adquirir una pieza valiosa, y Alasdair se le haya adelantado.

—No sé... en mi opinión, si alguno de tus hermanos creyera que tus hermanas y tú corríais el más mínimo peligro, ya estaríais alertadas.

—Sí, eso es cierto —admitió Heather, sonriente—. Se habría librado una batalla campal cuando intentaran mantenernos encerradas en casa.

Tras unos largos segundos de silencio en los que cada uno permaneció sumido en sus pensamientos, Breckenridge dobló el mapa y se lo guardó en el bolsillo antes de ponerse en pie y alargar la mano hacia ella.

—Vamos. Te llevaré de vuelta a tu habitación, junto a la inestimable Martha —la ayudó a levantarse cuando ella tomó su mano, y la condujo de vuelta por la zona menos iluminada del bar—. No te preocupes mañana, estaré esperando en Carlisle y os seguiré cuando paséis por allí —la miró a los ojos antes de añadir—: no voy a perderte.

—Ya lo sé —le aseguró ella, con una sonrisa que reflejaba la fe que tenía en él.

CAPÍTULO 5

Heather había pasado la noche dando vueltas en la cama y al final se había levantado antes del amanecer para ir a mirar por la ventana, que daba al este y desde donde se veía el patio trasero de la posada. Mientras el cielo se teñía de un gris perlado atravesado por tenues franjas doradas y rosadas, había visto cómo Breckenridge salía del edificio, subía a su carrocín, y con un elegante movimiento de muñeca hacía restallar la fusta para que los caballos se pusieran en marcha.

Varias horas después, cuando subió al carruaje acompañada de sus captores, no estaba de muy buen ánimo. Miró por la ventanilla mientras salían de Barnard Castle, y no tuvo más remedio que admitir el nerviosismo y la incertidumbre que la carcomían ante la posibilidad de que pudieran virar hacia el norte por algún otro camino y Breckenridge les perdiera la pista. Eso era algo que no podía descartar, pero, como no quería ponerse más nerviosa de lo que ya estaba, relegó el tema a un rincón de su mente y se centró en lo que aún le quedaba por saber acerca del hombre que había contratado a sus secuestradores, el misterioso escocés. Repasando las respuestas que Fletcher le había dado el día anterior, tuvo la impresión de que este no sabía gran cosa más, y al recordar lo que le había dicho Breckenridge sopesó sus opciones y al final fijó la mirada sin disimulo en Fletcher, que estaba sentado frente a ella como de costumbre.

Le observó abiertamente hasta que él enarcó una ceja y masculló:

—¿Qué pasa?

—Estaba pensando... doy por hecho que vamos a cruzar la frontera, que el lugar de encuentro con el hombre que les contrató es en Escocia. Usted dijo que hablaron con él en Glasgow. He estado en Edimburgo, pero no conozco Glasgow. ¿Cómo es?

—Como cualquier otra ciudad portuaria. Se parece a Londres... no, yo la compararía con Liverpool.

—Deduzco que ustedes viven allí.

—Por temporadas —la miró a los ojos y esbozó una sonrisa ladina—. Hemos ido de acá para allá a lo largo de los años, según donde hubiera más trabajo. Hemos pasado unos cuantos años en Glasgow, pero creo que cuando se la entreguemos al escocés será hora de largarnos a otro sitio.

Como si lo que ellos pensaran hacer no tuviera ningún interés para ella (y, a decir verdad, no lo tenía), Heather se encogió de hombros y miró de nuevo por la ventanilla. Acababa de obtener la respuesta que Breckenridge quería, pero iba a tener que esperar a verle de nuevo para que él le explicara por qué le parecía relevante aquel dato.

En ese momento Cobbins se inclinó un poco hacia delante y le indicó un castillo situado en lo alto de una colina, y ella miró hacia allí; después de intercambiar algunos comentarios acerca de la edificación con Martha y con él, se reclinó en el asiento sintiéndose un poco más tranquila. Daba la impresión de que Breckenridge y ella habían interpretado correctamente los comentarios que Cobbins había hecho el día anterior y el camino en el que se encontraban en ese momento, el que conducía a Penrith, era el que estaba flanqueado por castillos y varios fuertes romanos.

Intentó pensar en qué más preguntarles, en qué otros datos podría averiguar. Fletcher respondía mejor a ráfagas cortas de preguntas y a enfoques tangenciales, pero por mucho que se devanó los sesos no encontró otra manera de formular la pregunta que quería hacerle.

—¿Dónde vamos a encontrarnos con el escocés que les contrató?, no entiendo por qué se niegan a decírmelo.

Fletcher intercambió con Martha una mirada con la que dio la impresión de que se comunicaban algo en silencio. Cuando ella hizo un gesto negativo que Heather alcanzó a ver por el rabillo del ojo, él contestó:

—No me parece necesario ponerla al tanto, lo averiguará cuando lleguemos.

—Pero...

Heather insistió, les presionó, siguió erre que erre con obstinación, pero fue en vano; a juzgar por la sonrisita de Fletcher, tuvo la impresión de que estaban jugando con ella, y al ver que él no iba a ceder decidió apelar a Martha.

—Usted me entiende, ¿verdad? Me ayudaría sobremanera saber hacia dónde nos dirigimos.

La mujer soltó un bufido burlón y, después de colocarse mejor la voluminosa capa que la cubría, se cruzó de brazos y cerró los ojos.

—Es inútil que insista. Pronto verá cuál es nuestro lugar de destino y no tiene por qué saberlo de antemano, no le servirá de nada.

Como la mujer no añadió nada más, Heather se volvió hacia Fletcher y vio que él también había cerrado los ojos, así que se cruzó de brazos y se reclinó en su esquina haciéndose la ofendida.

Al ver que Cobbins aún tenía los ojos abiertos y estaba observándola a pesar de que aparentaba estar relajado, se dio cuenta de que el trío había estado vigilándola con disimulo en todo momento. Siempre había uno como mínimo que permanecía alerta por si intentaba escapar, incluso en momentos como aquel. Tan solo le quitaban los ojos de encima cuando pensaban que no tenía escapatoria... cuando estaba arrinconada en una mesa a la hora de comer, por ejemplo, o cuando llegaba la noche y se quedaba encerrada con Martha en una habitación sin ropa a mano.

Pasaron cerca de dos castillos más, y Cobbins se encargó de indicárselos para que no los pasara por alto. Cuando vio algún tiempo después una señal que indicaba que Penrith estaba a once kilómetros de distancia, la embargó un tremendo alivio y la tensión que había ido creciendo en su interior se aligeró un poco. Si iban a pasar por Penrith y adentrarse en Escocia, entonces tendrían que pasar por Carlisle, y allí era donde Breckenridge estaba esperando.

Ya no veía a su «enemigo acérrimo» con los mismos ojos; de hecho, tenía la impresión de que jamás volvería a considerarle como tal. Breckenridge había pasado a ser sinónimo de seguridad, de confianza y, al margen de todo lo demás, sabía que era un hombre con el que podía contar.

Se sintió más segura y tranquila, y eso le dio fuerzas renovadas.

Como no tenía nada más que hacer, se entretuvo repasando todo lo que sabía acerca de las tierras del norte de la frontera. La mañana estaba llegando a su fin, ya casi era mediodía, y viajando a aquel ritmo debían de tener planeado pararse a pernoctar no muy lejos de la frontera. Era imposible que llegaran a Glasgow antes del anochecer.

Eso era todo lo que sabía, ya que siempre que había viajado a Escocia había virado hacia el oeste poco después de salir de Carlisle; después de dejar el camino principal en Gretna, había tomado otro hasta Dumfries, había seguido hasta New Galloway, y desde allí se había dirigido hacia el norte hasta llegar al valle de Casphairn, que era el hogar de Richard y Catriona.

Teniendo en cuenta la situación, la idea de ver Glasgow o de viajar aún más al norte y adentrarse en las Tierras Altas no la llenaba de entusiasmo ni mucho menos, y conocer a un misterioso hacendado escocés que había hecho que la secuestraran era algo que prefería evitar a toda costa. Con averiguar quién era él bastaba y sobraba.

El carruaje entró en Penrith, y sin detenerse puso rumbo al norte al tomar el camino principal que llevaba a Carlisle. Heather ya empezaba a sentirse un poco indispuesta por el cansancio y el hambre cuando, tras varios agotadores kilómetros más, llegaron a un pueblo llamado Plumpton Wall y aminoraron la marcha antes de entrar en el patio de una pequeña posada.

En cuanto bajó del vehículo, respiró hondo bajo la luz del sol y miró a su alrededor, pero Martha apareció de inmediato a su lado y la condujo hacia la posada. Mientras subía los anchos escalones de la entrada y se dirigía tras Fletcher hacia la reducida zona del bar, recordó las paradas anteriores y se dio cuenta de que sus captores habían sido cautos en todo momento, aunque con mucho disimulo.

Como la creían carente de resolución y demasiado coartada por la efectiva farsa que habían ideado como para intentar hacer alguna escenita en público, la habían tratado de forma razonable, pero no habían corrido ningún riesgo innecesario. Todos los lugares donde se habían detenido hasta el momento (Knebworth, Stretton, Carlton-on-Trent, Bramham, Barnard Castle y, por último, Plumpton Wall) habían sido poblaciones pequeñas o lugares poco conocidos donde era muy improbable que se encontraran con alguien que pudiera reconocerla. Ese era el único punto débil del plan de los secuestradores, y habían tomado medidas para reducir los riesgos.

Lo cierto era que gran parte de la alta sociedad se encontraba muy atareada en Londres con el comienzo de la temporada social, así que las posibilidades de que alguien conocido la viera eran poco menos que inexistentes.

Como por el momento no tenía sentido intentar sacarles más información, permaneció callada durante la comida, pero empezó a ponerse tensa y expectante cuando subió de nuevo al carruaje una hora después y se sentó en la esquina de siempre. Observó con atención a sus captores cuando prosiguieron el camino rumbo al norte, y fue entonces cuando se dio cuenta de que su tensión creciente no era más que un reflejo de la de ellos.

Fletcher ya no estaba retrepado en el asiento, estaba sentado muy recto y alerta y miraba por la ventanilla con expresión ceñuda y calculadora; Cobbins, por su parte, tenía las manos apoyadas en los muslos y miraba hacia el frente. Parecía estar sumido en sus pensamientos y eso la sorprendió, porque hasta el momento no había dado muestras de ser un tipo muy dado a la reflexión.

Cuando miró de reojo a Martha y vio que ella también estaba totalmente despierta, se preguntó por qué estarían tan tensos. La frontera estaba más allá de Carlisle, así que aquella actitud podría deberse a que dicha ciudad era la más grande por la que habían pasado desde que habían salido de Londres y solía estar repleta de soldados, oficiales, agentes fronterizos e inspectores. Sí, quizás fuera esa la razón por la que sus captores parecían más vigilantes que nunca.

Se volvió a mirar por la ventanilla y contempló el primaveral paisaje de los campos. Se sentía tranquila a pesar de la tensión, estaba calmada y preparada para enfrentarse a lo que le deparara el destino.

Porque, al margen de todo lo demás, no había duda de que iban a pasar por Carlisle.

Breckenridge estaba esperando entre las sombras, justo donde la curvada pared exterior de una de las torres del castillo de Carlisle se encontraba con una de las rectas murallas laterales. Desde allí, con el muro de piedra rojiza a su espalda, podía ver todos los carruajes que viajaban hacia el norte por el camino que salía de Penrith. Todos ellos debían pasar cerca de donde estaba él para entrar en Carlisle, y gracias al amparo de las sombras ningún viajero alcanzaría a verle a menos que le mirara directamente.

Había procurado prepararse para poder enfrentarse a cualquier peligro que pudiera surgir al otro lado de la frontera, y se sentía satisfecho con los resultados. Lo primero que había comprado había sido un par de pistolas de cañón corto y guarniciones de plata lo bastante pequeñas para caber en el bolsillo de una chaqueta, y después una chaqueta, unos pantalones, una camisa sencilla y un chaleco. Había tenido que acudir a más de un sastre para encontrar ropa de su talla que ya estuviera lista, en especial teniendo en cuenta que quería parecer un poco desharrapado. El papel que iba a interpretar, el de secretario empobrecido y desempleado, lo había ideado con el objetivo expreso de poder acercarse abiertamente a los tres secuestradores de Heather.

Aunque había comprado en Newark lo necesario para afeitarse, aquella mañana no lo había hecho y la barba incipiente que le oscurecía las mejillas y la mandíbula le hacía parecer más rudo, menos sofisticado, más amenazante. A eso se le sumaba, por un lado, la escribanía vieja que había comprado en una tienda de segunda mano junto con los accesorios necesarios, y por el otro las manchas de tinta que tenía en el dedo corazón y el pulgar de la mano derecha. Quería que Fletcher, Cobbins y Martha le vieran como a un igual, que al verle no sintieran una desconfianza inmediata e instintiva.

A juzgar por lo desapercibido que pasó cuando caminó por las calles de la ciudad procurando reprimir la arrogancia y el porte imperioso innatos en él, había logrado su propósito; de hecho, había logrado comprar una desvencijada carreta vieja tirada por un jamelgo sin tener que reiterar que sí, estaba hablando en serio, sí que quería comprarlos.

Si alguno de sus amigos pudiera ver su nuevo vehículo, se moriría de risa.

Cambió ligeramente de postura mientras permanecía con la espalda apoyada en la pared, que había estado bañada por el sol y aún conservaba un agradable calor. Siguió pendiente de los carruajes que pasaban y por fuera dio la impresión de ser la paciencia personificada, pero por dentro cada vez estaba más inquieto.

Se había planteado enviar una misiva a los Cynster y había pasado más de una hora dándole vueltas a la idea, pero al final la había descartado. Si los primos de Heather reaccionaban como cabría esperar y salían rumbo al norte de inmediato, lo más probable era que consiguieran todo lo contrario a lo que él había intentado lograr hasta el momento, es decir: mantener en secreto el hecho de que Heather estaba en compañía de unos secuestradores.

Si la alta sociedad llegaba a enterarse de que había estado en manos de Fletcher y Cobbins, su reputación quedaría hecha trizas a pesar de la presencia de Martha. A ojos de la intransigente nobleza, nada de lo que él pudiera decir o hacer serviría para rectificar el daño causado. Tanto los seres queridos de Heather como él aceptarían la verdad de la situación, pero la mayoría de miembros de la alta sociedad no lo harían.

Además, resultaba demasiado difícil explicarle la situación con claridad a alguien que no estuviera enterado de la historia completa, hacerle entender que Heather no corría ningún peligro a pesar de estar aún en manos de sus secuestradores, y que él iba a encargarse de mantenerla a salvo.

Esto último era lo más difícil de explicar, sobre todo combinado con el hecho de que estuvieran a punto de entrar en Escocia. Lo pusiera como lo pusiera, por muy elocuente que fueran sus explicaciones, de la carta resultante se deduciría su admisión velada de que tenía intención de casarse con ella.

El problema radicaba en que Heather podría negarse a ser su esposa, así que no sería prudente pronunciarse hasta saber por qué se decantaba ella... pero, teniendo en cuenta la situación, y sumándole el hecho de que él tenía fama de ser el mayor libertino de Londres y ella era una joven dama de buena cuna, muy bien relacionada y que solía estar muy protegida, no tenían más opción que casarse, en especial teniendo en cuenta que las familias de ambos se movían en el círculo más selecto de la alta sociedad.

Por una parte, lo normal sería que se sintiera indignado por tener que dejar que unas rígidas normas sociales dictaran su destino, pero lo cierto era que lo había aceptado con una complacencia sorprendente. Quizás era, en gran medida, por aquello que solía decirse de «más vale lo malo conocido que lo bueno por conocer».

Aquella idea aún no había terminado de formarse en su mente cuando ya estaba pensando en todo lo que hasta entonces no sabía acerca de Heather, pero que había averiguado gracias a aquellos últimos días.

Ella había demostrado tener una agilidad mental y una capacidad de reacción sorprendentes, se había mostrado decidida y leal. Muchas damas se habrían derrumbado y se habrían dejado arrastrar por el pánico, pero ella había sido observadora y había sabido actuar con astucia. No era una mujer débil, desde luego; no le faltaba fuerza de voluntad ni carácter.

De todas las damas casaderas, ella no era la peor elección ni mucho menos.

Ninguna de sus familias se opondría al enlace. No iba a ser una de aquellas bodas por amor que se habían puesto tan de moda, pero tras aquellos últimos días estaba bastante seguro de que, si convenían en casarse, podrían llevarse razonablemente bien... y eso era más de lo que podría decirse respecto a cualquiera de las otras damas que conocía.

Aunque los enlaces por amor estaban en boga, él había renunciado al amor hacía mucho tiempo. Quince años, para ser exactos. Tenía la sensación de que Heather preferiría un enlace de ese tipo, pero tenía veinticinco años y al finalizar aquella temporada social sería considerada de forma oficial una solterona. Estaba claro que su príncipe azul no había llegado para llevársela a lomos de su blanco corcel y, teniendo en cuenta el pragmatismo que había visto en ella en los últimos tiempos, tenía la impresión de que acabaría por aceptar su propuesta de matrimonio después de pensar las cosas con calma.

Pero si no aceptaba...

Frunció el ceño y se tensó de golpe, pero se apresuró a descartar aquella posibilidad. Heather era una mujer cabal y sensata, seguro que admitía que era necesario que se casaran.

Pero, si no era así, si ella no accedía, contaba con aquella chispa que siempre había existido entre los dos y que él podría avivar si lo deseara para convertirla en una llama que la atrapara, una lo bastante intensa y ardiente como para reducir a cenizas las objeciones que Heather pudiera tener; de hecho, convencerla podría resultar incluso divertido.

Su imaginación estaba atareada ideando distintas posibilidades cuando un carruaje que reconoció de inmediato asomó entre el resto de vehículos y acaparó toda su atención. Esperó amparado entre las sombras a que el pesado vehículo pasara de largo, y vio cómo giraba y salía de otro ancho camino para seguir rumbo al norte.

Era media tarde y la frontera estaba a unos dieciséis kilómetros escasos de allí, así que no había duda de que los secuestradores tenían intención de entrar en Escocia aquel mismo día.

Se apartó del muro y, después de seguir el carruaje con la mirada unos segundos más, fue a la cuadra cercana donde había dejado su carreta.

Heather sintió un momento de puro pánico cuando el carruaje cruzó lentamente el puente sobre el río Sark y se adentró en Escocia. Se dijo que Breckenridge debía de estar siguiéndoles de cerca, que no estaba sola, que la ayudaría a escapar en su debido momento, y eso la ayudó a tranquilizarse un poco.

El paisaje no tardó en resultarle familiar. Gretna estaba poco después de cruzar la frontera, y a la izquierda del camino vio algunas cabañas diseminadas sin orden ni concierto; al cabo de un minuto dejaron a la izquierda el desvío que estaba acostumbrada a tomar para dirigirse a Dumfries cuando iba al valle de Richard y Catriona, y entonces apoyó la cabeza en el respaldo del asiento. A partir de allí, estaba adentrándose en territorio desconocido.

No sabía hasta dónde iban a llegar aquel día. Se lo había preguntado varias veces a sus captores, pero Fletcher y Martha se habían limitado a contestarle que no tardaría en averiguarlo.

Como, muy a su pesar, no tenía más remedio que esperar, se acomodó mejor en el asiento y se tapó bien con la capa que le había dado Martha. A pesar de ser primavera, en Escocia hacía más frío que en el sur de Inglaterra.

Notó que el carruaje aminoraba la velocidad, y al mirar por la ventanilla vio las casas de la aldea que había justo al norte de Gretna. Gretna Green era célebre porque las parejas que se fugaban solían ir allí para casarse ante el yunque de la forja del herrero.

El carruaje aminoró aún más hasta quedar casi detenido, y entonces giró a la izquierda con pesadez. Martha miró por la otra ventanilla y preguntó:

—¿Esa es la famosa herrería?

Fletcher lanzó una breve mirada hacia el lugar en cuestión.

—Sí, esa es —contestó, antes de volverse hacia Heather—. Nos detendremos en una pequeña posada que hay un poco más adelante.

Seguro que no era más que una de las paradas habituales, que la cercanía del famoso yunque era una mera coincidencia. Habían dejado atrás varias posadas al entrar en Gretna, pero el pequeño establecimiento frente al que se detuvieron se adecuaba más al estilo de Fletcher.

La posada The Nutberry Moss tenía muchos años a sus espaldas. Era un edificio de dos plantas bastante avejentado, pero aun así se veía sólido y firme. Tenía las paredes encaladas, los marcos de puertas y ventanas eran negros y unas vigas inmensas sostenían el tejado gris oscuro de pizarra. Daba la impresión de que estaba hundido y anclado al suelo, como si hubiera echado raíces.

Fletcher fue el primero en bajar del carruaje y se volvió para ayudar a Heather, que se detuvo en el estribo y miró a su alrededor. Los escasos árboles que había no le impidieron echar un buen vistazo y, aunque no logró ver a Breckenridge, al menos pudo orientarse. El camino donde estaba la posada seguía hacia el oeste y se juntaba un poco más adelante con uno más grande que conducía a Dumfries.

Bajó del carruaje al patio de grava de la posada y contempló la fachada, que exudaba un aire de calor hogareño. Martha se colocó a su lado al cabo de unos segundos y, con Cobbins cerrando la marcha, entraron tras Fletcher en el establecimiento.

Dentro se estaba mucho más calentito. Heather se calentó las manos frente a la chimenea que había en una de las paredes de la entrada y miró a su alrededor con curiosidad. Una estrecha escalera conducía al piso de arriba y dividía en dos la entrada; el posadero acababa de aparecer por una puerta oscilante que había al fondo del pasillo a la izquierda de la escalera, una puerta que lo más probable era que diera a la cocina. El hombre le dio la bienvenida a Fletcher mientras se secaba las manos con un trapo, y cuando supo que necesitaban alojamiento se acercó a un largo mostrador que había en la pared situada a la derecha de la escalera.

Heather se volvió de nuevo hacia el fuego. Mientras repasaba posibles preguntas que podría hacerles a sus captores para intentar averiguar algo más de información, oyó que Fletcher le decía al posadero:

—No sé cuántos días vamos a quedarnos. Como mínimo dos, pero lo más probable es que sean más. Nos quedaremos hasta que el señor McKinsey, el enviado de sir Humphrey Wallace, llegue para escoltar a la joven dama el resto del camino.

Ella se volvió a mirarle sorprendida; al ver que él estaba de espaldas y seguía regateando con el posadero el precio de las habitaciones, se volvió de golpe hacia Martha y le preguntó con apremio:

—¿Aquí es donde acordaron entregarme?, ¿vamos a esperar aquí al escocés que les contrató?

—Eso es lo que dice Fletcher —se limitó a contestar la mujer, con rostro impávido.

—¿Aún no ha llegado?

—No. Parece ser que tardará unos cuantos días en llegar de dondequiera que esté.

Ella se volvió hacia Cobbins (que permanecía cerca, como

siempre), al ver que Fletcher aún estaba hablando con el posadero.

—¿Cuándo le mandaron aviso de que me habían capturado y me traían hacia el norte?

—En Knebworth le enviamos un mensaje con el correo nocturno.

Heather hizo cálculos. Empezaba a perder la cuenta de los días que llevaba secuestrada, pero... si el tal McKinsey hubiera estado en Edimburgo o en Glasgow, a aquellas alturas ya debería estar allí, o llegaría al día siguiente como muy tarde.

Antes de que pudiera seguir tirando del hilo de aquella idea, Fletcher se acercó a ellos.

—Dos habitaciones, como siempre. Las dos están en el ala este, pero no son contiguas —miró a los dos mozos que estaban metiendo el equipaje antes de añadir—: Cobbins y yo nos quedaremos la que está más cerca de la escalera.

Heather se irguió y, con la frente en alto y mirada gélida, le preguntó:

—¿Por qué nos hemos detenido aquí?

Fletcher contestó con una placidez muy poco convincente.

—Porque este es el lugar al que McKinsey nos dijo que la trajéramos.

—¿Por qué eligió Gretna Green de entre todas las poblaciones de Escocia?

—No lo sé —le contestó, con fingida inocencia; después de intercambiar una breve mirada con Martha, añadió—: podríamos buscar muchas explicaciones posibles, pero la verdad es que no serían más que meras conjeturas. El tipo nos dijo que la trajéramos aquí, y eso es lo que hemos hecho; que nosotros sepamos, ese es el fin del asunto.

Heather contuvo las ganas de decirle que eso no se lo creían ni ellos. Las implicaciones de todo aquello no le hacían ni pizca de gracia. Sabía que, en teoría, una mujer tenía que dar su consentimiento para casarse, ya fuera ante un yunque o de cualquier otra forma, tanto en Escocia como en el resto de las Islas Británicas... lo que no sabía era hasta qué punto se respetaba eso en un lugar como Gretna Green, si la mujer tenía que dar su consentimiento de forma expresa o si se la podía drogar o coaccionar de algún modo para lograr que se llevara a cabo la boda.

Lo que tenía claro era que los matrimonios celebrados ante el yunque en Gretna Green eran válidos y legales; de hecho, sus propios padres se habían casado allí.

No se resistió cuando Martha la condujo escalera arriba hacia la habitación que tenían asignada, la embargaba una extraña sensación de desconexión. En ese momento tenía muy claro cuál era el camino a seguir: estaba claro que había llegado el momento de huir de sus secuestradores, de conformarse con la información que había obtenido y largarse cuanto antes. Cuando Breckenridge llegara, iba a decirle que estaba lista para escapar, y... aunque, por otro lado, Fletcher había comentado que iban a seguir allí dos días más como mínimo.

Entró en la habitación con Martha y, apenas consciente de las dos estrechas camas y de la única y pequeña ventana, sopesó sus opciones. Estaba casi convencida de que Fletcher no había mentido en lo de tener que esperar dos días, porque a pesar de no ser honesto solía centrarse en el camino que tenía por delante y parecía improbable que mintiera en algo así.

Además, ¿por qué habría de hacerlo? Él ignoraba que Breckenridge les seguía de cerca y podía ayudarla a huir en un abrir y cerrar de ojos; que ellos supieran, no había razón alguna para engañarla diciéndole que McKinsey iba a tardar un par de días en llegar.

Se sentó en la cama más alejada de la puerta y, con la mirada perdida puesta en la pared, se planteó si habría alguna forma de aprovechar la situación en beneficio propio, si podría usar la información que tenía para presionar a Fletcher, Martha y Cobbins y lograr que le dieran más datos sobre McKinsey; además, quizás habría alguna forma de coordinar la huida de forma que Breckenridge y ella pudieran permanecer lo bastante cerca como para presenciar la llegada de McKinsey.

Si pudieran verle con claridad, tendrían muchas más posibilidades de lograr identificarle y de poder eliminar cualquier peligro que aquel hombre pudiera suponer, en ese momento o en el futuro, para sus hermanas, sus primas, y ella misma.

Respiró hondo, dejó a un lado todas aquellas especulaciones hasta que pudiera discutirlas con Breckenridge, y entonces se puso en pie y cruzó la habitación para negociar con Martha la ropa que esta iba a permitirle sacar del morral que seguía protegiendo como un perro guardián.

Breckenridge estaba en el bar de la posada, comiendo un plato de guisado junto a tres lugareños y bien metido en su papel de secretario empobrecido, cuando Heather y sus captores entraron en la sala.

Por suerte, la posada era tan pequeña que no tenía un comedor independiente, así que, al igual que los demás comensales (todos ellos mayores que él y mucho más avejentados), pudo alzar la mirada como si le hubiera llamado la atención la llegada de una joven dama (daba igual cómo fuera vestida, su porte y su compostura revelaban que era una mujer de alta cuna).

Sus ojos se encontraron por un instante. Los de ella se habían abierto un poco más al verle en un gesto de sorpresa casi imperceptible, pero se mantuvo inexpresiva mientras su mirada recorría al resto de personas presentes y acababa por centrarse en la sirvienta que se acercó a ellos a toda prisa y los condujo a una mesa situada en la parte delantera de la sala.

Al verla avanzar entre las mesas con la frente en alto se dio cuenta de que, de todos los hombres presentes, quizás fuera el único que sabía interpretar correctamente su actitud. Ella estaba intentando aparentar que estaba de lo más tranquila, y eso indicaba que algo le preocupaba.

Bajó la mirada hacia su plato, presa de una súbita inquietud. Heather no se había mostrado demasiado preocupada por su secuestro hasta el momento. No le había restado importancia, por supuesto, pero parecía considerarlo una especie de cruz con la que tenía que cargar hasta que lograra averiguar lo que había detrás de todo aquello, y al verla en ese momento supo de forma instintiva que algo había cambiado.

Todos sus sentidos se pusieron alerta. Le había dado mala espina que Fletcher eligiera precisamente aquella posada que estaba tan cerca del célebre yunque, pero, como habían dado por hecho que los captores tenían intención de llevar a Heather a Glasgow, había supuesto que lo de parar allí había sido por mera conveniencia. Teniendo en cuenta la súbita inquietud de Heather, a lo mejor era una suposición equivocada.

Jugueteó con los trozos de cordero que emergían como islas entre el espeso guiso mientras se centraba en pensar dónde podría encontrarse con ella aquella noche.

Al otro lado de la pequeña sala, Heather estaba sentada en un banco con la espalda contra la pared, arrinconada por la corpulenta Martha. Lo único bueno de su posición era que desde allí podía ver a Breckenridge, que estaba sentado junto a tres lugareños en una mesa cercana a la barra del bar.

Miró en aquella dirección con disimulo, con actitud distraída, y le vio hacer un comentario que hizo reír a sus compañeros de mesa. Estaba desgreñado, y eso le daba un aspecto tosco que se acentuaba aún más gracias a la barba que le oscurecía las mejillas y el mentón. Tenía una servilleta metida en el cuello de la camisa a modo de babero, los codos apoyados en la mesa, estaba comiéndose un guiso con tenedor... y hablaba con la boca llena. Ella no había llegado a conocer a su difunta madre, pero las hermanas de Breckenridge se quedarían horrorizadas si pudieran verle en ese momento.

En todo caso, no había duda de que estaba interpretando muy bien su papel. No era un lugareño y se notaba, pero a pesar de eso no desentonaba en el ambiente general de la posada; de hecho, parecía encajar a la perfección allí.

El alivio que aún no se había desvanecido, un alivio que la había inundado de golpe en cuanto le había visto, era intensísimo; al parecer, había estado más preocupada de lo que había querido admitir, pero ahora que sabía que él estaba allí, que le tenía cerca, podía dejar a un lado la preocupación y centrarse en averiguar toda la información que le fuera posible antes de que la llegada de McKinsey la obligara a huir.

Cuando la sirvienta llegó con los platos de cordero asado acompañado de chirivía y col, no dijo nada y se dedicó a comer mientras hacía una lista mental de todos los datos reveladores que Fletcher, Cobbins y Martha habían dejado caer.

Cuando se encontrara más tarde con Breckenridge, iba a tener que hacerle ver todo lo que había averiguado para así convencerle de que, como McKinsey iba a tardar un par de días en llegar, no era necesario que se apresuraran a huir de allí y podían quedarse un poco más para ver si ella podía obtener más información.

Aunque Fletcher no dejaba de mirarla con ojos penetrantes (daba la impresión de que el tipo esperaba que se pusiera histérica ante las implicaciones que parecía tener el hecho de que estuvieran tan cerca de la forja del herrero) mantuvo la cabeza gacha y siguió igual de pasiva. No era una actitud natural en ella ni mucho menos, pero eso era algo que los captores ignoraban.

Cuando terminó de catalogar mentalmente todo lo que había averiguado, se dedicó a pensar en qué otras preguntas podría hacerles sin que resultara sospechoso.

Martha la miró en cuanto terminaron de cenar, y dijo con tono seco:

—No sé usted, pero yo quiero acostarme ya. Venga, vamos arriba.

Heather miró con ojos interrogantes a Fletcher mientras su «doncella» se levantaba con pesadez del banco, pero suspiró y se puso en pie al no recibir respuesta alguna. Cobbins y él permanecieron sentados con sus respectivas jarras de cerveza.

Mientras iba tras Martha camino de la habitación, sus ojos se encontraron con los de Breckenridge; al verle lanzar una mirada hacia algún punto más allá de la puerta abierta del comedor, miró hacia allí y vio el mostrador de recepción y la estrecha puerta que había justo detrás y que parecía dar a un pequeño guardarropa.

Se volvió hacia él con disimulo, pero, al darse cuenta de que no era el único que estaba mirándola en ese momento y que todos los lugareños tenían los ojos puestos en ella, ladeó un poco la cabeza y se atusó el pelo para fingir que un mechón le había hecho cosquillas y por eso había vuelto la cabeza hacia allí.

Breckenridge bajó la mirada hacia la jarra de cerveza que tenía entre las manos, y ella se volvió hacia Martha y salió tras ella rumbo a la escalera.

Saber que Heather había entendido su mensaje hizo que Breckenridge se sintiera un poco más tranquilo; después de apurar su cerveza, invitó a otra ronda a los tres hombres que le habían servido de tapadera perfecta durante la cena. Almas cándidas.

Todos ellos apuraron sus respectivas jarras antes de dárselas, pero uno comentó:

—Ten, pero creía que no tenías trabajo.

—Y no lo tengo —le aseguró él, sonriente, antes de recoger las jarras y ponerse en pie—. Pero muy mal habría de estar la cosa para no poder compartir un trago en tan buena compañía. Si uno ni siquiera pudiera hacer eso, ¿para qué trabajar?

Mientras sus compañeros aplaudían sus palabras con algarabía, se acercó a la barra y se apoyó en ella mientras el tabernero llenaba las jarras. La mayoría de los clientes que estaban en aquella zona de la sala tenían pinta de ser lugareños en vez de viajeros alojados en la posada. Había dado por hecho que Heather iba a pasar una única noche en aquel lugar, pero si se veía obligado a alargar su estancia allí lo más probable era que el posadero no pusiera ningún impedimento.

Se dio la vuelta y miró hacia sus amigables compañeros de mesa, pero por el rabillo del ojo vio a Fletcher y a Cobbins bebiendo cerveza y conversando en voz baja. Se planteó acercarse a ellos, pero si realmente tenían planeado pasar más de una noche allí podría convenirle más tomarse algo de tiempo para cimentar su imagen de inofensivo secretario, uno que contaba con el beneplácito de la gente de la zona, que presentarse sin más.

—Aquí tiene —le dijo el tabernero al poner en una bandeja la última de las cuatro jarras que acababa de llenar de nuevo.

—Gracias.

Se acordó justo a tiempo de sacar unas monedas del bolsillo y pagar. En circunstancias normales, esperaría sin más que lo apuntaran en su cuenta, pero era poco probable que a un secretario sin empleo se le concediera crédito.

Regresó a su mesa con la bandeja, y cuando se sentó cada uno tomó una jarra. Durante un largo momento reinó el silencio mientras bebían (a decir verdad, la cerveza no estaba nada mal para tratarse de un lugar tan humilde), y al final uno de ellos empezó a contar lo que le había sucedido a un pastor al que los agentes de Aduanas destinados en Gretna Green habían detenido antes de que pudiera cruzar la frontera.

—Tiene que demostrar que todos los animales son suyos.

—Pues me gustaría ver cómo lo consigue —comentó otro con ironía—, porque aquí todo el mundo sabe que «encuentra» al ganado en las colinas. Al oírle hablar, cualquiera diría que los bichos se le acercan y se unen a su rebaño sin más.

Todos se echaron a reír, y siguieron conversando acerca de varios aspectos de la vida en el lugar mientras las jarras de cerveza iban y venían; al cabo de un rato, el hombre que estaba sentado junto a Breckenridge señaló con un ademán de la cabeza a Fletcher y a Cobbins y preguntó:

—¿Alguien sabe quiénes son esos dos?

Todos, Breckenridge incluido, contestaron con una negativa, y el tipo (que estaba bastante achispado), añadió:

—Pues vamos a ver si quieren venir a tomar un trago con nosotros, seamos hospitalarios —alzó su jarra y exclamó en voz bien alta—: ¡Eh, vosotros! ¡Venid a tomar un trago!

A modo de demostración, el buen hombre apuró su jarra y la dejó con un sonoro golpe sobre la mesa.

Fletcher y Cobbins intercambiaron una mirada y unas cuantas palabras, y al cabo de un momento se pusieron en pie y, jarras en mano y cada uno arrastrando su respectiva silla, se acercaron a la mesa.

Empezaron las presentaciones de rigor. Como era el más joven de los cuatro que ya estaban sentados, Breckenridge esperó a que llegara su turno, pero uno de sus involuntarios aliados le hizo el favor de presentarle.

—Y este es Timms. Trabajaba de secretario para un abogado en Lunnon, pero el pobre tipo perdió su empleo y va camino de Glasgow para ver si allí le contrata alguien.

Breckenridge saludó a Fletcher y a Cobbins con la cabeza y les estrechó la mano, pero no fue más allá y dejó que Jim, Cyril y Henry llevaran el peso de la conversación. Como era de esperar, los tres sentían curiosidad por saber qué hacían aquellos dos forasteros en la zona, y cuando preguntaron al respecto Fletcher les contó el relato inventado al que Heather había hecho referencia.

Cualquier esperanza de que dicho relato fuera fácil de refutar se esfumó al ver la forma tan convincente en que aquel tipo lo contaba, su explicación parecía completamente creíble y él interpretaba a la perfección el papel de enviado a las órdenes de algún rico hacendado entrado en años.

Procurando interpretar bien su papel de Timms, humilde secretario sin empleo, asintió con cara de circunstancias y comentó:

—Muchas jóvenes huyen cuando consideran que sus tutores son demasiado estrictos. Es algo que vi multitud de veces en Londres, son muchas las que se meten en problemas allí.

Guardó silencio mientras los demás seguían conversando. Se sintió satisfecho al ver que su interpretación había sido creíble y que Fletcher ya no le observaba con cautela, sino que le veía como a uno más de los presentes... un tipo que no era uno de los lugareños, pero que no tenía nada especial ni fuera de lo común.

Tiempo después, el tabernero dio una palmada en la barra y les dijo que iba a cerrar.

—Dejen las jarras en la mesa, las muchachas las recogerán por la mañana.

Los integrantes de la mesa intercambiaron miradas y, después de apurar sus jarras, las dejaron sobre la mesa y se levantaron con cierta dificultad. Breckenridge dio gracias por haber tenido una juventud disipada en la que había pasado noches enteras bebiendo hasta el amanecer, porque al menos podía mantenerse en pie.

Entre Fletcher, Cobbins y él lograron llevar a los otros tres hasta la puerta principal, y el posadero les dio las gracias antes de echar el cerrojo y darles las buenas noches.

Breckenridge se dirigió hacia la escalera sin más; al ver que Fletcher subía también y que Cobbins iba tras ellos (aunque un poco tambaleante), esperó hasta llegar arriba antes de volverse y comentar:

—Pensaba seguir hacia Glasgow, pero tengo una vieja herida en el costado... —se llevó la mano al costado derecho e hizo una mueca de dolor— que me está dando guerra. Supongo que será por aguantar tantas horas el traqueteo de mi vieja carreta, que está a punto de caerse a pedazos —hizo un gesto de despedida con la mano antes de volverse de nuevo hacia delante—. No sé si nos veremos mañana, pero en todo caso que os vaya bien.

—Lo mismo digo —le dijo Fletcher.

Sin volverse a mirarles, Breckenridge hizo otro gesto de despedida y se alejó por el pasillo con una sonrisa en el rostro.

Heather bajó con sigilo por la escalera de la posada agarrándose a la barandilla para evitar caerse. Las habitaciones de la planta superior estaban en penumbra, pero la escalera y el vestíbulo estaban sumidos en la más completa oscuridad. Cuando llegó al último escalón, se detuvo por un instante antes de poner el pie con cautela en el vestíbulo. Se volvió hacia el lugar donde sabía que estaba el mostrador de recepción, y vio con un alivio considerable que la estrecha puerta que había detrás estaba entreabierta y delineada por la débil y vacilante luz de una vela.

Cruzó el vestíbulo, rodeó el mostrador, abrió poco a poco la puerta... y vio a Breckenridge sentado en el estrecho banco que recorría la pared bajo un perchero que en ese momento estaba vacío. Tenía los codos en las rodillas, la barbilla apoyada en sus manos entrelazadas, y alzó la mirada al oír el movimiento de la puerta; al verla entrar, levantó la cabeza y murmuró:

—Cierra la puerta y ven a sentarte.

Ella obedeció. Estaba vestida como de costumbre, con un atuendo que en esa ocasión había creado con el cobertor de su cama y que tenía el chal de seda a modo de cinturón, pero para cuando cerró la puerta él ya se había puesto en pie y, después de quitarse la capa que llevaba puesta, la cubrió solícito con ella y se aseguró de cerrar bien la parte de delante.

La voluminosa prenda ofrecía un calorcito adicional que era de agradecer, así que Heather la aceptó de buena gana y se tapó bien antes de sentarse.

—Gracias, aquí hace bastante frío.

—Sí —se limitó a contestar él, antes de sentarse a su lado en el banco—. Dime, ¿qué has averiguado?

Lo dijo en un susurro quedo, y ella contestó de igual forma. Se inclinó un poco más hacia él, hacia su ancho y reconfortante hombro... esa era una cosa que estaba empezando a notar, y que antes le había pasado desapercibida: el tamaño de Breckenridge hacía que se sintiera protegida, a salvo.

—En primer lugar, sobre la cuestión que planteaste de si Fletcher y Cobbins habían pasado mucho tiempo en Glasgow, Fletcher comentó que había sido su base de operaciones en los últimos dos años como mínimo... según sus propias palabras, han pasado allí unos cuantos años —mientras le miraba se sorprendió al darse cuenta de que así, sin afeitar y desgreñado, le parecía un poco salvaje y más guapo que nunca—. ¿Qué te sugiere eso?

Empezaba a poder ver más allá de la máscara tras la que él ocultaba sus sentimientos y se había dado cuenta de que parecía estar bastante tenso, pero al oír sus palabras se puso más serio aún y contestó con gravedad:

—Que el hombre que les contrató podría ser algo más que un simple hacendado; de ser así, tendría un acento bastante marcado, y si Fletcher y Cobbins llevaban más de un año en Glasgow habrían sabido decir si era del norte o del sur. Glasgow es la segunda ciudad más grande de Escocia y la que cuenta con el puerto más importante, allí se congregan escoceses de todos los puntos del país. Teniendo en cuenta a lo que se dedican Fletcher y Cobbins, prestar atención a los distintos acentos y aprender a distinguirlos sería una prioridad, lo harían de forma casi instintiva —hizo una pequeña pausa antes de añadir—: de hecho, si piensas bien en lo que Fletcher dijo, recuerda que especificó que no lograron distinguir de qué zona procedía. Eso indica que lo intentaron y esperaban poder identificar su acento, pero no lo consiguieron.

—Sí, es cierto, pero ¿qué significa todo eso?

—Que no estamos lidiando con un simple hacendado con dinero. Escocia tiene unas escuelas excelentes, y no solo en Edimburgo. Si ese hombre fuera hijo de un aristócrata, habría sido enviado a una de ellas para que fuera educado allí. Habría aprendido la lengua inglesa de mano de profesores ingleses, y le habrían ayudado a perder su acento escocés para que cuando viajara al sur de la frontera se le considerara alguien civilizado. He tratado con varios nobles escoceses a lo largo de mi vida, y hablan como si hubieran estudiado en Eton.

—Así que nuestro hombre no es un simple hacendado entrado en años, ¿verdad? Es probable, por no decir casi seguro, que sea un miembro de la aristocracia.

—Sí, esa es mi conclusión.

Heather suspiró antes de comentar:

—Va a venir a buscarme como si yo fuera un fardo —notó que él se tensaba, así que se apresuró a añadir—: pero tanto Fletcher como Martha han dicho que tardará unos días en llegar, al menos dos más —se volvió hacia él y se topó con su mirada pétrea—. Por lo que parece, tardará ese tiempo como mínimo en llegar a pesar de que le mandaron un mensaje cuando estábamos en Knebworth. Si aún no ha llegado y va a tardar dos días más como mínimo...

Dejó la frase inacabada y guardó silencio mientras le veía llegar a las mismas conclusiones a las que había llegado ella, mientras le veía poner una cara que le alejaba mucho del Breckenridge estoico al que estaba acostumbrada.

—De las Tierras Altas, tiene que ser un escocés de las Tierras Altas —afirmó él—. Ese mensaje habría tardado solo dos días en llegar a Edimburgo. El tiempo que tienen que esperar para reunirse con él es excesivo aun suponiendo que tuviera que pasar a través de algún intermediario. Dudo mucho que ese escocés, quienquiera que sea, pusiera en marcha este plan de secuestro y después se fuera de viaje sin más. Lo lógico es que permaneciera a la espera, y partiera en cuanto recibiera noticias de sus secuaces.

Al cabo de un momento, la miró de nuevo a los ojos.

—No hay ninguna otra explicación lógica para su demora, seguro que procede de las Tierras Altas —sacudió la cabeza—. Un noble escocés de las Tierras Altas... quién sabe qué antiguas cuentas pendientes tendrá con los Cynster —sus palabras estaban teñidas de exasperación.

Heather sabía que tanto su difunto tío Sebastian como su abuelo Sylvester, quien había fallecido mucho tiempo atrás, en más de una ocasión habían intervenido en nombre de la Corona en asuntos relacionados con Escocia.

—Sí, podría tratarse de algo así. Tengo entendido que los escoceses no olvidan jamás ciertas cosas, sobre todo las guerras y las cuentas pendientes.

—Así es —se quedó callado, y al cabo de un momento añadió—: pero, al margen de las razones que ese tipo pueda tener, el hecho de que haya elegido precisamente este lugar, el que haya hecho que te traigan hasta aquí y te retengan a la espera de su llegada, no puede significar nada bueno.

La miró y contempló a placer su perfil. Se la veía pálida y un poco agitada, pero él vio más allá de lo que reflejaba su rostro e intuyó la incertidumbre y la aversión instintiva que la embargaban.

En cuanto a él... la situación era mucho peor de lo que había creído. Si sus sospechas eran ciertas y el instigador de todo aquello era un noble escocés, no resultaría nada fácil enfrentarse a él mientras permanecieran en Escocia. Ni siquiera el hecho de ser Breckenridge, heredero del conde de Brunswick, serviría de mucho, ya que los escoceses solían respetar más a sus propios nobles (lo que podía resultar incluso comprensible), y a menudo aprovechaban la más mínima oportunidad para bajarles los humos a los «arrogantes inglesitos»; tal y como le había comentado a Heather, había conocido a unos cuantos a lo largo de su vida y sabía que eran hombres dados a luchar por lo que querían. Por regla general, el guerrero y el estratega que llevaba dentro respetaban y aprobaban semejante tenacidad, pero no cuando Heather estaba de por medio.

Que ella estuviera a salvo era y seguiría siendo su prioridad absoluta.

—Creo que deberías huir ahora mismo conmigo —ella le miró, y él le sostuvo la mirada al añadir—: regresemos a Londres de inmediato.

Luchó por no tensarse, por no reaccionar de ninguna forma, cuando Heather sacó una mano de debajo de la capa y la posó sobre su brazo. Dio la impresión de que ella no era ni consciente de su propio gesto, pero se sentía reconfortada y quizás incluso más segura al tocarle.

—Me lo he planteado, pero...

Aquel «pero» acabó de un plumazo con las esperanzas de Breckenridge. Cuando ella le dio un ligero apretón en el brazo antes de apartar la mirada y soltarle, no pudo evitar desear que le tocara de nuevo.

—Ese hombre no llegará mañana, y tampoco le esperan para pasado mañana —le recordó ella, antes de mirarle a los ojos—. Tenemos dos días más para lograr sacarles a Fletcher y a Cobbins algo, cualquier dato que pueda ayudarnos a identificar al misterioso escocés, y... —respiró hondo y le sostuvo la mirada al añadir—: he pensado que, si lo planificamos todo de modo que mi huida sea justo antes de su llegada, podríamos quedarnos cerca el tiempo suficiente para alcanzar a verle.

Al ver que se quedaba mirándola sin contestar, le puso la mano en el hombro y se inclinó un poco hacia él.

—Hemos logrado llegar hasta aquí con relativa sencillez. Mis tres captores ignoran por completo que estás aquí, listo para rescatarme, y con mi comportamiento les he hecho creer que estoy resignada e indefensa para que se confíen. Quién sabe lo que podríamos averiguar con un par de días más, sobre todo teniendo en cuenta que hemos llegado a nuestro destino y es probable que Fletcher empiece a relajarse y hable más de la cuenta.

Bastaba con ver la firme determinación que se reflejaba en su rostro para saber que iba a ser imposible disuadirla y, como él no tenía ningún derecho sobre ella (bueno, ninguno que ella fuera a reconocer, y mucho menos a aceptar) y no podía darle órdenes ni insistir para hacerla cambiar de opinión, sus opciones eran escasas. Hacer una escena estaba completamente descartado. Había ideado un plan que iba a permitirle salvarla con su reputación intacta e inmaculada, y montar un escándalo lo echaría todo a perder; además, en lo relativo a ellos dos, el daño ya estaba hecho, no había marcha atrás, el asunto estaba decidido y zanjado, y un par de días más no iban a cambiar en nada la situación.

Pero no quiso acceder sin más, se resistía a capitular, así que optó por preguntarle:

—¿Qué información quieres intentar sonsacarles?

—Había pensado en intentar averiguar a dónde enviaron el mensaje, el que mandaron desde Knebworth, y las instrucciones que debían seguir para contactar con el escocés. Doy por hecho que el mensaje debía recibirlo un intermediario que se encargaría de transmitirlo después; si ese escocés fue lo bastante cauto como para darles un nombre falso, dudo mucho que les diera su verdadera dirección —exhaló aire antes de continuar—. Aparte de eso, también me interesa averiguar lo que el escocés sabe acerca de mis hermanas y mis primas, y también acerca de mí. ¿Qué fue lo que les dijo a Fletcher y a Cobbins? Lo suficiente para que pudieran encontrarme y seguirme, por supuesto, pero ¿qué más? ¿Qué información tienen acerca de nosotras? Es posible que las respuestas nos den algunas pistas acerca de la identidad de ese escocés. Quizás podamos averiguar si se trata de alguien con quien coincidimos de vez en cuando en Londres y que se relaciona con la alta sociedad, o si la información que posee es la que cualquiera podría obtener incluso desde la distancia.

Él no tuvo más remedio que asentir.

—No es mala idea. Tienes razón, eso podría darnos datos reveladores.

Pasaron unos segundos... segundos en los que él revaluó la situación y llegó a la misma conclusión de antes, así que muy a su pesar asintió de nuevo y añadió:

—De acuerdo, aprovecharemos los próximos días para ver qué más podemos averiguar, y me refiero tanto a ti como a mí. Con este último disfraz podré acercarme más a Fletcher y a Cobbins, así que si me encuentras con ellos recuerda que no me conoces y trátame como si fuera un humilde secretario desempleado.

—¿Eso eres? —le preguntó ella.

Al ver su sonrisa traviesa, Breckenridge tuvo que contener las ganas de sonreír a su vez. No hacía falta ser adivino para saber que ella estaba regodeándose pensando en la excelente anécdota que podría contar más adelante.

—Pero hay algo que tú puedes hacer y yo no: sacarle información a Martha.

—Ella no estuvo presente en el encuentro con el escocés.

—No, pero ellos le habrán explicado lo que pasó y le habrán descrito a ese tipo —adujo él—. Conociendo como conozco a las mujeres, te aseguro que Martha se habrá formado una idea de él a partir no solo de lo que le contaron, sino también de cómo se sintieron y de cómo reaccionaron. Es muy posible que revelaran más de lo que ellos mismos creen, pero, en cualquier caso, yo confiaría más en la impresión que ella pueda tener que en la de ellos.

—Sí, entiendo tu punto de vista; en ese sentido, las mujeres solemos ser más observadoras.

—Posiblemente.

Prefirió no añadir nada más. Heather podía ser más observadora en aquel sentido, pero aún no se había percatado de que, gracias a aquella aventura en la que estaba metida, estaban condenados a casarse. Se sintió inseguro por un instante ante la duda de cómo iba a reaccionar ella cuando tomara conciencia de la situación.

—En fin, haz las preguntas que consideres oportunas y a ver lo que puedes sonsacarle a Martha, yo me centraré en acercarme a Fletcher y a Cobbins para que me tomen algo de confianza y hablen conmigo de hombre a hombre —le sostuvo la mirada al añadir con firmeza—: pero mi principal y más importante objetivo será organizar tu huida.

Ella asintió y contestó, con una sonrisa radiante:

—Sí, me parece un buen plan.

Su aprobación, el entusiasmo y la aceptación que se reflejaban en su rostro y en sus ojos le hicieron sentir una profunda satisfacción. Era toda una novedad que ella le mirara así, estaba claro que aquella aventura había tenido efectos positivos. Además de permitirle verla bajo un prisma muy distinto, la situación estaba enfrentándole a desafíos que se alejaban de su vida cotidiana y que ponían a prueba su temple y su mente, y el hecho de saber superarlos le hacía sentir victorioso. Había olvidado cuánto le gustaba esa sensación.

Su objetivo prioritario era mantener a Heather sana y salva, pero, al igual que ella, cada vez se sentía más intrigado por saber quién era aquel misterioso escocés y cuáles eran sus razones para llevar a cabo aquel extraño secuestro. Cada vez estaba más convencido de que los Cynster le agradecerían que averiguara todo lo posible, siempre y cuando la mantuviera a ella a salvo.

Heather notó mientras le miraba que sus ojos color avellana parecían más cálidos, menos cristalinos. Se dio cuenta de repente de que había dejado la mano apoyada sobre su brazo sin darse cuenta, y la apartó de inmediato después de darle una pequeña palmadita. Se volvió a mirar al frente y volvió a meterla bajo la capa... la capa que él le había dejado, y que la envolvía en su suave aroma masculino.

Había empezado a ver a Breckenridge con otros ojos, y aquel cambio la desconcertaba sobremanera. Siempre se había sentido atraída por él, pero eso era algo que les pasaba a todas las damas de la alta sociedad; según las habladurías, ni siquiera las viudas setentonas eran inmunes a sus encantos. Pero eso no explicaba por qué se sentía más atraída que antes.

Le miró de reojo con mucho disimulo. La chaqueta raída, la barba incipiente, el aspecto mucho más tosco... si en Londres, cubierto con un manto de sofisticada elegancia, era fascinante, allí, con aspecto poco menos que de jornalero, exudaba una masculinidad primitiva que resultaba mucho más potente...

Miró de nuevo hacia delante y contuvo las ganas de abanicarse con la mano. Le cosquilleó la piel mientras se adueñaba de ella la intensa turbación que siempre la embargaba cuando le tenía cerca, y que había logrado ignorar y mantener bloqueada hasta ese momento.

Se dio cuenta de que todo aquello era una ridiculez, no podía olvidar que se trataba de Breckenridge. Por mucho que en ese momento pudiera ser su salvador, lo más probable era que cuando aquello terminara volviera a ser su enemigo declarado.

Estaba tratándola de igual a igual como si la considerara una mujer adulta y digna de su confianza, pero seguro que cuando aquello llegara a su fin volvería a las andadas. Seguro que volvería a considerarla una niñita boba y a tratarla como tal.

El hecho de que algún diablillo interior estuviera tentándola a que le diera las gracias con un beso, a que aprovechara aquella excusa para averiguar lo que se sentía, no implicaba que fuera a caer en la tentación.

Tuvo que obligarse a sí misma a ponerse en movimiento, a apartarse de su calidez y su magnética fuerza. Se puso en pie y esbozó una sonrisa forzada.

—Será mejor que regrese a mi habitación, gracias por la capa —la echó en falta en cuanto se la quitó.

Él había alzado la mirada de inmediato en cuanto ella se había movido, y se levantó a su vez antes de tomar la capa. Vaciló por un instante cuando sus miradas se encontraron, pero al final se limitó a contestar en voz baja:

—Encontrémonos aquí mismo mañana por la noche.

—De acuerdo.

Heather se apresuró a salir de allí antes de que el diablillo la hiciera caer en la tentación. Mientras subía con sigilo la escalera, se recordó a sí misma otra consideración a tener muy en cuenta: de momento estaba lidiando bastante bien con Breckenridge, pero si le besaba y él le devolvía el beso... en fin, no estaba segura de tener la fuerza de voluntad necesaria para detenerse; a decir verdad (y por mucho que le costara admitirlo), era posible que ni siquiera intentara hacerlo.

Si eso sucediera, ¿en qué situación quedarían los dos?

CAPÍTULO 6

A la mañana siguiente, cuando Fletcher y Cobbins entraron en el comedor de la posada seguidos de Heather y Martha, Breckenridge ya estaba allí interpretando su papel de Timms, humilde secretario desempleado, tomando una taza de café y leyendo el periódico en una mesa situada junto a la ventana. Tal y como esperaba, Fletcher condujo a sus compañeros de viaje a la misma mesa de la noche anterior, una mesa que estaba en una esquina... y justo al lado de la suya.

Alzó la mirada cuando se acercaron, saludó con la cabeza a los dos hombres sin mostrar ningún interés por Heather y Martha, y entonces fingió que seguía leyendo el periódico mientras aguzaba el oído para intentar oír lo que decían.

Sabía que no era conveniente acercarse a Fletcher y a Cobbins y mostrar abiertamente interés por ellos y sus asuntos, pero, teniendo en cuenta que el día estaba nublado y caía una fina llovizna, y que tenían que esperar a que llegara el hombre que les había contratado, parecía improbable que se aventuraran a salir. Eso quería decir que buscarían algún entretenimiento en la posada, y lo más probable era que fueran a tomar algo al bar... y que decidieran charlar con el único huésped presente, que no era otro sino él. Los otros tres viajeros que habían pernoctado allí ya se habían marchado después de desayunar.

El cuento de la vieja herida en el costado iba a servirle

para justificar el haber alargado su estancia, sobre todo teniendo en cuenta el mal tiempo que hacía. Pasó una página del periódico, y esperó mientras se tomaba con actitud relajada su café.

La moza que servía las mesas salió a toda prisa a tomarles nota, y cada uno le dijo lo que quería. Heather pidió unas gachas de avena, y en cuanto la vio marcharse esperó un instante antes de decir:

—Necesito tomar un poco de aire fresco. Solo será un paseo corto después de desayunar, ir y venir por el camino...

Fletcher la interrumpió con voz tajante.

—No, aquí no puede ser.

—¿Por qué no?, Martha puede acompañarme.

A la aludida pareció escandalizarle la idea.

—¿Espera que ponga un pie en ese barrizal? ¡Muchas gracias, señorita, pero no voy a moverme de aquí!

—Y usted tampoco —afirmó Fletcher—. Ni hoy ni mañana pondrá un pie fuera de este lugar.

—¿Por qué no?, ¿acaso creen que voy a echar a correr campo a través?

—Nunca se sabe —argumentó Fletcher—. Tenemos que esperar aquí dos días como mínimo y no me parece sensato dejar que se familiarice demasiado con el terreno. Ya he reservado un saloncito privado.

Breckenridge alzó la mirada como quien no quiere la cosa, alcanzó a ver que Fletcher señalaba hacia la puerta cerrada situada al otro lado del vestíbulo, y volvió a bajarla mientras el secuestrador añadía:

—Usted va a esperar sentadita con Martha a que llegue a buscarla el enviado de su tutor.

Heather se inclinó hacia Fletcher por encima de la mesa y protestó en voz baja:

—Los dos sabemos que ese tutor no existe, y...

—También sabemos que usted no puede hacer nada al respecto —le contestó él con sequedad—. Si monta una escena, le contaré al posadero la historia que tenemos preparada y juro que la ataré y la encerraré en el saloncito. Usted elige.

A Breckenridge no le hizo falta mirar para saber que ella estaba fulminando a Fletcher con los ojos, y no pudo evitar sentir cierta admiración hacia él al ver que aguantaba callado aquel momento de silencio tan cargado de tensión. El tipo había conseguido mantenerse firme a pesar de lo insistente que estaba siendo ella. Era más de lo que él mismo había logrado, ya que se había rendido ante ella de buenas a primeras.

La sirvienta llegó en ese momento con el desayuno, y él le pidió más café y fingió que seguía leyendo el periódico a pesar de que ya lo había leído dos veces.

Al cabo de un rato, cuando terminaron de desayunar, Heather se levantó por orden de Martha y salió del comedor enfurruñada y con la frente en alto. Él no pudo verla cruzar el vestíbulo desde donde estaba sentado, pero oyéndola caminar supo que dejaba atrás la escalera y que se detenía (para abrir la puerta del saloncito, seguramente), antes de seguir andando. Tras ella iba Martha, caminando con pesadez y arrastrando los pies, y un segundo después la puerta del saloncito se cerró con suavidad.

Fletcher y Cobbins se retreparon en sus respectivas sillas mientras disfrutaban de una taza de café y charlaban de naderías, pero al cabo de unos diez minutos el primero se enderezó y echó un vistazo al vacío comedor antes de volverse hacia Breckenridge. Esperó a que este alzara la mirada, y entonces le preguntó:

—¿Piensas marcharte en breve?

—No, me quedaré unos días más. Ahora sería una tortura montarme en mi vieja tartana, tendré que esperar un par de días como mínimo para que el dolor se calme —lanzó una breve mirada hacia la ventana antes de añadir—: el mal tiempo no me ayuda ni mucho menos, pero estaría peor si tuviera que viajar en estas condiciones.

—¿No tienes nada que hacer?

—No, tan solo me queda esperar a poder continuar con mi viaje.

—En ese caso, ¿te apetece una partidita de cartas? —le preguntó Fletcher, sonriente.

Breckenridge le devolvió la sonrisa y asintió.

—Sí, ¿por qué no?

Empezaron con la veintiuna, pasaron a jugar a la especulación al cabo de un rato, y terminaron con el euchre cuando la mañana estaba llegando ya a su fin. A la hora de la comida llegaron varios granjeros de la zona y dos viajeros que iban camino de Glasgow, y la partida se interrumpió mientras charlaban con ellos.

La sirvienta salió de la cocina poco después y les dio a escoger entre estofado de cordero o pastel de cordero, y Fletcher le pidió que les llevara estofado a Heather y a Martha mientras ellos se decidían. La joven obedeció y, cuando regresó y todos ellos optaron por el pastel, se apresuró a servirles.

Breckenridge estaba esperando con paciencia a que llegara el momento de actuar, y se aseguró de que Fletcher y Cobbins se tomaran tres jarras de cerveza por barba durante la comida. Cuando los granjeros se levantaron y salieron a retomar sus tareas a pesar del cada vez más inclemente tiempo y los viajeros partieron después de abrigarse bien, los dos secuestradores ya estaban muy relajados.

Breckenridge regresó a la mesa que había junto a la ventana y agarró la baraja de cartas, pero fue dejándolas caer una a una con parsimonia; al ver que Fletcher, que estaba sentado justo enfrente, las seguía con la mirada como hipnotizado, le preguntó en tono de broma:

—¿Cuánto tiempo tenéis que esperar en este hervidero de actividad y entretenimiento?

—No lo sabemos —le contestó Fletcher, con una sonrisa bobalicona y la mirada un poco desenfocada—. El hacendado, el enviado del tutor de la muchacha, tardará dos días como mínimo en llegar, pero podrían ser más. Ya veremos.

—Ah, ¿es un hacendado? —Breckenridge fingió un bostezo y parpadeó como si estuviera somnoliento—. ¿Estáis seguros de eso?, a lo mejor es alguien que quiere darse aires de grandeza.

Cobbins puso los codos sobre la mesa y apoyó la barbilla en las palmas de las manos antes de asegurar:

—Se trata de un hacendado poderoso, de eso no hay duda. No es que él nos lo dijera, claro, pero era algo que saltaba a la vista.

Breckenridge frunció el ceño como si le resultara difícil concentrarse.

—No lo entiendo, ¿cómo se puede saber algo así con solo mirar a un tipo?

Fletcher soltó una pequeña carcajada.

—No hay que fijarse solo en el físico. Su voz, su forma de hablar... era un hombre acostumbrado a dar órdenes y a ser obedecido, eso te lo aseguro. Es más: yo creo que era un noble. Tenía esa altivez tan típica de ellos, como si el mundo entero tuviera que saber que no hay que interponerse en su camino.

Cobbins, que había ido dejándose caer hasta apoyar la cabeza en un brazo sobre la mesa, afirmó adormilado:

—Sí, pero eso no es todo. Es un grandullón... tú eres alto, pero él lo es aún más. También es más corpulento, más grandote. Ah, y no camina de forma normal y corriente, él anda con paso firme y a zancadas.

Breckenridge soltó un bufido burlón y comentó:

—Puede que no sea más que un engreído.

—De eso nada —Fletcher se retrepó en la silla, estiró las piernas bajo la mesa, y cerró los ojos—. Tiene un rostro tallado en piedra, y ojos fríos como el hielo —hizo una teatral mueca de desagrado antes de añadir—: no hay duda, los nobles tienen algo que... no sé, se nota a la legua que lo son.

Breckenridge les observó en silencio. Los dos habían cerrado los ojos, y Cobbins soltó un pequeño ronquido. Al cabo de un momento, Fletcher entreabrió un ojo, miró a su compañero, y suspiró antes de volver a cerrarlo y comentar:

—Yo también voy a echar una siestecita, dejemos la partida de cartas para luego.

Breckenridge esperó hasta que tuvo la certeza de que se habían dormido y entonces echó la silla hacia atrás con cuidado, se levantó poco a poco, y salió (caminando de forma normal y corriente, sin dar zancadas ni nada parecido) del comedor.

Debido a la súbita insistencia de sus captores en mantenerla bajo una estricta vigilancia, Heather se vio obligada a pasar gran parte del día cimentando su falsa imagen de típica joven dama de la alta sociedad inofensiva e indefensa.

Necesitó una buena dosis de fuerza de voluntad, pero logró contener las ganas de interrogar a Martha de inmediato. Cuando, tras mucho insistir, la convenció de que tocara la campanilla para pedir un poco de té, esperó a que la joven criada que entró con la bandeja se marchara, y entonces se apartó al fin de la ventana (junto a la que había pasado horas enteras de pie, contemplando el lluvioso paisaje) y cruzó el saloncito para sentarse en el sofá y servir el té.

Martha la observó desde el sillón sin dejar de tejer a toda velocidad. No parecía recelosa, pero a juzgar por cómo la miraba daba la impresión de que había algo que no acababa de encajarle; al ver que le ofrecía una taza, soltó un pequeño bufido y dejó las agujas sobre su amplio regazo antes de aceptarla.

Heather tomó un sorbo, suspiró con suavidad, y se relajó en el sofá antes de preguntar:

—¿Cómo se sumó a los planes de Fletcher y Cobbins? Ya sé que se conocían desde hace años, me refiero a esta vez en concreto.

La mujer dejó la taza en el platito antes de contestar.

—Suelo trabajar de enfermera. Acababa de quedarme sin una de mis pacientes, una vieja que estiró la pata, así que estaba en casa cuando Fletcher vino a verme. Hacía unos dos años, puede que algo más, que no le veía, desde que se había marchado al norte rumbo a Glasgow. Me habló de un escocés que le había encargado que llevara a una joven al norte con una doncella de compañía y me pareció un trabajo fácil y lucrativo... un viajecito por la campiña con todos los gastos pagados, y a cambio de una buena suma de dinero.

Heather tomó otro sorbito y dejó pasar unos segundos antes de decir:

—¿Qué es lo que sabe de ese escocés? —al ver que se ponía alerta, se apresuró a añadir—: como voy a conocerle en breve y él tiene intención de llevarme a algún lugar que ni usted ni yo sabemos, no creo que tenga nada de malo que me lo diga.

Martha la observó en silencio con ojos penetrantes, y al final esbozó una pequeña sonrisa.

—Si así consigo que deje de andar de acá para allá y de mirarme con cara de alma en pena, le diré que es un hombre muy apuesto; de no ser así, a Fletcher no se le habría pasado por la cabeza destacar su físico. Y no es viejo, yo diría que debe de tener unos treinta y pocos años.

Heather la miró con interés para animarla a que siguiera hablando.

—Tenga en cuenta que yo no le conozco —Martha apuró la taza y la dejó sobre la mesita que se interponía entre ellas—. Pero sí que conozco a Fletcher y a Cobbins, así que tengo claro que se trata de un hombre... cómo decirlo... poderoso. Sí, eso es. Fletcher y Cobbins no se asustan así como así, esos dos se las saben todas, pero ese escocés les dejó impactados.

—A juzgar por lo que dice, parece un hombre peligroso.

—Sí, pero es más que eso. Un matón podría ser peligroso, pero no impresionaría a tipos como Fletcher y Cobbins.

Heather intentó entender a qué se refería.

—Entonces, digamos que... ¿les impuso respeto?

Martha asintió mientras alargaba la mano hacia sus agujas de tejer.

—Sí, eso lo definiría mejor. No sintieron miedo, tampoco se sintieron intimidados exactamente. Se quedaron impresionados, y se dieron cuenta de que debían ser cautos; en cualquier caso, tienen muy claro que no quieren fallarle, y eso no se debe a un simple temor.

Mientras Heather asimilaba aquellas palabras tan poco halagüeñas, su «doncella» empezó a tejer de nuevo y añadió:

—Es un aristócrata ricachón, de eso no hay duda.

—¿Eso lo saben con certeza?, ¿no será una mera conjetura?

Martha soltó un bufido burlón sin apartar la mirada de lo que estaba tejiendo.

—No es ninguna conjetura, sino pura cuestión de lógica —le aseguró, antes de mirarla a los ojos—. Tan solo un aristócrata habría pensado en incluir en sus planes a una dama de compañía, se lo digo yo.

Heather se dio cuenta de que aquello era totalmente cierto. Eso quería decir que, casi con total seguridad, el hombre que había ordenado el secuestro pertenecía a su misma clase social, y eso le convertía en un peligro incluso mayor para ella.

—Pórtese bien, ¿está claro?

Heather acababa de entrar en el comedor con Martha para cenar, y aquella advertencia de Fletcher la tomó desprevenida. En cuanto las había visto entrar, se había levantado de la mesa en la que estaba tomando unos tragos con varios lugareños (y con cierto vizconde al que ni siquiera sus propias hermanas reconocerían en ese momento), y había ido a sentarse con ellas en la mesa situada en la esquina delantera de la sala.

Aunque Fletcher solía tener una dicción correcta, había hablado arrastrando un poco las palabras, y el hecho de que las hubiera mascullado en voz baja no había ayudado en nada.

—¿Por qué? —lo preguntó ceñuda, pero al darse cuenta de que su tono de voz no encajaba con la imagen de jovencita indefensa e inofensiva (en otras palabras: bobalicona), soltó un bufido y añadió mohína—: ¿cuándo me he portado mal yo? —se sentó fingiendo irritación y miró a Fletcher con petulancia, como si él no supiera valorarla en su justa medida.

Él frunció el ceño a su vez y le ordenó:

—Limítese a quedarse ahí sentadita y a cenar sin llamar la atención, ni se le ocurra decir una sola palabra de lo que sucede. Él no es más que un secretario desempleado, así que ni sueñe con que puede ayudarla a escapar.

Al verle mirar hacia la otra mesa, Heather siguió la dirección de su mirada y vio que Cobbins se ponía en pie un poco tambaleante... y que Breckenridge se levantaba también. Consciente de que su álter ego, la damita apocada y sumisa, preguntaría al respecto, dijo con inocente interés:

—¿Quién es ese hombre?, ¿va a cenar con nosotros?

—Sí, pero su nombre no le incumbe —le contestó Fletcher, antes de volverse de nuevo hacia ella—. No estamos en una cena de la alta sociedad, no van a ser presentados —se inclinó un poco más hacia ella, y bajó la voz mientras Cobbins y Breckenridge se acercaban—. Como ya le he dicho, usted limítese a cenar y a mantener la boca cerrada.

Heather le fulminó con la mirada, pero en ese momento Martha se sentó junto a ella en el banco con pesadez y él se volvió para darle la bienvenida a Breckenridge e indicarle que se sentara en el lugar que él solía ocupar, justo enfrente de Martha. Entonces colocó una silla entre esta última y Breckenridge, en la cabecera de la mesa, y se encargó de la presentación de rigor mientras Cobbins se sentaba frente a Heather.

—Esta es Martha. Martha, este es nuestro amigo Timms. Va camino de Glasgow para ver si allí encuentra algún empleo.

Heather mantuvo la cabeza gacha y las manos entrelazadas sobre el regazo, pero estaba observándoles con disimulo y vio que Breckenridge se volvía a mirarla después de saludar con la cabeza a Martha; al ver que permanecía callada con actitud sumisa, él lanzó una mirada interrogante a Fletcher, quien se limitó a decir:

—Creo que su tutor preferiría que supieras lo menos posible acerca de ella, no sé si me entiendes.

—Ah. Sí, por supuesto —lo dijo con toda la naturalidad del mundo y se volvió hacia la sirvienta que acababa de acercarse a tomarles nota—. ¿Qué hay en el menú?

Se podía elegir entre merluza con nabos o cordero, y cuando le tocó pedir Heather alzó apenas la mirada hacia la muchacha y susurró:

—Merluza. Y un vaso de agua, por favor.

Los otros cuatro optaron por tomar cerveza.

Tal y como le habían ordenado, durante la cena mantuvo la mirada en su plato y se limitó a escuchar la conversación sin intervenir, pero de vez en cuando lanzaba alguna que otra mirada con disimulo a los demás... bueno, sobre todo a Breckenridge.

Sabía que era él (eso lo tenía claro a pesar de la barba oscura, del pelo revuelto y del aspecto desaseado), pero su voz sonaba distinta y eso la desasosegaba. Estaba acostumbrada tanto a su elegante dicción como al tono incisivo, directo y carente de artificios que empleaba cuando se ponía mandón con ella, pero al oírle hablar en ese momento... si no le mirara, incluso podría llegar a creer que era un trabajador empobrecido y a un paso de los barrios bajos de la capital.

Por no hablar de los temas que estaba sacando durante la cena, que no tenían nada de apropiados...

Mientras jugueteaba desganada con la comida, le escuchó entre fascinada y horrorizada mientras él charlaba con Fletcher y Cobbins acerca de peleas de gallos que había presenciado. La propia Martha parecía interesadísima en la escabrosa conversación, pero ella contuvo a duras penas una mueca de disgusto (oír hablar de gallos decapitados o hechos pedazos por otros gallos a los que les habían colocado espuelas en los espolones no era su idea de una cena amena) e intentó centrarse en otra cosa, pero la merluza no contribuía a despertar su inspiración.

Dejó vagar su mente... y se dio cuenta de lo peculiar que resultaba que, a pesar de que Breckenridge no pareciera él mismo por el aspecto ni por la voz, aún se sintiera envuelta en aquella reconfortante aura de seguridad que había empezado a asociar al hecho de tenerle cerca. A pesar de su apariencia tosca, desarreglada y carente de elegancia, seguía sintiendo la misma atracción subyacente, y eso era muy extraño. Siempre había dado por hecho que era su apostura lo que lograba atraerla y captar su atención con tanta facilidad, pero si no se trataba de eso no le encontraba explicación posible.

Allí sentada, en el comedor de una pequeña posada de Gretna Green, pasó un buen rato intentando desentrañar aquel misterio, intentando entender qué era lo que tenía Breckenridge que despertaba aquella reacción tan particular, intensa y femenina en ella desde siempre.

Un súbito bufido de Fletcher la arrancó de sus pensamientos. No tenía ni idea de cómo se las había ingeniado Breckenridge para cambiar el tema de conversación, pero su captor estaba diciendo en ese momento:

—Mañana aún estaremos aquí, y lo más probable es que pasado mañana también. Pensé que había contado bien los días, pero esta mañana he repasado mis cuentas y resulta que había contado un día de menos.

Breckenridge mantuvo la mirada puesta en la jarra de cerveza que tenía entre las manos mientras fingía que estaba reflexionando acerca de algo, y al cabo de unos segundos negó con la cabeza y comentó:

—No, la herida aún me duele demasiado —sonrió un poco atontado, como si se hubiera pasado de tragos, y alzó su jarra—. Pero esto ayuda.

—Buena excusa —le dijo Fletcher, antes de agarrar la enorme jarra que la criada les había dejado en la mesa—. Ten, que no se diga que le he negado a un enfermo su medicina.

Breckenridge respondió con una de aquellas sonrisas idiotas tan propias de los hombres y, cuando Fletcher le llenó la jarra, la alzó en un brindis.

—Es usted todo un erudito y un verdadero caballero, señor mío.

Fletcher sonrió de oreja a oreja y Cobbins soltó una sonora carcajada.

No había duda de que estaban muy borrachos. La propia Martha estaba somnolienta y había empezado a cabecear, pero Fletcher se dio cuenta y le dio un golpecito en el brazo.

—Será mejor que la señorita y tú subáis ya a vuestra habitación.

La supuesta doncella parpadeó adormilada y se puso en pie con cierta dificultad.

Le hizo a Heather un gesto con la cabeza para indicarle que la siguiera, y esta contuvo un suspiro antes de deslizarse hasta el final del banco y ponerse en pie. Lanzó una mirada hacia Breckenridge, pero, al ver que él estaba dándole las buenas noches a Martha y parecía completamente ajeno a su presencia, se sintió un poco molesta y salió del comedor tras su «doncella» sin molestarse en volver la vista atrás.

Todo el mundo se retiró bastante pronto aquella noche, y Heather bajó la escalera con sigilo en cuanto reinó el silencio en la posada. Esperar en el pequeño guardarropa a que Breckenridge llegara era mejor que oír roncar a Martha, cuyos ronquidos eran incluso más fuertes debido a su estado de embriaguez.

Al llegar al vestíbulo, rodeó el mostrador y abrió con cautela la puerta del guardarropa. Aunque estaba sumido en la penumbra, tenía los ojos acostumbrados a la oscuridad y tuvo la certeza de que allí no había nadie, pero la vista no fue el único sentido que la alertó de que Breckenridge no estaba allí.

Se quedó inmóvil, tensa e indecisa. No le gustaba la idea de adentrarse sola en la oscuridad. No sabía cuánto iba a tardar él en llegar, y a lo mejor estaba tan ebrio como Martha. No habían acordado encontrarse a ninguna hora en concreto...

Se sobresaltó al oír un sonido a su espalda, y al volverse de golpe vio la trémula luz de una vela en el comedor. Aún no alcanzaba a ver al portador, pero oyó el sonido de pasos acercándose.

Al ver que una sombra oscura bajaba por la escalera a toda velocidad, directa hacia ella, abrió la boca para gritar... pero la dura palma de una mano cubrió sus labios, y un brazo fuerte y musculoso le rodeó la cintura.

Breckenridge la alzó y, sosteniéndola contra su cuerpo, entró con sigilo en el guardarropa y entrecerró la puerta. Después de apartar la mano de su boca, bajó la cabeza y le susurró al oído con voz espectral:

—Quédate callada.

Heather no tenía intención de decir nada; de hecho, ni siquiera estaba segura de poder articular una sola palabra coherente. Él había hablado con un tono firme que parecía indicar que no estaba embriagado ni mucho menos, pero seguía apretándola contra su cuerpo sin soltarla.

Estaba tensa, con el corazón acelerado. No podía ver bien, pero tenía la impresión de que él estaba escuchando alerta para ver si había algún movimiento al otro lado de la puerta. Intentó aguzar el oído y al final, a pesar de los latidos atronadores de su corazón, oyó que alguien mascullaba algo en voz baja... era el posadero, que debía de haber bajado al mostrador de recepción para revisar algo.

Una fina línea de luz delineaba el borde de la puerta entreabierta.

Mientras esperaban en silencio, tensos e inmóviles, a que el hombre terminara lo que estaba haciendo y se marchara, ella se centró en respirar, en aquietar su acelerado pulso, en convencerse a sí misma de que estaba a salvo... sí, estaba a salvo entre los brazos de Breckenridge.

Una parte de su mente rechazó de plano aquella idea que parecía tan descabellada, pero el resto estaba demasiado ocupado asimilando su calidez, el atrayente calor masculino que la bañaba a pesar de las capas de ropa que les separaban.

Estaba ataviada con el acostumbrado atuendo nocturno: un

cobertor encima de la fina camisola, y el chal de seda a modo de cinturón. Él llevaba puesta su capa, y la prenda la había envuelto y en ese momento la cubría en parte y la protegía del frío nocturno.

Su pulso iba normalizándose, pero, por alguna extraña razón, seguía sintiendo los pulmones constreñidos. Se había tensado aterrada un instante antes de que él la tocara, pero se había relajado de golpe y poco menos que se había desmayado de alivio cuando el contacto con él, su cercanía, le habían bastado para saber quién era la persona que la había agarrado; aun así, había vuelto a ponerse rígida casi al instante y la había atenazado una tensión que había ido acrecentándose con cada segundo que seguía estando apretada contra él, con cada segundo que su duro y masculino cuerpo seguía pegado al suyo.

Por mucho que intentara recordarse a sí misma que Breckenridge no hacía más que protegerla y escudarla, su cercanía embriagaba sus sentidos y la turbaba.

Cuando ya casi había logrado recobrar algo de compostura, el posadero exclamó:

—¡Aquí está!

Se oyó el sonido de un cajón al cerrarse y, al cabo de unos segundos, la luz que se colaba por la rendija de la puerta parpadeó un poco y fue desvaneciéndose.

—No te muevas.

La advertencia fue escasamente un hálito que meció varios mechones errantes de su pelo, que le rozó el oído en una caricia que la obligó a contener un estremecimiento de placer. Supuso que él no podía evitar actuar así, que seguramente solía susurrar de aquella forma a las mujeres que pasaban por sus brazos.

Esperó a que la soltara, pero, aunque al cabo de unos segundos notó cómo iba desvaneciéndose aquella tensión que había atenazado su musculoso cuerpo como si de un guerrero listo para luchar se tratara, no se quedó relajado del todo... y tampoco la soltó.

Lo que hizo fue colocar mejor la capa para que estuviera

bien abrigada y cobijada contra su cálido cuerpo, y susurrarle al oído:

—No podemos arriesgarnos a encender una vela.

Oír su profunda voz tan de cerca la dejó sin aliento. Alzó la mirada e intentó ver su rostro en la oscuridad, pero tan solo alcanzó a atisbar una pálida silueta, unas mejillas ensombrecidas por una barba negra, unos ojos ocultos por la penumbra, y el contorno de los labios y la barbilla; a pesar de no poder verle bien, su impresión de que seguía tenso se vio confirmada.

—Será mejor que abreviemos.

Ella asintió, ya que temía cometer alguna locura si aquella situación se alargaba mucho más. Tomó nota mental de no volver a permitir que él la agarrara en la oscuridad.

—Ya sabes que Fletcher ha dicho que el escocés no llegará hasta pasado mañana como muy pronto —le dijo él—. Eso nos confirma que procede de las Tierras Altas, lo que significa que sus motivos para querer secuestrar a una Cynster podrían remontarse a tiempos remotos. Pero eso no es lo peor de todo. Tanto Fletcher como Cobbins están muy seguros, por varias razones, de que el hombre que les contrató es alguien que ostenta cierto poder, alguien que está acostumbrado a dar órdenes y a que se le obedezca. ¿Le has sacado alguna información a Martha?

Heather carraspeó con delicadeza antes de contestar en voz baja:

—Me ha contado sus impresiones en base a cómo reaccionaron los otros dos tras encontrarse con ese hombre. Según ella, el escocés es un hombre poderoso y que impone respeto, y Fletcher y Cobbins se quedaron impresionados con él; además, está convencida de que es un «aristócrata ricachón», según sus propias palabras, porque dice que tan solo un aristócrata habría pensado en incluir en sus planes a una dama de compañía.

—En eso tiene razón —afirmó él con gravedad. Se quedó observándola en silencio, y al cabo de unos largos segundos añadió—: tenemos un serio problema.

Ella sí que lo tenía, desde luego, porque estaba resultándole muy difícil inhalar el aire suficiente para mantener la cabeza despejada.

—El escocés ese... a juzgar por todo lo que han dicho tus tres secuestradores, se trata de un hombre con mayúsculas que casi con toda seguridad pertenece a la aristocracia. No va a resultar nada fácil ganarle la partida, y mucho menos estando en su territorio.

«Un rostro tallado en piedra, y ojos fríos como el hielo»... a Breckenridge no se le había olvidado la descripción que había hecho Fletcher.

—Todo parece indicar que lo más sensato sería evitar enfrentarnos a él. Sobre todo aquí, en Escocia, donde no hay nadie cerca que pueda confirmar quiénes somos en realidad.

Alcanzaba a ver su delicado rostro a pesar de la penumbra, y la vio fruncir el ceño. Hasta ese momento, estaba... un poco turbada, un poco cautivada, y la razón era obvia. Estaba convencido de que ella tenía el corazón acelerado. Había seducido a demasiadas mujeres y no le hacía falta sentirlo para saberlo, para saber que se sentía tan atraída por él como él por ella.

Aunque era algo que ya sabía sin necesidad de prueba alguna, el hecho de contar con la confirmación inequívoca hacía que no pudiera quitárselo de la cabeza, despertaba instintos que con ella siempre había mantenido enterrados y reprimidos con férrea inflexibilidad.

—Pero no tenemos por qué marcharnos aún —adujo ella en voz baja—. Sabemos que ese hombre va a tardar un par de días en llegar y aún no hemos averiguado nada que nos sirva para identificarle. No podemos huir todavía.

Al verla poner aquella cara de terca determinación con la que tan familiarizado estaba, apretó los labios con fuerza para evitar decir algo insensato e intentó poner en orden los impulsos contradictorios que le acometían a diestra y siniestra. Su instinto le urgía a llevársela y apartarla de todo peligro, pero, por otro lado, sabía que mientras permaneciera cerca de ella podría mantenerla a salvo, y estaba completamente convencido de que

Fletcher, Cobbins y Martha no suponían ningún peligro para ella. A ellos les convenía protegerla, al menos hasta que llegara el misterioso hombre que les había contratado, así que de momento estaba a salvo.

Además, conocía a los hermanos de Heather, a sus primos, a su padre y a sus tíos. Sabía que no le criticarían si decidía sacarla de inmediato de allí y llevarla de vuelta a Londres cuanto antes, pero que, al igual que a él, les encantaría averiguar quién era el hombre que había tenido la temeridad de secuestrar a una de las princesitas de la familia.

Uno no podía hacer justicia si no sabía a quién apuntar con su espada.

—De acuerdo —al ver que ella se relajaba, añadió con severidad—: pero un día más, tan solo uno.

—Está bien, a ver lo que logramos averiguar mañana.

Lo dijo con una pequeña sonrisa, una sonrisa que curvaba apenas las comisuras de sus labios...

Parpadeó aturdido. Al darse cuenta de que se había quedado mirándola ensimismado, intentó mostrarse firme.

—Nos marcharemos aunque mañana no averigüemos nada, ¿está claro?

Logró que sus palabras sonaran como una orden a pesar de que estaba susurrando.

—Sí, por supuesto que sí, pero esperemos a ver lo que sucede mañana —le contestó ella con aparente aquiescencia, mientras su sonrisa se ensanchaba aún más.

Sintió que el tiempo se detenía mientras la contemplaba. Sabía que aquello era peligroso, pero estaba como paralizado, era incapaz de romper aquel hechizo que cada vez se hacía más y más fuerte.

Ella fue perdiendo la sonrisa y lo miró con ojos penetrantes, como buscando algo en su mirada... algo que quizás encontró, porque contuvo el aliento y empezó a alzar el rostro poco a poco hacia él... pero se detuvo de repente, respiró hondo y volvió a echarse hacia atrás.

—Estás herido, antes has dicho que tenías una herida.

Él se aferró a aquella inesperada tabla de salvación.

—Es una excusa que he inventado para permanecer aquí. Me permite dejar en el aire la fecha de mi partida, sobre todo teniendo en cuenta el mal tiempo que hace.

—Me alegro. Es decir... me alegro de que no estés herido —le dijo ella, antes de bajar la mirada y echarse un poco más hacia atrás.

Breckenridge no tuvo más remedio que bajar los brazos y soltarla a regañadientes; de hecho, se inquietó al ver cuánto le costaba hacerlo. Cuando ella retrocedió y se desprendió de la capa, le indicó la puerta con un gesto de la cabeza y susurró:

—Sube tú primera, yo vigilaré desde aquí y subiré tras de ti.

Ella asintió antes de volverse hacia la puerta. Abrió con cuidado, se detuvo por un instante para asegurarse de que no había nadie, y entonces salió con sigilo.

Él mantuvo la puerta entreabierta y, mientras la veía subir por la escalera como una sombra espectral, se preguntó por qué no la había besado. Ella no se habría resistido. A lo mejor se habría sentido un poco nerviosa, pero él habría descubierto al fin la respuesta a un interrogante que llevaba cuatro años atormentándole: a qué sabía aquella mujer.

Al fin y al cabo, estaban destinados a casarse, ya que ninguno de los dos tenía elección después de aquella pequeña aventura.

Pero, si la hubiera besado... de haberlo hecho, Heather se habría dado cuenta de que la atracción era mutua, y eso era algo que ignoraba por el momento. Estaba seguro de que ella aún no tenía ni idea de cuáles eran sus verdaderas intenciones, y si realmente iban a casarse...

Era una Cynster de los pies a la cabeza, así que era mucho mejor que jamás llegara a enterarse de lo profunda que era la atracción que sentía por ella, de lo persistente e intensa (intensamente irritante) que había resultado ser su fascinación por ella... una fascinación que había sido imposible de erradicar, y eso que lo había intentado cientos de veces.

Ninguna otra mujer había logrado suplantarla en su mente, ni en sus más hondos deseos, ni en el corazón de sus pasiones, y eso era algo que ella no tenía por qué saber jamás.

Así que nada de besos, al menos de momento. No, nada de besos hasta que ella se diera cuenta de que era inevitable que se casaran, ya que para entonces no resultaría tan revelador que quisiera besarla.

Algo en lo más hondo de su ser se resistió a la idea de esperar para saborearla, pero había aprendido hacía mucho a mantener el deseo y la pasión bajo un férreo control. No estaba dispuesto a revelar más de la cuenta por accidente.

Como ella ya debía de haber llegado a la habitación que compartía con Martha, emergió de entre las sombras y subió sigiloso la escalera rumbo a la suya.

Heather se detuvo en seco en medio del vestíbulo de la posada y miró indignada a Fletcher.

—Supongo que no lo dirá en serio, ¿verdad? Ayer pasé el día entero metida en ese saloncito, ¿espera que pase otro día más sentada de brazos cruzados mientras veo tejer a Martha?

—Sí, y mañana también tendrá que hacerlo. Hasta que el escocés llegue a por usted, no quiero que Martha la pierda de vista; además, así no corre ningún peligro.

Heather le miró desafiante.

—Accederé a quedarme en el saloncito si antes puedo dar un breve paseo, aunque solo sea ir hasta el final del camino y volver.

—No.

Fletcher dio un paso hacia ella para intentar intimidarla. Martha y Cobbins, por su parte, se limitaban a esperar con cara de aburridos, ya que creían saber cómo iba a terminar aquella discusión.

Los únicos huéspedes que habían bajado a desayunar de momento eran ellos cuatro y Breckenridge, que acababa de entrar en el comedor sin prisa. El posadero debía de estar atareado en otro sitio, así que no había nadie que pudiera oír la discusión.

Fletcher la miró con expresión amenazadora y señaló con la mano la puerta del saloncito.

—Usted va a entrar ahí y no saldrá hasta la hora de la cena. Si necesita hacer algo de ejercicio, pasee de un lado a otro; si necesita distraerse, mire por la ventana, ayude a Martha a contar los puntos mientras teje... ¡me da igual! —al verla abrir la boca, le advirtió—: ya sabe el cuento que hemos inventado. Como colme mi paciencia, juro que lo usaré para poder atarla y amordazarla antes de encerrarla en ese saloncito con Martha.

Heather lo miró ceñuda, pero no por la amenaza que acababa de oír. Acababa de darse cuenta de que, aunque lo lógico sería que se sintiera... si no atemorizada, al menos un poco intimidada por él, en realidad no era así ni mucho menos y veía a Fletcher como un mero obstáculo que debía superar, una fuente de la que había que sacar toda la información posible antes de escapar con Breckenridge.

¿Por qué no tenía miedo?, ¿porque sabía que Breckenridge estaba cerca? Fuera como fuese, no hacía falta ser una lumbrera para saber que en esa ocasión tenía que ceder.

—¡De acuerdo!, ¡está bien!

Se dirigió con paso airado al saloncito, abrió la puerta con brusquedad, entró con la frente bien en alto, y si contuvo las ganas de cerrar de un portazo fue porque sabía que Martha iba tras ella.

Se acercó a la ventana, y se cruzó de brazos mientras contemplaba de pie el nuevo día. La primavera había llegado ya a Londres, pero allí aún estaba luchando por zafarse de las garras del invierno. Las coníferas eran los únicos árboles que no estaban desnudos. La mañana era fría y el viento seguía siendo cortante, pero las nubes eran más delgadas, había dejado de lloviznar, y el sol estaba intentando asomar desde algún lugar de allá arriba.

No apartó la mirada de la ventana al oír que la puerta del

saloncito se cerraba a su espalda y que Martha se sentaba con pesadez en el sofá, pero al cabo de un instante comentó enfurruñada:

—El camino está enlodado, pero la orilla está secándose con rapidez. Sería perfectamente posible salir a dar un paseo después de la comida.

—Olvídelo. Ya ha oído a Fletcher, no puede salir.

—¡Pero es que no entiendo por qué! —se volvió a mirarla y abrió los brazos de par en par—. ¿Por qué está tan empecinado en no dejarme salir?, ¿acaso cree que voy a echar a correr hacia los bosques? Si fuera a escapar, lo habría intentado aquella primera noche —dejó caer los hombros con gesto de derrota—. ¡Soy una joven dama de la alta sociedad! ¡Sé tocar el piano y bailar el vals con soltura, pero no tengo ni la más remota idea de cómo huir!

Martha la miró con cierta conmiseración, y al final le aconsejó:

—Hágale caso hoy. Esta noche o mañana por la mañana hablaré con él y puede que le permita dar un corto paseo, pero no le prometo nada.

Heather la miró a los ojos, y acabó por aceptar aquella oferta de paz.

—De acuerdo, gracias.

Hizo una mueca de impaciencia al volverse de nuevo hacia la ventana. Seguía teniendo un día entero por delante que iba a tener que desperdiciar, porque dudaba que Martha pudiera darle más información de la que ya le había dado; además, era una mujer avispada y no sería conveniente despertar sus sospechas con más preguntas.

Si ya había averiguado todo lo posible, si no podía hacer nada más...

Lo que no había podido quitarse de la cabeza, lo que había turbado sus sueños y había sido lo primero en lo que había pensado aquella mañana al despertar, volvió a acaparar toda su atención. La noche anterior, en el guardarropa, había estado a punto de besar a Breckenridge. No había sido un accidente ni un error, había sido plenamente consciente de quién era él en todo momento, pero había deseado besarle y lo habría hecho, habría permitido que él la besara si lo deseaba. Si Breckenridge hubiera mostrado el más mínimo interés, habría alzado el rostro hasta posar los labios sobre los suyos.

Lo único que la había detenido, que había evitado que aquel beso se hiciera realidad, era que había sido incapaz de descifrar su expresión, que no había podido leer nada en sus ojos por mucho que lo había intentado. En su hermético rostro no había visto nada que revelara lo que estaba pensando, nada que indicara si sentía alguna atracción por ella... por no hablar de algo remotamente parecido a lo que ella sentía por él, una especie de curiosidad sensual latente que, gracias al roce obligado de aquellos días, había surgido a partir de la relación tensa y distante que habían tenido en un principio.

En cualquier caso, la cuestión era que ella había tenido ganas de besarle y que si se había contenido no había sido ni por un súbito ataque de timidez ni por el recato propio de una joven dama, sino por la horrible posibilidad de que él no quisiera besarla.

Y eso la llevó de vuelta al persistente miedo del que no podía desprenderse... no, mejor dicho, a la certeza que no podía quitarse de la cabeza: que Breckenridge la considerara poco menos que una colegiala, una jovencita, una muchacha tan joven e inexperta que un hombre como él jamás podría verla como a una mujer, y mucho menos rebajarse a aprovecharse de ella.

Y ni pensar en ningún otro tipo de relación, por muy consentida que fuera.

Mientras miraba sin ver los árboles a través de la ventana, tensa y con los brazos cruzados, no tuvo más remedio que admitir que su propia actitud hacia él había cambiado durante aquellos últimos días; bueno, más que cambiar, sería más adecuado decir que se había clarificado. Antes se habría sentido más inclinada a usar los labios para sermonearle que para besarle, pero la idea de besarle, de dejarse llevar para acabar con aquella fugaz locura y saciar su curiosidad, estaba convirtiéndose rápidamente en una obsesión.

Como no iba a poder hacer nada respecto a dicha obsesión durante las horas siguientes, suspiró malhumorada y optó por dejar a un lado el tema. Con la mirada puesta en los árboles que veía más allá de la ventana, se centró en lo único que aún estaba en sus manos: idear la forma de huir con Breckenridge y permanecer al acecho cerca de la posada, para lograr ver al escocés lo bastante bien como para poder identificarle más adelante.

Breckenridge pasó toda la mañana fuera. Aprovechó la mejoría del tiempo para evitar a Fletcher y a Cobbins, ya que no quería correr el riesgo de que pensaran que estaba demasiado interesado en lo que se traían entre manos y sospecharan de él. Si la llegada del escocés no se esperaba hasta el día siguiente como mínimo, Heather estaba a salvo confinada en el saloncito privado de la posada.

Después de desayunar bastante tarde, fue a la cuadra de la posada para echarles un vistazo al viejo jamelgo y a la carreta que había alquilado en Carlisle. El caballo estaba en buenas condiciones, y sería capaz de llevarles bastante lejos durante la huida.

Aún no sabía hacia dónde se iban a dirigir cuando escaparan, así que pasó el resto de la mañana recorriendo la zona de Gretna Green para tomar nota de los caminos que había y de la protección que ofrecía el terreno en todas direcciones. Finalmente regresó por el camino principal hacia el pueblo de Gretna propiamente dicho, que estaba a escasa distancia de las Oficinas de Aduanas y de la frontera.

Para cuando llegó a la posada, a la hora de la comida, el cielo estaba encapotado de nuevo mientras el viento arreciaba. Se detuvo en el vestíbulo y miró hacia la puerta del saloncito, pero al ver que todo parecía estar en calma puso rumbo al comedor y allí se encontró a Fletcher y a Cobbins. Se les sumaron los lugareños de costumbre durante la comida, pero, cuando se retiraron los platos y los granjeros regresaron a sus tareas, los tres fueron a sentarse a la mesa que había junto a la ventana.

Fletcher sacó la baraja de cartas, pero no parecía demasiado interesado en iniciar una partida y se dedicó a juguetear distraído con ella.

—¿Te preocupa que no aparezca el escocés que os contrató? —le preguntó Breckenridge.

—¿Qué? Eh... no, seguro que viene, pero me gustaría que no tardara tanto.

—Llega mañana, ¿verdad?

—Sí, o pasado mañana como muy tarde. Lo que pasa es que no me gusta esperar sentado de brazos cruzados, me pone nervioso.

—Ah. Claro, te entiendo.

Los únicos hombres que Breckenridge había conocido que se pusieran tan nerviosos al verse obligados a permanecer en un sitio debido a fuerzas de causa mayor habían sido malhechores de una u otra índole, ya que en esas circunstancias se sentían atrapados. Miró a Cobbins, que estaba más taciturno que Fletcher, y notó en él la misma tensión creciente.

Estaba convencido de que aquellos dos hombres habían sido criminales buscados por la ley. A lo mejor no habían logrado atraparles nunca, pero ambos sabían lo que era ser perseguido.

Era un dato a tener en cuenta, ya que tenía intención de llevarse a Heather, la joya que necesitaban para obtener el botín prometido, delante de sus propias narices. Gracias a las conversaciones que habían mantenido, sabía que a Fletcher se le daba bien usar los cuchillos y que siempre llevaba dos encima; Cobbins, por su parte, era un verdadero matón, un grandullón que cuando se liaba a puñetazos con alguien no paraba hasta ser el último en quedar en pie.

Se reclinó en su silla con actitud relajada, como si tan solo quisiera distraerles con un poco de conversación.

—Siento curiosidad, ¿cómo funciona ese negocio en el que estáis metidos? Parece un trabajo ideal... cumplís con el encargo, entregáis la mercancía, os pagan, y todos contentos —frunció el ceño como si estuviera dándole vueltas al asunto—. Pero tenéis que disponer de los medios necesarios para prepararlo todo y atrapar a vuestra presa, y a eso hay que sumarle el coste del viaje y los otros gastos... —se interrumpió al ver que Fletcher negaba con la cabeza, dejaba a un lado las cartas y apoyaba los brazos en la mesa.

—No, eso no es problema, pero hacen falta años y años para labrarse una reputación como la nuestra. Los tratos a los que nosotros llegamos no se consiguen de buenas a primeras.

—Sí, nosotros somos unos profesionales —afirmó Cobbins.

—Exacto. Como somos unos profesionales y se nos conoce de sobra en nuestro mundillo, se nos paga una suma por adelantado como compensación por el tiempo invertido en el trabajo, además de lo suficiente para cubrir todos los gastos... en este caso, el viaje de ida y vuelta a Londres, la estancia en la capital, el sueldo de Martha, y todo lo demás.

—¿Todo eso por adelantado?

La sorpresa de Breckenridge no fue fingida. Quienquiera que fuese el escocés que les había contratado, no solo era adinerado, sino que estaba dispuesto a invertir una buena suma de dinero con tal de atrapar a una de las Cynster.

—Sí, dinero en mano antes de empezar. Si no, no aceptamos el encargo —confirmó Fletcher.

—Pero... —la pregunta que se le acababa de ocurrir hizo que se le helara la sangre en las venas—. ¿Qué garantía tiene quien os contrata de que vais a llevar a cabo el trabajo?

—Pues nuestra bonificación, por supuesto —le contestó Fletcher, con una enorme sonrisa—. El escocés viene de camino con dos mil libras para nosotros.

—¿Dos mil? —le preguntó, boquiabierto.

La sonrisa de Fletcher se ensanchó aún más.

—Sí, es un trabajo con el que se puede conseguir mucho

dinero —le observó con atención mientras daba la impresión de que sopesaba algo, e intercambió una mirada con Cobbins antes de añadir—: búscanos si alguna vez te cansas de trabajar de secretario, podrías sernos útil. Con la pinta que tienes, bastaría con que te puliéramos un poco para hacerte pasar por un caballero, y eso es muy útil en nuestro negocio.

Breckenridge aún estaba intentando asimilar hasta qué punto deseaba atrapar a Heather el misterioso escocés de las Tierras Altas, pero asintió y contestó:

—Me lo pensaré —sacudió la cabeza y se enderezó en la silla—. ¡Dos mil! Es... ¡increíble!

Sí, era increíble... y revelador, pero no para bien.

CAPÍTULO 7

—Creo que ha llegado el momento de que me escape.

Heather hizo aquella afirmación incluso antes de sentarse en el estrecho banco situado bajo el perchero del guardarropa. Había esperado hasta bien tarde para no correr el riesgo de que el posadero los sorprendiera y, mientras tanto, había rezado no solo para que Breckenridge estuviera esperándola, sino para que cuando ella llegara tuviera una vela encendida.

Sus deseos se habían cumplido, y había sentido un inmenso alivio al ver la tenue luz. Después de cerrar la puerta tras de sí, se había quedado inmóvil por un instante mientras saboreaba la sensación de seguridad que le daba verle, tenerle cerca, y él la había mirado a su vez y había esperado a que se sentara para abrir la capa que tenía en las manos y taparla con ella. Como no la había tenido puesta, la prenda apenas olía a él, pero el calor que proporcionaba era de agradecer.

—¿Piensa devolverte tu ropa esa mujer alguna noche de estas?

—Lo dudo mucho, parece ser la estratagema que suele utilizar para mantener controladas a las mujeres que tiene a su cargo.

Él resopló y la miró con una expresión adusta que la sorprendió.

—Me temo que huir no va a ser tan fácil como esperábamos.

—¿Por qué no? —le preguntó, desconcertada.

Él bajó la mirada hacia sus manos, que estaban entrelazadas entre sus piernas abiertas.

—Fletcher y Cobbins cobrarán dos mil libras cuando te entreguen al escocés.

—¿Qué? ¡Dios bendito!

—Sí, yo opino lo mismo.

—Pero... —Heather luchó por asimilar lo que acababa de oír, y al final alcanzó a decir—: está claro que ese escocés no es ningún pobretón y que no me quiere para pedir un rescate, ni para casarse conmigo por mi dote.

—No, por tu dote no.

—Estoy casi segura de que no le conozco, así que no sé qué otra razón podría tener para... ah, ya entiendo. Podría querer emparentar con mi familia, ¿verdad?

—Quién sabe. Al margen de las razones que pueda tener ese tipo, ahora sabemos que nos enfrentamos a un problema mucho mayor de lo que pensábamos. Fletcher y Cobbins no son unos ineptos ni mucho menos, son peligrosos y no van a dejar que dos mil libras se les escapen de las manos. Harán todo lo posible por recuperarlas, y eso significa recuperarte a ti.

Ella asintió. A juzgar por su expresión, entendía su argumentación y la daba por válida, pero aun así no parecía demasiado preocupada. Parpadeó y volvió a mirarlo a los ojos.

—Entonces ¿qué vamos a hacer?

Mientras la contemplaba a la luz de la vela, la verdad le golpeó de lleno: Heather confiaba en él. Ella tenía fe en que iba a protegerla y a sacarla de aquel embrollo, en que iba a ponerla a salvo. Ni que decir tiene que iba a hacerlo, pero no esperaba que... que ella lo aceptara sin más. No pudo evitar sonreír, y se volvió a mirar al frente.

—Vamos a tener que buscar la forma de distraer a Fletcher y a Cobbins para que estén tan ocupados que no se den cuenta de que has huido. Lo ideal sería que tardaran un día por lo menos en percatarse de tu ausencia, porque van a perseguirnos como locos.

—Sí, unos locos motivados por dos mil libras.

—Exacto. Pero, además de distraerles todo lo posible, también tenemos que dirigirnos al lugar más cercano donde estemos a salvo.

—No podemos limitarnos a escapar y ocultarnos en alguna posada de Gretna, ¿verdad? —comentó ella, pesarosa.

—No. Había dado por hecho que podríamos regresar a Londres sin más, haciendo quizás una breve parada en una de las fincas de mi familia —su padre se encontraba en Baraclough, la finca principal de los Brunswick, que estaba situada en Berkshire. Si iba a casarse con Heather, antes quería decírselo a él en persona—. Pero esa será la primera ruta en la que nos buscarán Fletcher y Cobbins, y en ella no hay ningún lugar seguro al que tengamos la certeza de poder llegar antes de que nos alcancen.

Vaciló por un instante antes de añadir:

—Cuando estemos de vuelta en Inglaterra, yo podría hacer uso de mi título para lograr que les arresten, pero si no les vemos llegar... y esa es una posibilidad más que real, teniendo en cuenta la experiencia que tienen en estas lides... eso no nos salvaría.

No la salvaría a ella. Si Fletcher y Cobbins les alcanzaban, le dejarían fuera de combate y se llevarían a Heather, y después se asegurarían de dejarla cuanto antes en manos del misterioso escocés de las Tierras Altas.

Por otra parte, el recurso de emplear su título sacaría a la luz pública el hecho de que habían viajado juntos sin una carabina, y eso era algo que prefería evitar. Estaba convencido de que los Cynster ya habrían inventado alguna excusa para explicar la ausencia de Heather (que estaba recobrándose de un terrible catarro, o algo parecido), y nadie se habría percatado de que él no estaba en la ciudad. En el improbable caso de que alguien se preguntara acerca de su paradero, daría por hecho que estaba en Baraclough. A ser posible, tenía intención de explicar su obligado compromiso matrimonial con Heather como un acuerdo que se había gestado en secreto entre las dos familias, no como algo que era necesario porque ella había sido secuestrada (y no por él).

Llamar la atención acabaría con cualquier posibilidad de mantener intacta la reputación de Heather.

—No podemos permitirnos el lujo de que nos atrapen en Escocia, debemos evitarlo a toda costa. Hay que dar por hecho que el tipo que ordenó tu secuestro es un aristócrata, un escocés de las Tierras Altas arrogante y dueño de una enorme fortuna. Si llegara el momento en que hubiera que confrontar su título al mío, teniendo en cuenta que ni tú ni yo tenemos nada que verifique nuestra identidad y que no hay nadie que pueda dar fe de quiénes somos, él podría convencer a las autoridades de que estás bajo su tutela y llevarte Dios sabe a dónde mientras yo protesto desde una celda e intento demostrar mi inocencia y mi identidad —aquella era su peor pesadilla.

—¿No llevas encima ninguna tarjeta de presentación?

—Sí, pero dudo mucho que un tarjetero repleto de tarjetas de presentación del vizconde de Breckenridge nos sirva de mucho. Él... ellos... alegarán que lo he robado.

Ella frunció los labios y miró al frente, y Breckenridge bajó la mirada antes de añadir:

—Tenemos que ir a algún lugar que esté razonablemente cerca, al que podamos llegar en menos de un día. He estado devanándome los sesos, pero no se me ocurre nada.

—Casphairn.

Él la miró al oírla hablar con firmeza, y vio que parecía tranquila y segura de sí misma.

—No conozco ese lugar.

—El valle de Casphairn. Es donde viven Richard, mi primo, y Catriona, su esposa. Está a un día de viaje de Carlisle en carruaje.

—¿En qué dirección?

—Al oeste. Atravesamos Gretna, vamos hacia el oeste y pasamos por Annan y Dumfries, y... bueno, la verdad es que no estoy segura de cuál es el camino a partir de allí. Lo que sé es que hay que pasar por un pueblo llamado St. John's of Dalry, que está a una hora más o menos del valle.

—¿Serías capaz de encontrarlo si consiguiera un mapa?

—Sí. Además, tengo la certeza de que Richard y Catriona están allí. No suelen pasar la temporada social en Londres, y este año no se les esperaba allí.

—Perfecto, pondremos rumbo a ese valle.

Heather se sintió aliviada. La idea de que Breckenridge acabara en una celda mientras a ella se la llevaba un bruto de las Tierras Altas... se estremeció solo con imaginarlo, y se apresuró a dejar de pensar en aquella posibilidad.

—De acuerdo, ahora hay que decidir cómo voy a escapar, y cuándo.

Él pensó unos segundos en ello antes de contestar.

—Mañana no. Fletcher no cree que el escocés llegue hasta pasado mañana, así que aprovecharemos para planearlo todo mañana —se puso en pie y, cuando ella siguió su ejemplo, le sostuvo la mirada por un largo momento antes de susurrar—: lo primero que haré será buscar un mapa, pero mientras tanto debemos idear la forma de distraer a Fletcher y a Cobbins el tiempo suficiente para poder huir.

Ella asintió, y fue entonces cuando se acordó de quitarse la capa; tal y como le había pasado con anterioridad, echó en falta su reconfortante calidez en cuanto se despojó de ella.

—Martha me ha dicho que, si mañana hace buen día, intentará convencer a Fletcher de que nos permita salir a dar un paseo, así que es posible que tenga ocasión de averiguar algo útil.

Le dio la capa, y él la aceptó antes de mirarla a los ojos y decirle con firmeza:

—Hagas lo que hagas, no corras el riesgo de que cambie la percepción que tienen de ti. No nos conviene que se den cuenta de lo que eres capaz, y decidan mantenerte encerrada bajo llave y bien vigilada.

Ella sonrió al oír aquellas palabras, ya que eran una admisión tácita de que no era una damisela sumisa y apocada (en otras palabras, una inútil y una pusilánime).

—No te preocupes, no lo haré.

Él asintió y se volvió hacia la puerta, pero se detuvo con la mano en el pomo y se volvió a mirarla. El momento se alargó y Heather contuvo el aliento mientras por su mente pasaban un sinfín de cosas que no tenían nada que ver con la huida, pero entonces él carraspeó y apartó la mirada.

—Averigüemos lo que averigüemos, pasado mañana hay que lograr liberarte —su voz era apenas un susurro cuando añadió—: la llegada del escocés se espera para entonces.

La recorrió un escalofrío, pero se dijo que se debía a que se había quitado la capa.

Después de apagar la vela de un soplo, Breckenridge abrió la puerta, se asomó con cautela, y entonces salió y se apartó a un lado. Ella salió también y, después de lanzarle una última mirada, fue directa hacia la escalera.

Mientras subía a su habitación, intentó convencerse a sí misma de que, en aquellas circunstancias, no podía caer en la tentación de lanzarse a sus brazos sin más y ver lo que pasaba.

Heather había visto frustradas sus esperanzas por la mañana, pero después de comer Martha logró convencer al fin a Fletcher de que las dejara salir a pasear. Hacía un día soleado desde por la mañana y la hierba ya no estaba mojada, sino húmeda. Él no se había mostrado demasiado convencido, pero había accedido a regañadientes a que fueran a un verde altozano cercano al que se llegaba cruzando varios campos.

—Nos sentaremos un rato bajo el sol —afirmó Martha, al ver que el altozano en cuestión estaba a una distancia que para ella parecía ser considerable.

Fletcher estaba irritado porque ella se había puesto bastante beligerante con lo del paseo, así que se limitó a asentir con cara de pocos amigos.

Heather aprovechó el paseo para familiarizarse con la zona. Después de pasar junto a la cuadra de la posada, que se encontraba junto a la pared oeste del edificio principal, se dirigieron hacia el suroeste. En los campos escaseaba la vegetación, y la poca que había no era densa ni frondosa. Las ramas estaban desnudas en aquella época del año, así que los lugares donde uno podía esconderse brillaban por su ausencia. Había albergado la pequeña esperanza de que pudieran mantenerse al acecho después de la huida para poder ver al misterioso escocés, pero se dio cuenta de que eso iba a resultar imposible.

El altozano no estaba demasiado lejos, y cuando se detuvo en la cima y miró hacia el sur alcanzó a ver las aguas del fiordo de Solway brillando bajo el sol. Martha, por su parte, se limitó a mirar por un momento el paisaje antes de dejar su bolsa de costura a un lado, y entonces sacudió el enorme tapete que llevaba bajo el brazo y lo extendió en el suelo.

—Usted siéntese ahí, y no haga que me arrepienta de haber presionado a Fletcher para que la dejara salir a tomar algo de aire fresco.

Como Breckenridge le había advertido que no hiciera nada que pudiera cambiar la percepción que sus secuestradores tenían de ella, Heather obedeció sin rechistar. Martha se sentó también y sacó su costura.

Aunque era un verdadero placer estar al aire libre, en cuestión de diez minutos estaba de lo más aburrida. No quería tener tiempo para ponerse a pensar en Breckenridge y en los díscolos impulsos que emergían con frecuencia creciente cada vez que le tenía cerca.

No, no quería pensar en ellos, y mucho menos en aquel hombre enloquecedor y en cómo estaba cambiando la opinión que tenía de él. Había sido mucho más fácil lidiar tanto con él como con la absurda atracción que ejercía sobre ella cuando le consideraba un libertino incorregible, arrogante e indolente, un granuja acostumbrado a los excesos demasiado atractivo para su propio bien y demasiado experimentado como para fijarse en ella.

Pero había empezado a verle con otros ojos. Por mucho que él siguiera siendo todo lo anterior, también había demostrado tener cualidades admirables. Los hombres protectores solían ser difíciles de manejar, pero como contrapartida estaba el hecho de que una podía contar con ellos cuando les necesitaba y, en caso de estar en peligro, tenerlos cerca era tranquilizador; por si fuera poco, Breckenridge había hecho gala de una sorprendente (bueno, sorprendente para ella) capacidad de tratarla de igual a igual, y eso era algo que no esperaba de él... aquello le recordó que se suponía que tendría que estar planeando su inminente huida y sus ojos se posaron en Martha, que estaba cabeceando.

La mujer debió de notar el peso de su mirada, porque alzó la cabeza y al ver que se volvía a mirar hacia la posada de inmediato malinterpretó su reacción y esbozó una sonrisita burlona.

—No se preocupe, Fletcher no va a venir para llevarnos de regreso. Apuesto a que ha estado vigilándonos durante los primeros diez minutos más o menos, pero ya debe de haberse dado cuenta de que usted no corre ningún peligro —indicó con un gesto los campos que había alrededor—. Nadie podría acercarse sin ser visto y llevársela de aquí —soltó un sonoro suspiro y se tumbó en su extremo del tapete—. Voy a dormir una siestecita bajo este sol tan agradable. Ni piense en alejarse, tengo el sueño muy ligero y me despertaré en cuanto se mueva.

Heather no supo qué decir ante las palabras que acababan de salir de la boca de aquella mujer, una mujer que dormía tan profundamente que no se había dado ni cuenta de que ella salía de la habitación todas las noches. Estuvo a punto de hacer una mueca de incredulidad, pero se contuvo por miedo a que su «doncella» estuviera observándola con los ojos entrecerrados y se limitó a respirar hondo antes de mirar a su alrededor con más detenimiento que antes.

El fiordo estaba a un kilómetro y medio de allí más o menos, podría ser una buena ruta de escape. Seguro que encontraban algún pescador que... no, no era una buena idea. En aquella época del año, viajando en una embarcación pequeña no iban a ir más rápido que yendo por tierra firme; además, estaba casi segura de que no iban a ganar nada si intentaban acercarse a Casphairn por mar, porque el valle estaba tierra adentro.

Mientras los ronquidos de Martha mantenían alejados a los pájaros, intentó idear alguna distracción que pudiera funcionar. Tenía que ser algo que mantuviera ocupados a Fletcher y a Cobbins...

Se volvió sobresaltada al oír que alguien se acercaba y vio a Breckenridge subiendo por la cuesta. La saludó con la cabeza después de lanzar una mirada a Martha, y le preguntó con cortesía:

—Me ha parecido que este sería un buen lugar para tomar un poco de aire, ¿le importa que me siente?

—En absoluto —le contestó, al darse cuenta de que tenían que ceñirse a sus respectivos papeles ficticios.

Él se sentó sobre la hierba un poco más allá de donde estaba ella, se sacó un mapa del bolsillo y lo extendió en el suelo entre los dos, de modo que ella pudiera verlo. Le indicó un punto del mapa donde estaba Gretna y comentó:

—Quiero ver cuál es la mejor ruta para llegar a Glasgow.

Lo dijo en voz baja, pero con claridad. Esperó unos segundos, y al ver que los rítmicos ronquidos de Martha no se interrumpían la miró a ella con una expresión elocuente. Sin decir nada, Heather se inclinó un poco hacia él y trazó con la punta del dedo el camino principal que salía de Gretna y conducía a Annan y, más adelante, a Dumfries. Allí se detuvo y alzó el dedo mientras buscaba más al norte y al oeste, y al cabo de unos segundos señaló otro punto del mapa.

—Aquí está.

Breckenridge miró el punto indicado, pero al cabo de un instante la miró con expresión interrogante y ella le aclaró en voz apenas audible:

—Ese es el pueblo de Carsphairn. El camino que lleva al valle conduce hacia el oeste, a menos de kilómetro y medio al sur del pueblo.

Él asintió y se acercó un poco más el mapa. Después de revisar la zona que ella le había indicado, buscó los caminos que había entre Dumfries y aquel lugar, y poco después fijó la mirada en Martha y murmuró:

—Mi carreta está vieja y desvencijada, pero creo que podré llegar en un día.

—Sí, siempre y cuando el camino esté despejado.

Él le lanzó una breve mirada al decir:

—Creo que lo estará, pero voy a necesitar una buena noche de sueño.

Heather frunció el ceño. Ladeó un poco la cabeza para que Martha no pudiera verla en caso de estar despierta y entonces preguntó, articulando las palabras con los labios pero sin emitir sonido alguno:

—¿Y esta noche?

Como estaba convencido de que nadie podía roncar de aquella forma sin estar dormido, Breckenridge se arriesgó a murmurar:

—No nos veremos. Estoy encargándome de la distracción que vamos a usar. Mañana tienes que estar preparada, no sé la hora exacta.

Sin más, agarró el mapa y se puso en pie antes de volver a doblarlo; después de meterlo de nuevo en el bolsillo, se despidió con una cortés inclinación de cabeza y se alejó rumbo a la posada.

Heather no se volvió de inmediato para seguirlo con la mirada, pero sí que lo hizo cuando supuso que ya estaría a punto de llegar a su destino y le vio casi a la altura de la cuadra. Esperó hasta que le vio entrar en la posada, y entonces sofocó un suspiro y se volvió de nuevo hacia delante.

Sentía curiosidad por saber qué distracción se le habría ocurrido, y estaba decepcionada porque aquella noche no la esperaba ningún reconfortante encuentro secreto en el guardarropa.

Las veinticuatro horas siguientes fueron las más largas que Heather había soportado en toda su vida. Pasó la noche dando vueltas en la cama sin poder conciliar el sueño, preguntándose qué estaría haciendo Breckenridge. La única razón que podría tener para cancelar el habitual encuentro nocturno era que no iba a estar en la posada y, de ser así, ¿dónde demonios estaba?

Había estado tensa y hecha un manojo de nervios desde que había amanecido. Fletcher esperaba que a lo largo de aquel día llegara el hombre que les había contratado, el peligroso y misterioso escocés de las Tierras Altas que había ordenado que la secuestraran y la llevaran a Gretna Green. Tanto Cobbins como él se habían acicalado a conciencia, incluso Martha había cuidado con esmero su aspecto. Comparada con los tres, ella se sentía muy desaliñada ataviada con el tosco vestido de siempre y el elegante chal de seda, pero su aspecto no era una de sus preocupaciones en ese momento.

Breckenridge estaba prácticamente desaparecido. No había bajado a desayunar, al menos mientras ella estaba con Martha en el comedor. No sabía si él habría bajado más tarde, porque Fletcher las había mandado al saloncito con órdenes de no salir de allí, pero tampoco le había visto a la hora de la comida. No se había atrevido a preguntar por él, pero por suerte Martha le había preguntado a Cobbins dónde estaba su amigo y la respuesta había sido que Timms estaba preparándose para partir, que pensaba tomárselo con calma y completar sin prisa el trayecto hasta Glasgow.

Aquella información la tranquilizó, porque no tenían pensado tomar la carretera de Glasgow. Dejar una pista falsa era una gran idea, Breckenridge era muy astuto y no era de extrañar que se le hubiera ocurrido.

El tiempo había ido empeorando, y el viento arreciaba. Cuando unos marineros entraron en el comedor de la posada seguidos de tres granjeros, Fletcher le ordenó que regresara junto con Martha al saloncito, y no tuvo más remedio que obedecer.

Al cabo de una hora estaba de pie junto a la ventana contemplando el patio de grava de la posada, a punto de morderse de nuevo las uñas a pesar de que había dejado aquella mala costumbre años atrás, cuando tres hombres llegaron por el camino con paso rápido y decidido, entraron en el patio del establecimiento, y lo cruzaron sin detenerse rumbo a la puerta principal.

Los uniformes que llevaban indicaban que eran agentes de la policía local y, a juzgar por sus rostros adustos, iban en busca de algún malhechor. El primero llegó a la puerta, y entró con sus compañeros pisándole los talones.

Ella fue hacia la puerta del saloncito mientras sopesaba los riesgos y las posibles opciones; al ver que Martha se ponía alerta y la miraba ceñuda, se llevó un dedo a los labios para indicarle que guardara silencio y articuló con los labios:

—La policía.

A su captora se le cayó de las manos lo que estaba tejiendo, empalideció de golpe y se apresuró a recogerlo antes de guardarlo en su bolsa de costura.

Heather entreabrió un poquito la puerta. Ya había descartado la idea de pedir auxilio a los agentes. Tanto Fletcher como su historia inventada, una historia que sus dos compinches confirmarían, eran demasiado creíbles; aun así, estaba deseando saber qué era lo que estaba pasando.

Cuando Martha se le acercó y le agarró la muñeca con una de sus manazas, ella ni siquiera la miró y se limitó a susurrar:

—Shhh...

Observó el vestíbulo a través de la estrecha rendija, y Martha se agachó un poco para mirar también.

El hombre que parecía estar al mando estaba de pie junto a la escalera, hablando con apremio pero en voz baja con el posadero. Saltaba a la vista que se conocían, aunque eso no era extraño en un pueblo tan pequeño. Los otros dos agentes se habían colocado de espaldas a la puerta principal.

Algunos de los clientes del bar, Fletcher y Cobbins entre ellos, habían dejado a un lado sus jarras de cerveza y estaban observando con curiosidad desde el arco que separaba el vestíbulo de la zona del comedor.

Después de hablar con el policía, el posadero asintió y se acercó a toda prisa al mostrador de recepción, que estaba a un lado del vestíbulo. Heather no alcanzaba a ver lo que estaba haciendo, pero le oyó pasar varias hojas de papel y dedujo que estaba revisando el libro de registro.

El agente que había hablado con él y que parecía estar al mando se volvió hacia el grupito de curiosos y les ordenó ceñudo:

—Ustedes sigan con lo que estaban haciendo y no molesten.

Hubo algunas caras largas, pero los aludidos dieron media vuelta y regresaron al bar; después de lanzar varias intensas miradas hacia el saloncito, Fletcher y Cobbins se fueron junto con los demás.

El policía se volvió hacia sus dos subordinados, que seguían apostados cerca de la puerta, y les ordenó:

—Vigiladles, que nadie entre ni salga del comedor.

—A sus órdenes, sargento —le contestaron al unísono.

Cuando el posadero se acercó de nuevo a él y le dijo algo que Heather no alcanzó a oír, el sargento se volvió hacia la escalera y alargó la mano hacia la balaustrada.

—Será mejor que me acompañes —subió los escalones de tres en tres mientras el posadero le seguía a toda prisa.

Al cabo de un momento, Heather susurró:

—¿Tiene idea de lo que pasa?

—No, pero esto no me gusta ni un pelo —masculló Martha.

No tuvieron que esperar mucho para que empezara el siguiente acto de aquella obra teatral. Minutos después, el fuerte sonido de pasos bajando la escalera anunció el regreso del sargento, y Heather le vio reaparecer con un largo candelabro de plata en cada mano. Se detuvo en el último escalón, se volvió a mirar al posadero mientras este le alcanzaba, y entonces le dijo:

—Adelante, ve a mostrarles cuáles son.

El posadero asintió, se dirigió hacia el comedor seguido de

los dos policías que habían estado esperando cerca de la puerta, se detuvo bajo la arcada y señaló con el dedo.

—Son ese y ese de ahí.

Los policías entraron en el comedor, y Heather aguzó el oído y oyó que uno de ellos decía:

—Acompáñennos, por favor. Tenemos que hacerles unas preguntas.

Alguien contestó y, aunque ella no logró entender lo que decía ni reconocer la voz, tuvo la impresión de que...

—Será cuestión de minutos, señor. Los demás que se queden donde están, por favor.

Heather miró a Martha y susurró:

—¿Ayer llegó algún huésped más a la posada?

Volvió a asomarse al ver que la mujer se quedaba con la mirada fija en la rendija de la puerta y que no contestaba, y sus sospechas se confirmaron cuando Fletcher y Cobbins salieron a regañadientes del comedor escoltados por los dos policías.

El sargento seguía al pie de la escalera con un candelabro en cada mano, pero Fletcher se limitó a enarcar las cejas y a preguntarle, sosteniéndole la mirada sin pestañear:

—¿Cuál es el problema?

—Estos candelabros. Anoche desaparecieron de la casa de sir Kenneth. No es recomendable robar allí, teniendo en cuenta que es el magistrado de la zona.

—Me parece muy bien, pero no entiendo por qué quiere hablar con nosotros. No sabemos nada acerca de ningún robo.

El sargento respondió con un bufido burlón.

—No se haga el inocente conmigo. Ustedes se alojan en la primera habitación de arriba, ¿verdad? La que mira al sur, la número cinco.

Fletcher mantuvo la compostura, pero a pesar de estar al otro lado del vestíbulo Heather se dio cuenta de que acababa de entender lo que estaba pasando. Notó su súbita tensión instintiva, y el brillo calculador en su mirada mientras sopesaba sus opciones.

Los policías se percataron también de lo último, y los dos agentes se llevaron la mano a las porras que llevaban colgadas del cinto.

—Tranquilo, no complique las cosas sin necesidad —le advirtió el sargento—. Solo tienen que venir con nosotros sin oponer resistencia, y...

Fletcher alzó una mano para interrumpirle.

—Le aseguro que nosotros no tenemos nada que ver con el robo de esos candelabros, alguien ha debido de dejarlos en nuestra habitación...

—Sí, eso es lo que dicen todos.

—Pero es que nuestro patrón...

—Solo tienen que venir y contarle su versión de los hechos al magistrado, les aseguro que está deseando oírla.

Fletcher no tuvo ocasión de seguir protestando, porque les esposaron las manos a la espalda tanto a Cobbins como a él y les condujeron hacia la puerta. Lanzó una mirada asesina hacia el saloncito justo antes de salir escoltado por uno de los agentes, y Cobbins salió tras él escoltado por el otro.

Después de intercambiar unas últimas palabras con el posadero, el sargento se marchó con los candelabros.

Heather cerró la puerta con cuidado, y se quedó mirándola mientras intentaba asimilar lo ocurrido. Martha, por su parte, se incorporó de golpe y miró a su alrededor llena de agitación; al cabo de unos segundos, se volvió hacia ella y le preguntó con tono beligerante:

—¿Cómo demonios lo ha hecho?, la hemos tenido vigilada a todas horas.

—¡No he sido yo! —pero sabía quién había sido.

Aquella tenía que ser la distracción que Breckenridge había planeado. Seguro que la noche anterior había salido a robar los candelabros, y el hecho de que eligiera al magistrado como víctima era lógico. Así se aseguraba el que la policía actuara de inmediato.

El problema era que ella no tenía ni idea de lo que se suponía que debía hacer. ¿Debía esperar a que reapareciera Breckenridge?, quizás sería mejor que fuera a la comisaría e intentara contactar con el magistrado... no, aquella segunda opción estaba descartada. No quería ni imaginar lo que se formaría si explicara que la habían secuestrado y había viajado durante días junto a tipos como Fletcher y Cobbins; a pesar de la presencia de Martha, el escándalo sería tremendo, tanto que lo más probable era que su reputación no se recobrara jamás del golpe por muy Cynster que fuera.

De modo que tenían que ceñirse al plan de huir rumbo al valle donde vivían Richard y Catriona. Breckenridge se había encargado de Fletcher y Cobbins, así que en cuanto ella se librara de Martha podrían ponerse en marcha.

Cuando volvió a centrar su atención en su «doncella», vio que esta tenía la bolsa de costura apretada contra su amplio pecho y que parecía estar echando un último vistazo al saloncito mientras se acercaba poco a poco a la puerta.

—Yo me largo de aquí.

Heather se sorprendió al oír aquello, pero antes de que pudiera contestar Martha ya había abierto la puerta con cautela y había salido tras asegurarse de que todo estaba despejado. Ella cada vez estaba más desconcertada, pero la siguió y tan solo se detuvo a cerrar la puerta del saloncito.

El posadero estaba en el bar, y le oyó contarles a sus clientes dónde habían encontrado los candelabros: en el fondo de las maletas de Fletcher y Cobbins, que estaban guardadas en el armario de su habitación.

Al ver que Martha subía la escalera de puntillas con un sigilo sorprendente en alguien de su tamaño, la siguió y entró tras ella en la habitación que habían compartido; después de dejar su bolsa de costura sobre una de las camas, la mujer sacó su enorme morral del armario y entonces lo dejó también sobre la cama y empezó a sacar de él la ropa de Heather.

—Tenga, se lo devuelvo. No me conviene que me atrapen con esta ropa tan fina.

Heather se acercó al otro lado de la cama y recogió su elegante vestido, el bolsito, y el segundo vestido sencillo que los secuestradores le habían dado. Después de pasar días tocando ropa tosca, el tacto de la seda le resultó raro.

Sin dejar de mascullar una imprecación tras otra, Martha sacó a toda prisa su propia ropa del armario y la metió sin miramientos en el morral.

—Menos mal que insistí en que ese par me pagara antes de poner en marcha el plan, ya sabía yo que sonaba demasiado fácil para ser verdad.

Después de meter la bolsa de costura encima del revoltijo de ropa, cerró el morral y entonces se detuvo y se volvió hacia Heather, que seguía mirándola desde el otro lado de la cama sin entender nada.

—No sé usted, pero yo me largo ahora mismo. Puede quedarse a esperar al escocés ese si quiere.

—¿A dónde piensa ir?

—Para empezar, voy a volver al otro lado de la frontera cuanto antes, y en Carlisle tomaré la silla de posta para regresar a Londres... esta misma noche, si puedo —la mujer lanzó una mirada hacia la puerta antes de añadir—: cuanto antes me vaya de este sitio y de Escocia, mucho mejor. Antes de que alguno de esos tipos que hay allí abajo decida decirles a los polizontes que tanto usted como yo estábamos aquí con Fletcher y Cobbins. Nos arrestarían por ser sus cómplices en un abrir y cerrar de ojos.

—¿Qué?

—Lo que oye... y, ahora que lo pienso, no me extrañaría que el mismo Fletcher le dijera eso a la pasma para evitar que nos larguemos y poder entregársela al escocés que le contrató —se echó el morral al hombro a toda prisa—. No ha gritado pidiendo ayuda, así que voy a darle un consejo: yo de usted me iría de aquí cuanto antes —recorrió la habitación con la mirada una última vez—. Yo no pienso quedarme ni un minuto más.

Se acercó a toda prisa a la puerta, que se había quedado abierta, se asomó con cautela, y se fue sin más.

Heather esperó hasta que sus pasos se perdieron en la distancia... y entonces cerró la puerta a toda prisa, se acercó corriendo al armario, y sacó el morral que los secuestradores le habían dado para que guardara su «equipaje».

Lo lanzó sobre la cama y se apresuró a recoger las escasas prendas de ropa que tenía, tanto las suyas propias como las que le habían proporcionado sus captores, y también el cepillo y el peine que le habían dado. Después de meterlo todo rápidamente, cerró el morral.

—¿Dónde demonios estará Breckenridge?

Después de ponerse la capa, se echó el morral al hombro y se volvió hacia la puerta... justo a tiempo de ver cómo empezaba a abrirse poco a poco.

El corazón le martilleaba en el pecho. Miró frenética a su alrededor en busca de algún arma, vio el atizador apoyado junto a la chimenea, y lo agarró procurando no hacer ruido antes de acercarse de puntillas a la puerta y colocarse tras ella. Alzó el atizador mientras veía cómo iba abriéndose más y más, respiró hondo y se preparó para atacar...

Y reconoció de golpe el cabello oscuro, los anchos hombros, el perfil del recién llegado. Su aliento contenido salió de golpe, y exclamó exasperada:

—¡Por el amor de Dios!, ¡llama a la puerta!

Breckenridge se dio la vuelta de golpe y le bastó un somero vistazo para tomar nota del atizador, el morral y la capa. Entró y se volvió para cerrar la puerta, pero ella le empujó con ambas manos y le dijo con apremio:

—¡Tenemos que irnos cuanto antes!

Él tuvo una reacción típica de los hombres: la ignoró por completo. En vez de darse prisa, se quedó inmóvil y recorrió la habitación con la mirada como buscando algo que explicara por qué estaba tan nerviosa.

—¿Por qué?, no hay necesidad de apresurarse. Al magistrado no le ha hecho ninguna gracia lo ocurrido y Fletcher y Cobbins van a permanecer arrestados un par de días, puede que más.

Heather se exasperó aún más al ver su sonrisa de hombre satisfecho de sí mismo.

—¡Claro, y a mí me arrestarán por cómplice!

—¿Qué?

Heather vio el momento exacto en que tomó conciencia de la situación, la transformación de macho satisfecho a guerrero con todos sus sentidos alerta ocurrió en un abrir y cerrar de ojos.

—¿Dónde está Martha? —su sonrisa se había esfumado, en sus ojos color avellana había una mirada dura e implacable cuando recorrieron de nuevo la habitación.

—Rumbo a Londres a toda velocidad.

—Muy bien. Deja que recoja mis cosas... el mapa, las pistolas...

Ella volvió a empujarle con ambas manos, y en esa ocasión él sí que se dignó a moverse.

—Vamos a tu habitación. Si alguno de los hombres de abajo decide ayudar a la policía a atraparme, este es el primer lugar donde mirarán.

Él no contestó y se limitó a agarrarla del brazo y a sacarla de la habitación. La soltó después de cerrar la puerta y entonces hizo que le precediera por el pasillo y la condujo al otro ala del edificio, pasado el rellano de la escalera. La detuvo frente a la última puerta antes de llegar a la escalera de servicio que había al final del pasillo, abrió y se apartó a un lado para dejarla entrar, y entonces entró tras ella y cerró la puerta procurando no hacer ruido.

Heather permaneció de pie a un lado para no estorbar mientras él sacaba del armario dos morrales y empacaba su ropa con rapidez, pero con una eficiencia sorprendente. Después metió también dos pistolas, pólvora y munición, las cubrió con más ropa, metió también un peine, y en el segundo morral guardó un par de zapatos y el resto de ropa.

Al oírle soltar una virulenta imprecación mientras ataba las correas, Heather le miró indignada y exclamó:

—¡No te atrevas a hablarme así!

Aunque él siguió con su tarea y no levantó la cabeza, ella vio que apretaba aún más los labios.

—No estaba hablándote a ti, estaba desahogándome porque no podemos irnos en la carreta.

—¿Por qué no?

En esa ocasión sí que alzó la mirada hacia ella.

—Tienes razón, van a venir a por ti de un momento a otro. Fletcher se encargará de eso, porque es la única forma que tiene de asegurarse de que no te vayas de aquí. Si nos vamos en la carreta, tendremos que viajar por los caminos. Cuando se den cuenta de que te has ido, registrarán la posada y en cuestión de minutos se darán cuenta de que yo también me he esfumado junto con mi carreta.

—Pero creerán que te has ido a Glasgow, eso es lo que pensaba Cobbins.

—No. A Fletcher y a él les dije eso, pero al posadero le dije que era probable que me quedara un par de noches más —se puso la capa y se la ató al cuello con rapidez—. Si la carreta desaparece, supondrán que estás conmigo y mandarán a jinetes por todos los caminos; de hecho, los mandarán a todas las poblaciones cercanas aunque no te relacionen conmigo. Además, mi caballo es muy lento. Incluso en el caso de que le robara un par de ejemplares más fuertes al posadero, nos atraparían antes de que llegáramos a Annan.

Se echó los morrales al hombro y le indicó que se acercara. La agarró del brazo y la condujo hacia la puerta, pero Heather posó una mano en ella para evitar que la abriera y le preguntó:

—Entonces, ¿vamos a huir a pie?

—Sí, pero más adelante podremos alquilar algún vehículo. Después, le echaremos un vistazo al mapa para ver cuáles son las opciones que tenemos, pero de momento tenemos que marcharnos de inmediato. Iremos campo a través hasta Annan. Llegaremos lo más lejos que podamos antes de que anochezca, y entonces ya veremos.

Al ver la férrea determinación que se reflejaba en su rostro, Heather se sintió reconfortada y asintió antes de apartar la mano de la puerta. Esperó a que él abriera y se asomara con cuidado para comprobar que el camino estuviera despejado, y entonces salió y obedeció cuando él le indicó con un pequeño empujoncito que se dirigiera hacia la escalera de servicio. La adelantó cuando llegaron al rellano superior, y bajó delante de ella.

La escalera daba a un pequeño pasillo situado entre la cocina y la puerta trasera. A aquella hora se estaba preparando la cena y la cocina era un hervidero de actividad, los hornos estaban encendidos y la cocinera daba órdenes a diestro y siniestro, así que salieron por la puerta trasera sin que nadie se percatara siquiera de su presencia.

Breckenridge cerró la puerta a su espalda, la tomó de la mano y se puso en marcha con paso tan rápido que Heather tuvo que ir poco menos que corriendo. Él se detuvo detrás de la cuadra de la posada, con el campo que tenían que cruzar extendiéndose ante ellos, y la ayudó a subir los escalones que permitían pasar por encima de la cerca.

—Los campos tienen muy poca vegetación, debemos mantener la cuadra y los graneros entre la posada y nosotros el máximo tiempo posible.

Heather miró hacia delante y, justo cuando se fijó en una hilera de árboles que ascendía por una pequeña cuesta que estaba a un kilómetro y medio de distancia más o menos, Breckenridge añadió en voz baja:

—Si llegamos hasta allí sin que nos vean, es muy probable que logremos huir.

No podían arriesgarse a que les atraparan las autoridades, y mucho menos el escocés que había contratado a Fletcher.

Llegaron a la hilera de árboles sin oír tras ellos nada que indicara que estaban persiguiéndoles, pero el alivio que sintió

Breckenridge fue muy pequeño y la tensión que le atenazaba no se relajó ni un ápice. Si le atrapaban junto a Heather y le acusaban de ayudar a la cómplice de un delito huida de la justicia, era muy probable que, cuando el escocés llegara a Gretna y Fletcher le alertara de lo que pasaba, convenciera a las autoridades de que la dejaran bajo su tutela y se la llevara a algún recóndito lugar de las Tierras Altas mientras él permanecía encerrado en una celda sin poder hacer nada para impedirlo.

Esa posibilidad, esa pesadilla, era algo que ninguno de los dos podría impedir si les atrapaban.

Avanzaron sin detenerse por los campos, y cuando miró a Heather al cabo de un rato vio el estoicismo que reflejaba su rostro. En su lugar, la mayoría de las damas de la alta sociedad estarían incordiándole con un sinfín de recriminaciones y quejas absurdas, pero ella no se había quejado ni una sola vez a pesar de los rigores de la huida.

Siempre había oído decir que las mujeres de la familia Cynster tenían muchas agallas, y estaba claro que era cierto; además, Heather parecía estar en una forma física mucho mejor que la de muchas damas.

—¿Sueles montar a caballo? —la pregunta brotó de sus labios como por voluntad propia.

Ella le miró, sorprendida por aquel comentario que había salido de la nada, pero al cabo de un instante asintió y volvió a mirar al frente.

—Sí, es una actividad que me encanta. Como paso tanto tiempo en Londres, no puedo dedicarle tanto tiempo como me gustaría, pero siempre que puedo subo a lomos de un caballo —sonrió al añadir—: si puede ser uno de los ejemplares de Demonio, mejor que mejor.

—Los suyos son los mejores —admitió él, sonriente.

—¿Tú le has comprado alguno?

—Sí, es uno de los beneficios de tener relación con tu familia.

—Me encanta la excitación que se siente cuando uno se deja

llevar y cabalga cada vez más y más rápido, creo que es lo que más disfruto.

Él no supo cómo reaccionar al oír aquello. No se sentía nada cómodo hablando precisamente con ella de dejarse llevar y cabalgar, así que optó por cambiar de tema.

—¿Te gusta bailar?

—Me encanta el vals, aunque también me gustan bailes más antiguos como la cuadrilla o el cotillón. Ya no están tan de moda, pero en ellos siento que hay... no sé, una especie de energía contenida, ¿verdad?

—Eh... sí, claro —cada vez estaba más desesperado por encontrar un tema inocuo.

—¿Has bailado alguna vez la gavota?

—Sí, hace años —aún recordaba la experiencia... y, como no podía ser de otra manera, se imaginó bailándola con ella y dejándose llevar.

Necesitaba una distracción con urgencia, así que miró a su alrededor...

—¡Agáchate! —la obligó a obedecer poniéndole una mano en la espalda, y cuando se agachó junto a ella le explicó—: hay jinetes en el camino.

Ellos iban paralelos al camino que llevaba a Annan, pero a unos doscientos metros al sur y usando los setos y los árboles para que no les vieran los viajeros que circulaban por él.

—Quédate quieta —dejó la mano en su espalda para asegurarse de que no se levantara, y entonces se volvió y alzó la cabeza. Cuando echó un buen vistazo, se relajó un poco—. No nos han visto, siguen su camino sin detenerse.

—¿Son policías? —le preguntó ella, antes de enderezar la espalda.

Breckenridge apartó la mano, asintió, echó otro vistazo, y entonces se levantó y alargó la mano hacia ella para ayudarla.

Cuando estuvo en pie también, Heather bajó la mirada y comentó pesarosa:

—Mis delicados zapatos de baile no están hechos para esto.

Él siguió la dirección de su mirada, y tuvo que tragarse un improperio cuando, tras soltarle la mano, ella se levantó un poco la falda para mostrarle el fino y destrozado calzado que sus delicados pies tenían como única protección.

—¿Están agujereados?

—No, el problema es que no son impermeables. No están hechos para caminar por campos húmedos.

Era un detalle que a él ni siquiera se le había pasado por la cabeza, y estaba claro que a los secuestradores tampoco.

—Vamos a tener que comprarte unos en condiciones, puede que en Annan encontremos algo adecuado.

—Estos aguantarán de momento —le aseguró ella, antes de echar a andar de nuevo.

Breckenridge dejó el tema a un lado por el momento y se centró en los detalles más apremiantes de la huida. Había... mejor dicho, habían planeado realizar el trayecto hasta el hogar de Richard y Catriona en algún tipo de vehículo, pero tal y como estaba la situación...

Al cabo de un rato, después de andar unos tres kilómetros más, Heather comentó:

—Es una lástima que no podamos regresar a Gretna. Tenía la esperanza de esconderme en algún lugar cercano para poder ver a ese misterioso escocés.

—Yo mismo estuve dándole vueltas a esa posibilidad, pero tanto las autoridades como él están buscándote. Es demasiado peligroso —le lanzó una breve mirada antes de añadir—: estuve recorriendo la zona, pero no encontré ningún lugar donde ocultarnos y desde donde poder observar la posada sin peligro a ser descubiertos.

Ella le lanzó una mirada antes de asentir y mirar al frente de nuevo. Empezaba a darse cuenta de que él no era tan arrogante y déspota como había creído siempre. Buena prueba de ello era el hecho de que hubiera examinado la zona para intentar encontrar la forma de darle lo que ella quería, a pesar de que la idea de intentar ver al misterioso escocés nunca le había convencido. Aunque él siempre había creído que no valía la pena correr tanto riesgo y quizás tuviera razón, había intentado complacerla, y eso era algo que paliaba en cierta manera la decepción que ella sentía por no haber logrado su propósito.

Se dirigieron hacia un atardecer que estaba siendo engullido por unos espesos nubarrones. Antes de que la oscuridad fuera en aumento, Breckenridge se detuvo para consultar el mapa.

—Deberíamos estar a punto de llegar a Dornock... debe de ser aquello de allí, alcanzo a ver algunos tejados.

—No podemos llegar y pedir cobijo sin más, ¿verdad? Es posible que los jinetes que vimos hayan alertado a los lugareños acerca de nosotros... o, como mínimo, acerca de mí.

Él asintió y, después de recorrer con la mirada los campos, le tocó el brazo y le indicó un punto un poco más al sur.

—Allí hay un granero, está lo bastante cerca como para llegar antes de que nos quedemos sin luz. Vamos a echarle un vistazo.

Heather no contestó, se limitó a echar a andar de nuevo.

El granero estaba aislado y a tres campos de distancia de la granja más cercana, y resultó ser una construcción en buen estado. Estaba lleno de heno desperdigado por todas partes, y su aroma evocador del verano les envolvió mientras subían al pajar.

—Aquí no pasaremos frío, y estaremos a salvo —comentó Breckenridge, antes de bajar la mirada hacia la escalera por la que acababan de subir—. La escalera no está sujeta, la subiré antes de dormir.

Heather sabía que iba a hacerlo para que ella se sintiera a salvo, y contuvo a duras penas una sonrisa. Para ser un hombre cuyo rostro solía resultarle ilegible, empezaba a ser bastante predecible en ciertos aspectos.

Optó por no hacer ningún comentario al respecto y, después de dejar a un lado su morral, se quitó la capa y la sacudió antes de extenderla sobre un enorme montón de paja. Se sentó y movió las caderas para crear un huequecito cómodo, y entonces se quitó sus destrozados zapatos y los observó bajo la luz mortecina.

—Supongo que no podemos encender un fuego, ¿verdad?

—No, es demasiado arriesgado —le contestó él, tras valorar la posibilidad.

Lo importante para Heather fue que al menos se lo había planteado, que no le había dicho que no de buenas a primeras. Después de dejar los zapatos a un lado, se secó los pies con la capa y entonces estiró los dedos, flexionó los tobillos, y metió las manos bajo la falda para masajearse las pantorrillas.

Él carraspeó ligeramente antes de decir:

—No tenemos comida.

Ella le miró y esbozó una pequeña sonrisa.

—Creo que no nos pasará nada por no cenar un día.

Él le sostuvo la mirada, y al cabo de unos segundos comentó:

—Estás siendo muy comprensiva, admito que esperaba nervios y angustia.

Heather soltó una carcajada burlona.

—¿De qué me serviría eso? Tú y yo estamos juntos en esto y estamos haciendo todo lo que podemos, no espero milagros de tu parte —se tumbó en su improvisado colchón antes de añadir—: mientras tú tampoco los esperes de mí, creo que todo irá bastante bien.

Él la miró con su habitual expresión inescrutable, nunca había conocido a otro hombre que mantuviera sus facciones bajo un control tan rígido.

—Voy a echar un vistazo fuera. No me alejaré demasiado ni tardaré mucho —tras aquellas palabras, Breckenridge dejó sus morrales junto al de ella y bajó por la escalera.

Heather se relajó mientras le oía revisar el granero antes de salir, y mientras esperaba se lo imaginó caminando alrededor del edificio y atento al más mínimo detalle. Sus hermanos y sus primos eran hombres protectores y estaba acostumbrada a las manías de aquella especie, pero, aunque Breckenridge era igual de protector que ellos (quizás incluso más), sabía esconderlo mejor... aunque, pensándolo bien, sería más acertado decir que no era que ocultara aquella vena protectora, sino que más bien la silenciaba, daba un rodeo para que pareciera algo razonable, sensato y justificado.

Su estrategia era más sutil, pero también más efectiva.

De haberse tratado de alguno de sus hermanos o de sus primos, a aquellas alturas se sentiría asfixiada y estaría protestando y oponiendo resistencia a todo lo que ellos le ordenaran y a todas sus restricciones, aunque solo fuera por una cuestión de principios. Pero, como Breckenridge era tan razonable y tenía en cuenta lo que ella quería (o al menos fingía que así era), ella también podía ser razonable.

Teniendo en cuenta la opinión que tenía de él antes del secuestro, el hecho de haber llegado al punto de considerarle un hombre «razonable» le parecía una exquisita ironía.

Cuando él regresó, ya había anochecido, pero la luna estaba en cuarto creciente y dentro del granero alcanzaban a verse las siluetas de las cosas; en cuanto le vio aparecer en lo alto de la escalera, volvió a ponerse los zapatos, se puso en pie y se sacudió la falda.

—Tengo que salir. No me alejaré demasiado ni tardaré mucho.

Le miró con una sonrisa radiante al ver que se quedaba inmóvil, aunque sabía que lo más probable era que dicha sonrisa no tuviera todo el impacto deseado porque él apenas podía verla. Acababa de devolverle sus propias palabras. Ella había confiado en él, así que él tenía que devolverle el favor.

Aunque lo hizo con clara renuencia, se apartó para dejarla alcanzar la escalera.

—Está oscuro.

—Seré cuidadosa —empezó a bajar, pero se detuvo y añadió—: tú quédate ahí.

Cuando llegó abajo se dirigió hacia la puerta, que estaba iluminada por la luz que entraba por una ventana alta situada en una pared lateral. Abrió la puerta y, después de asomarse con cautela, rodeó el granero para hacer sus necesidades.

Cuando regresó al granero cinco minutos después, frunció

el ceño al encontrarle esperándola justo al entrar, pero él fingió no darse cuenta y cerró la puerta antes de atrancarla con un pesado tablón de madera.

—Si alguien intenta entrar, tendrá que moverlo y lo oiremos.

Ella hizo una mueca y fue hacia la escalera. Le habría gustado saber si a él se le había ocurrido lo del tablón antes o después de bajar tras ella.

Breckenridge la había seguido de cerca, y la tomó de la mano para ayudarla a subir el primer escalón. Después siguió sola con cuidado de no enredarse con la falda, y cuando los dos estuvieron arriba él alzó la larga y pesada escalera con una facilidad pasmosa.

Heather volvió a sentarse sobre su capa y se limitó a observarle mientras, bañado por la tenue luz de la luna, maniobraba hasta dejar la escalera a lo largo del borde del pajar. Aunque estaba vestido, fue consciente de la impresionante musculatura que debía de tener para conseguir semejante proeza, y esbozó una sonrisa traviesa al pensar para sus adentros que no había duda de que Breckenridge era uno de los libertinos favoritos de la alta sociedad con toda la razón del mundo.

No le hizo ninguna gracia ver que, después de mirarla, él agarraba su propia capa y la sacudía antes de extenderla sobre la paja... pero no junto a ella, sino al otro lado de los morrales.

Mientras él se tumbaba y se ponía cómodo, ella se sentó y sacó de su morral tanto el otro vestido sencillo como el de seda con la esperanza de que le bastaran para abrigarse, y al mirar a Breckenridge no se extrañó al ver que se había limitado a cubrirse con su capa; teniendo en cuenta el calor que siempre parecía emanar de su cuerpo, seguro que no pasaba frío allí. Ella, por su parte, puso el vestido de seda sobre la paja, encima de este colocó el sencillo, y entonces se tumbó y acabó de cubrirse bien con la falda y la capa.

Seguro que con eso bastaba, dudaba mucho que fuera a quedarse helada.

Al cabo de un momento, la voz de Breckenridge emergió de la creciente oscuridad. La luz de la luna empezaba a desvanecerse.

—Por la mañana saldremos rumbo a Annan. Tendremos que intentar entrar sin llamar la atención, para ver si al menos podemos desayunar algo y comprarte unos zapatos.

—Es un pueblo bastante grande, así que es más probable que logremos pasar desapercibidos.

Él no contestó, pero al final murmuró:

—Buenas noches.

—Buenas noches —le contestó ella, antes de apoyar la cabeza sobre una mano y cerrar los ojos.

Todo estaba en silencio, pero, de repente... Heather no habría sabido decir si fue porque su oído se agudizó al tener los ojos cerrados o porque los ruidos empezaron minutos después de que se dieran las buenas noches, pero oyó el sonido quedo de algo moviéndose entre la paja. Al principio parecía estar lejos, pero conforme fueron pasando los eternos minutos notó que el furtivo invasor iba abriéndose paso entre la paja y cada vez iba acercándose más y más y...

Abrió los ojos de golpe, presa de un pánico mucho mayor al del momento de la huida. La única idea que se le pasó por la cabeza, la única forma de ponerse a salvo, implicaba hacer algo escandalosamente atrevido, pero estaba dispuesta a hacerlo con tal de escapar de un ratón.

Se puso de pie a toda prisa, agarró los vestidos que usaba a modo de mantas y la capa, pasó por encima de los morrales, y se quedó mirando a Breckenridge. A pesar de la oscuridad, alcanzó a ver que estaba tumbado de espaldas con los brazos cruzados detrás de la cabeza. También vio que, a pesar de que se había quedado en silencio, no estaba dormido, porque su mirada ceñuda era casi tangible.

—¿Qué haces?

—Colocarme más cerca de ti —dejó caer los vestidos, sacudió la capa, y la extendió junto a él.

—¿Por qué?

—Porque aquí hay ratones.

Él dejó pasar un segundo antes de preguntar con cierta cautela:

—¿Te dan miedo?

—Los roedores en general, no discrimino —se sentó en la capa, y entonces agarró los vestidos y se echó un poco más hacia atrás para acercarse más a él—. Si estoy junto a ti, una de dos: o evitan acercarse a nosotros o, si deciden que les apetece un refrigerio, al menos hay un cincuenta por ciento de posibilidades de que te muerdan a ti primero.

Se dio cuenta de que él estaba conteniendo la risa al ver cómo se le movía el pecho, pero le pareció todo un detalle que al menos intentara contenerse.

—Además, tengo frío —añadió, antes de tumbarse y acurrucarse bajo aquel montón de capas de ropa.

Al cabo de unos segundos, oyó que él soltaba un sonoro suspiro y empezaba a moverse. Se preguntó qué estaría haciendo, y de repente empezó a deslizarse por una pendiente que antes no existía y acabó apretada contra él, contra el costado de un cuerpo duro, musculoso, y maravillosamente cálido.

Todos sus sentidos reaccionaron de golpe. Aquello era placenteramente escandaloso, una sorprendente delicia... contuvo el aliento, sofocó su reacción y ordenó a sus sentidos que se relajaran de nuevo. Se trataba de Breckenridge, aquel no era el momento adecuado.

Él le rodeó los hombros con un brazo, la atrajo hacia sí y susurró:

—Esto no significa nada.

Bienestar, seguridad, calidez... significaba todas esas cosas.

—Ya lo sé —murmuró, mientras seguía intentando controlar en vano sus sentidos.

Sus cuerpos yacían el uno junto al otro, sus senos le rozaban el costado, los muslos de ambos se tocaban a través de las capas de ropa, y tenía el corazón un poco acelerado; aun así, a pesar de aquella tensión sensual, se sentía a salvo al notar cómo la envolvía la calidez que emanaba de aquel cuerpo masculino, y fue relajándose poco a poco antes de apoyar la mejilla en su pecho en un acto de lo más osado.

Sabía lo que él había querido decir al afirmar que aquello no significaba nada: que aquello era algo efímero y limitado a aquel extraño momento al margen de la vida cotidiana, un momento en el que no eran más que dos personas intentando lidiar con una situación difícil.

Aguzó el oído, pero los latidos fuertes y rítmicos del corazón que tenía bajo su mejilla sofocaban cualquier otro sonido.

Reflexionó acerca de aquel extraño momento, de los motivos que lo convertían en algo tan alejado de la normalidad, y murmuró:

—Somos fugitivos, ¿verdad?

—Sí.

—En un país con el que no estamos familiarizados y que en realidad no es el nuestro, y donde no tenemos forma de demostrar nuestra verdadera identidad.

—Sí.

—Y un desconocido, un escocés de las Tierras Altas que casi con total certeza es alguien sumamente peligroso, está persiguiéndonos.

—Así es.

Lo lógico sería que estuviera asustada, muy asustada, pero cerró los ojos y, con la mejilla apoyada en el pecho de Breckenridge y su brazo rodeándola como una cálida banda de acero, se quedó plácidamente dormida de inmediato.

Breckenridge la apretó contra su cuerpo y, como todos sus sentidos estaban mucho más pendientes de ella de lo que le habría gustado, notó cómo iba relajándose poco a poco hasta quedarse dormida entre sus brazos.

La suave caricia de su aliento le estremecía, tener el seductor peso de su cuerpo contra el suyo era la más sutil de las torturas.

¿Qué le había llevado a hacer algo así? Heather había decidido dormir cerca de él, pero jamás habría insistido en dormir entre sus brazos. Había sido él quien había tomado la iniciativa, y ni siquiera se había parado a pensar en ello.

Pero lo que más le preocupaba era que, aunque hubiera pensado en ello, aunque hubiera reflexionado y lo hubiera considerado de forma razonada, el resultado habría sido el mismo.

Cuando Heather estaba de por medio, fuera cual fuese la situación, jamás había duda alguna, siempre tenía muy claro lo que debía hacer: protegerla, mantenerla a salvo, cuidarla, velar por ella. Desde el instante en que la había visto por primera vez cuatro años atrás, esa había sido la fijación de su mente, su decisión, y nada de lo que habían hecho ninguno de los dos había logrado cambiar eso.

Pero en cuanto al porqué, a la razón que subyacía... incluso a aquellas alturas, seguía estando total y completamente seguro de que no quería saber cuál era, al menos de forma consciente.

Exhaló lentamente, aguzó el oído para cerciorarse de que no hubiera intrusos, y cerró los ojos para intentar pasar como pudiera lo que quedaba de noche.

CAPÍTULO 8

Siguieron rumbo a Annan poco después del amanecer. Estaba nublado, pero el viento había amainado y, teniendo en cuenta el estado en que estaban sus zapatos, para Heather fue un alivio que no lloviera.

Había despertado tapada con sus vestidos, su capa y la de Breckenridge, pero de él no había ni rastro. Le había visto entrar en el granero justo cuando ella estaba bajando la escalera, y para cuando había regresado de hacer sus necesidades él ya estaba bajando del pajar con los morrales listos y la capa de ella echada al hombro.

Caminaron un buen rato en dirección oeste, y al bordear por el sur la aldea de Dornock (que era poco más que unas cuantas cabañas a lo largo del camino que llevaba a Annan) se acercaron bastante al fiordo de Solway. Sus aguas estaban grises pero en relativa calma, y su superficie fue tiñéndose de un tono rosado conforme el cielo fue ascendiendo tras ellos.

Habían dejado atrás Dornock y alcanzaban a ver los tejados de Annan en la distancia cuando Breckenridge le puso una mano en el brazo para detenerla. Heather le miró y, al ver que tenía la vista puesta en el camino que había a unos noventa metros más al norte, miró hacia allí y vio a dos jinetes. Se trataba de dos policías que iban hacia el oeste, y que en ese momento estaban deteniendo sus monturas al cruzarse con dos compañeros que iban en la dirección contraria. Después de conversar unos minutos (intercambiando información, seguramente), los cuatro se dirigieron hacia Annan.

Breckenridge y ella estaban atravesando una arboleda donde había mucha maleza entre los árboles, así que tan solo debían permanecer quietos para evitar que les descubrieran. Mientras los jinetes se alejaban por el camino, Heather miró hacia Annan y se dio cuenta por los tejados de que parecía ser un pueblo más pequeño de lo que esperaba.

Cuando los policías llegaron a las afueras de la población, miró pensativa sus zapatos antes de preguntar:

—¿Dumfries está muy lejos?

Breckenridge se volvió a mirarla, y al cabo de un momento contestó:

—Si seguimos más o menos en línea recta como hasta ahora, a unos veinte kilómetros.

Ella hizo una mueca, pero dijo con decisión:

—En ese caso, será mejor que nos pongamos en marcha.

Él se limitó a caminar junto a ella sin hacer ningún comentario, y Heather sonrió al ver que no protestaba ni le preguntaba a qué se refería. Se había adelantado y había hablado antes para evitar que se viera obligado a tomar una decisión que, a ojos de él, la perjudicaría y pondría en riesgo su bienestar.

Él guardó silencio mientras daban un gran rodeo alrededor de Annan. Caminaron un buen rato a lo largo de la orilla del fiordo y cuando el camino viró un poco más hacia el noroeste, lo suficiente para permitirles regresar a los campos y mantenerse a cierta distancia de él, se volvió hacia ella y la observó con expresión penetrante antes de sugerir:

—Podríamos parar en algún pueblecito para ver si conseguimos algo de comer.

Heather tuvo que contener una sonrisa. Por su tono estaba claro que la idea le parecía demasiado arriesgada, pero que se sentía obligado a proponérsela. Se detuvo al llegar a un espeso seto que hacía las veces de cerca, junto a la escalerilla que tenían que subir para pasar al otro lado, y alzó la mirada hacia aquellos hermosos ojos color avellana.

—Sí, podríamos hacerlo, pero será mucho más fácil y seguro que vayamos a una ciudad grande como Dumfries. En cualquiera de los pueblos que nos detuviéramos... incluso suponiendo que los lugareños no intentaran capturarnos, seguro que nos delatarían ante el siguiente policía que llegara preguntando por nosotros.

No estaba diciendo nada que él no supiera. Breckenridge le sostuvo la mirada al contestar:

—Sí, eso es cierto, pero por otro lado preferiría que no te desmayaras. Si llego a Dumfries contigo en brazos no vamos a pasar demasiado desapercibidos.

—Te prometo que no voy a desmayarme. Soy capaz de llegar a Dumfries sin comer nada, y al menos tenemos agua de sobra.

A lo largo del camino habían ido encontrando numerosos riachuelos. La zona estaba plagada de ellos, y en aquella época del año su caudal de agua era muy abundante.

—Si estás segura... —le dijo, antes de indicarle con un gesto la escalerilla.

—Lo estoy —le aseguró, antes de alargar la mano hacia un peldaño.

La escalerilla era alta, más que el propio Breckenridge. Heather empezó a subir, pero la suela de cuero de sus zapatos resbaló en la hierba húmeda.

Él la agarró de la cintura y la sostuvo para evitar que cayera.

—¡Diantres! —exclamó, exasperada, antes de apartarse con un soplido un mechón de pelo de la frente—. Vas a tener que ayudarme.

Breckenridge hizo acopio de toda su fuerza de voluntad e intentó dejar la mente en blanco mientras le ponía las manos en las caderas y la aupaba.

Ella soltó una exclamación ahogada, se aferró al peldaño más alto y se apresuró a subir, pero se detuvo de golpe al ver lo que había al otro lado del seto y comentó:

—El suelo está más lejos en este lado que en ese.

—No te muevas.

Breckenridge subió tras ella, pasó sus largas piernas por encima del seto, y entonces bajó por el otro lado y saltó al llegar al final de la escalerilla. Después de echar un rápido vistazo alrededor, alzó la mirada hacia ella y le dijo:

—Vamos, baja.

Heather descendió por la escalerilla y cuando llegó al último peldaño, que estaba demasiado alto como para que saltara sin más, él volvió a agarrarla de las caderas y la bajó con toda la facilidad del mundo. Al ver que se tambaleaba un poco cuando la soltó, la tomó de la cintura y la miró con preocupación.

—¿Estás bien?

Estaba un poco ruborizada, y él se preguntó si era por el esfuerzo físico o por otros motivos.

—Sí, gracias —le contestó ella cuando la soltó. Alzó la cabeza, se volvió hacia delante, y respiró hondo—. Vamos.

Él apretó los labios para contener una sonrisa, y siguieron caminando. Cuando ya habían cruzado la mitad de aquel campo, comentó:

—Si se me ha ocurrido que podrías desmayarte es porque mis hermanas lo habrían hecho. Cuando tenían tu edad se empeñaron en comer muy poco, y si no desayunaban acababan desmayadas antes de la hora de la comida.

—Ellas son mayores que tú, lo que significa que son mucho mayores que yo —Heather miró hacia delante con la frente bien en alto y afirmó—: las modas cambian.

—Sí, ya lo sé —Breckenridge dudó por un instante antes de admitir—: tan solo quería que supieras que si he pensado que podrías desmayarte no ha sido porque te considere débil —tuvo la impresión de que estaba tan sorprendida por la explicación como él mismo por habérsela dado.

Ella fue la que recobró antes la compostura. Asintió con un gesto seco y se limitó a contestar:

—Entendido.

Mientras caminaba junto a ella, Breckenridge se preguntó el porqué de su propio comportamiento. ¿Por qué había sentido la necesidad de darle una explicación para que no se sintiera molesta? Intentó convencerse de que lo había hecho porque aquel día su único propósito era mantenerla a salvo, y eso le resultaría mucho más fácil si ella le dirigía la palabra.

Aunque se movían en los círculos de la alta sociedad, los dos pasaban temporadas en la campiña todos los años, y eso se notó mientras caminaban a buen paso rumbo a Dumfries.

Breckenridge tuvo tiempo de sobra para darle vueltas a lo irónica que resultaba aquella situación, una situación que estaba haciéndole valorar aspectos del carácter de Heather que antes solían irritarle y parecerle insufribles. Su férrea fuerza de voluntad, su independencia y su capacidad de pensar por sí misma, la confianza que se reflejaba en su habilidad para evaluar las situaciones y actuar en consecuencia.

En el pasado no había visto aquellas cualidades como una especie de desafío, más bien le habían resultado insolentes, pero en ese momento le parecían algo de agradecer. Puede que antes hubiera deseado que ella fuera otro tipo de mujer, pero, de ser así, si ella fuera distinta, la situación en la que se encontraban sería infinitamente peor.

Aunque, por otra parte, si hubiera sido de ese tipo de mujeres más dóciles y con un temperamento más suave, habría permitido que él la sacara de la posada de Knebworth y la llevara de vuelta a casa de inmediato.

Pensó en ello y, por otro lado, sopesó el desenlace ineludible al que iba a abocarles la opción por la que habían optado; a pesar de todo, seguía sin parecerle mal la actitud de Heather, su insistencia en averiguar todo lo posible acerca del escocés que había enviado a unos tipos a secuestrar a una de las Cynster.

Aquella lealtad inquebrantable, aquel instinto protector hacia la familia, era algo innato que los dos tenían muy arraigado. No podía culparla por algo que él mismo consideraba sacrosanto.

La miró de reojo y se preguntó cuándo se daría cuenta del resultado que iba a tener aquella pequeña aventura en la que estaban envueltos. No tenían alternativa, pero la cuestión era si Heather iba a aceptarlo sin más o si iba a intentar oponer resistencia.

¿Se daría cuenta al menos, al igual que él, de que había destinos peores?

Se le escapó una pequeña sonrisa, y al mirar hacia delante vio otro seto y otra escalerilla, aunque más baja que la anterior. Fue el primero en subir y alargó la mano para ayudarla, pero, en vez de soltársela cuando bajaron por el otro lado, la sujetó mejor antes de volverse y proseguir el camino.

Ella le lanzó una mirada, pero no se soltó y siguieron rumbo a Dumfries tomados de la mano.

Fletcher y Cobbins estaban encerrados en una celda situada al fondo de las Oficinas de Aduanas de Gretna, sentados cabizbajos y resignados en unos toscos catres y deseando que algún milagro los liberara, cuando una distante voz profunda y refinada les hizo alzar la cabeza de golpe. Aguzaron el oído para intentar entender lo que estaba diciendo, pero las gruesas paredes de piedra se lo impidieron.

—Es él, ¿verdad? —dijo Cobbins.

Fletcher permaneció atento a aquella voz unos segundos más antes de asentir.

—Sí. Gracias a Dios. Esperemos que consiga sacarnos de esta.

Apenas acababa de pronunciar aquellas palabras cuando un fuerte chirrido indicó que la pesada puerta que conducía a las celdas estaba abriéndose. Cuando el sonido cesó, oyeron que el recién llegado decía:

—Gracias, no tardaré mucho.

Alguien dio una escueta respuesta antes de que la puerta se cerrara de nuevo.

Fletcher y Cobbins se pusieron en pie, se colocaron bien sus respectivas chaquetas, se pasaron los dedos por el pelo y frotaron las palmas de las manos en los muslos.

Oyeron el sonido de pasos acercándose sin prisa por el pasillo, y un momento después el hombre al que conocían por el nombre de McKinsey apareció al otro lado de los barrotes de hierro.

Su aspecto era incluso más imponente de lo que recordaban... era alto y de hombros anchos, tenía una fuerza impresionante y un rostro que parecía tallado en granito con unos pómulos pronunciados y unos ojos pálidos y gélidos. Llevaba ropa de montar... botas, pantalones de pana, y una chaqueta hecha a medida que se amoldaba a la perfección a sus impresionantes hombros.

Después de observarles unos segundos en silencio, enarcó sus negras cejas y les preguntó:

—¿Y bien, caballeros? ¿Dónde está lo que les encargué?

Fletcher tragó con dificultad antes de contestar.

—En la posada The Nutberry Moss, tal y como usted nos indicó.

—Eso no es cierto, ya he pasado por allí.

—¿Se ha ido?

Fue Cobbins quien lo preguntó, y McKinsey le vio tan sorprendido que se dio cuenta de que no estaba fingiendo.

—Nadie la ha visto desde antes de que ustedes fueran arrestados —miró a Fletcher y le preguntó—: por cierto, ¿cómo se han metido en este lío?

—No lo sabemos —le aseguró Fletcher, consciente de que su única esperanza era convencer a McKinsey de que eran inocentes—. Nosotros no robamos esos condenados candelabros, ¿por qué habríamos de hacerlo?

McKinsey les observó en silencio, y al final asintió.

—Les creo. Llevé a cabo una investigación razonablemente exhaustiva sobre ustedes antes de contratarles, y jamás se han comportado con una estupidez tan supina.

—Exacto —Fletcher dejó entrever su irritación. Le ofendía que le tomaran por un simple ratero—. Alguien debió de dejar esos dichosos trastos en nuestra habitación.

—Eso parece. La cuestión es quién fue, y por qué lo hizo.

Fletcher hizo acopio de valor y se atrevió a mirarle a los ojos al preguntar:

—¿Pudo ser la policía?

—No. He hablado con el posadero y es cierto que el sargento encontró los candelabros en la habitación que ustedes ocupaban; además, me ha dicho que está casi seguro de que nadie más subió a esa planta durante la mañana y que sus empleados no saben nada.

—¿Qué sabe de Martha? Es la mujer que contratamos para que hiciera de doncella, tal y como usted nos dijo.

—Ah, sí. Parece ser que ella también se ha esfumado.

—Seguro que no fue ella quien robó los candelabros —le aseguró Fletcher—. Tampoco es su estilo, y no me la imagino entrando de noche en la casa del magistrado. La idea es absurda.

—Sí, no le gusta demasiado levantarse del sofá —añadió Cobbins.

McKinsey les miró pensativo antes de murmurar:

—Sospecho que el hecho de que el ladrón eligiera robar al magistrado es un dato revelador; de haber sido cualquier otra persona, la policía no habría actuado con tanta premura. Fue un plan muy meditado para lograr quitarles de en medio a ustedes dos, doy por hecho que ese era el objetivo del robo: eliminarles a ustedes para poder llevarse la mercancía que me habían traído. Así que cabe preguntarse quién estaba al tanto de la presencia de esa muchacha, y posee la astucia necesaria para idear semejante treta.

Después de pensar en ello unos segundos, Cobbins miró a Fletcher y le preguntó:

—¿Crees que pudo ser Timms?

—¿Quién es Timms? —preguntó McKinsey.

Fue Fletcher quien le contestó.

—Un secretario desempleado. Nos dijo que iba camino de Glasgow y que había decidido hacer una parada en la posada, creo que llegó unas cuantas horas después que nosotros.

—¿Y se quedó alojado allí?

—Sí, parece ser que una vieja herida se le había resentido por el viaje, supongo que sería una herida de guerra.

—Nos dijo que había aguantado muchas horas el traqueteo de su vieja carreta, que estaba a punto de caerse en pedazos —apostilló Cobbins—. Y la verdad es que eso era cierto, era un trasto viejísimo.

—De modo que llegó después que ustedes y aún seguía en la posada cuando fueron arrestados, ¿verdad?

—No sabemos si aún seguía allí —le explicó Fletcher—. Nos dijo que estaba preparándose para partir, que pensaba tomárselo con calma y completar sin prisa el trayecto hasta Glasgow, que ya había esperado bastante tiempo.

—¿Qué aspecto tiene?

—No es tan alto ni tan corpulento como usted, no tan grandote. Ojos marrones...

Cobbins interrumpió a su compinche para corregirle.

—Son de color avellana. Pelo oscuro, de un castaño muy oscuro. Llevaba ropa sencilla, tosca y de color oscuro... en fin, normal y corriente. Siempre parecía un poco desarreglado, como si le hiciera falta una cuchilla de afeitar nueva y hubiera perdido el peine.

Fletcher asintió al oír aquella descripción, y fue quien respondió cuando McKinsey les preguntó:

—¿Cómo hablaba?

—De forma bastante correcta, como cabría esperar de un tipo que había estado trabajando como secretario de un abogado en Londres —frunció el ceño y admitió—: ahora que lo pienso, no tenía ningún acento. Sonaba un poco como...

—¿Como yo? —McKinsey dijo aquello con una sonrisa escalofriante y al cabo de un momento murmuró, como para sí mismo—: espero de veras que no sea así —miró a Fletcher y le preguntó—: ¿ese tal Timms llegó a conocer a la muchacha?

—No, al menos que yo sepa. La saludó y sabía que ella estaba con nosotros, pero se tragó el cuento que habíamos inventado y mantuvo las distancias.

Miró a Cobbins con expresión interrogante, y este admitió:

—Le vi detenerse junto a ella y decirle algo, fue... anteayer, cuando Martha y ella salieron a dar un paseo. Nosotros nos turnamos para vigilarlas desde la posada, y Timms también había salido y se sentó a cierta distancia de la muchacha para consultar un mapa. Pero Martha estuvo junto a ellos todo el tiempo.

—¿Y por las noches?

—Martha es una profesional —le aseguró Fletcher—. Siempre recogía la ropa de las dos y dormía encima para que, si la muchacha intentaba escapar, tuviera que hacerlo prácticamente desnuda. Y siempre compartían una habitación.

—Ya veo. De acuerdo, voy a decirles lo que vamos a hacer: hablaré con el magistrado y le explicaré que ustedes viajaron al sur para recoger algo en mi nombre, que tenían ese algo en la posada pero alguien cuya identidad desconocemos por completo robó los candelabros y, después de dejarlos en la habitación que ustedes compartían, alertó a la policía. Cuando ustedes fueron arrestados, lo que me habían traído del sur desapareció —sus gélidos ojos se clavaron en Fletcher—. Estoy convencido de que se mostrará comprensivo, sobre todo teniendo en cuenta que ha recuperado sus candelabros. No tiene ninguna prueba sólida que demuestre que ustedes los robaron y que refute mi versión de los hechos; de hecho, la desaparición de lo que ustedes iban a entregarme puede servir como prueba de que ustedes no cometieron el robo.

Al ver que los dos asentían, pero que no se atrevían a hacer ni un solo comentario, McKinsey sonrió con frialdad y añadió:

—De modo, caballeros, que a cambio de mi ayuda para lograr que les liberen y del pago que dejaré para ustedes en la posada... una suma que, por desgracia, no será tan grande como la que iban a recibir si me hubieran entregado a la muchacha tal y como habíamos acordado, pero que en estas circunstancias bastará para que se den por satisfechos... en fin, a cambio de esas dos cosas quiero que se marchen de Gretna, regresen al otro lado de la frontera y olviden todo lo que saben acerca de este asunto. Les conviene tener mala memoria, se lo aseguro. No me importa hacia dónde se dirijan, pero lo que sí les pido es que no regresen a Escocia en... digamos que un año, como mínimo.

La amenaza velada que se reflejaba en los ojos de McKinsey bastó para que Cobbins y Fletcher asintieran de inmediato. Este último carraspeó antes de alcanzar a decir:

—Parece justo.

—Lo es, es extremadamente justo.

—Pero ¿qué pasará con la muchacha?

McKinsey miró a Fletcher, y al cabo de un instante contestó con voz suave:

—Yo mismo me encargaré de atraparla, creo que no necesitaré ninguna ayuda para ello.

Fletcher tragó saliva y asintió.

—Eh... sí, claro, de acuerdo.

McKinsey le sostuvo la mirada unos segundos más antes de dar media vuelta.

—Me despido de ustedes, caballeros. Me encargaré de que queden en libertad, pero no será algo inmediato. Quédense ahí sentados bien calladitos, y para esta noche ya serán libres.

Fletcher y Cobbins oyeron el sonido de sus pasos alejándose, y el chirrido de la puerta al abrirse y cerrarse. Cuando volvió a reinar el silencio, el primero se volvió a mirar a su compinche y comentó:

—Ese tipo sí que da miedo.

Cobbins asintió y se sentó en su catre antes de admitir:

—No sé tú, pero yo me alegro de saber que no voy a volver a verle nunca más.

El hombre al que Fletcher y Cobbins conocían por el nombre de McKinsey se alegraba mucho de haber usado un nombre falso.

Después de hablar con el magistrado (quien, a pesar de no reconocerle, se había percatado del poder que ostentaba y había accedido de inmediato a dejar en libertad a sus secuaces), había ido a darles una pequeña «recompensa» a los policías y, después de contratarles para que encontraran a la muchacha, había solicitado que Fletcher y Cobbins no fueran puestos en libertad hasta última hora de la tarde.

Para entonces él ya iría de camino hacia donde fuera que se dirigiera.

A lomos de su alazán castrado preferido, regresó a Gretna Green o, para ser más concretos, a la posada The Nutberry Moss. A los policías se les había soltado la lengua gracias a la buena suma de dinero que les había dado, y le habían informado que la mujer a la que habían creído cómplice de Fletcher y Cobbins había regresado a Inglaterra la noche anterior y no se habían molestado en perseguirla más allá de la frontera. Pero no habían podido darle ninguna pista acerca del paradero de la muchacha.

El hecho de que ella hubiera huido, sola o acompañada de un granuja que se hacía pasar por secretario (y esa segunda opción era la más probable, además de la peor de las dos) le hacía sentir culpable. Aquello no era lo que había planeado ni mucho menos, pero tiempo atrás había aprendido que uno debía amoldarse a los designios del destino, que había que soportar los golpes de la vida y sobrevivir. «Sigue adelante y arréglatelas lo mejor posible» había sido su credo desde hacía mucho.

En aquel caso, lo que tenía que hacer era averiguar a dónde había ido la muchacha, seguirla y rescatarla. Debía volver a encarrilar su plan y resarcirla como pudiera. El asunto de la familia Cynster volvería a suponer un problema, pero eso era algo de lo que ya se preocuparía llegado el momento.

Primer paso: encontrar a la muchacha; segundo paso: deshacerse del granuja que se la había llevado.

Cuando entró en el patio delantero de la posada, detuvo el caballo y miró con una amigable sonrisa al mozo que se acercó a hacerse cargo del animal. Después de desmontar, le entregó las riendas y le dijo:

—Tardaré una hora más o menos, limítate a pasearlo un poco y después que descanse.

El joven, que estaba mirándolo con los ojos como platos, se tocó el flequillo en un gesto de aquiescencia y se llevó con actitud reverente a Hércules, que se llamaba así porque era capaz de cargar con el peso de su dueño.

Fletcher y Cobbins se habrían sorprendido al ver al hombre al que conocían por el nombre de McKinsey tener un trato de lo más cordial con el posadero. Como a él no hacía falta que le amilanara, no lo hizo.

Cuando le preguntó acerca de Timms, el hombre consultó el libro de registro y le dijo:

—Sí, milord. Llegó el mismo día que sus hombres, pero un poco más tarde.

—¿Cuándo se marchó?

El posadero se rascó la oreja.

—La verdad es que no sé si lo ha hecho, milord; según las criadas, no hay rastro de sus morrales, su ropa y sus efectos personales, pero su escribanía aún está en la habitación y tanto su carreta como su caballo siguen en la cuadra. No me comentó que tuviera intención de marcharse aún, me dijo que la herida aún le molestaba. Tiene dos noches más pagadas.

—Entiendo —después de sopesar la situación, sacó un paquete sellado del bolsillo interior de la levita y le dijo—: Fletcher y Cobbins van a quedar en libertad esta tarde y vendrán a por su equipaje, les he dicho que les dejaría esto aquí. ¿Podría encargarse de que lo reciban? —cuando el posadero asintió y lo guardó bajo el mostrador, añadió—: me gustaría revisar las dos habitaciones que alquiló Fletcher y, a ser posible, también me gustaría echarle un vistazo a la de Timms. Si no dejó nada personal, no creo que haya ningún inconveniente.

—Por supuesto que no, milord. Las mujeres usaron la número uno, al fondo del pasillo de la izquierda; la de Fletcher y Cobbins es la cinco, la encontrará justo al subir la escalera; Timms estaba en la ocho, al fondo del pasillo de la derecha.

—Gracias —le dijo, sonriente—. Tan solo quiero echar una ojeada, no quiero causarle más molestias.

—No es ninguna molestia, milord. Avíseme si necesita cualquier cosa.

Primero revisó la habitación de las mujeres y vio que no quedaba nada, ni siquiera una mera horquilla sobre el tocador. Eso parecía indicar que la muchacha había tenido tiempo de empacar.

Después de revisar la de Fletcher y Cobbins, cuyos morrales aún estaban en el armario, se dirigió hacia la del tal Timms y al abrir la puerta se detuvo para echar un vistazo. El armario estaba abierto y, tal y como le habían dicho, estaba vacío. No había ni rastro de ningún efecto personal, lo único que quedaba era una vieja escribanía sobre una de las mesitas de noche.

Se acercó a ella y al levantar la tapa vio unas cuantas hojas de papel amarillentas, plumas y lápices viejos, y una botellita de tinta. En las hojas de papel no había ni un nombre ni una dirección que pudiera servirle de ayuda, nada que indicara que algo de todo aquello se había usado en los últimos años, e incluso el trozo de papel secante estaba blanco. Cerró la tapa y echó un último vistazo a su alrededor antes de salir de la habitación.

Cuando salió al pasillo y cerró la puerta, miró pensativo la escalera de servicio que había al final del pasillo. Cuando había llegado a la posada horas antes, el posadero le había relatado los acontecimientos que habían culminado en el arresto de Fletcher y Cobbins. Todo el mundo había creído que las dos mujeres aún estaban en el saloncito y su ausencia no había sido descubierta hasta mucho después, cuando a una de las criadas le había extrañado que no le pidieran el té y se había asomado a echar un vistazo.

La puerta del saloncito estaba abierta cuando él había llegado. Suponiendo que ellas estuvieran allí dentro cuando había llegado la policía, debían de haber oído todo lo ocurría, quizás incluso habían llegado a verlo. No había duda de que Martha se había dado cuenta de lo que aquello suponía para ellas, eso explicaba su rápida y efectiva huida. Y, obviamente, había abandonado a su suerte a la muchacha.

Pero si Timms era quien había urdido el robo de los candelabros, ¿dónde había esperado mientras su plan seguía su curso? Ni el posadero ni sus empleados habían vuelto a verle después del desayuno.

Miró por el pasillo hacia la habitación de las mujeres, pensativo. Estaba convencido de que Timms había permanecido encerrado en su propia habitación mientras la policía se llevaba a Fletcher y a Cobbins, y entonces... se volvió de nuevo hacia la escalera de servicio, si conducía a donde él pensaba...

Descendió por ella sin hacer ruido y al llegar abajo vio que, tal y como sospechaba, la escalera desembocaba en un pasillito situado entre la cocina y la puerta trasera de la posada. No era un hombre que pasara desapercibido por regla general, pero consiguió pasar por delante de la puerta de la cocina y salir de la posada sin que le vieran.

—De modo que fue así como Timms se las ingenió para entrar y salir sin que nadie le viera, ¿no? —comentó, antes de bajar el único escalón que había.

Se volvió a mirar hacia la cuadra, que estaba junto a la posada en vez de detrás. Si Timms había salido por la puerta trasera con la muchacha, ¿por qué no se había ido en su carreta?

Cruzó el patio, y cuando llegó a la cuadra encontró al mozo que se había hecho cargo de Hércules, al encargado y a varios ayudantes congregados alrededor del cubículo donde estaba el caballo, contemplándolo admirados. El mozo le vio entrar y se puso firme de golpe.

—¿Lo necesita ya, milord?

—No, aún no —le dijo, sonriente, antes de volverse hacia el encargado sin perder la sonrisa—. Quería echarle un vistazo a la carreta del señor Timms.

Nadie le puso ningún impedimento, y revisó el vehículo mientras contestaba a un sinfín de preguntas acerca del pedigrí de Hércules. La carreta era tan vieja como había comentado Cobbins, y en cuanto al jamelgo... si Timms y la muchacha hubieran partido de allí en aquel trasto, les habrían atrapado los policías que habían recorrido todos los caminos en busca de las cómplices de Fletcher y Cobbins.

Tal y como les había asegurado a aquel par, tenía intención de ocuparse él mismo del asunto de la joven, pero no había visto razón alguna para no valerse de la ayuda de los policías. Había empleado el mismo cuento inventado que le había sugerido a Fletcher para explicar que la tuvieran cautiva, y les había encargado que siguieran vigilando los caminos y la atraparan en caso de encontrársela.

Los agentes le habían informado que, de momento, ninguno de los jinetes a los que habían enviado a recorrer los principales caminos que salían de Gretna Green había tenido éxito; al parecer, nadie la había visto a pesar de que se contaba con una descripción detallada.

Empezaba a darse cuenta de que Timms era un tipo muy inteligente.

Después de darle las gracias al encargado y de decirle que regresaría a por Hércules en unos minutos, salió de la cuadra y se detuvo para mirar hacia la posada; al cabo de unos segundos, se volvió y miró a su alrededor. Los campos sin apenas vegetación se sucedían hasta perderse en la distancia, e incluso alcanzaba a vislumbrar el brillo de las aguas del fiordo al sur de allí, a un kilómetro y medio más o menos.

Si Timms había sido lo bastante sagaz como para darse cuenta del riesgo que entrañaba irse en la carreta, entonces también se habría dado cuenta de que, si cruzaban a pie los campos en casi todas las direcciones, alguien les habría visto desde la posada. Tal vez desde la planta baja no, pero desde la de arriba resultaría sumamente fácil.

Sí, en casi todas las direcciones... excepto una.

Dio media vuelta y se quedó mirando la cuadra. Era un edificio alto que evitaba que pudieran verse los campos que había al otro lado, y al rodearlo se detuvo en la pequeña franja de hierba que había detrás y vio los escalones que daban acceso al campo adyacente.

Era un escocés de las Tierras Altas de pura cepa. Podía rastrear casi cualquier cosa en terreno rocoso, así que seguir el rastro de un hombre y una mujer por una zona de tierra blanda y húmeda era insultantemente fácil.

Encontró la huella de una bota junto a los escalones, pero había algo en ella que le llamaba la atención y no habría sabido decir de qué se trataba. Se quedó mirándola pensativo, y de repente entendió lo que sucedía. Dio un pisotón en el suelo para dejar marcada su propia huella, comparó las dos, y sintió una mezcla de inquietud y desconcierto.

Quienquiera que fuese Timms (cada vez estaba más convencido de que no era un secretario ni mucho menos), llevaba unas botas de montar de una calidad excelente.

La muchacha, por el contrario, aún llevaba unos delicados zapatos de baile.

Se incorporó y miró hacia el extremo del campo. La pareja se había dirigido hacia la pendiente con árboles que había a eso de kilómetro y medio, pero más allá de aquel punto... teniendo en cuenta que habían eludido a los jinetes de la policía, seguro que habían seguido yendo campo a través.

Sabía en qué dirección habían ido, así que iba a resultarle fácil seguirles la pista. Teniendo en cuenta que el fiordo estaba al sur y solo quedaba una estrecha franja de tierra entre su orilla y el camino, podía ir ganándoles terreno yendo a caballo por el camino y comprobando de vez en cuando que seguían yendo en la misma dirección.

Encontrarles no iba a ser demasiado difícil.

Dio media vuelta, regresó a la cuadra con paso decidido, y pidió que ensillaran su caballo.

CAPÍTULO 9

Breckenridge entró en Dumfries a primera hora de la tarde con Heather a su lado.

Lo primero que vio mientras se dirigían tomados de la mano hacia las tiendas de la calle principal fue a dos policías en la esquina de una de las intersecciones principales.

No les costó demasiado eludirlos, pero haberlos visto sirvió para recordarle lo sumamente cuidadosos que tenían que ser. Salieron de una callejuela que había entre dos tiendas, y se unieron al gentío que inundaba la calle principal.

Heather se cubrió mejor con su capa y comentó:

—Menos mal que esperamos a llegar a Dumfries, en Annan no habríamos podido arriesgarnos a ir por la calle principal —al ver que solo recibía una inarticulada respuesta afirmativa que más bien parecía un gruñido, le preguntó—: ¿ves alguno más? —gracias a lo alto que era, podía ver por encima del gentío.

—No, pero seguro que habrá más en la intersección grande que hay un poco más adelante. Estaremos a salvo si permanecemos entre la gente, si vemos que se nos acerca alguno nos meteremos en una calle lateral —por suerte, en Dumfries había muchísimas. Volvió a alzar la cabeza para echar otra ojeada, y de repente añadió—: vamos por aquí.

La hizo entrar en una callejuela empedrada, y la condujo hacia una puerta sobre la que había un pequeño letrero que indicaba que aquel lugar era una taberna llamada Old Wall Tavern.

—Antes de nada tenemos que comer algo, y después iremos a comprar tus zapatos.

—Parece un sitio decente —comentó ella, mientras miraba a través del grueso cristal de la ventana que había junto a la puerta.

Breckenridge abrió la puerta y, consciente de que se suponía que no eran miembros de la nobleza, entró y tiró de ella para que le siguiera. Eligió una mesa que estaba en una esquina y que no se veía desde la puerta, y la camarera se acercó de inmediato a tomarles nota.

—Tenemos el pastel de carne con puré de patatas que ha sobrado al mediodía, y acaba de salir del horno el pastel de venado que hay para la cena.

Los dos optaron por la segunda opción, y Breckenridge pidió una jarra de cerveza para él y una de cerveza aguada para ella.

—En estos sitios no hay té, y mucho menos vino —le explicó en voz baja.

—A decir verdad, siento curiosidad. No he bebido nunca cerveza aguada.

Él volvió a contestar con la misma respuesta inarticulada de antes y vio que ella le miraba exasperada, como diciéndole que su capacidad de expresión dejaba mucho que desear, pero fingió no darse cuenta. No podía decirle lo que opinaba del comentario que ella acababa de hacer y mucho menos lo que sentía en ese momento, lo que llevaba sintiendo durante las últimas horas con intensidad creciente.

Sabía que estaba dolorida, que le dolían los pies. No cojeaba, pero había empezado a caminar incluso con mayor cuidado en cuanto habían entrado en las calles pavimentadas de la ciudad. Huelga decir que ella no había dicho ni una palabra al respecto, que no se había quejado ni una sola vez, pero eso contribuía a que él se sintiera incluso más... más... ni siquiera sabía qué era aquello que sentía. Y, por mucho que ella asegurara que no iba a desmayarse, debía de estar mareada después de pasar tantas horas sin comer. Las mujeres no aguantaban tanto tiempo sin comer como los hombres, sobre todo las que no tenían grasa acumulada.

Intentó convencerse de que lo que sentía por el hecho de que ella no comiera, de no poder alimentarla, no era más que un miedo residual por si caía desmayada a sus pies, pero en el fondo sabía que no era eso, al menos no del todo. Se había debatido entre si debían comer primero o tenía prioridad el calzado, y si había ganado la primera opción era porque había visto aquella pequeña taberna y le había parecido un sitio seguro.

La seguridad de Heather seguía siendo su principal prioridad.

El pastel de venado resultó estar sorprendentemente sabroso.

Heather sabía que Breckenridge era un hombre capaz de mantener una conversación fluida, pero seguía callado y ausente. Había visto a sus hermanos y a sus primos comportarse así cuando estaban centrados por completo en la tarea de proteger a mujeres que ellos consideraban que estaban bajo su protección por cualquier motivo. No tenía ni idea de por qué aquellos gruñidos inarticulados predominaban tanto en situaciones como aquella, pero le hacía gracia ver a Breckenridge incapaz de hacer uso de su acostumbrada labia.

Jamás habría imaginado que estaría bajo la protección de aquel hombre, y a decir verdad se alegraba de estarlo.

Cuando terminaron de comer y apuraron sus respectivas cervezas (la suya le había resultado inesperadamente refrescante), él dejó unas monedas sobre la mesa y la condujo hacia la puerta. En cuanto salieron, volvió a tomarla de la mano como si tuviera todo el derecho del mundo a hacerlo, y Heather se sintió reconfortada y optó por no ahondar demasiado en el tema.

Volvieron a unirse al gentío de la calle principal. Mientras buscaban la zapatería que les había indicado la camarera, Breckenridge se mantuvo muy cerca de ella en todo momento para protegerla con su cuerpo del resto de viandantes. Heather sabía que aquel comportamiento la habría indignado si estuvieran paseando por las bulliciosas calles de Londres, pero allí, tan lejos de casa, su cercanía le resultaba reconfortante, le daba seguridad y una profunda sensación de bienestar... incluso cuando se detuvieron a mirar el escaparate del zapatero y él se mantuvo prácticamente pegado a ella.

Sabía de primera mano que, en hombres como él, aquel instinto protector tenía la mala costumbre de convertirse en una autocrática posesividad, pero en aquellas circunstancias estaba dispuesta a correr el riesgo.

—Esos botines de ahí podrían servirme, vamos a entrar — eran más pesados que los que solía usar, pero eran los únicos que parecían lo bastante pequeños para sus pies.

La campanilla de la puerta sonó cuando entró. Breckenridge lanzó una última mirada a su alrededor antes de seguirla, y tuvo que agacharse un poco para evitar golpearse contra el marco de la puerta.

El zapatero, un hombre menudo y enjuto que llevaba quevedos y estaba sentado al fondo del pequeño establecimiento arreglando un zapato, alzó la mirada al oírles entrar.

—Necesito calzado resistente, ¿podría probarme aquellos botines de ahí? —le preguntó Heather, con una sonrisa cordial.

El hombre la miró complacido y salió de detrás del mostrador. Saludó con la cabeza a Breckenridge mientras se limpiaba las manos con un trapo, y entonces fue a por los botines en cuestión.

—Tiene usted buen ojo, son unos botines de calidad. Los hice yo mismo, así que sé de lo que hablo.

—Lo que me preocupa es el tamaño —le dijo ella, antes de volverse buscando un lugar donde sentarse.

El zapatero le indicó un estrecho banco que recorría parte de una pared lateral.

—Siéntese ahí, veamos si le quedan bien.

Heather se sentó y se apresuró a quitarse los zapatos y a

echarlos hacia atrás para ocultarlos tras sus pies y la falda. Quería evitar que el hombre los viera, ya que dudaba que fueran muchas las damas que entraban en su tienda calzadas con unos delicados zapatos destinados a los salones de baile londinenses y, por si fuera poco, medio destrozados.

Breckenridge se dio cuenta de lo que pasaba, y tomó los botines de manos del zapatero.

—Ya la ayudo yo.

Hincó una rodilla en el suelo ante ella procurando escudarla con su espalda y sus hombros, dejó uno de los botines en el suelo y con la mano que tenía libre agarró uno de aquellos delicados pies enfundados en unas finísimas medias de seda.

Aquel simple contacto hizo que Heather diera un respingo... y él tuvo que controlarse para no dar otro.

—Es que tengo cosquillas —alegó ella, ruborizada.

Sus miradas se encontraron, y Breckenridge supo que aquello no era cierto. Ella no tenía cosquillas, pero era sensible, sobre todo cuando él estaba tocando y prácticamente acariciando su pie casi desnudo.

Por un lado, tuvo ganas de soltar una imprecación; por el otro, estaba totalmente fascinado.

Bajó la mirada de nuevo hacia el pie y, armándose de valor, la ayudó a meterlo en el botín y sujetó la suela mientras ella empujaba y acababa de ponérselo bien.

—¿Te queda bien?

La miró a los ojos, y ella le sostuvo la mirada y se humedeció los labios antes de contestar.

—Sí, a ver el otro.

Esa vez lo lograron sin tanto drama. Él le indicó que se pusiera en pie y que se levantara un poco la falda para que pudiera atárselos, y entonces agarró los zapatos destrozados y los guardó en su puño cerrado con disimulo. Se levantó y retrocedió un poco, y, aprovechando que Heather estaba alejándose unos pasos para probar los botines y el zapatero estaba distraído con ella, los metió a toda prisa en uno de los morrales. Ella se volvió en ese momento y, al ver lo que estaba haciendo, esperó hasta que él hubo cerrado de nuevo el morral antes de regresar sobre sus pasos.

—¿Cómo te quedan?

—Bien.

El zapatero, que se había enfurruñado un poco al ver que usurpaban sus funciones y no podía encargarse él mismo de probarle los botines, recobró la sonrisa.

Mientras Breckenridge negociaba el precio y pagaba, Heather caminó de un lado a otro... en teoría para acostumbrarse a los botines, pero en realidad estaba intentando calmar la oleada de excitación que la había recorrido cuando Breckenridge la había tocado.

Aún sentía la sensual calidez de aquella mano larga y fuerte, la fuerza contenida que la había estremecido de excitación. Parecía algo absurdo, ¿quién iba a pensar que un pie podía ser tan sensible? Y sensible en el sentido más escandaloso de la palabra.

Aún estaba intentando asimilar aquella revelación cuando salieron de la zapatería y volvieron a mezclarse con el gentío que seguía llenando la calle al mediar la tarde.

Mientras caminaban entre la gente, Breckenridge bajó la cabeza y rezongó:

—¿Cómo es posible que Martha no pensara en darte unas medias más gruesas?

—Me las dio, pero eran tan ásperas que no podía ni ponérmelas. Me picaban.

Él cerró los ojos por un instante. En ese momento no estaba en condiciones de lidiar con la imagen que apareció en su mente al oír sus palabras, la imagen de la piel delicada y sedosa de la parte interior de unos muslos femeninos.

Abrió los ojos, miró al frente, y la condujo hacia otra callejuela.

—Dos policías vienen hacia aquí con paso relajado, vamos a tener que dar un rodeo.

La calle en la que desembocaron estaba llena de tenderetes

donde estaban a la venta toda clase de productos frescos. Intercambiaron una mirada, y él permaneció alerta mientras ella regateaba y compraba manzanas, fruta deshidratada, una hogaza de pan de semillas, y una enorme bolsa de frutos secos.

Él vio un puesto donde vendían odres de agua, y compró uno. Siguieron por aquella calle con los morrales llenos a reventar mientras permanecían alerta por si aparecían más policías, y al final llegaron a Buccleuch Street.

Breckenridge vio una taberna que había al otro lado de la calle y comentó:

—Será mejor que abandonemos las calles un rato. Entremos ahí para consultar el mapa y decidir cuál es la mejor ruta a partir de aquí.

Cruzaron la calle y entraron en la taberna, que resultó ser bastante grande y, por suerte para ellos, estaba bastante mal iluminada. Heather tomó la iniciativa y se dirigió hacia una mesa oculta entre las sombras que estaba situada junto a una pared, en la parte de atrás del establecimiento.

Breckenridge pidió café, y tras un breve debate Heather pidió té y dos platos grandes de bollitos.

—¿Sigues con hambre? —le preguntó él con ironía, cuando la camarera se marchó.

—Seguro que aquí sirven unos bollitos excelentes, los de las zonas rurales suelen serlo —se dio cuenta de algo de repente, y le preguntó con incomodidad—: tenemos... es decir, tienes suficiente dinero, ¿verdad?

Breckenridge estuvo a punto de echarse a reír al verla tan contrita.

—De sobra, y conseguí más cuando me detuve en Carlisle. El dinero no está entre nuestras preocupaciones.

—Menos mal —apoyó la barbilla en la palma de una mano y le miró desde el otro extremo de la mesa—. Ya tenemos preocupaciones de sobra.

—Muy cierto. ¿Qué tal caminas con los botines?

—Bastante bien. El zapatero tenía razón, son de calidad.

—Perfecto. A ver... —se sacó el mapa del bolsillo, lo abrió y lo dobló de nuevo para que quedara a la vista la sección que necesitaban. Lo colocó contra la pared entre los dos, para que ambos pudieran verlo—. Dumfries está aquí y Carsphairn, el pueblo propiamente dicho, aquí. Lo que tenemos que decidir ahora es la ruta que vamos a seguir.

La camarera llegó en ese momento con el café, el té, y dos platos llenos hasta los topes de bollitos. Durante diez minutos no hablaron y se dedicaron a comer, pero, después de acabar su segundo bollito bien untado de mermelada de mora y mantequilla, Breckenridge tomó un sorbo de café y volvió a centrarse en el mapa.

—Los bollitos están muy buenos —comentó.

—Umm...

La escueta respuesta le arrancó una pequeña sonrisa. Era una de las cosas que empezaban a gustarle muchísimo de ella, que sabía apreciar los pequeños placeres de la vida. ¿Cómo reaccionaría cuando la embargaran otros mucho más intensos?

Se apresuró a apartar de su mente aquella idea y a volver a centrarse en el mapa.

—Antes de nada, repasemos cuáles son nuestras opciones. Podríamos alquilar una calesa, es la forma más obvia de ir hasta allí.

Heather le dio otro bocado a su bollito antes de contestar.

—También podríamos ir a caballo, eso nos permitiría ir campo a través sin tener que ceñirnos a los caminos principales. Podríamos tomar esta ruta de aquí.

Breckenridge observó pensativo una vía secundaria que más bien parecía una senda de montaña y que ascendía por las colinas que encontraba a su paso.

—Parece más corta, pero seguro que tardaremos más tiempo debido a los ascensos y al tener que ir cambiando de curso en busca de los pasos de montaña; por otro lado, es una ruta en la que dudo que encontremos policía patrullando, y en esta época del año lo más probable es que los pasos de montaña estén abiertos y tengamos el camino libre.

Heather tomó un largo y vivificante trago de té, y entonces suspiró y dejó la taza en el platillo.

—Pero no podemos correr el riesgo de alquilar ni una calesa ni unos caballos, ¿verdad? —preguntó con resignación.

—He estado dándole vueltas a la idea, pero no se me ocurre cómo hacerlo sin dejar pistas. La policía no es tonta, todas las caballerizas estarán alertadas. Además, tenemos que dar por hecho que nuestro misterioso escocés está persiguiéndonos, seguro que ya habrá llegado a Gretna. No podemos confiarnos y creer que nos hemos librado de él, y puedes dar por hecho que preguntará en todos los lugares donde podamos alquilar un vehículo o monturas.

—Tienes razón; en fin, si no podemos alquilar un par de caballos, tendremos que seguir a pie.

Breckenridge vaciló por un momento y le sostuvo la mirada al preguntarle con voz suave:

—¿Te ves con fuerzas?

Heather se percató de que no le había preguntado si era capaz de hacerlo, no había duda de que era un hombre que entendía a las mujeres. Contuvo las ganas de sonreír y asintió.

—Sí, cuando estoy en casa suelo caminar bastante. Puede que esas colinas sean más altas que las Quantock, pero tampoco son unas montañas descomunales. Me las arreglaré.

—A ser posible, preferiría que fuéramos cautelosos y que hiciéramos todo lo posible para eludir tanto a la policía como al escocés, si es que nos está buscando. Lo que tardemos en llegar al valle tiene menor importancia que el hecho de llegar sanos y salvos.

—Sí, tienes razón. El camino menos transitado, el menos obvio, es nuestra mejor opción.

—De acuerdo, eso quiere decir que tenemos que ir por los caminos de montaña —dijo él, antes de echarle un vistazo al mapa—. Debemos tomar el camino principal que lleva a Glasgow, y después de unos dos o tres kilómetros desviarnos por este secundario.

Heather lanzó una mirada hacia la ventana delantera de la taberna.

—Empieza a oscurecer, deberíamos irnos ya.

Apuraron sus respectivas tazas, de los bollitos tan solo quedaban las migajas. Cuando la camarera se acercó con la cuenta, Breckenridge le preguntó:

—¿Cómo se llega a la carretera de Glasgow?

La muchacha señaló hacia la derecha.

—Sigan por esta calle, crucen el puente, y giren a la derecha. No tiene pérdida.

Él le dio una pequeña propina (lo que podría permitirse un humilde secretario), y la muchacha sonrió y después de despedirse con una reverencia les acompañó hasta la puerta.

Breckenridge vio a dos policías patrullando la calle en cuanto salió, pero por suerte estaban de espaldas a ellos e iban en dirección contraria al puente del que les había hablado la camarera.

—Vamos —ya había tomado a Heather de la mano. Miró pensativo el chal que ella llevaba sobre los hombros y le preguntó—: podrías cubrirte el pelo con el chal, así será más difícil reconocerte.

Ella le soltó la mano para hacerlo, y cuando terminó alargó la mano hacia la suya justo cuando él estaba haciendo lo mismo.

Juntos, tomados de la mano, el uno junto al otro, conteniendo el impulso instintivo de echar a correr, avanzaron sin prisa por la calle, cruzaron el puente y salieron de Dumfries.

El escocés de las Tierras Altas que se hacía llamar McKinsey llegó a lomos de su caballo a Dumfries una hora después. Lo primero que notó mientras llevaba a Hércules al paso rumbo a la calle principal fue la presencia de policías, tanto vigilando la vía principal como patrullando las calles a pie.

Pero ellos estaban buscando a una muchacha, y él a una pareja.

Había encontrado sus huellas en los campos al sureste de Dumfries, y había visto el punto donde habían girado para incorporarse al camino que llevaba a la ciudad. Se planteó compartir la información con los policías, pero decidió no hacerlo. Lo más probable era que los agentes de aquel lugar no estuvieran al tanto de que había sido él quien había dado pie a la búsqueda que estaban llevando a cabo, así que se vería obligado a dar un sinfín de explicaciones detalladas; más aún, en caso de que encontrara a la muchacha y al granuja con el que estaba, quería tener libertad para poder encargarse de él a su manera: con sigilo y de forma anónima.

Entró en el patio de la posada The Globe Inn y, después de dejar a Hércules en la cuadra, se adentró a pie en el laberinto de calles que conformaban el centro de la ciudad.

Era escocés, podía hacer preguntas y la gente respondería de buena gana. Tan solo bastaba con que dejara entrever un poco su acento.

Había encontrado el granero donde la pareja de fugitivos había pasado la noche, y había seguido siguiéndoles la pista. Le había sorprendido que no se detuvieran en ninguna población para comer, ni siquiera en Annan, porque por lo que sabía de cómo había sido la huida de la posada de Gretna Green estaba casi seguro de que no llevaban nada de comida encima.

A aquellas alturas debían de estar medio desfallecidos, así que comer algo encabezaría sin duda la lista de cosas que pensaban hacer en Dumfries. Como era día de mercado, las calles habrían estado atestadas de gente, así que seguro que se habían mezclado entre el gentío para evitar que les vieran los policías que patrullaban las calles.

A juzgar por las huellas que habían dejado, calculaba que habían llegado a la ciudad unas tres o cuatro horas antes que él. Empezando por la parte baja de la calle principal, fue deteniéndose en todos los establecimientos de comida para preguntar por su hermano y su cuñada, a los que estaba intentando alcanzar. Teniendo en cuenta lo que sabía de Timms, sabía que podrían pasar por hermanos.

Sus pesquisas no tardaron en dar frutos. La camarera de una taberna llamada Old Wall Tavern no pudo especificar hacia dónde se dirigía la pareja, pero le indicó que fuera a una zapatería que estaba un poco más adelante siguiendo la calle principal. Allí se enteró de lo que habían comprado y no le sorprendió teniendo en cuenta que la muchacha llevaba puestos unos delicados zapatos de baile, pero no habría sabido decir si el hecho de que compraran unos resistentes botines era significativo.

Cuando le preguntó al respecto al zapatero, este se encogió de hombros y comentó:

—Era el único par que tenía que pudiera quedarle bien, a lo mejor los escogieron por eso —le miró con una sonrisa de oreja a oreja al añadir—: debería advertirle a su hermano que espabile, porque le pedí un dineral y ni se inmutó. Sacó las monedas y me las dio como si nada. No le falta el dinero, ¿verdad?

Él inclinó la cabeza y sonrió como si lo que estaba oyendo le hiciera gracia.

—No, no le falta —se apartó del mostrador y fue hacia la puerta—. Le diré que espabile, ha pasado demasiado tiempo lejos de aquí.

Salió de la zapatería, cerró la puerta, y su sonrisa se esfumó. Al tipo no le faltaba el dinero y ni a la camarera ni al zapatero, que le habían visto de cerca, les había extrañado que fuera su hermano.

El granuja, el supuesto secretario desempleado, empezaba a tomar una nueva dimensión.

Dio media vuelta y continuó por aquella calle. El zapatero no había sabido decirle hacia dónde se dirigía la pareja, pero había visto que al salir de su establecimiento iban hacia el norte.

Más de una hora después, tras visitar todos los sitios en los que habrían podido detenerse o desde los que alguien podría haberlos visto, tanto los de la calle principal como los que había en la carretera que conducía a Edimburgo, regresó impaciente al centro de la ciudad y se preguntó si habrían decidido que era más seguro quedarse a pasar la noche en Dumfries.

Teniendo en cuenta la cantidad de policías que patrullaban las calles y lo cauta que había sido la pareja hasta el momento, parecía una posibilidad muy improbable.

Se detuvo en la parte superior de la calle principal y miró hacia el oeste, hacia la puesta de sol. Recorrió con la mirada Buccleuch Street, una calle que daba al puente sobre el río Nith, y en ese momento recordó que Fletcher había comentado que Timms iba camino de Glasgow. Sí, el tipo se había tragado que el tal Timms, fuera quien fuese, era un secretario desempleado, pero... ¿y si era cierto que, antes de conocer a la joven Cynster, iba camino de dicha ciudad?

Sofocó un suspiro y enfiló por Buccleuch Street. Fue parando en todos los establecimientos que encontró a su paso para preguntar acerca de su hermano y su cuñada... y en una taberna encontró a una camarera que recordaba haberlos visto.

Le costó creer la suerte que había tenido. La muchacha no solo les había oído decir que iban a ir a pie, sino que después le habían preguntado cómo se llegaba a la carretera de Glasgow.

Después de darle las gracias con la más encantadora de sus sonrisas y varias monedas, se sentó y pidió café y una buena porción de pastel de jengibre, y mientras comía sopesó sus opciones. El crepúsculo iba apagándose y no tardaría en caer la noche. Si partía de inmediato corría el riesgo de pasar por alto a la pareja, de pasar cerca sin verlos debido a la oscuridad. Si repetían el comportamiento de la noche anterior, buscarían algún granero o la choza de algún granjero donde pasar la noche y al día siguiente se pondrían en marcha de nuevo bien temprano.

Conocía la carretera de Glasgow, sabía que entre Dumfries y Thornhill había largos tramos rectos. A lomos de Hércules, alcanzar a la pareja en alguno de dichos tramos sería sencillo, fácil, y un éxito asegurado. Tendría tiempo de sobra para observarles desde una distancia prudencial para ver lo que había entre ellos, y entonces decidiría lo que iba a hacer... y lo haría.

Mientras tanto, era mejor que tanto Hércules como él disfrutaran de una reparadora noche de sueño y partieran por la mañana con fuerzas renovadas.

La decisión estaba tomada, del pastel tan solo quedaban las migajas y no quedaba ni una gota de café. Se puso en pie, dejó dinero para pagar por la comida además de una generosa propia, y regresó a la posada.

CAPÍTULO 10

Para cuando Heather y Breckenridge llegaron a la pequeña aldea de Gribton, la luz del sol había ido apagándose y había dejado tras de sí un intenso crepúsculo violáceo y azul.

Habían dejado la carretera de Glasgow a unos tres kilómetros al norte del puente de Dumfries, y habían tomado el camino que habían elegido anteriormente y que pasaba por colinas y valles. Les habían llamado la atención unas piedras colocadas en círculo que había en un campo, junto al camino, pero no se habían detenido a verlas bien. El mapa de Breckenridge era bastante detallado y estaban razonablemente seguros de que no iban a perderse, pero querían alejarse todo lo posible de Dumfries antes de buscar un lugar donde pasar la noche.

El camino iba a llevarles por una serie de pasos de montaña situados entre varias colinas; con un poco de suerte, llegarían al principal de todos ellos al día siguiente y existía la posibilidad de que lograran llegar al valle de Richard y Catriona ese mismo día, pero de momento tenían que encontrar algún lugar seguro donde dormir y eso les había llevado a Gribton.

Conforme habían ido avanzando hacia el interior, el paisaje había pasado de los campos planos cercanos al fiordo a verdes pastos, vegetación más densa y árboles más altos. Habían divisado los tejados de Gribton cuando el sol había empezado a descender por el horizonte, y en vez de arriesgarse a seguir hasta la siguiente población habían dejado el camino donde estaban y se habían adentrado en otro que les había conducido a cinco cabañas agrupadas alrededor de un cruce de caminos.

Breckenridge se detuvo en medio de dicho cruce y le indicó las cabañas que les rodeaban.

—¿Cuál prefieres?

—Pues... probemos en la de en medio.

Era una cabaña encalada y bien cuidada, tenía un tejado de pizarra en muy buen estado, y se encontraba entre dos árboles justo al borde del camino. Parecía ser la mejor de las cinco.

Se acercaron tomados de la mano a la cabaña en cuestión y llamaron a la puerta pintada de verde. No tardó en abrirles una mujer cuya expresión de agobio quedó justificada de inmediato por el montón de niños que se congregaron a su alrededor para ver quién acababa de llegar. Mientras intentaba en vano que retrocedieran, miró primero a Breckenridge y después a Heather y les preguntó:

—¿En qué puedo ayudarles?

Él la saludó amablemente con una inclinación de cabeza antes de contestar:

—Querríamos saber si podría hospedarnos esta noche, señora. Vamos rumbo a las colinas, y estamos dispuestos a pagar por una habitación si dispone de ella.

La mujer vaciló, pero miró a los niños que se agolpaban tras ella y suspiró pesarosa.

—No puedo, pero les aconsejo que pregunten en aquella última cabaña de allí. Es posible que los propietarios, los Cartwright, accedan a hospedarles. Su hijo y su nuera se fueron a vivir a Glasgow hace un par de meses, así que tienen una habitación libre; además, les vendría bien ganar unas monedas.

—Gracias.

Después de despedirse con cordialidad de la mujer, se dirigieron hacia el último tejado que alcanzaban a ver y que pertenecía a una cabaña «hundida», ya que estaba un poco por debajo del nivel del suelo. Breckenridge se detuvo justo antes de llegar al borde del pequeño jardín que la rodeaba, y cuando

Heather se detuvo a su vez él tiró de su mano para hacer que se volviera a mirarlo.

—Lo más probable es que solo haya una habitación disponible, y tan solo accederán a alquilárnosla si creen que tú y yo somos marido y mujer.

Aun suponiendo que otro de los lugareños tuviera otra habitación disponible, por nada del mundo iba a dejarla sola en otra cabaña, sobre todo teniendo en cuenta que el misterioso escocés podría estar siguiéndoles. Se sintió aliviado cuando ella asintió y dijo con toda naturalidad:

—De acuerdo, dejaremos que crean que estamos casados. Si nos lo preguntan directamente, les mentimos.

Él la soltó, se quitó el anillo de sello que llevaba en el dedo índice, volvió a tomar su mano, y se lo puso en el dedo anular de la mano izquierda.

—Si ven que llevas esto, con un poco de suerte ni siquiera se les ocurrirá preguntar.

Ella alzó la mano como si estuviera viendo lo bonito que era, le dio la vuelta de modo que el sello quedara boca abajo y solo se viera el aro, y asintió.

—De acuerdo.

No era así como Breckenridge había imaginado el momento de ponerle un anillo en el dedo, pero...

Volvió a tomarla de la mano, la condujo hacia la portezuela que había en el seto bajo situado frente a la cabaña, y tras cruzarla llegaron a la puerta principal. Quien abrió en aquella ocasión fue un anciano que en su día debió de ser alto y delgado, pero que con el paso de los años se había quedado encorvado. Cuando Breckenridge le preguntó si tenía alguna habitación disponible, el hombre miró por encima del hombro y llamó a su mujer.

—¡Emma!

La anciana que apareció en la puerta era tan baja y rechoncha como el hombre alto y delgado, y al enterarse de lo que querían sonrió con dulzura.

—Sí, por supuesto que sí. Entren.

Su marido se apartó a un lado y les indicó que entraran. Breckenridge hizo que Heather le precediera y entró tras ella en un vestíbulo muy limpio y ordenado.

—Por aquí —les indicó la mujer—. Yo soy la señora Cartwright, y sobra decir que él es el señor Cartwright.

Heather se alegraba de que Breckenridge hubiera pensado en dejarle su anillo, sentir alrededor del dedo aquella calidez y aquel peso al que no estaba acostumbrada le resultaba extrañamente reconfortante. La señora Cartwright les condujo por la pequeña cocina hasta una puerta que había al fondo, y tras abrirla se apartó para dejarles entrar.

—Añadimos esta habitación cuando nuestro hijo se casó. Les traeré una vela para que puedan deshacer el equipaje con algo de luz.

Heather entró en la pequeña y espartana habitación. Había una única ventana en la pared del fondo, pero estaba cubierta por una gruesa cortina. La cama de matrimonio abarcaba la mayor parte del espacio y estaba colocada contra la pared del fondo, en la esquina cercana a la puerta había una pequeña cómoda, y tan solo quedaba un pasillito a los pies de la cama y a un lado de esta.

La señora Cartwright regresó en ese momento con una palmatoria que le entregó a Heather.

—Aquí tiene.

—Gracias —le dijo ella, antes de dejarla sobre la cómoda de la esquina.

Al ver que Breckenridge, que se había parado a los pies de la cama, se quitaba la chaqueta después de dejar a un lado los morrales, ella los agarró y los dejó junto a la cómoda antes de quitarse el chal y la capa.

—Las sábanas están aireadas y hay dos mantas —les dijo la señora Cartwright—. Siempre tengo la habitación preparada por si nuestro hijo y su esposa vienen de visita.

—Gracias, seguro que estaremos muy cómodos —le aseguró ella, sonriente. Seguro que estaban mucho más cómodos que en el granero—. Llevamos varios días de viaje, les agradecemos que hayan accedido a hospedarnos.

—No se preocupe, para nosotros es un placer poder ofrecerles un lugar donde cobijarse —la mujer posó en Breckenridge sus resplandecientes ojos azules—. ¿Han cenado ya? El señor Cartwright y yo ya hemos tomado el té, pero queda algo de sopa y queso si les apetece.

—Gracias, nos vendrá bien comer algo —le contestó él—. Comimos en Dumfries, pero eso fue hace bastantes horas.

—No se preocupe, sé cuánto puede llegar a comer un muchacho vigoroso —la anciana le dio unas palmaditas en el brazo antes de marcharse—. Voy a poner la sopa al fuego.

Heather apretó los labios para contener una carcajada y se agachó para apagar de un soplo la vela. Breckenridge se había quedado un poco pasmado al oír que le llamaban «muchacho», pero fue a la cocina y se encargó de levantar la pesada olla de sopa y de colgarla en el gancho que había encima del fuego.

Al ver que se agachaba para avivar las llamas por iniciativa propia, la señora Cartwright sonrió con aprobación y miró a Heather.

—Acompáñeme, querida. Le mostraré dónde está la zona de aseo.

«La zona de aseo» resultó ser un pequeño baño con una tina situado bajo un pequeño porche trasero, y una letrina un poco más allá. La zona principal contenía una bomba de agua que según la señora Cartwright se abastecía del pozo que había fuera.

—Hay agua de sobra, aunque esté helada —comentó la mujer, mientras sacaba una toalla limpia de un estante—. Aquí le dejo esta toalla, querida —la dejó sobre el aguamanil y miró a su alrededor—. Mi hijo nos construyó esto cuando vivía aquí con su esposa.

—Deben de echarles de menos.

—Sí, claro que sí, pero no se les puede impedir a los jóvenes que vivan su vida. No sería correcto.

La condujo de vuelta a la cocina, y al llegar Heather se excusó diciendo que tenía que utilizar la zona de aseo. Se sintió bastante más presentable después de lavarse la cara y las manos, y un espejito que había colgado encima de la palangana le permitió adecentar su desordenada cabellera. Si su doncella de Londres la viera en ese momento, caería desmayada.

Regresó a la cocina sintiéndose mucho mejor. Breckenridge y el señor Cartwright estaban charlando acerca de las tierras circundantes y la producción agrícola de la zona, y la señora Cartwright llenó dos cuencos de humeante sopa y los dejó en la mesa junto con media hogaza de pan y dos porciones de mantequilla.

Mientras ellos comían, su anfitrión sacó una pipa y se puso a fumar con placidez y su anfitriona les habló de todo un poco, desde sus afamadas ciruelas y la cosecha que esperaba obtener aquel año hasta la posibilidad de que su hijo y su nuera fueran a pasar unos días con ellos en Pascua.

Fue media hora extrañamente relajante que sirvió para recordarles que, a pesar de que estaban huyendo y sobre ellos se cernía la potencial amenaza del misterioso escocés, la vida proseguía en una miríada de serenas y calladas formas.

Para cuando rebañó su cuenco con un trozo de pan, Heather sentía una paz interior y una satisfacción que se debían a algo más que la sopa.

Estaban en el campo y los Cartwright, como toda la gente de campo, se retiraban pronto a dormir. Después de darles las buenas noches, salieron de la cocina y la dejaron a solas con Breckenridge. Los dos seguían sentados a la mesa, y la única luz procedía de la vela que había entre ellos.

Heather observó la parpadeante llama en silencio, y al final suspiró y comentó:

—Deberíamos acostarnos ya, pero voy a aprovechar la oportunidad de darme un baño en condiciones.

—De acuerdo —le dijo él, antes de acercarle un poco más la vela.

Ella se puso en pie, agarró la vela, y después de ir a la habitación a por su capa y su chal fue a la «zona de aseo». Allí se lavó los dientes, se desnudó y se lavó el cuerpo entero mientras le castañeteaban los dientes por lo fría que estaba el agua; después de secarse, se puso a toda prisa la camisola, se colocó el chal alrededor del torso, y se envolvió en la capa. Después de meter los pies (limpios al fin) en sus botines nuevos, agarró el vestido y volvió a entrar. Mientras cruzaba la cocina casi a la carrera rumbo a la habitación, le dijo a Breckenridge con voz atropellada:

—Te he dejado la vela allí, en la habitación hay otra y en un momento la tendré encendida.

A él le hizo gracia verla pasar como una exhalación, pero se puso serio de golpe al darse cuenta de que lo más probable era que debajo de la capa no llevara puesta gran cosa. Estaba claro que no le esperaba una noche nada fácil, iba a tener que intentar dormir mientras compartía habitación con la tentación en persona.

Prefería no pararse a pensar por qué Heather había pasado a ser eso para él, una tentación irresistible.

Fue a asearse y se tomó su tiempo con la esperanza de que se quedara dormida antes de que él regresara, aunque sabía que era improbable. Observó su poblada barba en el espejo y tomó nota mental de afeitarse por la mañana. Tampoco estaría de más lavarse el pelo y peinarse.

Cuando no pudo seguir aplazando lo inevitable, agarró la vela y regresó a la cocina. Después de comprobar que del fuego solo quedaban los rescoldos, abrió la puerta de la habitación... y vio que más de la mitad de la cama estaba vacía y que Heather estaba acurrucada en el lado que daba a la pared.

Estaba tumbada de lado y las cobijas delineaban las femeninas curvas de su cadera y su hombro. Se había soltado y cepillado el pelo, y los relucientes mechones dorados caían sobre las marfileñas almohadas.

Ella había dejado encendida la palmatoria que había sobre

la pequeña cómoda situada junto a la cama, y al oírle entrar alzó un poco la cabeza y se volvió a mirarle expectante.

Él entró poco a poco para darse algo de tiempo mientras pensaba a toda velocidad, y cerró la puerta tras de sí. La noche anterior apenas había logrado conciliar el sueño en el granero, así que a ser posible le gustaría dormir. Apagó la vela que tenía en la mano, fue a dejarla junto a la palmatoria, y esquivando en todo momento la mirada de Heather se sentó en el borde de la cama y se quitó las botas. Se enderezó después de dejarlas en el suelo, y tras contemplar el escaso espacio que quedaba entre la pared y la cama agarró su chaqueta.

—¿Qué estás haciendo?

Él extendió la chaqueta en el suelo, y contestó sin mirarla.

—Voy a dormir en el suelo.

Al ver de refilón que ella se incorporaba de golpe, cerró los ojos de forma instintiva, pero al cabo de un instante los entreabrió para poder verla. Se había tapado los senos con la sábana al sentarse en la cama (gracias a Dios), y daba la impresión de que debajo tan solo llevaba su fina camisola.

El anillo de oro que llevaba en el dedo, el anillo que él le había dado, brilló bajo la luz de la vela y la imagen le dejó como paralizado, pero intentó recobrar la compostura. Sería mejor que se acostumbrara cuanto antes a aquella imagen, porque aquel anillo y todo lo que su presencia en el dedo de Heather proclamaba a los cuatro vientos no tardaría en ser una realidad.

Tal y como cabía esperar, ella le miró ceñuda y protestó en voz baja.

—¡No seas ridículo! —vaciló antes de añadir—: ya sé que el que durmamos juntos en una cama se ve de distinta forma a que lo hagamos en un pajar, aunque convendrás conmigo en que eso es algo absurdo. No soy una princesa ni tú un caballero a mi servicio, estamos juntos en esto y no hay razón alguna por la que no podamos compartir esta cama.

Sí, claro que la había. Estuvo tentado a explicársela detalladamente, pero dudaba mucho que hablar de ese tipo de cosas le sirviera de ayuda en ese momento.

No podía explicarle que, después de la noche anterior y de lo que había sucedido a lo largo de aquel día, no sabía si tendría la suficiente fuerza de voluntad para mantener las distancias. Miles de pequeños detalles habían ido erosionando su autocontrol, y no quería que la cuerda se tensara aún más.

Por si no le bastara con sus propios deseos compulsivos, también tenía que lidiar con los de ella. Se sentía atraída por él, al igual que la gran mayoría de mujeres. Las damas jóvenes como ella eran las peores, solían idealizarle y considerarle una especie de dios sexual. Era la pura realidad, una contra la que había tenido que luchar toda su vida, y había aprendido a las malas que aquella clase de adulación era algo sin significado alguno que no valía nada de nada.

En aquellas lides confiaba en ella incluso menos que en sí mismo.

Aunque resultaba muy extraño de por sí el hecho de no saber si sería capaz de mantenerla a raya a pesar de que era una inocente virgen con entusiasmo pero sin experiencia, y que en infinidad de sentidos era la antítesis de las sofisticadas damas cuyos lechos se dignaba a visitar de vez en cuando, había otra cuestión en la que prefería no pensar. No era el momento, y mucho menos el lugar.

La miró a los ojos y le dijo con rostro impasible:

—Voy a dormir en el suelo porque en este momento no nos conviene complicar aún más nuestra relación.

Cuando se ponía así de serio, casi todo el mundo tenía el sentido común de claudicar, pero ella le fulminó con la mirada y le contestó en voz baja, pero mucho más cortante:

—Soy consciente de que estás empecinado en ser protector, honorable y todo lo demás, pero, por si no te has dado cuenta, la temperatura ya ha empezado a bajar y seguirá haciéndolo durante la noche. Como no tenemos fuego, voy a morirme de frío y no podré conciliar el sueño, así que si realmente quisieras ser protector y honorable te acostarías a mi lado y me mantendrías calentita.

Alzó un dedo con actitud imperiosa y añadió:

—Es más, si te fijas verás que el espacio que hay entre la cama y la pared es mucho más estrecho que tus hombros. Por eso estás un poco ladeado en este mismo momento. Si intentas dormir ahí, podrías golpearte la cabeza contra la cama al darte la vuelta. ¿Quién va a defenderme de ese condenado escocés si tú estás inconsciente?

Breckenridge se llevó las manos a las caderas y la miró exasperado. No debería extrañarle que intentara manipularle, pero aun así... verla llevando su anillo seguía teniendo un extraño efecto en él.

—Mira, Heather...

Ella alzó una mano para interrumpirle, y el anillo relució de nuevo bajo la luz de la vela.

—Espera, aún no he terminado.

Heather le sostuvo la mirada con determinación. Había algo, no habría sabido decir el qué, que la empujaba a querer ganar aquella discusión. El hecho de que él prefiriera dormir en el suelo antes que a su lado en la cómoda cama la ofendía, la enfurecía a un profundo nivel que no alcanzaba a entender. Si eran compañeros de verdad, dos iguales enfrentándose juntos a aquella situación, deberían compartir aquella cama, y punto.

Él podía poner todas las excusas que quisiera, pero estaba claro cuál era la verdadera razón que le impedía acostarse junto a ella.

—No creas que por compartir una cama conmigo vas a comprometer mi reputación, ni que ese hecho afectará lo más mínimo a mi vida de ahora en adelante —al ver la confusión que relampagueaba en aquel rostro que siempre solía ser tan ilegible, añadió—: sí, soy plenamente consciente de que después de un viaje como este las probabilidades de que me case serán inexistentes, pero antes ya lo eran.

Porque el único hombre con el que podría haberse casado

nunca la había visto como a una mujer casadera. Estaba frente a ella en ese momento, y la discusión en la que estaban enzarzados demostraba que seguía considerándola una muchachita demasiado joven para él.

Estaba frente a ella negándose a que compartieran un lecho a pesar de las circunstancias porque, según él, no les convenía complicar aún más su relación.

Al margen de las circunstancias, al margen de todo, lo cierto era que un matrimonio entre ellos había quedado descartado por completo. Él tan solo pediría su mano porque se sentiría obligado por una cuestión de honor, por las circunstancias. Ella jamás aceptaría casarse por ese motivo y tanto su madre, sus hermanas, sus tías, y el resto de mujeres de la familia entenderían su decisión.

La idea de que un hombre se viera obligado a casarse con ella le parecía execrable. Que ese hombre fuera Breckenridge... eso era inconcebible.

—Conozco a la alta sociedad tan bien como tú —siguió diciendo con más calma, pero con la misma firmeza—. Tengo veinticinco años, en cuestión de meses seré considerada una solterona de forma oficial y no habrá nada más que hablar. Ya he decidido cómo quiero que sea mi futuro, y ni este viaje ni las consecuencias que acarree afectarán a mis planes.

Él estaba escuchándola ceñudo, y al cabo de un momento le preguntó:

—¿Qué planes son esos?

Ella sonrió con frialdad al ver que no parecía creerla, y le explicó con toda la calma del mundo:

—Me gustan los niños y Catriona tiene muchos bajo su cuidado aparte de los suyos propios, así que tenía pensado pasar una temporada en el valle este verano para fijarme en lo que hace ayudada por su gente y sacar ideas que yo pueda implementar en Somerset. Como ves, tengo las ideas muy claras y este viaje tan solo adelanta unos meses mis planes. Las repercusiones sociales que pueda haber por el secuestro y por nuestra huida no me afectarán lo más mínimo; de hecho, en gran medida ni siquiera estaré enterada de lo que diga o piense la alta sociedad.

Como de costumbre, él permanecía inexpresivo y no había forma de adivinar lo que estaba pensando. Le miró a los ojos, y optó por ser totalmente sincera con él.

—Quiero dejar las cosas claras, así que déjame decirte que, aunque entiendo que a ojos de la sociedad la única salida honorable sería un matrimonio entre nosotros, no estoy dispuesta a casarme obligada por las normas sociales. Jamás me casaría con un hombre que tan solo pidiera mi mano para preservar su honor y quizás el mío.

Se detuvo sin dejar de sostenerle la mirada... aunque sería más acertado decir que había quedado atrapada por aquellos duros ojos color avellana, unos ojos que la observaban con una intensidad desconcertante. Respiró hondo y alzó un poco la barbilla al añadir:

—Espero que te haya quedado claro y que ahora entiendas que nada de lo que ocurra durante este viaje, incluyendo el hecho de que duermas a mi lado en esta cama, cambiará lo más mínimo mi futuro... —lo miró ceñuda y añadió con exasperación—: ¡así que cierra la boca y acuéstate de una condenada vez!

Como colofón a su interpretación, a aquel claro desafío, le fulminó con la mirada, volvió a tumbarse, se tapó bien, y le dio la espalda.

Breckenridge se quedó mirando boquiabierto la silueta de su hombro, tenso y encorvado, mientras un sinfín de emociones encontradas se arremolinaban en su interior. Se sentía... insultado, enfurecido, tenía ganas de zarandear a aquella cabezota para hacerla entrar en razón.

A Heather se le había olvidado una cosa cuando había ideado sus maravillosos planes, cuando había pensado al detalle lo que pensaba hacer. ¡Se había olvidado de él!

Apretó la mandíbula y la miró enfurecido mientras luchaba

contra el impulso casi incontenible de pasear de un lado a otro como una fiera enjaulada y tirarse de los pelos, de seguir discutiendo con ella aunque fuera a gritos... pero muy dentro, bajo aquel torbellino de sentimientos, la parte de su ser que tenía más en común con un guerrero que con un civilizado y sofisticado caballero sujeto a las normas sociales reconsideró a toda prisa la situación.

Estaba claro que se había equivocado al pensar que Heather no era consciente de las repercusiones sociales que iban a tener el secuestro y el hecho de que él hubiera ido a rescatarla, pero lo que ella no había tenido en cuenta era que él podría tener una opinión distinta a la suya.

Se llevó las manos a las caderas, se acercó con sigilo a la cama, y mientras la observaba en silencio se replanteó las cosas y reconsideró las conclusiones a las que había llegado, su certeza absoluta de que tenían que casarse. No concebía otro final posible para aquella aventura, Heather y él tenían que contraer matrimonio.

Su certeza, su firme convicción, seguía inalterada, no había cambiado, no se había tambaleado lo más mínimo ante los argumentos que había esgrimido ella, así que... apretó los labios y, con las manos aún puestas en las caderas, la observó con ojos llenos de determinación; al parecer, tenía por delante un desafío mayor de lo esperado.

La pura y simple verdad, por mucho que ella se negara a aceptarla, era que, después de aquella aventura en la que estaban metidos, teniendo en cuenta quiénes eran los dos, él no tenía más alternativa que casarse con ella. El motivo no era que la alta sociedad fuera a poner el grito en el cielo y a exigir su cabeza (metafóricamente hablando), ni que necesitara una esposa y ella fuera la candidata ideal en muchos sentidos, sino que, más allá de cualquier otra consideración, en aquel camino por el que mucho tiempo atrás se había prometido que jamás volvería a transitar pero en el que se había internado con Heather a pesar de todo, casarse con ella se había convertido en algo... en algo imperativo.

Para él, casarse con ella se había convertido en una realidad indiscutible, en algo que ya estaba decidido, y el guerrero que llevaba dentro se negaba a renunciar a eso.

Contempló en silencio aquel hombro terso bañado por la luz de la vela, el brillo dorado de su rubia cabellera... si había luchado por mantener a raya el deseo sexual que había entre ellos tan solo había sido porque sabía que, si se rendía ante sus cada vez más insistentes instintos y la seducía con la excusa de que, de todas formas, las normas sociales iban a dictar que debían casarse, Heather le acusaría después de haberse aprovechado de ella, de utilizar la situación para atarla a él de forma injusta, de haberse aprovechado de su relativa ingenuidad respecto a las normas sociales para lograr casarse con ella, para lograr que todo saliera como él quería al margen de lo que ella pudiera pensar o sentir.

Había creído que, si la seducía, ella le miraría con resentimiento, que le tendría rencor por haber afianzado sus derechos sobre ella. Que Heather pensara que la sociedad estaba obligándoles a casarse era muy distinto a que creyera que él también estaba obligándola a dar aquel paso.

Era un razonamiento que había tenido sentido, ya que había dado por hecho que ella no era consciente de las repercusiones de lo ocurrido. Pero acababa de descubrir que no solo era consciente de ellas, sino que había estado dándole vueltas al tema y al final había decidido no casarse ni con él ni con ningún otro.

Aquello lo cambiaba todo, así que revaluó la situación mientras seguía con la mirada fija en aquella recalcitrante mujer.

Si al llegar al valle ella se aferraba a su decisión y se negaba a casarse con él, a ceder ante los dictados de la sociedad... en ese caso, seducirla en ese momento no le daba ninguna ventaja que más tarde pudiera emplear para hacerla cambiar de opinión.

Conocía a todos los Cynster y sabía que, aunque contaría con el apoyo de los varones de la familia si Heather se negaba a casarse con él, era más que probable que las mujeres la apoyaran a ella a pesar de que hubieran mantenido relaciones íntimas.

Las mujeres de la familia Cynster ostentaban un poder enorme y, llegado el momento, estaba casi seguro de que ellas acabarían por imponerse. En el clan de los Cynster, ellas eran la autoridad máxima en los asuntos de familia.

De modo que seducirla no iba a ayudarle en ese sentido, pero, por otro lado, así tendría otro as bajo la manga. No en vano se le consideraba el mayor libertino de la alta sociedad londinense.

Sabía que ella se sentía atraída por él. Estaba convencido de que dicha atracción no era más que el resultado de la habitual fascinación que la mayoría de jóvenes damas sentían por un hombre tan experimentado como él, pero le daba un buen punto de partida; además, pensándolo con objetividad, la verdad era que no tenía nada que perder. Tal y como estaban las cosas, tan solo iba a lograr casarse con Heather si lograba que ella accediera a concederle su mano por voluntad propia.

Repasó sus opciones una última vez, pero llegó a las mismas conclusiones y no se le ocurrió ninguna otra alternativa, así que aceptó aquella nueva ruta y se centró en su objetivo.

Después de quitarse el pañuelo que llevaba al cuello, desató las cintas que sujetaban los puños y el cuello de la camisa. Miró a Heather, que seguía de espaldas a él, y tuvo la certeza de que estaba pendiente de cada uno de sus movimientos. Después de quitarse los calcetines, apagó la vela y se quitó los pantalones.

Con la camisa como única vestimenta, alargó la mano hacia la ventana que había por encima de la cabecera de la cama y descorrió la cortina para que la luz de la luna iluminara la habitación, y entonces alzó las mantas y se metió en la cama. Al ver que, tal y como sospechaba, Heather estaba acostada debajo de la suave sábana, optó por tumbarse encima a pesar de saber que aquella pequeña barrera no iba a servir de nada contra lo inevitable.

Apoyó la cabeza en la almohada e intentó relajarse todo lo

que pudo. Tumbado de espaldas, con la mirada fija en el techo, esperó a que la naturaleza siguiera su curso... a que el destino alzara la cabeza y se encargara de todo.

Heather no supo si sonreír triunfal o limitarse a sentirse satisfecha de sí misma cuando notó que la cama se hundía a su espalda. Deslizó la mano por el borde del colchón y se agarró para evitar deslizarse mientras él se acomodaba. De repente se dio cuenta de que no iba a poder soltarse si no quería acabar rodando hacia él.

Fuera como fuese, notó de inmediato el aumento de temperatura, así que se dispuso a dormir. Cerró los ojos mientras esperaba a que su cuerpo se relajara, pero seguía teniendo los pulmones constreñidos y le costaba respirar, sentía un extraño cosquilleo en la piel, y no podía dejar de pensar en que Breckenridge se había desnudado antes de meterse en la cama.

Había visto hombres desnudos (a sus primos de niños, cuando habían salido a nadar con sus amigos sin saber que sus hermanas y ella estaban cerca), pero su instinto le advertía que lo que había visto en aquellas ocasiones sería muy distinto a lo que tenía a su espalda.

Pero eso daba igual, porque aquel hombre no estaba destinado a ser suyo.

Cerró los ojos de nuevo, se quedó quieta y se esforzó por quedarse dormida de una vez por todas, pero los sueños inundaron su mente a pesar de que estaba despierta. Ensoñaciones tentadoras de cómo sería, de lo que sentiría al yacer con él, al acariciarle y sentir sus caricias en la piel...

Tal y como estaban las cosas, jamás iba a acostarse con otro hombre. Si no iba a casarse y no iba a necesitar para nada su virginidad, si no iba a entregársela a ningún hombre, ¿de qué le servía conservarla?

Se preguntó si realmente iba a dejar escapar la oportunidad de que el mayor libertino de la alta sociedad londinense le hiciera el amor, sobre todo teniendo en cuenta que la alternativa era pasar el resto de su vida siendo una virgen amargada.

Estaba convencida de que la atracción era mutua, y que se trataba de una atracción puramente sexual. Jamás habían simpatizado el uno con el otro, así que no podía ser más que simple lujuria.

Además, después de aquellos últimos días su opinión acerca de él había cambiado y ya no le consideraba tan arrogante, insensible, distante, duro y rígido. La idea de tener una efímera aventura amorosa con él antes de embarcarse en el resto de su solitaria vida era muy tentadora.

Sabía que iba a tener que ser ella quien diera el primer paso y, conociendo a Breckenridge, iba a obligarla a pedirle claramente lo que quería; de hecho, no le extrañaría que la obligara a suplicárselo... ¡ja!, ¡de eso nada! No era tan inocente, o al menos tan ingenua. Si Breckenridge la deseaba, quizás fuera ella quien le hiciera suplicar a él.

La idea le pareció muy atrayente.

El problema era cómo llevarla a cabo, pero no tardó en llegar a la conclusión de que era una de esas cuestiones a las que, cuanto más vueltas se les daban, menos claras estaban.

Así que... primera fase: soltar el colchón.

Se volvió hacia el otro lado y por simple inercia rodó hacia él. Estaba tumbado de espaldas, y al posar una mano sobre su musculoso pecho se dio cuenta de que aún llevaba puesta la camisa y que se había tumbado encima de la sábana.

Él giró la cabeza sin prisa y la miró bajo la luz de la luna que entraba por la ventana; al verle enarcar una ceja con cierta arrogancia, carraspeó un poco e intentó explicarse.

—Eh...

Fue incapaz de encontrar las palabras adecuadas y se indignó al ver que aquella dichosa ceja se alzaba aún más; sin pensárselo dos veces se incorporó, posó una mano en su barbuda mejilla con un poco de fuerza, y cubrió sus labios con los suyos.

No fue un beso tentativo, fue un beso lleno de ardor y determinación y el efecto que tuvo en ambos fue inequívoco: una pasión desatada, ardiente y arrebatada que por un embriagador instante la arrancó del mundo, nubló sus sentidos y la hizo volar... pero Breckenridge refrenó aquella pasión y, con voluntad férrea, fue conteniendo el ardor y la furia tempestuosa hasta que los refrenó.

Lo hizo sin interrumpir el beso en ningún momento, pero tomó las riendas haciendo gala de aquella misma voluntad férrea a la que era inútil intentar oponerse. La besó a conciencia, con lentitud, con una intensidad embriagadora; la devoró con besos largos y sensuales que mantuvieron encendido el fuego que la quemaba por dentro, con besos que prometían mucho más, que vibraban con un anhelo contenido que hablaba de deseo, pasión e intimidad y que la cautivaron, que la enloquecieron de frustración.

Cuando él se incorporó de repente y rodó hasta colocarla bajo su cuerpo, Heather no pudo contener una exclamación ahogada al sentirlo tan cerca, al sentir la cálida dureza de su pecho musculoso a un milímetro de su pecho.

Breckenridge aprovechó para profundizar el beso y saborear el dulce néctar de su boca. Le acarició la lengua con la suya y sonrió para sus adentros mientras la tentaba y la incitaba a juguetear, a aprender a realizar con él el más íntimo de los actos, un acto que ella jamás había compartido con ningún otro.

Heather jamás había tenido un amante, pero iba a tenerle a él. Iba a tomarla lentamente, a conciencia, saboreando cada paso.

Tenía las caderas apretadas contra las suyas, lo único que las separaba era la sábana. Se apoyó en los codos para cernirse sobre ella, le agarró las muñecas y se las sujetó contra la almohada a ambos lados de la cabeza mientras devoraba su boca, mientras saboreaba hasta el último rincón.

Cuando alzó la cabeza al fin, ella estaba jadeante y acalorada. Esperó a que aquellos ojos de un tono gris azulado que recordaba al de las nubes de tormenta se abrieran, y entonces le preguntó:

—¿Sabes lo que estás haciendo?

Ella le miró en silencio y, tras unos segundos, se pasó la punta de la lengua por el labio inferior y fijó la mirada en su boca.

—¿Y tú?

La risa que brotó de sus labios tendría que haber reflejado una suprema confianza en sí mismo, pero incluso él se dio cuenta de que sonaba un poco trémula.

—No es la primera vez que hago esto.

Ella le miró desafiante y contestó:

—Pero no conmigo.

Aquello era innegable. Nunca antes había seducido a una mujer con intenciones serias, nunca había tenido que emplearse tan a fondo como pensaba hacerlo aquella noche.

—Y eso me lleva a mi siguiente pregunta.

—No sabía que un interrogatorio formaría parte de tu juego —le dijo ella con impaciencia.

—Y yo no sabía que tú querrías jugar —le sostuvo la mirada al añadir—: de hecho, sigo sin tener la certeza de que quieras hacerlo.

—Creo que he dejado claros cuáles son mis deseos —le contestó, sin apartar la mirada en ningún momento.

—Dímelo en palabras.

Ella le miró indignada y respiró hondo como si estuviera dispuesta a ponerle en su sitio, pero se interrumpió de golpe al tocarle el pecho con los senos. Vaciló pero no se apartó, y a él le costó un esfuerzo enorme contenerse y no reaccionar al sentir la caricia de sus erectos pezones.

—Quiero que me hagas el amor —pronunció las palabras con claridad y decisión mientras seguía mirándole desafiante—. Quiero que seas mi amante... mi único amante.

Breckenridge esbozó una sonrisa carente de humor, una sonrisa llena de determinación. Claro que iba a ser su único amante, ese era su objetivo. Pero pensaba serlo para siempre, no durante una única noche.

—Si te complazco, lo haremos a mi manera. Nada de exigencias ni de órdenes, vas a dejar que yo te guíe.

—Bueno, tú eres el experto.

—Exacto. ¿Aceptas?

Esperó callado mientras ella le observaba. Estaba claro que intuía que tras su petición había algún motivo oculto que no alcanzaba a ver... no iba a tardar en descubrir cuál era.

—De acuerdo, lo haremos a tu manera —dijo ella al fin.

La sonrisa de Breckenridge se ensanchó aún más, y entonces se alzó un poco antes de ir bajando hasta cubrirla con su cuerpo. La sábana les separaba desde la cintura hasta los pies, y tanto su camisa como la camisola de Heather separaban sus pechos.

Ella contuvo el aliento y se movió un poco, pero él tuvo la certeza de que no iba a echarse atrás al ver que sus ojos reflejaban sorpresa y empezaban a nublarse de pasión, al notar bajo las yemas de los dedos cómo se le aceleraba el pulso.

Le soltó las muñecas y, mientras seguía apoyando parte de su peso en los codos, hundió las manos en su sedoso pelo, enmarcó su rostro y se lo alzó un poco antes de besarla de nuevo.

Fue un beso más profundo e intenso, un beso excitante al que imprimió un toque de urgencia. Utilizó todo lo que había aprendido para explorarla, para acariciarla, para descubrir cuáles eran las zonas más sensibles de su suculenta boca, los puntos que más la excitaban.

Fue despertando sus pasiones y estas respondieron a su llamada, las hizo emerger y entonces hizo que la recorrieran en una ardiente llamarada de deseo que la derritió.

No se apresuró, no veía razón alguna para hacerlo. Se tomó su tiempo hasta que Heather empezó a intentar moverse, a alzarse de forma instintiva hacia él. La mantenía apretada contra la cama con su peso para mantenerla inmóvil y evitar que pudiera afectarle demasiado, pero al notar aquellos pequeños movimientos interrumpió el beso y deslizó los labios por el femenino contorno de su mandíbula antes de ir bajando por su arqueado cuello.

Cuando notó que él lamía aquel punto en la base del cuello donde su pulso latía acelerado, Heather contuvo el aliento; al cabo de unos segundos, él cubrió con la boca abierta aquel mismo punto y lo devoró con un beso ardiente antes de succionar con suavidad.

Breckenridge parecía saber exactamente dónde besar, dónde tocar, cómo hacerlo... era algo que ella se esperaba; de hecho, no esperaba menos de él.

Sus antebrazos y sus manos quedaron libres cuando él apartó las manos de su pelo y de su rostro al deslizarse hacia abajo. Sin abrir los ojos, guiándose por el tacto, ella le acarició las mejillas y la mandíbula, hundió los dedos en su pelo oscuro, y se tensó al notar que él deslizaba los labios desde su clavícula hasta el escote de la camisola.

La complacía que, cuando él le había preguntado si sabía lo que estaba haciendo, no hubiera intentado alegar que la había dejado aturdida con su beso, que ella tenía la mente nublada por la pasión y no sabía lo que estaba pidiéndole.

La verdad era que se había dejado llevar y se había sumergido en un mar de pasión desatada, jamás había soñado siquiera que pudiera existir una pasión semejante y experimentarla por un breve momento había bastado para volverla adicta, para que anhelara volver a sentir lo mismo. Después de eso, admitir que quería que él fuera su amante no había sido demasiado difícil. Le habría dicho lo que él quisiera con tal de volver a saborear aquel adictivo placer.

Abrió con dificultad los ojos, bajó la mirada y vio cómo, después de haber saboreado a conciencia sus hombros, él agarraba con los dientes la cinta del cierre de la camisola, tiraba hasta deshacer el pequeño lazo, y bajaba con la mejilla y la mandíbula la fina tela.

Jadeó y se arqueó de placer al sentir el roce de su barba en la piel, y el súbito movimiento alzó sus senos hacia aquella boca atormentadora. Cerró los ojos al notar que sus labios se curvaban en una sonrisa contra su piel y se estremeció mientras se deslizaban por su cuerpo, mientras la acariciaban y la exploraban lentamente.

No tenía ni idea de que su propia piel fuera tan sensible, de que pudiera llegar a sentir unas sensaciones tan intensas. No sabía que el mero roce de sus labios en el pezón desnudo podría hacerla tensarse hasta el punto de hacerle sentir verdadero dolor, un dolor que él sofocó bajo una poderosa corriente de sensaciones al chupar el pezón y metérselo en la boca, al succionar con suavidad al principio, pero cada vez más y más fuerte hasta que ella soltó una exclamación ahogada y se arqueó hacia arriba de golpe... al notar que él soltaba de inmediato el torturado pezón, quiso suplicarle que no parara.

Breckenridge la vio vacilar y, consciente de lo que ella estaba sintiendo, sonrió para sus adentros y se dispuso a repetir el largo proceso de mostrarle lo que podía llegar a sentir, las fascinantes sensaciones que él podía darle limitándose a acariciar y saborear con los labios, la lengua y la boca sus deliciosos senos.

No esperaba que fueran tan perfectos, tan fascinantes. Creía que tendría que esforzarse por ir despacio, pero ir descubriéndola poco a poco estaba resultando ser un verdadero placer en sí, uno inesperadamente cautivador.

Sus pechos no eran grandes, sino que más bien estaban perfectamente formados. Su piel era como la seda, una piel suave y fina que él ansiaba acariciar una y otra vez. Sus respingones pezones, tensos y endurecidos por sus caricias, eran exquisitos.

Era un experto y lo sabía, conocía al detalle la escala del atractivo femenino, y no había duda de que Heather estaba en un puesto muy alto; de hecho, para él estaba en lo más alto de todo.

Era algo inesperado, muy inesperado, pero se trataba de una revelación lo bastante poderosa como para que todos y cada uno de sus instintos masculinos se centraran por completo en ella.

Mientras bajaba aún más la fina camisola de seda y exploraba más zonas de su cuerpo con los labios y la lengua, mientras se deslizaba hacia abajo y se metía bajo las cobijas para continuar con la educación de ambos, era consciente del deseo creciente que le recorría las venas.

No era un deseo apremiante de momento, podía controlarlo, pero estaba presente en todo momento.

Mientras deslizaba los dedos bajo la camisola y la bajaba por debajo de la cintura hasta descubrir su ombligo, pudo admitir por fin que la deseaba, que siempre la había deseado. Ahora que la tenía entre sus brazos, prácticamente desnuda, podía admitirlo al fin.

Se echó hacia atrás, se incorporó un poco, y las cobijas cayeron hacia atrás cuando se tumbó junto a ella para poder verla bien. La luna bañaba con su luz perlada su piel tersa y sus curvas, proyectaba misteriosas sombras en su cuerpo. Posó una mano en su pecho, lo sostuvo con cuidado, trazó su forma y lo acarició, fue explorando de otra forma aquella piel que antes había recorrido con la boca.

Era consciente de que ella no apartaba la mirada de él mientras iba adueñándose de su cuerpo poco a poco, y cuando cubrió su pecho con la mano y lo amasó la oyó soltar un jadeo y supo sin necesidad de mirar que había cerrado los ojos.

Se movió acalorada, pero él la mantuvo así, tumbada ante él como un festín que le pertenecía y que estaba saboreando bajo la luz de la luna. Quería explorarla de pies a cabeza hasta saciar su curiosidad, hasta tener su cuerpo grabado a fuego en la mente.

Las caricias con los labios eran más íntimas que con las manos; por regla general, tocar y acariciar con las manos era lo primero, pero había sabido de forma instintiva que empezar con ella así sería algo demasiado mundano, algo que no la habría sorprendido lo suficiente como para cautivarla y tenerla a su merced.

Quería adueñarse de sus sentidos por completo, quería tenerlos en sus manos y a sus órdenes para, tal y como le había dicho a ella, poder guiarla.

Bajó la cabeza y volvió a adueñarse de sus labios en un largo y embriagador beso mientras le acariciaba el pecho con más firmeza, mientras capturaba el pezón y lo frotaba entre dos dedos antes de estrujarlo.

Se tragó la exclamación ahogada que ella no pudo contener, notó cómo luchaba por reprimir un gemido, y sintió una profunda satisfacción.

Estaba claro que Heather ya no corría el riesgo de morir de frío. Cuando Breckenridge alzó la cabeza al fin, soltó su pecho y volvió a tumbarse en la cama, ella tenía los labios hinchados, la piel ruborizada, la respiración acelerada y casi jadeante, pero se quedó mirándolo expectante a la espera de la siguiente lección.

La primera estaba aprendida: labios y lengua primero, las caricias con las manos podían dejarse para después.

Él siguió ciñéndose a ese método y saboreó su tenso vientre, fue bajando por la cintura y la sorprendió con un mordisquito junto al ombligo; al oírla reírse, contempló su trémulo vientre y sus propios dedos extendidos sobre la tersa piel.

—¿Tienes cosquillas?

Ella tardó un revelador momento en recuperar el aliento, en recobrar el habla.

—No... es tu barba.

—Ah, sí —abrasión, un arma útil que iba a poder agregar a su arsenal.

Breckenridge bajó la mirada hacia la zona donde los pliegues casi diáfanos de la camisola no alcanzaban a ocultar el suave vello castaño de su entrepierna, notó que ella se tensaba, dejó que su expectación fuera en aumento... y, con toda la calma del mundo, centró su atención en otra parte de su cuerpo: sus largas piernas.

Bajó la mano hacia uno de sus pies y deslizó los dedos por el empeine, los subió por la pantorrilla y rodeó la rodilla, subió por la sensible cara interna del muslo rozando apenas la piel, y entonces se detuvo a un suspiro de distancia de aquel cautivador vello y la piel infinitamente más delicada que ocultaba.

Ella había contenido de nuevo el aliento, pero la oyó soltarlo de golpe y tomar una enorme bocanada cuando repitió la larga caricia desde la planta del otro pie hasta la parte superior del muslo. En aquella ocasión siguió subiendo, fue dejando lo que sabía que para ella sería como un reguero de fuego y subió por la cadera, la cintura y los pechos. Entonces enmarcó su rostro entre las manos y la besó con mucho más ardor del que se había permitido liberar antes, con una chispa de la potente pasión que ella había desatado con aquel primer beso inesperado.

Tal y como había hecho con todas las mujeres con las que se había acostado a lo largo de su vida, se mantuvo bajo control en todo momento mientras la besaba. Se adueñó de su boca por completo, avivó el fuego del deseo que la recorría y esperó a que ella estuviera ardiendo, a que se arqueara desesperada contra su cuerpo.

De repente se dio cuenta de que ella le había puesto las manos en la cintura; antes de que pudiera reaccionar, las metió bajo la camisa y las deslizó por su pecho.

Aquello le distrajo tanto que ella aprovechó para interrumpir el beso y exclamar jadeante:

—¡Quítatela!, ¡quiero tocarte!

Y eso que le había advertido que no le diera órdenes. No supo qué hacer, pero al ver que estaba decidida a salirse con la suya y que estaba luchando por quitarle la camisa gruñó exasperado y se echó a un lado. Agarró el arrugado faldón, se incorporó hasta sentarse, y se quitó la camisa por encima de la cabeza a toda prisa... y dio un respingo cuando aquellas manos volvieron a posarse en su pecho.

Mientras luchaba por liberar los brazos de las mangas de la camisa, ella deslizó las palmas sobre su piel con avidez; al ver sus delicadas facciones bajo la luz de la luna, fue incapaz de apartar la mirada de ella y se quedó allí, inmóvil, intentando aferrarse a su autocontrol mientras dejaba que hiciera lo que quisiera.

Ella le lanzó una breve mirada, pero al ver que tenía su consentimiento esbozó una pequeña sonrisa y empezó a explorarle, a tocarle, a recorrer sus músculos; después de trazar círculos alrededor de los pezones, colocó las manos abiertas sobre los músculos de la parte superior de su pecho, y entonces las deslizó hacia arriba para acariciarle los hombros.

Él no podía apartar la mirada de su rostro. Estaba fascinada, no había otra forma de definirlo, y a pesar de que incontables mujeres le habían mirado con expresiones incluso más lascivas, su reacción le resultaba infinitamente más dulce.

Cuando le empujó para obligarle a tumbarse en la cama, se dijo a sí mismo que tan solo estaba accediendo a sus deseos porque estaba ardiendo con una curiosidad sensual que nunca antes había experimentado: la de no saber lo próximo que se le iba a ocurrir hacer a una virgen; por suerte, la arrugada sábana seguía separando la parte inferior de sus cuerpos, porque de no ser así dudaba mucho que ella hubiera podido mantenerse centrada en su claro empeño de devolverle el placer que había recibido antes de su parte.

Aquel empeño era toda una novedad para él y logró atraparle por completo. Por eso la dejó colocarse encima de él y adueñarse de su boca, por eso se quedó tumbado de espaldas y dejó que lo besara como quisiera, tan profundamente como se atreviera, que le atormentara y le desafiara a placer.

Mientras sus sentidos se deleitaban y saboreaban aquel beso que era una promesa implícita de que en breve iba a entregarse por completo a él, mientras la sujetaba contra sí y dejaba que le besara con ardiente abandono, en algún rincón de su mente estaba tomando nota de que muy pocas mujeres habían sido tan atrevidas como ella, tan lanzadas.

La mayoría se habían limitado a permanecer tumbadas y dejar que les hiciera el amor, muy pocas se habían molestado en hacerle el amor a su vez... y en disfrutar haciéndolo. Cuando Heather se echó hacia atrás, la expresión sensual y seductora de su rostro dejó claro que estaba disfrutando a más no poder.

Había que tener en cuenta que era virgen, pero estaba convencido de que no todas las vírgenes eran tan fogosas.

Siguiendo su ejemplo, Heather deslizó los labios por su mandíbula, fue bajando por el cuello hasta llegar a la clavícula, y desde allí siguió descendiendo, chupando y saboreándole. Cuando llegó a un pezón lo chupó, lo succionó... y le dio un mordisquito.

La extraña punzada de dolor mandó una descarga de placer directa a su entrepierna; al ver que ella se dirigía hacia el otro pezón, le puso una mano en la nuca, pero antes de que pudiera detenerla ella le dio otro mordisquito que le sacudió de pies a cabeza.

Se puso más duro que una piedra al oírla soltar una suave carcajada llena de placer y deleite, y de inmediato hizo que subiera de nuevo por su cuerpo y la besó con pasión para volver a arrebatarle las riendas. La sujetó de la nuca mientras la devoraba y bajó la otra mano por su espalda desnuda, la metió bajo la finísima camisola y la deslizó por su trasero.

Acarició aquellas dulces nalgas, las amasó con lujuria, y cuando la tuvo jadeante y enloquecida de deseo bajó la camisola y desnudó sus caderas, su trasero y sus muslos.

Rodó con ella hasta colocarla de espaldas mientras le bajaba la prenda por las pantorrillas, acabó de quitársela del todo, la dejó entre las revueltas sábanas... y todo ello sin dejar de besarla.

La acercó hasta que sus tensos pezones rozaron apenas el vello de su pecho, y al cabo de un instante la apretó contra sí y sintió cómo sus senos se aplastaban contra su duro cuerpo mientras cada vez la besaba con mayor intensidad.

Ella alzó una mano y, con cierta vacilación, la posó en su mejilla y se la acarició.

Aquella caricia le llegó a lo más hondo. Era una caricia que transmitía un deseo sincero e inocente y el libertino experimentado que llevaba dentro así lo reconoció y anheló volver a sentirla, pero tenía que ceñirse a sus planes para lograr el objetivo que se había marcado.

La apretó contra la cama y, en vez de ceder al impulso cada vez más fuerte de apartar la sábana de golpe y hundir su palpitante miembro en su cálida y húmeda entrepierna, interrumpió el beso con brusquedad, bajó de nuevo por su cuerpo, le abrió las piernas, y se colocó entre ellas. Primero posó los labios sobre el suave triángulo de vello pero, al oírla soltar una exclamación ahogada que revelaba que se había dado cuenta de sus intenciones, bajó un poco más y empezó a chuparla con delicadeza.

Heather tenía el corazón tan acelerado que temió estar a punto de morir. Sensaciones agudas como esquirlas recorrían su cuerpo entero, por sus venas corría un torrente de lava. No podía respirar, pero daba la impresión de que ya no necesitaba hacerlo. Intentó aferrarse a las sábanas en un inútil intento de anclar sus agitados sentidos, le parecía inconcebible que él hiciera algo así... pero, a pesar de su sorpresa, en el fondo estaba deseosa de sentirlo, de conocer aquel placer, de experimentar todo lo que él quisiera enseñarle.

Había sido ella la que había iniciado aquel nuevo viaje y, aunque al principio había creído que sentiría ciertas dudas, desde el mismo momento en que le había besado no había sentido ningún reparo, no había tenido ni el más mínimo miedo, no había sentido vergüenza. Que Breckenridge y ella estuvieran así, desnudos y llenos de deseo en una cama, que la recorriera de pies a cabeza con las manos y la boca, que la hiciera suya mientras ella se adueñaba de su cuerpo, parecía algo perfecto, lo más natural del mundo.

Sacudió la cabeza mientras intentaba asimilar la imparable cascada de sensaciones que él estaba creando en su cuerpo como todo un experto, jadeó y alargó la mano hacia él, pero lo único que logró fue aferrarse a su pelo. El mundo tembló bajo sus pies cuando sintió la punta de su lengua trazando círculos alrededor del sensible nudo de nervios que se ocultaba bajo los suaves rizos. Se tensó e intentó apartarse, pero, antes de que pudiera hacerlo, él cruzó un brazo sobre su cintura y la mantuvo inmóvil mientras seguía saboreándola, mientras chupaba y succionaba y la devoraba con intensidad creciente hasta que la enloqueció de placer.

Sentía que su cuerpo entero estaba envuelto en llamas, unas llamas encendidas por el contacto abrasivo de aquella barba contra sus muslos e intensificadas por las caricias de aquella lengua sobre una piel que cada vez estaba más sensible. Aquellas llamas fueron avivándose, se hundieron bajo su piel y arrasaron a su paso con todas sus inhibiciones hasta que no hacía más que esperar a la siguiente caricia, jadeante, ansiosa por sentir aquella lengua deslizándose por su piel. Necesitaba con desesperación algo, una última caricia crucial...

Él la mantuvo allí, en la cúspide de alguna desconocida revelación de proporciones gigantescas, chupando y saboreando mientras la ardiente tensión que la embargaba iba acrecentándose más y más, mientras se compactaba y se convertía en un nudo sólido en el centro de su ser, mientras ella se retorcía bajo su brazo y luchaba por... por algo a lo que no sabía darle nombre.

Breckenridge la llevó lo más lejos que se atrevió, siguió hasta que creyó que ella había llegado al límite. En cuanto el instinto le dijo que había llegado el momento, sintió una intensa euforia. Le abrió más las piernas, hundió la cabeza aún más, metió la lengua en el cálido canal... ella estalló en mil pedazos, y él recordó de golpe dónde estaban y se apresuró cubrirle la boca con la mano para sofocar su grito de placer.

Siguió chupándola y lamiéndola mientras ella se arqueaba, mientras experimentaba el éxtasis por primera vez; después de saborear aquella ambrosía una última vez hundió un dedo en ella, y otro más, y fue metiéndolos y sacándolos rítmicamente mientras la cubría con su cuerpo y colocaba las caderas donde acababan de estar sus hombros.

Bajó la cabeza, le quitó la mano de la boca y la reemplazó con sus labios. La besó con una pasión descarnada y ella jadeó y se aferró a él con frenesí, le devolvió el beso con desesperación y llena de ansia, delirante de deseo.

Él interrumpió el tórrido beso mientras seguía hundiendo y sacando los dedos para ensancharla y prepararla. La cabeza le daba vueltas, estaba ebrio de pasión. Apoyó la mandíbula en su pelo, y entonces se dio cuenta de que ella estaba sollozando.

—Shhh... falta poco, cielo.

—¡Quiero que sea ya! —alcanzó su duro miembro con la mano y empezó a acariciarlo, trazó el borde del glande.

Breckenridge soltó una imprecación y le apartó la mano. Se colocó mejor entre sus piernas y, después de sacar los dedos de su ardiente canal, llevó su erección hacia la estrecha entrada.

Empujó apenas y entró un poquito, pero se detuvo de golpe cuando la oyó contener el aliento y notó que se tensaba. Se tragó otra imprecación, la agarró de la nuca, la atrajo hacia sí, y la besó con un deseo voraz.

Notó cómo iba evaporándose su autocontrol mientras la apretaba contra la cama con su cuerpo. Mientras seguían besándose con una pasión febril, con una intensidad que rayaba en la violencia, la agarró de la cadera para sujetarla y entró un poco más hondo. Salió poco a poco y, medio loco de deseo, la penetró con una firme embestida y atravesó su virginidad.

Siguió hasta el fondo, hasta que estuvo completamente hundido en su interior, y su autocontrol se desvaneció por completo cuando ella gritó contra sus labios, se quedó quieta por un instante, y entonces se ajustó como un guante a su erección.

El anhelo, el deseo y la pasión le golpearon de lleno, le desgarraron con sus afiladas garras.

Quería ir despacio, mostrarle hasta la más mínima faceta de aquel placer, pero ella hizo un movimiento ondulante bajo su cuerpo y cualquier atisbo de esperanza que pudiera tener de recobrar el control se evaporó.

Enfebrecido, presa de un deseo primitivo, retrocedió y volvió a penetrarla con fuerza, con potencia, tomándola y poseyéndola por completo. En él no quedaba ni rastro de sofisticación, no se ocultaba tras máscara alguna. Era imposible ocultarse de algo así, de aquella pasión, de aquel deseo y aquel anhelo que emergían de su interior en respuesta a la primitiva llamada de aquella mujer. Era imposible ocultarse de aquella posesión elemental.

Ella estaba igual de enfebrecida, se retorcía bajo su cuerpo y alzaba las caderas para tomar todo lo que él le diera.

Heather estaba atrapada en aquel torbellino de pasión. Aquel deseo febril la tenía hechizada, esclavizada. Era cautiva de aquella increíble intimidad, de la sensación de tenerle en su interior, caliente y duro, de sentir cómo la llenaba con cada poderosa embestida, cómo la completaba, cómo la poseía en cuerpo y alma con cada profunda penetración.

Tan solo era consciente de aquel movimiento rítmico y compulsivo que en ese momento lo era todo. Lo único que le importaba era tenerle en su interior, abrazarle, estar así con él, ser suya.

Seguían besándose sin parar y no podía respirar, así que respiró a través de él. No le importó. Sin aliento, mareada, se aferró a él mientras el placer y la pasión crecían más y más, mientras cabalgaba con desenfreno, llena de deleite y desesperada por llegar a...

Tenían la piel perlada de sudor, sus cuerpos húmedos y acalorados se movían a un ritmo acompasado mientras se aferraban el uno al otro.

Breckenridge estaba cegado, perdido por completo. Por primera vez en su vida había caído por completo en el hechizo. Ella se arqueó de repente, sollozó al alcanzar el clímax de nuevo y le llamó con un gemido gutural. Sus uñas le arañaron la espalda y su sexo se contrajo con fuerza alrededor de su miembro erecto, acariciándole y estimulándole...

Interrumpió desesperado el beso, echó la cabeza hacia atrás y apretó los dientes mientras luchaba por sofocar el grito que subió por su garganta cuando el clímax lo recorrió de pies a cabeza, lo destrozó en mil pedazos, lo destruyó, lo aniquiló... y lo dejó ahogándose bajo una oleada de plenitud tan intensa que le dejó sin aliento.

Se desplomó sobre ella, pero era incapaz de moverse. Sus fuertes jadeos quebraban el silencio, y el corazón le martilleaba en el pecho.

Fue calmándose de forma gradual, empezó a ser consciente del mundo que le rodeaba y fue entonces cuando notó que ella estaba acariciándole la espalda con suavidad. Era una caricia relajante y, en cierta forma, posesiva.

Sabía que tenía que encontrar como fuera su armadura de

sofisticación y volver a ponérsela antes de mirarla, antes de que ella viera... pero Heather se le adelantó. Antes de que pudiera moverse, ella se volvió a mirarlo, le apartó el húmedo pelo del rostro, y después de darle un delicado beso en la mandíbula sonrió adormilada y le besó la comisura de la boca antes de decir, con voz que era apenas un susurro:

—Gracias, ha sido... excitante, y muy... satisfactorio.

A Breckenridge le costó creer lo que acababa de oír. ¿«Satisfactorio»? ¡Había sido tan intenso que por poco había acabado con él, y ella lo definía como «satisfactorio»!

Ella se echó hacia atrás de nuevo y se relajó por completo.

Al cabo de un momento, se volvió a mirarla. Contempló en silencio la expresión de madona de su rostro, la dicha que se reflejaba en sus facciones, y entonces respiró hondo, hizo acopio de fuerzas, y salió de su cuerpo. Se tumbó de espaldas a su lado con pesadez y se quedó mirando el techo, pero allí no encontró ninguna pista.

Por primera vez en su extensa carrera no se sentía con el control de la situación, sino... expuesto, inseguro. Estaba muy lejos de ser el refinado, sofisticado, hastiado y un poco engreído Breckenridge de siempre.

Era él quien se suponía que estaba acostumbrado a aquello, a aquellas situaciones, el que sabía lo que había que hacer y cuándo, pero Heather...

Se volvió a mirarla de nuevo y, tras una pequeña vacilación, cedió a la tentación y la atrajo hacia sí. Después de colocar bien las cobijas, la rodeó con un brazo y la apretó contra su cuerpo.

Ella soltó un suspiro de placer, apoyó la cabeza en su pecho, y se acomodó contra él.

—Duérmete —le dijo, antes de besarla en la frente.

Ella no contestó, pero sonrió contra su pecho y posó una mano en su cuello antes de relajarse en sus brazos.

Breckenridge sintió una extraña satisfacción y, completamente saciado y relajado, cerró los ojos y se sumió en un profundo sueño.

CAPÍTULO 11

Cuando Heather despertó a la mañana siguiente, Breckenridge ya no estaba en la pequeña habitación. Parpadeó y bostezó adormilada, y al estirarse notó que se resentían ciertos músculos que no estaban acostumbrados a las novedosas (al menos para ella) actividades de la noche anterior.

Esas actividades habían superado con creces sus más alocados sueños, sus más exóticas fantasías.

A sus labios afloró una sonrisa, aún seguía llena de una inesperada pero bienvenida calidez... de repente recordó algo, levantó las cobijas y echó un vistazo, y suspiró aliviada al ver que, aunque había sangrado un poco, se había tumbado sin darse cuenta sobre su arrugada camisola y era esta la que se había manchado.

Salió de la cama y, después de vestirse a toda prisa, abrió la puerta con sigilo y se asomó. La señora Cartwright estaba de espaldas a ella, cocinando unas tortitas, y el ruido de la sartén ahogaba la mayoría de sonidos. Al ver que tanto la puerta del porche trasero como la del baño estaban abiertas, salió de la habitación y se dirigió hacia allí procurando no hacer ruido; en cuanto entró en el baño cerró la puerta con cerrojo, y entonces se relajó y sonrió mientras se disponía a asearse.

Siguió estando de un humor excelente mientras desayunaba con sus anfitriones y con Breckenridge, que había entrado en la casa cuando le había llamado el señor Cartwright; al parecer, había estado cortando leña para ayudar a los ancianos. Si a eso se le sumaba el dinero extra que les había dado además del pago por la habitación y la comida, estaba convencida de que su estancia allí había contribuido a ayudar a la pareja.

Se fueron de la cabaña mientras el sol ascendía por el cielo matinal, salieron de Gribton tomados de la mano y con los morrales al hombro. Breckenridge había mantenido su rostro inexpresivo durante toda la mañana, pero cuando llegaron al camino y retomaron la ruta que iba a llevarles a Dunscore y a Kirkland, se sacó su reloj de bolsillo y miró la hora antes de volver a guardarlo.

—Apenas son las nueve —miró al frente, y le agarró la mano con más firmeza antes de echar a andar—. Le he echado otro vistazo al mapa y podríamos llegar al valle o al menos bastante cerca de allí antes del anochecer si nos arriesgáramos a no parar en ningún sitio, pero conforme vayamos avanzando el terreno irá volviéndose más montañoso y eso nos hará perder tiempo. Lo más probable es que tengamos que encontrar algún lugar donde pasar la noche.

—De acuerdo —le contestó ella, sin perder la sonrisa—. Seguro que encontramos una granja o una aldea, igual que anoche.

Al ver que él se limitaba a contestar con un sonido ininteligible, su sonrisa se ensanchó. Avanzaron en silencio mientras el sol iba ganando intensidad. Hacía un día glorioso, los pájaros cantaban y las abejas zumbaban entre la vegetación que bordeaba el camino. El cielo fue tiñéndose de un azul cerúleo, el mundo que les rodeaba parecía fresco, reluciente bajo las gotas de rocío, prometedor, y Heather lo saboreó mientras sentía que su corazón se llenaba de luminosidad y alegría.

Tuvo ganas de ponerse a saltar y a bailar, pero por deferencia al gruñón que tenía a su lado se limitó a seguir caminando. Él se había acostumbrado a acortar sus pasos para que caminaran a la par, y avanzaron hacia las colinas que se alzaban frente a ellos.

Huelga decir que para ella fue imposible no pensar en lo que había sucedido la noche anterior... en los sentimientos, las sensaciones, la intimidad, aquella conexión indefinible entre dos corazones y dos cuerpos, la fuerza y el poder del momento, la paz y la plenitud de después.

Había abierto los ojos gracias a Breckenridge, los había abierto de par en par. Le parecía inconcebible haber renunciado por voluntad propia a aquella actividad durante todos aquellos años, y haberse perdido tanto tiempo los beneficios que aportaba.

Aunque a decir verdad no creía que ningún otro hombre hubiera estado a la altura de sus expectativas, y después de lo de anoche mucho menos. Lo cierto era que, de haber sabido cómo iba a ser la experiencia, habría abordado a Breckenridge años atrás.

Aquello la hizo sonreír, pero también hizo que pensara de nuevo en su relación con él, en lo inevitable. A pesar del placer indescriptible que había sentido, seguía decidida a ceñirse al camino que se había marcado. No iba a aceptar jamás un marido que se casara con ella obligado por las convenciones sociales, por mucho que fuera un amante increíble. Lo que había sucedido la noche anterior había modificado aún más la opinión que tenía de él y esperaba que eso fuera recíproco, pero cuando aquello terminara cada uno seguiría su camino por separado, nada había cambiado en ese sentido.

Lo que sí que podría haber cambiado era el futuro inmediato, los próximos días. Ella había perdido su virginidad, pero, más allá de eso, notaba que algo había cambiado entre ellos. Quizás fuera lo habitual cuando un hombre y una mujer tenían relaciones íntimas, pero el hecho era que se sentía más cerca de Breckenridge y mucho más relajada en su compañía a multitud de niveles.

La cuestión era a dónde iba a llevarles eso.

Breckenridge observó a Heather por el rabillo el ojo y notó que parecía serena, pero pensativa. Habría dado lo que fuera con tal de saber en qué estaba pensando. Tenía experiencia con las mujeres, y hacía mucho que había aprendido que era mejor no intentar predecir cómo iban a reaccionar. Siempre acababan sorprendiéndole, y estaba convencido de que ella no iba a ser distinta en ese aspecto; de hecho, tenía la impresión de que podía ser incluso peor. Dios bendito.

Podía ser peor porque en el caso de Heather sí que quería saber lo que ella pensaba, necesitaba saberlo. Al seducirla había fortalecido su derecho a pedir su mano en matrimonio cuando llegaran al final de aquel viaje. Ella aún no se había dado cuenta, pero hacer el amor había inclinado la balanza de forma irreversible... y también había cambiado otras cosas; de hecho, una de ellas cobró vida solo con pensarlo.

Contuvo a duras penas el impulso de aferrarse a su mano con más fuerza, y luchó por mantener a raya la posesividad que, después de la noche anterior, se había intensificado aún más. Tenía que ocultarla de momento para que Heather no la notara, ya que ella era una Cynster y, si se percataba de los ojos con los que la veía, se daría cuenta de cuáles eran sus intenciones y dejaría de cooperar. Era primordial que mantuviera ocultos sus verdaderos sentimientos hacia ella, unos sentimientos y unas emociones cuya fuerza le inquietaban.

Mientras caminaba con paso firme, atento en todo momento a lo que les rodeaba y alerta a cualquier peligro, por dentro intentaba asimilar los cambios causados por la noche anterior. Cuando había dado el paso de tener relaciones íntimas con Heather no había esperado nada que no hubiera vivido mil veces antes, pero... lo único que recordaba, lo que le había quedado grabado a fuego en la mente, era la impactante intensidad del momento, lo increíblemente vibrante que había sido, y la oleada de emociones que le había golpeado de lleno después.

Sentir emociones poderosas al tener relaciones sexuales era algo completamente nuevo para él.

Por si no bastara con eso, también sentía una profunda vulnerabilidad que... que le ponía nervioso. Sí, esa era la única forma de describir adecuadamente lo que sentía.

Pero, fuera como fuese, después de la noche anterior nada ni nadie iban a impedirle conseguir su objetivo: Heather iba a ser su esposa. Si hacer el amor con ella era una experiencia que iba mucho más allá de lo que había vivido con cualquiera de sus amantes anteriores, quizás fuera porque ya había decidido que era su mujer.

Heather era especial, era la dama que iba a convertirse en su esposa. Era comprensible que ella fuera más importante, y que casarse con ella se hubiera convertido en una necesidad visceral. Tenerla como esposa era un imperativo absoluto, después de la noche anterior no existía ninguna otra posibilidad.

Llegaron a una sección del camino donde un riachuelo impedía el paso y se habían colocado troncos a un lado para que la gente que iba a pie pudiera sortearlo. Él subió primero y, manteniendo el equilibrio, la sujetó más fuerte de la mano y fue cruzando de lado; cuando ella se alzó la falda y le siguió con cuidado, aprovechó que estaba centrada en sus pies para observar con atención su rostro y su expresión.

Cuando llegó al otro lado y pisó tierra firme de nuevo, la alzó y la dejó de pie sobre la hierba húmeda. La miró a los ojos por un instante antes de girarse, y entonces retomaron el camino tomados de la mano.

No había logrado descifrar lo que ella estaba pensando, pero la dulce sonrisa de sus labios y el brillo luminoso que había visto en sus ojos parecían indicar que estaría dispuesta a repetir la experiencia de la noche anterior.

Teniendo en cuenta que estaba decidido a tomarla como esposa y que lo más seguro era que ella siguiera empeñada en seguir adelante con sus planes de futuro, estaba claro que aún le quedaba mucho trabajo por hacer en ese sentido. Le convenía hacer todo lo posible, aprovechar todas las oportunidades que se le presentaran para hacerla cambiar de opinión y para atarla a él todo lo que pudiera mediante la pasión, el placer y el deseo.

Era una idea intrigante, un desafío y, teniendo en cuenta lo que había sucedido entre ellos, resultaba de lo más atrayente.

Siguió caminando mientras sopesaba sus posibles opciones.

El hombre que se hacía llamar McKinsey salió de Dumfries a lomos de su caballo por la mañana y puso rumbo al sur por la carretera de Glasgow. Estaba convencido de que iba a alcanzar a la muchacha Cynster y al hombre que estaba con ella. En un par de horas como mucho los divisaría, y entonces...

La noche anterior, había pasado varias horas pensando en lo que iba a hacer. Como cada vez estaba más convencido de que el hombre que la acompañaba no era secretario ni lo había sido jamás, había decidido que sería mejor limitarse a observar primero.

A lo largo de la carretera había muchos tramos rectos y largos, así que cuando los encontrara no iba a resultarle difícil observarles desde la distancia sin que ellos se percataran de su presencia. Cuando viera cómo interactuaban y se hiciera una idea del tipo de relación que existía entre ellos, decidiría lo que iba a hacer. Quizás pudiera utilizar a su favor lo ocurrido, a lo mejor podría aprovechar la situación o manipularla un poco según su conveniencia.

Siguió cabalgando con el sol a su espalda, apenas consciente del rítmico golpeteo de los cascos de Hércules mientras las posibilidades se arremolinaban en su mente. Su rostro reflejaba una firme determinación, tenía los labios apretados y la mandíbula tensa.

Pasara lo que pasase, a pesar de las necesidades de su gente y de las suyas propias, debido a aquel fallo en sus planes su prioridad absoluta tenía que ser salvar a Heather Cynster. Tenía que asegurarse de que no sufriera daño alguno y de que la vida que la esperaba, ya fuera junto a él o junto a otro hombre, fuera segura y sin escándalos, que disfrutara de todas las comodidades que habría tenido si él no se hubiera visto obligado a secuestrarla.

Aquello distaba mucho de su plan inicial, pero, tal y como estaban las cosas, era lo que le exigía su conciencia.

Se tragó un suspiro lleno de frustración y siguió galopando.

Heather y Breckenridge ya estaban cerca de Kirkland cuando, con el sol bien alto, se pararon a la orilla de un riachuelo para comer parte de las provisiones que habían comprado el día anterior en Dumfries.

Se sentaron en un grupito de piedras calentadas por el sol cerca de la corriente de agua, y contemplaron mientras comían las colinas por las que había ascendido poco a poco el camino. Aunque llevaban un buen rato ascendiendo, los árboles les impedían ver lo que había al sur y daba la impresión de que eran los únicos habitantes del mundo, pero la naturaleza era un estallido de vida a su alrededor. Las plantas empezaban a florecer, y en las ramas desnudas de los árboles empezaban a brotar las primeras hojas.

Al sacar una manzana de uno de los morrales, Heather recordó a la anciana que se la había vendido en el mercado de Dumfries. Aunque apenas habían pasado veinticuatro horas, aquel momento le parecía muy distante. Era como si hacer el amor con Breckenridge hubiera dividido su vida en «antes» y «después».

Le miró y no pudo evitar sonreír. Él estaba comiendo un trozo de pan con queso mientras observaba los campos que se extendían a sus pies. La barba que oscurecía sus mejillas y ocultaba su austero, arrogante y aristocrático rostro le daba un aspecto de granuja desaliñado, le hacía parecer más humano y disimulaba su apostura de dios griego, aunque dicha apostura seguía estando allí. Cada vez que le miraba a los ojos le veía tal y como era en realidad, tal y como le había visto la noche anterior con la luna bañando su poderoso torso desnudo. Aquel aspecto de hombre normal y corriente no era más que un interludio y cuando estuviera de vuelta en la civilización se afeitaría la barba, volvería a vestir como solía hacerlo, y se convertiría de nuevo en Breckenridge, el libertino favorito de la alta sociedad.

Pero hasta entonces era el hombre que tenía enfrente, un hombre al que consideraba suyo. Ella era la única que iba a verle así, la única que sabría cómo la había tratado durante aquel viaje. Dejando a un lado el hecho de que le había enseñado lo que eran los placeres de la carne, se había comportado con ella de forma muy distinta a como solía hacerlo en Londres.

Miró hacia delante y alzó el rostro hacia el sol mientras una suave brisa le acariciaba las mejillas. Cerró los ojos y saboreó aquellos pequeños placeres de la vida.

Jamás olvidaría aquel momento... el cálido céfiro, el calavera londinense disfrazado de secretario sentado junto a ella...

Esbozó una sonrisa mientras su mente seguía por aquellos derroteros.

Ya había decidido lo que iba a hacer aquella noche. Iban a tener que pedir alojamiento en algún sitio o albergarse en un granero, pero en cualquiera de los dos casos estaba decidida a volver a disfrutar de los placeres de la noche anterior y, a ser posible, ampliar aún más sus horizontes.

Aquella aventura amorosa iba a terminar en cuanto regresaran a la civilización o muy poco después. No sabía cuánto tiempo podría durar, hasta cuándo iba a poder alargarla, por cuánto tiempo iba a estar interesado en ella Breckenridge (de todos era sabido que no tardaba en perder el interés por sus amantes). Tenía que provechar al máximo el poco tiempo que iba a estar con él, aquel breve espacio de tiempo en que iba a ser suyo.

Allí sentada, bajo el sol y con él a su lado, dejó volar la imaginación.

Breckenridge la miró y, al ver el deleite que se reflejaba en su rostro, se volvió a mirar hacia el camino... y muy a su pesar llegó a la conclusión de que, aunque daba la impresión de que estaban solos, en realidad no era así. Si estuvieran en otro lugar, si la situación fuera otra y no corrieran peligro, se habría sentido tentado a aprovechar el momento para avanzar más hacia el objetivo que se había marcado, pero que ella estuviera a salvo era más importante que su necesidad compulsiva de hacer todo lo posible por atarla a él.

Además, aún no había acabado de acostumbrarse al hecho de que, aunque lo de la noche anterior había contribuido a atarla más a él, al mismo tiempo le había atado a ella de forma más irrevocable aún y, además, de formas que aún no alcanzaba a entender por completo... que no quería entender aún.

Se volvió hacia ella de nuevo y sus ojos se posaron como por voluntad propia en aquellos labios suculentos... apartó la mirada con esfuerzo, y entonces cerró los morrales y se puso de pie.

Al ver que ella le miraba con ojos interrogantes y que aquella misteriosa sonrisa de sirena aún seguía en sus labios, se dio cuenta de repente de que no tenía ni idea de lo que había alcanzado a ver ella, de cuánto habría adivinado.

Endureció tanto su corazón como su expresión y le ofreció la mano.

—Será mejor que sigamos, aún nos queda bastante camino por delante si queremos llegar al valle mañana.

Ella le observó en silencio unos segundos antes de asentir y tomar su mano. Cuando la ayudó a levantarse, le dio las gracias y se sacudió la falda.

Breckenridge esperó a que terminara, y entonces le dio un morral y comentó:

—En teoría, al doblar la próxima curva desembocaremos en un camino más grande. Kirkland debería estar un poco más al oeste.

Cuando ella volvió a asentir y alargó la mano, él la agarró con suavidad y la condujo de vuelta al camino. Así, tomados de la mano, siguieron caminando el uno junto al otro rumbo a Kirkland.

El hombre que se hacía llamar McKinsey estaba de un humor de los mil demonios mientras cabalgaba rumbo al sur por la carretera de Glasgow, de regreso a Dumfries. Si todo hubiera salido tal y como lo había planeado en un principio, en ese mismo momento estaría en las Tierras Altas, a punto de llegar a casa con Heather Cynster, y sus tierras y todos los que habitaban en ellas no tardarían en estar a salvo de nuevo. Pero en vez de eso...

En vez de eso, se vio obligado a detener a todos los viajeros que iban rumbo al norte para preguntarles si habían visto a la pareja, tuvo que detenerse en cada cabaña, granja y taberna, en todos y cada uno de los lugares donde hubieran podido pernoctar, había tenido que revisar todos los caminos secundarios en busca de alguna pista.

Había llegado a Thornhill sin encontrarlos y eso quería decir que, o se habían detenido en algún sitio y los había adelantado sin darse cuenta, o habían dejado la carretera principal y se dirigían hacia quién sabía dónde.

No había entrado en sus planes llamar la atención parando a todo el que encontraba en su camino para preguntar por ellos, pero no le había quedado más remedio que hacerlo. Lo único positivo era que del tramo de carretera al sur de Thornhill no salían demasiados caminos secundarios y en la mayoría de ellos había alguna cabaña o algún granero cerca de la entrada. A aquella hora del día, con el sol brillando con fuerza, todo el mundo estaba en los campos y resultaba fácil preguntar si alguien había visto a su hermano y a su cuñada.

Después de preguntar a otro granjero y de obtener una nueva respuesta negativa, volvió a montar y puso a Hércules a medio galope. Se preguntó si valía la pena tomarse todas aquellas molestias por aquella muchacha; si no hubiera escapado con un desconocido que podría ser un granuja...

Suspiró con resignación. Fuera como fuese, no podía permitir de ningún modo que aquella bobita se fuera a la buena de Dios y acabara lastimada, ya que él era el causante, el culpable, de que estuviera metida en aquel embrollo en vez de sana y salva con su familia. Era innegable que el hecho de que ella pudiera encontrarse en peligro había sido un resultado inesperado del plan que él había ideado, así que le correspondía solucionar las cosas.

Más decidido que nunca, golpeó con los talones de las botas los flancos de Hércules para que se lanzara al galope.

CAPÍTULO 12

A última hora de la tarde, Breckenridge entró con Heather en una pequeña aldea que, según el mapa, se llamaba Craigdarroch. Sin necesidad de intercambiar una palabra o una simple mirada, se detuvieron frente a las tres cabañas situadas en una pequeña cuesta que había al borde del camino.

Heather miró hacia la siguiente curva del camino, donde había otra cuesta que les impedía ver lo que había más adelante, y comentó resignada:

—Supongo que un poco más adelante no hay una aldea más grande, ¿verdad?

—No. En el mapa no aparece ninguna población grande cerca de aquí, así que no podemos arriesgarnos a seguir. Aún hay sol, pero no tardará en anochecer.

Habían llegado a Kirkland poco después del mediodía y habían continuado por un camino más grande que pasaba por las colinas y unía Thornhill y New Galloway. Aunque estaba en mejores condiciones, tenía un montón de curvas y también de subidas y bajadas. Ninguna de ellas había sido demasiado pronunciada, pero habían avanzado con bastante lentitud y les iba a resultar imposible llegar al valle aquel mismo día. Hacía cosa de una hora que habían pasado por un pueblo llamado Moniaive y, siguiendo la ruta que habían elegido, habían tomado un camino mucho más estrecho y lleno de baches que les había llevado hasta Craigdarroch.

Con un poco de suerte, elegir aquella ruta por las colinas serviría para despistar a cualquiera que pudiera estar siguiéndoles.

—Probemos en la tercera cabaña —propuso Heather—. Da la impresión de que tiene una habitación anexa en la parte posterior.

Breckenridge asintió y la tomó con más firmeza de la mano mientras la conducía hacia la puerta roja de la cabaña en cuestión. Se detuvieron en el escalón de entrada y, después de colocarse bien los morrales al hombro, alzó la mano y llamó.

Al cabo de un momento abrió una mujer que pareció sorprenderse al verles. Se alarmó cuando su mirada se posó en él, y se apresuró a entrecerrar la puerta antes de preguntar con cautela:

—¿Qué desean?

Heather dio un paso antes de que él pudiera contestar, y entonces le soltó la mano y le apretó el brazo para advertirle que permaneciera callado.

—Queríamos saber si tiene usted una habitación libre que pueda alquilarnos, señora. Nos dirigimos a visitar a mi familia, pero el trayecto es más duro de lo que esperábamos y necesitamos un lugar donde pasar la noche.

Él optó por guardar silencio al ver que la mujer bajaba la mirada hacia la mano que Heather tenía sobre su brazo, la que aún llevaba puesto su anillo.

Después de tomar buena nota del aspecto de Heather (el vestido arrugado, los mechones de pelo que escapaban del moño que se había hecho aquella mañana, la piel que solía ser marfileña pero que en ese momento estaba teñida de rosa por el sol), la mujer le observó a él con mucho más detenimiento; después de mirarlo de arriba abajo, se volvió de nuevo hacia Heather.

—¿Este es su hombre?

—Sí, es mío.

El hombre en cuestión contuvo las ganas de lanzarle una mirada interrogante a Heather al oír aquella afirmación tan instantánea, firme y categórica. Por el rabillo del ojo la vio alzar un poco la barbilla, como retando a la mujer a que hiciera algún comentario negativo acerca de él.

No recordaba la última vez que una mujer le había mirado con desagrado, pero no era corto de entendederas. Estaba claro que aquella mujer no confiaba en los hombres fuertes y fornidos. Bajó la cabeza y procuró encorvar los hombros todo lo posible para resultar menos amenazador.

—Estoy dispuesto a cortar leña para usted, señora. Hice esa tarea para la pareja que nos hospedó anoche en Gribton, además del pago por la habitación.

Después de lanzar una última mirada a Heather, la mujer asintió y retrocedió. Abrió la puerta del todo y les indicó que pasaran con un gesto.

—Soy la señora Croft. Soy viuda y debo actuar con cautela, pero no puedo negar que el dinero y la leña me vendrán bien.

Heather recorrió con la mirada la pequeña sala de estar. En medio de la pared del fondo había una puerta abierta que daba a la cocina, que tenía una mesa en el centro. A la derecha de la puerta principal había otra puerta que seguramente daría al dormitorio principal. La chimenea estaba construida en la pared del fondo, a la derecha de la puerta de la cocina, y un poco más a la derecha había una estrecha escalera que ascendía y giraba hasta perderse por detrás de la chimenea.

Después de cerrar la gruesa puerta principal y asegurarla con un macizo cerrojo de hierro, la señora Croft señaló hacia la escalera.

—La habitación libre está arriba, vayan a echar un vistazo y a dejar sus cosas. El aseo está en la parte posterior de la casa, cruzando la cocina —evitó mirarle a él, y miró a Heather a la cara como si estuviera dudando entre hacer algo o no; al cabo de unos segundos, asintió como si hubiera tomado una decisión—. Han llegado justo a tiempo, estaba empezando a llenar la cazuela. Si les apetece, puedo ofrecerles una cena decente y un buen desayuno además de la cama.

—Gracias, aceptamos encantados —le contestó Heather, sinceramente aliviada, antes de proponer la misma suma que les habían pagado a los Cartwright.

El rostro de la mujer se iluminó.

—Me parece perfecto... ¿seguro que pueden permitírselo?

Quien contestó fue Breckenridge, que tenía la cabeza un poco gacha porque estaba parado debajo de una de las vigas del techo.

—Me parece un precio justo. Si usted quiere, puedo empezar a llenarle la leñera antes de que anochezca.

La chimenea ya estaba encendida, y la leñera de madera que había junto a ella estaba medio llena. Sin mirarlo a los ojos en ningún momento, la señora Croft contestó:

—Puede dejarlo para mañana. Por lo que han dicho, llevan andando todo el día si vienen de Gribton, y ya está oscureciendo.

Él pensaba dejar la leñera llena hasta los topes antes de que se marcharan. Agachó la cabeza un poco más y contestó:

—Como usted diga.

Heather tuvo que apretar los labios para lograr ocultar una sonrisa al ver cómo intentaba parecer inofensivo. No se parecía en nada al Breckenridge de siempre.

—En ese caso, subiremos a la habitación.

—De acuerdo. Tengo una campanilla, la tocaré cuando tenga la mesa servida.

Heather subió por la escalera, pero al llegar al recodo se detuvo para volverse a mirar y vio que Breckenridge se ponía un poco de lado para poder pasar por allí. Nunca se había parado a pensar en las dificultades que entrañaba ser tan alto y tener los hombros tan anchos. Siguió subiendo y fue a parar a un pequeño descansillo frente a una única puerta.

Abrió y entró en una habitación pequeña, pero limpia como los chorros del oro. Tenía dos ventanas con vistas al prado que había detrás de la cabaña y estaba construida encima de la cocina, entre el tejado original y el que se había añadido después un poco más arriba, así que el suelo de la habitación era el techo de la cocina.

La cama de madera que había en el centro tenía la cabecera debajo de las dos ventanas, y los pies miraban hacia la pared donde estaba el tiro de la chimenea. Quedaba espacio para una pequeña cómoda con cajones en la pared del fondo y un aguamanil junto a la puerta.

Después de dejar el morral junto a la cómoda, Heather se volvió y vio que Breckenridge, que acababa de cerrar la puerta, tocaba el tiro de la chimenea; al ver que estaba mirándolo, él le explicó:

—No vamos a pasar frío con el fuego encendido abajo.

Fue a dejar los morrales en una esquina, junto al aguamanil, y cuando estaba incorporándose la señora Croft llamó a la puerta y les dijo sin abrir:

—Les traigo una jarra de agua caliente, por si quieren usar la palangana que tienen ahí.

Heather le hizo un gesto a Breckenridge para indicarle que se quedara donde estaba. Se apresuró a ir a abrir la puerta, y miró sonriente a la mujer.

—Gracias, es usted muy amable.

Después de entregarle la jarra, la señora Croft se secó las manos en su delantal de rayas azules y dio media vuelta de inmediato.

—De nada —se limitó a decir, antes de volver abajo.

Heather la siguió unos segundos con la mirada antes de darle la pesada jarra a Breckenridge, que la dejó en el aguamanil.

—¿Qué le habrá pasado para comportarse así? —murmuró ella, después de cerrar la puerta.

Él le lanzó una mirada y, mientras vertía el agua caliente en la palangana, comentó:

—Lo más probable es que su marido la golpeara.

La forma en que lo dijo, su tono, parecían indicar que había llegado a aquella conclusión por la reacción que tenía la mujer ante él. Estaba claro que esa era la razón por la que había estado intentando parecer inofensivo, pero Heather optó por no hacer ningún comentario al respecto y se acercó al aguamanil cuando él le indicó con un gesto que lo usara primero.

Después de quitarse el polvo del camino y de secarse con la toalla que estaba colgada en el lateral del aguamanil, fue a inspeccionar la cama mientras él se aseaba. Echó hacia atrás el cobertor y, después de echarles un vistazo a las sábanas, volvió a ponerlo bien, se sentó encima y dio un par de saltitos para probar el colchón.

—Las sábanas están limpias, y la cama —se quitó los botines antes de tumbarse y posar la cabeza en la almohada— es bastante cómoda.

Cerró los ojos y soltó un suspiro de satisfacción mientras empezaba a relajarse. La jornada de viaje había terminado, estaba tumbada cómodamente, les estaban preparando la cena y no tenía ninguna tarea pendiente, así que podía dedicarse a pensar en qué más podría pasar, qué más podría llegar a conseguir si se lo proponía.

Breckenridge dejó la toalla en su sitio y se volvió a mirarla. Al verla tumbada, con cara de satisfacción y una pequeña sonrisa en los labios, no pudo contener el irresistible deseo de ir hacia ella. Se detuvo cuando tocó con las piernas el lado opuesto de la cama. Estaba tentado, muy tentado, a deslizar los nudillos por una de aquellas delicadas mejillas, pero eso sería una insensatez. Sabía a dónde podía conducir incluso la más inocente de las caricias, y Heather había pasado el día entero caminando.

Sería mejor dejarla descansar antes de iniciar la segunda fase del plan... su plan para conseguir que se casara con él, para que llegado el momento no protestara y accediera encantada.

No iba a tenerlo nada fácil, pero era una tarea en la que era todo un experto. No había necesidad de ser un desconsiderado y seducirla de inmediato, tenía tiempo de sobra.

Dio media vuelta con resignación, se sentó en el borde de la cama y acercó uno de sus morrales para sacar el mapa. Mientras estudiaba la ruta que iban a recorrer, bajo sus pies se oían ruidos procedentes de la cocina. Se concentró en el mapa, en ver cuánto camino tenían por delante para hacer un cálculo aproximado de las horas de viaje que les quedaban, pero parte de su cerebro estaba pendiente de Heather; a juzgar por su respiración, no estaba dormida.

—Estamos aquí, entre estos dos pasos de montaña, así que no vamos a tener que ascender mucho más. Una o dos horas, y después todo lo demás será cuesta abajo. Si el valle está donde tú dices, deberíamos llegar mañana con toda certeza, aunque creo que será a media tarde.

—Ah.

Él notó que parecía pensativa, pero decidió que era mejor no torturarse intentando adivinar lo que estaría pasándole por la mente. Mientras seguía con la mirada puesta en el mapa oyó el ruido metálico de una olla procedente de abajo y pensó en la señora Croft y en la alarma que se había reflejado en sus ojos. No era la primera vez que veía esa reacción, sabía cuál solía ser el motivo que la causaba, y siempre que la veía se preguntaba cómo era posible que un hombre golpeara a una mujer, por qué lo hacía. La mera idea de golpear a una mujer, a cualquier mujer, le repugnaba.

Era consciente de su propia fuerza, había luchado con hombres de su tamaño lo bastante a menudo para saber lo poderoso que podía llegar a ser un golpe suyo, el daño que podía causarle a un hombre, y no quería ni imaginar lo que supondría para una mujer. El concepto en sí de golpear a una mujer... el porqué, el cómo... era algo que estaba más allá de su comprensión.

Eso no quería decir que no hubiera conocido a mujeres que eran verdaderas zorras (la que le había enseñado el verdadero valor del amor, por ejemplo), pero, por muy merecido que hubiera sido un castigo, siempre había pensado que era mejor dejar eso en manos del destino. Este siempre solía hacer pagar a quien se lo merecía, y a menudo de maneras realmente exquisitas que un simple mortal jamás podría igualar.

A pesar de su empeño en no hacerlo, volvió a pensar en la

mujer que estaba tumbada a su espalda. A pesar de que conocía a las peores de su especie, a todas las matronas hastiadas que eran verdaderas arpías pero se acercaban a él con sonrisas falsas para intentar seducirle, tanto Heather como ellas eran mujeres de su misma clase y el instinto de protección que sentía hacia ellas era innato, inherente a su naturaleza. Hacerles daño sería como arrancarse su propio esqueleto, su actitud hacia ellas estaba profundamente arraigada.

Y, en cuanto a Heather... en cuanto su mente se centró aún más en ella, sintió que algo emergía de su interior. Algo duro como el acero, grabado a fuego e inflexible. Jamás le alzaría la mano, pero mataría a cualquiera que la lastimara lo más mínimo.

Ese era un extraño rasgo de su personalidad (y la de otros hombres como él, como los Cynster y otros de esa misma índole), para el que jamás había encontrado ninguna explicación racional. Nunca, jamás serían violentos con sus respectivas mujeres, pero reaccionarían sin pensarlo con una violencia brutal si alguien las amenazara de alguna forma.

Era plenamente consciente de que tenía dentro esa inclinación, lo sabía desde hacía muchos años, pero había sido en ese momento, con Heather, cuando aquella... no era una emoción, ¿verdad? No, más bien una actitud arraigada... en fin, había sido en ese momento cuando había alcanzado su pleno (y un poco enervante) potencial.

Por desgracia, el hecho de saber que lo que sentía era normal para hombres como él no le facilitaba en nada lidiar con los impulsos asociados.

Al notar que la cama se hundía un poco tras él, supuso que Heather estaba poniéndose de lado para dormir una siesta, pero de repente el colchón se hundió aún más justo detrás de él y ella se apretó contra su espalda mientras apoyaba las rodillas a ambos lados de su cuerpo y le rodeaba con los brazos.

Soltó el mapa como un rayo y atrapó sus manos, que ya habían empezado a explorar su pecho.

—¿Qué estás haciendo?

—Intento seducirte para que aprovechemos la hora que tenemos hasta la cena.

Sintió su cálido aliento contra la piel seguido de la suave caricia de sus labios, y al cabo de un instante la oyó susurrarle al oído:

—¿Está funcionando?

Heather pensaba que él no iba a contestar, al menos con palabras. Estaba dejándose guiar por su instinto y por sus impulsos y no tenía ni idea de si estaría dispuesto a jugar. Aquella podría ser la última noche que les quedaba para disfrutar al margen de todas las restricciones impuestas por las convenciones sociales, y estaba decidida a aprovecharla al máximo. No sabía si él estaría dispuesto a seguir con aquella aventura amorosa cuando llegaran al valle; incluso suponiendo que así fuera, dicha aventura tendría que terminar cuando él regresara a Londres, y lo más probable era que se fuera en cuanto la dejara sana y salva en casa de Richard y Catriona.

Se había quedado muy quieto. No se había quedado helado, pero... en un abrir y cerrar de ojos estuvo tumbada de espaldas en la cama y con él apoyado en los brazos, con las palmas hundidas en el colchón a ambos lados de su cabeza, sosteniéndole la mirada sin pestañear con aquellos ojos avellana con reflejos verdes y dorados.

—¿Qué es lo que se te ha ocurrido exactamente?

Estaba claro que su intento de seducción había funcionado.

—Pues... es que estaba pensando que... —no sabía si iba a atreverse a decirlo en voz alta, y al final decidió lanzarse sin pensárselo dos veces—. Debes de haber tenido muchos encuentros con damas en bailes y fiestas, encuentros en los que el tiempo era limitado y corrías el riesgo de ser descubierto —ellos jamás compartirían ese tipo de encuentros, así que, si quería saber algo al respecto, ese era el momento de preguntar. Alzó la mano y, en un alarde de atrevimiento, deslizó la punta de un dedo por su mejilla hasta la comisura del labio—. Tenemos una hora por delante... yo creo que un guiso tarda eso como mínimo en hacerse... pero la señora Croft está abajo y no podemos hacer demasiado ruido —al ver que se limitaba a mirarla en silencio, enarcó una ceja y le preguntó con descaro—: ¿qué es lo que harías?

Aguardó callada mientras él pensaba en ello, y por un instante le pareció ver un brillo calculador en su mirada.

—Lo primero que habría que plantearse es si la dama en cuestión y yo tendríamos que permanecer vestidos.

Ella no habría sabido decir por qué aquella idea le resultó de lo más excitante. Estaba convencida de que preferiría estar desnuda con él, sobre todo bajo la suave luz vespertina. Hizo un mohín y comentó:

—No creo que eso pueda aplicarse aquí, tendremos tiempo de sobra para volver a vestirnos antes de que la señora Croft toque la campanilla.

No siempre se mostraba inexpresivo, en ese momento parecía un poco condescendiente.

—Creía que estabas interesada en una experiencia auténtica, y no hay por qué apresurarse.

Heather sintió que un escalofrío de excitación le bajaba por la espalda.

—Bueno, si insistes...

—Lo más probable es que tampoco tuviéramos una cama; aun suponiendo que encontráramos un dormitorio, no podríamos utilizar la cama para estos menesteres.

—Sí, supongo que eso es cierto. Entonces, ¿qué...?

Él rodó a un lado, bajó de la cama, y entonces la agarró de la mano y tiró de ella para que se pusiera en pie también.

—Vamos a empezar por el principio: la puerta.

Después de conducirla hasta allí, dio media vuelta y apoyó la espalda en la madera antes de atraerla hacia sí. Enmarcó su rostro entre las manos, la instó a que lo alzara y la besó con voracidad, hizo que abriera bien la boca y se adueñó de ella sin prolegómenos.

Heather le devolvió el beso con abandono y pasión, completamente desinhibida.

Ninguna de las elegantes damas de la alta sociedad había sido tan directa, tan honesta. La devoró a placer y ella se rindió gustosa mientras sus lenguas se batían en un apasionado duelo.

No fue nada difícil encender la pasión y la electrizante desesperación que debían impregnar ese tipo de encuentros, y que intensificaban la excitante sensación de estar haciendo algo ilícito. Era eso, la atracción de lo prohibido, lo que más fascinaba y seducía.

A pesar de saber tan bien la teoría y la práctica, con ella en sus brazos todo parecía diferente, nuevo. Aquel camino que tantas veces había transitado le parecía fresco, excitante, fascinante, en contraste con el ligero aburrimiento que solía embargarle.

No se sintió nada aburrido cuando Heather le abrió la chaqueta de par en par, le puso sus delicadas manos en el pecho y agarró la camisa como si estuviera dispuesta a arrancársela.

Masculló una imprecación para sus adentros y, sin dejar de besarla, repasó mentalmente sus opciones. Se dio cuenta de inmediato de que tan solo tenía una, ya que la cama era el único mueble que podían usar. La cuestión era cómo hacerlo, cómo avanzar aún más hacia su propio objetivo y sacarle el máximo partido a la curiosidad que ella sentía, y decidió dar rienda suelta a sus instintos de libertino para que estos le proporcionaran la respuesta.

Soltó el rostro de Heather y, sin dejar de besarla, la alzó en brazos y se acercó a la cama. Cuando se sentó en el borde y la colocó en su regazo, ella se volvió hasta que quedaron cara a cara y entonces tomó su rostro entre las manos y lo besó con pasión desatada.

Él la sostuvo con un brazo y, después de un embriagador momento en el que cualquiera de los podría haber salido vencedor, logró retomar el control del ardiente beso. Subió la mano libre por su cuello para hacerle ladear la cabeza con el ángulo perfecto para seguir con aquel beso, un beso que estaba descontrolándose por momentos.

Cuando notó que ella estaba plenamente centrada en el incendiario apareamiento de sus bocas, bajó la mano hasta su pecho... y logró desconcentrarla por completo. Cubrió el firme seno con la palma de la mano, lo apretó un poco, y cuando ella jadeó contra su boca empezó a amasarlo, a explorarlo, a poseerlo.

Él habría optado por olvidarse de la cena y dedicarse a devorar y saborear aquellos senos, pero ella había elegido el curso a seguir en aquella ocasión y él tenía experiencia de sobra para hacerlo, y estaba preparado y dispuesto.

Siguió amasándole los senos hasta que estuvieron henchidos y duros, hasta que la tela del vestido apenas podía contenerlos y ella intentó frotarse contra él buscando alivio... un alivio que él no iba a darle aún.

Deslizó la mano hacia abajo, acarició la tensa curva de su vientre y fue bajando hasta meter la mano en su entrepierna a través de la falda.

Heather contuvo el aliento contra sus labios. Apenas podía respirar y utilizó el ardor y la pasión del beso para anclar sus alborotados sentidos. Él metió la mano con más fuerza, más hondo, la acarició rítmicamente, y ella alzó las caderas anhelante, exigiéndole más sin vergüenza alguna. El vestido y la camisola se interponían entre ellos, pero no había nada que pudiera sofocar la sensación de aquellos dedos duros delineando lo que había debajo, trazando y explorando... aquel condenado sabía demasiado.

Jadeante, sin aliento, intentó echar la cabeza un poco hacia atrás, pero él no se lo permitió y la mantuvo atrapada en aquel beso abrasador y evocativo que ella misma había alentado, pero del que no podía arrancar sus sentidos. Tenía que...

Notó de repente que él apartaba la mano, pero antes de que pudiera protestar le levantó un poco la falda y metió la mano por debajo. Suspiró extasiada cuando aquellos dedos y aquella palma subieron por su pantorrilla, esperó expectante, y él le dio entonces todo lo que anhelaba... el fuego, el ardor, las caricias juguetonas... hasta que estuvo enloquecida y sintiéndose vacía y anhelando sentirle allí dentro y... y entonces un largo dedo la penetró y ella estalló en mil pedazos, sintió que sus sentidos implosionaban en un millón de gloriosos y luminosos fragmentos.

Mientras los fragmentos se recomponían, notó que su mano seguía moviéndose entre sus piernas y que dos enormes dedos la acariciaban en lo más hondo de su ser para mantener viva su pasión, y fue entonces cuando se dio cuenta de que ya no estaba besándola y que ella había hundido los dedos en su oscuro cabello sin darse cuenta.

Tenía los párpados pesados por la pasión, pero logró abrir los ojos y al mirarle a la cara vio que él tenía la vista fija en otro sitio, que le había levantado la falda hasta la cintura y estaba contemplando como fascinado su propia mano entre sus piernas abiertas de par en par... la imagen la hizo estremecer de pasión, y cerró los ojos.

—¿Quieres lo que viene a continuación?

Lo dijo en voz baja y con toda la naturalidad del mundo, pero con un tono profundo y gutural que le delató. Ella había aprendido a reconocer las cadencias más profundas del deseo.

—Sí —contestó sin vacilar. Abrió los ojos y le sostuvo la mirada—. Lo quiero todo. Quiero tenerte dentro. Quiero sentir cómo me llenas por completo, cómo me posees.

En esa ocasión fue él quien se estremeció y cerró los ojos. Respiró hondo, y a pesar del ruido atronador de su propio pulso la oyó preguntar:

—¿Qué hay que hacer?

Él sacó los dedos de su sexo y la mano de su entrepierna, le bajó la falda, se puso en pie con ella en brazos y la miró a los ojos mientras giraba hacia la cama.

—Esto.

La echó sobre la cama boca abajo, la agarró de las caderas y se las alzó.

—Ponte de rodillas.

Ella obedeció de inmediato. Se puso de rodillas en la cama,

se echó hacia atrás hasta sentarse en los tobillos, y le miró desconcertada por encima del hombro.

—¿Cómo...?

Él tomó su rostro entre las manos y la mantuvo quieta mientras la besaba a fondo; al cabo de un largo momento la soltó, le puso la mano en la espalda y la hizo echarse hacia delante mientras se colocaba entre sus tobillos.

—Ah —dijo ella, antes de apoyarse en las manos.

—Exacto —le alzó la falda y con una mano acarició aquellas exquisitas nalgas mientras con la otra se desabrochaba el pantalón.

Su erección emergió, turgente y gruesa. Deslizó los dedos una vez más entre sus piernas, acarició sus cálidos y húmedos pliegues y entonces la abrió y metió la gruesa punta antes de deslizarse lentamente hasta el fondo... hasta el mismísimo paraíso.

Al oírla soltar un suave gemido trémulo, le recordó:

—No podemos hacer ruido.

Le agarró las caderas, salió poco a poco de su cuerpo y se tomó su tiempo penetrándola otra vez; tal y como le había dicho antes, no había por qué apresurarse. Alargó todos y cada uno de los momentos, prolongó cada caricia y cada penetración, exprimió hasta el último segundo hasta que la tensión se volvió insoportable.

Saboreó todos los sonidos que logró arrancarle. Sabía que al final iba a tener que taparle la boca con la mano, porque estaba decidido a hacerla gritar de placer; a ser posible, su nombre.

Con cada lenta penetración, cada vez que su cuerpo se abría para aceptarlo y luego se cerraba y se ceñía a su alrededor de una forma tan delicada a la par que poderosa, sentía que algo iba emergiendo de su interior. Con cada experta posesión (aunque no se sabía quién estaba poseyendo a quién) sentía que ese «algo» totalmente nuevo crecía y se expandía, una nueva parte de su ser, una nueva faceta que antes no existía.

Aquel nuevo elemento, fuera lo que fuese, saboreaba extasiado aquel placer... no solo el placer que él le daba a Heather y la reacción desinhibida de ella, sino también el placer que recibía con cada caricia de su maravilloso cuerpo.

Ella sabía que era con él con quien estaba. Para ella, en aquel ámbito, tan solo existía él, y eso suponía una gran diferencia; en cierta forma, añadía una dimensión nueva, única y adictiva a la cópula, a aquel acto que tantas veces había realizado pero en el que nunca antes se había entregado tanto.

Ella giró ligeramente la cabeza mientras seguía el ritmo cada vez más rápido de sus embestidas, y pudo verla de perfil. Se quedó sin aliento al ver sus ojos cerrados, la expresión de puro éxtasis que había en su rostro y la luminosa sonrisa que curvaba sus labios, y de repente empezaron a moverse más y más rápido, con más fuerza, cabalgaron juntos hacia la cima mientras las llamas ardían descontroladas.

Los excitantes sonidos de la cópula quebraban el silencio... el golpeteo de piel contra piel, la respiración jadeante, los sollozos ahogados de Heather.

La pasión los tenía cautivos, los había atrapado en un puño invencible y los obligó a seguir y a seguir sin parar. Estaban medio enloquecidos, desesperados, delirantes, tan cerca del abismo, pero sin acabar de llegar...

Mientras seguía penetrándola desbocado, mientras aquellas nalgas desnudas seguían cabalgando contra su entrepierna, se echó hacia delante y posó una mano sobre su boca abierta y la otra sobre un seno, agarró el pezón y lo estrujó mientras sus embestidas se volvían más fuertes, más profundas, más potentes.

Ella alcanzó el éxtasis de golpe y se apretó contra él mientras seguía llenándola más y más hondo. Su húmedo canal se contrajo, lo estrujó y le hizo perder por completo el control. Se dejó llevar y salió catapultado tras ella hacia un éxtasis cegador, saboreó aquel momento glorioso lleno de ardiente pasión y desenfreno, aquel cataclismo de sensaciones increíble que le golpeó de lleno, que les golpeó de lleno a los dos y la hizo gritar cuando llegaron a la cima más alta.

Se fracturaron en mil pedazos... y entonces cayeron a un vacío donde reinaba un éxtasis indescriptible.

Breckenridge se derrumbó encima de ella, pero logró deslizarse a un lado lo suficiente para no aplastarla. Los dos estaban jadeantes, indefensos y débiles, tenían las extremidades completamente laxas y la mente en blanco.

Cuando al fin hubo recuperado algo de fuerzas, salió de su cuerpo y se tumbó de espaldas junto a ella para intentar llenar sus pulmones de oxígeno, y al cabo de un momento ella se volvió y se colocó de espaldas también.

Se volvió a mirarla justo a tiempo de verla inhalar hondo y exhalar el aire de golpe.

—Ha sido... increíble.

Su comentario le hizo sonreír de oreja a oreja. Fijó la mirada en el techo, y pensó para sus adentros: «Intenciones cumplidas, objetivo logrado».

Al día siguiente iban a llegar al valle, y a casa de Richard y Catriona. No sería correcto que visitara el lecho de Heather mientras era un huésped allí, así que tenía que aprovechar y darle ya todos los alicientes posibles para que accediera a casarse con él.

Si después estaba dispuesta a jugar un poco más, él estaba... estaría... más que dispuesto. En su experta opinión, lo de «increíble» se quedaba muy corto para describir lo que hacían juntos.

Se quedaron dormidos el uno en brazos del otro, y despertaron cuando la señora Croft tocó la campanilla; se colocaron bien la ropa después de lavarse a toda prisa, y para cuando bajaron la estrecha escalera la mujer estaba poniendo los platos en la mesa de la cocina.

El aroma del guiso hizo que a Heather se le abriera el apetito. Felicitó a su anfitriona antes de sentarse en la silla que esta le indicó, una silla que estaba entre la mujer y Breckenridge, al que se le había asignado un taburete al final de la mesa. La mujer le lanzó una breve mirada y, cuando los tres estuvieron sentados, bendijo brevemente la mesa y se pusieron a comer. Durante un largo momento, los únicos sonidos que se oyeron fueron los de las cucharas rozando los platos metálicos.

Heather se dio cuenta de que, al igual que antes, Breckenridge permanecía encorvado para intentar empequeñecerse. Mantenía los ojos en su plato y, aparte de un breve comentario alabando la comida, no dijo nada.

Dio la impresión de que su actitud servía para tranquilizar en cierta medida a la señora Croft, que se puso a comer con apetito.

Cuando tuvo la barriga llena, Heather buscó algún tema de conversación y a través de la puerta que daba a la sala de estar vio un canasto de ropa junto al que sin duda era el sofá de la mujer.

—¿También remienda ropa?

—Sí, en esta zona hay bastantes fincas y casas de gente pudiente. Trabajaba de costurera en una de ellas antes de casarme con Croft, y ahora me gano la vida así.

—Si usted quiere, podría ayudarla después de que freguemos los platos —era la única tarea práctica que sabía hacer, se le daba de maravilla usar la aguja.

La mujer pareció sorprenderse, pero al final asintió.

—Si de verdad está dispuesta a hacerlo, no voy a rechazar su ayuda. Tengo que terminar todo lo que hay en aquel canasto lo antes posible.

Y así fue como Heather pasó una velada extrañamente agradable remendando frente a la chimenea dobladillos y costuras rasgadas. La opinión que la señora Croft tenía de Breckenridge mejoró muchísimo cuando este se ofreció a fregar los platos y la olla para que ellas pudieran dedicarse a coser.

Al cabo de un rato, él se asomó por la puerta de la cocina y preguntó a la viuda dónde estaban el hacha y los troncos.

—Mañana me levantaré temprano para terminar de llenar la leñera antes de nuestra partida.

Para entonces la mujer ya se había relajado casi del todo en su presencia, y fue de inmediato a mostrarle dónde estaba todo antes de volver a sentarse junto a Heather.

Breckenridge entró también en la sala de estar y se quedó de pie entre las sombras mientras contemplaba a Heather. Le resultó extraño verla tan casera, cosiendo con pulcritud una camisa de hombre, y contuvo una sonrisa antes de decir:

—Yo me retiro ya, buenas noches.

Subió la escalera, y en aquella ocasión sonrió abiertamente al recordar la escena que acababa de presenciar; cuando entró en la habitación, aún seguía sonriendo.

Heather se sentía muy a gusto mientras cosía. No habría sabido decir si era por la satisfacción de estar haciendo una tarea útil con sus manos (unas manos que incluso ella misma debía admitir que eran bastante pequeñas y delicadas), o por el hecho de saber que cuando terminara y subiera Breckenridge iba a estar esperándola en el lecho, pero fuera como fuese sentía una felicidad difícil de explicar.

Al cabo de media hora más de arduo trabajo, entre las dos habían logrado vaciar el canasto. La señora Croft se quedó mirando el montón de ropa doblada como si le sorprendiera todo el trabajo que habían hecho, y contempló sonriente:

—Debo admitir que es rápida con la aguja, señora. Se lo agradezco mucho...

Heather la miró con expresión interrogante al ver que se quedaba callada, y la mujer la miró a los ojos antes de preguntar vacilante:

—Su marido es un buen hombre, ¿verdad?

—Sí, muy bueno —lo afirmó sin dudarlo ni un instante.

—Yo también tuve uno así... Croft era un simple leñador, pero tenía el mejor de los corazones —apretó los labios y confesó—: el que tuve antes que él era un verdadero canalla. Se deshacía en sonrisas y palabras bonitas y era muy apuesto, pero tenía un corazón negro. De modo que sé lo que es un hombre malo, pero también sé reconocer a uno bueno cuando lo veo.

Su marido podrá ser pecaminosamente apuesto, pero tiene buen corazón. Espero que sea lista, se aferre a él y no le deje escapar.

Heather sonrió, pero fue incapaz de mentir. Estaba decidida a separarse de Breckenridge con pragmatismo, el mismo que seguro que iba a mostrar él.

—Gracias, será mejor que yo también suba a acostarme.

—Buenas noches, hasta mañana.

Heather aceptó la vela que la mujer le dio y protegió la llamita con la mano mientras subía la escalera. La puerta estaba entreabierta, así que tan solo tuvo que empujarla un poco. Cuando entró, vio bajo la tenue luz la silueta de Breckenridge tumbado bajo las cobijas.

No estaba dormido. Se volvió al oírla entrar, y la siguió con la mirada mientras ella cerraba la puerta y dejaba la vela sobre la pequeña cómoda.

—La señora Croft está convencida de que eres un hombre de buen corazón.

Él sonrió y miró hacia el techo.

Heather se desvistió a toda prisa. Se debatió entre quitarse la camisola o dejársela puesta, pero al final optó por lo primero y entonces se apresuró a apagar la vela y a meterse en la cama.

Cuando se acurrucó contra él y descubrió que, tal y como esperaba (y deseaba), también estaba desnudo, se apretujó contra su costado y suspiró de placer al sentir que su calidez la envolvía. Estar piel con piel era relajante por un lado y una pura tentación por el otro; más que oírla, notó bajo la mejilla que soltaba una risa ahogada antes de rodearle los hombros con un brazo para acercarla aún más. Apoyó la mejilla en su pecho mientras se apretaba contra su fuerte y musculoso cuerpo y se relajaba entre sus brazos.

Aquel pequeño placer era como estar en el séptimo cielo.

Breckenridge le acarició la cabeza con la mandíbula y la besó en la frente antes de decir:

—Duérmete, mañana nos espera otra larga jornada de viaje.

Ella se lo planteó, pero había notado la sutil tensión que

emanaba de él, de todos y cada uno de sus músculos, desde que la había visto entrar en la habitación. Alzó la cabeza, y le miró a la cara bajo la tenue luz de la luna.

—No tengo mucho sueño, preferiría explorar más.

En algún distante lugar de su mente le parecía increíble ser capaz de decir cosas tan atrevidas, pero con él se sentía segura y confiada. Entre ellos existía un vínculo que convertía aquella franqueza en algo aceptable, que haría que las usuales referencias veladas a la pasión parecieran irrelevantes e incluso absurdas.

A juzgar por cómo estaba mirándola, no había duda de que estaba más que dispuesto a complacerla.

Breckenridge vio la expectación que se reflejaba en su rostro bajo la luz de la luna, vio lo convencida que estaba de que él iba a complacerla y cómo empezaba a pensar en lo que iba a pedirle en esa ocasión.

Alzó una mano, la posó en su mejilla, y la besó.

En aquella ocasión le tocaba el turno a él, pero era lo bastante sensato como para no darle ocasión de protestar.

La besó profundamente, volvió a adueñarse poco a poco de su dulce boca, la saboreó a placer con la lengua mientras la hacía hundirse más y más en aquel beso que progresaba al ritmo de sus corazones... firme, seguro.

La intensidad fue avivándose, acompasada a aquel latido elemental que iba acelerándose conforme la ola de deseo se iba acrecentando. Luchó por contener las ganas de devorarla con frenesí, de saciar el hambre voraz que sentía por ella y darle puro placer, un placer desinhibido, sin restricciones ni límites.

Ella quería aprender, así que él se lo enseñó.

La condujo a un mundo de voluptuosa sensualidad hecho de caricias, de sensaciones táctiles, de una larga exploración íntima coronada de revelaciones sexuales. La guio por valles de placer con arcoíris de intenso deleite, por llanuras donde la pasión sin templar era tan profunda y opulenta que embriagaba los sentidos.

Ella estaba aturdida, impactada por aquel aluvión de sensaciones. Él era demasiado experimentado para eso, pero aun así no pudo evitar contener el aliento y sumergirse por completo en aquella maravilla que estaban viviendo.

Era una gloriosa, ardiente y cegadora maravilla que se intensificaba más y más con cada erótica caricia, con cada ilícito y anhelado contacto.

Cuando rodó y la colocó bajo su cuerpo, cuando la sujetó de las nalgas y se colocó entre sus piernas abiertas, apenas pudo controlar el impulso de soltar las riendas y dejarse llevar sin más. Pero tenía planes, se había marcado un objetivo, y se aferró a ambos mientras la cubría con su cuerpo y seguía besándola con un ritmo rígidamente controlado, totalmente convencido de que aquel era el camino correcto.

Aquella nueva entidad que tenía en su interior y que ella había hecho emerger relucía como un faro, como una luz que le guiaba y que impregnaba cada una de sus posesivas caricias de un profundo significado emocional.

Era un elemento con el que nunca antes había lidiado, que nunca antes había utilizado ni sometido a su voluntad y que fluía por todo su ser, que coloreaba e intensificaba, que entrelazaba la tentación con el éxtasis y le permitía mantener fascinada a Heather, hacerla suya.

Era una noche de aprendizaje para los dos, tanto para ella como para él mismo.

El experimentado amante que llevaba dentro, cínico y hastiado del mundo en general, se percató de aquel elemento nuevo y lo observó con suspicacia, pero al resto de su ser no le importó lo más mínimo. El resto de su ser, su mejor parte, la parte que constituía el hombre que se ocultaba tras la reputación de libertino, estaba demasiado inmerso en saborear aquel placer mucho más intenso, aquella pasión mucho más gloriosa y resplandeciente.

Sin dejar de besarla, la penetró con una larga y lenta embestida. Ella se cerró a su alrededor, ardiente y húmeda, le aceptó por completo y alzó las caderas hacia él, preparada y llena de deseo.

Se entregó a él por completo, y le poseyó de la misma forma.

Lo que siguió a continuación fue el nirvana, placer y más placer.

Heather estaba dispuesta a seguirle ciegamente a donde quisiera llevarla. Había dejado de ser ella misma y se había convertido en un ser hecho de pura pasión, un ser sumido en aquella pasión, arrastrado por ella mientras le abrazaba con abandono, mientras se aferraba a su cuello y compartía con él aquel placer indescriptible.

Se movieron rítmicamente arrastrados por la pasión, sumidos en un deseo ardiente, unidos mediante un seductor lazo de emociones más fuerte que el acero forjado.

De haber sido capaz, Heather habría examinado con mayor detenimiento aquel lazo que los unía, aquel vínculo elemental, pero sus sentidos habían echado a volar y su mente estaba subordinada al inmenso placer que él estaba dándole.

Seguía besándola sin parar y tragándose los inarticulados gemidos que ella no podía contener, estaba apoyado en los codos y la tenía atrapada bajo sus hombros y entre sus brazos musculosos. El vello de su pecho le raspaba los excitados pezones con cada poderosa embestida, sus caderas la apretaban contra la cama y estaba hundido entre sus piernas abiertas de par en par mientras la hacía suya, mientras su erección... rígida, gruesa, acero puro envuelto en cálida seda... la poseía, mientras ella se entregaba por completo. Después de cada rítmica embestida retrocedía un poco antes de volver a hundirse en su cuerpo con fuerza y potencia, más y más hondo, conduciéndola incansable hacia el éxtasis.

Ella no podía ni respirar, pero nada importaba más allá de aquella sensual unión, de aquella comunión entre lo físico y lo sensual en la que estaban sumidos.

Breckenridge no había vivido nunca antes nada parecido... aquel profundo abandono, aquella inmersión total y absoluta. Una parte de su ser siempre se había mantenido alerta y pendiente de lo que le rodeaba, siempre se había mantenido en guardia... pero en esa ocasión no pudo hacerlo.

Con Heather le era imposible mantener las distancias, estaba tan atrapado como ella.

Se movían al unísono con una íntima armonía que jamás antes había vivido, que nunca había experimentado, que ni en sueños había imaginado que pudiera llegar a existir.

Danzaron en la oscuridad bajo las sábanas con sus cuerpos unidos, sudorosos y jadeantes, ardiendo y desesperados, mientras la pasión iba in crescendo.

Largos, voraces y ávidos besos avivaron el deseo hasta convertirlo en un fuego desatado; caricias explícitas, íntimas y desinhibidas lo intensificaron aún más. La pasión se convirtió en un látigo que les dejó en carne viva, la posesión les atrapó y los lanzó hacia la cima.

Desesperados y enfebrecidos, enloquecidos y anhelantes, se estremecieron y se aferraron el uno al otro mientras él la penetraba hasta el fondo una última vez.

El cegador estallido de placer fue glorioso. Recorrió sus cuerpos arrasando a su paso todas y cada una de sus terminaciones nerviosas, inundó sus venas de un éxtasis indescriptible.

Quedaron hechos añicos, se fracturaron en mil pedazos, perdieron todo contacto con el plano físico, se sumieron en el vacío... y el clímax les golpeó de lleno en una oleada imparable, les renovó y volvió a componerles, les dejó flotando y regresando lentamente al mundo real, aunque a una realidad que no era la misma que antes, que había cambiado.

Breckenridge se sostuvo encima de ella con la cabeza gacha mientras sus cuerpos se detenían poco a poco, mientras pequeños estremecimientos seguían sacudiéndoles, y fue en aquel momento cuando se dio cuenta de la verdad, cuando tuvo un momento de completa lucidez.

A través del sonido de su propia respiración acelerada, de los suaves jadeos de Heather, oyó la verdad que tenía en su interior, tomó plena conciencia de ella.

Su intención había sido atrapar a Heather, capturarla mediante el deseo físico para que anhelara experimentarlo una y otra vez, para que, cuando él pidiera su mano y le ofreciera la posibilidad de disfrutar constantemente de aquellos placeres durante toda la vida, accediera encantada.

Su intención había sido construir una red con las sedosas ataduras de la pasión, una que lograra mantenerla cautiva.

Su intención había sido atraparla, no quedar atrapado a su vez, pero justo eso era lo que había ocurrido.

Mientras aquella realidad reverberaba en su mente, una saciedad plena le recorrió de pies a cabeza, una saciedad densa y llena de satisfacción, de aquella paz completa que nunca antes había sentido.

Era imposible resistirse.

Soltó un gemido ahogado e hizo acopio de fuerzas para lograr salir de su cuerpo. Se deslizó ligeramente hacia un lado para dejarla respirar, pero siguió con medio cuerpo encima de ella, siguió envuelto entre sus brazos.

Allí era donde debía estar, aquel era su legítimo lugar.

Cerró los ojos y se rindió por completo.

La luna ya coronaba el cielo cuando McKinsey llegó a Kirkland a pie, llevando a Hércules de las riendas.

Había encontrado el rastro del par de fugitivos en New Bridge. Había sido allí donde habían abandonado la carretera de Glasgow y, por alguna incomprensible razón, se habían encaminado en aquella dirección. Teniendo en cuenta lo tarde que era ya cuando había localizado el rastro, había sido una suerte que el camino que habían tomado tuviera pocas vías secundarias y que a lo largo del recorrido hubiera una buena cantidad de granjas y cabañas, ya que eso le había permitido confirmar sin demasiada pérdida de tiempo por dónde había pasado la pareja.

Había hecho que Hércules apretara el paso, ya que ellos iban a pie y no podían llevarle demasiada ventaja a pesar del retraso que había sufrido, pero había tenido que aminorar la marcha conforme la luz había ido menguando y en ese momento reinaba la oscuridad y sería demasiado peligroso seguir a caballo.

Se detuvo en el camino y vio un poco más adelante las luces de lo que parecía ser una posada en medio de una pequeña hilera de cabañas. Suspiró con resignación y se dirigió hacia allí, no tenía más remedio que pernoctar allí y proseguir con la búsqueda en cuanto amaneciera. Iba a tener que preguntar para cerciorarse de que habían estado allí, de que habían pasado por Kirkland. Después de haber perdido el rastro aquella mañana, no estaba dispuesto a dar por hecho que sabía hacia dónde se dirigían, aunque le habría encantado saber por qué iban en aquella dirección.

A aquellas alturas, la reputación de Heather Cynster ya debía de haber quedado dañada de forma irreversible y, en cuanto pudiera confirmar que así había sido, su madre habría visto cumplidos sus deseos y él y los suyos volverían a estar a salvo; aun así, habría preferido que las cosas no sucedieran de aquella forma.

Incluso los mejores planes podían torcerse... sobre todo si había una mujer de por medio.

No le deseaba ningún mal a aquella muchacha, pero, al margen de lo que hubiera podido ocurrir entre el hombre que la acompañaba y ella, sus intenciones seguían siendo las mismas. Iba a seguirles y, cuando les diera alcance, se aseguraría de que estuviera bien protegida. Que quien la protegiera fuera el canalla oportunista que se la había llevado o él mismo era una decisión que iba a dejar que tomara ella.

Mientras se acercaba a la posada, alzó la cabeza y suspiró con cansancio antes de prometerse algo a sí mismo: fuera como fuese, al día siguiente iba a expiar sus culpas. Iba a encontrar a la pareja de fugitivos, y entonces sabría lo que el destino les había deparado a Heather Cynster... y a él.

CAPÍTULO 13

Se despidieron de la señora Croft poco después de que el sol hiciera su aparición en el cielo. Heather había despertado bajo la fantasmagórica luz que anunciaba la llegada del amanecer y, segundos después de darse cuenta de que estaba sola en la cama, había oído el sonido de alguien cortando troncos fuera.

Después de asearse y vestirse había hecho la cama y había preparado los morrales, y cuando había bajado había encontrado a la señora Croft atareada con el desayuno y a Breckenridge sentado en el taburete, tomando una humeante taza de café.

Después de darles los buenos días sonriente, se había sentado en la misma silla de la noche anterior, y cuando su anfitriona había empezado a ensalzar las virtudes de Breckenridge supuso que este había cortado leña suficiente para toda una semana.

Se habían despedido de ella en muy buenos términos, y a Heather le había parecido muy bien que Breckenridge dejara una cuantiosa propina en el aguamanil de la habitación donde se habían alojado.

Cuando dejaron atrás Craigdarroch daba la impresión de que iba a hacer muy buen día, aunque la niebla aún envolvía los picos cercanos y cubría el camino por el que estaban ascendiendo.

Él había vuelto a tomarla de la mano, y ella había decidido no comentar que el terreno no era demasiado accidentado y no corría peligro de tropezar. Siempre la agarraba sin hacer ningún comentario al respecto, y aunque no entendía por qué estaba tan empeñado en aferrarse a ella no tenía intención alguna de rechazar aquel contacto. Era muy agradable sentir aquella conexión y aquella cercanía implícita mientras andaban.

Habían andado unos cien metros escasos cuando se dio cuenta de repente de que el hecho de que la tomara de la mano podría verse como un gesto posesivo, podría indicar cierto grado de posesividad. Le chocó sobremanera su propia reacción ante la idea, ante la posibilidad (una posibilidad que, en base a su experiencia, era más que probable tratándose de un hombre de su calibre) de que el gesto de Breckenridge, tanto si era inconsciente como si era deliberado, indicara que, fiel a aquella mentalidad tan típica e inherentemente masculina, la consideraba suya.

En parte, no le indignaba lo más mínimo la idea de que él la viera como algo suyo, y eso era algo muy extraño teniendo en cuenta su aversión hacia los hombres posesivos y protectores (en otras palabras, arrogantes y mandones) como sus hermanos y sus primos... extraño, pero en cierto sentido agradable.

Las copiosas gachas con miel que habían desayunado les ayudaron a proseguir el camino repletos de energía; tal y como Breckenridge había predicho, durante varios kilómetros la ruta ascendía serpenteante por las laderas de varias colinas y a través de una extensa arboleda, pero cuando llegaron a una cima vieron que el terreno y el camino iban descendiendo hasta desembocar en un verde valle. Más allá, en la distancia, más colinas desfilaban en una borrosa hilera morada en el horizonte.

—Aquellas colinas de allí son las de la parte posterior del valle —le dijo ella, antes de escudriñar un poco más el horizonte y señalar hacia un punto—. ¡Mira! El valle propiamente dicho está por allí, pero la casa no se ve desde aquí.

Breckenridge asintió. Mientras ella intentaba encontrar algo del paisaje que le resultara conocido, se volvió a mirar por encima del hombro... y se quedó helado. Desde donde estaba no se veía gran cosa del camino que habían recorrido aquella mañana, pero gracias a los caprichos de la naturaleza se oteaba toda la ruta hasta las afueras de Moniaive y eso le permitió ver al jinete que avanzaba por el camino rastreándoles; a decir verdad, el hombre se limitaba a ir por el mismo camino que ellos habían tomado, pero estaban lejos de las rutas más transitadas y hasta el momento no habían encontrado a nadie en todo el camino.

Se volvió de nuevo y tomó a Heather de la mano.

—Pongámonos en marcha.

Se sintió aliviado al ver que ella le miraba con extrañeza, pero consentía en echar a andar sin protestar. Si él había podido ver a aquel tipo, era posible que este les hubiera visto a su vez si hubiera levantado la mirada. Era mejor que se dieran prisa para procurar llegar al valle cuanto antes. Heather le impedía ir demasiado rápido, pero apretó el paso y ella le imitó... aunque le lanzó alguna que otra mirada más de extrañeza y al final le preguntó con perspicacia:

—¿Qué pasa?, ¿qué es lo que has visto?

Él la miró a los ojos por un breve instante y se planteó no contestar o incluso mentir, pero no hizo ninguna de las dos cosas.

—Un hombre a caballo, un caballo con muy buena planta —al ver que se volvía a mirar por encima del hombro, tiró de su mano para que no se detuviera—. Se encuentra a bastante distancia, creo que acaba de salir de Moniaive. No sabemos si se trata de nuestro villano. He podido distinguir que tiene un buen caballo, pero de él solo sé que tiene el pelo oscuro y que parece ser muy fornido.

—Y que es lo bastante adinerado como para permitirse tener un buen caballo.

Él asintió y siguió caminando a un paso rápido, pero que ella pudiera seguir.

—Hemos pasado junto a la entrada de varias fincas grandes y la señora Croft mencionó que por esta zona había unas cuantas. Podría tratarse de un lugareño que va rumbo a casa; sea como fuere, preferiría que no nos lo encontráramos en un tramo tan solitario.

Tal y como cabía esperar, Heather no guardó silencio por mucho tiempo y al cabo de unos minutos se le ocurrió una idea bastante predecible.

—¿Y si...?

—No, no vamos a tenderle una trampa ni a escondernos en algún sitio para verle pasar por si resultara ser nuestro villano —le lanzó una mirada de advertencia antes de añadir—: debemos centrarnos en que llegues sana y salva al valle —no iba a permitir que ningún posible villano se interpusiera entre ese objetivo y ellos.

En el bolsillo de la chaqueta llevaba una de las pistolas que había comprado. Estaba cargada y lista para disparar, pero si la sacaba y apuntaba al jinete que podría estar persiguiéndoles... había demasiadas variables a tener en cuenta, y una de ellas era la posibilidad de que el tipo también estuviera armado.

De haber estado solo le habría tentado la idea de hacer justo lo que Heather quería, pero con ella a su lado no podía permitirse el lujo de hacer nada que pudiera resultar en dejarla desprotegida, por muy remota que fuera esa posibilidad. No podía enfrentarse al jinete, porque cabía la posibilidad de que fuera el villano que les perseguía y que el tipo le derrotara.

Detestaba tener que huir, pero...

—Si voy demasiado rápido para ti, dímelo. Vamos a seguir adelante sin detenernos, comeremos mientras seguimos caminando.

Ella le sostuvo la mirada por unos segundos. Breckenridge esperaba que protestara o, como mínimo, que hiciera algún comentario cáustico, así que se sorprendió al ver que asentía y miraba al frente antes de limitarse a contestar:

—De acuerdo.

Él asintió a su vez y la agarró con más firmeza de la mano mientras proseguían el camino.

Heather se había sentido tentada a insistir en su idea, pero al mirarle a los ojos y notar cómo se tensaba se dio cuenta de que para él era fundamental mantenerla a salvo; aun así, en vez de ocultarle el peligro potencial que estaba pisándoles los talones, en vez de mentir o de inventarse algún cuento para explicar por qué debían acelerar el paso (que era lo que habrían hecho sus hermanos) la había tratado como a una adulta sensata y le había contado tanto la verdad como las conclusiones a las que había llegado, y eso era lo que la había llevado a decidir que iba a acceder a sus deseos para facilitarle las cosas.

No se lo había planteado hasta ese momento, pero estaba claro que tener relaciones íntimas con ella había hecho que la mirara con otros ojos. Era innegable que ya no la trataba como si fuera una jovencita inexperta, y ella no pensaba quejarse ni mucho menos; de hecho, según la sabiduría femenina transmitida por su tía Helena, duquesa viuda de St. Ives, y lady Osbaldestone, lo que había que hacer cuando un hombre del calibre de Breckenridge mejoraba su comportamiento era recompensarle.

Siguió caminando mientras pensaba en ello, y después de cinco pasos más se detuvo en seco. Él se volvió a mirarla de inmediato con los ojos ensombrecidos de preocupación, y sin mediar palabra dio un paso hacia él, tomó su rostro entre las manos y le hizo bajar la cabeza mientras se alzaba a su vez para besarle.

Notó su reacción inmediata a pesar de las circunstancias, y sonrió para sus adentros al ver que se apresuraba a reprimir dicha reacción y que echaba la cabeza hacia atrás. Ella dio por terminado el beso, abrió los ojos, y le soltó el rostro con toda la naturalidad del mundo.

—¿A qué ha venido eso? —le preguntó él, ceñudo.

Ella dejó que la sonrisa aflorara a sus labios.

—Tómatelo como una simple muestra de agradecimiento —se limitó a decir, antes de tomarle de la mano y echar a andar de nuevo.

Él la alcanzó en dos zancadas y se quedó mirándola, pero al final soltó un bufido y miró hacia delante. Mientras seguían caminando, la agarró de la mano con más firmeza.

Encantada con lo sucedido, con la sonrisa aún en los labios, ella procuró centrarse en seguir su ritmo.

Llegaron al primer desprendimiento de tierras tras recorrer cerca de un kilómetro y medio más. El camino de descenso desde la cima de la colina era más empinado que el del ascenso, el suelo estaba muy accidentado y erosionado por el agua del deshielo y las lluvias de primavera.

Breckenridge observó con detenimiento las rocas sueltas que se habían desprendido de más arriba y habían bajado rodando hasta enterrar el camino. No era la primera vez que encontraba un desprendimiento, ya le había pasado anteriormente mientras paseaba por el Distrito de los Picos y sabía lo que tenía que hacer.

—Ten cuidado, sigue mis pasos tan de cerca como puedas —le advirtió, antes de empezar a cruzar sin soltarla de la mano.

A pesar de algún que otro pequeño resbalón, lograron llegar al otro lado sin sufrir ningún percance serio, y Heather respiró aliviada antes de mirar por encima del hombro.

—Eso va a frenar a un caballo, ¿verdad?

—Va a tener que cruzar con un cuidado extremo, pero un caballo puede llegar a cruzar. El animal se resistirá, así que dependerá de lo buen jinete que sea el tipo y de lo bien que le conozca su montura.

—De si el caballo confía en él, en definitiva. Venga, sigamos.

El segundo desprendimiento estaba menos de un kilómetro más adelante. Otra sección del camino, en ese caso mayor que la anterior, había quedado sepultada bajo rocas sueltas, y Breckenridge se sintió mucho más seguro cuando lograron llegar al otro lado.

—Sí aún nos sigue, eso va a hacerle perder bastante tiempo.

Prosiguieron el camino y el sol fue ascendiendo mientras avanzaban sin detenerse. El camino cada vez estaba en peores condiciones y llegó un punto en que el jinete iba a tener que detenerse si en algo valoraba a su caballo.

La primavera parecía decidida a adueñarse de aquella zona, de arrebatársela al invierno. Las golondrinas y las alondras surcaban el cielo, y desde las profundidades del bosque que formaba una sólida barrera verde un poco más adelante se oyó la voz de un cuclillo. El camino se internaba entre los árboles, y conforme iban descendiendo y alejándose de las áridas alturas la vegetación cada vez era más espesa y alta.

Breckenridge volvió la mirada hacia atrás un par de veces, pero la configuración del terreno y las curvas del camino le impidieron ver a cualquier posible perseguidor.

Al cabo de un rato llegaron a una intersección donde un camino más ancho se extendía a derecha y a izquierda, bordeado de árboles y plantas. Se detuvieron y miraron en ambas direcciones, pero parecían idénticas.

—Yo creo que deberíamos tomar la de la derecha —afirmó Heather—. Si mal no recuerdo, un poco más adelante encontraremos un pequeño lago al otro lado del camino.

Él sacó el mapa y le echó un breve vistazo antes de asentir.

—De acuerdo.

Habían mantenido un buen paso y, si el jinete seguía persiguiéndoles, debía de haber perdido bastante tiempo en los tramos intransitables a caballo; aun así, se mantuvo alerta mientras doblaban a la derecha por aquel camino más ancho y que estaba en condiciones mucho mejores.

No tardaron en ver a la izquierda el lago que había mencionado Heather. Era largo y estrecho y seguía el camino... mejor dicho: el camino seguía la línea de su orilla en dirección noroeste.

Breckenridge estaba conteniendo a duras penas el impulso de mirar por encima del hombro cada dos por tres. Sabía que si se acercaba un jinete lo oirían con antelación suficiente y les daría tiempo de ponerse a cubierto y ocultarse entre la espesa vegetación que bordeaba el camino, pero a pesar de que ni siquiera sabía si el tipo aún iba tras ellos o si se habría desviado en algún punto del camino tenía sus instintos a flor de piel.

Nunca antes se había sentido tan tenso, tan alerta y protector.

En el fondo era consciente de que aquella intensa reacción se debía a que era Heather quien estaba a su lado, a que era ella, la mujer que iba a convertirse en su esposa y que ya era suya en todos los sentidos menos el estrictamente legal, la que estaba en peligro, pero una buena parte de su mente no quería pararse a ahondar en las implicaciones que pudiera tener eso.

Lo único importante en ese momento era llevarla sana y salva al valle.

Mientras caminaba junto a él tan rápido como le resultaba posible, Heather se preguntó si él la creía ajena a la tensión que le atenazaba. Aunque permanecía inexpresivo, sus facciones parecían talladas en piedra. Estaba total y completamente centrado en el peligro que podría estar pisándoles los talones.

Ella, por su parte, no sentía ni pizca del miedo que estaría abrumándola en ese momento de haber huido sola. Era consciente del peligro que corrían, pero el hecho de tener a Breckenridge a su lado la ayudaba a mantener la mente despejada. Si se confirmaba que aquel jinete estaba persiguiéndoles y les daba alcance, iba a tener que mantener la calma y estar lista para pensar con rapidez y asegurarse de que los dos salían airosos de la situación.

No quería que Breckenridge cometiera ninguna imprudencia en un innecesario arranque de valentía, y estaba convencida de que lo haría si él consideraba que era necesario.

Era consciente de lo irónico de la situación. Mientras caminaban tomados de la mano bajo la dorada luz vespertina, recordó con una claridad cristalina lo que la había impulsado a ir al salón de lady Herford aquella trascendental noche, hacía cosa de una semana.

Había ido en busca de un héroe, y lo había encontrado. No era el que esperaba encontrar ni mucho menos, pero seguía siendo un héroe... aunque eso no quería decir que fuera el suyo, claro, el que había estado buscando. Tan solo era suyo de forma temporal, no de por vida.

Cuando llegara sana y salva al valle, se separarían y el vínculo que tenían en ese momento se rompería; aun así, en aquellas circunstancias iba a saber valorar al héroe que tenía a su lado.

Siguieron caminando tras dejar atrás el largo y estrecho lago, y cuando el camino emergió de entre los árboles vieron que había un tramo abierto y que más adelante se adentraba en otra arboleda que aparecía por la izquierda. El terreno cada vez era más llano. Un poco más adelante apareció un tejado entre los árboles, y poco después vieron otro al otro lado del camino.

—Debe de ser Knockgray —comentó ella. Sintió la súbita urgencia de llegar cuanto antes, y aceleró un poco más el paso—. La entrada del valle está cerca de allí.

Breckenridge miró hacia atrás con atención cuando entraron en la arboleda. A pesar de que no vio nada ni oyó el delator sonido de los cascos de un caballo, sus instintos le advertían de un peligro inminente.

Se volvió de nuevo hacia delante con todos los sentidos alerta. Un poquito más, y Heather estaría a salvo.

Se dirigieron a toda prisa hacia el pueblecito, y cuando llegaron un granjero y una mujer que estaba atareada en el jardín de su casa se volvieron a mirar antes de seguir con sus tareas.

—Por aquí —Heather señaló hacia la izquierda y le condujo por un sendero recto y estrecho que descendía por una pendiente y al llegar abajo desembocaba en un camino bien pavimentado—. ¡Allí está!

Breckenridge apartó la mirada del sendero y vio lo que a primera vista parecía ser la entrada de otro camino que quedaba justo enfrente, pero cuando descendieron un poco más vio que se trataba del camino de entrada de una finca. La entrada en sí estaba flanqueada por dos altos hitos de piedra maciza, y a cada lado había un muro de piedra seca.

Mientras iban descendiendo y dejando atrás Knockgray, cada vez quedó más patente que el camino que tenían delante era la entrada de una finca privada verdaderamente enorme. Los sólidos muros se perdían en la distancia y las tierras a las que rodeaban parecían prósperas y bien atendidas, daba la impresión de que eran mucho mejores que las de las granjas por las que habían pasado hasta el momento.

—Este es el camino que lleva a Ayr —le explicó Heather, con una enorme sonrisa, cuando llegaron a la intersección—. El pueblo de Carsphairn está por allí —señaló hacia la derecha— y Ayr está bastante más lejos. A la izquierda está New Galloway.

Él asintió mientras se orientaba y situaba en el mapa el lugar donde se encontraban. Sin soltarle la mano en ningún momento, la condujo hacia el camino de entrada de la finca.

—¿A qué distancia de aquí está la casa? —seguía teniendo la sensación de que corrían un peligro inminente.

—Casphairn Manor... así es como se llama... está a unos tres kilómetros de aquí.

Se detuvieron en la entrada y Breckenridge se volvió a mirar el sendero por donde acababan de bajar. Era tan recto que alcanzaba a verse en su totalidad hasta donde engarzaba con el camino por el que habían llegado a Knockgray.

—Deja de preocuparte tanto, ya casi hemos llegado —le dijo ella.

—Tres kilómetros siguen siendo tres kilómetros.

Ella sonrió de nuevo y cruzó la entrada.

—Sí, eso es cierto, pero teniendo en cuenta quién es Catriona dudo mucho que alguien se atreva a internarse en el valle tras nosotros con malas intenciones.

Él sintió curiosidad al oír aquello.

—¿A qué te refieres?, ¿quién es ella exactamente?

—Es la Señora, «la Señora del valle». Es... bueno, supongo que los que no lo entienden la considerarían una bruja —le miró a los ojos al añadir—: una muy poderosa.

—¿Y qué dicen de ella los que sí que lo entienden?

—Que es la Señora y vela por la seguridad y la prosperidad tanto del valle como de los que habitan en él.

—Nosotros no entramos en ese grupo.

—Yo soy un miembro de la familia y tú estás protegiéndome. Va a tomarnos bajo su protección, te lo aseguro.

Él hizo una mueca y optó por no discutir, pero no estaba dispuesto a bajar la guardia por una bruja que se suponía que estaba a tres kilómetros de allí, una bruja que no sabían si estaría observándoles o no y a la que quizás, solo quizás, podría apetecerle echarles una mano.

Fueron en dirección oeste y, tras unos cuatrocientos metros, vieron que un poco más adelante el camino rodeaba una pequeña colina y viraba hacia el sur. Consciente de que en cuanto doblaran aquella curva estarían fuera de la vista de cualquiera que pudiera estar persiguiéndoles, Heather aceleró el paso.

Breckenridge le soltó la mano para dejar que se adelantara y, cediendo ante la insistencia de sus instintos, se detuvo y se volvió para examinar el camino que habían recorrido. Siguió con la mirada la ruta, fue subiendo por el sendero que conducía a Knockgray... y vio al corpulento jinete de pelo oscuro a lomos de su alazán, observándolos desde lo alto de la pendiente.

No fue necesario que le viera más de cerca para tener la completa certeza de que estaba siguiéndoles. Era el mismo hombre de antes, y en ese momento su postura y su actitud revelaban que ellos eran el centro de su interés.

También estaba casi convencido de que se trataba del misterioso escocés que había orquestado el secuestro de Heather. Encajaba a la perfección en la descripción que tenían de él, y no solo desde un punto de vista físico. El tipo estaba observándoles inmóvil y había algo en él que emanaba peligro, una especie de cualidad intangible y primitiva que reconoció a pesar de la distancia y que pudo interpretar con toda facilidad.

Estaba claro que aquel hombre era un guerrero nato, al igual que él. Un enemigo de armas tomar al que ningún hombre con un ápice de sentido común subestimaría.

Se quedó mirándole y se llevó las manos a las caderas mientras esperaba desafiante, pero el jinete permaneció inmóvil.

Parecían haber llegado a un punto muerto. Daba la impresión de que el escocés (quienquiera que fuese) no quería aventurarse a entrar en el valle y, en cuanto a él, por muy convencido que estuviera de que aquel tipo era el misterioso enemigo del que habían huido, no podía dejar sola a Heather para salir en su busca, no lo haría por nada del mundo. Incluso suponiendo que tuviera un caballo a mano, no se separaría de ella ni aun sabiendo que a ella le bastaría con recorrer menos de tres kilómetros para ponerse a salvo.

Para cuando llegaran a la casa, aun suponiendo que Richard y él partieran a caballo de inmediato para intentar darle caza, el jinete se habría esfumado.

Se quedó allí, observándole desafiante, durante un minuto entero, y al final dio media vuelta y se internó tras Heather en las profundidades del valle.

El hombre que no era McKinsey permaneció en lo alto de la cuesta a lomos de su caballo siguiendo con la mirada a la pareja. Justo antes de verles desaparecer al doblar una curva en el camino, vio cómo el hombre que le había plantado cara con la actitud desafiante de un guerrero alargaba una mano para evitar que la mujer tropezara, y en el último segundo vio cómo la tomaba de la mano.

Heather Cynster. No la conocía, pero después de verla se alegraba de que el destino hubiera intervenido y hubiera enviado a rescatarla a otro hombre, a otro guerrero; a juzgar por lo poco que había visto, daba la impresión de que era una mujer de armas tomar. La confianza de la que había hecho gala incluso en aquellas circunstancias, la frente en alto, su paso firme y fluido indicaban que se trataba de una mujer inteligente, valerosa y que pensaba por sí misma.

Su vida ya era bastante complicada de por sí en ese momento, no necesitaba que una fierecilla empeorara aún más las cosas. A lo mejor se había salvado por los pelos y debería darle las gracias al tipo que la acompañaba, que parecía ser un caballero además de un guerrero, por arrebatársela de las manos... Timms, el secretario desempleado, que tenía de secretario lo mismo que él.

Aunque la distancia que les separaba había sido demasiado grande como para poder identificarle (o ser identificado), uno solía reconocer a los de su propio calibre. En el caso de aquel tipo, no era tan solo por la anchura de sus hombros, sino por su porte; no era únicamente por aquellas largas piernas propias de un jinete avezado, sino por cómo se movía.

Aquel hombre, el protector de Heather Cynster, pertenecía a su misma clase. Estaría dispuesto a jurar que era un miembro de la nobleza, y que no se llamaba Timms.

Estuvo tentado a marcharse sin más, a regresar a casa y dar por terminadas sus obligaciones para con Heather Cynster, pero aún quedaba un interrogante por resolver: ¿por qué se habían internado en aquel valle en concreto?

Daba la impresión de que el camino se dirigía hacia el oeste en dirección al siguiente grupo de colinas, pero dichas colinas eran más escarpadas que las que la pareja ya había dejado atrás y cruzarlas no iba a ser tarea fácil. No estarían pensando en escalar, ¿verdad?

Hércules notó su intranquilidad y dio un par de pasos hacia delante mientras sacudía la cabeza. Después de tranquilizarlo, volvió a bajar la mirada hacia el valle y fue entonces cuando se fijó en los hitos y los muros que flanqueaban una entrada y se dio cuenta de que el camino que había tomado la pareja debía de conducir a una casa.

En la entrada no vio nada... ni una placa, ni un grabado en la piedra... que revelara quién vivía allí. Aunque estaba familiarizado con la geografía general de la zona, no sabía a quién podría pertenecer aquella propiedad, pero tenía sus sospechas.

Tomó las riendas y puso a Hércules al trote. Seguro que haciendo un par de preguntas en la taberna más cercana averiguaría la información que necesitaba para quedarse tranquilo.

El sendero se unía al camino de Ayr al sur del pueblo de Carsphairn, en cuyo centro había una posada que parecía ser perfecta para lograr su propósito. Desmontó y dejó a Hércules atado en el patio del establecimiento antes de entrar.

Se sentó en la barra del bar y pidió una jarra de cerveza. Bastaron un par de comentarios acerca del tiempo y de la cosecha que se esperaba para aquel año, imprimiendo a su voz un marcado acento, y fue aceptado como uno más.

—Viniendo por el camino que hay al sur he pasado por la entrada de una finca. No hay ningún indicador que diga a quién pertenece, pero las tierras parecen muy prósperas.

—Es el valle de la Señora —comentó un hombre entrado en años que estaba sentado en la barra del bar.

—¿No tiene nombre?

El tipo intercambió una mirada con el tabernero antes de contestar.

—Es el valle de Casphairn. Los dueños son la Señora y su esposo, el señor Cynster.

—Sí, es un buen hombre. Viene de vez en cuando —apostilló el tabernero, mientras secaba un vaso.

El hombre que no era McKinsey asintió con naturalidad, dejó el tema y preguntó si el camino de Ayr estaba en buen estado. No tenía intención de dirigirse hacia allí, pero eso era algo que ellos no tenían por qué saber.

Se tomó su cerveza sin prisa, se había quitado un gran peso de encima. Se había informado acerca de los Cynster y sabía que Richard se había casado con una especie de bruja de las Tierras Bajas, y al parecer dicha bruja había resultado ser la dueña del valle de Casphairn.

Por fin entendía por qué Heather Cynster y su protector se habían dirigido hacia aquel lugar. La cuestión era que la muchacha estaba a salvo, de vuelta en el seno del clan Cynster.

Dejó la jarra vacía sobre la barra y salió de la taberna después de despedirse con un gesto del anciano y del tabernero. A pesar de que su plan había sido un rotundo fracaso, sentía una extraña satisfacción. El resultado no había sido el planeado ni el que quería y mucho menos el que necesitaba, pero por muy irracional que pudiera parecer se sentía complacido por haber logrado evitar un desastre gracias al destino. Un desastre con el que le habría resultado muy difícil vivir, que habría ensombrecido el resto de sus días.

Salió al patio y acarició a Hércules antes de montar. Sonrió al ver que su montura parecía notar que estaba de mejor humor y sacudía la cabeza a la espera de un buen galope. Después de acariciar su poderoso cuello, lo condujo hacia el camino y entonces le dio rienda libre para que se desfogara.

Inclinado hacia delante, con las manos hundidas en la ondeante crin y el aire acariciándole el rostro, galopó a toda velocidad a lomos de su caballo sintiendo la potencia del animal bajo su cuerpo, y se permitió disfrutar de aquel momento de excitación y libertad.

Sabía que era un momento efímero, pero quería saborearlo todo lo posible. Era hora de regresar a casa y, aunque en el más visceral de los niveles la idea le daba una profunda satisfacción, también tuvo el desagradable efecto de recordarle lo que le esperaba allí, el caos y la catástrofe que tenía el deber de evitar a toda costa.

Tenía que solucionar aquello fuera como fuese y estaba dispuesto a hacer lo que fuera necesario, no tenía otra opción.

Pero esa era una preocupación que iba a dejar para más tarde, porque en ese momento era libre.

Para cuando Heather y Breckenridge coronaron la última pendiente y entraron en el amplio patio de entrada de Casphairn Manor, la tarde iba dando paso al anochecer, el sol iba ocultándose tras las colinas de poniente, las sombras crecían y empezaba a refrescar.

La imponente mansión era un enorme edificio de tres plantas con multitud de hastiales, tejado de pizarra y tres torreones alzándose hacia el cielo. Era de piedra gris oscura y tenía una forma irregular, pero aun así resultaba sorprendentemente equilibrada. Se encontraba en un altozano a cuyos pies discurría un pequeño río, y en la suave pendiente que había entre los dos se extendían unos coloridos jardines que en aquella época del año eran un hervidero de vida. Detrás de la casa había un conjunto de construcciones anexas, y no había duda de que se trataba de una granja productiva.

No habían llegado ni a la mitad del patio cuando las pesadas puertas dobles de la entrada se abrieron de golpe y tres niños salieron corriendo.

—¡Heather!

—¡Mamá, papá! ¡Ha venido Heather!

Breckenridge contuvo a duras penas una mueca. Después de la calma del ancho valle, de la paz y la tranquilidad, aquellos gritos tan estridentes dañaban los oídos. Miró entonces a Heather, y al ver la sonrisa radiante que afloró a su rostro mientras abría los brazos de par en par decidió que iba a tener que perdonar a aquellos pequeños vándalos. Cualquier cosa que la hiciera sentir tan feliz...

Le puso la mano en la espalda para sostenerla cuando los dos niños mayores se lanzaron a sus brazos, pero ella apenas se dio cuenta y abrazó con fuerza a los pequeños.

—¡Lucilla! ¡Marcus!

Después de besar una cabeza de pelo cobrizo y de abrazar al niño de pelo negro, se volvió hacia la más pequeña de los tres. Se agachó un poco, y la niña alargó los brazos y se aferró a su cuello.

—¡Hola, Annabelle!

Abrazó con fuerza a la niña, y después de darle un beso se incorporó y se volvió hacia la casa justo a tiempo de ver salir a su primo Richard. Sin apartar la mirada de él, les preguntó a los niños:

—¿Está vuestra madre en casa?

Fue Lucilla quien respondió:

—Sí, pero estaba en el cuarto de Calvin y Carter, así que aún estará bajando a toda prisa la escalera.

Breckenridge miró al caballero alto y de pelo negro que se acercaba por el patio de grava. Gracias a Dios que se conocían, la situación ya iba a ser bastante incómoda de por sí.

Richard miró con sus intensos ojos azules a Heather y, tras observarla con detenimiento, la tomó entre sus brazos y la estrechó con fuerza.

—¡Nos has tenido muertos de preocupación a todos!, ¡ya era hora de que aparecieras!

—Hemos venido con la mayor premura posible, te lo aseguro —le contestó ella, mientras le devolvía el fuerte abrazo.

Richard la agarró de los hombros y la miró de arriba abajo. La soltó cuando por fin pareció convencerse de que estaba ilesa, y entonces miró con suspicacia a Breckenridge; tras una ligera vacilación, le saludó con una rígida inclinación de cabeza y le ofreció su mano.

—Breckenridge.

—Richard —le saludó él a su vez, antes de estrecharle la mano—. Supongo que estarás al tanto de que...

Le interrumpió una voz llena de alivio, pero a la vez serena y calmada, procedente de la puerta.

—¡Heather! ¡Por fin apareces!

Breckenridge se volvió y vio a una dama de belleza impactante acercándose a ellos con las faldas y el chal ondeando con suavidad bajo la brisa. Su reluciente cabello cobrizo estaba recogido en un moño alto del que caían varios mechones que enmarcaban un rostro de facciones delicadas, pero con una barbilla sorprendentemente firme. La esposa de Richard tenía una altura un poco superior a la media y no era muy delgada, sino más bien juncal y curvilínea. La única vez que había coincidido con ella había sido en la boda de Caro, pero seguía envolviéndola la misma aura de calma y seguridad, de serena confianza en sí misma.

Catriona envolvió a Heather en un fuerte abrazo y le besó la mejilla, y esta le devolvió el cálido saludo antes de decir:

—Decidimos venir al valle, sabía que no os importaría que llegáramos de improviso.

—¡Claro que no! Lo único que importa es que hayas llegado sana y salva.

Catriona posó sus vívidos ojos verdes salpicados de motitas doradas en Breckenridge (quien tuvo la impresión de que estaba mirándole de verdad, como muy pocas personas solían hacer, y se preguntó qué diantres estaría viendo en él con aquella penetrante mirada), y al cabo de un momento su rostro se iluminó con una sonrisa radiante y le ofreció su mano.

—Bienvenido, Breckenridge. No sé si Richard se lo habrá dicho ya, pero estamos en deuda con usted por rescatar a Heather y traérnosla sana y salva.

Él optó por ignorar el matiz de satisfacción que detectó en su voz y le estrechó la mano. Por primera vez en muchos días, encarnó su habitual papel de sofisticado caballero y se inclinó ante ella.

—Catriona. Es un placer volver a verla, aunque desearía que fuera en diferentes circunstancias.

Ella sonrió al oír aquel comentario.

—Sí, no lo dudo —se volvió y abrió los brazos, y le bastó un simple gesto para lograr que todo el mundo echara a andar hacia la casa—. Pero lo que cuenta es que están aquí, así que entremos antes de que anochezca del todo y empiece a hacer frío.

Mientras se dirigían hacia la casa, con los niños abriendo la comitiva y bombardeando a preguntas a Heather, Breckenridge se quedó un poco rezagado junto a Richard y aprovechó para decirle:

—Hemos tenido que venir a pie desde Gretna, esa es una de las razones de nuestra tardanza.

—Espero una explicación detallada —se limitó a contestar Richard con voz acerada.

Cuando cruzaron la puerta tras los demás, Breckenridge se sorprendió sobremanera ante el inusitado recibimiento que les esperaba. Empezó a salir gente de todos lados. Una mujer que resultó ser una tal señora Broom, el ama de llaves, se acercó a toda prisa llena de preocupación y, después de saludar con calidez a Heather, se acercó a él y le dio unas maternales palmaditas en la mejilla antes de agradecerle con suma efusividad tan gallardo rescate.

Un hombre mucho más entrado en años, encorvado y de rostro marchito, se acercó con la ayuda de un bastón y, después de indicarle a un joven lacayo que cerrara la puerta, miró rebosante de alegría a Heather, quien en cuanto se volvió y le vio sonrió encantada y tomó una de sus nudosas manos entre las suyas.

—¡McArdle!, ¡cuánto me alegra volver a verte! ¿Cómo estás?

—Tan bien como cabría esperar, señorita. Gracias por preguntar.

La vorágine de saludos y el flujo constante de gente entrando y saliendo del vestíbulo continuó durante largo rato. Mientras el cálido recibimiento continuaba, Richard le indicó a un tal Henderson que deseaba mandar aviso a Londres para poner al tanto al resto de la familia. Catriona, por su parte, estaba dándoles las órdenes pertinentes a McArdle y a la señora Broom para que se prepararan dos habitaciones.

En medio de aquel caos creciente, la cocinera (una mujer oronda y jovial a la que su oficio le iba como anillo al dedo) le aseguró a Breckenridge que iba a preparar para la cena lo que Heather y él le pidieran. También propuso servir un refrigerio para que entretanto no estuvieran con el estómago vacío, y Catriona la oyó y apoyó de inmediato la idea.

Una mujer alta y de porte regio y cabello cano bajó por una escalinata tras dos niños de pelo negro. En cuanto pusieron sus rechonchos piececitos en el vestíbulo, los pequeños fueron directos hacia Heather, que los alzó en brazos por turnos y les besó las mejillas; después, tras acercarse a tirar de la falda a su madre, los niños corrieron hacia sus hermanos mayores y reclamaron su derecho a participar en el juego que parecía haberse organizado en el vestíbulo.

Al darse cuenta de repente de que la mujer que había bajado con los dos pequeños demonios de pelo negro se había detenido en el último peldaño y estaba observándole, Breckenridge se volvió y le sostuvo la mirada.

Tal y como había hecho Catriona poco antes, la mujer le observó con ojos penetrantes y al cabo de unos segundos esbozó una sonrisita llena de satisfacción.

En ese momento Richard se detuvo junto a él y le dijo:

—Esa mujer de ahí es Algaria.

—¿También es una bruja?

—Sí, fue la mentora de Catriona. Ahora cuida a los niños, y cuando cree que Catriona está despistada aprovecha para hacer de mentora de Lucilla.

Breckenridge posó la mirada en la niña de cabello cobrizo.

—¿Por qué?

—Porque parece ser que será la próxima Señora del valle, así es como funciona esto —miró a sus hijos, que permanecían cerca de su madre, con evidente orgullo—. Según Algaria, si Catriona y yo tuvimos gemelos fue para que ella tuviera una niña que será la futura Señora del valle y yo un niño que será el próximo Guardián de la Señora, que al parecer es el título que ostento yo. Aunque teniendo en cuenta que Lucilla es una Cynster de pies a cabeza, al igual que Marcus, no sé cómo va a tomarse el hecho de que su hermano sea su guardián.

Aquellas palabras recordaron a Breckenridge lo empecinadas que podían llegar a ser las mujeres de la familia Cynster. Miró a Richard y comentó:

—Antes de que envíes ese mensaje a Londres, será mejor que te cuente todo lo ocurrido.

Catriona, que había terminado de organizar los preparativos necesarios, asintió al oír sus palabras y comentó:

—Será mejor que vayamos a la biblioteca.

Miró con expresión interrogante a su marido, y cuando este asintió mandó arriba a los niños con Algaria después de prometerles que iba a ordenar que les sirvieran unos bollitos con crema de leche y mermelada.

Breckenridge entró con Heather, Catriona y Richard en una acogedora estancia que discurría a lo largo de un ala de la casa. Las damas se sentaron en el sofá que había frente a la chimenea encendida y él a un lado de esta, en una cómoda butaca; a juzgar por la decoración masculina imperante, la biblioteca parecía ser uno de los dominios del amo de la casa.

Justo cuando Richard acababa de sentarse en la otra butaca, una doncella entró con una enorme bandeja que contenía el refrigerio prometido. Catriona se encargó de servir el té mientras Heather y Breckenridge, que estaban hambrientos, empezaban a comer. Había bollitos, crema de leche, mermelada de ciruela, y bocadillitos de jamón.

Por el rabillo del ojo, Breckenridge vio que Catriona le hacía un gesto a su marido para indicarle que dejara las preguntas hasta que Heather y él saciaran un poco su apetito.

Tras unos minutos en los que reinó el silencio, Heather dejó el plato en la mesa, tomó la taza de té con su correspondiente platillo, y suspiró satisfecha mientras se reclinaba en el sofá.

—La verdad es que desde que salimos de Gretna Green hemos comido muy poco.

—¿De Gretna Green? —le preguntó Catriona, sorprendida.

—Sí, allí fue donde me llevaron los secuestradores, pero debería empezar por el principio.

Y así lo hizo.

Breckenridge dudó por un instante, pero al final optó por dejar que contara, a su manera y con sus propias palabras, lo que había ocurrido desde su llegada al salón de lady Herford.

Heather le estuvo agradecida por ello. Conocía bien tanto a Richard como al resto de sus primos, sabía lo que se ocultaba tras la rigidez con la que había recibido a Breckenridge, y no estaba dispuesta a permitir que le echaran la culpa de nada de lo que había sucedido. Era plenamente consciente de lo comprensivo que había sido con ella, de que la había apoyado hasta el punto de reprimir aquel exagerado instinto de protección que estaba tan arraigado en él como en cualquiera de los Cynster.

Se sentía en deuda con él, le estaba inmensamente agradecida por haberla apoyado de forma tan incondicional. Estaba convencida de que pocos hombres habrían hecho lo que él, complacerla y acatar su deseo de averiguar todo lo posible acerca del secuestro para intentar proteger a sus primas y a sus hermanas.

En vez de discutir con ella, Breckenridge había hecho todo lo posible para mantenerla a salvo. Eso había permitido que se sintiera segura mientras estaba secuestrada, que tuviera la tranquilidad de saber que él estaba cerca, preparado para salvarla y llevarla a un lugar seguro si corría el más mínimo peligro.

Todo lo que Breckenridge había hecho, todas las reglas que había roto... todo lo había hecho por ella, y no estaba dispuesta a permitir que le culparan de nada.

Él tan solo la interrumpió para aportar los detalles que ella desconocía (cómo había conseguido encontrarla en Knebworth, por ejemplo). Richard frunció el ceño al enterarse de que ella se había negado a escapar aquella noche, pero se vio obligado a morderse la lengua al enterarse del porqué de su negativa.

Entre los dos narraron el secuestro y la posterior huida de forma concisa, pero detallada.

Breckenridge se sintió impresionado al ver lo clara y directa que estaba siendo, y le bastó con mirar a Catriona y a Richard para saber que ellos también se habían dado cuenta de que, a pesar de la odisea por la que había pasado, Heather no había sufrido daño alguno y la experiencia no la había afectado anímicamente. Tanto por sus palabras como por la irritación que mostró al admitir que no habían encontrado ninguna pista que pudiera ayudarles a identificar al misterioso escocés, estaba claro que lo que más le preocupaba era descubrir lo que había detrás de aquel extraño secuestro.

Huelga decir que había obviado un pequeño detalle, una mera minucia: la relación íntima que tenía con él; de hecho, cuando estaban a punto de llegar a la casa se había acordado de devolverle el anillo para evitar levantar especulaciones.

Aun así, Breckenridge tuvo que fingir que no notaba la mirada llena de suspicacia que Richard le lanzó. Tenía intención de hablar con él tan pronto como fuera posible y ponerle al tanto de la situación, pero no podía hacerlo en presencia de las damas... mejor dicho, en presencia de Heather. Iba a esperar a saber lo que pensaba Catriona antes de decidir si podía confiar en ella.

En cualquier caso, era consciente de que la actitud inicial de Richard cuando les había recibido en el patio, aquella tensión de un guerrero preparado para luchar que había atenazado su musculoso cuerpo, había ido desvaneciéndose conforme Heather había ido explicándoles todo lo que él había hecho para protegerla.

Ella no era consciente ni de la mitad, pero Richard sí. Así lo atestiguaban las ocasionales y cada vez más agudas miradas que lanzaba hacia él.

Cuando llegó al final del relato, Heather concluyó diciendo:

—Y entonces bajamos por el sendero y nos adentramos en el valle.

Breckenridge se enderezó un poco en su asiento y miró a Richard a los ojos al decir:

—El jinete nos siguió prácticamente hasta la entrada del valle.

Heather le miró atónita.

—¿Qué dices? ¡Yo no le vi!

—Se detuvo en lo alto del sendero que baja desde ese último pueblo... ¿cómo se llama?, ¿Knockgray? —al ver que Richard hacía un cortante gesto de asentimiento, añadió—: me volví a mirar poco antes de doblar la curva en la que se pierde de vista el sendero. Estaba allí, sentado como si nada a lomos de un enorme caballo... un ejemplar de primera, por cierto. Esperé a ver qué hacía, pero al ver que permanecía donde estaba proseguí el camino con Heather. Estaba claro que no tenía intención de seguirnos.

Catriona se quedó con la mirada perdida, pero al cabo de un instante volvió a enfocarla y negó con la cabeza.

—No pisó el suelo del valle, yo lo sabría.

Breckenridge vaciló antes de comentar:

—Eso parece indicar que el tipo conocía este lugar.

—Yo no diría tanto —le corrigió Richard—. La gente que tiene malas intenciones suele sentir un rechazo instintivo a entrar en el valle.

Heather, que aún estaba asimilando el hecho de que Breckenridge no le hubiera mencionado al jinete, se sintió agradecida por el poder que ostentaba Catriona. Si el jinete hubiera decidido darles alcance... aunque Breckenridge iba armado, así que probablemente no les hubiera ocurrido nada.

—Será mejor que envíe un mensajero al sur cuanto antes —dijo Richard, antes de ponerse en pie.

—¿Puedo mandar una nota a mis padres? —le preguntó ella.

—Por supuesto, eso será lo mejor —le indicó con un gesto el escritorio que estaba al fondo de la estancia, frente a unas cortinas de terciopelo que habían sido cerradas ante la llegada del anochecer.

Mientras ellos redactaban sus respectivas notas... ella a sus padres y él a Diablo, que era su hermanastro y el cabeza de familia... Breckenridge se quedó en compañía de Catriona y se interesó por el valle, ya que sentía verdadera curiosidad. Ella respondió encantada a sus preguntas; de hecho, daba la impresión de que le veía como a un ignorante al que había que instruir, pero no se sintió molesto por ello. Se sentía extrañamente cómodo, más relajado de lo que esperaba... más aliviado.

Se dio cuenta de lo irónico que resultaba aquello cuando, después de que un mensajero a caballo partiera con las misivas, Catriona se llevó a Heather al piso de arriba para que se cambiara de ropa y se diera un baño y le dejaron a solas con Richard; teniendo en cuenta que estaba obligado a casarse con Heather, su alivio parecía fuera de lugar.

Antes de que lograra encontrar las palabras adecuadas para sacar el tema, Richard se acercó a una mesa auxiliar después de cerrar la puerta tras las damas y, después de servir dos vasos de whisky, le entregó uno y le dijo, sosteniéndole la mirada:

—Agradezco y acepto que tuvieras que hacer todo lo que has hecho. Conozco lo bastante bien a Heather para saber que no te dejó otra alternativa. Dicho esto... teniendo en cuenta las circunstancias, teniendo en cuenta quién es ella y quién eres tú, ¿qué es lo que tienes pensado hacer?

Breckenridge también prefería hablar las cosas con claridad. Le sostuvo la mirada sin pestañear y afirmó de forma sucinta:

—Yo había dado por hecho que habría que ir preparando una boda.

Tras unos segundos de silencio, Richard respiró hondo y le preguntó:

—¿Vas a acceder a casarte con ella?

Estaba dispuesto a luchar y a enfrentarse a quien fuera con tal de casarse con Heather, pero no le pareció necesario admitirlo.

—Me parece que nuestro principal objetivo debe ser proteger su reputación; a mi modo de ver, eso es algo de vital importancia, ya que va a ser mi esposa. Si su reputación no está intacta, no podrá ocupar la posición social que va a corresponderle.

—Ten por seguro que ningún Cynster va a llevarte la contraria en eso.

—Lo daba por hecho —hizo una pausa para tomar un sorbito de whisky, que era demasiado bueno como para tomárselo apresuradamente—. En lo que a la alta sociedad respecta, las cosas son así: yo no debería esperar mucho más a casarme, y Heather ya tiene veinticinco años; si cuando concluya esta temporada social no ha contraído matrimonio, será considerada de forma oficial una solterona. Lo que yo sugiero es que digamos que, como ya nos conocíamos, algún alma caritativa... lady Osbaldestone, por ejemplo... sugirió que haríamos buena pareja o, mejor aún, que tanto mi situación como la de Heather podrían quedar resueltas con una simple ceremonia. Se acordó que, en vez de organizarlo todo para que sus padres y ella fueran de visita a Baraclough, era preferible que me encontrara con ella aquí para hablar en privado de un posible matrimonio y que Catriona y tú hicierais de carabinas.

—¿Cómo explicas que ni Martin ni Celia estén aquí?

—Celia tiene dos hijas más a las que debe acompañar a las fiestas y a los bailes. Que ella desapareciera de Londres junto con Heather habría dado pie a un sinfín de especulaciones que, dadas las verdaderas circunstancias, las dos familias preferían evitar.

Richard lo consideró y al cabo de unos segundos comentó:

—Por lo que tengo entendido, hasta ahora la familia ha logrado mantener en secreto la desaparición de Heather. Celia y las demás han hecho circular la excusa de que ha contraído una enfermedad que podría ser contagiosa, así que ninguna de sus amigas tiene prisa por ir a visitarla.

—Perfecto. Cuando nuestra versión de los hechos se sepa, les parecerá una historia de lo más romántica.

Richard soltó una carcajada; después de tomar un traguito de whisky, le advirtió:

—Tu versión de la historia tiene dos puntos débiles. En primer lugar, es de todos sabido que los Cynster se casan por amor.

—Pero la gente entenderá que en este caso no haya sido así. Como Heather ha llegado a los veinticinco años sin darse de bruces con el hombre destinado a ser su amor verdadero, decidió que un título de vizcondesa y una tiara de condesa dentro de unos años era preferible a ser una solterona.

—De acuerdo. El segundo punto débil es por qué habríais de encontraros aquí en vez de en Baraclough.

—Muy fácil, porque Baraclough está cerca de Londres y cualquiera habría podido presentarse de improviso para visitar a mi padre mientras ella y yo estábamos allí. El valle, sin embargo, está muy lejos de los indiscretos ojos de la alta sociedad.

—Vaya, bien pensado —comentó Richard, sonriente. Tras darle vueltas al asunto, asintió—. Sí, podría funcionar.

—¿El qué?

Los dos se volvieron al oír la voz de Catriona, que después de cerrar la puerta tras de sí se acercó a ellos y enarcó las cejas en un gesto interrogante.

Fue Richard quien se encargó de explicárselo. No mencionó la necesidad de llevar a cabo el matrimonio, así que estaba claro que la pareja ya había debatido el tema previamente. Se limitó a decirle que Breckenridge estaba dispuesto a casarse con Heather, y a explicarle el cuento que iban a usar para explicar que ella se hubiera ausentado de Londres y proteger así su reputación.

Cuando Richard dio por concluida su exposición, Catriona guardó silencio por unos segundos y entonces miró a Breckenridge.

—¿Ha hablado del tema con Heather?

Él tensó los labios de forma instintiva, y alzó su vaso para disimular.

—No, aún no.

—Pues le sugiero que lo haga. Entretanto, será mejor que suba a la habitación que Henderson ha preparado para usted y recupere su habitual aspecto impecable. Richard puede prestarle algo de ropa.

Al verla ponerse en pie, Breckenridge se vio obligado a imitarla. Mientras él dejaba el vaso en una mesa, Catriona añadió:

—Falta poco para la cena, todo lo demás puede esperar.

Cuando salieron al pasillo, le indicó a su marido que fuera a buscar la ropa. Después de verle subir por la escalera de uno de los torreones, dejó a Breckenridge en manos de Henderson y este se encargó de conducirlo por otra escalera de piedra rumbo a su habitación y al baño que estaba esperándole.

Ella se llevó las manos a las caderas y le siguió con la mirada. Cuando le perdió de vista siguió con los ojos puestos en lo alto de la escalera, y entonces esbozó una pequeña sonrisa y sacudió la cabeza. Sin perder aquella sonrisita un tanto condescendiente, fue a encargarse de las tareas que tenía pendientes.

Richard salió de la habitación de Breckenridge tras presentarle a su estirado ayuda de cámara; como no podía ser de otra forma, Worboys había insistido en que era el único que podía vestir de forma adecuada a un hombre del calibre de Breckenridge, y a continuación se había encargado él mismo de seleccionar la ropa que su señor iba a prestarle al recién llegado.

Cuando regresó a la espaciosa habitación que compartía con su embrujadora esposa, la encontró vestida para la cena. Estaba sentada frente a su tocador cepillando su larga melena cobriza, que brillaba bajo la luz de las llamas que ardían en la chimenea.

Cerró la puerta después de apartar con gran esfuerzo la mirada de aquella imagen que seguía cautivándolo, y cuando consiguió pensar de nuevo con claridad recordó lo que quería preguntarle. Capturó su mirada en el espejo y le preguntó ceñudo:

—¿A qué ha venido lo de antes?

No hacía falta que entrara en explicaciones, ella sabía que se refería a ese «todo lo demás» que podía esperar. No estaba seguro de cuál era la postura de su esposa en todo aquello, pero él tenía muy claro cuál era la suya; al menos, eso creía.

Ella volvió a centrarse en el mechón que estaba cepillando.

—No sé si habrás notado el gran interés que tenía Heather por lograr que tanto tú como yo... y, por extensión, el resto de la familia... comprendiéramos que Breckenridge no tiene ninguna culpa en lo que ha ocurrido. Ha puesto mucho empeño en que eso quedara claro.

Él se detuvo tras ella y, mientras la contemplaba a través del espejo, se metió las manos en los bolsillos y se encogió de hombros.

—Eso es comprensible. Nunca ha sido dada a las mentiras ni a disfrazar la verdad, así que se sentiría horriblemente culpable si arremetiéramos contra Breckenridge cuando en realidad es ella la culpable.

—Eso no es cierto —aunque su tono de voz no cambió, la reprobación era obvia—. Los únicos culpables de lo sucedido son los secuestradores y ese misterioso hombre de las Tierras Altas.

—Tienes razón, pero la sociedad no lo vería así.

Ella dejó a un lado el cepillo, alzó las manos y se echó hacia atrás el cabello. En breve iba a hacerse uno de aquellos moños perfectos que no tardaban nada en empezar a deshacerse.

—No, puede que no, pero nos hemos desviado del tema. Lo que me ha parecido muy interesante del relato que hemos oído ha sido, en primer lugar, cuánto se ha esforzado Heather por dejar claro que el resultado final se debió por entero a decisiones que fue ella y no Breckenridge quien tomó, y que él no solo aceptó dichas decisiones y que ella tenía derecho a tomarlas, sino que la apoyó de forma totalmente desinteresada y parece ser que sin rechistar. ¿No te resulta eso algo de lo más curioso?

Richard tardó unos segundos en contestar.

—No sé qué otra cosa podría haber hecho Breckenridge, recuerda que estamos hablando de Heather. Por mucho que nos pese, es una Cynster de pies a cabeza y, al ver que sus hermanas y sus primas podrían correr peligro, seguro que se comportó como un terrier con un hueso. Sería imposible apartarla y llevársela de allí.

Catriona le sostuvo la mirada y esbozó una sonrisa paciente, como si él no se hubiera percatado de algún detalle más que obvio, y entonces le preguntó con voz suave:

—Dime una cosa, ¿qué es Breckenridge?

Richard se dio cuenta de que no había preguntado «quién», sino «qué». Entendió a qué se refería y siguió el hilo del argumento, pero...

—No sabemos lo que pasó en realidad ni cuánto discutieron, pero sigo convencido de que, hiciera lo que hiciese Breckenridge, no habría logrado hacerla desistir.

—Puede que no, pero sospecho que eso es algo que nunca sabremos; en cualquier caso, no sé si a estas alturas será relevante.

Mientras ella empezaba a sujetarse el moño con horquillas, Richard la contempló en silencio. Se había despojado de la máscara de «Señora», de aquella serena seguridad que podía proyectar incluso cuando se enfrentaba a algún desastre, pero se la veía feliz y sinceramente complacida ante la situación y eso le desconcertó. Se preguntó qué era lo que estaría viendo ella en toda aquella situación que a él se le había pasado por alto, y optó por preguntarle:

—Eres consciente de que van a tener que casarse, ¿verdad?

La sonrisa de su esposa se ensanchó aún más.

—Y tú eres consciente de la razón por la que la Señora los condujo hasta aquí, ¿verdad?

Richard se puso alerta de golpe. Su embrujadora esposa nunca invocaba a su deidad sin tener una buena razón para ello, y la experiencia le había enseñado a ser cauto cuando lo hacía.

—¿La Señora?, ¿ella tiene algo que ver en todo esto?

—Sí, por supuesto que sí. ¿A dónde crees que enviaría ella a una pareja de amantes que deben resolver sus asuntos? —cuando quedó satisfecha con el moño, giró en el taburete hasta quedar de cara a él y alzó la mirada hacia su rostro—. Precisamente tú deberías saber que el valle es un lugar donde los amantes que no se percatan de lo obvio logran darse cuenta de lo que está predestinado a ocurrir.

Él no pudo contener las ganas de preguntar:

—¿Heather y Breckenridge están predestinados a estar juntos?

—Deberías prestar más atención. Incluso yo lo sabía, a pesar de que solo los había visto juntos en dos ocasiones —abrió las manos antes de añadir—: y ahora están aquí, y todo ha quedado claro.

—¿Ah, sí?

—¡Por supuesto que sí! Nuestro papel consistirá en procurar que permanezcan aquí hasta que ellos también vean lo obvio. No creo que tarden demasiado. Heather nunca ha sido ciega, y dudo mucho que Breckenridge lo sea; de hecho, su reputación parece indicar que en cuestión de mujeres tiene más vista que la mayoría —comentó, antes de ponerse en pie.

«Eso no le salvará», pensó él para sus adentros.

Catriona se quitó en ese momento el chal que cubría sus

hombros de alabastro, expuestos en gran medida por el escote del vestido; después de dejarlo a un lado, se sacudió la falda y se dio la vuelta.

—Abróchame el vestido, y será mejor que te vistas ya. Está a punto de sonar el gong y deberíamos estar en el salón cuando lleguen, quiero ver sus caras.

Richard dejó a un lado su confusión y sus dudas y obedeció. Lo cierto era que le daba igual que la Señora estuviera involucrada en todo aquello, lo importante era que Heather y Breckenridge acabaran frente al altar. Tenía el deber de asegurarse de que así fuera, cómo llegara a ocurrir era algo que no iba a importarle a nadie.

Después de abrochar el vestido de Catriona se dispuso a ponerse la ropa que Worboys le había dejado preparada, y recordó lo que él mismo le había dicho a Breckenridge. No se consideraba una persona clarividente, pero en ese momento sus propias palabras le parecieron una advertencia.

«Los Cynster se casan por amor».

Si estaba interpretando bien el interés de la Señora por Heather y Breckenridge (y estaba casi convencido de que así era), entonces todo parecía indicar que iba a tener el honor y el gran placer de darle la bienvenida a Breckenridge (Breckenridge ni más ni menos, el libertino por excelencia de la alta sociedad) en el club de libertinos reformados.

Sonrió de oreja a oreja, acabó de vestirse, y siguió a Catriona hacia la puerta.

CAPÍTULO 14

Horas después, Breckenridge estaba tumbado de espaldas bajo unas inmaculadas sábanas de lino con los brazos cruzados bajo la cabeza, saboreando la sensación de estar en una cama lo bastante grande como para acomodar su tamaño. Soltó un suspiro, se relajó y esperó a que Morfeo hiciera acto de presencia.

Se puso a pensar en la cena, que se había servido en un gran salón que parecía no haber cambiado apenas con el paso de los siglos... la familia y sus invitados se habían sentado a la mesa principal de la tarima, y el resto de habitantes de la mansión, charlando y riendo, habían ocupado sus lugares en las mesas que había dispuestas por todo el salón.

Sonrió al recordar la escena, al pensar en la calidez y el afecto que habían fluido con tanta naturalidad alrededor de la mesa principal y del salón en general como efervescentes ribetes de conexión efímera que rebosaban con el brillo rutilante de las carcajadas y las sonrisas. A pesar de ser un recién llegado, se había sentido incluido y bañado por aquel cálido resplandor.

Los miembros de su propia familia, los Brunswick, interactuaban de forma similar, pero en el valle la alegría y el sencillo placer de estar con la familia se percibían con mayor claridad, se expresaban más abiertamente.

Había sido una velada muy interesante, y en más de un sentido.

Recordó la miríada de conversaciones que había habido tanto en el transcurso de la cena como en las dos horas posteriores que habían pasado en un saloncito, y revisó el trasfondo de todas ellas. No se había sorprendido al ver que Richard parecía haberse relajado un poco, pero durante la velada había tenido la sensación de que le miraba con algo parecido a la conmiseración.

Eso le resultaba bastante extraño, que Richard sintiera lástima por él porque iba a tener que renunciar a su vida licenciosa para casarse con una Cynster era algo que no encajaba en absoluto. Todos los varones Cynster consideraban a sus primas las princesas de la familia. Tanto para Richard como para los demás, cualquiera que se casara con una de ellas, al margen de las circunstancias, no era objeto de lástima, sino alguien al que se le había concedido un gran honor.

Que Richard le mirara con conmiseración le ponía nervioso.

La serena y complaciente actitud de Catriona aumentaba aún más su inquietud. Ella sabía que Heather y él iban a tener que casarse, pero no la había visto mostrar la más mínima desaprobación ante aquella unión dictada por las convenciones sociales.

Catriona llevaba más de nueve años casada con Richard, así que resultaba difícil de creer que aún no se le hubiera contagiado lo de «Los Cynster solo se casan por amor» después de formar parte de la familia durante tanto tiempo.

Sobre todo teniendo en cuenta la vinculación que la dama tenía con su misteriosa «Señora».

Lo que le había resultado más creíble había sido la advertencia velada que ella le había hecho: que, cuando Heather tomara plena conciencia de la realidad social, de las expectativas y las exigencias a las que iban a estar sometidos, era muy posible que se negara en redondo a ceder.

La mera idea hizo que se tensara de pies a cabeza y luchó por relajarse de nuevo. Intentó apartar de su mente aquella inquietante idea, enterrarla lo más hondo posible, pero la posibilidad de tener que renunciar a Heather se alzó como un espectro y fortaleció aún más su resolución. No quería dejarla ir, no podía ni imaginarse cómo iba a poder vivir sin ella. ¿Cómo iba a fingir que no había sucedido nada entre ellos cada vez que la viera? Podía disfrazar la realidad como el que más, pero eso le resultaría imposible. La idea de volver a mantener las distancias, a permitir que volviera a considerarle una especie de tío, era absurda.

Decidió que era mejor dejar de pensar en aquello. Si quería pegar ojo aquella noche, sería mejor que se concentrara en cosas positivas... en cómo iba a ser su vida de casado, por ejemplo. Se alojarían en Brunswick House cuando estuvieran en Londres, pero lo más probable era que pasaran la mayor parte del año en Baraclough y que tan solo fueran a la capital cuando resultara ineludible. Su padre se sentiría muy complacido, y a él le apetecía mucho.

Lo cierto era que le gustaría tener la oportunidad de construir un hogar. Con eso no se refería a la casa en sí, sino a la familia que iba a habitarla. Le gustaría conseguir algo parecido a lo que Richard tenía en el valle, era obvio que se sentía en paz y satisfecho. Si aquella vida satisfacía a Richard, también serviría para satisfacerle a él, para que se sintiera pleno y en paz.

Nunca antes se lo había planteado, pero no había duda de que eso era lo que quería, el objetivo que quería lograr, el camino que quería recorrer por el resto de su vida.

Al parecer, el único obstáculo iba a ser conseguir que Heather accediera a casarse con él a pesar de que no hubiera ninguna declaración de amor de por medio; por suerte, en ese aspecto y por una vez en su vida iba a tener de su parte a la sociedad y a las grandes damas en general.

Cerró los ojos con una sonrisa en los labios, dejó la mente en blanco, e intentó dormirse.

En teoría, tendría que haber sido una tarea fácil, porque la cama era más que cómoda y las gruesas paredes de piedra impedían que se filtraran ruidos molestos.

Después de dar vueltas y más vueltas, se sentó, ahuecó la almohada, y volvió a tumbarse.

Al final acabó tumbado de espaldas y mirando el techo. Estuvo a punto de levantarse para ir a por su reloj y ver cuántas horas llevaba así, pero, a pesar de que a él se le antojaba que había pasado una eternidad, a juzgar por la distancia que los rayos de luna habían recorrido por la habitación había pasado una hora escasa.

Sabía de una actividad en concreto tras la cual podría quedarse dormido de inmediato, pero los enrevesados principios que debía respetar todo caballero honorable le impedían meterse en el lecho de Heather siendo huésped de Richard.

Además, ni siquiera sabía en qué habitación la habían...

Giró la cabeza al oír que la puerta se abría, y se puso tenso de pies a cabeza.

Heather abrió la puerta lo más silenciosamente posible, y se sintió aliviada al ver que las bisagras no hacían ruido. Había deducido en cuál de los torreones estaría Breckenridge y cuál podría ser la habitación que se le había asignado, pero no tenía ni idea de si había acertado.

Había tenido que esperar hasta que todo el mundo se retirara a dormir, hasta que sus ojos se acostumbraran a la oscuridad que imperaba en los pasillos, pero en ningún momento se le había pasado por la cabeza la posibilidad de pasar la noche en su propia habitación, sola en su cama.

Aquella noche (o, si tenía suerte, la noche siguiente) iba a ser la última en que tendría oportunidad de dormir en brazos de Breckenridge, y no pensaba desperdiciarla. Cuando él decidiera marcharse... cuando eso sucediera, no iba a aferrarse a él. Estaba decidida a comportarse con el sofisticado *savoir faire* al que sin duda estaba acostumbrado en ese tipo de situaciones.

Eran amantes, nada más. Las circunstancias les habían unido, y no tardarían en separarles. Cuando le había seducido lo había hecho sabiendo cómo iba a terminar todo, no era tan tonta como para creer que se había enamorado de ella en dos días... en dos noches de placer.

Cuando por fin abrió la puerta lo suficiente para entrar y mirar hacia la cama, le vio bajo la tenue luz de la luna que iluminaba la habitación y le dio un brinco el corazón. Parecía un poco absurdo, pero no había duda de que había notado cómo brincaba dentro de su pecho.

Él estaba tumbado de espaldas, bañado por la suave luz plateada. Oyó el susurro de las sábanas cuando se incorporó y se apoyó en un codo, y vio cómo las sábanas en cuestión caían y dejaban su musculoso pecho al descubierto.

Se le secó la boca, de repente le costaba hasta respirar.

En ese momento recordó para qué había ido hasta allí, y decidió que ya tendría tiempo para contemplarle después; después de cerrar la puerta con cuidado, se acercó con decisión a la cama.

Él guardó silencio mientras veía cómo se acercaba, y cuando la vio detenerse junto a la cama le preguntó:

—¿Qué haces aquí?

Ella le miró a los ojos y, a modo de respuesta, deshizo el lazo del salto de cama y dejó que la prenda de seda cayera al suelo deslizándose por su cuerpo desnudo.

—No vas a protestar, ¿verdad?

Él parecía incapaz de apartar la mirada de sus senos, y tras vacilar por un instante murmuró:

—No, por supuesto que no —alzó las sábanas sin apartar los ojos de su cuerpo, y las dejó caer en cuanto ella se metió en la cama.

Heather se apretó contra él, y la deliciosa sensación de piel contra piel hizo que contuviera el aliento. Él tenía un cuerpo mucho más cálido y duro, exudaba poder masculino.

Él la acercó aún más, la apretó contra sí y deslizó una pierna entre las suyas antes de besarla.

Qué curioso... a pesar de que estaba besándola, de que movió los labios sobre los suyos hasta que se abrieron y entonces deslizó la lengua en su boca y la saboreó con su habitual pericia, ella notó que estaba controlándose, que mantenía cierta distancia, que parecía estar pensando... pero de repente volvió a centrarse por completo en el beso, se apretó contra su cuerpo lleno de determinación, le cubrió un seno con la mano, y ella se dejó llevar.

La danza fue distinta de nuevo... un delicioso vals de los sentidos mientras sus cuerpos se tocaban, se apretaban el uno contra el otro y se apartaban, mientras él deslizaba las manos por su piel y le rendía pleitesía con su boca antes de exigir lo que le pertenecía.

Ella se arqueó hacia arriba, buscándole desesperada, pero él no perdió el control en ningún momento. Con ejecución impecable y un dominio experimentado, orquestó una actuación magistral que, tal y como ella deseaba, la educó y le abrió las puertas de un plano de sensualidad distinto, la llevó más y más lejos... a una pasión que la dejó sin aliento, a una avidez tan fuerte que resultaba casi dolorosa, a un fuego que le penetró la piel y la abrasó, a un deseo tan intenso que se sintió en un mundo aparte cobijada entre sus brazos, en la mullida cama, rodeada por él y por la belleza que creaba en su interior.

Era cautiva del placer que él le daba, una cautiva voluntaria.

El placer fue creciendo hasta convertirse en una oleada que amenazó con arrastrarla, pero Heather tenía sus propios planes y luchó por contenerla.

—No, ahora me toca a mí —alcanzó a decir, jadeante.

Se enzarzaron en una sensual batalla por la supremacía que duró varios minutos, pero al final logró convencerle de que estaba decidida y no iba a ceder y él se tumbó de espaldas con un gemido gutural y se rindió por completo.

Dejó que lo acariciara a placer, que se empapara de él.

Heather sabía que aquella podría ser su última oportunidad de hacer aquello, y quería aprender con él. Solo con él.

Quería averiguar qué era lo que le daba más placer, cómo hacer que se tensara como él la hacía tensarse a ella. Quería ver cuáles eran las lentas caricias que más le atormentaban, cuáles eran las zonas de su cuerpo más sensibles a la caricia de sus labios y su lengua, a la suave succión de su boca.

Aprendió con rapidez y a conciencia. En aquellos momentos de pasión el cuerpo de Breckenridge le pertenecía, estaba completamente rendido ante ella. Tenía plena libertad para explorarlo, para descubrirlo, para saborearlo a placer.

Breckenridge luchó desesperado por mantener algo de control. Hundió los dedos en la sedosa cabellera de Heather mientras soportaba aquella erótica posesión que tan solo había permitido en muy contadas ocasiones a lo largo de su vida.

Que hubiera permitido que fuera precisamente ella, con lo inocente que era, quien satisficiera sus fantasías de semejante forma desafiaba toda lógica. Era una de las pocas mujeres que habían logrado poner a prueba su autocontrol, que habían estado a punto de despojarle de su máscara de caballero civilizado y dejar al descubierto al macho primitivo que había debajo.

Tenía un constreñimiento en el pecho que apenas le permitía respirar, todos y cada uno de los músculos de su cuerpo estaban rígidos como piedras. Apretó la mandíbula mientras yacía allí, aferrándose... hasta que, como no podía ser de otra forma, ella fue demasiado lejos.

En el mismo instante en que sintió que sus delicados dedos se deslizaban por su escroto, en su mente saltaron todas las alarmas... alarmas que se volvieron ensordecedoras cuando Heather, con una lentitud enloquecedora, apartó su cálida y celestial boca de su dolorida erección y ladeó la cabeza para...

Antes de que sus labios pudieran alcanzarle, se incorporó de golpe, la tumbó de espaldas en la cama y la cubrió con su cuerpo. Se adueñó de sus labios mientras la apretaba contra el colchón, y tomó las riendas. Se hizo con el control total, y no estaba dispuesto a renunciar a él.

Cuando tuvo la certeza de que ella estaba enloquecida de deseo, cuando notó que sus manos dejaban de intentar explorarle y se quedaban pasivas contra su pecho, se deslizó hacia abajo, le alzó los muslos, le abrió las piernas de par en par, y cubrió su sexo con la boca.

Había llegado su turno.

Ella le había dado aquella oportunidad, y estaba decidido a aprovecharla para atarla con más fuerza a él.

Centró su considerable experiencia en llevarla aún más allá y sintió una profunda satisfacción cuando ella soltó un suave grito jadeante al alcanzar el éxtasis... por primera vez, de momento.

No quería apresurarse, pero a pesar de eso seguía siendo consciente del macho primitivo que tenía dentro, del ser que Heather despertaba en su interior con una facilidad pasmosa, de los salvajes deseos que ella, solo ella, hacía emerger.

Cuando la llevó al clímax de nuevo con los dedos hundidos bien hondo, no pudo seguir reprimiendo más sus impulsos primitivos. Se puso en posición y se hundió en su interior.

Se sintió en la gloria al ver cómo lo aceptaba no solo en el interior de su cuerpo, sino también entre sus brazos. Le rodearon y se aferraron a él mientras se arqueaba enfebrecida, mientras le suplicaba sin palabras, jadeante, que la penetrara una y otra vez.

Al verla echar la cabeza hacia atrás y ofrecerle su boca, inhaló una bocanada de aire y se zambulló, la devoró, tomó plena posesión... pero no solo de su boca, sino de todo su ser.

No le dio tregua, la llevó al límite, le arrancó hasta el último jadeo de placer y se los tragó hambriento.

Quería todos y cada uno de sus sollozos, todos y cada uno de sus gemidos, y ella se los dio sin reservas, sin inhibiciones.

Él supo ver la diferencia, supo valorar aquel regalo que para él tenía un valor incalculable.

Cerró los ojos y se guardó aquel regalo en el corazón mientras ella llegaba al clímax, y en esa ocasión se dejó llevar por completo y se permitió seguirla a aquella cima donde reinaba la satisfacción, donde el éxtasis llegó en una lenta y larga oleada y les cubrió por completo.

Se derrumbaron en la cama, y se sumieron en un plácido mundo de sueños el uno en brazos del otro.

Cuando Breckenridge despertó tiempo después y logró reunir las fuerzas necesarias para salir del cuerpo de Heather y tumbarse a su lado, ella murmuró una protesta y se acurrucó contra él.

Tener su cuerpo suave contra el suyo era una bendición, tenerla cerca le reconfortaba.

Se colocó de modo que ella pudiera pasarle una pierna por

encima, consciente de que esa parecía ser la postura preferida de Heather para dormir, y justo cuando estaba a punto de quedarse dormido entendió lo que le había impedido conciliar el sueño previamente.

La claridad nítida de ideas a menudo aparecía en momentos como aquel, cuando uno estaba al borde de la consciencia. Había sido incapaz de conciliar el sueño porque Heather no estaba entre sus brazos, era obvio.

Esbozó una suave sonrisa, relajado de pies a cabeza y tranquilizado por completo, y se quedó dormido.

Heather despertó sintiendo placer, sintiendo unas sensaciones tan dulces que le encogieron los dedos de los pies, oyendo una voz susurrándole seductora.

Fue incapaz de resistirse, no quería hacerlo. Dejó que él la arrastrara a un mundo de pasión, que la poseyera, que la tomara, que la penetrara y la llenara, que la completara.

Hizo que se estremeciera de placer al deslizarse en su cuerpo por detrás, la llevó al paraíso, y sofocó un gutural grito de placer contra su cuello cuando la siguió hasta allí.

Arqueada hacia atrás, con una mano hundida en su pelo oscuro, saboreó el gozo inigualable de tenerlo en lo más hondo de su ser.

La oleada resplandeciente les cubrió poco a poco, les cubrió por completo antes de retroceder. Heather oyó el latido de su propio corazón, sintió el pálpito de su miembro viril dentro de su cuerpo y se aferró a aquella sensación de unión, de intimidad inigualable, a la indescriptible felicidad de sentir que eran un solo ser.

Fueron relajándose poco a poco, y recobrando los sentidos.

Heather no lamentaba haberse convertido en su amante, lo único que lamentaba era que no tardarían en separarse y que iba a perder aquello... aquella oportunidad de forjar una conexión tan increíble, una conexión que trascendía lo físico y rayaba en lo espiritual.

Mantuvo los ojos cerrados al sentir que salía de su interior, al sentir que la conexión se rompía y se desvanecía. Reinó el silencio mientras sus corazones se calmaban y sus respiraciones se normalizaban, mientras tomaban conciencia del mundo real... de la luz que anunciaba la llegada del amanecer tiñendo el cielo más allá de las ventanas, del distante canto de las alondras.

Él le había rodeado la cintura con un brazo y le había cubierto un seno con la mano. Se movió ligeramente antes de quedarse quieto de nuevo, pero al cabo de unos segundos dijo con su voz profunda aún enronquecida por la pasión:

—Tenemos que enfrentarnos a los hechos.

Ella intentó fruncir el ceño, pero aún tenía los músculos demasiado laxos.

—¿Qué hechos?

—Tenemos que casarnos.

Ella se incorporó de golpe y se volvió a mirarlo boquiabierta.

—¿Qué?

Estaba convencida de que le había oído mal, pero él había vuelto a ponerse la máscara de impasividad y su mirada era inflexible.

—No hay alternativa. Tenemos que casarnos, y punto.

—¿Qué?

Ella se apartó de él mientras le miraba atónita (por no decir horrorizada), y Breckenridge contuvo a duras penas el impulso de agarrarla y volver a apretarla contra su cuerpo, de aferrarse a ella. Se obligó a permanecer inmóvil y a mantener la voz serena y carente de inflexión.

—No es posible que seas tan ingenua, conoces bien el mundo en que vivimos. Teniendo en cuenta que hemos pasado tanto tiempo juntos y a solas, el resultado de rigor es una boda.

Ella había abierto los ojos como platos y en ellos se reflejaba una sorpresa total y absoluta, pero no tardaron en oscurecerse.

—No —dijo con firmeza, antes de levantarse a toda prisa. Mientras luchaba por ponerse el salto de cama, añadió—: este es el resultado de permitir que Richard hablara a solas contigo —

al ver que él se incorporaba hasta sentarse, le apuntó con un imperioso dedo—. Ni se te ocurra intentar negarlo. Él ha hablado contigo y te ha exigido que me propongas matrimonio, pero...

—Eso no es cierto —no pudo evitar mascullar aquello entre dientes—. Sí, me ha preguntado acerca de mis intenciones, y yo le he dicho que iba a casarme contigo. Eso ha sido todo.

Ella ató el cinturón del salto de cama antes de espetar:

—Es posible que Richard no haya exigido nada, pero se le da bien intimidar. Al igual que a todos los demás.

—Nadie ha tenido que intimidarme para que...

—Lo que ni tú ni él parecéis entender es que no deseo casarme ni contigo ni con ningún otro. Sí, es cierto que te seduje, pero eso no significa que esperara que por ello pidieras mi mano... ¡y mucho menos que nos casáramos!

«¿Por qué no?».

Breckenridge se mordió la lengua, no estaba dispuesto a pronunciar aquellas palabras tan reveladoras. Alzó las rodillas bajo la sábana, se echó hacia delante y se rodeó las piernas con los brazos. Se planteó tomarla desprevenida y agarrarla...

Ella retrocedió un paso y respiró hondo sin apartar los ojos de él. Se irguió, puso la frente en alto, y con aires de reina hizo una ligera inclinación de cabeza y le dijo:

—Te agradezco que, dadas las circunstancias, consideres que tu honor te obliga a...

—El honor no tiene nada que ver en esto.

—Que te sientas obligado a ofrecerme la protección de tu apellido para escudarme de un posible escándalo, pero, tal y como ya te había dicho, he renunciado a la idea de casarme y tengo mi vida y mi futuro muy bien planeados. Te aseguro que mis planes no incluyen volver a vivir en Londres y mucho menos entre la alta sociedad, así que cualquier escándalo que pueda surgir será del todo irrelevante para mí. Como puedes ver, no tienes la obligación de hacer nada.

—Tu familia no opina lo mismo.

—Puede que no, pero yo soy yo y ellos son ellos; en cualquier caso, agradezco tu amable ofrecimiento, pero debo rehusarlo.

Al ver que daba media vuelta sin más, Breckenridge exclamó:

—¡Maldita sea! ¡Vuelve aquí!

—¿Para qué?, ¿para que intentes presionarme? Gracias, pero no.

—Tenemos que tratar este asunto como adultos sensatos.

—No hay ningún asunto que tratar. No voy a casarme con nadie, pero mucho menos con un hombre que se siente obligado a llevarme al altar por una cuestión de honor.

—¡Maldita sea, Heather...! ¡Nadie está obligándome a nada!

Cuando llegó a la puerta, ella se volvió como una exhalación y le apuntó de nuevo con el dedo.

—Tú no quieres casarte conmigo y lo sabes, admítelo —al verle vacilar, exclamó—: ¡Ajá! ¿Lo ves? No quieres casarte conmigo, yo no quiero casarme contigo y no hay razón alguna para que lo hagamos, así que no vamos a hacerlo. ¡Y punto! —abrió la puerta de golpe, salió a toda prisa y la cerró tras de sí.

Él se quedó mirando aquella puerta cerrada, y admitió:

—Sí que quiero casarme contigo.

Lo dijo en una voz demasiado baja como para que pudiera oírse más allá de los confines de la habitación. Al cabo de un largo momento en el que ella no volvió, en el que él se preguntó por qué tenía esperanzas de que lo hiciera, exhaló y se pasó las manos por la cara.

—¿Y ahora qué?

No le sorprendió no recibir ninguna respuesta.

Cada vez más adusto, echó a un lado las sábanas y se puso de pie mientras una idea resonaba en su mente: ella podía tener su futuro planeado, pero ¿y él qué?

Si Heather se salía con la suya, el futuro que había imaginado la noche anterior, aquel futuro tan maravilloso que había empezado a tomar forma en su mente, se quedaría en una simple fantasía, en una visión dorada de lo que podría haber sido...

Apretó la mandíbula y agarró su ropa bruscamente.

Heather no iba a librarse de él con tanta facilidad.

CAPÍTULO 15

La encontró en la tarima del gran salón, desayunando gachas con miel. Aunque había varios grupos de hombres en dos de las mesas inferiores charlando de la jornada que tenían por delante, estaba sola en la mesa principal.

Se sentó junto a ella, pero, antes de que pudiera pronunciar palabra, una doncella se apresuró a acercarse y tras hacer una pequeña reverencia le preguntó si quería gachas. Le dijo que sí con una sonrisa muy forzada, y en cuanto la muchacha se alejó dijo sin prolegómenos:

—No tiene sentido huir de esto, tenemos que solucionarlo.

Ella le lanzó una mirada llena de... él habría jurado que era irritación, pero bajó la mirada hacia su plato antes de que pudiera estar seguro.

—Supongo que con lo de «solucionarlo» te refieres a organizar una boda, ¿verdad?

—No tenemos otra alternativa.

Ella apretó los labios, pero la doncella regresó en ese momento con un humeante plato de gachas.

Después de darle las gracias, Breckenridge tomó el tarro de miel que había sobre la mesa y vertió en su plato un poco de aquel néctar dorado.

—La situación es simple. Por si lo has olvidado, se me considera el mayor libertino de Londres, y no obtuve esa reputación jugando a las cartas en el White's —aunque mantuvo la voz baja, hablaba con tono cortante. En ese momento era incapaz de revestir su voz del habitual tono refinado y persuasivo que solía emplear—. Teniendo en cuenta eso, quién soy, cualquier dama soltera de buena familia con la que pase la noche a solas, por muy inocentes que sean las circunstancias, quedará deshonrada, y el matrimonio es el único método aceptado para reparar esa situación. Ah, y antes de que empieces a protestar, el hecho de que yo tuviera o no la culpa de pasar esa noche a solas con la dama sería inconsecuente, tanto como el hecho de que hubiera pasado algo inapropiado entre los dos o no.

No pudo evitar tensar la mandíbula, así que agarró una cuchara y la hundió en la comida. Antes de alzarla lanzó una breve mirada de soslayo y vio que ella seguía con la mirada gacha, pero que estaba escuchándole.

—Si a eso le sumamos que tú eres una de las princesas de los Cynster, no cabe la menor duda de que debemos casarnos obligatoriamente.

Ella le miró airada.

—¡Eso no es más que lo que dicta la sociedad!

Breckenridge no se molestó en contestar, ella era plenamente consciente de la realidad de las cosas.

Le sorprendió lo buenas que estaban las gachas, tenían un leve gustillo a frutos secos y estaban sumamente cremosas. Bajó la mirada hacia su plato y tomó otra cucharada más, la saboreó y se la tragó antes de añadir en el mismo tono bajo y tenso:

—Como el matrimonio entre nosotros es algo ineludible, me parece inútil intentar resistirse en vano. No hay nada que nos impida casarnos. Mis hermanas ya han decretado que es hora de que busque esposa, y tú no tienes ninguna atadura —se dio cuenta de que eso era algo que sabía con total certeza. De haber albergado sentimientos hacia otro caballero, jamás habría permitido que él la sedujera—. Por si fuera poco, nuestras familias se mueven en los mismos círculos, y un enlace entre nosotros se consideraría excelente en todos los sentidos. Teniendo en cuenta todo eso, no existe ningún impedimento, ningún obstáculo, ninguna dificultad, que se interponga entre nosotros y el altar.

—Hay uno —le corrigió Heather, antes de dejar a un lado la cuchara. Se le había quitado por completo el apetito. Miró sus ojos color avellana antes de añadir—: no me importa lo más mínimo contar con la aprobación de la sociedad en este asunto.

Su voz reflejaba una tensión muy real, una firme determinación que se avivaba aún más gracias a la indignación creciente que sentía.

—Quiero dejarte muy claro que estoy totalmente decidida a no casarme —«contigo». A pesar de sus esfuerzos, no pudo decir aquella mentira. Respiró hondo y sustituyó aquella palabra por—: en estas circunstancias. ¡No ambiciono casarme, ni contigo ni con ningún otro, por el mero hecho de que la sociedad dicte que debo hacerlo!

Su voz no era lo único que flaqueaba, le daba vueltas la cabeza y estaba un poco mareada.

Se había quedado tan impactada cuando él había afirmado sin rodeos que iban a tener que casarse, que había necesitado de toda su concentración para salir de su habitación antes de traicionarse.

Porque, en cuanto él había puesto sobre la mesa la posibilidad de que se casaran...

Estaba furiosa, tanto con él como consigo misma. No entendía cómo diantres había permitido que sucediera algo así. Se preguntó si alguna parte de su mente, una parte imperdonablemente boba, había albergado la secreta esperanza de que él, tras unas cuantas noches de pasión, se hubiera dado cuenta de repente de que estaba locamente enamorado de ella.

Logró respirar hondo a pesar de la opresión que sentía en el pecho y le miró a los ojos.

—No estoy interesada en contraer matrimonio con un hombre que no desea casarse conmigo —al ver que él apretaba los labios y que sus ojos se oscurecían de forma ominosa, alzó la barbilla—. Como tengo intención de vivir en la campiña y de no volver a moverme en los círculos de la alta sociedad de ahora en adelante, no veo por qué habría de someterme a sus dictados. Estamos hablando de mi vida, y pienso vivirla como me plazca.

Estaba escuchándola, prestándole toda su atención. Esa era una de las cosas que le encantaban de él, cómo se centraba por completo en ella como si el resto del mundo no existiera...

Al darse cuenta del curso que habían tomado sus pensamientos, los encauzó de nuevo a toda prisa. Tenía que aferrarse a su furia. Estaba furiosa con él por poner al alcance de su mano una posibilidad que jamás había imaginado siquiera, por ofrecerle todo lo que ella deseaba en el mundo (aunque ni ella misma lo había sabido hasta ese momento, y darse cuenta había sido aturdidor).

El problema era que en la suculenta manzana había un gusano. Breckenridge le había ofrecido todo lo que, al parecer, su estúpido corazón había deseado desde el principio... todo menos una cosa, el elemento crucial, único y vital que era necesario para que Breckenridge y ella pudieran tener un futuro juntos.

Quería que él fuera su esposo... se preguntó si siempre había sido así, tenía la degradante sospecha de que siempre se había comportado de forma tan cortante con él porque se sentía despechada... pero, por mucho que su insensato corazón hubiera dado un brinco al oírle afirmar que tenían que casarse, a pesar de que una tontorrona e inesperada parte de sí misma quisiera ver de color de rosa un posible futuro a su lado, por mucho que anhelara caminar hacia ese futuro con él a su lado, tal y como habían caminado por las colinas rumbo al valle, no iba a casarse con él en aquellas condiciones, no podía hacerlo si no existía ni el más mínimo amor.

Endureció tanto su corazón como su determinación, puso un codo sobre la mesa, y mirándole a los ojos se inclinó un poco hacia él para darle más énfasis a sus palabras.

—¿Qué clase de dama sería yo si accediera a casarme con un hombre sabiendo que se había visto obligado a proponerme matrimonio?, ¿cómo crees que me sentiría?

Él frunció el ceño al oír aquello.

—Yo no he dicho que... —la miró con incomodidad antes de decir—: no hace falta que accedas dando piruetas de felicidad. Bastará con que aceptes que es la única opción posible, tal y como he hecho yo.

—No.

—No tenemos otra opción, Heather.

—¡Sí que la tenemos! —al ver que él se limitaba a sostenerle la mirada con calma, exhaló aire entre dientes y miró hacia delante—. No estás pensando con claridad.

Había dado por hecho que, a pesar de que habían tenido relaciones íntimas, Breckenridge seguiría considerándola demasiado joven para él y que, cuando ella le ofreciera una salida honorable, sería lo bastante hedonista como para admitir que no harían buena pareja y aprovecharía la oportunidad de retomar su licenciosa vida.

Se volvió hacia él de nuevo y volvió a intentarlo.

—Tú no quieres casarte conmigo, y viceversa. No hay nada que nos obligue a casarnos, porque pienso dedicar mi vida a cuidar a niños huérfanos y para eso no necesito ni un marido ni una reputación intachable.

No podía casarse con Breckenridge. Si lo hacía, él acabaría por romperle el corazón... esa era una verdad ineludible, una certeza absoluta. Acabaría por romperle el corazón, porque ella le amaba y él no le correspondía.

Apretó los labios con fuerza, tenía ganas de ponerse a gritar. La única forma de salir de aquel horrible embrollo era negarse, negarse y negarse por mucho que él insistiera. Tenía que negarse y mantenerse firme.

—No voy a cambiar de opinión. Acabarás por darte cuenta de ello y regresarás a Londres y a todas las elegantes damas que están esperándote allí.

Al verle torcer el gesto de forma casi imperceptible, supo que había tocado una fibra sensible.

—Allí es donde debes estar. En los salones londinenses, yendo de alcoba en alcoba. No te conviene casarte conmigo. Si sigues insistiendo por una cuestión de honor, te exonero en este instante de toda obligación —respiró hondo, contuvo el aliento, y lo soltó al añadir—: no estoy tan desesperada por casarme como para permitir que alguien te presione y nos obligue a contraer matrimonio.

Se puso en pie y le miró a los ojos.

—No debemos casarnos. Acepta que... —se interrumpió al verle ponerse en pie poco a poco, pero alzó la mirada hacia él y retomó su argumentación—. Acepta que no tienes ningún motivo para permanecer aquí, puedes marcharte cuando te plazca. No voy a ser un estorbo para que sigas adelante con tu vida ni voy a dejar a un lado la mía por el mero hecho de que la sociedad crea que es lo correcto —después de despedirse con un seco gesto de asentimiento, se dispuso a marcharse.

Breckenridge la tomó del brazo para detenerla, y tuvo que hacer un esfuerzo por aflojar un poco la mano.

La miró a los ojos y tuvo que seguir luchando, tal y como llevaba haciendo durante toda la conversación, por controlar a su yo interior, a aquel macho primitivo que sabía que ella era suya, irrevocablemente suya, y estaba dispuesto a dejarlo claro sin ningún tipo de reserva. Evitar que en su rostro, sus manos y sus ojos se reflejara la furia salvaje que sentía requería de todo su autocontrol, así que no le quedaba cerebro suficiente para rebatir los argumentos de Heather.

No podía arriesgarse a perder el control y que ella viera más de la cuenta. No podía permitirse el lujo de olvidar que era una Cynster y, en consecuencia, distaba mucho de ser corta de entendederas. Un simple error podría bastar para que ella alcanzara a ver demasiado y empezara a hacerse preguntas y a maquinar... pero, aun así, no podía dejarla ir.

—Si nos casamos, no tendrías por qué renunciar a tu... vocación, por llamarlo de alguna forma. Con el respaldo de mi fortuna te resultará mucho más fácil...

—No.

—Si te casaras conmigo, tendrías mucho más éxito en el cometido que te has propuesto.

—Es posible, pero ni siquiera por eso me casaría contigo.

A pesar de su autocontrol, no pudo evitar que su rostro se endureciera.

—¿Por qué no?

Ella le miró a los ojos y, tras un largo momento, contestó con voz suave:

—El que no sepas la respuesta a esa pregunta demuestra que no deberíamos casarnos.

El macho primitivo que llevaba dentro rugió enfurecido.

—¿A qué viene todo esto?, ¿me estás poniendo a prueba? —sus palabras más bien parecían un gruñido.

Ella le fulminó con la mirada, y se zafó de su mano de un tirón antes de inclinar la cabeza en un gesto altivo que era una clara advertencia.

—Voy a pasar la mañana con Catriona, te veré a la hora de la comida.

Breckenridge se obligó a permanecer donde estaba mientras la veía alejarse. El desafío que tenía por delante era tejer una red hecha a partir de dictados sociales y seducción, y utilizarla para capturarla, atarla y llevarla a rastras al altar.

Al macho primitivo que llevaba dentro le encantó la idea, la saboreó con deleite.

Estaba dispuesto a hacerlo, por supuesto que sí. Iba a utilizar las ataduras de la pasión y del deber para casarse con ella, por muy testaruda y obstinada que fuera; además (y ese era el verdadero desafío), iba a hacerlo sin hacer la más mínima alusión a lo que realmente sentía por ella, a los sentimientos que no tenía ninguna intención de admitir ni de sacar a la luz.

Había cosas tan peligrosas que ni siquiera un libertino se plantearía llevarlas a cabo.

Heather bajó la escalera de piedra que conducía a la mazmorra que había debajo de la mansión. No sabía si alguna vez habría funcionado como tal, pero se había convertido en el taller de Catriona y, tal y como esperaba, la encontró allí, preparando uno de sus remedios.

De las macizas vigas ennegrecidas del techo colgaban manojos de hierbas, y el suave aroma que desprendían era transportado por las cálidas corrientes de aire originadas por el pequeño fuego que crepitaba en la chimenea. Era una sala muy grande iluminada por las ventanitas que había en lo alto de las paredes y por lámparas de aceite. Aunque Algaria trabajaba a veces con Catriona, pasaba la mayoría de su tiempo en la habitación de los niños. Se encargaba de cuidar a los hijos de Richard y Catriona (en especial a Lucilla, la próxima Señora del valle), para expiar viejas culpas.

La vigente Señora del valle estaba en ese momento de pie en uno de los extremos de una enorme mesa central, machacando algo en un mortero. Alzó la mirada cuando la oyó llegar, y sonrió al verla.

—Suponía que vendrías a verme.

Heather se sentó en un taburete alto en el otro extremo de la mesa antes de contestar.

—Breckenridge está presionándome para que me case con él.

—¿Qué esperabas? Habéis estado viajando juntos... ¿cuántos días han sido?, ¿once?

—No, no viajamos juntos hasta que huimos de los secuestradores, así que tan solo han sido tres días —hizo una mueca y añadió—: aunque eso es lo de menos.

—Tres días con sus noches. Tendrías que haber supuesto que él querría solucionar la situación de forma honorable.

—No tengo ni la más mínima intención de casarme con él.

—Te entiendo, es un hombre imponente —Catriona comprobó si lo que tenía en el mortero estaba listo, y optó por machacarlo un poco más—. Admito que no acabo de entender las normas de la alta sociedad, pero tengo entendido que, si te sientes incapaz de manejarle a él, una alternativa podría ser que te casaras con otro caballero. Podrías elegir al segundo hijo de algún noble, alguien que tenga una edad parecida a la tuya y que sea más dócil y manejable que él, algún joven adecuado que esté dispuesto a pasar por alto tanto tu secuestro como el tiempo que has pasado a solas con el mayor libertino de Londres, alguien que acceda a casarse contigo por tu posición social y tu fortuna para reparar tu reputación. Aunque, para serte sincera, nunca he comprendido cómo y por qué el hecho de casarse puede reparar una reputación que, en caso de que no haya matrimonio, se considera irreparablemente dañada.

Heather apenas oyó aquel último comentario, seguía demasiado horrorizada imaginando lo que Catriona había descrito anteriormente.

—No es que... —parpadeó y procuró hablar con mayor firmeza—. No estoy dispuesta a casarme con Breckenridge, pero la idea de hacerlo con algún pusilánime dispuesto a pasar por alto... no, esa posibilidad es incluso peor.

—Ya veo. Yo creía que a lo mejor ya tenías en mente a otro caballero.

—¡No! En absoluto, no se trata de eso —respiró hondo antes de admitir—: lo cierto es que... he decidido que el matrimonio no es para mí.

Catriona dejó de machacar lo que tenía en el mortero y la miró con expresión interrogante.

—¿En serio?

—Sí, así es. Eliza y yo... bueno, y Angelica también, pero ella es tres años menor y aún no está en una situación tan límite... en fin, Eliza y yo hemos estado buscando a... al caballero adecuado, por decirlo de alguna forma.

Catriona no pudo contener una pequeña sonrisa y bajó la mirada hacia el mortero.

—Estáis buscando a vuestro héroe, ¿verdad?

—¡Exacto!, ¡eso es! Las dos sabemos lo que queremos, qué clase de hombre debe ser, pero...

La imagen de Breckenridge apareció en su mente de improviso. No era el Breckenridge que tantas veces había visto en el pasado, el caballero que era la elegancia y la sofisticación en persona y se movía a sus anchas en los más altos círculos de la sociedad, sino el que la había tomado de la mano mientras caminaban por las colinas.

¿Qué clase de hombre era el que había estado buscando? La respuesta era sencilla: uno que la amara. Breckenridge no cumplía con los requisitos, al menos en ese aspecto.

Le apartó de su mente y, fortaleciendo aún más su determinación, volvió a centrar su atención en Catriona.

—Está claro que no voy a encontrar al caballero que hubiera podido hacerme feliz después de lo del secuestro, así que he decidido que, en vista de que el destino ha decretado que no voy a encontrar el amor, quiero dedicar mi vida a ayudar a niños que están solos y desamparados, que no tienen un hogar ni nada de lo que tanto mis hermanas como yo y toda la familia poseemos de nacimiento. Por eso quería preguntarte si puedo pasar una temporada aquí y aprender de ti. Sé que supervisas el cuidado de una verdadera tropa de niños que se encontraban en esas circunstancias, y he pensado que sería buena idea quedarme aquí hasta que llegue el verano y el escándalo por lo de mi secuestro haya quedado atrás. Para entonces habré aprendido mucho de ti y de tus ayudantes, y podré regresar a mi casa de Somerset y organizar allí un sistema parecido.

Catriona sacó un puñado de hierbas de un saquito de arpillera y las echó en el mortero. Alzó la mirada hacia ella, y la observó unos segundos en silencio antes de seguir con su tarea.

—Es un propósito loable que no voy a criticar, pero no olvides que para mí cuidar a niños desamparados es una actividad que forma parte de un conjunto más amplio. Soy la Señora del valle y esa es mi vocación, esas son tanto la posición como las tareas que me estaban destinadas. Cuidar a los niños forma parte de eso —la miró a los ojos al añadir—: pero tan solo es una parte de mi vida, en la que tienen cabida muchas más cosas.

—No sé si te entiendo.

—Lo que intento explicarte es que, antes de dar forma a los aspectos secundarios de tu vida, deberías centrarte en lo principal, en el núcleo central. Supongo que lo que estoy diciéndote es que debes definir y forjar tu destino.

—¿Por qué ese destino no puede centrarse en cuidar a niños desamparados?

Catriona la miró con aquellos vívidos ojos verdes tan penetrantes que parecían capaces de ver más allá de la piel, de llegar a la esencia de una persona.

Heather permaneció inmóvil, sostuvo sin amilanarse aquella incisiva mirada, y finalmente Catriona bajó los ojos de nuevo hacia el mortero.

—Eso no es lo que veo, lo que siento para tu futuro —esbozó una pequeña sonrisa al ver la expresión interrogante de Heather—. Tu destino está unido al de un hombre.

—¿Puedes verle?

—No es que vea cómo es físicamente, digamos que veo su... aura, por decirlo de alguna forma. Cómo es su verdadero yo.

—¿Y mi destino está unido al suyo?

—Según la Señora, estás destinada a lidiar con un hombre que... si no es Breckenridge, digamos que es alguien de su mismo calibre —Catriona sonrió y añadió—: alguien como tus primos. Bien sabe la Señora que tengo experiencia a la hora de reconocer a ese tipo de hombres.

—¿Estás diciendo que, a pesar de todo, estoy destinada a conocer a mi héroe?

—Exacto. Lo único que debes hacer es... la palabra que me viene a la mente es «verle», quizás quiere decir que debes reconocerle.

Heather le dio vueltas al asunto. Catriona no solía hacer profecías, pero las pocas que salían de sus labios tenían una asombrosa tendencia a materializarse.

—Puede que, cuando me enseñes a cuidar de los niños y regrese a Somerset... —se interrumpió al verla negar con la cabeza—. ¿No?

—Para la Señora, tus planes de aprender a cuidar a niños desamparados es una distracción, al menos por el momento —ladeó la cabeza como si estuviera oyendo una voz distante—. Ella cree que estás intentando eludir la vida que estás destinada a vivir.

Al cabo de un momento, volvió a centrarse en Heather y miró su rostro por unos segundos antes de esbozar una sonrisa un poco irónica.

—Supongo que esto es algo que no quieres oír, pero todos mis instintos me indican que deberías observar con mayor detenimiento a Breckenridge.

—No me ama, tan solo quiere casarse conmigo porque su honor le obliga a ello.

—¿Estás segura de eso?

—Bueno, tan solo puedo guiarme por lo que él me ha dicho...

—¿Acaso te ha dicho que no te ama?

—No, pero...

—Pero no te ha dicho nada que pueda indicar que sí que te ama, ¿verdad? —sonrió al verla asentir—. Permíteme decirte que eso no significa absolutamente nada. No hay duda de que tu héroe, quienquiera que sea, es como tus primos, y nunca ha sido tarea fácil arrancarles una confesión de amor a hombres como ellos. Detestan exponer sus sentimientos e incluso admitir que los tienen, y si pueden procuran evitar hacerlo, así que...

Al ver que daba la impresión de que acababa de darse cuenta de algo, Heather le preguntó con apremio:

—¿Qué?

Catriona sonrió y la miró a los ojos al decir:

—Acabo de darme cuenta de algo respecto a tu situación actual con Breckenridge. Teniendo en cuenta lo que acabo de decirte sobre los hombres como él, y suponiendo que estuviera enamorado de ti... ¿no crees que lo más probable es que intentara aprovechar la situación para poder casarse contigo sin verse obligado a confesarte lo que siente por ti?

Heather supo la respuesta a aquello sin necesidad de pensar lo más mínimo.

—Es tan taimado y manipulador como el que más —frunció el ceño y añadió—: está claro que voy a tener que observarle con mayor detenimiento.

—Sí, y mientras lo haces no olvides que vale la pena luchar por el amor de un hombre como él. Tanto las esposas de tus primos como yo podemos dar fe de ello.

—Si pudiera tener la certeza de que podría encontrar a mi héroe debajo de esa máscara de caballero elegante y sofisticado...

—El amor no suele venir con garantías. Tratándose de un hombre como él, si quieres que exponga su corazón deberás estar dispuesta a correr el riesgo de exponer antes el tuyo —la miró pensativa mientras hacía una pequeña pausa—. Deja que haga una pequeña observación que podría servirte de ayuda: Breckenridge es un hedonista de pies a cabeza, pero la contrapartida de eso es que, si persigue un objetivo con empeño, puedes estar segura de que ese objetivo es algo que desea de verdad; de no ser así, no se tomaría la molestia de ir tras él.

Teniendo en cuenta lo que Heather sabía de él, aquellas palabras le parecieron muy acertadas.

Catriona siguió con su tarea, y ella permaneció allí sentada mientras reflexionaba acerca de lo que acababan de hablar. Sintió que algo en su interior se relajaba y aceptaba la situación. Estaba claro que su búsqueda no había terminado aún, al igual que tampoco había terminado su relación con Breckenridge.

Alzó la mirada largos minutos después. Catriona, que estaba observándola, comentó con comprensión:

—Tienes mucho en que pensar, ¿verdad?

—Sí, y quiero darte las gracias por... por leerme. Sé que es algo que no haces para todo el mundo.

—Se me indicó que lo hiciera —confesó, con una pequeña sonrisa.

—Ah. Bueno, me parece que voy a subir a ver a los niños —le dijo, mientras se bajaba del taburete. Estar cerca de Catriona cuando esta estaba siendo «la Señora» podía resultar un poco desconcertante.

—Espera —le echó otro vistazo a su mortero, y lo dejó a un lado—. Por fin está listo —miró a Heather con los ojos un poco desenfocados, y entonces sacudió la cabeza—. Por alguna razón, se supone que debo darte esto.

Se sacó del bolsillo una cadena de delicados eslabones de oro intercalados con unas pequeñas cuentas redondas de color violeta y que tenía un colgante, un cristal de color rosa alargado.

Se acercó a ponérselo a Heather, que agarró el cristal hexagonal y lo observó con curiosidad.

—Tiene grabada una inscripción en los laterales.

—Es un idioma muy antiguo, ni siquiera Algaria lo conoce.

—¿Es una antigüedad?

—Sí. Perteneció a mi madre y a mi abuela antes que a ella, y yo solía ponérmelo antes de casarme con Richard —metió la mano bajo el escote de su vestido y sacó el collar que llevaba puesto. Era una delicada cadena similar a la otra, pero las cuentas redondas eran de color rosa y el cristal violeta—. Él me regaló este, que perteneció a su madre y es incluso más antiguo que el que tú llevas. Esto es una amatista, que invoca a la inteligencia —volvió a dejarlo entre sus senos y señaló el cristal rosado del de Heather—. Eso es un cuarzo rosa, que vibra con el amor.

Heather bajó la cabeza y acarició las pequeñas cuentas de color violeta.

—Supongo que esto también son amatistas, ¿verdad?

—Exacto. La configuración que tienes tú significa una mezcla de amor e inteligencia en la que el amor es la fuerza principal. Es un amuleto apropiado para una joven dama que quiere escudriñar el corazón de su héroe.

—Gracias, pero debe de ser muy valioso. ¿Estás segura de...?

—Sí. Gracias a la Señora, sé que estoy haciendo lo correcto al entregártelo. Se supone que debes llevarlo puesto hasta que hayas encontrado a tu héroe y vuestras vidas se hayan unido. Entonces deberás entregárselo a Eliza, que a su vez se lo entregará a Angelica... —Catriona hizo una pausa y enarcó las cejas—. Y parece ser que después pasará a manos de Henrietta, y que finalmente le será entregado a Mary antes de regresar al valle para pasar a manos de Lucilla. Cielos, parece ser que la Señora ya tiene en mente una buena cantidad de destinos.

Heather guardó el collar bajo el vestido antes de decir:

—Debo admitir que me resulta reconfortante saber que la tengo a ella de mi lado.

Catriona sonrió al oír aquello.

—Sabía que debía entregártelo y por eso lo he traído, pero no tenía ni idea de lo de las demás. Sospecho que me ha hecho saber que Lucilla logrará encontrar a su héroe para recompensarme por hacer lo correcto contigo.

—Debe de ser muy duro para ti desprenderte de algo que perteneció a tu abuela.

—En parte sí, y en parte no —admitió Catriona, sonriente, antes de agarrar el mortero y llevarlo a un banco de trabajo—. Con el paso de los años he aprendido a no cuestionar, a limitarme a creer y obedecer.

Heather le devolvió la sonrisa y se dispuso a marcharse.

—Voy a ver a los niños, ¿quieres que les dé algún mensaje de tu parte?

—Diles a los gemelos que dejen de pelear por las tabas... ah, una cosa más: recuerda que, si un hombre te declara su amor con demasiada premura, siempre te quedará la duda de si ha sido sincero... y el caso contrario es más cierto aún.

Heather enarcó las cejas al oír aquello, y después de pensar en ello asintió. Se despidió con un gesto de la mano, y echó a andar escalera arriba.

Era media mañana cuando, a lomos de un brioso alazán, Breckenridge llegó al punto en el camino de entrada del valle donde se había detenido la tarde anterior, el punto desde donde había visto al hombre que sin duda había sido el instigador del secuestro de Heather observándoles desde lo alto del sendero.

—Estaba parado a lomos de un caballo en lo alto de aquel sendero de allí, observándonos. No tuve la impresión de que quisiera acercarse más a nosotros —miró a Richard, que estaba junto a él a lomos de un espléndido ejemplar negro—. ¿Catriona hace algo para repeler a posibles intrusos?

Richard soltó un bufido burlón.

—No se lo he preguntado, pero sospecho que a cualquiera que viniera hoy en día con malas intenciones le resultaría extrañamente difícil entrar en nuestras tierras. No siempre fue así, pero mi esposa ha ido ganando poder con el paso de los años —cuando salieron a la carretera de Ayr poco después, indicó con un gesto el sendero—. Quizás logremos encontrar el rastro de ese tipo.

Subieron por el sendero al galope, y se detuvieron al llegar a lo alto. Richard observó con detenimiento el terreno, y de repente sonrió.

—Aquí hay huellas de un caballo muy grande con unas pezuñas enormes. Vamos —cruzaron Knockgray, y al llegar al final de la pequeña aldea sonrió de oreja a oreja y se irguió—. Excelente. Este camino termina desembocando en el que hay cerca de Casphairn, con un poco de suerte los lugareños le habrán visto.

Breckenridge hizo que su caballo avanzara hasta detenerse junto al suyo.

—Si es un hombre tan corpulento como me pareció desde la distancia, no creo que nos resulte difícil saber si alguien le ha visto.

—¿Cómo era de grande?

—Si su caballo era más grande que el tuyo... y creo que eso es más que probable, porque parecía enorme... entonces ese tipo debe de ser varios centímetros más alto que tú y bastante más ancho, al menos en lo que respecta a hombros y pecho.

—Es un grandullón, pero, como tú mismo has dicho, eso nos facilitará la búsqueda. ¿De qué color tenía el pelo?

—Desde la distancia parecía negro.

Se miraron el uno al otro. El pelo de Breckenridge tenía un color castaño muy oscuro y el de Richard era negro de verdad, pero captar la diferencia desde cierta distancia sería imposible.

Richard hizo una mueca.

—Dejémoslo de momento en que lo tiene oscuro.

No tardaron en encontrar el punto donde el camino se encontraba con la carretera de Ayr. Había una cabaña cerca de la intersección, al borde del camino, y el hombre entrado en años que estaba sentado en la mecedora del porche hizo un gesto de saludo con la mano.

—¡Buenos días, señor Cynster!

—Lo mismo te digo, Cribbs —le contestó Richard, mientras hacía que su caballo se detuviera—. ¿Viste pasar a un hombre muy corpulento a lomos de un caballo enorme ayer por la tarde?

—A eso de las cuatro —apostilló Breckenridge.

—Sí, sería imposible pasar por alto a ese grandullón. Tenía pinta de ser un tipo importante, montaba un zaino castrado de primera. Ese animal debía de ser fuerte como un toro para poder cargar con su peso.

—Sí, ese parece ser el hombre que andamos buscando. ¿Viste la dirección que tomaba?

—Siguió hacia Casphairn.

Tanto Breckenridge como Richard le dieron las gracias por la información antes de alejarse al trote, y en cuanto llegaron a un tramo del camino que estaba en mejores condiciones dieron rienda suelta a sus monturas. Cuando doblaron un último recodo y llegaron a la iglesia parroquial, Richard tiró de las riendas.

—El único abrevadero está en la taberna.

Breckenridge fue con él hasta un edificio blanco en bastante buen estado, y le siguió por el estrecho callejón que había a un lado y que conducía al patio trasero de grava. Después de desmontar y de dejar los caballos atados a un poste, se dirigieron hacia una puerta trasera que estaba abierta. Ambos tuvieron que agacharse para cruzarla y entrar en el acogedor establecimiento.

Las paredes estaban cubiertas hasta media altura de paneles de una madera oscura que era la misma de las mesas y las sillas, y la barra estaba colocada a lo largo de una de las paredes. La taberna estaba iluminada por el fuego que ardía en una chimenea de piedra y por el sol que entraba por las ventanas que daban al camino, y en ella reinaba el buen ambiente.

—¡Bienvenido, señor Cynster! —el tabernero miró a Breckenridge, y le dijo sonriente—: sea bienvenido también. ¿Qué desean que les sirva?

—Dos cervezas, Henry... y unos minutos de tu tiempo —le contestó Richard, antes de apoyarse sonriente en la barra.

Breckenridge le siguió mientras recorría con la mirada a los ocupantes del lugar. Cuatro ancianos sin nada mejor que hacer que beber cerveza y contemplar el camino, que era justo lo que ellos buscaban.

Cuando el tabernero dejó sobre la barra dos jarras llenas hasta los topes, se volvió y le dio circunspecto las gracias antes de agarrar la suya. Tomó un sorbito... y lanzó a Richard la mirada que estaba claro que este había estado esperando. Le miró sonriente y alzó la jarra en un brindis antes de preguntarle:

—¿Un secretillo tuyo?

Aquella cerveza era pura ambrosía.

Richard se encogió de hombros y tomó un trago antes de contestar.

—Nunca me ha parecido necesario mencionarla en casa, al menos delante de las mujeres.

Después de servir una ronda de cerveza por cuenta de Richard a los cuatro ancianos, que le dieron las gracias sonrientes y brindaron a su salud, el tabernero regresó y se puso a limpiar la barra con un trapo.

—¿En qué puedo ayudarle, señor Cynster?

—Un hombre corpulento a lomos de un enorme zaino castrado pasó por aquí ayer por la tarde —se volvió hacia los cuatro ancianos para incluirlos también en la conversación—. ¿Alguno alcanzó a verle?

—No solo eso, paró aquí a tomar una cerveza —le dijo Henry.

—Sí, y preguntó por el valle —apostilló uno de los ancianos—. Quería saber a dónde llevaba el camino que se interna en él.

—Sí, es verdad. Era un caballero con muy buen porte —agregó Henry.

—Era más alto y corpulento que yo, ¿verdad? —les preguntó Breckenridge.

Los cinco le observaron con atención. Breckenridge era un poco más alto que Richard, y al final uno de ellos opinó:

—Sí, yo diría que sí. Era un tipo muy apuesto, pero no tanto como usted.

Breckenridge se tomó bien las risas que provocó aquel comentario, y alzó sonriente su jarra en un brindis.

—¿Sabéis si procedía del norte o del sur? —preguntó Richard.

—¡Ese tipo tenía de sureño lo que mi madre de inglesa! ¡Era un escocés de las Tierras Altas de pura cepa!

Las palabras salieron de boca de uno de los ancianos, y los demás asintieron. Henry comentó:

—Nunca antes le había visto por aquí, y dijo que estaba de paso.

—Se fue rumbo al norte —añadió el anciano que estaba sentado cerca de una de las ventanas—. Su caballo era una maravilla. Tenía unos pectorales enormes, debía de tener una fuerza descomunal.

—¿Puedes darme una descripción aproximada? —le pidió Richard a Henry.

—Pelo negro como el suyo, ojos... —se paró a pensar y se estremeció—. La verdad es que, si no hubiera sido un tipo tan amable, esos ojos me habrían puesto los pelos de punta.

Breckenridge dejó la cerveza sobre la barra y le preguntó con interés:

—¿Por qué?

—Eran muy claros, me recordaron el hielo que cubre los arroyos en invierno. Es frío y claro, pero hay algo que fluye debajo.

Aquella descripción tan poética fue recibida con un merecido silencio que acabó rompiendo Richard.

—¿Qué más podéis decirme de él?

Henry hizo una mueca y miró a los otros.

—Yo diría que tenía pinta de noble.

—Sí. Tenía buen porte, y estaba bien rasurado. Su ropa estaba hecha a medida y era de muy buena calidad, al igual que las botas.

Breckenridge y Richard insistieron un poco más, pero esa fue toda la información que les sacaron. Se despidieron después de tomar una segunda jarra de cerveza cada uno, y salieron por la puerta trasera. Se pusieron los guantes con la mirada puesta en el campo de cultivo que ascendía en una ligera pendiente más allá del patio, y Richard comentó:

—Seguimos sin saber gran cosa, aunque al menos tenemos la confirmación de que se trata de un noble.

—Lo de los ojos también me parece un dato importante, da la impresión de que son su rasgo más distintivo. Si a eso le sumamos su tamaño y el hecho de que es un noble... puede que no baste para lograr identificarle, pero debería bastar para reconocerle si vuelve a ir tras Heather o intenta acercarse a alguna de las otras.

—Sí, eso es cierto —admitió Richard, antes de agarrar las riendas y montar de un salto.

Breckenridge lo hizo más despacio, ya que aún estaba sopesando varias posibilidades; después de montar, comentó:

—Existe la remota posibilidad de que el hombre que se detuvo a tomar una cerveza no fuera más que quien decía ser, un escocés de las Tierras Altas que pasaba por aquí camino del norte. A lo mejor se quedó mirándonos a Heather y a mí por simple curiosidad.

—Pero tú no crees que sea así.

—No, no lo creo —admitió, mientras se dirigían hacia el callejón para volver a salir al camino—. Las similitudes entre las descripciones que Heather y yo les sacamos por separado a Fletcher y a Cobbins y la que acabamos de oír son innegables.

Salieron al camino y se dirigieron hacia el sur para regresar al valle. Cuando salieron del pueblo, pusieron los caballos a medio galope y Richard preguntó:

—¿Cómo progresan los planes de boda?

—No progresan —él mismo se dio cuenta de lo cortante que sonó su voz y de la irritación que reflejaba, y le dio igual si Richard lo notaba también—. A Heather se le ha metido en la cabeza la absurda idea de que no tengo por qué casarme con ella. Está decidida a crear una especie de orfanato o algo así en la campiña, así que le da igual que su reputación haya quedado destrozada.

—Ya veo, está interpretando el papel de cabezota.

Breckenridge le lanzó una mirada airada.

—No es ningún papel, Heather es la mismísima definición de esa palabra. Ya he intentado hacerla entrar en razón dos veces.

—Lamento tener que decirte esto, pero no será tu poder de persuasión lo que logre hacerla cambiar de opinión.

Él soltó un bufido burlón.

—Eso también lo he intentado, y lo único que he conseguido ha sido...

«Que la sensación de estar unido a ella de forma irrevocable se intensificara aún más». Se tragó aquellas palabras tan reveladoras, y Richard le miró con curiosidad al ver que guardaba silencio.

—¿El qué?

—¡No tengo ni idea! —exclamó, exasperado.

Richard sonrió al verle así.

—Haz lo que haga falta para convencerla, y consuélate con saber que el resultado valdrá la pena.

Breckenridge le lanzó una mirada penetrante. Era obvio que Richard se sentía plenamente satisfecho con su vida, y no pudo contener las ganas de preguntar:

—¿Qué fue lo que tuviste que hacer tú?

—Lo mismo que todos. Debemos postrarnos ante sus delicados pies y jurar amor eterno, pero dejando muy claro que hablamos en serio y que nuestros sentimientos son sinceros.

«Qué fácil es eso para ti». No dio voz a aquellas palabras, porque en el mismo momento en que estaban tomando forma en su mente se dio cuenta de que lo más probable era que no fueran ciertas. Richard y él se parecían en muchos sentidos, incluyendo las circunstancias de sus respectivos nacimientos. Richard había sido el escándalo que nunca se había producido. Helena, la duquesa del padre de Richard, le había reconocido como hijo suyo poco después de que naciera, tras el fallecimiento de su madre biológica. Nadie con dos dedos de frente se oponía a los deseos de Helena.

Él, por su parte, también era un hijo bastardo, pero había sido su padre quien le había abierto los brazos y le había reconocido como suyo desde el mismo momento de su nacimiento.

Tanto Richard como él se habían criado en el seno de la alta sociedad, rodeados de la opulencia y los privilegios propios de todos aquellos que pertenecían a los más elevados círculos de la nobleza; aun así, tenía la impresión de que, al igual que él, Richard siempre había tenido una pregunta enterrada en lo más hondo de su mente, una pregunta relacionada con el lugar que le correspondía a cada cual en el mundo.

Richard había tenido que encontrar su lugar y estaba claro que lo había encontrado en el valle, pero seguro que no había sido una tarea fácil. Aunque él aún no llevaba ni un día allí, se había dado cuenta de que era Catriona la que ocupaba el corazón del lugar, y aun así Richard había logrado hacerse un sitio propio junto a ella, un lugar que estaba claro que se había ganado.

Su caso difería un poco del de Richard, ya que él tenía un sitio esperándole. Estaba destinado a ocupar el lugar de su padre, ya que cuando este falleciera se convertiría en el conde de Brunswick. Aunque ya había asumido muchas de las obligaciones y se encargaba de gran parte de la administración cotidiana de la finca, seguía preguntándose si, llegado el momento, iba a estar a la altura... y, por alguna extraña razón, sabía que sí que lo estaría si tenía a Heather junto a él.

Sabía que si la tuviera a su lado, convencida de que él iba a desarrollar todo su potencial, entonces iba a ser el hombre que quería llegar a ser o que incluso superara todas las expectativas.

Mientras enfilaba con Richard por el camino de entrada del valle y seguían a medio galope rumbo a la mansión, intentó aprovechar aquella paz y aquella calma, tan solo quebradas por el rítmico golpeteo de los cascos de los caballos, para analizar por qué estaba tan convencido de que la necesitaba a ella, y solo a ella, para poder encarar con éxito su vida futura.

No logró encontrar ninguna explicación a aquel enigma, pero a lo mejor Richard tenía razón. Él se jugaba mucho más de lo que Heather creía, mucho más de lo que estaba dispuesto a revelarle, pero quizás pudiera hacer alguna que otra concesión. No sería mala idea revelarle lo justo para despertar su curiosidad y su interés, eso podría terminar beneficiándole.

Pero, además de eso, iba a tomar las riendas de la aventura amorosa que mantenían, iba a ser más firme y dominante, ya que al parecer ella tenía la equivocada impresión de que él iba a permitir que dicha aventura terminara.

Breckenridge volvió a ver a Heather a la hora de la comida. Aprovechó para sentarse junto a ella al ver que el asiento estaba libre, pero los hijos mayores de Richard y Catriona (Lucilla y Marcus, el primer par de gemelos), también iban a comer en la mesa principal del gran salón y habían elegido las sillas que quedaban justo enfrente de ellos.

No tardó en darse cuenta de que los pequeños de ocho años estaban decididos a cumplir con lo que para ellos debía de ser su obligación: mantener viva la conversación.

Eligieron temas de lo más variados. Hablaron de los distintos peinados que podía hacerse un caballero y compararon el de Richard con el suyo; hicieron comentarios sobre el asado de cordero y también sobre el vino de diente de león, que al parecer había sido elaborado por Algaria; empezaron a especular acerca de si en breve iban a tener que viajar a Londres por alguna razón.

Estuvieron hablando de ese último tema largo y tendido con una actitud de lo más inocente, pero ni Heather ni él se dejaron engañar y, después de intercambiar una breve mirada, intentaron distraerles para que dejaran aquel tema que estaba claro que les interesaba sobremanera y se pusieran a hablar de otra cosa.

A Breckenridge le bastó con lanzar una mirada hacia el salón para saber que todo el mundo estaba esperando expectante el inminente anuncio de su compromiso con Heather. Aunque aquello tan solo contribuyó a acrecentar aún más su frustración y la irritación subyacente que sentía por no haber logrado aún que accediera a ser su esposa, debido a las circunstancias optó por mantener la boca cerrada.

Se planteó utilizar tácticas no verbales para seguir avanzando en pos de su objetivo, pero, aparte de que había demasiadas miradas puestas en ellos, no podía predecir cuál sería la reacción de Heather. Con cualquier otra dama con la que estuviera manteniendo una aventura amorosa, no se lo habría pensado dos veces, pero ella era distinta, muy distinta... entre otras cosas, porque el objetivo no era continuar con dicha aventura sin más.

Nunca antes había cortejado a una mujer. Teniendo en cuenta lo experimentado que era, darse cuenta de que cortejar no era tan fácil como seducir le tenía desconcertado.

Cuando los platos quedaron vacíos y todos quedaron repletos (y Algaria se llevó arriba a los terribles gemelos para empezar con las lecciones de la tarde), alargó la mano por debajo de la mesa y tiró a Heather de la manga. Se inclinó hacia ella cuando se volvió a mirarle, y le sostuvo la mirada al afirmar:

—Tenemos que hablar.

Ella le observó en silencio por unos segundos antes de asentir.

—De acuerdo.

—¿Sabes de algún sitio donde podamos hablar sin interrupciones y sin que nadie nos oiga? Y, a poder ser, donde nadie nos vea.

—Que no se nos vea desde la casa será difícil, pero el jardín de plantas aromáticas está bastante alejado. Nadie podrá oír nuestra conversación, acercarse sin que nos demos cuenta, ni ver nuestros rostros.

Él asintió, se puso en pie y le retiró la silla; mientras la seguía hacia la puerta del gran salón, que iba vaciándose poco a poco, hizo caso omiso de la mirada interrogante que le lanzó Richard y de la expresión serena de Catriona.

Tal y como cabía esperar, el jardín de hierbas aromáticas era enorme. Abarcaba el terreno descendente que separaba los muros de la mansión de la orilla del pequeño río, y en los irregulares arriates había tanto plantas que acababan de liberarse del yugo del invierno y en las que empezaban a salir los primeros brotes verdes, como otras frondosas y exuberantes. En la base del altozano el río discurría cargado de agua, borboteaba y salpicaba las rocas de la orilla. El sonido era alegre, cantarín, extrañamente relajante.

Con las manos en los bolsillos, bajó tras Heather por aquel denso jardín donde las plantas crecían por todas partes. El canto de los pájaros apenas se oía bajo el zumbido del batallón de abejas que revoloteaban entre las lavandas y un sinfín de plantas cuyo nombre desconocía y que, bañadas por el calor del sol que brillaba con fuerza allá en lo alto, creaban un embriagador popurrí de aromas que se subía a la cabeza.

Heather le condujo hacia el río, más concretamente hacia una pequeña cavidad que había en la parte baja de una de las orillas, como una especie de pequeña cueva tallada en la base del altozano y amurallada con piedras y en cuyo interior había varias piedras colocadas a modo de banco.

Se detuvo al verla acercarse a dicho banco y sentarse en uno de los extremos, pero se sentó a su lado cuando ella le lanzó una mirada interrogante.

La luz del sol que les bañaba era como una pequeña bendición caída del cielo, y había calentado las rocas que les rodeaban y que parecían aislarles del mundo exterior. El agua que les salpicaba de vez en cuando era una refrescante caricia.

—Buena elección —apoyó los hombros en la pared de piedra, y contempló el perfil de su rostro—. Tenemos que zanjar este asunto... y no, no me digas que ya lo está, porque no es así.

Se dio cuenta de que estaba hablando con demasiada aspereza y se calló para intentar recobrar algo de calma, pero no le ayudó en nada que ella cerrara los ojos y alzara el rostro hacia el sol con sensualidad.

—Acabarás por ver la situación bajo mi punto de vista, es cuestión de tiempo.

Le costó Dios y ayuda contener el impulso de apretar los dientes.

—No voy a cambiar de opinión y, a pesar de lo que puedas pensar, no disponemos de tiempo ilimitado. No sabemos si tus padres ya vienen de camino, es imperativo que tú y yo hayamos llegado a un acuerdo antes de que lleguen.

Heather le miró ceñuda al oír aquello.

—Les mandé una nota en la que les aseguraba que me encuentro en perfectas condiciones, no tienen por qué venir.

—Es posible que tu nota no les convenciera; en cualquier caso, tenemos que hablar con sensatez y de forma racional acerca de un posible matrimonio entre nosotros. Por muy empeñada que estés en aferrarte a ese futuro en que te imaginas sin una alianza de boda en el dedo, en nuestro mundo esa no es una opción realista para ti.

Heather no le dijo que eso era algo que ya le había advertido Catriona. El contacto del colgante de cuarzo rosa contra su piel le recordó el resto de la conversación que había mantenido con ella, y se volvió a mirar al frente. Estaba dispuesta a tratar con Breckenridge el tema de una posible unión entre ellos.

—De acuerdo, expón tus argumentos... los que no tengan que ver con los imperativos sociales, claro.

Quizás, si le escuchaba y le observaba con suficiente atención, lograría vislumbrar alguna pista de lo que estaba pasando realmente en el interior de aquel hombre más allá de las palabras, más allá de aquella máscara de impasividad tras la que solía escudarse.

—Eso va a resultar difícil, ya que mis argumentos se basan en ellos.

—Aun así, al menos podrías intentar verlo desde una perspectiva más amplia.

Al ver por el rabillo del ojo que él alzaba la mirada al cielo como pidiendo ayuda divina (o a lo mejor era un gesto más prosaico, y estaba preguntándose «¿Por qué yo?»), tuvo que disimular la sonrisa que afloró a sus labios.

Al cabo de un momento, él bajó la cabeza y se volvió a mirarla.

—De acuerdo, tú ganas. Vamos a intentar ver esto desde una perspectiva más amplia. Tú eres una Cynster... una dama de buena cuna, bien relacionada, que posee una cuantiosa dote, y más que pasablemente atractiva.

—Gracias por tan amables palabras, señor.

—Aún no me des las gracias. También eres recalcitrante, terca a más no poder, peleona, y en ocasiones irracionalmente obstinada; aun así, por alguna razón que no alcanzo a entender, en el transcurso de la semana pasada nos llevamos bastante bien cuando tuvimos un objetivo común. Creo que eso indica que, si nos casáramos y nos pusiéramos como objetivo común manejar la finca de mi padre, que con el tiempo pasará a ser nuestra, volveríamos a tener intereses comunes que permitirían que nuestro matrimonio funcionara.

Había logrado sorprenderla.

Heather se echó hacia atrás y le observó en silencio. Él tenía los hombros apoyados en la curva de la pared, un brazo extendido a lo largo del borde superior de esta, y había extendido las piernas y le rozaba con las botas el borde de la falda. Se le veía relajado y desenvuelto, era el perfecto ejemplo de un sofisticado libertino londinense... pero también era un enigma.

En algún momento de la huida por las colinas se había dado cuenta de que, por mucho que él intentara ocultarlo, bajo aquella máscara de sofisticación había algo distinto, algo incluso más atractivo.

—¿Compartirías conmigo las responsabilidades que conlleva administrar una finca? —no esperaba que él hablara de esos temas.

—Sí, si así lo quisieras tú. Por ponerte un ejemplo, en la finca y sus alrededores podrás encontrar tantos niños desamparados como en cualquier otro lugar del país.

—A ver si lo entiendo... yo viviría en Baraclough, supervisándolo todo, y tú te dedicarías a pasarlo bien en la capital.

Él se sacudió una hoja que tenía en el pantalón antes de admitir:

—A pesar de lo que la gente pueda creer, la verdad es que hoy en día paso muy pocas semanas en la capital. Casi siempre estoy en Baraclough.

—De acuerdo, eso es algo a tener en cuenta. ¿Qué más tienes para tentarme?

Breckenridge contuvo con dificultad una sonrisa. Había dado por hecho que, tal y como solía suceder con todas las Cynster, la atraería la idea de supervisar una gran finca. La organización era algo que llevaba en la sangre.

—Creo haber mencionado en alguna ocasión que mis hermanas han decretado que debo casarme a la mayor brevedad posible. Como cabría esperar, su insistencia se debe en gran medida al hecho de que debo engendrar uno o más hijos para asegurar la sucesión. Sería terrible que nuestras tierras volvieran a manos de la Corona, así que podrías considerar que tu papel como mi futura condesa ayuda a la aristocracia a mantener a raya al rey Jorge y sus secuaces.

—Nunca antes había oído a alguien decir de forma tan original que quiere tener hijos.

Él sonrió, pero se puso serio al decir:

—Yo sí que quiero tenerlos, ¿y tú?

—Sí, por supuesto que sí. A decir verdad, la idea de no querer tener hijos me resulta inconcebible.

—Perfecto, entonces eso es algo en lo que estamos de acuerdo.

—No te precipites, aún no me has convencido de que debemos casarnos.

Él vaciló antes de proponer:

—Quizás sea el momento de examinar los motivos de tu negativa. Tu reticencia no se debe a... cómo decirlo... a la irregularidad en las circunstancias de mi nacimiento, ¿verdad?

Creía que estaba preguntándoselo porque era una forma excelente de despertar su conmiseración, no porque la creyera capaz de echarle en cara algo así (sabía que ella era incapaz de semejante cosa), pero cuando las palabras brotaron de sus labios se dio cuenta de que, en algún profundo rincón de su ser, aún estaba latente aquella cuestión del lugar al que pertenecía, de que se le viera como el hombre que era en realidad y se le aceptara en el papel que le correspondía.

Sus dudas se esfumaron cuando ella se volvió a mirarle con una mezcla de asombro y de indignación creciente.

—¡No seas bobo!, ¡eso ni siquiera se me había pasado por la cabeza! ¿Por qué habría de ocurrírseme algo así? Eres un caballero de buena cuna, y el heredero de Brunswick. Además, ahí tienes el ejemplo de Richard.

A Heather le parecía increíble que él hubiera podido imaginar siquiera que... aunque quizás esa no fuera la verdadera razón que le había llevado a sacar un tema que debía de ser bastante delicado para él. Mirando sin ver el río, dijo tentativa:

—Tú eres tú... eres demasiado maduro, demasiado experimentado, demasiado sofisticado como para que se te juzgue a partir de otros criterios que no sean quién eres y lo que eres —le lanzó una mirada, y al ver que tenía puesta la máscara ilegible de siempre añadió—: o cómo te comportas —se volvió de nuevo hacia el río—. Por mucho que me cueste admitirlo, has sido sumamente protector y honorable; de hecho, durante toda nuestra aventura fuiste poco menos que un dechado de virtudes.

—¿No llegué a serlo del todo?

—Discutías demasiado, y eres demasiado testarudo.

—Mira quién fue a hablar.

—Una que sabe lo que dice —se volvió de nuevo hacia él, y en esa ocasión le miró a los ojos—. Tú podrás ser un experto a la hora de seducir a mujeres, pero si en algo soy una experta yo es en todo lo relativo a los caballeros arrogantes y aristocráticos y en cómo se comportan. He vivido rodeada de lo más insigne de esa especie desde que nací, y no hay duda de que tú eres uno de ellos —hizo un gesto de asentimiento para subrayar sus palabras, y miró de nuevo hacia el río.

No se sorprendió demasiado al ver que él no respondía de inmediato, que no se apresuraba a seguir insistiendo.

Huelga decir que no tardó demasiado en hacerlo.

—De acuerdo, entonces tu reticencia no se debe a las circunstancias de mi nacimiento, y está claro que no te sientes intimidada ni por mí ni por la posición que ostento. No te sientes apabullada al tratar conmigo —cuando ella soltó un bufido y le lanzó una mirada desdeñosa, se la sostuvo y le preguntó con voz profunda y suave como una caricia—: en ese caso, ¿qué debo hacer para convencerte de que deberías casarte conmigo?

Permitió que ella pudiera leer su mirada, por una vez no se escudó tras su habitual máscara y dejó que viera que estaba siendo sincero, que realmente quería una respuesta a su pregunta.

Heather respiró hondo, se volvió hacia el río, y soltó el aire con un largo suspiro. ¿De qué servía todo aquello? Si él ni siquiera era capaz de darse cuenta...

Quizás sería mejor explicárselo.

—De acuerdo, como veo que estás tan decidido a saber cuáles son mis razones, aquí las tienes —nunca antes las había admitido todas abiertamente, pero si Catriona estaba en la cierto y era posible que él fuera su héroe, valdría la pena intentar encontrar las palabras adecuadas—. Decidí hace mucho tiempo que jamás accedería a casarme sin un... afecto verdadero —teniendo en cuenta lo que le había dicho Catriona, había optado por usar aquella terminología menos específica y menos aterradora para los hombres—. Un afecto lo bastante fuerte como para perdurar con el paso de los años, lo bastante poderoso como para guiar e informar, lo bastante profundo y amplio como para ser el cimiento de una vida compartida. Quiero pasión, risas, interés, inclusión, una relación de camaradería, de igual a igual, a nivel práctico, y algo incluso más profundo a nivel personal. Quiero... quiero sentirme deseada, necesitada y necesaria. Quiero saber que cumplo un papel que está hecho para mí y solo para mí, que nadie podría ocupar mi lugar.

Hizo una pequeña pausa, pero se obligó a continuar.

—Más aún: quiero que ese profundo afecto se me ofrezca a mí, a Heather Cynster, no porque soy Heather Cynster, una heredera bien relacionada —le lanzó una fugaz mirada— a la que algunos consideran más que pasablemente atractiva, sino por la persona que soy —se golpeó el pecho, y notó el collar bajo el vestido—. Quiero que me deseen, me necesiten y se casen conmigo por quien soy, no por lo que soy.

Se dio cuenta de repente del paralelismo, y añadió con firmeza:

—Teniendo en cuenta lo que me has preguntado acerca de tu nacimiento, deberías comprender cómo me siento. Deberías comprender lo importante que es para mí que se me valore por mí misma, y tener la certeza de que es así.

Breckenridge le sostuvo la mirada y se preguntó cómo había podido permitir que ella le pusiera en aquella precaria posición. La pura verdad era que sí que la comprendía; más aún, sus palabras habían resonado en lo más profundo de su ser y habían alcanzado de lleno al verdadero hombre que habitaba en su interior.

Había sentido que su verdadera naturaleza reaccionaba, respondía, emergía de inmediato arrastrada por la necesidad de satisfacer todas y cada una de las necesidades de aquella mujer... de dejar que brotaran de sus labios palabras que no tenía intención alguna de pronunciar, de darle la tranquilidad y la capitulación que ella buscaba, de jurarle que ella sería por siempre lo más importante de su vida, la piedra angular de su existencia... tuvo de repente aquella admisión en la punta de la lengua, logró tragársela a duras penas.

No se había dado cuenta de que preguntarle acerca de sus motivos podría precipitar un vínculo así, que las respuestas que ella iba a darle podrían intensificar aún más la debilidad que sentía por ella. Su intención había sido encontrar la forma de no hacer aflorar aún más sus propios sentimientos, y en vez de eso...

Ella quería que le dijera que la amaba, pero eso implicaría tener que oír él mismo las palabras, unas palabras que había jurado que nunca más volvería a pronunciar. Había jurado que jamás volvería a abrirse, a exponer su corazón a semejante dolor.

Había vivido ese dolor, aún conservaba las cicatrices.

Nunca más. Ni hablar.

Seguían mirándose a los ojos. Ella estaba pidiéndole con la mirada que abriera la boca y hablara...

El tiempo quedó suspendido, se alargó, y él empezó a sospechar que ella sabía la verdad, que lo había visto en sus ojos, que como mínimo sospechaba lo que él mismo estaba negándose a ver.

Aquella posibilidad le horrorizó, le ayudó a mantener la boca firmemente cerrada.

Al ver que permanecía callado, cuando se dio cuenta al fin de que no pensaba romper su silencio, ella bajó la mirada y, después de echarse un poco hacia atrás, alzó la barbilla y miró hacia el río.

—Me dan igual los argumentos que podáis esgrimir tú y quien sea, no voy a casarme sin ese afecto en particular.

Era una declaración de intenciones, un desafío.

Breckenridge se tensó, pero echó mano de toda su fuerza de voluntad y logró relajarse de nuevo.

—Ese afecto del que hablas...

Aquellas palabras que brotaron antes de que pudiera detenerlas las había puesto en su boca aquel macho elemental que ya la consideraba suya, que veía la intransigencia de su mujer como una llamada a entrar en acción, que interpretaba como una afrenta el desafío que ella acababa de lanzar.

Pero sabía que insistir de forma agresiva no iba a hacerla desistir, que no iba a servir de nada... por suerte, tenía otras armas a su disposición, armas que había pulido durante las décadas que había vivido inmerso en la alta sociedad.

—¿Qué pasa con él? —le preguntó ella.

Breckenridge volvió a adoptar su papel de libertino, se inclinó hacia ella con lánguida elegancia y le sostuvo la mirada.

—Quizás podrías enseñarme lo que necesitas —deslizó la mirada hacia sus labios— siempre me he considerado un alumno avezado y estoy dispuesto a aprender, a dedicar todo mi empeño a estudiar todos y cada uno de tus deseos...

Cuando ella entreabrió los labios, él alzó de nuevo la mirada hacia sus ojos y sonrió para sus adentros al ver el brillo de interés que había en ellos, al comprobar que había captado por completo su atención.

—Te juro que haré todo lo que pueda para satisfacer tus exigencias si aceptas el... llamémoslo reto, si quieres... de aceptarme tal y como soy y moldearme según tus necesidades.

Sosteniéndole la mirada, resistiendo el impulso de bajar la suya hacia sus tentadores labios, le acarició la mejilla con los nudillos con una suavidad exquisita.

—Si así lo deseas, puedes aceptar el reto de domesticar al mayor libertino de Londres y convertirlo en tu devoto esclavo, pero eso va a requerir un arduo trabajo de tu parte. Como no soy más que un arrogante espécimen del género masculino, para educarme deberás emplear tiempo y esfuerzo, y eso te resultaría más fácil si nos casáramos; al fin y al cabo, las cosas que merecen la pena no se consiguen con facilidad ni rapidez. Si estoy dispuesto a permitir que me moldees a tu antojo, tú deberías estar dispuesta a comprometerte por completo, ¿no crees?

Breckenridge veía en sus ojos que estaba pensando, sopesando las cosas. Ella estaba siguiendo el hilo de su argumentación, su mente estaba yendo por el camino que él quería.

La tomó de la barbilla como si fuera a besarla, la miró a los ojos, y sus labios dibujaron una sonrisa que tenía más que perfeccionada al murmurar:

—Imagina el prestigio que te dará entre la alta sociedad ser la dama que logró capturarme.

La mirada de Heather se agudizó de repente. Le observó con detenimiento por unos segundos, y entonces hizo una mueca y apartó la barbilla de su mano.

—Debo reconocer que eres muy bueno, pero esa técnica no te va a funcionar.

Breckenridge la miró atónito. Ya casi la tenía, había estado a punto de convencerla...

Heather miró hacia el río y comentó:

—Tu argumentación no ha servido para cambiar en nada la situación. No creerías que ibas a engatusarme para conseguir que accediera a casarme contigo, ¿verdad?

«Pues sí, la verdad es que sí».

Breckenridge apretó los labios, apoyó la espalda en la pared, y alzó la mirada al cielo. Como no podía ser de otra forma, tenía que ser ella, precisamente ella, la única mujer inmune a su persuasivo encanto. Masculló un improperio para sus adentros y revisó a toda prisa sus opciones.

Al final optó por dejar a un lado los pretextos y hablar claro. Se irguió y le dijo con voz firme:

—No podemos seguir así, sin nada decidido.

—Al contrario, todo está decidido ya. Tú me ofreciste matrimonio por una cuestión de honor, y yo rechacé tu ofrecimiento.

—La cosa no termina ahí.

—Por supuesto que sí. Y si vas a limitarte a repetir lo que ya has dicho, creo que será mejor dar por concluida esta conversación.

Ella se dispuso a ponerse en pie con la frente bien en alto, pero él la sujetó del brazo para impedírselo.

—No, no te vayas. Quiero que me escuches.

Su voz imperiosa y su actitud posesiva la indignaron. Se volvió hacia él y le espetó airada:

—¿Para qué?, ¿para que puedas seguir presionándome? —se zafó de su mano y se puso en pie.

Él se levantó también y se interpuso en su camino.

—Heather...

—¡No! ¡Ahora te toca a ti escucharme, así que presta atención! Si no sientes por mí el afecto que busco en el hombre que ha de ser mi marido, entonces no me casaré contigo, ¡y no voy a acceder a casarme basándome en puras especulaciones!

—¡Maldita sea! ¡No me pidas más de lo que puedo darte, de lo que puedo ofrecerte!

—¡Podrías darme lo que fuera si realmente lo desearas!

—Tenemos que casarnos, es un hecho ineludible. Tenemos que llegar a algún entendimiento para que nuestra boda pueda celebrarse, y eso significa que vas a tener que madurar de una vez, dejar a un lado esas ideas absurdas e ingenuas que tienes metidas en la cabeza, y lidiar con las realidades de nuestro mundo. Tienes que replantearte las cosas, tienes que ser razonable y decirme qué es lo que yo puedo darte para lograr que accedas a convertirte en mi esposa.

Heather le sostuvo la mirada y sintió cómo iba desvaneciéndose su furia. Empezaba a creer que Catriona podría tener razón, que a lo mejor era cierto que, detrás de aquella fachada de sofisticación, Breckenridge podría estar sintiendo por ella todo lo que ella anhelaba.

Más aún, tenía la sospecha de que él podría ser consciente de sus propios sentimientos, pero que por algún incomprensible motivo se negaba en redondo a admitir la verdad.

Estaba claro que él iba a ponérselo difícil, pero si existía la más mínima posibilidad de que, a pesar de lo arrogante, exasperante e irritante que era, fuera el hombre que estaba predestinado a ser su héroe, de que aquella fuera su oportunidad de tener el maravilloso futuro con el que siempre había soñado, entonces de ninguna forma iba a rendirse y a renunciar a él, no podía hacerlo.

«No olvides que vale la pena luchar por el amor de un hombre como él».

Al recordar las palabras de Catriona, se puso de puntillas y le sostuvo la mirada sin parpadear al decir:

—Dame una buena razón por la que debería hacerlo.

Los dos estaban igual de tensos. Aunque era obvio que él tenía las palabras en la punta de la lengua, apretó aún más los labios para contener las impulsivas y seguro que reveladoras palabras y dijo, con voz rígida y controlada:

—Debemos casarnos porque es la única opción aceptable.

Verle tan empecinado, ver su determinación implacable, hizo que su propia testarudez se fortaleciera aún más y que su genio aflorara de golpe.

Abrió la boca para decirle cuatro cosas bien dichas, pero estaba tan furiosa que fue incapaz de articular palabra.

—¡Brrr! —extendió los brazos en un gesto de exasperación, dio media vuelta, y se marchó hecha una furia.

Breckenridge se quedó inmóvil mientras la veía ascender por el jardín, mientras oía el sonido de la grava a su paso, mientras veía la furia que la embargaba.

Sus propias palabras, tanto las que había pronunciado como las que se había callado, resonaron en su mente. «Debemos casarnos porque es la única opción aceptable... para mí».

Se preguntó si, de haber tenido la honestidad y la valentía de decirle aquellas dos últimas palabras, ella se habría conformado y no le hubiera pedido nada más, pero se dio cuenta de inmediato de que era una esperanza vana.

En lo referente a aquel «afecto» en particular, las mujeres de la familia Cynster no aceptaban medias tintas. Si le diera la más mínima indicación de que sentía por ella algo de esa índole, Heather no descansaría hasta tenerle jurando de rodillas su eterna devoción, hasta que le ofreciera su corazón en bandeja de plata.

Eso era algo que él jamás podría hacer. Jamás volvería a confiarle su corazón a una mujer hasta ese extremo.

Después de verla entrar por la puerta lateral de la mansión, permaneció allí sentado largo rato pensando y consultando los sentimientos que se arremolinaban en su interior, unos sentimientos que estaban herrumbrados por el desuso. Al final, tensó la mandíbula y se dirigió con paso decidido a los establos.

Catriona se encontraba en una estancia situada en uno de los torreones, justo debajo de su dormitorio. Estaba de pie y con los brazos cruzados a escasa distancia de la ventana, observando en silencio mientras Breckenridge se acercaba a los establos.

—Bueno, la situación parece prometedora —comentó al fin.

Algaria, que estaba a su lado, asintió y dijo:

—Sí, así es. Antes no estaba demasiado convencida, pero...

—Yo tampoco tenía la certeza de que él fuera la persona indicada para ella y viceversa, pero después de lo que acabamos de ver no me cabe duda alguna.

Utilizaba aquella estancia a modo de sala de estar, y Algaria solía llevar allí a Lucilla y a Marcus para impartir las clases más informales. Los gemelos estaban sentados en ese momento en el suelo, estudiando las plantas que su madre y el resto de habitantes del valle utilizaban para crear remedios y curar tanto a animales como a personas.

Algaria se volvió a mirarlos antes de comentar:

—En cualquier caso, me di cuenta desde el primer momento de que él es un hombre muy... contenido.

—Sí, eso era lo que me hacía dudar. En principio parece muy abierto, desenvuelto y encantador, pero en su interior hay unos muros gruesos e impenetrables.

—Sí, y tendrá que derribarlos él mismo si quiere hacer suya a Heather.

—O al menos abrir una puerta y dejarla entrar; en fin, tan solo nos queda tener fe y esperar a ver qué es lo que sucede.

CAPÍTULO 16

Diez horas después, Heather estaba tumbada de espaldas en la cama de la habitación que solían asignarle cuando iba de visita al valle, contemplando sin ver el dosel mientras acariciaba distraída el collar que llevaba puesto.

La mayoría de los habitantes de la mansión debían de estar roncando, así que ya podía ir a la habitación de Breckenridge... pero permaneció inmóvil, sumida en la reconfortante oscuridad, mientras pensaba y recordaba, mientras planeaba y maquinaba.

Tal y como él le había pedido, había dejado clara su postura y le había dicho qué era lo que le exigía al hombre que habría de convertirse en su esposo. Había hecho el esfuerzo, había expuesto sus más profundos sentimientos y anhelos, y la respuesta de él había sido guardar silencio primero e intentar engatusarla después.

Cuando ninguna de las dos tácticas le había funcionado, había retomado la actitud dictatorial.

Ella le había dado la oportunidad de revelar sus verdaderos sentimientos (habría bastado con que los dejara entrever un poquito), pero en vez de eso se había mantenido en sus trece y no había dicho nada. No había hecho ni la más mínima admisión.

Durante el resto del día la había tratado con una actitud tan distante, con una cortesía tan rígida, que si no hubiera visto el fuego que había en sus ojos habría pensado que había decidido volver a tratarla como antes del secuestro y que quería olvidar lo que había sucedido entre ellos. Pero el brillo ardiente que había en sus ojos oscuros cada vez que la miraba dejaba claro que sus sospechas eran completamente infundadas.

A pesar de no haber admitido nada de nada, Breckenridge seguía aferrado a su inquebrantable decisión de casarse con ella.

Todo ello la enfrentaba a un gran dilema. No sabía si el hecho de que él se negara a admitir que sentía algún «afecto» fuerte por ella significaba que sí que lo sentía, pero que estaba luchando por ocultarlo (lo cual era típico de los hombres), o si no había querido esperanzarla porque no sentía ningún afecto hacia ella, porque lo único que sentía era deseo sexual (al fin y al cabo, era un experto en el tema, y sabría reconocer la diferencia). A lo mejor estaba siendo honorable y no había querido fingir que sentía el «afecto» con el que habría logrado que ella accediera a casarse con él.

Si la segunda opción era la acertada, no podía culparle por ello, pero tampoco podría casarse con él.

Quería tener más experiencias, almacenar más recuerdos para poder saborearlos durante los años de solitud que tenía por delante, pero sabía que ir en busca de Breckenridge contribuiría a que él siguiera creyendo que, si seguía perseverando e insistiendo, lograría que ella cediera y que accediera a casarse con él sin la confesión de «afecto» que anhelaba.

No iba a convencerla por mucho que insistiera, pero lamentablemente había otra consideración a tener en cuenta: la posibilidad de que se quedara embarazada.

Si eso sucediera, el matrimonio sería algo ineludible, y más aún teniendo en cuenta que él necesitaba un heredero.

Que un niño se sumara a la ecuación sería lo único que podría obligarla a renunciar a su requisito de casarse por «afecto», y era más que posible que Breckenridge se diera cuenta de ello.

Teniendo en cuenta lo empeñado que estaba en casarse con ella, no sería de extrañar que intentara usar aquella artimaña si seguía rechazándolo, y entonces ella jamás llegaría a saber si se había casado por ella por un «afecto» verdadero o por una cuestión de honor y deseo sexual.

Así que no podía volver a hacer el amor con él, al menos hasta que tuviera pruebas más sólidas de que realmente la amaba.

No tenía miedo a emplear palabras como «amar» o «amor», pero pensar en ellas despertaban en su interior un profundo anhelo y una sensación de vacío en el corazón que habían ido acrecentándose en los últimos días.

Rezaba para que aquel vacío lo llenara algún día un compañero, un amante, un marido que la amara.

Después de soltar un pesaroso suspiro, se incorporó y ahuecó la almohada antes de tumbarse de lado. Apoyó la mejilla en la almohada, pero no era lo mismo que hacerlo sobre el pecho de Breckenridge. No, aquello no era lo mismo ni de lejos, pero era más seguro.

Además, era posible que la abstinencia avivara el amor... aunque dudaba mucho que también le sirviera para poder leer con mayor facilidad el corazón de Breckenridge.

Heather no iba a hacer acto de presencia.

Breckenridge estaba tumbado de espaldas en la cama, mirando el techo con las manos debajo de la cabeza, cuando aquella certeza le golpeó de lleno. No supo si sentirse aliviado o indignado, y al final ganó la segunda opción.

¿Cómo iba a convencer a aquella testaruda de que se casara con él si le eludía? Y sobre todo si le eludía allí, de noche, en el terreno donde sus poderes de persuasión eran más fuertes.

Se planteó ser él quien fuera a su dormitorio y estuvo debatiéndose durante cinco minutos, pero al final no tuvo más remedio que aceptar que, si ella no iba en su busca, él no podía tomar la iniciativa. Hacerlo revelaría una necesidad que estaba intentando ocultar por todos los medios, el hecho de que no soportara estar apartado de ella ni una sola noche era demasiado revelador.

Además, si Heather no quería dormir entre sus brazos...

La idea fue como una puñalada en el pecho, pero se obligó a centrarse de nuevo en qué habría podido llevarla a decidir no ir a verle aquella noche.

Sabía que ella había disfrutado de sus encuentros tanto como él; aun suponiendo que deseara mantenerse firme en su decisión de no aceptar su proposición de matrimonio, no era lógico que se negara a sí misma un placer que, en caso de salirse con la suya, dejaría de tener a su alcance en cuestión de días.

¿Por qué habría de querer poner punto y final a su relación íntima con él antes de tiempo?

Quizás quisiera castigarle porque no había confesado ningún «afecto profundo», o presionarle para que hiciera dicha confesión... a lo mejor eran ambas cosas.

Cuanto más pensaba en ello, más convencido estaba de que la respuesta iba en esa dirección, y al final esbozó una sonrisa irónica y, después de tumbarse de lado, se tapó bien y cerró los ojos.

Lo que se aplicaba para uno en ese sentido, se aplicaba para los dos.

A la mañana siguiente, en el gran salón reinaba el ambiente cálido y distendido típico de los desayunos de los sábados que Heather recordaba de anteriores visitas al valle, pero por desgracia el efervescente runrún de las conversaciones y el ruido de los cubiertos y los platos intensificaba aún más el dolor que le palpitaba en las sienes.

No había dormido bien, y tenía muy claro quién era el culpable.

Breckenridge estaba sentado junto a Richard en el otro extremo de la mesa, haciendo caso omiso de las miradas furibundas que ella le lanzaba de vez en cuando entre mordisco y mordisco.

La indignación que sintió al ver que la ignoraba no contribuyó a aliviar su incipiente dolor de cabeza.

Cuando el desayuno terminó, Catriona se levantó de su silla, la que ocupaba el lugar central en la mesa principal, y se volvió hacia ella.

—Necesito que alguien lleve a una de las granjas una cesta con varias cosas para ayudar a una mujer que dio a luz hace dos meses, ¿podrías hacerlo tú?

Un largo paseo bajo el fresco aire primaveral era justo lo que necesitaba. Asintió y echó la silla hacia atrás.

—Será un placer, tan solo tienes que decirme cómo llegar.

Catriona miró a Lucilla y a Marcus, que estaban sentados a la derecha de Heather, y les propuso:

—¿Queréis hacer de guías?

—¡Sí, por favor! —exclamó el niño, antes de levantarse a toda prisa.

Catriona sonrió ante aquella reacción tan entusiasta.

—Es la granja de los Mitchell.

—Conocemos el camino —le aseguró Lucilla, antes de mirar a Heather—. No vamos a dejar que te pierdas.

Aquellas palabras lograron arrancarle la primera sonrisa de la mañana.

—Gracias, depositaré mi fe en vosotros.

Miró con expresión interrogante a Catriona, que procedió a darle las explicaciones pertinentes.

—La mujer se llama Megan Mitchell, y el bebé Callum. Es un niño sano, pero si notáis cualquier anomalía —miró a su hija para incluirla— avisadme a vuestro regreso.

—Sí, mamá —la niña se acercó a Heather y comentó—: qué bien, ya tienes puestos los botines. Así podemos ir ya a por la cesta, está lista en la cocina.

—De acuerdo.

Heather se volvió a mirar con ojos risueños a Catriona mientras los gemelos tiraban de ella en dirección a la cocina. Les siguió sin protestar, y fingió que no notaba la expresión cada vez más ceñuda de Breckenridge.

En cuanto Heather desapareció por el arco que conducía a

la cocina, Breckenridge interrumpió la disertación de Richard acerca de los cultivos de la zona.

—¿La granja de los Mitchell está muy lejos?

—A unos dos kilómetros de aquí, puede que un poco más. Hacia el interior del valle.

Catriona estaba pasando junto a ellos en ese preciso momento, y se detuvo al oír aquello.

—No hay por qué preocuparse, no corren ningún peligro. El camino no sale en ningún momento del valle, si hubiera cualquier peligro al acecho yo lo sabría.

Cuando su esposa se alejó, Richard miró a Breckenridge y sonrió.

—Supongo que vas a estar ocupado esta mañana, ¿verdad?

Él se limitó a soltar un sonido inarticulado que más bien parecía un gruñido, pero que era respuesta suficiente. Al cabo de unos segundos, se despidió de Richard (quien sonrió de nuevo, pero tuvo el tino de no hacer ningún comentario) y se dirigió hacia la puerta principal.

Rodeó la mansión cruzando el jardín de plantas aromáticas, y estaba oculto entre las sombras de una de las irregulares esquinas del edificio cuando Marcus salió corriendo por la puerta principal seguido de Lucilla y por último de Heather, que llevaba una cesta colgada del brazo.

La cesta en cuestión no parecía demasiado pesada, así que tuvo que descartar la idea de ofrecerse a cargar con ella como excusa para unirse a la expedición. Teniendo en cuenta cómo estaban las cosas, sabía que no era el momento de presionarla, de insistir en acompañarla, pero era incapaz de quedarse allí de brazos cruzados y verla marcharse sin nadie que pudiera protegerla.

Por muy a salvo que estuviera en el valle, el macho primitivo y protector que llevaba dentro no estaba dispuesto a correr el riesgo.

Esperó a que estuvieran lo bastante lejos y entonces echó a

andar tras ellos sin prisa, con las manos en los bolsillos y procurando mantenerse a cubierto.

Heather llegó a la granja de los Mitchell tras un agradable paseo de media hora. Después de seguir un rato el curso del río, habían subido por un sendero que cruzaba una arboleda y al final habían llegado al pequeño altiplano encarado al sur donde se encontraba la granja.

El sol bañaba la fachada del edificio encalado y se reflejaba en las ventanas que flanqueaban la verde puerta principal. Una de ellas estaba ligeramente entreabierta, y al oír el llanto del bebé Heather vaciló por un instante antes de alzar la mano y llamar a la puerta.

Un rostro demacrado apareció en la ventana, la miró antes de volverse hacia Marcus y Lucilla (que se habían quedado un poco rezagados jugando entre los árboles y en ese momento se acercaban corriendo) y entonces desapareció de golpe.

Medio minuto después, una mujer joven y claramente abrumada abrió la puerta mientras se sacudía la falda.

—Buenos días, ¿es usted la señora Mitchell? —le preguntó, con una sonrisa cordial.

—Así es, señorita —le contestó, con una pequeña reverencia.

—Le traigo algunas cosas.

La joven madre, que parecía tener algunos años menos que ella, bajó la mirada hacia la cesta.

—¿Me las envía la Señora?

—Sí, pensó que podrían resultarle útiles —vio el alivio que apareció en el rostro de la mujer al ver la hogaza de pan que había en la cesta—. ¿Podemos pasar? —se volvió a mirar a los niños, que estaban jugando al pilla pilla en el pequeño prado que había delante de la casa—. Si el niño... se llama Callum, ¿verdad?, está inquieto, será mejor que dejemos que esos dos sigan jugando aquí fuera —se volvió de nuevo hacia ella y su sonrisa se tornó comprensiva—. ¿Necesita que la ayude en algo? Si usted quiere, puedo ocuparme un rato del bebé para que usted pueda encargarse de las tareas que tenga pendientes.

La pobre no pudo ocultar el enorme alivio que sintió al oír aquello.

—Gracias, señorita. Sería muy amable de su parte, pero no quiero causarle molestias.

—No será ninguna molestia, para mí será un placer ayudarla.

La joven madre se apartó para dejarla entrar y Heather entró en la casa, donde reinaba una pulcritud extrema. Entre la cocina y la sala de estar no había ninguna separación y a pesar de la austeridad imperante había pequeños toques cálidos por todas partes. La mayoría de ellos estaban relacionados con el bebé, que estaba llorando protestón y sacudiendo los puños en un canasto bañado por la luz del sol que entraba por una de las ventanas.

Le dio la cesta a Megan y le dijo:

—Aquí tiene, échele un vistazo mientras yo conozco a Callum.

La mujer agarró la cesta y la dejó sobre la mesa, pero no le quitó el ojo de encima a Heather mientras esta se acercaba al canasto, se inclinaba a mirar al bebé y le arrullaba mientras jugueteaba con aquellos puñitos alzados.

Los ojos del niño estaban bien abiertos, y no había duda de que iban a ser azules. Un suave mechón de pelo castaño decoraba su rosada coronilla, y si a eso se le sumaba la naricilla, la carita redonda y las mejillas sonrosadas, parecía un muñequito.

—He ayudado a cuidar a los hijos de mis cuñadas, de mis primas y de las esposas de mis primos —le explicó sin mirarla, mientras tomaba en brazos a Callum con sumo cuidado—. Son un montón, y le aseguro que casi todos eran mucho más gruñones que esta dulzura de niño.

Callum estaba mirándola fijamente, como si le fascinara la diferente cadencia de su voz.

Megan siguió pendiente de ella, pero acabó por relajarse al

ver la seguridad con la que manejaba al bebé y se dispuso a ver lo que había en la cesta. Mientras iba sacando las cosas y dejándolas sobre la mesa, comentó:

—Dele las gracias de mi parte a la Señora y a la cocinera por el pan, por favor. Me ayuda mucho no tener que hacerlo yo.

—Lo haré —le aseguró, mientras acunaba a Callum en sus brazos.

El pequeño se había tranquilizado por completo y seguía mirándola. En esa ocasión parecían haberle llamado la atención los mechones de pelo que se le habían soltado del moño y enmarcaban su rostro.

—Disculpe, señora, ¿sabe usted para qué es esto?

Heather se volvió y, al ver que Megan tenía en la mano lo que parecía ser una botella de alguna medicina, se acercó sin dejar de acunar al pequeño y la miró con mayor detenimiento.

—¿Le importaría abrirla? —pasó un dedo por el labio de la botella y sonrió al probar el pálido sirope que contenía—. Es extracto de eneldo en sirope. Catriona, la Señora, se ha adelantado a los acontecimientos. Sirve como remedio contra los cólicos.

Se dio cuenta por la cara de desconcierto de Megan de que esta no era consciente de los maravillosos momentos que tenía por delante, así que procedió a explicárselo. Cuando terminó, la joven contempló con sumo respeto la botella.

—La Señora es una maravilla. Transmítale mi más humilde agradecimiento, por favor.

Heather asintió antes de volver a colocarse cerca de la ventana, bajo la luz del sol. Miró a Callum, que seguía despierto pero no había vuelto a protestar, y comentó:

—Se ha quedado tranquilito.

—Sí. Le gusta que le acunen y le muevan un poco, como está haciendo usted.

Después de dejar la cesta vacía junto a la puerta abierta, la joven vaciló indecisa, y Heather murmuró sin levantar la mirada:

—Si desea hacer alguna tarea, yo puedo entretenerle mientras tanto.

—¿De verdad que no es molestia?

—De verdad —le aseguró, sonriente—. Aquí no la estorbamos, ¿verdad?

—En absoluto. Tengo que terminar de lavar la ropa, y sería una bendición poder preparar la olla y ponerla al fuego.

Mientras acunaba con suavidad a Callum de pie frente a la ventana, bajo la luz del sol, Heather se imaginó lo que sentiría si se tratara de su propio bebé.

Huelga decir que, si seguía el hilo de aquella idea hasta la conclusión lógica, el niño tendría pelo castaño oscuro y ojos color avellana con pequeños reflejos dorados. Era incapaz de imaginar siquiera la posibilidad de tener un hijo de otro hombre, y eso en sí era muy revelador. Breckenridge había mencionado que quería tener hijos, y ella se había imaginado de inmediato acunando al hijo de ambos.

Era un sueño que quería que se hiciera realidad, pero que formaba parte de un todo mucho más amplio, de lo que podían llegar a tener juntos si... si él la amara lo suficiente como para decírselo.

Había pasado la noche dando vueltas en la cama, durmiendo a ratos, y había estado dándole vueltas a su propia decisión como quien intenta encontrar la salida de un laberinto y duda antes de cada recodo. Se había preguntado si sería capaz de aceptarle sin que él le declarara su amor.

No tenía sentido fingir que aquel hombre no le importaba, que no estaba enamorada de él; de no ser así, no habría desperdiciado tantas horas pensando en él, obsesionándose por aquella máscara inescrutable tras la que se ocultaba y que tanto la desesperaba.

Se había preguntado si sería capaz de aceptar aquel matrimonio sin saber a ciencia cierta que él la amaba a su vez, pero, por muchas vueltas que había dado en la cama, la respuesta había acabado siendo siempre la misma de antes.

Le amaba, y por eso no podía arriesgarse a casarse con él sin tener la certeza de que le correspondía. Sin aquella certeza viviría el resto de su vida expuesta a un miedo constante, no se sentiría segura; siempre tendría la duda de si él acabaría por buscar la compañía de otras mujeres tarde o temprano, de si iba a romperle el corazón.

No era ni ciega ni boba, sabía que él se había ganado a pulso su reputación; aun así, otros libertinos habían cambiado por completo, ella conocía a unos cuantos que se habían convertido en dechados de virtud después de casarse. La cuestión era que aquellos libertinos amaban a sus mujeres, que se habían casado locamente enamorados de ellas.

El amor era una garantía de que él sería suyo por siempre jamás... y, si quería seguir siendo fiel a sí misma, necesitaba aquel «por siempre jamás».

De modo que no podía conformarse, necesitaba oír cómo le declaraba su amor... o al menos que le hiciera saber, fuera como fuese, que la amaba. No le importaba si él no pronunciaba las palabras, lo que quería era tener la certeza de que la amaba.

Las palabras se las llevaba el viento, eran fáciles de decir y de olvidar, y a veces las acciones hablaban mucho más claro que ellas.

Intentó recordar algo que él hubiera podido hacer y que revelara de forma inequívoca que estaba enamorado de ella, por mucho que se negara a admitirlo en voz alta; intentó pensar en algo, en algún indicio revelador que la convenciera de que la amaba, para que él no tuviera que confesárselo.

No se le ocurrió nada, pero... en caso de que encontrara aquel indicio y de que tuviera la certeza de que era un indicio real e irrefutable, y aun sabiendo que era posible que él jamás admitiera que la amara... si se diera ese caso, ¿acaso no valía la pena arriesgarse por amor? ¿Acaso no valía la pena arriesgarlo todo con tal de aferrarse al amor y construir una vida en común basada en ese sentimiento?

Se preguntó si era aquello lo que Catriona había querido decirle cuando le había advertido de que, si quería que Breckenridge expusiera su corazón, debía estar dispuesta a correr el riesgo de exponer antes el suyo.

¿Estaba dispuesta a arriesgar su corazón con tal de alcanzar el futuro que tanto anhelaba?

Pero corría el riesgo de arriesgarlo todo y no salir victoriosa, de no conseguir el amor recíproco, el marido y la vida que deseaba.

No había duda de que era un riesgo enorme.

Megan la arrancó de sus pensamientos cuando se acercó sonriente y le dijo:

—Bueno, ya está. He terminado las tareas de la mañana, y mi niño está dormido.

Heather le entregó aquel pequeño y cálido fardo, y vio cómo se le iluminaba el rostro con un profundo amor maternal mientras contemplaba a su hijo.

—Será mejor que me vaya —susurró.

—Muchas gracias, señorita. No sabe usted cuánto me ha facilitado la jornada. Necesitaba que alguien me echara una mano, y usted ha aparecido como caída del cielo.

—Agradézcaselo a la Señora —le dijo Heather, sonriente.

Después de despedirse se dirigió hacia la puerta, que seguía abierta, y agarró la cesta antes de salir. Se detuvo en el escalón y cerró los ojos mientras saboreaba la caricia del sol en la cara, mientras oía el canto de los pájaros, el zumbido de los insectos y las alegres voces de Lucilla y Marcus, que estaban jugando a la sombra de un árbol al final del prado.

Era un momento de paz en un día en el que su mente no dejaba de dar vueltas y más vueltas.

Abrió los ojos con un suspiro, y regresó por el camino hacia la arboleda.

—¡Venga, es hora de regresar!

Lucilla respondió con un ademán de la mano. Marcus soltó una exclamación de entusiasmo, y corrió hacia ella brincando como un corderito mientras su hermana le seguía jaleándole.

Heather se echó a reír. Sintiéndose de mucho mejor humor, alargó el paso mientras balanceaba la cesta vacía.

Poco después de adentrarse en la umbría arboleda, giró la cabeza de golpe al ver por el rabillo del ojo una fugaz sombra que se movía. Alcanzó a vislumbrar lo suficiente como para adivinar de qué se trataba.

Se tragó el improperio que estuvo a punto de escapársele, y se abrió paso con decisión entre la maleza baja rumbo a un árbol enorme que había a unos cinco metros del camino.

Lo rodeó sin pensárselo dos veces, y entonces se detuvo y sus ojos echaron chispas.

—¿Se puede saber qué demonios estás haciendo aquí?

Breckenridge abrió los ojos, unos ojos que había cerrado llevado por la exasperación.

—¿Tú qué crees? —ante la duda, lo mejor era contraatacar con otra pregunta, pero no tardó en ocurrírsele una respuesta adecuada—. Lo que llevo haciendo desde que salí del salón de lady Herford: protegerte.

Ella le miró con una mezcla de furia y exasperación.

—No sé si se te habrá ocurrido pensar que si en aquel salón te hubieras comportado con sensatez y, en vez de decidir «protegerme» sacándome de allí y enviándome de vuelta a casa, hubieras fingido que no me veías, nada de todo esto habría pasado.

Breckenridge se sintió culpable, pero fue un miedo visceral el que le agarró del cuello y le dejó sin habla. La miró impasible mientras dejaba pasar los segundos, y al final preguntó con voz carente de inflexión:

—¿Habrías preferido que nada de todo esto hubie...?

—¡Olvida lo que he dicho!, ¡la cuestión no es esa! La cuestión es que aquí no corro peligro, así que no tienes por qué seguirme. En el valle no necesito un paladín, aquí estoy a salvo.

—¿Cómo lo sabes? Es posible que Fletcher y Cobbins nos siguieran hasta aquí y estén al acecho, esperando el momento de atraparte de nuevo.

—¿Qué? —se puso pálida y miró frenética hacia el camino—. ¡Marcus y Lucilla se han adelantado, tenemos que...!

—No, espera, retiro lo dicho. No hay ningún peligro inminente —ni siquiera era capaz de asustarla sin sentirse mal por ello, aquello era inaudito.

—¿Cómo puedes estar tan seguro?, tú mismo acabas de decir que...

—¡Ya sé lo que he dicho! —la agarró del codo y la condujo de vuelta al camino—. Pero Richard mandó varios jinetes para que rastrearan las proximidades, y toda la gente del valle ha sido alertada. Nadie ha visto nada sospechoso —la soltó cuando llegaron al camino. Recorrió la zona con la mirada y admitió—: aunque prefiero no ahondar en los poderes que pueda poseer Catriona, ella dice que no hay ninguna amenaza en las tierras del valle. Todo el mundo parece creerla a pies juntillas, así que...

Se encogió de hombros y acortó sus zancadas para seguir su paso. Se metió las manos en los bolsillos y, sin apartar los ojos del camino, se sintió obligado a admitir:

—Es muy improbable que corras peligro en este lugar, pero después de conseguir traerte sana y salva no quiero correr riesgos innecesarios.

Notó el peso de su mirada penetrante, y optó por seguir mirando al frente y prepararse para recibir el siguiente ataque.

Al ver que él evitaba mirarla, Heather soltó un bufido y miró al frente. Intentó poner orden a sus sentimientos, ni siquiera habría sabido decir cómo se sentía.

Llegaron al final de la arboleda, y el camino descendió por la cuesta hacia la orilla del río. Los gemelos ya estaban allí, entreteniéndose lanzando piedras al agua. Alzaron la mirada hacia el camino, y al verles bajando por él les saludaron con la mano y se adelantaron corriendo de nuevo.

El camino seguía el curso del río. Mientras caminaban por aquel terreno más llano, Heather no pudo evitar recordar cuánto había disfrutado al recorrer aquel mismo trayecto en la dirección contraria, y no pudo por menos que darse cuenta de que, por extraño que pudiera parecer, en ese momento estaba disfrutando igual; es más: la embargaba una sensación más profunda y completa de plenitud, de bienestar, por el mero hecho de que tenía a Breckenridge a su lado.

A pesar de que ni siquiera la había tomado de la mano, la conexión seguía estando allí... efímera, quizás, pero incuestionable.

Eso no quería decir que no siguiera estando molesta con él, por supuesto.

Sí, estaba molesta por el hecho de que la siguiera a escondidas para «protegerla», pero no podía negar que empezaba a gustarle sentirse protegida, sentir que alguien la cuidaba... bueno, si ese «alguien» era él, claro. Y estaría mintiendo si dijera que no apreciaba que fuera tan concienzudo a la hora de cuidarla, que hubiera pensado en comprobar si los secuestradores estaban cerca o si seguían siendo una amenaza para ella.

Que él estuviera caminando a su lado, tener junto a ella a un hombre fornido, fuerte y protector y dispuesto a defenderla, hacía que se sintiera segura, que la embargara una profunda tranquilidad.

Sabía que eso era algo que iba a perder cuando él regresara a Londres, que lo más probable era que nunca más volviera a sentirse así.

La mera idea hizo que la atravesara una punzante sensación de pérdida.

—Te aconsejo que empieces a acostumbrarte a dejar de seguirme a todos lados; al fin y al cabo, no tardarás en regresar a Londres —se volvió hacia él y su mirada se topó con aquellos ilegibles ojos color avellana. Alzó la barbilla mientras recordaba las largas horas cargadas de soledad de la noche anterior—. Aquí ya no hay nada que te retenga, ¿cuándo piensas marcharte?

Él le sostuvo la mirada. Su expresión era tan pétrea e impasible como siempre.

Breckenridge sabía que estaba desafiándole, vio el obstinado orgullo que relampagueó en sus ojos; a decir verdad, los dos eran muy orgullosos.

—Lo sabrás cuando lo sepa yo —lo dijo con voz templada y mirada serena, desafiándola a su vez—, puedes estar completamente segura de eso.

Ella alzó aún más la barbilla, y enarcó las cejas con altivez antes de mirar al frente.

Él miró también hacia delante y se concentró en andar junto a ella con naturalidad, sin parecer amenazador. Reprimió la compulsión de detenerse, tomarla entre sus brazos y dejar claro de una forma inequívoca que no tenía intención alguna de dejarla ir jamás, que no iba a permitir que ella se le escapara. Al macho primitivo que llevaba dentro no le hacía ninguna gracia que ella se hubiera planteado siquiera la idea, y mucho menos que le hubiera dado voz.

Pero la parte civilizada de su ser era demasiado experimentada como para dejarse llevar por un impulso tan insensato. Ella había estado a punto de insinuar que desearía que su relación con él no hubiera existido jamás, pero se había echado atrás. Tenía que actuar con cautela, darle tiempo para que reflexionara. No era el momento de presionarla, aún no.

Mientras regresaban a la mansión bañados por la luz de la mañana, se centró en planear la siguiente fase de una conquista como ninguna otra, una a la que no podía renunciar.

Una conquista que no podía permitirse perder.

Después de la comida, Breckenridge fue a la biblioteca con Richard. Habían descubierto que a ambos les encantaba la pesca con mosca, atar señuelos era una actividad que nunca perdía su atractivo.

Estaban sentados a ambos extremos de una estrecha mesa reservada para aquella tarea, situada a un lado de la biblioteca. Sobre ella había cajitas que contenían anzuelos, bolas, y una infinidad de plumas distintas, y también había bobinas de hilo, distintos materiales, y un sinfín de herramientas.

Richard estaba usando un torno para sujetar el señuelo que estaba construyendo, pero él prefería usar una simple abrazadera.

En la estancia reinaba un silencio agradable y relajante mientras ambos se concentraban en sus respectivas creaciones. Las manecillas del alargado reloj de pie que había en una esquina iban avanzando.

Cuando al fin completó el señuelo que estaba construyendo, lo extrajo con cuidado de la abrazadera; después de dejarlo sobre la mesa, se reclinó en la silla y se estiró. Miró a Richard, y al ver que él también había llegado a los estadios finales de la construcción (que eran los menos delicados), vaciló por un instante y se inclinó de nuevo hacia delante. Escogió un anzuelo, e inició de nuevo el proceso de selección de los materiales que iba a usar para construir otro señuelo más.

Sin apartar la mirada de su tarea, comentó:

—Me gustaría hacerte una pregunta: ¿todas las mujeres de la familia Cynster se comportaron tan irracionalmente como Heather antes de acceder a casarse?

Alzó la mirada por un instante, pero Richard no apartó los ojos de su señuelo y se limitó a decir, imperturbable:

—A ver... ¿quisquillosas en el mejor de los casos, y dispuestas a saltarle a uno al cuello a la más mínima?

—Exacto.

—En ese caso, la verdad es que sí —se enderezó y ladeó la cabeza mientras examinaba su señuelo—. Parece ser un defecto de familia, incluso en las que no son Cynster de nacimiento.

Breckenridge soltó un bufido.

Estaba colocando el anzuelo en la abrazadera cuando Richard añadió:

—Al parecer, tienen una especie de preceptos, unas ideas muy concretas respecto a la necesidad de casarse por amor y lo que eso significa. Tienen metido en la cabeza que, sin una prueba inequívoca de nuestro amor... ellas prefieren que, a poder ser, les confesemos nuestros sentimientos abiertamente... ese amor no será ni sólido ni fuerte, por mucho que exista en nuestro corazón.

Richard hizo una mueca mientras sacaba del torno el señuelo que acababa de completar, y añadió:

—Da la impresión de que creen que, a menos que confesemos nuestros sentimientos en voz alta, nosotros mismos no seremos conscientes de ellos —soltó un bufido burlón y añadió—: como si uno no se diera cuenta de que su vida ha cambiado por completo y ha pasado a girar en torno a ella, a su bienestar.

Breckenridge le dio la razón con un gruñido de lo más masculino.

—Lamentablemente —siguió diciendo Richard, mientras seleccionaba otro anzuelo—, parece ser inútil esperar que actúen en contra de esos principios tan arraigados en la familia.

Volvió a reinar el silencio mientras Richard se centraba en su señuelo y Breckenridge, por su parte, construía el suyo de forma automática mientras sopesaba lo que acababa de oír.

Estaba claro que para Heather era necesario que él le declarara sus sentimientos, que era lo que estaba buscando, pero le bastó pensar en ello un par de segundos para confirmar que seguía siendo contrario a hacer semejante confesión.

En primer lugar, estaba la vulnerabilidad que sentiría al admitir que ella era tan emocionalmente primordial para él, para su futuro, para su felicidad... una vulnerabilidad que compartía con Richard y con todos los demás, con los hombres como él cuyo destino era enamorarse (que era como tener un picor constante entre los omóplatos, y que hacía que uno tuviera la sensación de tener el corazón al descubierto)... y, por si eso fuera poco, también estaba el asuntillo de su experiencia previa con el amor, de haber sido tan bobo como para pronunciar esa palabra.

La idea de volver a hacerlo...

Tanto la parte sofisticada de su ser como el macho primitivo se opusieron de forma categórica, la decisión era firme e inmutable.

Pero, por otra parte, tenía que conseguir que Heather accediera a casarse con él.

Siguió dándole vueltas al asunto mientras sus dedos construían el señuelo, tenía que haber alguna forma de avanzar.

Tenía que encontrar la forma de satisfacer los requisitos de Heather, pero sin necesidad de hacer ninguna edulcorada declaración de amor eterno. No esperaba de ella ninguna declaración parecida. Preferiría que ella le correspondiera, que sintiera por él los mismos fervientes sentimientos que él sentía por ella, pero no estaba preparado para, de forma consciente, albergar la esperanza de que así fuera.

Iba a conseguir que accediera a casarse con él, pero no iba a exigirle nada más. Ella quería tener hijos, así que ese era un tema que ni siquiera hacía falta sacar a colación.

Pero seguía sin saber cómo resolver la cuestión principal: cómo declarar que la amaba tal y como ella deseaba que la amaran... se le formó un nudo en la garganta solo con pensarlo.

Su célebre encanto, su elocuencia y su poder de persuasión no iban a servirle de nada. Hacer una declaración verbal era algo que estaba descartado. Si fuera tan tonto como para intentarlo... un intento fallido la enfurecería aún más, creería que no estaba siendo sincero, que ni estaba a la altura de lo que ella quería ni tenía intención de estarlo jamás.

No, aquella posibilidad era un callejón sin salida...

Se quedó inmóvil de repente. Miró sin ver su señuelo a medio hacer mientras el tictac del reloj quebraba el silencio, y la única forma de avanzar, la única opción real que tenía, emergió y empezó a tomar forma en su mente.

CAPÍTULO 17

Cuando en la mansión reinó una quietud absoluta y no quedó ninguna vela deambulando por los pasillos, después de dejar pasar el tiempo suficiente para que los últimos rezagados se fueran a dormir, Breckenridge abrió la puerta de su habitación y salió a la oscuridad del pasillo.

Cerró la puerta y esperó a que sus ojos se acostumbraran a la falta de luz; por suerte, en los largos pasillos de la mansión escaseaban los muebles contra los que uno podría chocar, tan solo había algunos tapices colgados en las gruesas paredes de piedra que podían ser utilizados para orientarse. Aparte de eso, todos los pasillos eran prácticamente iguales, sobre todo en la oscuridad.

Rezó para no perderse y, en cuanto alcanzó a distinguir la escalera del torreón, bajó hasta el piso de abajo, la primera planta por encima de la del vestíbulo, y enfiló por la galería que Worboys, el ayuda de cámara de Richard, le había dicho que conducía a la habitación de Heather.

Él se lo había preguntado abiertamente mientras el buen hombre arreglaba la escasa ropa que tenía a su disposición, y al ver que contestaba sin pensárselo dos veces había visto confirmadas sus sospechas de que todos los habitantes de la mansión estaban deseando hacer de casamenteros. Como lo que ellos querían (que Heather y él se casaran) era lo mismo que quería él, había aceptado la ayuda de Worboys con filosofía.

Tenía que hacer que su relación con Heather avanzara, conseguir que ella consintiera en ser su esposa. Para lograrlo tenía que convencerla de la profundidad de sus sentimientos hacia ella, y, como no podía pronunciar las palabras en sí, le quedaba un único método de comunicación posible.

Por suerte, era un método en el que era todo un experto. Aunque nunca antes lo había usado con aquel propósito, estaba bastante seguro de que su experiencia y su habilidad bastarían para expresar todo lo que ella necesitaba saber.

Además, no había razón alguna para que pasara otra noche solo. A juzgar por lo que había dicho Richard y por todo lo que él mismo había visto, teniendo en cuenta cuál era el problema, mantener las distancias no iba a beneficiarle en nada.

Llegó a la boca del pasillo donde estaba la habitación de Heather, dobló la esquina... y ella chocó contra él.

La sostuvo para impedir que se cayera. Sabía que era ella, había reconocido al instante la embriagadora calidez y la femenina suavidad del cuerpo que estaba apretado contra el suyo.

Sus sentidos cobraron vida de golpe; al igual que la vez anterior, lo único que la cubría era el salto de cama de seda. La agarró con más fuerza del brazo, la sujetó contra sí.

—¡Cielos! —exclamó ella, antes de soplar para apartar los mechones de pelo que le tapaban la cara.

—Vamos a tu habitación —intentó que diera la vuelta, al ser primitivo que llevaba dentro ya se le estaba haciendo la boca agua.

—¡No, a la tuya! ¡La cama es más grande!

Era una apreciación de lo más pertinente. Asintió, la soltó y retrocedió un paso antes de tomarla de la mano. Su excitación contenida fue en aumento mientras regresaba sobre sus pasos.

Cuando por fin llegaron a su habitación, abrió la puerta de par en par y esperó a que ella entrara antes de seguirla.

No iba a dejar que tuviera tiempo de hablar; no iba a darle opción a hacer preguntas y esperar respuestas, ni a discutir. Las palabras no le servían de nada, era mejor evitar cualquier intercambio verbal.

Cerró la puerta, se volvió... y ella ya estaba allí, delante de él. Lo miró a los ojos mientras subía las manos por su pecho, mientras las deslizaba por sus hombros hasta entrelazarlas tras su cuello. Se alzó con un movimiento sinuoso, le hizo bajar la cabeza, y posó los labios sobre los suyos.

Lo besó de una forma que tenía como claro objetivo evitar toda discusión, evitar todas las posibles preguntas; lo besó de una forma que hizo que le diera vueltas la cabeza y que le dejó (¡a él, ni más ni menos!) aturdido.

Con los labios, con la boca, ella le prometió sin necesidad de palabras que iba a saciarle, a satisfacer todos sus deseos.

Era la tentación en persona, una sirena como ninguna otra.

Ella abrió los labios y le ofreció su dulce y suculenta boca, su ardiente lengua incitó... mejor dicho, exigió... una respuesta, le invitó con descaro a que diera rienda suelta a sus deseos, a su pasión.

Se apretó aún más contra él... los firmes montículos de sus senos contra su pecho, sus caderas contra la parte superior de sus muslos, su tenso vientre contra su rígida erección, sus largos y esbeltos muslos deslizándose contra los suyos en una evocativa caricia que prometía una dulce pasión, un fuego tentador, un placer sin reservas.

Él alzó la mano hacia su rostro, la posó en su mandíbula y le devolvió el beso incluso antes de saber lo que estaba haciendo, sin pensar en nada... pero pensar no era necesario, su respuesta no requería ninguna reflexión previa.

Si ella estaba ofreciéndole todo aquello, iba a aceptarlo encantado.

Le pasó el otro brazo por la cintura y la apretó de golpe contra su cuerpo. Ella jadeó y se tensó por un instante, pero de inmediato se derritió y se entregó, se rindió por completo.

Mientras le arrebataba las riendas de las manos, mientras tomaba el control del beso y empezaba a saborear su deliciosa boca... lentamente, a placer, adueñándose de lo que era suyo... mientras de forma instintiva e intuitiva planeaba el tempo del interludio, el ritmo y las cadencias de la danza que estaban por compartir, se preguntó qué era lo que estaba maquinando ella.

Porque estaba claro que tenía algún objetivo oculto, y que su plan para lograrlo tampoco incluía palabras.

Pero eso daba igual en ese momento. Sus bocas se fundieron mientras el fuego y el deseo crepitaban, crecían y les envolvían; ella hundió una mano en su pelo y deslizó la otra por sus hombros, la bajó por su pecho y le hizo estremecer al meterla bajo la levita. Mientras la tenía entre sus brazos le era imposible pararse a pensar, preguntarse qué sería lo que ella tramaba.

Ya se enteraría después. Por el momento...

Ella acababa de darle la oportunidad perfecta para demostrar todo lo que quería y necesitaba revelarle, todo lo que quería mostrarle para que ella supiera la verdad y la entendiera, para que viera todo lo que no podía decirle con palabras... todo lo que sentía por ella, todos los sentimientos que llenaban a rebosar su corazón.

Lo único que tenía que hacer era aprovechar el momento.

Heather sabía que él estaba maquinando algo para lograr algún objetivo oculto. Había sido consciente de ello incluso cuando él había reaccionado ante su clara invitación, cuando después se había hecho con las riendas y ella había dejado el control en sus manos.

No se había mostrado sorprendido cuando habían chocado en el pasillo, él también iba rumbo a su habitación para instigar otro interludio.

Se dejó llevar por el beso, estaba dispuesta a seguirle a donde él quisiera llevarla. Sentía curiosidad por saber qué pensaba hacer, a dónde tenía intención de llevarla, y por qué.

Al fin y al cabo, esa era la razón que la había llevado a salir de su habitación y poner rumbo a la suya. Había intentado la comunicación verbal y también la abstinencia, pero, como ninguna de las dos tácticas había dado el resultado deseado, había decidido intentar otra... la última, la más arriesgada.

Cuando él ladeó la cabeza y profundizó aún más el beso, cuando siguió saboreándola con intensidad creciente, ella respondió abiertamente y sin reservas. Le acarició la lengua con la suya en una clara invitación, lo incitó mientras la pasión se avivaba y las llamas del deseo les abrasaban. Le besó con avidez, sus labios y su boca reflejaron el ardor que la quemaba por dentro mientras se apretaba contra él.

Le pidió más y más sin necesidad de palabras y no ocultó que estaba dispuesta a suplicar, no ocultó nada en absoluto.

Mostró sin reservas su reacción cuando él se hundió más hondo en su boca y la devoró a placer. Hundió los dedos en su pelo y se aferró a él mientras la acariciaba con la lengua antes de explorarla con mayor intensidad. El deseo se deslizó por sus venas, cálido y espeso como el sirope, recorrió su cuerpo y fue vertiéndose en su entrepierna.

Apoyó la palma de una mano en su musculoso pecho, justo encima del corazón. Movió incitante las caderas en una flagrante invitación, en una provocación deliberada.

Quería mostrar abiertamente con los labios, la lengua, el cuerpo y las manos cuánto lo deseaba, mostrar su avidez y su urgencia, escribirlo en mayúsculas sobre su cuerpo... y en el momento de vulnerabilidad resultante, aunque fue efímero, entendió que él pudiera ser reacio a quedar tan desnudo desde un punto de vista emocional.

Aun así, no podía darse el lujo de no intentarlo, de no exponer por completo su desesperación. Catriona le había dicho que quizás tendría que exponer su corazón para lograr que él hiciera lo mismo. Le amaba tanto, anhelaba hasta tal punto tener un futuro a su lado, que estaba dispuesta a correr aquel riesgo.

Rezó para que él no le fallara, para que no le diera la espalda a sus ansias desesperadas. Necesitaba que no las ignorara, que las aceptara y no se limitara a utilizarlas, sino que expusiera a su vez las suyas.

Estaba dispuesta a apostar su corazón a que lo que había crecido entre ellos no era un mero deseo físico, a que para él también significaba mucho más que eso.

Estaba arriesgándose. Estaba apostando a que, si se lanzaba y exponía su corazón, él seguiría su ejemplo y se arriesgaría también... sería un riesgo menor si ella ya se había lanzado primero, si él ya sabía que le amaba.

Estaba apostando a que, si le mostraba su amor de forma inequívoca y sin reservas, él haría lo mismo y, como mínimo, le dejaría ver lo suficiente de su interior como para que quedara claro que sentía una conexión similar a la que sentía ella, que debajo de todas sus reservas la amaba tanto como ella a él.

Para eso iba a tener que convencerle de que la dejara tomar el control... pero eso sería después, porque en ese momento seguía saboreándola a placer mientras la hacía retroceder poco a poco hacia la cama. Cuando golpeó el borde con las piernas, él la sujetó de la cintura y siguió besándola hambriento, como si quisiera devorarla.

La recorrió un latigazo de expectación, y tras él las llamas se abrieron paso en su interior y redujeron a cenizas su resolución y su fuerza de voluntad mientras el deseo y la pasión iban en aumento.

Desesperada, se echó hacia atrás de golpe.

—¡No!

Estaba seduciéndola en cuerpo y mente. Si se lo permitía, si dejaba que su mente quedara atrapada en aquella vorágine de pasión y gozo, no iba a tener la claridad de ideas suficiente para tomar las riendas y llevar a cabo su plan.

Le sostuvo la mirada a través de la penumbra, se humedeció los labios en un gesto deliberadamente seductor, y se sintió satisfecha al ver que él parecía incapaz de arrancar la mirada de ellos.

—Yo primera, me toca mandar.

Él era un experto en aquellas lides y, al menos con ella, siempre había actuado con deliberación. El control era algo que ejercía sin esfuerzo alguno en el plano sexual, y estaba casi segura de que él no era consciente de que aquel control y cómo lo empleaba podía reflejar lo que sentía.

Estaba dispuesta a permitir que él llevara las riendas durante aquel baile y revelara todo lo que quisiera, pero antes quería hacer su propia declaración sin palabras.

Bajó la mano que tenía hundida en su pelo, sacó la que había metido debajo de la levita, se aferró a las solapas de la prenda, y en vez de besarle deslizó los labios por su mandíbula en una caricia suave como una pluma.

Le bajó la levita por los hombros y se echó un poco hacia atrás. Él había deslizado sus manos hacia la parte posterior de su cintura y las notó allí... duras, fuertes, cálidas a través de la fina capa de seda que las separaba de su piel... mientras le bajaba más la prenda. Tironeó con insistencia hasta que él obedeció y dejó que le bajara primero una manga y después la otra, y entonces, sintiendo el peso de su mirada ardiente en el rostro, alargó el brazo y dejó que la prenda cayera al suelo.

—Que conste que después también querré tener mi turno.

Ella alzó la mirada mientras alargaba la mano hacia el pañuelo que llevaba anudado al cuello, y vio la pasión contenida que brillaba en sus ojos.

—Podemos compartir, pero yo llevo las riendas primero —le dijo, antes de deshacer el sencillo nudo.

Él no contestó de inmediato, esperó a que ella dejara a un lado el pañuelo.

—Si insistes...

—Así es —afirmó, con determinación renovada, antes de empezar a desabrocharle el chaleco. Cuando hubo desabrochado el último botón, alzó la mirada—. Para hacer lo que tengo en mente, tengo que estar al mando.

—¿Ah, sí? —al ver que tironeaba del chaleco, obedeció y se quitó la prenda—. ¿Qué es lo que tienes en mente?

—No voy a decírtelo —se le acercó un poco más, le miró a los ojos, y empezó a desabrocharle la camisa—. Voy a demostrártelo.

—En serio —no era una pregunta, sino un comentario escéptico.

Ella no respondió. Le dejó la camisa abierta, y procedió a desabrocharle los puños.

—¿Quieres demostrarle algo en la cama al mayor libertino de Londres? ¿El qué?

Ella le sostuvo la mirada mientras le desabrochaba el botón del cinturón.

—Algo que ninguna otra dama te ha demostrado jamás.

Sin dejar de sostenerle la mirada, metió la mano en el pantalón, la deslizó hacia abajo hasta que encontró su rígida erección, y la acarició antes de sopesarla con atrevimiento.

—Voy a hacerte lo que ninguna otra dama te ha hecho.

Iba a hacerle el amor.

Se había dado cuenta de que existía una razón por la que aquel acto se llamaba de aquella manera, una razón que ella iba a aprovechar. Podía usar aquel lenguaje para comunicarle lo que quería hacerle entender, y animarle a que él le contestara de igual forma.

Era un plan atrevido y arriesgado, pero, si funcionaba... sí, estaba más que dispuesta a intentarlo.

Él había contenido el aliento y sus músculos se volvieron duros como el acero mientras ella deslizaba los dedos por su miembro, mientras lo trazaba y lo acariciaba... cerró la mano, y él cerró los ojos y hundió los dedos en su cintura.

Ella le agarró con firmeza con el puño cerrado y se acercó aún más a su pecho desnudo. Se alzó y depositó un beso bajo su mandíbula, después otro bajo su oreja, trazó un sendero hasta el punto exacto de la base del cuello donde su pulso latía acelerado.

Le apretó con más fuerza y le oyó soltar un suave siseo. Posó un largo beso sobre su pulso y entonces lo chupó con suavidad, sintió su calidez y el salvaje deseo que acechaba bajo la piel. Saboreó su fuerza cuando la rodeó con los brazos y sus manos, grandes y masculinas, se posaron en su espalda.

No la apresuró ni la guio. Esperó, con la respiración acelerada, a ver qué era lo que hacía ella.

Heather sonrió para sus adentros y prosiguió con la tarea que se había asignado a sí misma. Fue sacando la mano de dentro de los pantalones poco a poco, fue deslizándola hacia arriba por su cálida erección en una larga caricia. Necesitaba las dos para poder rendir pleitesía a aquel pecho ancho, a los músculos duros que lo conformaban, a los planos pezones cubiertos de crespo vello oscuro; necesitaba las dos para poder acariciar en condiciones los huesos duros y sólidos de sus hombros, para poder explorar los cálidos músculos de la base de su espalda.

Abrió la camisa, se la bajó por los hombros, y rindió el debido homenaje con los labios, la lengua, los dientes y la boca a toda aquella piel que acababa de desnudar. Mientras lo hacía no dejaba de moverse con sensualidad contra él, de deslizar su cuerpo cubierto de seda contra aquel otro que era duro como una piedra.

Él parecía fascinado, cautivado. La soltó para acabar de quitarse la camisa a toda prisa, pero en cuanto dejó caer la prenda al suelo volvió a abrazarla.

Ella le mordisqueó un pezón y le oyó contener el aliento de golpe, notó cómo se tensaban sus músculos, sintió la calidez que iba extendiéndose bajo su piel.

—¿Qué estás haciendo?

Ella alzó la mirada y le miró a los ojos, unos ojos oscurecidos por la pasión, y contestó:

—Lo que me place, lo que deseo, lo que necesito hacer.

La pasión iba intensificándose en ambos, entre ellos. Heather no notaba el frío de la noche, tan solo era consciente del fuego del deseo que iba cobrando fuerza en su interior.

Posó una mano en su mejilla, hizo que bajara el rostro y volvió a besarlo. Fue un beso exigente, se adueñó de su boca en vez de entregar la suya... se sorprendió al ver que él se lo permitía y eso la fascinó tanto que le exigió aún más, que tomó más y más de él.

Cuando se echó un poco hacia atrás y sus labios se separaron, los dos tenían la respiración agitada y el fuego era una conflagración desatada.

Mirándole a los ojos, consciente del control férreo y casi palpable que él estaba ejerciendo, sus alientos se entremezclaron cuando susurró:

—Estás portándote muy bien.

—Por ahora —le contestó él, con voz profunda e intensa.

Heather tomó nota de la advertencia implícita, y decidió no darle opción a retomar las riendas. Se echó un poco más hacia atrás y deslizó las palmas de las manos por su cálida y deliciosamente acalorada piel, las bajó por los pétreos músculos del abdomen, recorrió su cintura antes de deslizarlas aún más hacia abajo para ir bajándole los pantalones.

Cuando llegó a la parte superior de sus muslos, la prenda acabó de bajar por sí sola hasta quedar a sus pies, y ella la siguió y fue agachándose ante él. Vio cómo se tensaban de golpe los poderosos músculos de sus muslos y notó que él posaba las manos en sus hombros y se aferraba a ella, pero siguió centrada en su tarea. Después de bajarle un calcetín, le hizo alzar un poco la pierna para poder quitárselo junto con el zapato y la pernera del pantalón; después de repetir el proceso con la otra pierna, echó a un lado sin miramientos los zapatos, los calcetines y los pantalones y subió las manos por sus pantorrillas mientras permanecía de cuclillas frente a él. Se aferró a sus piernas para mantener el equilibrio, y alzó la mirada hacia sus ojos.

Al verle así, de pie ante ella con las piernas entreabiertas y la tenue luz de la luna bañando su poderoso y espectacular cuerpo desnudo, le pareció más hermoso y poderoso que cualquier dios.

Antes de que él pudiera hacer movimiento alguno, subió las palmas de las manos por la cara interna de las rodillas y los muslos, las deslizó por las curvas de sus nalgas. A través de la penumbra vio cómo apretaba la mandíbula, y al notar que tensaba las manos en sus hombros dispuesto a alzarla reaccionó de inmediato.

Se arrodilló ante él, bajó la mirada hacia la dura erección que tenía delante, y la agarró con ambas manos.

Le oyó soltar un jadeo gutural, notó la sacudida que le recorrió y cómo se ponía incluso más rígido. La tensa expectación que le atenazaba era casi palpable.

Ella inclinó la cabeza y posó los labios en la punta, ancha y exquisitamente suave, y entonces se entregó por completo a explorarlo a placer. Se concentró en satisfacer todos y cada uno de los deseos que él pudiera tener, en enloquecerle de placer con la boca, los labios, la lengua y los dientes.

Cerró la boca alrededor de aquel miembro duro, bajó la cabeza abarcando todo lo que pudo mientras succionaba con suavidad, y entonces le acarició lentamente con la lengua. Él se puso rígido de golpe, la buscó con las manos a ciegas hasta que logró hundir los dedos en su pelo y aferrarse a ella.

Heather se centró en darle placer. Puso todo su empeño en hacerle entender su mensaje, su declaración sin palabras. Sabía que estaban en el dormitorio, a los pies de la cama, pero sus sentidos se echaron a volar y perdió el contacto con la realidad mientras se dedicaba en cuerpo y alma a amarle, a llevar a cabo aquella sensual demostración de amor.

Breckenridge sofocó a duras penas un gemido, un gemido de puro placer, cuando ella succionó con más fuerza y lo hundió aún más en el cálido paraíso de su boca, cuando usó aquella lengua traviesa para torturarle y enloquecerle.

Aquel sensual acto era algo que había experimentado en escasísimas ocasiones, rara vez se lo había permitido a otras mujeres. Nunca había llegado a entender por qué. La boca de Heather era el mismísimo paraíso, un pedazo de cielo en el mundo de los mortales.

Con la cabeza alzada para poder respirar mejor, para llenar de aire sus constreñidos pulmones, bajó la mirada hacia ella... y algo en su interior se expandió, se fortaleció y se solidificó.

Tomó una forma más grande, más nítida, más incuestionable.

Mientras permanecía aferrado a ella, a su sedosa cabellera, notó la firme determinación que la impulsaba. En la succión de su boca, en los firmes chupetones de su lengua, leyó su férrea resolución.

Aquello no era un mero intento de probar con algo nuevo. Aquello era mucho más que una exploración, ella estaba rindiéndole culto de forma deliberada.

Aquello era un despliegue de pasión controlada y encauzada, de pasión blandida con un propósito específico. Con el propósito de...

En ese momento ella lo hundió aún más en su interior, hasta que los músculos de su garganta acariciaron la sensible punta de su erección. Él perdió la cabeza y sus pensamientos se fragmentaron de forma irreversible cuando ella empezó a succionar con más fuerza y a chuparlo con frenesí, cuando le acarició el escroto y empezó a jugar con sus testículos...

Tomó una bocanada de aire y gimió:

—¡Basta! —fue un gruñido gutural que apenas se entendió. Con ella le era imposible mantener su compostura y su habitual desapego.

Ella respondió con un largo y delicioso lametón.

Breckenridge sabía que su autocontrol estaba a punto de hacerse añicos, sintió que sus testículos empezaban a tensarse... sofocó apenas una imprecación, deslizó el pulgar entre aquellos deliciosos labios y sacó su palpitante erección de su cálida y húmeda boca. La agarró de los hombros, la levantó hasta que estuvo de puntillas y la envolvió en un abrazo desesperado.

Se adueñó de su boca en un beso que quemaba y ardía y sabía a pasión desenfrenada.

Estaba descontrolado, o tan cerca de estarlo que no había diferencia alguna. Por un instante, mientras devoraba con hambre voraz aquella boca y sentía que aquellas manos delicadas se apoyaban en su pecho, estuvo a punto de rendirse sin más... por primera vez en más de quince años, estuvo a punto de dejar libre a su yo interior, de dar rienda suelta al macho primitivo que tenía dentro y tomar a Heather, hacerla suya, poseerla sin escudos ni máscaras ni protección alguna de por medio. Mostrándose por completo, sin ocultarse tras ninguna pantalla.

Pero no podía hacerlo, era demasiado peligroso.

Incluso en medio de aquella vorágine de placer, su mente seguía aferrándose a la necesidad de protegerse.

Hundido en la boca de Heather, abrazado a ella y apretando aquel cuerpo envuelto en seda contra su piel desnuda, luchó... y fue su suave perfume femenino, aquella fragancia que formaba parte de ella y que le embriagaba, lo que le dio fuerzas y logró anclarle.

Le dio más fuerza aún sentir que ella posaba la mano en su mejilla y verla responder a su beso voraz con total desinhibición, con una pasión desatada y sin restricción alguna.

Ella era una llama fija en el horizonte, un faro que le guio de vuelta a la cordura y a su habitual autocontrol, que le recordó las tácticas que pensaba utilizar para lograr su propósito.

Heather le devolvió el beso mientras esperaba a ver qué hacía él a continuación. Cuando le había visto tomar el control de la situación con tanto ardor, tan enfebrecido, había tenido la esperanza de que dejara caer al fin las barreras tras las que se escudaba y le mostrara lo que albergaba en su alma, pero de repente parecía haberse recuperado.

Se le había pasado por la cabeza la fugaz idea de desafiarle, pero era consciente de que carecía de ese poder y no tuvo más remedio que aceptar que, llegados a ese punto, iba a tener que cederle las riendas por completo.

Si él necesitaba tener el control, si era así como necesitaba hacerla suya, entonces ella tenía que satisfacer ese deseo... un deseo ardiente que era pura pasión, y que él le transmitió abiertamente al acariciarle con dedos posesivos un seno.

Si su intención fue transmitirle algún mensaje con lo que sucedió a continuación, no había duda de que el tema principal fue la posesión, ya que se adueñó por completo de su cuerpo.

Él deslizó la mano hacia arriba y jugueteó por unos segundos con el colgante de cuarzo rosa, pero volvió a centrarse en ella de inmediato. Sin dejar de besarla con devastadora intensidad, deslizó las manos por su cuerpo con actitud dominante, la moldeó y la recorrió y la exploró. Después de quitarle el salto de cama, lo lanzó al suelo y saboreó su cuerpo desnudo con las palmas de las manos y los dedos, con la boca, los labios y la lengua, grabó a fuego su impronta en su piel desnuda.

La quemó con las llamas del deseo, la azotó con el látigo de la pasión, desató sobre ella una tormenta de ardientes anhelos.

Se arrodilló ante ella, la agarró de la parte posterior de los muslos, le abrió las piernas y, sosteniéndola en gran medida para que permaneciera en pie, hundió la boca en su sexo y disfrutó del festín.

Ella hundió los dedos en su pelo y gritó extasiada. Cerró los ojos mientras intentaba asimilar las sensaciones... sensaciones cada vez más intensas, más poderosas y profundas... que la recorrían de pies a cabeza.

Su mundo entero se sacudió cuando sintió la caricia de su lengua.

No era la primera vez que la saboreaba así, pero antes había sido en una cama, enredada entre las sábanas, no expuesta por completo bajo la luz de la luna.

Nunca había quedado tan claro que era completamente suya, nunca había quedado demostrado de forma tan irrefutable, y una pequeña parte de su ser fue consciente de ello y mostró su completa aprobación mientras la otra parte seguía inmersa en lo que él estaba haciendo, mientras echaba la cabeza hacia atrás y, con los ojos aún cerrados, sollozaba y seguía aferrada a su pelo.

Aquella pequeña parte de su ser la instó a que se entregara por completo, a que le permitiera poseerla de aquella forma; al fin y al cabo, aquello también era una forma de amarle... dejarle ser él mismo, aceptarle sin reservas tal y como era.

Él esgrimía el poder de la pasión según su voluntad, la moneda del deseo era su arma. La enloqueció con su boca, la hizo ascender más y más alto mientras la lamía a conciencia, mientras la atormentaba con el suave aleteo de la lengua contra su piel, y al final la hundió en su interior lo suficiente para hacerla llegar de golpe a la cima.

Ella no pudo contener un pequeño grito mientras sus sentidos se perdían en una vorágine de sensaciones... y de repente él se puso en pie y la atrajo con fuerza contra sí. Sintió aquella piel cálida y cubierta de crespo vello contra la suya, su cuerpo musculoso la envolvió por completo mientras la abrazaba y la besaba, y notó el sabor de su propio néctar en aquella boca.

Él se lo dio a probar y, mientras ella lo saboreaba, la penetró con los dedos para alargar más y más su clímax.

Cuando la tormenta de placer que la azotaba empezó a amainar al fin, la alzó en brazos y rodeó la cama; después de arrodillarse en el colchón, la tumbó sobre el cobertor de seda antes de tumbarse junto a ella. Posó la palma de una mano sobre su vientre en un gesto abiertamente posesivo, se inclinó hacia ella... y procedió a llevarla de nuevo al paraíso.

En esa ocasión eligió una ruta más larga, una por la que se iba avanzando de forma constante pero lenta, donde cada caricia se extendía y se alargaba hasta que se exprimía de ella hasta la última gota de placer.

Aunque fuera una ruta más lenta, también era infinitamente más... profunda e intensa. Cada segundo, cada latido del corazón, estaba más empapado de sentimiento.

Ella le devolvió las caricias mientras se movían sinuosos, desnudos y ávidos, mientras sus extremidades se entrelazaban, mientras sus cuerpos perlados de sudor se frotaban y se apretaban el uno contra el otro, piel con piel. Las sensaciones se expandían en lentas y cálidas oleadas que se alzaban y caían, que volvían a alzarse más alto aún y les arrastraban a su paso.

Se acariciaron sin descanso con el único objetivo de darse placer, de recibirlo y compartirlo... de ver al otro retorcerse, jadear y suspirar... de responder de igual forma, de dar lo mismo a cambio.

Avanzaron juntos por aquel mundo donde reinaba la pasión. Él tomó el control primero, ella lo tomó después. Nunca antes habían estado juntos así, compartiéndolo todo de aquella forma. Aquello no era una batalla por la supremacía, sino una verdadera unión en la que el control iba pasando del uno al otro con fluidez, de forma instintiva y natural.

Sus ojos se encontraban, sus miradas quedaban prendidas; sus alientos se entremezclaban, los compartían cuando sus bocas se fundían y se exploraban mutuamente con los labios.

Las sensaciones fueron expandiéndose, fueron ganando intensidad. Todas y cada una de las caricias les hacían arder, cada una de ellas tenía un significado.

Eran caricias que cada vez significaban más, que estaban empapadas de sentimientos y de emociones que no habían sido admitidos en voz alta, pero que no por ello eran menos reales.

Aturdida por la intensidad de la experiencia, Heather saboreó aquel gozo indescriptible. Al mirarle vio en su rostro y en sus brillantes ojos color avellana, bajo las austeras facciones, una reacción similar ante lo que estaban viviendo.

Aquello era lo que estaban destinados a crear, a compartir; aquella era la realidad de lo que tenían juntos.

Breckenridge estaba convencido de ello, era una certeza que sentía en lo más hondo. Dejó que aquella verdad resonara en su interior, que se hundiera en lo más profundo de su ser, y se entregó en cuerpo y alma.

Dejó a un lado el autocontrol, soltó las riendas por completo y, sin ninguna reserva, se permitió responder ante ella tal y como deseaba hacerlo su primitivo yo interior.

La salvaje pasión quedó relegada de momento ante un anhelo mucho más profundo, mucho más visceral: la necesidad de compartir aquello con ella... con su mujer, con su compañera, con la única amante de verdad que había tenido en toda su vida.

A pesar de que nunca antes había recorrido aquel camino, supo de forma instintiva el peligro que escondía, pero, si para conseguir a Heather tenía que transitar por él, estaba dispuesto a hacerlo y a aceptar sin vacilar cualquier riesgo.

Por suerte, en ese momento no había necesidad de palabras, porque no había ninguna que pudiera estar a la altura de aquello... de aquella unión, de aquella intimidad real y verdadera.

Intentó colocarse entre sus piernas, pero, al ver que ella murmuraba una protesta y le ponía una mano en el hombro para empujarlo hacia atrás, obedeció de inmediato y se tumbó de espaldas con un movimiento lento, con aquella mágica cadencia que le tenía cautivado.

Dejó que se colocara a horcajadas sobre él, que uniera sus cuerpos bajo la luz de la luna. Cuando estuvo montada en él, inició una lenta danza, se alzó con sensualidad antes de volver a bajar poco a poco, utilizando todos sus músculos para acariciarle y darle placer.

Con el extraño collar en el cuello y el colgante entre los senos desnudos parecía una diosa pagana. La agarró con más fuerza de las caderas y la sostuvo, pero no la guio y dejó que fuera ella quien marcara el ritmo.

La contempló embelesado, atrapado por aquellos ojos de color gris azulado que relucían de pasión mientras se movía sobre su cuerpo... mientras lo amaba.

Él lo vio en su rostro y en sus ojos, vio la intensidad y la devoción absoluta con la que estaba entregándose, dándole placer, y aquella realidad le sacudió y desencadenó una avalancha de emociones, sentimientos e impulsos que se arremolinaron en su interior. Apretó los dientes mientras luchaba por contenerlos, tenía que esperar a que ella estuviera lista...

Pero Heather debió de intuir lo que estaba pasándole, porque sacudió su rubia melena y le ordenó:

—Déjate llevar. Ven conmigo.

Él no pudo seguir conteniéndose, la presa que tenía en su interior se rompió en mil pedazos. La aferró con más fuerza de las caderas y en cuestión de segundos ella estuvo sollozando de placer, aferrándole las muñecas mientras cabalgaba al intenso ritmo marcado por él.

Jadeante, enfebrecido, se incorporó hasta quedar medio sentado y se apoyó en un codo. Le cubrió un pecho con la boca, succionó con fuerza mientras la penetraba desenfrenado, se hundió más hondo aún... ella se estremeció al llegar a la cima y gritó de placer.

Estaba enloquecido de deseo, desesperado, pero aun así quería algo más: la culminación final, el éxtasis último que, por primera vez en su vida, tenía al alcance de la mano.

Rodó hasta quedar encima de ella, le abrió aún más los muslos, y con una poderosa embestida volvió a hundirse en su cálido sexo. Se lanzó al galope de nuevo, y ella no se quedó atrás. Se aferró a él, y sin ningún miedo se lanzó de nuevo hacia las llamas desatadas de la pasión, hacia aquella conflagración arrasadora, hacia el vórtice de aquel frenesí desgarrador.

No era una entrega dulce, sino una carrera desesperada por alcanzar algo que tenían justo al alcance de la mano, algo que era pura perfección. Se lanzaron juntos a alcanzarlo... y juntos desplegaron sus alas y volaron a través del fuego de la pasión, a través de las llamas del deseo, más allá del pináculo del frenesí que compartían.

Sus sentidos implosionaron, la realidad se fracturó y el éxtasis arrasó con todo.

Ella gritó, él gimió mientras aquellas gloriosas sensaciones se expandían, los envolvían, los llenaban, los hacían añicos y volvían a recomponerlos.

Ellos no se resistieron, se entregaron por completo. Unidos más allá de lo físico, se aferraron el uno al otro con los cuerpos sudorosos, la piel surcada por corrientes de fuego, la respiración entrecortada. Mirándose a los ojos, con sus alientos entremezclándose, permanecieron abrazados mientras dejaban que el momento hablara por sí solo.

No estaban rindiendo homenaje sin más. Lo que sentían era

verdadera reverencia, algo que iba mucho más allá de uno mismo y que era como postrarse ante un dios superior.

Era una rendición como ninguna otra ante aquel «algo» desconocido que les unía, que les ataba el uno al otro. Aquel «algo» que desde el principio le había dado un golpecito en el hombro a cada uno, le había señalado al otro, y le había dicho: «Esa es la persona para ti».

Aquel poder emergió como un volcán dentro de ellos, entró en erupción y los envolvió en llamas, los fusionó en uno solo y pasó a formar parte de ellos... brilló en sus corazones, sobrepasó a sus sentidos, iluminó sus almas.

El momento se alargó y fue desvaneciéndose poco a poco.

Cerraron los ojos mientras se dejaban arrastrar al mundo de los sueños, sintieron cómo iba quedando atrás aquel momento mágico y lo dejaron ir.

Se sumieron en una relajante oscuridad, saciados y flotando en un lánguido mar dorado, con el mundo real a un suspiro de distancia.

La noche les abrió los brazos, los envolvió en ellos... y, exhaustos, se quedaron dormidos.

El frío nocturno sobre su cuerpo desnudo acabó por arrancar a Breckenridge del mundo de los sueños, y regresó a la realidad a regañadientes. Salió del cálido cuerpo de Heather, se apartó del refugio de sus brazos y se tumbó a su lado, pero entonces recordó que estaban encima de las cobijas y, haciendo acopio de fuerzas, salió de la cama.

Después de bajarlas con cuidado de no despertar a Heather, volvió a acostarse junto a ella y entonces las subió hasta que los dos quedaron bien tapados.

Ella murmuró adormilada, se volvió hacia él, y se acurrucó entre sus brazos antes de volver a sumirse en sus sueños.

La contempló en la penumbra, pero no alcanzó a leer nada en su rostro relajado. No quería pensar en lo que acababa de suceder entre ellos. No quería pensar en lo profundo que había sido, en la conexión que se había creado, en la revelación que había tenido. Habían ido mucho más allá de lo mundano, de lo normal, de lo acostumbrado. Habían alcanzado otro plano, un plano superior.

Estaba convencido de que ella también se había dado cuenta de lo que había ocurrido. Había sido algo mutuo, habían ido de la mano hacia aquel nuevo plano y lo habían alcanzado juntos.

Seguro que, después de lo ocurrido, todo había quedado solucionado y ella accedería a casarse con él.

Cerró los ojos, y se quedó profundamente dormido con una sonrisa en los labios.

CAPÍTULO 18

Al ver a Heather alejándose por un pasillo que se adentraba en la mansión, Breckenridge cruzó el arco del gran salón y fue tras ella.

—¡Heather!

Cuando ella se volvió y sonrió al verle, sintió que algo se contraía en su interior. No recordaba haber estado nunca tan nervioso, tan tenso como en ese momento, y le costó Dios y ayuda esbozar una sonrisa y aparentar calma mientras se acercaba a ella. De momento estaban solos en el pasillo, pero seguro que no sería por mucho tiempo.

Aquella mañana no habían tenido oportunidad de hablar; de hecho, desde la noche anterior no habían intercambiado ni una sola palabra. Él había despertado antes del amanecer, pero se había limitado a contemplarla mientras dormía como un bobalicón. Para cuando ella había despertado, se había estirado como una gatita, había abierto los ojos y había sonreído al verle (como en ese momento, con aquel brillo que le iluminaba los ojos y que a él le llenaba de una cálida felicidad), ya era muy tarde para hablar y ella había tenido que regresar a toda prisa a su habitación.

Sacar el tema del matrimonio mientras desayunaban en la mesa de la tarima, rodeados de gente, no le había parecido oportuno a pesar de lo convencido que estaba de que ella iba a aceptar su proposición. ¿Cómo iba a decirle que no después de la noche anterior?

Ella había sido tan apasionada, se habían compenetrado tan bien... había sido el reflejo femenino de lo que él era como varón, sus acciones y su avidez habían ido a la par de las suyas, y él había bajado todas las barreras y se había dejado llevar por completo.

Había sido una libertad aterradora, una libertad a la que él se había aferrado con todas sus fuerzas, pero bajo la fría luz de la mañana se cernía sobre él una profunda sensación de vulnerabilidad, de haber hablado de más a pesar de que no había dicho ni una sola palabra. Era como un espectro que le acechaba.

Pero al menos había revelado lo que tenía dentro, le había mostrado a Heather la verdad de sus sentimientos. Era imposible que ella no se hubiera dado cuenta.

Sin perder la sonrisa, se detuvo al alcanzarla y bajó la mirada hacia ella.

Heather sintió que el corazón le daba un brinco en el pecho cuando aquellos ojos color avellana se encontraron con los suyos. Le miró expectante, había llegado el momento de la verdad.

Desde que había dejado la habitación de Breckenridge aquella mañana no había dejado de imaginarse lo que él le diría. Ella ya no necesitaba ninguna declaración, le bastaba con una palabra o una caricia, con cualquier alusión a lo que habían compartido la noche anterior. Una palabra o una simple mirada bastarían, servirían para admitir aquella nueva realidad en la que se habían adentrado, y entonces podrían avanzar y dar comienzo a una nueva vida juntos.

Luchó por contener su impaciencia. Aguantó el impulso de tamborilear con el pie en el suelo con nerviosismo, de aferrar el colgante que tenía entre sus senos, pero al ver que él seguía callado no pudo aguantar más.

—Tengo que reunirme con Algaria en el jardín de plantas aromáticas, está muy atareada y ayer me comprometí a ayudarla.

Ella alcanzó a ver un ligero cambio en su mirada, en las profundidades de sus ojos, pero él mantuvo su habitual expresión inescrutable y bajó la mirada antes de inclinar la cabeza con su acostumbrada elegancia refinada.

—Sí, por supuesto. No voy a entretenerte —vaciló por un momento antes de añadir con una ligereza que rayó en la displicencia—: estaba preguntándome acerca de nuestro regreso a la capital. Tendremos que anunciar nuestro compromiso, y enfrentarnos al inevitable revuelo que se va a crear.

Hizo una pausa y esperó su respuesta, pero ella seguía esperando a oír una palabra, a ver un simple gesto de alusión a lo de la noche anterior, y no contestó.

Al ver que permanecía callada, él respiró hondo y la miró a los ojos al añadir:

—Debería redactar un aviso para que lo publiquen los periódicos. Creo que sería buena idea mandarlo cuanto antes, para ir preparando el terreno. También deberíamos escribir a nuestras familias, para ponerlas al corriente y que estén preparadas —guardó silencio y esperó a su respuesta.

Heather se había quedado rígida en un intento de contener la furia que se arremolinaba en su interior. Tenía ganas de ponerse a gritar, ¿qué demonios tenía que hacer para que aquel hombre admitiera que la amaba?

No había duda de que él la amaba, después de la noche anterior estaba convencida de que...

Sintió que el alma se le caía a los pies de golpe. Él era todo un experto en las artes amatorias, así que era posible que lo de la noche anterior no hubiera sido más que puro teatro, una puesta en escena diseñada para satisfacerla, para darle lo que ella quería aunque no fuera cierto.

Se preguntó si, para él, la noche anterior tan solo había sido una conquista más, aunque una que tenía un objetivo distinto a las otras.

Ella se había declarado primero, le había confesado su amor sin necesidad de palabras. Después, él... ¿acaso había sido una pantomima?, ¿le había hecho creer lo que no era?

Se sintió herida, dolida en lo más hondo del alma.

Escudriñó desesperada sus ojos, pero no vio nada en ellos. Absolutamente nada. No había ni rastro del amor que, escasos minutos antes, esperaba ver brillando allí.

Aquello no quería decir que aquel hombre tan exasperante no sintiera dicho amor (ella sabía de sobra que estaba acostumbrado a mantener a raya sus emociones), pero el objetivo de la noche anterior había sido tranquilizarlo, revelar lo que ella sentía para que se sintiera seguro y demostrara con una palabra, un gesto o una simple mirada que sí que la amaba.

Si no lo hacía, si no le daba ni la más mínima indicación de lo que sentía... eso era algo que ya habían hablado mil veces, ella no podía dejar que la relación avanzara si él no admitía de alguna forma sus sentimientos.

—Piensa en ello, y ya me dirás después lo que has decidido —añadió él, antes de disponerse a marcharse.

—¡No, espera! —al ver que él tensaba la mandíbula al volverse a mirarla, alzó la barbilla y le dijo con firmeza—: creo que ha habido un malentendido, aún no he aceptado ninguna proposición; de hecho, no he recibido ninguna, al menos expresada en términos que yo pueda considerar aceptables —al ver que su rostro y sus ojos se endurecían, respiró hondo y se dispuso a dejarle claras cuáles eran sus opciones—. Ya sabes qué es lo que quiero. Hasta que no me des la garantía que necesito no voy a acceder a casarme, y mucho menos contigo.

No esperó a oír su respuesta. Dio media vuelta de golpe, se alejó con paso airado por el pasillo, y salió por una puerta lateral.

Breckenridge se quedó allí plantado, paralizado. Mientras la veía alejarse, su pecho empezó a constreñirse poco a poco, más y más, hasta que apenas pudo respirar.

La noche anterior había hecho lo que ella quería, había expuesto por completo su corazón... ¿y seguía sin ser suficiente?

«Y mucho menos contigo».

Sintió como si acabaran de darle una patada en el estómago,

porque no era la primera vez que oía aquellas palabras. La vez anterior había sido quince años atrás y quien las había pronunciado había sido Helen Maitland, aunque ella las había dicho mientras se reía.

Se tragó un fuerte improperio y, con una expresión pétrea en el rostro, dio media vuelta y se alejó... tal y como había hecho quince años atrás.

Breckenridge se había alejado de Helen Maitland sin volver la vista atrás, pero Heather Cynster era harina de otro costal. Ella era una mujer muy distinta, las circunstancias no se parecían ni por asomo.

Había salido a cabalgar con Richard con la esperanza de que algo de aire fresco y de ejercicio calmaran el caos que reinaba en su mente, pero había sido en vano.

Al salir de los establos cruzó el empedrado patio trasero rumbo a la mansión, pero recordó de repente que Heather había ido al jardín de plantas aromáticas y se dirigió hacia allí.

Se detuvo a la sombra de uno de los muros de la mansión, y la vio de inmediato cortándole unas ramas a una planta con unas tijeras de podar. Revisó el jardín con más detenimiento, y al ver que no había ni rastro de Algaria echó a andar por el camino. Heather estaba de espaldas a él, y aún no se había percatado de su presencia.

A pesar de lo intransigente y testaruda que era, no estaba dispuesto a renunciar a ella. Le encantaría poder restarle importancia a su insistencia en conseguir que él le diera alguna «garantía», pero eso no iba a llevarle a ninguna parte.

«Ya sabes qué es lo que quiero». Eso era lo que había dicho ella, pero esa era la cuestión que lo tenía perplejo.

Seguro que ella era consciente de que no existía ninguna posibilidad de que él, el mayor libertino de Londres, le declarara su amor a una mujer. Incluso dejando a un lado su desastrosa experiencia con Helen Maitland (a decir verdad, Heather no estaba al tanto de eso), sus poco menos que constantes aventuras amorosas con las damas casadas de la alta sociedad (y eso era algo de lo que ella sí que estaba al tanto) le habían dejado muy claro que el amor no tenía ningún valor, que era algo en lo que uno no podía tener fe alguna.

Para él, la palabra «amor» no significaba nada... o, en todo caso, nada bueno ni deseable.

Ninguna dama de la alta sociedad creería una promesa de amor eterno de boca de un caballero con su mala reputación.

Además, Heather era una mujer inteligente y observadora. Era imposible que no se hubiera dado cuenta de la verdad esencial que él había revelado la noche anterior, así que al menos eso debía de tenerlo claro. Era imposible que no supiera lo que sentía por ella, que no fuera consciente de la verdadera naturaleza del compromiso que había adquirido con ella. Él había expuesto su corazón abiertamente y era imposible que ella no lo hubiera visto, que no hubiera entendido lo que significaba eso.

Ella misma también se había expuesto por completo, también había revelado muchas cosas. Si él había sido capaz de darse cuenta de eso, si había visto y observado los actos y el comportamiento de ella y había deducido que eran un reflejo de lo que sentía por él, entonces era imposible que ella fuera tan ciega como para no ver que él, a su vez, también había hecho una declaración sin palabras. Las mujeres eran mucho más sensibles a esa clase de cosas, y era indudable que en ese terreno las acciones hablaban con mayor claridad que las palabras.

De modo que aquel tema, aquel aspecto de la situación, había quedado claro, estaba zanjado, y tenía que averiguar a qué otra «garantía» podría referirse ella.

«Y mucho menos contigo».

Aquello podría ser una alusión a su mala reputación, pero ¿en qué sentido?, ¿desde qué perspectiva?, ¿en referencia a qué?

No tenía ni idea.

Las damas como Heather Cynster deberían llevar incluidas una guía para poder entenderlas.

Tenía que conseguir que accediera a casarse con él y eso significaba que debía encontrar la forma de darle la garantía que ella necesitaba, fuera cual fuese... de modo que, antes de nada, tenía que averiguar qué era lo que ella quería escuchar.

Ella se volvió al oírle llegar. Tenía varias ramitas largas de una planta en una mano... y las afiladas tijeras de podar en la otra.

Él optó por detenerse a un par de pasos de distancia. Al ver que le miraba con expresión interrogante, vaciló por un momento y optó por sentarse en el largo muro de piedra que bordeaba el arriate junto al que estaban parados.

Heather se volvió de nuevo hacia el ajenjo que la tenía ocupada y comentó:

—Supongo que no has venido a sentarte bajo el sol.

—No, pero debo admitir que no es una mala idea.

A ella se le escapó una pequeña sonrisa, pero se apresuró a borrarla de su rostro.

—No intentes engatusarme, esa treta no te va a funcionar conmigo.

Él soltó un suspiro bastante teatral que Heather ignoró por completo mientras cortaba otra ramita. No estaba dispuesta a ponérselo fácil.

—La última vez que hablamos aquí fuera, tocamos casi todos los puntos que suelen ser factores a tener en cuenta a la hora de plantearse un posible matrimonio.

Lo dijo con voz serena y relajada, como si tratara aquellos temas a diario.

—Posición social, fortuna, propiedades, hijos. El papel que desempeño en la actualidad y el que ocuparé cuando reciba mi herencia, y el papel que tú desempeñarías a mi lado. Obvia decir que a eso hay que sumarle la vida social que tendrías al ser mi vizcondesa. Durante las épocas que residamos en Londres, tendrás oportunidades de sobra de brillar en los eventos sociales si así lo deseas.

—¿Por qué habría de desear semejante cosa? —le preguntó, perpleja.

Él no frunció el ceño, pero Heather notó que su mirada se ensombrecía ligeramente.

—Creía que era algo que te atraería.

Ella le miró exasperada antes de seguir con el ajenjo, y él guardó silencio unos segundos antes de añadir:

—Tendrás que decorar la casa... las casas, mejor dicho. Tanto la residencia de Londres como Baraclough. Hará unos diez años que falleció mi madre, y más aún que tanto Constance como Cordelia tienen sus propias residencias. A las dos propiedades les hace falta un toque femenino, tendrás completa libertad para...

Ella soltó una exclamación llena de exasperación y frustración y se volvió a mirarle.

—¿Por qué estás diciéndome todas estas cosas?

Él la miró ceñudo y admitió:

—¡Estoy intentando decirte lo que tú quieres oír, sea lo que sea! —al ver que ella le miraba con indignación, añadió como si nada—: ¿estoy acercándome?

—¡No!

Él se puso en pie de golpe. Tenía la mandíbula apretada y un tic debajo de un ojo. Se cernió sobre ella con actitud intimidante, y le espetó exasperado:

—¿Se puede saber qué demonios es lo que quieres que te diga? —abrió los brazos de par en par— ¡por el amor de Dios! ¡Dímelo y te lo diré!

Justo eso era lo que ella se temía.

Cada vez más airada, apretó los labios con fuerza mientras le sostenía la mirada e intentó ignorar el enorme vacío que tenía en su interior.

Breckenridge estaba diciéndole un sinfín de cosas que a ella le traían sin cuidado, y no había mencionado en ningún momento lo que ella quería oír. Temía haber cometido un error táctico la noche anterior. Estaba claro que él había interpretado correctamente la declaración sin palabras que ella había hecho, y que al tener la certeza de que ella le amaba daba el tema por solucionado.

Lo estaría si él no fuera lo que era, un verdadero experto en las artes amatorias. Ella no tenía forma de saber con certeza si él había sido sincero la noche anterior o si, por el contrario, se había comportado así para, tal y como acababa de decir, darle... decirle... lo que ella quería oír.

La cuestión era que estaba convencido de que ella iba a casarse con él sin más.

No le resultó fácil sostenerle la mirada, sobre todo porque al tenerlo tan cerca todos sus sentidos le recordaban lo que había ocurrido entre ellos la noche anterior.

—Si no lo sabes...

—¡No, no lo sé!

Ella le miró con expresión beligerante.

—En ese caso, que yo te lo diga no solucionará nada.

—¿Cómo voy a darte lo que quieres, si te niegas a decirme de qué se trata?

—No es lo que yo quiero, es lo que necesito.

—¿Y se puede saber qué es?

Su corazón, el muy bobo no se daba cuenta de que lo que ella necesitaba era su corazón.

Estaban cara a cara a escasos centímetros de distancia. Ella apretó la mandíbula y masculló:

—Te dije que, para casarme, necesitaba verdadero... afecto.

Le costó trabajo pronunciar aquella última palabra, pero sería una pérdida de tiempo intentar que le dijera que la amaba. Suponiendo que él la complaciera y pronunciara aquellas palabras, solo serviría para convencerla de que no estaba siendo sincero, de que lo hacía porque se le había metido en la cabeza que tenían que casarse para salvaguardar la reputación de ambos.

Estaba convencida de que, si le presionaba lo suficiente, él sería capaz hasta de pronunciar la palabra «amor» con tal de lograr que accediera a casarse con él.

Sabía que, cuanto más insistiera, menos probabilidades había de que la situación acabara por solucionarse, pero al menos tenía que intentarlo.

—Y también te dije que quería que se me ofreciera ese afecto profundo libremente... no por mi posición social, ni por cómo me llamo, ni mucho menos por salvar mi reputación... sino porque yo soy yo.

Como él estaba tapando el sol, no podía estar segura del todo, pero habría podido jurar que le vio empalidecer. Respiró hondo antes de concluir:

—Eso es lo que quiero, y si...

—Yo creía que lo de anoche había zanjado eso.

Su voz gélida y carente de inflexión la enmudeció. Lo miró a los ojos, pero tan solo pudo leer en ellos una implacable determinación.

—Creía que anoche habías dejado claros tus verdaderos sentimientos, creía que habíamos intercambiado opiniones... por no decir promesas... en ese sentido. Yo creía que anoche examinamos nuestros... «afectos», y que eso nos había permitido dar un paso más hacia el altar.

Heather sintió que su mundo se derrumbaba al oír aquello. Intentó escudriñar sus ojos, intentó convencerse de que lo que estaba viendo no era la confirmación de sus peores miedos.

Él se había dado cuenta, había sido consciente de lo que ella estaba haciendo y, con fría deliberación (la misma con la que ella había planeado el interludio), le había dado lo que ella quería. Él no se había dejado arrastrar por la pasión, no le había afectado en nada la declaración de amor sin palabras que ella había hecho. De forma tan deliberada como ella, había utilizado aquel acto para comunicar lo que él sabía que ella quería oír... esa había sido su intención cuando había ido a buscarla.

Ella había ideado un plan y había recibido la respuesta que quería, pero el resultado era que en ese momento no tenía razón alguna para creer que él había sido sincero. Seguramente se había limitado a aprovechar la oportunidad, una oportunidad que ella misma le había facilitado, para poder lograr sus objetivos.

El vacío que sentía en su interior se intensificó aún más.

Él la observó con ojos penetrantes, y le preguntó con voz suave:

—¿Estás diciéndome que lo de anoche no fue una indicación de tus verdaderos afectos?

Ella apartó la mirada, se encogió de hombros y alzó la barbilla.

—Anoche... no fue más que una noche como cualquier otra. ¿No es así? —le lanzó una fugaz mirada, vio que su expresión cada vez era más pétrea, y volvió a apartarla antes de añadir con voz atropellada—: admito que fue un poco más intensa, pero...

¿Por qué diantres había expuesto su corazón?, ¡era muy doloroso! Sintió como si acabaran de atravesarle el corazón con una daga solo con pensar que él se había propuesto utilizar aquella treta para lograr persuadirla, a pesar de que estaba claro que en realidad no la amaba.

Respiró hondo, alzó aún más la barbilla y mintió sin pensárselo dos veces.

—No sabía que hubiera sido especial en algún sentido, para mí no lo fue.

Tras sus palabras se hizo un silencio absoluto, pero no se atrevió a mirarle por miedo a que él viera en sus ojos las emociones que se arremolinaban en su interior.

—Ya... ya veo.

Había algo en su tono de voz que ella no había oído nunca, pero a pesar de cuánto ansiaba mirarle no se atrevió. Aquella parte de su ser que había quedado tan expuesta, tan vulnerable, era incapaz de hacerlo.

Él respiró hondo y dijo con voz seca, casi normal:

—Si me disculpas, acabo de recordar que tengo una tarea pendiente.

Antes de que ella tuviera tiempo de mirarle siquiera, Breckenridge ya había dado media vuelta y estaba subiendo por el camino hacia la parte posterior de la mansión.

Mantuvo la cabeza en alto y los hombros rectos. No era la primera vez que sufría un rechazo, pero no recordaba que fuera tan doloroso.

La noche anterior no había sido especial para Heather. Lo que para él había sido exponer su corazón y su alma, para ella no había significado nada.

Le costó un gran esfuerzo reprimir las ganas de soltar un improperio y darle una patada a algo, pero ese esfuerzo sirvió al menos para distraerle.

Sabía que era una temeridad montar un caballo con el que no estaba familiarizado estando tan sulfurado, tan agitado, así que pasó de largo junto a los establos y tomó un camino situado entre dos cercados.

Caminó con paso rápido, lleno de furia, y no se detuvo hasta que estuvo seguro de que ya no estaba a la vista de los torreones de la mansión. Se llevó las manos a las caderas mientras intentaba calmar su respiración acelerada, y entonces agachó la cabeza y cerró los ojos.

Había creído que... alzó la cabeza, parpadeó al fijar los ojos en el límpido cielo azul.

Había creído que ella lo amaba, pero se había equivocado; por alguna razón, el mayor libertino de Londres era un hombre al que era imposible amar.

Quizás se debía precisamente al hecho de que fuera el mayor libertino de Londres, pero eso había sido una reacción al ver que Helen Maitland no lo amaba. Había decidido convertirse en el noble amante al que todas las damas como ella le rogaban que visitara su lecho, para darle una lección y demostrarle lo que se había perdido al rechazarle... pero parecía ser que, en el proceso, se había convertido en alguien incapaz de inspirar amor.

No sabía cómo lo había hecho; si lo supiera, intentaría cambiar... no, ya era demasiado tarde para eso. Era el hombre en que se había convertido, y lo que él creía que había sucedido la noche anterior habían sido imaginaciones suyas. Heather Cynster no iba a entregarle su corazón.

Heather no se había movido de donde estaba desde que él se había ido, aún seguía con la mirada puesta en el punto donde le había perdido de vista.

Breckenridge se había ido, se había limitado a dar media vuelta y a marcharse sin más. ¿Por qué?, ¿porque se había dado cuenta de que su táctica no estaba funcionando y se había ido para idear otra forma de presionarla?

Probablemente.

Había repasado la conversación que acababan de mantener, pero su conclusión seguía siendo la misma. La noche anterior, él había decidido usar la misma ruta que ella había elegido para demostrarle su amor, pero con la diferencia de que él en realidad no sentía nada y su única intención era decirle lo que ella quería oír. Ella estaba enamorada de él, pero él no le correspondía.

Quería casarse con ella porque estaba empecinado en que eso era lo correcto, y porque había decidido que aquella boda le convenía.

Pues que esperara sentado.

En cuanto a ella, iba a tener que aceptar que su futuro no estaba junto a él, que estaba escrito que para ellos no hubiera un final feliz.

Breckenridge entendía por fin lo que uno sentía al perder el corazón por alguien. Sentía un inmenso vacío en el pecho, no podía pensar, apenas podía coordinar cuerpo y mente lo bastante bien como para preservar una ficticia imagen de normalidad.

No podía dejarla ir, era incapaz de hacerlo. Tenía que dar un paso más allá de lo que sería prudente, y hacer una última intentona... aunque Heather no le amara, él sí que la amaba a ella.

Eso era algo que sabía sin lugar a dudas, algo que en el fondo siempre había sospechado, y ya no había forma de eludir la realidad. La noche anterior, cuando había creído con una certeza absoluta que ella le amaba, se había aferrado con todas sus fuerzas a aquella certeza, se había rendido por completo y había alcanzado la gloria... y se había dado cuenta de cómo quería que fuera su vida.

Había sabido con una certeza rotunda, de forma irrevocable y definitiva, que jamás había sentido ni volvería a sentir por otra mujer lo que sentía por ella. Heather era la única mujer a la que iba a amar en toda su vida.

Si la gente en general consideraba que el amor era algo por lo que merecía la pena luchar, para un hombre como él la oportunidad de amar era algo infinitamente más valioso.

Todas aquellas conclusiones le llevaron a buscarla de inmediato.

Como de costumbre, todo el mundo se reunió a la hora de la comida en el gran salón. Los gemelos y Algaria estaban sentados entre Heather y él y ninguno de los dos intentó comunicarse de manera alguna, ni siquiera a través de miradas. Puede que a los demás les pareciera inusual que se evitaran mutuamente, pero nadie dijo nada.

Cuando la comida llegó a su fin y todo el mundo se marchó a retomar sus tareas, la siguió por un pasillo y la alcanzó en el oscuro rellano superior de la escalera que conducía a las mazmorras.

Ella se detuvo al oír sus pasos y se volvió a mirarlo.

—Voy a salir a montar con Richard, pero antes quería decirte que ya estoy harto. Ya basta de eludir la realidad de nuestra situación —no pudo evitar que su expresión, ya de por sí rígida, se endureciera aún más. Se sentía como si su rostro estuviera hecho de piedra maciza—. Te he dado tiempo para que te acostumbres a esa realidad... todo el que he podido, el que podíamos permitirnos, el que la situación nos permite; en cualquier caso, los hechos siguen siendo los mismos y dictan que debemos casarnos. Tienes que aceptarlo, debes admitir que no hay otra alternativa, mentalizarte y empezar los preparativos para que partamos rumbo a Londres. No podemos escondernos aquí para siempre.

Heather miró aquellos ojos que no decían nada, que lo único que mostraban era una determinación invencible e implacable, y su genio emergió con la fuerza de un géiser. Abrió la boca para ponerle en su lugar...

—¡Breckenridge!

Se volvieron al oír a Richard llamándole. Antes de alejarse, Breckenridge la miró e hizo un cortante gesto de asentimiento.

—A mi regreso iré en tu busca, para que podamos empezar a tomar las decisiones pertinentes.

Se marchó sin más, y mientras le veía alejarse Heather sintió que su furia se desvanecía y que el gélido vacío que tenía en su interior se expandía aún más.

Se preguntó en qué punto de su relación con él habría cometido el terrible error que había desembocado en aquella situación.

Heather tenía el corazón roto en mil pedazos. Al parecer, estaba viendo por fin al verdadero Breckenridge, al hombre que estaba decidido a ponerle un anillo en el dedo y que no le daba ninguna importancia al amor.

El amor, el «afecto verdadero» que ella quería, para él no era más que una ruta hacia su objetivo.

Había bajado al taller de Catriona, donde estaba esperándola Algaria, cuando él se había marchado con Richard. Después de mostrarle lo que había que hacer con el ajenjo, la ruda y la atanasia que había recogido aquella mañana, la mujer la había dejado atando ramilletes y se había marchado para seguir supervisando a los gemelos.

Mientras preparaba los ramilletes de hierbas en aquella fresca y silenciosa estancia, había mantenido la mirada puesta en sus dedos mientras separaban las ramitas y las hojas, mientras enrollaban hilo alrededor de los tallos, pero su mente estaba puesta en otra parte. Había repasado una y otra vez sus propios argumentos, había recordado las conversaciones, lo había reexaminado todo con la esperanza desesperada de que se le hubiera pasado algo por alto, de que hubiera malinterpretado... pero había sido en vano.

Más allá de todo lo que se habían dicho, de todo lo que habían hecho, había una cosa que seguía inmutable: ella le amaba y, justo por eso... porque le amaba, y porque ella era la mujer que era y él el hombre que era... tenía que tener la certeza, más allá de cualquier asomo de duda, de que él la amaba a su vez.

Era una necesidad emocional, una necesidad avivada por un miedo y por un sueño.

El miedo de que, si le aceptaba sin estar convencida de que la amaba, sin que él hubiera admitido lo que sentía y le hubiera declarado sus sentimientos, al no estar atado por ese amor acabaría por serle infiel tarde o temprano, que acabaría por acudir a alguna de la miríada de damas que siempre intentaban atraerlo a sus lechos.

Era un miedo real y difícil de vencer, pero su sueño formaba una parte más intrínseca de su ser, una parte que no deseaba negar. Para ella, el matrimonio significaba una única cosa: una unión en la que las dos partes estaban dispuestas a amar sin restricciones, sin reservas ni límites.

Un matrimonio así no sería posible si ambos cónyuges no estaban entregados abiertamente y con total honestidad a ese ideal, si uno era el que se entregaba y el otro evadía ese compromiso.

El compromiso tenía que ser de los dos; de no ser así, el matrimonio sería un fracaso.

Cuando dos horas después oyó los pasos de Breckenridge bajando la escalera poco a poco, de forma deliberada, tenía las ideas claras y había reafirmado sus decisiones. Permaneció en el extremo de la mesa sobre la que tenía extendidas las hierbas con las que estaba trabajando, y no levantó la mirada cuando él se agachó para pasar por el arco de la entrada. Era plenamente consciente de su llegada, pero fingió que no se daba ni cuenta de su presencia.

Breckenridge se detuvo, y él también bajó la mirada a aquellas manos que seguían seleccionando ramitas y formando ramilletes. Sabía que su estrategia era arriesgada, una última intentona desesperada para volver a encauzar la cuestión del matrimonio entre ellos, pero no se le había ocurrido ninguna otra opción.

Lanzó una fugaz mirada al rostro de Heather, y su expresión hermética le inquietó y no le dio esperanza alguna. Nunca antes se había sentido tan indefenso, tan inseguro…

Se metió las manos en los bolsillos para contener las ganas de pasárselas por el pelo con nerviosismo, respiró hondo y dijo sin más:

—Bueno, ¿cuándo regresamos a Londres?

No había tenido intención de decirlo con un tono de voz tan duro, pero las palabras le salieron así.

Ella siguió trabajando con calma al contestar:

—No me interesa lo más mínimo cuándo te marches tú. Yo, por mi parte, he decidido permanecer aquí de momento.

—Heather...

—No, limítate a escucharme... y te pido que no me digas lo que puedo y no puedo hacer. Me has pedido que tome una decisión, y eso es lo que he hecho. He decidido que no voy a casarme contigo.

Él se quedó allí, asimilando el impacto brutal de aquellas palabras y la firmeza con la que las había pronunciado. Se sentía como si acabaran de asestarle una puñalada mortal en el corazón.

Heather dejó a un lado el ramillete que acababa de completar, empezó a seleccionar más ramitas, y decidió hacer una última intentona desesperada. Los hombres como él eran posesivos, al menos con las mujeres a las que amaban...

—En cualquier caso, no temas que pueda haber alguna repercusión social. Si más adelante debo contraer matrimonio para poder llevar a cabo los planes de futuro que tengo en mente, teniendo en cuenta que soy una heredera bien relacionada y más que pasablemente atractiva, no me cabe duda de que habrá algún caballero dispuesto a pasar por alto esta aventurilla. Sobre todo teniendo en cuenta que mi familia habrá inventado alguna excusa para explicar mi ausencia.

Esperó a ver cómo respondía, pero él se quedó callado. Tenía el pecho constreñido, pero logró respirar hondo y se obligó a continuar hablando.

—Así que, como puedes ver, puedes marcharte con la conciencia tranquila. No hay razón alguna para que te quedes, aquí no hay nada que te retenga.

Tras sus palabras se hizo un silencio absoluto.

Breckenridge se había quedado helado, el frío le había calado hasta la médula y le había dejado entumecido.

No veía ni oía nada, era incapaz de procesar el hecho de que, en caso de que tuviera que casarse, Heather prefería hacerlo con otro antes que con él. Ella misma acababa de decírselo, y sus palabras no dejaban lugar a dudas.

El puñal que tenía en el pecho se hundió más hondo, y el dolor estuvo a punto de hacer que cayera de rodillas.

Respiró hondo... Dios, nunca antes había sentido un dolor semejante... recogió los pedacitos que quedaban de su destrozado corazón, los jirones de su orgullo. Se aferró a este último e intentó poner la mente en blanco.

No quería pensar en las esperanzas que había albergado, en todo aquello en lo que apenas se había atrevido a soñar.

A aquellas alturas debería estar acostumbrado a que las mujeres le utilizaran, a que estuvieran con él para obtener un placer efímero y totalmente carente de sentimientos. Heather no le había tratado peor que incontables otras antes que ella, no podía culparla por haberlo hecho.

No podía culparla por el hecho de que no le amara como él la amaba a ella.

Tenía que salir de allí antes de que su autocontrol se desmoronara por completo, ¿dónde estaban...? Ah, sí. A él se le había ocurrido la brillante idea de darle un ultimátum, y ella acababa de darle su respuesta.

Tan solo le quedaba una única vía de acción posible, un único camino por el que iba a tener que transitar solo.

—De acuerdo —su propia voz le sonó distante... no, era más que eso... sonaba completamente carente de vida—. Si eso es lo que quieres, que así sea.

Le ordenó a sus pies que se movieran, y se sintió aliviado al ver que le obedecían. Fue medio a ciegas hacia la puerta, y cuando la alcanzó vaciló por un instante y miró por encima del hombro.

—Haré los preparativos necesarios para partir mañana mismo.

No hacía falta que añadiera «yo solo».

A pesar de todo lo ocurrido, aunque sabía que era una esperanza absurda, se quedó allí parado, esperando y rezando para que ella se diera cuenta de repente del error que estaba cometiendo y le dijera que había cambiado de opinión...

—Sí, supongo que eso será lo mejor.

Sus esperanzas se desvanecieron de golpe.

Logró meter algo de aire en sus constreñidos pulmones, se agachó para pasar por debajo del arco de la entrada, y subió poco a poco por la escalera.

Mientras oía cómo sus pasos se perdían en la distancia, Heather se preguntó si alguna vez volvería a entrar en calor. Estaba helada hasta los huesos.

Él iba a marcharse, iba a regresar a su vida en la capital; iba a dejarla allí, sola y llena de dolor... tal y como ella había querido. Se preguntó si había tomado la decisión correcta.

Si había albergado alguna duda respecto a lo que sentía por él, había quedado despejada por completo. Era innegable que le amaba con toda su alma, el amor era la única fuerza capaz de generar un dolor que le congelaba a uno el alma hasta dejarlo completamente entumecido.

Aun así, sabía que lo suyo con él jamás habría funcionado, que en realidad nunca había habido ninguna otra alternativa para ellos. Aún sentía el deseo, el impulso loco de salir corriendo tras él y decirle que había cambiado de opinión, que iba a casarse con él a pesar de... pero no podía ser. Si él acudía a otra mujer estando casado con ella, no podría soportarlo.

Bajó la mirada y obligó a sus dedos a que se movieran, a que ataran el último ramillete de hierbas. Sintió el sabor de la amargura en la garganta y el escozor de las lágrimas en los ojos, pero se dijo que llorar un poco era un pequeño precio a pagar con tal de escapar de la devastación que se habría adueñado de su vida si hubiera accedido a casarse con él.

Le amaba con toda el alma, pero él no le correspondía. Si hubiera cedido y hubiera aceptado aquel matrimonio... tarde o temprano habría ocurrido lo inevitable y, aunque eso no la habría matado estrictamente hablando, sí que la habría matado por dentro. Habría acabado con ella.

A pesar del dolor, de la furia y la desesperación, estaba convencida de haber tomado el camino correcto. Era mejor que las cosas terminaran así.

En las postrimerías de la tarde, el señor del castillo entró en el patio de armas de su fortaleza de las Tierras Altas.

Llegaba solo, pero se alegraba de estar en casa.

Después de desmontar, sonrió y le devolvió el saludo al joven que se acercó corriendo a encargarse de Hércules.

—Cepíllalo bien y dale una buena ración de avena, ha recorrido muchos kilómetros —le dijo, mientras le entregaba las riendas—. Entrégale las alforjas a Mulley.

—De acuerdo, milord.

Después de pasar la mano por el cuello del caballo en una afectuosa caricia de despedida, dio media vuelta y cruzó rumbo a la puerta principal. Subió los escalones de piedra y alzó la mirada hacia el arco de medio punto que se alzaba sobre la enorme puerta tachonada de hierro, sobre el cual estaba tallado en piedra el escudo de armas de su familia.

El lema, *Honor ante todo*, había ido desgastándose con el paso del tiempo y a aquellas alturas apenas era legible. Ojalá que eso no fuera un presagio.

Abrió la pesada puerta y en cuanto la cruzó volvió a sentir el invisible peso de la responsabilidad que tenía sobre sus hombros, aunque durante su ausencia no había olvidado ni por un momento esa carga.

Se detuvo a escasos pasos de la puerta, y mientras saludaba a su administrador oyó a su madre bajando a toda prisa por la escalera de su torre. Permaneció donde estaba, y al cabo de un momento la vio aparecer.

—¿Y bien?, ¿dónde está la muchacha? —le preguntó, mientras se acercaba a toda prisa, antes de asomarse a mirar tras él.

El señor del castillo se preguntó si esperaba que hubiera dejado a Heather Cynster tirada en la entrada como un fardo, pero echó a andar hacia la tarima que había al fondo de la gran entrada y se limitó a decir:

—No está aquí, pero es posible que tus deseos se hayan visto cumplidos —esperaba sinceramente que no fuera así, pero...

Después de confirmar que no había ninguna cautiva a la vista, su madre dio media vuelta como una exhalación y fue tras él.

—¿A qué te refieres?, ¿qué ha sucedido?

Él subió a la tarima, rodeó la larga mesa de roble que había allí, y se dirigió hacia la pesada silla tallada que había justo en medio, mirando hacia el gran salón.

—Ya te dije que los hombres que contraté para que la capturaran habían conseguido llevarla a Gretna, que estaban reteniéndola allí por orden mía —apartó la silla y se sentó en ella. Notar aquella desgastada madera a su espalda y bajo las piernas era una de las cosas que le hacían sentir que estaba en casa.

Su madre se detuvo a un par de metros de distancia y le miró ceñuda.

—Sí, eso ya lo sé, por eso partiste hacia el sur, pero ¿qué sucedió cuando llegaste?

—Para entonces, ella ya había escapado —miró con una sonrisa de agradecimiento a su ama de llaves, que se acercaba con una bandeja en las manos—. Gracias, señora Mack, me ha salvado usted la vida.

La mujer dejó frente a él una jarra de plata de cerveza, un cuenco que contenía un sustancioso guiso, y un plato con media hogaza de pan rústico.

—Suponía que tendría hambre, lleva más de una semana fuera. Esto bastará para que aguante hasta la cena.

Él asintió mientras partía el pan y contuvo las ganas de preguntar por los niños, su madre parecía estar aguantando a duras penas las ganas de ponerse a gritar.

Ella esperó a que la señora Mack se alejara lo suficiente y no pudiera oírla, y entonces siseó:

—¿Cómo que escapó?

—No lo hizo sola, huyó en compañía de un hombre —le dijo, mientras empezaba a comer.

No le pareció necesario añadir que estaba convencido de que dicho hombre era un caballero, que quizás podría ser un noble con un estatus similar al suyo.

Su madre se irguió y en sus ojos, unos ojos que en su día habían sido muy bellos, apareció un brillo de pura malicia.

—Así que con un hombre, ¿no? Vaya, vaya... en ese caso, es posible que la reputación de esa boba haya quedado mancillada, ¿verdad?

—Sí, así es —a pesar de sus palabras, esperaba que, con un poco de suerte, la «boba» en cuestión ya estuviera camino del altar—. Además, para cuando escapó ya llevaba unos diez días en manos de sus captores, y nadie sabe que también la acompañaba una doncella. Eso es más que suficiente para manchar su reputación —enarcó una ceja y le preguntó—: eso era lo que pretendías, ¿verdad? No era necesario traerla hasta aquí, lo que importaba era hacerla sufrir. ¿No es eso lo que quieres?

—¡No! —ella se cruzó de brazos y le miró mohína—. ¡Quiero *verla* sufrir! ¡Todos los hombres sois iguales!, ¡no entendéis nada!

En eso tenía algo de razón, él no la entendía en absoluto, pero se limitó a decir:

—En cualquier caso, con algo de suerte conseguirás lo que querías a pesar de que no puedas presenciar en persona el escándalo y cómo sufre el rechazo de la sociedad.

Ella soltó un bufido burlón.

—No va a haber ningún escándalo, su maldita familia habrá explicado su ausencia con alguna excusa.

—Podrían explicar una ausencia de unos días, pero estamos hablando de semanas. Resultaría difícil en cualquier momento dado, pero ya ha dado comienzo la temporada social. Seguro que tenía compromisos sociales, y repetir la misma excusa una y otra vez acaba por despertar sospechas —rebañó el plato con un último trocito de pan que se llevó a la boca. Después de masticar y tragar, bajó la mirada y añadió—: que nosotros sepamos, es posible que a estas alturas se haya esfumado de la faz de la tierra.

A juzgar por lo que había alcanzado a ver del hombre que la acompañaba, esa era una posibilidad que le parecía muy remota. Resultaba extraño tener tanta fe en un desconocido (más aún, en un inglés), pero situaciones como aquella creaban extrañas alianzas.

Se levantó de la silla y miró a su madre con expresión adusta.

—En cualquier caso, hasta que sepamos con certeza que no ha quedado mancillada, nuestro acuerdo quedará en suspenso.

Puso rumbo a su torre sin más, pero ella se apresuró a seguirle y le agarró de la manga. Él no se detuvo, así que tuvo que esforzarse por seguirle el paso.

—¡Espera!, ¡podrías intentar atrapar a alguna de las otras! ¡Tráeme a una y te entregaré el cáliz! Quieres volver a tenerlo en tus manos lo antes posible, ¿verdad?

Él se detuvo en seco y la miró.

—Si se confirma que ya he mancillado la reputación de una de las hermanas Cynster, daré por cumplida mi parte del trato. Hasta que no sepamos con certeza que en realidad no ha habido ningún escándalo y que su reputación sigue siendo intachable, no moveré ni un dedo en contra de otra Cynster —sacudió el brazo para zafarse de su mano y se alejó sin más.

En lo relativo a Heather Cynster, la suerte ya estaba echada, pero iba a aprovechar hasta el último minuto de aquel paréntesis obligado para volver a registrar el castillo en busca del cáliz que su madre había robado. Ni él ni su gente de mayor confianza sabían dónde demonios lo había escondido. Tenía que estar en alguna parte, pero el castillo era enorme y había infinidad de lugares donde uno podía guardar un cáliz ceremonial incrustado de joyas de veinte centímetros de alto y doce de ancho.

Recuperarlo tenía que seguir siendo su prioridad principal; de no ser así, iba a perder tanto el castillo como todas sus tierras, y todas las personas que dependían de él lo perderían todo... sus casas, sus empleos, su acervo, quedarían completamente desamparadas. Él tendría dinero suficiente para salir adelante, pero no estaría en posición de ayudarles. Ver cómo se dispersaban, cómo dejaban atrás el valle y el lago, le destruiría tanto como a ellos.

Aquel castillo era su hogar. Sus raíces estaban allí, hundidas en el fértil suelo escocés. Perder el castillo, las tierras, a su gente... sería preferible morir intentando defenderlos, porque perderlos sería peor que la muerte.

Al llegar a su torre, subió sin detenerse por la escalera de caracol.

Estaba claro que, si no quería verse obligado a secuestrar y a intentar mancillar la reputación de otra Cynster, tenía que encontrar cuanto antes el maldito cáliz que su madre sostenía sobre su cabeza como una espada de Damocles.

CAPÍTULO 19

El cielo del valle estaba tiñéndose con los tonos rosados y violáceos del inminente anochecer. Catriona estaba en la sala de estar de su torreón, de pie junto a la ventana que daba al oeste, observando con los brazos cruzados mientras Heather se alejaba de la mansión a paso lento, como si el día la hubiera dejado agotada.

—Algo va mal —afirmó Algaria, que estaba a su lado observando a Heather con cara de desaprobación—. Todo iba de maravilla, ¿qué demonios han hecho esos dos?

—Eso es lo de menos. Sea lo que sea, lo han hecho. La cuestión es lo que va a pasar ahora.

Hablaban en voz baja, ya que Lucilla y Marcus estaban jugando a escasa distancia de ellas y no querían que las oyeran aquellos dos pares de atentas orejitas.

Al ver que Heather pasaba junto a los establos y enfilaba por el largo camino que había entre los cercados, Algaria suspiró.

—Nunca dejará de sorprenderme que personas inteligentes puedan llegar a ser tan bobas en lo relativo al amor, al menos cuando se enamoran.

Catriona soltó un bufido al recordar sus propios comienzos con su marido, los miedos que había tenido. Al ver que Heather se detenía junto a uno de los cercados y, moviéndose como una anciana, se sentaba en el listón superior antes de volverse a mirar hacia la mansión, contestó con firmeza:

—Da igual lo que haya podido suceder entre ellos, tienen que superar sus diferencias.

—¿Estás segura de eso?

—Por completo. Al principio no tenía una certeza absoluta, pero ahora sí. Están destinados a estar juntos, están hechos el uno para el otro —se mordisqueó el labio, y al final añadió—: ojalá supiera lo que debo hacer.

—¿No lo sabes?

—No he recibido instrucciones, al menos de momento.

Lucilla y Marcus estaban sentados en la alfombra a unos diez pasos tras ellas, entretenidos jugando. Cuando terminó su turno, el niño recogió las tabas para dárselas a su hermana, pero al ver que esta no hacía ademán de tomarlas de su mano alzó la mirada y soltó un pequeño suspiro al ver su rostro.

Después de dejar las tabas entre ellos en el suelo, apoyó los codos en las rodillas, la barbilla en sus manos... y se limitó a esperar. Su hermana estaba de rodillas, sentada sobre los tobillos y con la mirada perdida, pero él estaba familiarizado con aquella extraña mirada distante y no se sorprendió cuando, al cabo de un momento, la vio regresar de golpe a la realidad y ponerse en pie.

Ella indicó la puerta con un gesto de la cabeza y susurró:

—Vamos —lanzó una subrepticia mirada hacia su madre—, hay algo que tenemos que hacer.

Marcus no protestó, su función no era esa. Lucilla estaba destinada a suceder a su madre y ser la siguiente Señora del valle y él, por su parte, sería el guardián de la Señora. Sabía cuál era su lugar.

Salieron de la habitación sin hacer ningún ruido, y cerraron la puerta con cuidado.

Heather estaba sentada en el listón superior del cercado de un extenso corral que estaba vacío.

Se sentía deshecha, derrotada, descorazonada en toda la extensión de la palabra. Había despertado aquella mañana con el corazón lleno de esperanza, creyendo que le esperaba un futuro maravilloso junto a Breckenridge, y en ese momento se sentía muerta y desolada por dentro.

No sabía qué iba a hacer. ¿Habría alguna posibilidad de solucionar aquello, o todo había acabado?

Él iba a marcharse, y ella debería quedarse en el valle. Iban a separarse, y era muy posible que no volvieran a verse nunca más; al parecer, en aquella ocasión Catriona y la Señora se habían equivocado. Ni siquiera el collar que había recibido como amuleto la había ayudado.

Pensar en Catriona hizo que su mirada se dirigiera de nuevo hacia la mansión. Con las manos apoyadas a ambos lados de su cuerpo en el listón, contempló el impresionante edificio de piedra gris, que bañado bajo la mortecina luz del sol había adquirido un suave tono dorado. Era una casa repleta de amor, de una energía casi palpable, de una atmósfera cálida y familiar que envolvía a todos los que habitaban en ella.

Aquella era la creación, el resultado, la manifestación externa del amor que se tenían Richard y Catriona. Un hogar lleno de aquel cálido resplandor, de risas, de una vibrante y vital sensación de vida en constante evolución... pasado, presente, futuro... de familia, de alegrías, de obligaciones compartidas.

Aquello era exactamente lo que ella había querido crear con Breckenridge. Aunque habían hablado del tema, lo cierto era que ella no había querido darle forma a la idea en su mente, pero, en ese momento, con la mansión ante sus ojos como un sólido ejemplo, no pudo evitar hacerlo.

En ese momento se dio cuenta de que aquel futuro siempre había sido su sueño dorado, un sueño que había albergado en el corazón y en el alma y que siempre había formado parte tan intrínseca de su ser que jamás se había parado a contemplarlo con detenimiento. No, nunca se había parado a aceptar siquiera su presencia, pero ya no podía seguir cerrando los ojos a la evidencia.

Si permitía que Breckenridge se marchara solo, si le dejaba ir, si permitía que se fuera de su vida, no volvería a tener ninguna otra oportunidad de hacer realidad su sueño... porque tan solo con el hombre al que amaba podía convertir en realidad ese sueño, tan solo con él podía materializarlo.

Su futuro sin él a su lado sería un árido desierto sin amor, le faltaría aquella chispa vital.

Era tentador regodearse en la desesperanza, rendirse y hundirse en un negro pozo emocional, pero en algún rincón de su mente había una sinfonía de voces que la reprendían con severidad. Podía oírlas con total claridad, eran las voces de su tía Helena, lady Osbaldestone, su tía Horatia, su madre, y en un segundo plano todas las demás.

«¿Vas a rendirte sin más? Si de verdad quieres alcanzar tu sueño, ¿qué estás dispuesta a arriesgar para lograrlo?, ¿qué estás dispuesta a sacrificar? ¿Tu orgullo, por ejemplo? Es inconcebible que realmente estés dispuesta a dejarle marchar, que vayas a permitir que se te escape de entre los dedos la posibilidad de alcanzar el futuro dorado de tus sueños. ¿Es eso lo que vas a hacer, o vas a luchar por conseguir lo que quieres?».

No le costó imaginar las caras de asombro y decepción que pondrían en caso de que ella no respondiera a todo aquello como ellas esperaban y querían, imaginó las frentes en alto y las expresiones imperiosas.

Permaneció allí sentada durante largo rato, contemplando la mansión, y su mente fue aclarándose poco a poco.

Todos los detalles secundarios fueron quedando a un lado hasta que al final sintió que pisaba tierra firme, hasta que vio las cosas con claridad y se dio cuenta de cuál era su verdadero camino... el único que podía tomar si quería seguir siendo fiel a sí misma, fiel a su sueño dorado, al objetivo que la había llevado a asistir a la velada de lady Herford.

Ir a aquella velada había sido el primer paso, y aún no había llegado al final del camino.

No podía rendirse a aquellas alturas, por el mero hecho de

que el camino se hubiera puesto cuesta arriba. Tenía que seguir adelante con empeño si quería llegar a la meta.

Sintió el firme contacto del cuarzo rosa que tenía entre sus senos. Catriona le había dicho que, si quería que él expusiera su corazón, tenía que estar dispuesta a exponer antes el suyo. Ella, en su inocencia, había interpretado que eso significaba que tenía que mostrar cuánto le amaba para que él mostrara a su vez sus sentimientos, pero eso habría sido demasiado fácil, no habría supuesto ninguna prueba.

Tenía ante sí la prueba de verdad: tener la valentía de regresar a Londres con él, aceptar su propuesta de matrimonio, aceptarle como esposo con la convicción de que podía ganarse su amor, y entonces seguir poniendo todo su empeño, seguir luchando para conseguir que él llegara a amarla tanto como ella a él y poder así alcanzar el futuro dorado que había soñado para los dos.

Era el mayor riesgo de todos, estaría jugándosela a cara o cruz y poniéndose en manos del destino... o quizás sería más acertado decir en manos de la Señora.

Exhaló con fuerza. Aún no tenía claros ni los «cómos» ni los «dóndes», pero de sus entrañas habían emergido una firme resolución y una convicción plena que le dieron ánimos.

Había llegado el momento de decidir cuál iba a ser su siguiente paso.

Estaba sumida en sus pensamientos, sopesando varias opciones, cuando el sonido de dos voces infantiles atrajo su mirada hacia un lado de la mansión.

Lucilla y Marcus emergieron de entre las sombras de la pared, alzaron la mirada, señalaron hacia ella al verla... y tiraron de las manos del hombre al que estaban guiando, que no era otro sino Breckenridge, y le condujeron hacia ella mientras parloteaban alegremente.

Ella les vio acercarse sin saber cómo reaccionar, horrorizada ante la idea de que a los gemelos se les hubiera metido en la cabeza hacer de casamenteros y hubieran decidido juntarles a los dos y darles un sermón.

—Ay, no...

Sí, era cierto que tenían que hablar, que ella tenía que confesarle que había cambiado de opinión, que tenía que encontrar la forma de salvar la distancia que había entre los dos, pero no quería verse obligada a tener una confrontación con él de buenas a primeras ante dos ávidos espectadores.

Por otra parte, no podía bajar de un salto del cercado y echar a correr.

Saltaba a la vista que Breckenridge era reacio a acercarse, pero que al no tener ninguna experiencia con niños (y mucho menos con gemelos) no tenía ni idea de cómo escapar; además, Lucilla no dejaba de parlotear, así que no le daba opción a protestar.

Cuando llegaron a la entrada del camino, a unos veinte metros de donde estaba sentada, los niños soltaron a Breckenridge de repente y echaron a correr hacia ella con los rostros iluminados de alegría y los ojos brillantes, riendo y saludándola con la mano.

Ella no apartó la mirada de Breckenridge, y viceversa.

Sintió una punzada en el corazón al verle detenerse como si no estuviera seguro de ser bien recibido, aquella inseguridad distaba mucho de su habitual actitud arrogante. No había duda de que él también estaba sufriendo.

Miró a los niños, que ya casi habían llegado a donde estaba ella. Al ver que alzaban las manos, como queriendo que se las agarrara, se esforzó por esbozar una pequeña sonrisa y soltó por completo el listón. Su equilibrio era precario, pero solo iba a ser por un momento, así que... alargó las manos hacia ellos justo cuando estaban llegando, y los dos chocaron las palmas con ella.

Heather había echado el peso un poco hacia atrás de forma instintiva, ya que esperaba que le agarraran las manos y tiraran de ellas, pero ninguno de los dos lo hizo y el inesperado impacto hizo que perdiera por completo el equilibrio.

Apenas lo pudo creer cuando notó que caía hacia atrás, y soltó un sonoro grito. Agitó frenética los brazos en el aire, y oyó que Breckenridge gritaba su nombre mientras caía de espaldas del cercado.

—¡Ay! —exclamó, al caer desplomada.

El terreno del interior del corral era un poco más bajo que el de fuera. Respiró hondo, se apartó el pelo de la cara, y se dio cuenta de inmediato de que no se había roto ningún hueso; por suerte, la hierba había amortiguado la caída. Había sido un susto, nada más. Se apoyó en los codos con cierta dificultad, y al ver dos caritas pálidas y horrorizadas a través de los listones se las ingenió para esbozar una pequeña sonrisa.

—No me he lastimado.

Notó que el suelo reverberaba, y vio a Breckenridge corriendo hacia ella a toda velocidad. Mientras empezaba a incorporarse, les aseguró en voz alta:

—¡Estoy bien!

Miró a los gemelos cuando se puso en pie... y vio que no estaban mirándola a ella, sino que tenían los ojos fijos en algo que parecía estar a su espalda y que cada vez parecían más aterrados. Se puso alerta de golpe, se volvió poco a poco... y vio el descomunal toro de pelo largo que, con la cabeza ominosamente agachada y apuntando hacia ella con aquellos enormes cuernos, estaba pateando el suelo a unos veinte pasos de distancia con los ojillos amarillentos fijos en ella.

El animal resopló violentamente.

Antes de que su cerebro registrara que el animal estaba a punto de lanzarse a embestirla, Breckenridge saltó el cercado y cayó de pie junto a ella.

—¡Rápido! —sin más, la alzó y la pasó por encima del cercado.

Ella trastabilló un poco cuando la soltó, pero se dio la vuelta como una exhalación y vio que el toro se había lanzado a la carga. El suelo temblaba bajo el furioso golpeteo de sus pezuñas.

Breckenridge pasó un brazo por encima del cercado, y ella le agarró la manga con ambas manos y tiró desesperada.

—¡Corre! ¡Corre!

Él subió un listón...

El toro embistió, y el impacto hizo que el cercado se tambaleara y se doblara un poco.

Breckenridge soltó una exclamación ahogada, sus ojos se abrieron desmesuradamente y se nublaron de dolor.

Heather tenía la mirada puesta en su rostro, y se quedó sin aliento. Bajó la mirada y vio un cuerno con la punta ensangrentada asomando entre los listones.

—¡No!

El toro soltó un terrible resoplido, retrocedió y se alejó trotando.

Al ver que Breckenridge cerraba los ojos y empezaba a desplomarse, consciente de que el animal estaba dando la vuelta para volver a embestir de un momento a otro, gritó desesperada:

—¡No! —Subió varios listones, agarró la parte posterior de su levita, y tiró frenética—. ¡Vamos!, ¡tienes que salir del corral!

Él tuvo que hacer un esfuerzo inmenso para lograr moverse, subió un listón más mientras le temblaban los músculos.

Mientras tiraba y luchaba por ayudarle a pasar por encima del cercado, Heather se volvió hacia los gemelos, que se habían quedado mirando como pasmarotes, y les gritó:

—¡Ayudadme!

Marcus fue el primero en recobrarse. Subió el cercado a toda prisa, agarró a Breckenridge de la levita, y empezó a tirar también. Lucilla se sumó a los esfuerzos por salvarle segundos después, pero, en vez de ayudar directamente, se subió al cercado a cierta distancia de ellos, apuntó al toro con un dedo imperioso, y empezó a recitar una extraña cantinela.

Heather lanzó una mirada hacia el animal, y sintió un alivio inmenso al ver que estaba mirando absorto a la niña y no tenía intención de embestir.

—¡Gracias a Dios...! ¡O a la Señora!

Breckenridge estaba perdiendo fuerzas por momentos. A

pesar de que Marcus y ella estaban ayudándole, tan solo había logrado llegar al penúltimo listón, pero de repente se derrumbó hacia delante y cayó por encima del cercado.

Heather le rodeó con los brazos como pudo mientras Marcus intentaba frenar la caída, y al cabo de un instante se desplomó en el camino.

Fue entonces cuando Heather vio la terrible herida que tenía en el costado derecho.

—¡Dios mío!

Se arrodilló junto a él y la taponó con fuerza con las manos para intentar contener la hemorragia. Le bastó ver su rostro, sus párpados cerrados y los surcos blancos que tenía a ambos lados de los labios, para saber que aún seguía inconsciente.

—¡Id a la casa a por vuestra madre y Algaria!, ¡contadles lo que ha pasado! ¡Corred!

Ellos ya habían dado media vuelta antes de que terminara de hablar. Se alejaron corriendo por el camino, y doblaron la esquina del establo rumbo a la puerta trasera de la mansión.

Ella se centró de nuevo en Breckenridge. Con las palmas abiertas apenas alcanzaba a cubrirle la herida, y la sangre brotaba de entre sus dedos. Necesitaba un trozo de tela.

No llevaba chal, y no podía apartar las dos manos para desanudarle el pañuelo que llevaba al cuello. Agarró el faldón de la levita y, después de reliarlo como pudo y de apretarlo contra la herida, lo soltó, se puso en pie a toda velocidad, y se despojó de su enagua de batista; después de enrollarla apresuradamente, apartó la levita y apretó con fuerza la improvisada compresa contra la herida.

El resultado fue mucho mejor. Se apoyó en la enagua, y la hemorragia disminuyó.

Le miró a la cara y vio que seguía inconsciente, no sabía si era preferible que siguiera así o no. Mientras contemplaba aquel rostro tan amado, la recorrió un escalofrío que le llegó hasta el alma al darse cuenta de que podría morir.

—No me malinterpretes, pero ¿se puede saber cómo te atreves arriesgar así tu vida? ¿Cómo demonios se te ocurre saltar el cercado sin más? ¡Podrías haberte quedado a este lado y haberme ayudado a salir del corral! —inhaló aire de golpe al ver que, bajo sus dedos, la blanca batista empezaba a teñirse de rojo, y añadió con voz trémula—: ¿cómo se te ocurre arriesgar la vida?, ¡eres un idiota! —se apoyó con más fuerza en la compresa, tomó aire de nuevo. Al ver que él tosía débilmente y alzaba un poco la cabeza, le gritó—: ¡no te atrevas a morirte!

Él esbozó una pequeña sonrisa, pero no abrió los ojos al susurrar:

—Pero si lo hago no tendrás que casarte conmigo, ni con ningún otro. Incluso los miembros más estrictos de la alta sociedad considerarán que con mi muerte queda concluido el asunto, serás libre.

—¿Qué? —le costó asimilar lo que acababa de oír—. ¿Estás diciendo que seré libre si te mueres? ¿Y cómo demonios voy a vivir yo si tú no estás vivo? —cuando las palabras salieron de su boca, medio histéricas y llenas de emoción, se dio cuenta de que eran la pura y literal verdad. Su vida no valdría la pena si no la compartía con él—. ¿Qué voy a hacer si tú te mueres?

Él soltó un bufido burlón; al parecer, no le impresionaba lo más mínimo que estuviera tan aterrada... o quizás ni siquiera lo había notado.

—Casarte con otro pobre diablo, tal y como pensabas hacer.

Aquellas palabras la hirieron.

—¡El único pobre diablo con el que pienso casarme eres tú!

El miedo iba intensificándose más y más. Miró desesperada a su alrededor, pero no vio a nadie. La ayuda debía de estar a punto de llegar.

Se volvió de nuevo hacia él y reajustó la presión que estaba aplicando sobre la compresa, que cada vez estaba más roja.

—No solo pienso casarme contigo, sino que voy a tenerte comiendo de la palma de mi mano por el resto de mis días. Es lo mínimo que puedo hacer para vengarme del susto que acabas de darme. Quiero que sepas que, antes de este pequeño incidente, ya había decidido revocar mi decisión y convertirme en tu vizcondesa. ¡Voy a darte tantos quebraderos de cabeza, que dentro de dos años tendrás el pelo lleno de canas!

Él soltó otro bufido burlón, pero al menos estaba escuchándola. Le observó con atención y se dio cuenta de que oírla desvariar estaba distrayéndole del dolor, así que dejó volar la imaginación.

—He decidido que voy a redecorar Baraclough. Lo pondré todo de estilo imperio, ya me lo estoy imaginando... blanco con adornos dorados por doquier, sillas con unas patas tan finas y delicadas que no te atreverás ni a sentarte. Ah, y ya que estamos hablando de tu... mejor dicho, nuestra casa de campo, se me ha ocurrido una idea acerca de mi carruaje, el que vas a comprarme como regalo de boda...

Siguió parloteando sin prestar apenas atención a lo que decía, dejó que las palabras y las imágenes con las que había soñado brotaran libremente y dibujaran un retrato brillante y fantasioso, pero en muchos sentidos (en todos los realmente importantes) exacto y acertado de sus esperanzas y sus aspiraciones, de cómo se imaginaba su vida con él.

Cuando ya no supo qué más decir, cuando el miedo a que no tuvieran la oportunidad de disfrutar de todo lo que ella acababa de describir le constriñó la garganta, concluyó diciendo:

—Así que, como puedes ver, no puedes morirte. Además, ¡estaba a punto de capitular y acceder a regresar a Londres contigo! —el miedo hizo que lo dijera casi con indignación.

Él se humedeció los labios y susurró:

—¿De verdad?

Heather sintió pánico al ver que su voz iba apagándose cada vez más, y reaccionó alzando la voz.

—¡Sí!, ¡de verdad! ¡Me resulta inconcebible que hayas arriesgado así tu vida! ¡No tenías por qué arriesgarte de semejante manera para salvarme!

—Claro que sí —lo dijo con más firmeza, mascullando las palabras entre dientes.

Heather se preguntó si era bueno que se enfadara, si eso serviría para mantenerle anclado al mundo.

—No es posible que seas tan necia como para creer que no arriesgaría la vida por ti... después de protegerte durante todos estos días, de lograr traerte al valle sana y salva, de velar por ti todo este tiempo, ¿qué otra cosa iba a hacer?

Ella se quedó mirándole atónita mientras la venda se le caía de los ojos.

—Dios mío... —fue un susurro tan quedo que ni siquiera él pudo oírle. De repente se dio cuenta de todo, entendió todo lo que se había limitado a ver como algo normal.

Los hombres como él protegían a sus seres queridos con una abnegación absoluta y una dedicación inquebrantable, estaban dispuestos a dar la vida por ellos.

Aquella realidad la impactó de lleno, y las piezas del rompecabezas empezaron a encajar. Pero tenía que estar segura... él estaba aferrándose a duras penas a la consciencia, sus escudos y sus defensas estaban tocando fondo.

Contempló sus propias manos sobre la compresa, que ya estaba casi empapada, mientras buscaba las palabras y el tono adecuados; al final, le dijo con voz suave:

—Si yo hubiera muerto o hubiera quedado herida de gravedad, habrías quedado libre de cualquier obligación de casarte conmigo. La sociedad también habría aceptado eso.

Contuvo el aliento al ver que se retorcía ligeramente, sintió su dolor como si fuera suyo. De repente, él alzó la mano derecha y se aferró a su brazo con tanta fuerza que sintió que estaba usándola para permanecer anclado a la consciencia, al mundo.

—Sí, claro. Después de esforzarme tanto por mantenerte a salvo todos estos años, a salvo incluso de mí, iba a quedarme de brazos cruzados mientras te destrozaba un toro sarnoso —soltó un bufido suave, débil. Su respiración era superficial y tenía los labios apretados por el dolor, pero siguió hablando—. Estás muy equivocada si crees que permitiría que te pasara algo malo cuando por fin, después de todos estos años, he comprendido que la razón por la que siempre me has afectado tanto es que eres la única mujer con la que quiero casarme. ¿De verdad crees que dejaría que sufrieras algún daño si yo pudiera evitarlo? ¿A ti te parece que eso tiene el más mínimo sentido? ¡Es absurdo!

Cada vez fue arrastrando más las palabras mientras seguía hablando, su voz iba debilitándose. Heather le escuchó atenta, se esforzó por oír todas y cada una de sus palabras mientras él se adentraba en una especie de delirio, mientras decía frases inconexas que a ella le llegaron al corazón... mientras le devolvía su sueño dorado, pero amoldado a él.

—Nada de estilo imperio... muebles de roble inglés, robustos y resistentes. Puedes usar los colores que quieras, pero nada de adornos dorados. Lo prohíbo.

Al final, acabó por ir incluso más lejos que ella.

—Y quiero tres hijos como mínimo, no me conformo con un heredero y un segundo varón. Quiero tres... más, si tú quieres. Tendremos que tener dos varones, por supuesto, mis malvadas y horrendas hermanas insistirán hasta que los tengamos, pero después de eso... tantas niñas como tú quieras. Siempre y cuando se parezcan a ti. O a Cordelia, es la más bonita de esas dos horrendas.

Él adoraba a sus hermanas, sus «malvadas y horrendas hermanas». Heather le escuchó con lágrimas en los ojos mientras él empezaba a desvariar y su voz iba desvaneciéndose.

Él acababa de darle por fin la declaración que ella tanto había ansiado. No había sido con las palabras que cabría esperar, sino con una exposición mucho más poderosa y ante la que no cabía duda alguna.

Breckenridge había sido su protector... firme, inamovible, siempre dispuesto a defenderla... en un hombre como él, esas acciones centradas en una dama como ella eran equivalentes a una confesión de amor a pleno pulmón. Ella había querido que él confesara su amor y no se había dado cuenta de que había tenido ese amor delante de las narices desde el principio, que él se lo había demostrado a diario con sus acciones.

No se había dado cuenta porque había estado centrada mirando hacia otra parte y también porque, como estaba tan condicionada a resistirse a aquel mismo estilo de protección posesiva debido a sus hermanos y a sus primos, se había resistido a recibir la de Breckenridge.

Hasta ese momento no se había dado cuenta de que aquella actitud tenía que ser un reflejo de lo que sentía por ella, hasta que había estado a punto de dar la vida por salvarla.

Breckenridge la amaba, siempre la había amado. Volviendo la vista atrás, era obvio que los dos se habían enamorado en el mismo momento: en la boda de Michael y Caro, celebrada cuatro años atrás en Hampshire, en el mismo instante en que se habían visto por primera vez.

Él se había mostrado frío, distante (y la había mantenido a ella a distancia), porque creía que no era un marido apropiado para ella, pero en eso también se había equivocado.

Mientras las lágrimas le caían por las mejillas, supo con una certeza total y absoluta que era el hombre ideal para ella. Lo supo y lo aceptó, sintió una profunda alegría... y un terrible miedo.

Ya no alcanzaba a oírle, su voz se había apagado casi por completo; los dedos que la habían agarrado de la muñeca con tanta fuerza estaban debilitándose.

Miró desesperada a su alrededor.

—¿Dónde demonios estarán?

Lo único positivo era que había dejado de sangrar casi por completo, pero estaba claro que había perdido demasiada sangre.

Respiró hondo y, aferrándose a su cordura y a su fuerza, se inclinó hacia delante y le rozó los labios con los suyos.

—Shh... aférrate a mí, agárrame... no me sueltes nunca —al ver que su voz amenazaba con quebrarse, respiró hondo y parpadeó con fuerza—. No tardarán en llegar. Quiero que aguantes, que te quedes conmigo. Tienes que aguantar, porque no puedo vivir sin ti.

Siguió hablando con voz baja y serena, animándole a vivir, pero sentía cómo iba alejándose.

Apenas oyó el sonido de gente llegando a la carrera, el súbito barullo que oyó a su espalda. No podía apartar los ojos de él, y vio cómo se quedaba inconsciente.

Catriona, Algaria, Richard y todos los demás aparecieron de repente a su alrededor y tomaron las riendas de la situación. Fue Richard quien posó las manos en sus hombros y la ayudó a levantarse antes de apartarla con delicadeza a un lado.

—Deja que ellas se ocupen.

Ella tragó saliva y asintió, pero, cuando Richard la dejó en manos de la señora Broom y esta sugirió que regresara a la casa, se negó en redondo.

—Voy a quedarme con él —no iba a quitarle la vista de encima.

Catriona había llevado lo necesario para vendarlo antes de arriesgarse a levantarlo, y Algaria y ella le cortaron la ropa y le limpiaron la herida con eficiencia.

Heather respiró hondo y sintió que su compostura, aunque frágil, se recomponía un poco; después de darle las gracias a la señora Broom con una sonrisa que más bien parecía una mueca, se acercó al cuerpo inmóvil que yacía en el suelo y se detuvo junto a Catriona.

—Necesito ayudar en algo, dime lo que tengo que hacer.

Tanto Algaria como ella la miraron con ojos penetrantes que veían más allá de la piel, y entonces Catriona asintió y le indicó con un gesto unos frascos que había a un lado.

—El del tapón azul. Será algo temporal, pero debemos luchar como sea contra una posible infección.

Heather agarró el frasco indicado, lo abrió, y lo sostuvo en silencio.

Él la había salvado, ahora le tocaba el turno a ella.

CAPÍTULO 20

Entre cuatro hombres llevaron a Breckenridge de vuelta a la mansión en una camilla. Para cuando Heather entró tras ellos por la puerta lateral, ya casi había anochecido por completo. Catriona y Algaria habían bajado al jardín de hierbas aromáticas en busca de varios ingredientes que iban a necesitar para preparar pociones y tisanas, y la señora Broom y Henderson se habían adelantado a toda prisa para ir preparando la cama.

Había lámparas encendidas por todas partes. Cuando Heather entró en el vestíbulo, alguien le dio un pequeño farol y un lacayo se colocó delante de la camilla para iluminar el camino con una lámpara.

La escalera principal era ancha y tenía una amplia curva. Después de subir al herido con cuidado, los hombres se dirigieron hacia el torreón donde estaba su habitación, pero la señora Broom estaba esperándoles y les indicó otra puerta que había en el pasillo.

—No podréis subirlo por la escalera del torreón, lo moveréis demasiado. Hemos preparado esta habitación.

La estancia donde entraron constaba de dos zonas, el dormitorio en sí y una pequeña sala de estar. Dos doncellas estaban estirando bien las sábanas y ahuecando las almohadas, y Henderson y un lacayo estaban avivando el fuego que ardía en la chimenea.

Richard y los otros tres llevaron a Breckenridge al lado de la cama más cercano a la chimenea, dejaron la camilla en el suelo y, con Richard dando las indicaciones y la señora Broom arrodillada en la cama para ayudar a colocar bien al herido, transfirieron con sumo cuidado su largo y pesado cuerpo de la camilla a la cama y lo tumbaron sobre la sencilla sábana de algodón que cubría las cobijas y las almohadas.

Los otros tres hombres salieron con la camilla en cuanto estuvo bien acomodado, y Richard se quedó observándole de pie junto a la cama. Ella se quedó a los pies, con la mirada puesta en su rostro.

Catriona llegó poco después, acompañada de Algaria y de tres mujeres más. Fue directa a la cama, se detuvo junto al hombro de Breckenridge, y agarró la mano de su marido por un momento antes de soltarlo.

—Nosotras nos ocupamos.

Richard lanzó una fugaz mirada a Heather antes de mirar de nuevo a su mujer.

—¿Está muy grave?, ¿debería mandar a buscar a Caro y a Michael?

Después de observar al paciente con atención, Catriona le puso el dorso de la mano en la mejilla y, tras una breve vacilación, respiró hondo y dijo:

—Está muy débil. Es posible que no muera, pero... sí creo que deberías mandar a buscar a Caro.

—También tiene dos hermanas, Constance y Cordelia —Heather oyó su propia voz como si procediera de algún lugar distante—. Están... están muy unidos. Caro sabrá cómo contactar con ellas.

Richard asintió.

—Enviaré un mensajero a casa de Michael de inmediato —después de despedirse de su esposa con un pequeño gesto de asentimiento, se acercó a Heather y le puso una mano en el hombro—. Está vivo. Mientras así sea, hay esperanza.

Ella asintió sin apartar los ojos del cuerpo inmóvil y macilento que yacía sobre la cama, y Richard salió de la habitación.

Permaneció allí parada mientras tras ella y a su alrededor las mujeres organizaban sobre las superficies disponibles vendajes, botellas, frascos, e instrumental. Llegó un lacayo con un brasero, y Catriona le indicó con un ademán el centro de la habitación.

—Déjalo ahí.

Algaria se detuvo junto a la cama, enfrente de Catriona, mientras esta examinaba los ojos del paciente, pero al cabo de unos segundos miró a Heather y se acercó a ella.

—Ve a lavarte las manos.

Heather no entendió a qué se refería. Se miró las manos, ceñuda, y vio que las tenía cubiertas de sangre seca.

—Ve a tu habitación, lávate bien, y cámbiate de ropa. Ponte algo cálido y cómodo —Algaria lo dijo con voz serena, firme y compasiva—. Después ve a comer algo a la cocina, y cuando hayas terminado puedes venir de nuevo. No vamos a hacer nada que no hayamos hecho muchas veces antes, no necesitamos ninguna ayuda. Durante una hora más o menos no vas a poder hacer nada por él, pero después de eso... será entonces cuando tu presencia será necesaria, cuando es posible que él te necesite aquí. Es mejor que, llegado el momento, estés en el mejor estado posible para poder ayudarle.

Heather asimiló sus palabras, las entendió y no pudo encontrar la forma de rebatirlas. Respiró hondo y asintió.

—De acuerdo.

Después de lanzar una última y larga mirada al hombre que yacía inmóvil en la cama, dio media vuelta y salió de la habitación.

Heather regresó una hora después. Se había aseado, había comido, y se había puesto un suave y sencillo vestido de lana y un chal de punto que le había buscado una doncella.

Había reanimado un poco su cuerpo, pero por dentro...

nunca antes se había sentido tan helada, tan llena de un gélido miedo.

Entró en la habitación donde estaba Breckenridge y vio a las tres mujeres de mayor edad recogiendo las sábanas, la ropa hecha jirones, los vendajes ensangrentados, y las palanganas llenas de agua teñida de rojo. Trabajaron con rapidez y eficiencia, con rostro serio, y poco después cargaron con todo y se fueron.

La habitación quedó en silencio y ella lanzó una breve mirada a Algaria (que estaba agachada frente a la chimenea, añadiendo algunos troncos al fuego) antes de acercarse a la cama poco a poco. Para proteger al paciente de las corrientes de aire, habían cerrado los cortinajes del dosel más cercanos a la puerta y también los de los pies, aunque estos últimos solo a medias.

Se acercó al lado de la cama que estaba descubierto, y vio a Breckenridge tumbado de espaldas bajo las cobijas. Estaba muy pálido, sus elegantes pero severas facciones no se movían lo más mínimo, y sus labios era una fina línea. Tenía los ojos cerrados y sus largas pestañas eran dos negras medialunas contra su macilenta piel. Habían echado hacia atrás el pelo y tenía la frente despejada, parecía una efigie.

Al ver a Catriona de pie junto a la cama, contemplándolo muy seria con los brazos cruzados, una idea insoportable le pasó por la mente y la miró con ojos implorantes y llenos de miedo.

—Está vivo.

El inmenso alivio que sintió hizo que le flaquearan las piernas.

Sin apartar la mirada de él, Catriona siguió diciendo:

—Hemos detenido la hemorragia, hiciste un buen trabajo con eso. Nosotras hemos hecho el resto, y el cuerno no ha dañado nada vital.

—Entonces ¿va a recuperarse?

Catriona vaciló antes de contestar.

—La herida en sí no es mortal, así que en ese aspecto debería recuperarse sin problemas. La verdadera amenaza es una posible infección. Hemos hecho todo lo que está en nuestras manos por el momento, las cataplasmas que hemos aplicado son las más poderosas que conozco. Las cambiaremos dos veces al día junto con los vendajes, pero las fuerzas con las que él luche contra la infección serán el elemento determinante —la miró a los ojos al añadir—: de momento tan solo nos queda esperar, rezar, y apoyarle en lo que podamos.

Heather respiró hondo y asintió antes de afirmar:

—Voy a quedarme con él.

Después de observarla con una de aquellas penetrantes miradas que parecían ver más allá de la piel, Catriona relajó los brazos y rodeó la cama mientras le indicaba con un gesto que ocupara su lugar junto a la cabecera.

—La campanilla está junto a la repisa de la chimenea. Llama si reacciona o si necesitas algo, no dudes en pedir ayuda.

—O consejo —apostilló Algaria, antes de ponerse en pie. Ella también la observó con atención, y asintió con aprobación antes de añadir—: recuerda que la fe es la clave. Es lo único que podemos ofrecerles cuando despiertan, cuando reaccionan, cuando buscan algo inmersos en el delirio. Tenemos que tener fe, es primordial que la tengamos y que se la transmitamos a ellos. Tan solo nuestro firme e inquebrantable convencimiento tendrá la fuerza necesaria para anclarles, para hacer que ellos también se convenzan de que es posible.

Heather la miró a los ojos... ojos con muchos años a las espaldas, y llenos de sabiduría... y se preguntó si estaría refiriéndose a la vida, al amor, o a ambos.

Quizás, en aquella ocasión, las dos cosas eran una sola.

—Entiendo —se limitó a contestar.

—Perfecto —Algaria se volvió para seguir a Catriona, que tras presenciar la breve conversación se disponía a salir, pero se detuvo y añadió—: nos iremos turnando para venir a verte cada dos horas, por si hubiera algún cambio o necesitaras algo. Es posible que él no despierte en toda la noche, pero mientras siga respirando no hay razones para creer que su evolución no es favorable.

Heather se sintió reconfortada por aquellas palabras. Esperó a que las dos se fueran y cerraran la puerta y entonces se volvió hacia Breckenridge, que seguía inmóvil.

Acercó a la cama la silla de respaldo recto que había junto a la chimenea, se sentó en ella, apoyó los codos en la cobija y tomó una de sus manos... tan fría, tan inerte... entre las suyas.

Apartó de su mente el vasto y gélido vacío que tenía en su interior, hizo caso omiso de la devastadora desolación que la acechaba, y centró toda su energía y su mente en un único objetivo: que él viviera.

Fuera como fuese, él tenía que vivir. Estaba dispuesta a hacer lo que fuera, a darle hasta la última gota de sus fuerzas.

Él lo era todo para ella. Esa era una realidad incuestionable, algo de lo que ella había tomado plena conciencia y que creía con toda su alma, con todo corazón y su mente, con todo su ser.

No iba a dejarle ir, iba a luchar por él con uñas y dientes.

Breckenridge no despertó en toda la noche, ni a lo largo del día siguiente.

Heather apenas salió de la habitación, tan solo se alejó de su lado por unos minutos. Durante la vigilia de la primera noche se había acostado junto a él y, mientras yacía a su lado medio dormida, le había cubierto una mano con la suya por si despertaba, pero él no había hecho ni el más mínimo movimiento.

El día siguiente amaneció gris y frío, y el golpeteo de la lluvia en las ventanas fue un compañero constante. Catriona y Algaria fueron entrando y saliendo a lo largo del día para comprobar su estado, para cambiar los vendajes y la cataplasma que estaban usando para intentar contener la infección.

Heather las ayudó a mover su pesado cuerpo, a quitarle las vendas y limpiarle la herida, a lavarle y a vendarle de nuevo, pero apenas hablaba; al fin y al cabo, no había mucho que decir.

Aunque tenía la impresión de que la herida estaba más limpia, seguía siendo un corte horrible y profundo en su costado. Después de verlo bien, había redoblado sus plegarias a Dios, a la Señora, a cualquier deidad que se dignara a escucharla. Sentía un profundo agradecimiento al verle vivo, pero estaba desesperada por verle salir adelante.

No le hacía falta escuchar las conversaciones que Catriona y Algaria mantenían en voz baja, el tono de voz que empleaban y la gravedad que reflejaban sus rostros hablaban por sí solos.

Breckenridge estaba a las puertas de la muerte.

Seguía inmóvil cuando cayó de nuevo la noche. La mansión quedó sumida en el silencio, y Catriona fue a verle una última vez antes de retirarse a dormir. Después de examinarle, suspiró y posó una mano en el hombro de Heather.

—Ten fe —le dijo, antes de marcharse.

Heather siguió sentada junto a la cama, con la mirada fija en su rostro, y de forma automática se llevó la mano al colgante de cuarzo rosa que tenía debajo del vestido.

«Ten fe, ten confianza».

Así lo hizo.

Por fin entendía que lo que el destino le pedía era que tuviera la fuerza necesaria para seguir adelante, pasara lo que pasase. Que aceptara que, incluso en el caso de que él muriera, de que la dejara, seguiría amándole hasta el fin de sus días.

El amor iba más allá de la vida y de la muerte, existía sin más, era incondicional y eterno. Ella tenía fe en el amor, creía en él, iba a amar a Breckenridge tanto en vida como tras su muerte... y estaba decidida a hacérselo entender, si la vida le daba esa oportunidad.

Mientras la noche la envolvía, cerró los ojos y se puso a rezar.

Breckenridge sintió que iba recobrando los sentidos, pero de forma distinta a la habitual. Se sentía... entumecido, distanciado de todo. Era como si aún siguiera formando parte de la realidad, pero con un fino velo separándole del mundo terrenal.

Estaba flotando, ya no sentía el dolor que llevaba días atormentándolo. Estaba libre del cuerpo que había habitado durante treinta y cinco años, del cuerpo que yacía, débil y atenazado por un dolor agónico, en la enorme cama.

Aquel cuerpo, su cuerpo, estaba helado hasta la médula.

Podía ver, pero no con los ojos; podía sentir, pero no habría sabido decir cómo ni por qué. Era incapaz de distinguir los sentidos que estaban informándole de todo aquello.

El frío y el dolor le habían arrancado de su cuerpo, le habían lanzado a la oscuridad de la noche y más allá del velo.

Sentía que algo tiraba de él con suavidad, un susurro que le tentaba y le animaba a que se dejara llevar, a que se alejara flotando del mundo... del dolor, del frío, de la devastadora agonía.

Tan solo tenía que tomar la decisión. Tan solo debía decidirse a dejarse llevar, y entonces su conexión con el mundo se desvanecería y alcanzaría la paz. Una paz que le esperaba a un solo latido de distancia.

Él (su cuerpo, que yacía en la cama) tomó aire con un estertor... y pensó en tomar aquella última decisión. ¿Qué razón tenía para vivir?, ¿qué quedaba en aquel mundo para retenerle allí?

Aquel pensamiento aún estaba formándose cuando las respuestas empezaron a aparecer: su padre, sus queridas «horrendas y malvadas hermanas», Heather.

La aparición de aquel último nombre le desconcertó un poco, ¿por qué seguía estando ella en su lista? No le amaba y le había dicho que se fuera, que la dejara. ¿Por qué seguía vivo su vínculo con ella?

En aquel extraño estado en que se encontraba podía sentir aquel vínculo, podía tocarlo y verlo. Era como una especie de cuerda luminosa, tensa y muy fuerte, que relucía en su conciencia. Era vital y pura, poderosa, llena de vida, completamente real.

Había dado por hecho que yacía solo en aquella cama... helado, sumergido en un mar de agónico dolor, silenciado... pero se dio cuenta de que aquella cuerda conducía a algún sitio, que tenía el otro extremo fijado a algún lugar, que le anclaba al mundo y a la vida.

Aquel susurro del más allá volvió a llamarle, a tirar de él con suavidad... pero después de ver lo que vivía en su interior, de quedar deslumbrado por la belleza de aquella cuerda, tenía que saber a dónde conducía, necesitaba saberlo antes de dar aquel último paso irrevocable y volverle la espalda a la felicidad, a la incomparable belleza del amor.

Abrió sus sentidos... con eso no se refería a la vista ni al tacto, sino a lo que fuera que cumpliera aquella función estando en aquel estado... y supo de inmediato dónde terminaba la reluciente cuerda.

Heather estaba sentada junto a la cabecera de la cama, pero había cruzado los brazos sobre el cobertor y tenía la cabeza apoyada en ellos. Había posado una de sus delicadas manos en la palma de una de las suyas, su cabello se extendía como un velo dorado sobre las cobijas y algunos de los finos cabellos tejían una delicada red sobre su mejilla.

Estaba dormida.

Lo primero que se le pasó por la mente fue que debía de estar incómoda en aquella postura, que él tenía que levantarse para alzarla en brazos y tumbarla en la cama...

Se detuvo a pensar, y recordó que ella le había rechazado; recordó que él había arriesgado la vida para salvarla y por eso estaba allí, al borde de la muerte.

Si sobrevivía, estaría dispuesto a volver a hacerlo una y otra vez.

El amor que sentía por ella era una parte intrínseca de su ser... la parte más fuerte y más brillante, la mejor. No podía arrancarse ni ese amor ni a ella del corazón, sería como vender su alma; de hecho, prefería vender dicha alma a perder el amor, a perder a Heather.

Tal vez ella no fuera suya legalmente hablando, tal y como se entendía en el sentido habitual, pero en todos los sentidos que tenían importancia para él ella siempre sería suya. Siempre velaría por ella, siempre la protegería, siempre la amaría.

La observó a través de aquella nueva distancia, a través del distorsionador velo. Ella le había asegurado que no le importaba que él se marchara, así que no entendía por qué estaba allí.

Se preguntó por qué estaría ella... sí, expandió sus sentidos y comprobó que estaba sola... junto a su lecho, velándole durante la noche.

Volvió a centrarse en ella y vio... sintió... los regueros de las lágrimas que había derramado. Supo con total certeza que los había derramado por él, que él le importaba.

Otras palabras empezaron a resonar en el fondo de su mente. Se centró, las arrastró hacia delante, las recordó... junto al corral donde estaba el toro, mientras su vida se le escapaba de entre las manos y el frío iba adueñándose de él, Heather le había dicho que había cambiado de opinión y que iba a casarse con él. Habían hablado de la vida que iban a compartir, de todo lo que iban a hacer y a conseguir.

De repente lo recordó todo... ¡ella le amaba!

Aquella realidad maravillosa le distrajo, y mientras la saboreaba regresó flotando al mismo lugar de antes, un lugar entre la vida y la muerte. Notó de nuevo aquel tirón, oyó el susurro que, más insistente que antes, le instaba a dejarse ir, a dejar de aferrarse a la vida y abandonar el mundo que conocía... le instaba a que dejara atrás a Heather y el amor que compartían.

Volvió a mirar, distante y con desapego, hacia su cuerpo. La herida era grave. Bajo el miasma inducido por las hierbas y las pociones que le habían administrado, la parte corpórea de su ser estaba sufriendo un dolor terrible. Si regresaba a ese cuerpo iba a enfrentarse a días de horrible agonía, a semanas expuesto a un dolor extenuante.

Centró sus extraños sentidos en Heather y la vio tal y como estaba en ese momento... vulnerable, desprotegida, se sentía perdida. Era el amor que le tenía a él, un amor que ella admitía y aceptaba, lo que la dejaba tan expuesta, tan emocionalmente desnuda.

¿Quién iba a sostenerla y a escudarla si él se marchaba? ¿Quién iba a cuidarla, a protegerla? ¿Quién iba a amarla?

No podía marcharse. Le daba igual el dolor que tuviera que soportar si se quedaba, le daba igual el precio que tuviera que pagar. No podía alejarse de ella si existía la más mínima posibilidad de poder quedarse a su lado.

Volvió a sentir el tirón, pero en esa ocasión era mucho más rotundo. Estaba diciéndole que tenía que tomar ya la decisión, que tenía que decidir entre irse o quedarse.

Supo de forma instintiva cómo tenía que hacerlo: se limitó a abrir su consciencia, y a decir una palabra en su interior: «No».

Así, sin más, volvió a estar de regreso en su cuerpo... y el dolor agónico volvió a golpearle de lleno.

—¡Está ardiendo de fiebre! ¿Qué hacemos?

Heather miró a Catriona al decir aquellas palabras, y la expresión de preocupación que vio en su rostro no calmó en nada sus temores. Breckenridge había pasado la primera noche y el día siguiente con la piel fría, pero aquella mañana había amanecido con las mejillas teñidas de color y las manos calientes.

Ella no tenía experiencia con heridas graves, y había creído llena de júbilo que estaba recuperándose. Mientras esperaba expectante a que despertara, le había hablado en voz baja de todas las cosas que iban a hacer juntos cuando mejorara, pero en vez de mejorar le había ido subiendo la fiebre hasta el punto de que en ese momento, a las postrimerías de la tarde, era ya una conflagración desatada que amenazaba con devorarlo y consumirlo por completo.

Habían pasado de lavarle la frente con agua fría a cubrirle con sábanas empapadas en agua helada, pero a pesar de que iban cambiándolas constantemente su temperatura iba subiendo y no había forma de estabilizarla.

Catriona le observó con los brazos cruzados, y al final asintió como si hubiera alcanzado alguna conclusión tras un intenso debate interno.

—Un baño de agua helada. Hemos intentado todo lo demás sin éxito, es nuestra única alternativa —vaciló y la miró a los ojos al admitir—: es arriesgado hacerlo con la herida, pero le perderemos de todas formas si no le bajamos la fiebre.

Heather se limitó a responder:

—¿Lo hacemos ya?

Catriona se encargó de dar las órdenes pertinentes, y en cuestión de minutos Henderson y dos lacayos llegaron con una voluminosa tina de estaño. Ella les indicó que la dejaran al otro lado de la habitación, lejos de la chimenea, aunque el fuego llevaba horas apagado.

Cinco minutos después, llegó el primero de los lacayos que fueron subiendo cubos de agua con hielo picado. Algaria, que había estado atareada con las clases de los gemelos, llegó y se puso a supervisar; Richard se colocó a un lado junto con dos hombres más, listos para pasar a Breckenridge de la cama a la tina, y Catriona les advirtió:

—Necesitaremos algo para meterlo y sacarlo.

Fabricaron un improvisado cabestrillo con una sábana para usarlo a modo de grúa. Cuando Algaria decidió que el agua estaba lista, los hombres colocaron a Breckenridge en la sábana, lo alzaron con ella y le metieron en la tina.

Heather se estremeció mientras observaba, tensa y con los brazos cruzados; en cuanto los hombres retrocedieron, fue a arrodillarse junto a la tina y tomó una de sus manos entre las suyas.

Catriona estaba al otro lado de la tina, observando con atención los labios de su paciente, y en cuanto vio que empezaban a perder color ordenó con voz imperiosa:

—¡Sacadlo!

Heather se apartó mientras los hombres se acercaban de nuevo. Después de sacarlo, lo tumbaron sobre la sábana helada que estaba extendida en el suelo, sobre unos paños, y Catriona y Algaria se encargaron de cambiar el vendaje mojado por uno seco.

Tuvieron que repetir el proceso dos veces más a lo largo de las horas posteriores; para cuando los relojes de la mansión dieron las campanadas de la medianoche, volvía a estar tumbado en la cama y cubierto con una sábana húmeda mientras Heather permanecía sentada a su lado, viéndole dormir y con una mano sobre la suya.

Había algo que llevaba todo el día atormentándola, y en medio de la quietud y del silencio tuvo al fin el valor de preguntarle al respecto a Catriona, que estaba sentada en una mecedora al otro lado de la cama cubierta con un grueso chal.

—¿Por qué no ha despertado?

Catriona contestó con voz suave mientras seguía meciéndose sin apartar la mirada de Breckenridge.

—Creo que es porque perdió mucha sangre. No tanta como para que muriera, pero la suficiente para... hacerle hibernar, por decirlo de alguna forma. Y a eso hay que sumarle la infección. El cuerpo y la mente tienen métodos de defensa, la mente puede mandar al cuerpo a una especie de hibernación que no es un verdadero estado de inconsciencia, sino un sueño muy profundo, para que pueda curarse mejor.

Se colocó bien el chal y la miró antes de añadir:

—El hecho de que no despierte no me parece una mala señal, al menos por ahora; de hecho, podría ser todo lo contrario, podría ser una indicación de que su cuerpo está progresando como debe y está curándose. La fiebre en sí es señal de que está luchando contra la infección.

Heather se sintió reconfortada por aquella explicación y asintió.

Catriona se inclinó hacia delante para posar los dedos en la muñeca de Breckenridge, y al cabo de un momento volvió a echarse hacia atrás.

—Su pulso sigue siendo estable. No tan fuerte como me gustaría, pero no parece estar debilitándose; además, tiene buena temperatura, aunque conociendo cómo son las fiebres lo más probable es que vuelva a subirle antes del amanecer.

Se acomodó mejor en la mecedora, se tapó bien con el chal, y la miró a los ojos al decir:

—Propongo que nos turnemos para dormir un poco. Una de las dos tiene que estar despierta por si, tal y como espero, vuelve a subirle la fiebre, o por si le baja la temperatura y empieza a tiritar —cerró los ojos y añadió—: en cualquiera de los dos casos, despiértame de inmediato.

—De acuerdo —Heather se apoyó en la cama y, sin soltarle la mano, permaneció pendiente de él.

Cuando Catriona despertó dos horas después e insistió en que descansara, se dio cuenta de que era inútil discutir, así que apoyó la cabeza en la cama y cerró los ojos. Los abrió adormilada cuando Catriona la despertó algún tiempo después, y parpadeó aturdida. Vio que aún era de noche... y notó bajo la palma de la mano que la de Breckenridge estaba ardiendo.

—Tenemos que enfriarlo de nuevo —le explicó Catriona, mientras la instaba a que se levantara.

Heather se apartó a un lado, y se sorprendió al ver que Richard y los otros hombres habían vuelto y ya tenían llena la tina.

Repitieron el proceso que, para entonces, todos sabían de memoria, y se marcharon de nuevo cuando Breckenridge estuvo de vuelta en la cama, con la piel fría y húmeda.

Mientras ella se sentaba de nuevo en la silla, Catriona le tomó el pulso a su paciente, y al cabo de unos segundos la miró y le dijo:

—Voy a retirarme a mi habitación, la fiebre no debería volver a subir en lo que queda de noche —se cruzó de brazos, y lo miró ceñuda—. Prométeme que, en caso de que empiece a tiritar o veas que le sube la temperatura, me avisarás de inmediato.

—Te lo prometo.

—Intenta dormir algo si puedes —le aconsejó, antes de marcharse.

Heather suspiró, volvió a tomarle de la mano, y se dispuso a seguir velándole.

Los días posteriores fueron los más horribles de la vida de Heather. Aunque no fue necesario dar más baños de agua helada a Breckenridge, su temperatura siguió siendo errática y ella se aterraba cada vez que le subía de golpe; por si fuera poco, empezó a moverse agitado, a apartar las sábanas y a retorcerse entre gemidos.

Ella siguió como al principio y apenas se apartó de su lado. Obtuvo su recompensa cuando, casi al final del tercer día, él se relajó de forma visible al oírla hablar, al oír su voz.

Catriona presenció lo ocurrido y comentó:

—Sí, es lo que yo suponía. No está inconsciente de verdad, sino en un estado curativo.

Parecía aliviada y más convencida de una posible recuperación, pero Heather fue incapaz de compartir aquella actitud. Ella quería volver a ver aquellos ojos color avellana, quería ver en ellos que la reconocía y era consciente del mundo que le rodeaba.

En el fondo de su mente acechaba un miedo, el miedo a que después de pasar tantos días «hibernando» él no se acordara ni de ella ni de nada al regresar.

Para intentar mantener a raya sus miedos, cuando estaba a solas con él se dedicaba a hablarle acerca del pasado, del presente y del futuro. Le hablaba de todo lo que se le ocurría sin ponerse restricción alguna, dejándose llevar por su corazón y su amor.

Eran aquellos momentos, momentos en los que dejaba brillar el amor que había entre ellos, los que le daban un respiro.

Todo el mundo puso su granito de arena para echar una mano. La cocinera enviaba bandejas de comida cada cierto tiempo, y Algaria se aseguraba de que ella comiera; Lucilla y Marcus fueron a visitar a Breckenridge, pero se les veía cabizbajos y callados y se marcharon al poco de llegar; Richard solía ir a menudo para ver cómo estaba el paciente, y se quedaba a charlar con ella para contarle cómo iban las cosas en el mundo exterior.

Pero Catriona fue su mayor apoyo, sobre todo durante las largas noches de vigilia. Aunque se retiraba a dormir a su habitación, regresaba de forma periódica para examinar a Breckenridge y darle a ella algo de tranquilidad y compañía.

Al final de una de aquellas visitas, Heather estaba sentada junto a la cama y tomándole de la mano, como siempre, cuando Catriona, que estaba sentada en la mecedora al otro lado de la cama, la observó con aquella mirada intensa que parecía ver más allá de la piel y le preguntó:

—¿Habéis solucionado ya vuestras diferencias?, ¿habéis acordado compartir vuestro futuro?

Heather no esperaba aquellas preguntas. Catriona había dicho lo de «vuestro futuro» como si para ellos no hubiera habido ninguna otra opción desde el principio, como si un futuro compartido fuera el único posible para ambos.

—Sí. Bueno, eso creo. Antes de que llegarais todos a ayudar, estuvimos hablando y los dos dijimos ciertas cosas, pero todo fue muy precipitado y no sé si él... —respiró hondo y admitió—: no sé si recordará gran cosa.

—Entiendo. En ese caso, te recomiendo encarecidamente que le dejes muy clara tu postura en cuanto despierte y esté en condiciones de entenderte —le sostuvo la mirada al añadir—: eso es muy importante, Heather. No suelo decirle a la gente este tipo de cosas, se supone que no debemos influir, pero vosotros estáis hechos el uno para el otro. Eso sí, para poder disfrutar de la magnífica cosecha que os depara el futuro, debes tener fe. Debes creer con todo el corazón, con toda tu alma, que tu ideal va a convertirse en realidad. Debes dejar que esa convicción te guíe en todo... en tus actos, tus palabras, incluso tus pensamientos.

Catriona hizo una pequeña pausa antes de añadir, sin dejar de sostenerle la mirada:

—No sé la razón por la que eso es tan vital, tan solo sé que lo es. Para que lo que hay entre vosotros florezca y alcance todo su potencial, debes creer, debes tener fe para que él también la tenga.

Heather asimiló aquellas palabras y se dio cuenta de lo ciertas que eran. Había aprendido que la lógica y la razón no siempre podían aplicarse en los asuntos del amor. Quizás la fe, la fe en el amor, fuera la única piedra angular de verdad.

Sí, era arriesgado depositar una fe ciega en una emoción, pero ella ya no tenía nada que perder.

—Sí, claro que la tendré.

Dio la impresión de que, por alguna extraña razón, su respuesta tranquilizaba a Catriona, que se relajó visiblemente y esbozó una sonrisa antes de ponerse en pie.

—Perfecto —dijo, antes de ponerse bien el chal y de bajar la mirada hacia Breckenridge—. No creo que tengas ningún problema con él esta noche. Duerme tranquila, no va a abandonarte.

Heather guardó silencio mientras veía cómo se marchaba y cómo se cerraba la puerta. Repasó mentalmente la conversación que acababan de mantener y, sintiéndose más tranquila, se tumbó junto a Breckenridge, posó la cabeza en la almohada, y cerró los ojos.

Los días y las noches eran un barullo en la mente de Heather, había perdido la noción del tiempo.

A la tarde siguiente, consiguieron convencerla de que se diera un relajante baño, se lavara el pelo, se cambiara de ropa, y comiera en condiciones, y cuando regresó a la habitación de Breckenridge para relevar a Algaria se sentía mucho mejor.

Aunque la fiebre había bajado y parecía menos inquieto, aún no había despertado, pero Catriona y Algaria estaban convencidas de que no tardaría en hacerlo.

Justo cuando acababa de sentarse en la silla de respaldo recto y Algaria había abierto la puerta para salir, oyeron que un carruaje entraba en el patio de entrada. Sus miradas se encontraron, y Algaria comentó:

—Alguien se ha apresurado a venir.

Cinco minutos después, una elegante y esbelta dama con una reluciente melena de pelo castaño entró en la habitación.

Heather sonrió al verla y se puso en pie.

—Caro.

Caroline Anstruther-Wetherby fue directa a la cama. Sin apartar la mirada del hombre que yacía inmóvil en ella, la rodeó y se acercó a Heather, a quien envolvió de inmediato en un fuerte abrazo.

—¡Querida! Vinimos en cuanto nos enteramos —la soltó y miró de nuevo a Breckenridge— ¿cómo está?

Heather hizo una pequeña pausa antes de contestar.

—Mucho mejor que antes.

Caro se inclinó hacia delante y tomó la laxa mano que Heather había estado sosteniendo poco antes. Le dio un pequeño apretón, como si a través del tacto pudiera hacerle saber que estaba junto a él, y entonces volvió a dejarla sobre la cama y miró a Heather.

—Cuéntamelo todo.

—A los dos.

Quien habló fue Michael Anstruther-Wetherby, que acababa de cruzar la puerta y se acercaba a ellas. Era un caballero alto y de pelo oscuro que gozaba de muy buenos contactos y estaba muy metido en política, y Caro había emparentado con los Cynster a través de su matrimonio con él. La hermana de Michael era Honoria, duquesa de St. Ives y esposa del cabeza de familia, Diablo Cynster, que era el hermano mayor de Richard y el primo mayor de Heather.

Michael la saludó con un cálido abrazo, y le dio unas palmaditas en el hombro al soltarla.

—Se me ha encargado que actúe en representación de tus

hermanos y tu padre, y huelga decir que también de Diablo y de todos los demás. Como Caro quiso venir a toda prisa y daba la impresión de que Breckenridge estaba bastante grave, nos pareció aconsejable que los demás reprimieran su impaciencia y se quedaran en Londres hasta que tuviéramos más información acerca de lo que estaba pasando aquí.

Heather se sintió tan aliviada que cerró los ojos por un instante, lidiar con la actitud protectora de sus hermanos habría requerido un esfuerzo y un tacto que no podía permitirse en ese momento.

—Gracias —abrió los ojos y miró sonriente a Michael, no había duda de que era un político de los pies a la cabeza—. Te lo agradezco de verdad.

Él le devolvió la sonrisa.

—Supuse que reaccionarías así. Pero, como contrapartida, vas a tener que contárnoslo todo desde el principio.

—De acuerdo.

Después de lanzar una mirada a Breckenridge y comprobar que seguía «dormido», les indicó con un ademán el sofá y las sillas que había al otro extremo de la estancia, y cuando se acomodaron procedió a contarles lo sucedido empezando por la casa de lady Herford.

No se dejó ningún detalle en el tintero, fue contándoles el viaje paso a paso. Ellos no eran tontos y siguieron con una facilidad encomiable el hilo de aquel relato mientras les hablaba del extraño secuestro, sus razones para no huir e intentar obtener más información, y las dificultades a las que Breckenridge y ella habían tenido que enfrentarse durante la huida.

Hizo una pequeña pausa cuando llegó al momento en que se habían adentrado en el valle y habían llegado sanos y salvos a la mansión, pero entonces alzó la cabeza y añadió:

—Breckenridge y yo hemos estado hablando acerca de nuestro futuro, pero preferiría no decir nada a ese respecto hasta que él despierte.

Ellos intercambiaron una mirada que no supo interpretar, y Caro asintió y le dijo:

—De acuerdo, como quieras. Pero me gustaría saber cómo resultó herido... Richard decía en su carta que había sido corneado.

Le resultó más fácil responder a aquello, pero al hacerlo revivió lo sucedido y recordó algo que seguía sin entender y que se le había olvidado con todo lo que había pasado después. No entendía por qué los gemelos habían chocado las palmas de las manos contra las suyas, por qué la habían empujado en vez de agarrarla. Había sido una actitud muy extraña.

—¿Cómo ha ido evolucionando? —le preguntó Caro.

Heather dejó a un lado sus elucubraciones y les explicó lo helado que había estado en un principio.

—Catriona dijo que era por la fuerte conmoción que había sufrido. Después llegó la fiebre.

Michael miró ceñudo hacia la cama.

—¿Aún no ha despertado?

Heather miró también hacia allí antes de contestar:

—Catriona dice que no está inconsciente, sino sumido en un sueño muy profundo en el que puede curarse mejor. La fiebre ha bajado, pero aún no ha desaparecido por completo. Algaria y ella piensan que eso sucederá pronto, y que después no tardará en despertar.

—Al menos le sucedió aquí, donde podían curarle manos expertas —comentó Caro, antes de ponerse en pie—. ¿Te parece bien que me quede un rato contigo? Te traigo mensajes de tus hermanas y de tu madre, podemos charlar mientras estamos pendientes de él.

—Por supuesto que sí —le contestó, antes de ponerse en pie también.

Michael las imitó. Cuando sus ojos se encontraron con los de su esposa, sonrió y les dijo:

—Como puedo ver que no se requiere mi presencia aquí, iré a ver a Richard.

Cuando él se marchó, Heather se acercó a la cama con Caro y continuó con su vigilia junto a Breckenridge.

Aquella noche, mientras contemplaba desde la silla el rostro inanimado de Breckenridge, un rostro que en reposo parecía bastante severo, Heather pensó en sus esperanzas, y también en los miedos que aún albergaba. Pensó en todo lo que había visto durante aquella velada al fijarse en las uniones de los demás, en sus vidas compartidas.

Como no había consentido en dejar desatendido a Breckenridge, los demás (Caro, Michael, Catriona y Richard) habían cenado allí, en la zona de la sala de estar. La conversación había sido distendida, incluso había habido algunas risas. Ella había albergado la esperanza de que el alegre sonido liberara a Breckenridge de lo que le tenía atado a aquel profundo sueño, fuera lo que fuese, pero había permanecido inmóvil; aun así, aunque la situación de Breckenridge no se había alterado, la suya se había clarificado.

Había crecido rodeada de matrimonios basados en el amor, y por ello había dado por hecho que sabía cómo funcionaban esas uniones. Pero su deseo de establecer una unión de ese tipo con Breckenridge, una relación entre dos compañeros de vida basada en el respeto y en el amor, en compartir las alegrías y las penas, una relación de igual a igual que funcionara, había hecho que fuera más consciente de la comunicación no verbal que había tanto entre Michael y Caro como entre Richard y Catriona.

Había visto con mayor claridad aquel flujo constante y natural, aquel dar y recibir que había entre ellos, y había notado que el «dar» era lo que solía tomar precedencia y que se ofrecía sin estipulaciones, sin esperar nada a cambio, sin esperar una reciprocidad, aunque al tratarse de parejas dicha reciprocidad era inevitable.

Había comprendido que la entrega, el dar amor, era lo primordial, que todo lo demás quedaba relegado a un papel secundario ante aquella entrega incondicional.

Tomó a Breckenridge de la mano y le dijo con voz suave:

—Si vuelves a mí, me casaré contigo y te amaré sin reservas hasta el fin de mis días, al margen de si tú me amas o no.

Decir aquellas palabras, el compromiso que acababa de adquirir, lo cambió todo. Se sintió segura, centrada, anclada.

Sabía cuál era su postura y dónde se encontraba.

Por fin entendía que, aunque no recibiera nada a cambio, el hecho de honrar el amor con el que había sido bendecida sería la verdadera medida con la que se mediría su éxito en aquella vida.

Se inclinó hacia delante, apoyó los codos en la cama, tomó la mano de Breckenridge entre las suyas, cerró los ojos... y le rezó a Dios y a la Señora (al fin y al cabo, estaban en su valle).

—Si me dais la oportunidad de construir un futuro junto a él, la aprovecharé y sabré valorarla, y viviré ese futuro con todo mi empeño. Seré fiel a esta promesa, y a él, y al amor que le profeso, por siempre jamás. Amén.

CAPÍTULO 21

Cuando Heather despertó, la habitación estaba bañada por la suave luz del amanecer, una luz gris perla teñida de un suave tono rosado. Se preguntó qué habría sido lo que la había despertado, y al alzar la cabeza su mirada se encontró con los ojos color avellana de Breckenridge.

—¡Estás despierto! —contuvo a duras penas las ganas de gritar, era imposible reprimir la alegría que sentía.

Él esbozó una débil sonrisa, tenía los párpados pesados y acabó cerrando los ojos.

—Desperté hace un rato, pero no he querido despertarte.

Su voz era poco más que un susurro.

Heather se dio cuenta de que lo que la había despertado había sido la ligera presión de sus dedos en su mano. Notó que aquellos dedos ya no estaban demasiado calientes, y se apresuró a ponerle la mano en la frente.

—¡Ya no tienes fiebre! ¡Gracias a Dios! —bajó la mano, se centró de nuevo en su rostro, y la golpeó una enorme oleada de alivio que la dejó medio desorientada—. Tienes que descansar —aquello era lo principal, y sintió la súbita necesidad de asegurarse de que la entendiera—. Tu recuperación va por buen camino. Ahora que lo peor ha pasado, irás mejorando día a día. Catriona dice que, con algo de tiempo, te pondrás como nuevo —Algaria le había advertido que le dejara claro aquello.

Él tragó saliva, y sin abrir los ojos movió un poco la cabeza en un gesto que ella tomó como una afirmación.

—Descansaré en breve, pero antes... junto al corral me dijiste que querías tener un futuro conmigo, ¿lo dijiste en serio?

—Sí —le estrechó la mano con más fuerza— completamente en serio.

Los labios de Breckenridge se curvaron un poquito, y entonces suspiró. Sin abrir los ojos, murmuró:

—Perfecto, yo también.

—¿Incluso lo de que nuestras hijas podrían parecerse a Cordelia? —le preguntó, sonriente, con los ojos inundados de lágrimas.

—Ah, sí, dije eso en voz alta, ¿verdad? —contestó él, con una sonrisa un poco más definida—. Sí, eso también lo dije en serio, pero no se lo digas a ella, por favor. Estaría recordándomelo toda la vida, y Constance me cortaría la cabeza.

Al ver que empezaba a arrastrar las palabras otra vez, que iba hundiéndose de nuevo en aquel sueño reparador, Heather recordó la advertencia de Catriona y su propia promesa. Sin dejar de sostenerle la mano, le besó con dulzura y le dijo:

—Duérmete y ponte bien, pero antes tengo que decirte una cosa: te amo, te amaré hasta el fin de mis días. No espero que tú me correspondas, pero eso ya no me importa. Mi amor es tuyo de todas formas, y siempre lo será —volvió a besarle y notó que la había oído, pero estaba tan atónito y sorprendido que no contestó. Se echó un poco hacia atrás antes de añadir—: ahora tienes que centrarte en ponerte bien, tenemos que preparar una boda.

Al ver que sus facciones se relajaban, supo que la había oído. Se quedó dormido con una pequeña sonrisa en los labios.

Cuando Breckenridge regresó al fin al mundo de los vivos, justo antes del mediodía, abrió los ojos y vio a Algaria sentada junto a la cama. Ella había echado la silla un poco más hacia atrás y estaba tejiendo, pero alzó la cabeza como si hubiera notado el peso de su mirada y, después de observarlo de aquella forma penetrante y un poco desconcertante tan típica tanto en Catriona como en ella, asintió y dejó a un lado su labor.

—Bienvenido, ¿cómo se siente? —le preguntó, antes de ponerse en pie.

Se sintió tan sorprendido como irritado al ver que estaba tan débil como un recién nacido. La herida estaba sanando, pero aún le dolía bastante.

En cualquier caso, pudo levantarse ayudado por Henderson para hacer sus necesidades y darse un baño, después logró mantenerse en pie el tiempo suficiente para afeitarse, y entonces Algaria le puso un vendaje limpio.

Catriona ya había ido a verle antes, cuando la habían avisado de que había despertado, y regresó en ese momento con una de las camisas de dormir de Richard.

—No tiene sentido que te vistas, de momento vas a tener que seguir guardando cama. No podrás salir de esta habitación hasta que recobres las fuerzas, y eso no va a ocurrir de la noche a la mañana.

Breckenridge había sido herido de gravedad en una ocasión anterior y sabía que ella estaba en lo cierto, así que alzó la mano en un gesto de rendición.

—De acuerdo, me portaré bien.

Una vez que tuvo la camisa de dormir puesta, dejó que Henderson le ayudara a regresar a la cama, a la que acababan de cambiarle las sábanas. Catriona y Algaria estaban hablando en voz baja al otro lado de la habitación.

—¿Dónde está Heather? —les preguntó.

Fue Catriona quien le contestó:

—Durmiendo. No se ha movido de tu lado en estos seis días, y he insistido en que descansara ahora que ya has vuelto en sí. No voy a despertarla hasta la hora de la cena.

Él asintió, pero pensó que ella debía de haberse equivocado con lo de los seis días.

—Como veo que estás bien despierto, le diré a Caro que puede subir a hacerte compañía.

—¿Caro está aquí? —de ser así, era posible que hubieran pasado seis días.

—Sí, Michael y ella llegaron ayer.

Catriona se dirigió hacia la puerta después de intercambiar un último comentario con Algaria, y esta se acercó a la silla a por su labor y comentó:

—Caro no tardará en llegar, está terminando de comer. Haré que le suban una bandeja, ¿qué le apetece?

Aunque estaba hambriento, sabía por experiencia propia que al principio apenas iba a poder probar bocado. Le pidió un poco de caldo y pan, y Algaria asintió con aprobación y se fue.

La puerta volvió a abrirse cinco minutos después. Caro entró en la habitación, y sonrió cuando sus ojos azul claro se encontraron con los suyos.

—¡Gracias a Dios que estás bien!

Él alzó una mano y le indicó la mecedora con un débil ademán.

—Bienvenida a la habitación del pobre enfermito, tengo entendido que voy a pasar algún tiempo más confinado en este lugar.

—Sí, así es —después de sacudir la falda, se sentó y le observó con sus brillantes ojos. Siguió sonriendo, así que estaba claro que se sintió complacida con lo que vio—. Tienes mucho mejor aspecto que ayer, prefiero verte despierto a comatoso.

Él esbozó una sonrisa y se reclinó en las almohadas; ella, a su vez, hizo lo mismo en la mecedora y comentó:

—Quiero que sepas que deberías estarme sumamente agradecido, porque al venir hasta aquí te he salvado de sufrir los cuidados de tus hermanas. Tanto Constance como Cordelia quisieron venir en cuanto se enteraron de lo sucedido, tuve que emplear al máximo mi poder de persuasión para lograr contenerlas.

—Tienes mi más sincero agradecimiento por ello. Las quiero

muchísimo, pero resultan abrumadoras y en este momento no estoy en condiciones de plantarles cara.

Ella le miró con una sonrisa comprensiva.

—Me comprometí a mantenerlas informadas y ya les he enviado varias misivas poniéndolas al tanto de todo, así que creo que de momento no corres el peligro de que aparezcan de improviso.

—Bueno, ahora que lo pienso, me parece que Michael y tú estáis en deuda conmigo por lo de la última vez. Me dejasteis abandonado a mi suerte —cuatro años atrás, había recibido un disparo mientras Michael intentaba proteger a Caro.

Ella asintió y adujo:

—En aquella ocasión estábamos en Londres, no podíamos hacer gran cosa.

Él soltó un bufido, pero estaba sonriendo. Caro le observó en silencio unos segundos antes de añadir:

—Me alegra mucho que por fin hayas elegido a tu futura esposa, ya era hora de que entraras en razón.

—¿Aunque para ello hiciera falta un secuestro?

—Sí —hizo una pequeña pausa antes de comentar con voz suave—: es la mujer ideal para ti, ¿verdad?

Él le sostuvo la mirada y asintió.

—Sí, no me cabe la menor duda de ello —vaciló antes de admitir—: no podría vivir sin ella.

La sonrisa de Caro se volvió radiante.

—¡Perfecto!, ¡así es como debe ser!

Breckenridge no estaba seguro de querer oír aquello. Aquella sensación de vulnerabilidad y de dependencia no era algo a lo que uno se acostumbrara de un día para otro.

—Lamentablemente, da la impresión de que acabo herido cada vez que tengo cerca alguna boda. Con Michael y contigo estuve a punto de morir de un disparo; en esta ocasión, con Heather y conmigo, un toro ha estado a punto de matarme de una cornada. Supongo que debería alegrarme de que Constance y Cordelia ya estén casadas.

Ella se echó a reír.

—Lo más probable es que escaparas en aquel entonces porque ellas son mucho mayores que tú, y no eras más que un muchacho cuando se casaron —le observó pensativa y comentó, sin perder la sonrisa—: eres un protector. Sí, eso es lo que eres, lo que haces, y ahora has encontrado a la dama a la que estás destinado a proteger por el resto de tu vida —su sonrisa se ensanchó aún más al afirmar—: cuando te cases estarás a salvo.

Él soltó otro bufido, pero siguió sonriendo y no protestó, porque sabía que ella tenía razón.

Heather era la dama a la que iba a proteger por el resto de su vida.

Cinco días después, Breckenridge ya se había restablecido, pero seguía estando confinado en gran medida en aquella habitación. Aunque volvía a comer en el gran salón junto con los demás, Catriona y Algaria no le permitían hacer ninguna actividad que pudiera cansarle, y, como estaba decidido a recobrar cuanto antes su habitual salud de hierro para poder casarse con Heather, no había tenido más remedio que morderse la lengua y acatar las órdenes.

Esa fue la razón de que la reunión que debía mantener con Richard y Michael se llevara a cabo en la sala de estar de su habitación. Al menos estaba vestido, ya que Caro había traído de Londres varios baúles repletos de ropa, tanto para Heather como para él.

En ese momento estaba cómodamente sentado en un extremo del sofá, ataviado con una camisa suelta y unos pantalones sobre los que llevaba uno de sus coloridos batines de seda. Richard estaba sentado en el otro extremo, y Michael frente a ellos en un sillón.

Fue este último quien preguntó:

—Bueno, ¿qué es lo que sabemos acerca de ese canalla?

—No mucho, por desgracia —admitió él.

—Sabemos que es un escocés de las Tierras Altas con bastante poder, eso parece haber quedado confirmado —comentó Richard.

Breckenridge asintió.

—Es un escocés alto, de pelo negro y fornido, y tiene unos ojos fríos y claros que son su rasgo más distintivo. También sabemos que es, como mínimo, un caballero, pero lo más probable es que se trate de un aristócrata de las Tierras Altas.

—Y lo organizó todo para que secuestraran a Heather y la llevaran a Gretna Green, donde iban a entregársela a él —dijo Michael, con rostro adusto.

—Espera, eso no es del todo cierto —le corrigió Breckenridge—. El encargo consistía en secuestrar a una de las hermanas Cynster, el tipo no especificó a cuál. Según Heather, se trata de un dato muy pertinente.

—¿Por qué?

—Porque Eliza y ella son herederas de una fortuna, pero Angelica no. Además, no sabemos si Henrietta y Mary también son posibles objetivos.

—En ese caso, es poco probable que el motivo del secuestro sea obtener dinero.

—Exacto. Y, teniendo en cuenta la cantidad de dinero que invirtió en el secuestro... el pago de los secuestradores, y todos los gastos... creo que podemos dar por hecho que no le faltan recursos económicos.

—De acuerdo, entonces se confirma que no la secuestró por dinero —Richard le miró a los ojos al preguntar—: ¿crees que es significativo que eligiera que se la entregaran precisamente en Gretna Green?

—Es posible. Cabe la posibilidad de que casarse con ella formara parte de su plan, pero a lo mejor eligió ese lugar porque le resultaba conveniente por alguna razón que desconocemos.

Richard asintió.

—El hombre al que mandé a hacer indagaciones a Gretna regresó ayer. Nadie, ni siquiera el magistrado, puede añadir ningún dato a la descripción que ya tenemos. El tipo se encargó de liberar a Fletcher y a Cobbins... con un buen número de sobornos de por medio, claro... y se esfumaron de inmediato; al parecer, pusieron rumbo al sur.

—Dudo que nos resultara fácil encontrarlos, seguro que les han pagado para que permanezcan bien ocultos; además, dudo mucho que sepan algo más que nosotros. Heather hizo un excelente trabajo sacándoles información.

—De acuerdo. Tenemos que dar por hecho que ese hombre es lo bastante listo como para ocultar su rastro, y que tiene los medios necesarios para hacerlo. ¿Dónde nos deja eso?

—Sin ninguna pista que pueda ayudarnos a averiguar su identidad, y mucho menos sus motivos —le dijo Breckenridge, ceñudo—. Además, no deberíamos pasar por alto el hecho de que sabía lo bastante acerca de la familia como para describir a las muchachas, y también para decidir no entrar en el valle. Se echó para atrás en cuanto nos vio entrar y supo que estas tierras pertenecían a un Cynster.

Los tres permanecieron en silencio un largo momento, dándole vueltas a todo lo que sabían, y al final fue Richard quien comentó:

—Por el momento no hay forma de averiguar nada más. Tenemos una descripción general que podría encajar con multitud de escoceses, e indicios suficientes para descartar el dinero como motivo del secuestro. Es un hombre inteligente, ingenioso y capaz, pero eso es todo lo que sabemos de él.

Breckenridge asintió.

—La cuestión es que hay dos hermanas Cynster en Londres... cuatro, si sumamos a Henrietta y a Mary. ¿Intentará atrapar a alguna de ellas ese misterioso escocés, después de su fracaso con Heather?

—Hasta que averigüemos lo que hay detrás de todo esto y neutralicemos el peligro, debemos dar por hecho que la amenaza sigue en pie —afirmó Michael—. Hasta que no tengamos la certeza de que ya no hay peligro, esta es una situación seria que debe ser tratada como tal.

Richard asintió.

—Ya he alertado a Diablo, aunque no he entrado en detalles.

—Caro y yo partimos mañana mismo. Nuestra primera parada en Londres será Grosvenor Square, le pondré al tanto de todo lo que hemos averiguado. Él se encargará de que todas las muchachas estén protegidas, y de que el resto de la familia esté en guardia.

Richard hizo una mueca.

—Me imagino los zafarranchos que se van a formar. Que nosotros estemos en guardia no va a complacer en nada a las jóvenes damas en cuestión.

Breckenridge se encogió de hombros.

—En ese caso, hacedlo con disimulo. Diantre, acudid a Wolverstone si os parece necesario. Él sabrá cómo actuar.

—Es una buena idea, pero no va a ser posible —le explicó Richard—. Al igual que yo, ha descubierto sus raíces en el norte y está encerrado en su castillo de Northumbria. Nadie ha logrado hacerle salir de allí en lo que llevamos de temporada social, ni siquiera las grandes damas.

—Aun así, puede echar una mano —adujo Breckenridge—. Y bien sabe Dios que muchos de sus amigos estarían dispuestos a ayudar.

Michael asintió.

—Sí, tienes razón. Plantearé esa posibilidad, y me aseguraré de que todo el mundo entienda lo grave que es la situación. Por alguna razón que aún desconocemos, las hermanas Cynster parecen estar en peligro.

Dos noches después, Breckenridge estaba tumbado de espaldas en la cama, con la mirada fija en el dosel.

Michael y Caro se habían marchado el día anterior, dispuestos a hacer pública la noticia de su inminente compromiso matrimonial con Heather; además, llevaban un anuncio que él había redactado con el beneplácito de Heather en el que se informaba del compromiso, y que ellos iban a encargarse de que se publicara en los periódicos.

Ese asunto iba viento en popa y ni siquiera había tenido que decir la palabra que no quería pronunciar, no había tenido que hacer la declaración que no quería hacer, no había tenido que hacer la admisión que no quería que saliera de sus labios.

Heather se lo había evitado, y se sentía inmensamente agradecido por ello.

Si Catriona no le hubiera hecho prometer que no se movería de la cama ni saldría de la habitación hasta el día siguiente, en ese momento iría rumbo a la habitación de Heather para demostrarle lo agradecido que estaba.

Aquella tarde le habían retirado de forma definitiva las opresivas vendas que había tenido que llevar alrededor del torso durante aquellas semanas. Catriona le había dado unos puntos de sutura pequeñísimos y había demostrado ser excepcional como sanadora, pero, a pesar de que la cicatriz no era más que una marca corta en su costado y que ya no sentía ningún dolor, ella había insistido en que permaneciera encerrado en la habitación hasta la mañana siguiente; al parecer, antes de darle por curado del todo quería comprobar cómo seguía la cicatriz después de unas horas sin vendaje.

Pero al día siguiente iba a ser libre... libre para pasear por los jardines y las tierras circundantes, para que sus piernas fueran recobrando las fuerzas; libre para cabalgar; libre para practicar un sinfín de actividades que habían estado fuera de su alcance debido a la herida.

Tal y como cabía esperar, su mente se centró en una actividad en concreto. Entrelazó las manos debajo de la cabeza, y miró sin ver el dosel mientras su imaginación se desbordaba sin que pudiera impedirlo. Teniendo en cuenta que había prometido que no saldría de la habitación, la verdad era que aquello no estaba ayudándole en nada.

Bajo la satisfacción que sentía subyacía una agitación creciente, una que nunca antes había experimentado. Estaba impaciente. Impaciente por seguir adelante con su vida, por tomar a Heather de la mano y adentrarse con ella en el futuro que iban a crear juntos.

En cierto modo, aquella impaciencia era comprensible, ya que desde que había despertado habían pasado infinidad de horas hablando y haciendo planes. Entre bromas y risas, pero con paso firme, elemento a elemento, habían ido redefiniendo los deseos de ambos y definiendo cómo iba a ser su matrimonio, su futura vida en común.

Sabía que debería dormir, que Catriona no iba a mostrarse nada complacida si por la mañana le encontraba macilento y con ojeras, pero la impaciencia y el deseo sexual combinados hacían que estuviera bien despierto.

Se volvió al oír que la puerta se abría poco a poco, y tuvo un *déjà vu*... un *déjà vu* que se convirtió en realidad cuando Heather entró con sigilo.

Ella le sonrió, cerró la puerta, y se acercó a la cama; al igual que la otra vez, llevaba puesto el salto de cama de seda y, tal y como había sucedido la vez anterior, dejó que la prenda cayera al suelo... y su cuerpo de piel suave y curvas deliciosas quedó desnudo.

Él le había prometido a Catriona que no saldría de la cama, pero no había dicho nada acerca de dejar que alguien se metiera en ella. Alargó la mano con una sonrisa de oreja a oreja, dispuesto a apartar a un lado las sábanas, pero ella se le adelantó y las levantó antes de meterse debajo a toda prisa.

En cuanto hizo ademán de girarse, ella le puso una mano en el hombro.

—No, tienes que quedarte quieto tal y como estás, de espaldas.

—¿Ah, sí?

—Sí, no te muevas.

Apenas había acabado de hablar cuando deslizó un muslo por encima de sus caderas y se colocó a horcajadas sobre él. La sensación de su piel tocándole y acariciándole, los recuerdos que evocó ese contacto, fue como ambrosía para sus sentidos, y tuvo que luchar por seguir sujetándola de la cintura y contener el ansia que amenazó con descontrolarse.

Ella apoyó los codos en su pecho, y le miró sonriente al admitir:

—Catriona me ha dicho que no habría problema si permanecías tumbado de espaldas. No intentes sentarte ni hacer nada que ponga presión en los puntos, pero aparte de eso...

Bajó la cabeza y se adueñó de su boca en un beso que fue una larga y lánguida promesa de placer, y él notó la calidez del collar que últimamente siempre le veía puesto. Cuando ella se apartó para recobrar el aliento, no pudo evitar preguntarle:

—¿Has hablado de esto con Catriona?

Ella esbozó una sonrisa, y le rozó los labios con los suyos antes de contestar.

—No he sido específica. Me he limitado a preguntar qué restricciones físicas tendría un hombre con una herida como la tuya, y ella ha entendido de inmediato a lo que me refería.

—Supongo que eso explica por qué estaba tan empeñada en revisar mi herida mañana por la mañana, para ver si su trabajo había estado a la altura —murmuró él, mientras los labios de ambos se rozaban en pequeñas y tentadoras caricias.

—Exacto.

Heather no estaba interesada en hablar. Le cubrió la boca con la suya para callarlo y, cuando él le devolvió el beso y la dejó llevar las riendas, se regocijó al ver que tenía ese poder, al ver que él consentía en dejarla tener el control. Le encantaba que él, el mayor libertino de la alta sociedad londinense, estuviera dispuesto a complacerla y a dejarse llevar por ella.

Quería aprovechar aquel momento para reafirmar, sin palabras pero con un lenguaje que ambos entendían, todo lo que ella le había dicho aquella noche que parecía tan lejana. Después de aquella noche, ambos se habían sentido desorientados... a lo mejor le habían dado demasiadas vueltas a las cosas, quizás habían hablado en exceso y habían esperado demasiado el uno del otro; fuera como fuese, todo aquello había quedado atrás. Los malentendidos se habían aclarado gracias a su heroico acto al salvarla, a la herida que había sufrido, y a la reacción que había tenido ella.

Su completa entrega a él, a lo que había entre los dos, era mucho más fuerte que antes, había sido puesta a prueba y había sido forjada por el trauma de estar a punto de perderle.

Mientras le empujaba con suavidad contra la cama y le exploraba con las manos y los labios, abrió su corazón y dejó que emergiera todo lo que sentía, lo dejó fluir a través de todas sus caricias. Dejó que el amor se reflejara en todos y cada uno de sus movimientos, porque eso era lo que estaba haciendo: estaba amándolo por completo, con el corazón lleno de gratitud; estaba amándolo con cada caricia, con cada latido de su corazón; estaba amándolo con toda su alma.

Cuando se alzó sobre él y lo aceptó en su interior, cuando se ajustó a él como un guante y cabalgó con abandono, cuando le dio placer mientras el deseo y la pasión ardían desatados, rindió homenaje a la realidad de aquel amor y lo liberó para dejar que brillara, que los llenara y los envolviera a los dos.

Breckenridge se aferró a sus caderas, la agarró mientras ella cabalgaba con una devoción descarnada, con un ritmo firme y seguro. Estaba cegado casi por completo y tan solo era consciente de ella, de las poderosas corrientes que fluían entre los dos, de las exquisitas sensaciones que Heather le hacía sentir mientras le amaba.

Sintió cómo la vorágine de sentimientos, tanto los suyos como los de ella, se combinaban en un torrente que los arrastró. Volvía a estar inmerso con ella en aquel acto de entrega pura, en aquella comunión de las almas de la vez anterior, pero en esa ocasión fue hasta allí de forma voluntaria y no quería que fuera algo puntual, quería seguir viviéndolo por el resto de su vida.

Deseaba aquella unión trascendente por lo que era en sí, sin ningún motivo ulterior.

Mientras ella echaba la cabeza hacia atrás con abandono y su cuerpo entero se tensaba, mientras él mismo estallaba de placer, alcanzó a ver la fuerza motora que los impulsaba: un amor exquisito y eterno, poderoso y triunfal al que ambos se aferraron.

Alcanzaron la cima juntos, tocaron y saborearon aquel gozo inigualable, lo saborearon a placer; dejaron que los llenara, que inundara sus sentidos, que los fragmentara y los lanzara al vacío.

El éxtasis llegó en una oleada incontenible que los arrastró, que los ahogó en un glorioso mar dorado de abandono y dicha, que los dejó en una distante orilla exhaustos pero repletos, a salvo el uno en los brazos del otro.

La noche los envolvió en sus alas, oscuras y reconfortantes, y largos momentos después sus cuerpos se desacoplaron entre tiernos besos y suaves murmullos. Con la promesa de aquel futuro glorioso, un futuro cimentado en el amor, consagrada y brillando en sus corazones y en sus mentes, incrustada en sus almas, él la rodeó con sus brazos, ella se aferró a él, y se quedaron profundamente dormidos.

—Catriona dice que a estas alturas ya me habría recuperado del sarampión, así que tú y yo podemos regresar a Londres cuando queramos —comentó Heather.

Breckenridge sonrió al oír aquello.

—Aún me cuesta creer que tu madre consintiera en poner semejante excusa.

Catriona le había dado permiso aquella mañana para que saliera de la habitación y le había liberado de todas las restricciones a las que había estado sometido, así que Heather y él estaban paseando por el jardín de hierbas aromáticas y tomando algo de aire fresco. Aunque estaba completamente repuesto, ella le había tomado del brazo y le proporcionaba un apoyo extra que era de agradecer, ya que su musculatura necesitaba uno o dos días más para ir recobrando fuerzas.

—Mamá y los demás decidieron que la versión de que vinimos al valle para comprobar, lejos del barullo de Londres, si podríamos llegar a congeniar serviría para justificar nuestra presencia aquí en un principio, pero no lograba explicar una ausencia tan prolongada —le miró a los ojos y sonrió—. Deberías sentirte complacido. La historia de que me trajiste aquí para que me recuperara, lejos de las miradas de la alta sociedad, y que en un alarde de valentía decidiste permanecer a mi lado durante mi convalecencia hace que parezcas todo un héroe de lo más romántico.

Él soltó un bufido, y al cabo de un momento añadió:

—Supongo que lo del sarampión habrá servido para que ninguno de los chismosos de la capital se hayan enterado del secuestro.

—Mamá dice que nadie se ha dado cuenta de nada, así que no hay ningún problema —le miró con ojos iluminados por una sonrisa dulce y llena de seguridad—. La noticia de nuestro compromiso centrará toda la atención.

—Sí, es verdad.

No pudo negar la inmensa satisfacción masculina que sintió al ver aquella sonrisa tan femenina. Cuando la había sacado del salón de lady Herford aquella trascendental noche, Heather había sido como una crisálida esperando a abrirse. El secuestro, la huida y todo lo que habían tenido que superar desde entonces la había transformado en la hermosa, chispeante y fascinante dama llena de seguridad en sí misma que iba a ser su vizcondesa... su amante, su esposa.

—¿Qué te pasa? —le preguntó ella.

Heather había madurado tanto en el transcurso de aquellas semanas... ¿y él qué?

Se detuvo y empezó a pensar, a sopesar... dejó de hacerlo, y respiró hondo antes de volverse a mirarla. Le acarició la mano, y la miró a los ojos al decir:

—Me has dado todo lo que necesito de ti. Gracias a ti, tengo todo lo que mi corazón desea, todo lo que temí no poder alcanzar. Todo lo que necesito para tener un futuro maravilloso que me haga sentir satisfecho y realizado. Y estuve a punto de perderlo.

Ella le sostuvo la mirada, pero tuvo el acierto de no interrumpirle; si lo hubiera hecho...

Breckenridge respiró hondo de nuevo y siguió hablando.

—Estar al borde de la muerte me hizo ver las cosas con claridad. Cuando uno se encuentra entre la vida y la muerte, resulta sencillo darse cuenta de cuáles son las cosas realmente importantes. Una de las cosas que vi y entendí por fin fue que tan solo los necios y los cobardes se callan la realidad del amor. Tan solo los débiles se niegan a admitir que están enamorados.

Le sostuvo la mirada, perdido en aquellos relucientes ojos, y le besó la mano con ternura.

—De modo que... mi querida Heather, aunque es algo que tú ya sabes, deja que ponga en palabras la verdad, mi verdad. Te amo. Te amo con todo mi corazón, con toda mi alma. Y te amaré por siempre jamás, hasta el día en que me muera —la sonrisa que vio en su delicado rostro iluminó su mundo entero.

Ella le apretó la mano y le dijo, con ojos llenos de felicidad:

—Menos mal, porque pienso estar contigo, a tu lado, todos los días por el resto de tu vida, y en espíritu por siempre jamás. Soy tuya para toda la eternidad.

«Sí».

Ninguno de los dos pronunció la palabra, pero vibró en el aire que les rodeaba.

Una inesperada risita infantil rompió el hechizo. Al volverse a mirar hacia el camino vieron a Lucilla y a Marcus, que, después de salir de detrás de unas frondosas plantas, se acercaron corriendo y empezaron a dar vueltas alrededor de ellos entre risas y vítores.

Heather miró a derecha e izquierda mientras intentaba seguirles con la mirada, no entendía por qué estaban tan entusiasmados. Era como si estuvieran reaccionando ante las emociones que la embargaban y que seguro que también estaba sintiendo Breckenridge, su futuro esposo.

—¡Vais a casaros! —exclamó Lucilla, cuando su hermano y ella se quedaron quietos al fin.

—Sí, así es —le contestó Heather—. Me parece que vais a tener que viajar a Londres, tenéis que ser dama de honor y paje.

La niña sonrió entusiasmada y miró a su hermano.

—¿Lo ves? ¡Ya te dije que la Señora nunca se equivoca, y que te recompensa si haces lo que te dice!

—Sí, supongo que tienes razón —Marcus miró a Breckenridge y comentó—: seguro que lo pasamos bien en Londres —se volvió de nuevo hacia su hermana— ¡vamos a decírselo a mamá y a papá!

Mientras les veía alejarse corriendo por el camino, Heather recordó algo... y fue como si Breckenridge le leyera el pensamiento, porque la miró y le dijo:

—Hacía días que quería preguntarte cómo te caíste de aquel cercado, pero entre unas cosas y otras se me había olvidado.

—Sí, a mí también.

Se miraron a los ojos en silencio, y al cabo de unos segundos él enarcó las cejas y miró hacia el lugar del camino donde se habían perdido de vista los gemelos.

—Ah. Quizás se trate de una de esas cuestiones acerca de las que es mejor no preguntar.

—Es una de esas que es mejor dejar sin respuesta, desde luego —afirmó ella. Le soltó la mano, y le tomó del brazo de nuevo mientras echaban a andar.

Él permaneció callado unos minutos, y al final alzó la mirada hacia la mansión y comentó:

—¿Te parecería extraño de mi parte que sugiriera que, si tú estás de acuerdo, nos marcháramos cuanto antes del valle? No te lo tomes a mal, pero algunos de los miembros de tu familia me ponen un poco nervioso a veces.

—¿Te parece bien mañana mismo?

Ella alzó la mirada hacia él, y él se la sostuvo al contestar:

—Perfecto, en cuanto desayunemos. Hoy ya es demasiado tarde para partir.

—Sí, es verdad; además, tengo planes para esta noche.

—¿Ah, sí?

—Por supuesto —lo miró con ojos que rebosaban amor y una profunda comprensión—. Yo creo que lo que me has dicho antes merece una respuesta adecuada, ¿no te parece?

—Tienes toda la razón —tras una pequeña pausa, añadió—: quién sabe, puede que me sienta inclinado a volver a pronunciar las palabras si recibo una respuesta que me incite a ello.

Ella se echó a reír.

—¡Vaya, un desafío! —le miró a los ojos y le dijo sonriente—: un desafío que podremos mantener vivo durante el resto de nuestros días.

—Sí —contempló arrobado aquellos ojos llenos de amor, y alzó su mano para besársela—. Por el resto de nuestros días.

EPÍLOGO

Una semana después, el escocés de las Tierras Altas que había planeado el secuestro de Heather Cynster entró en el gran salón de su castillo. Como faltaba más de una hora para que se sirviera la comida, pensó en ir a su despacho, pero al ver un periódico sobre una mesa auxiliar lo agarró y se sirvió una jarra de cerveza antes de dirigirse a su silla en la mesa de la tarima.

Acababa de sentarse y había empezado a leer las últimas noticias cuando un grito de furia quebró el silencio, pero por suerte los gruesos muros del castillo sofocaron el sonido y pudo ignorarlo sin más. Se preguntó sin demasiado interés qué habría sido lo que había molestado a su madre en esa ocasión, pero, consciente de que no tardaría en enterarse, siguió leyendo tan tranquilo.

No había pasado ni un minuto cuando la oyó bajar corriendo por la escalera de la torre. Irrumpió en el gran salón hecha una furia, y al verlo en la tarima se dirigió hacia él de inmediato y lanzó sobre la mesa un periódico londinense con fecha del día anterior.

—¡No está deshonrada! —señaló con el dedo un anuncio en la sección de sociedad, y gritó a pleno pulmón—: ¡esa condenada no está deshonrada!, ¡está prometida en matrimonio a Breckenridge!

Él agarró el periódico y leyó el anuncio en cuestión, que

con la concisión propia de ese tipo de escritos anunciaba el compromiso matrimonial de Heather Cynster con Timothy Danvers, vizconde de Breckenridge.

Hizo memoria, y por lo que pudo recordar de Breckenridge se dio cuenta de que bien podría tratarse del hombre al que había visto entrar en el valle junto a Heather Cynster, el hombre que había desbaratado sus planes.

—¡Qué interesante! —se arrepintió de haber pronunciado aquellas palabras en cuanto salieron de su boca.

—¿Interesante? ¿Cómo que interesante? ¡Es inaceptable!, ¡es...!

Él hizo oídos sordos a la diatriba de su madre, y se centró en discernir su propia reacción y en revisar sus impresiones. Por lo que había visto de Breckenridge y de su relación con la muchacha, estaba claro que entre los dos había un vínculo muy poderoso... ya le gustaría a él tener esa suerte. Aun así, no sentía rencor hacia Breckenridge ni lamentaba que se hubiera quedado con Heather Cynster.

Mientras tomaba un trago de cerveza, brindó en silencio por la pareja y les deseó la mejor de las suertes. Al menos ellos habían logrado escapar de aquella pesadilla.

Su madre le arrancó de sus pensamientos al hincarle un dedo en el brazo. Se inclinó hacia él y siseó furibunda:

—¡Se suponía que debías traerla aquí y asegurarte de que quedara deshonrada!, ¡su reputación tenía que quedar hecha trizas! ¡En vez de eso, resulta que va a casarse con uno de los solteros más codiciados de Inglaterra! Has fallado con ella, pero sabes cuál es mi precio y es innegociable. ¿Qué vas a hacer al respecto?

Al ver que no contestaba, que se limitaba a tomar un buen trago de cerveza sin dejar de mirar al frente, se inclinó aún más hacia él y le dijo:

—Corrígeme si me equivoco, queridito —el apelativo cariñoso rezumaba desprecio y furia—, pero se está agotando tu tiempo.

Él sabía que tenía razón en eso, pero ocultó el escalofrío que le recorrió al pensar en todo lo que estaba en juego. Siguió aparentando estar sumamente relajado, y se encogió de hombros con una actitud que rayaba en la languidez.

—Tendrás que conformarte con una de sus hermanas. Acordamos que sería una de las hermanas Cynster, y cualquiera de las otras servirá.

Mientras esperaba a tener noticias acerca de lo que había sido de Heather Cynster, había vuelto a buscar por todas partes el cáliz que su madre había robado y escondido, el cáliz que él necesitaba para salvar todo lo que amaba. Su madre jamás había logrado doblegar su voluntad, al igual que tampoco había podido influenciar a su padre, pero al enterarse de la existencia del cáliz y de lo importante que era había aprovechado la oportunidad.

Ella había logrado hacerse con un arma muy afilada, y estaba dispuesta a esgrimirla para conseguir que él la obedeciera.

Era consciente de que lo que deseaba su madre, su obsesión, era una locura, pero sabía que no tenía más remedio que obedecer los dictados de aquella maníaca; aun así... tomó otro trago de cerveza, y se dio el gusto de volver a imaginarse mandándola al infierno y diciéndole que hiciera lo que le diera la gana...

En ese momento oyó que una puerta se abría de golpe, y el sonido de dos pequeños pares de pies acercándose a la carrera.

Alzó la cabeza, y dejó la jarra sobre la mesa. El aroma del lago, de los pinos y los abetos, llegó al gran salón cuando dos niños de pelo alborotado entraron corriendo junto con tres perros de aguas.

Los pequeños lanzaron exclamaciones de júbilo al verle y, sin prestar la más mínima atención a la mujer que estaba a su lado, atravesaron corriendo el gran salón para lanzarse a sus brazos.

Él ya había echado la silla hacia atrás, y los abrazó entre risas antes de sentarlos en su regazo. Los niños empezaron a parlotear sin parar acerca de la excursión que habían hecho aquella mañana con Scanlon, el guardabosques.

La calidez de los pequeños le envolvió, le caló muy hondo y eliminó el frío que le había invadido al hablar con su madre.

Ella, por su parte, estaba enfurecida por la interrupción de los niños y por el hecho de que él se hubiera centrado en ellos y estuviera ignorándola, pero tuvo el sentido común de no decir nada en contra de ellos. Los pequeños eran todo lo que le quedaba a aquel escocés de las Tierras Altas de una familia a la que había adorado. Su primo Mitchell se había criado con él, pero tanto Mitchell como su dulce esposa, Krista, habían fallecido, y aquellos dos niños de cinco y siete años eran todo lo que les quedaba de ellos.

Respiró hondo y luchó por contener la súbita furia que le recorrió al pensar que aquella mujer que estaba a su lado se había atrevido a amenazar a los niños, que había puesto en peligro el futuro de los pequeños y de todas las personas que él tenía a su cargo.

A diferencia de los entusiasmados niños que tenía en su regazo, los perros parecieron notar sus emociones ocultas y se arremolinaron a su alrededor, gimiendo e intentando llamar su atención. El mayor de los tres, Gwarr, se sentó entre su madre y él y fijó sus oscuros ojos en ella. Tenía la lengua fuera, y su boca abierta mostraba las hileras de fuertes y blancos dientes.

Ella se puso tensa, apretó los labios y retrocedió un paso.

Él se obligó a mirarla, y la sonrisa que había aflorado a su rostro mientras hablaba con los niños se desvaneció. Como no quería alterar a los pequeños, ocultó la furia y la ira que despertaban en él tanto el plan que había urdido aquella mujer como ella misma, y la miró a los ojos con fingida indiferencia.

—Debo traer a una de las hermanas Cynster, para que su reputación quede hecha trizas. Yo cumpliré con mi parte del trato... y tú con la tuya.

Ella le sostuvo la mirada por un momento, rígida y tan llena de resentimiento como siempre, y al final soltó un bufido y se marchó con paso airado.

Él sintió que su furia se desvanecía.

Mientras acariciaba a Gwarr en la cabeza, volvió a centrar su atención en los diablillos que estaban sentados en su regazo y cuyos chispeantes ojos azules, llenos de confianza y de inocencia, contemplaban el mundo con esperanza y cándidas expectativas.

Estaba dispuesto a renunciar a muchas cosas con tal de darles lo mejor en la vida.

Lanzó una mirada hacia el reloj circular que había en una de las paredes, y al ver que aún faltaba media hora para la hora de la comida los miró y les dijo, con un profundo acento escocés:

—¿Qué os parece si vamos a echarles un vistazo a los caballos?

Ya habría tiempo más tarde para pensar en secuestrar a Eliza Cynster, antes iba a recordarse a sí mismo las razones por las que iba a hacerlo.